# 魯迅
## 後期試探

中井政喜

名古屋外国語大学出版会

# 魯迅　後期試探

# まえがき　〈魯迅没後八十年の記念の年に〉

## 一　魯迅前期（初期、中期）、後期の時期区分について

本書は、魯迅（一八八一〜一九三六）の文学活動を、前期（一九〇三〜一九二七）、後期（一九二八〜一九三六）と区分する。そして必要な場合に、前期をさらに、初期（一九〇三〜一九一七）、中期（一九一八〜一九二七）に区分けして論ずることにする。

## 二　前著二冊を受け継ぐものとして

本書は、前著『魯迅探索』（汲古書院、二〇〇六・一・一〇）、『一九二〇年代中国文芸批評論』（汲古書院、二〇〇五・一〇・五）の問題意識と内容を受け継ぎ、主として魯迅の後期の文学活動中の一時期、一九二八年から三二年ころまでを、主要な対象としてとりあげる。

前著『魯迅探索』は、終わりの諸章（第九章、第一〇章、第一一章等）で、前期と後期の思想がどのように継承され、発展したのかについて、若干記述した。

本書は、第一に、魯迅の前期と後期における文学論と思想面の継承と発展を跡づけることに、問題意識をおいた。その追究はマルクス主義文芸理論を魯迅がどのように受容したのか、という問題を解明することにつながる。具体的には、魯迅の「進化論から階級論へ」（瞿秋白、「『魯迅雑

感選集』序言」、一九三三・四・八）の具体的内容、民衆観の変化、人道主義に対する考え方の深化等について論じた。

また、第二に、魯迅がマルクス主義文芸理論を受容しつつ展開した文学活動の一側面を、跡づけようとした。それは、魯迅が翻訳し紹介する、ソ連の文芸政策をめぐる論争、ソ連の文芸理論、ソ連の各派の文学作品を、様々な側面から跡づけ考察することをとおして、明らかにしようとしたものである。

第三に、後期（とりわけ一九三二年ころ）において、魯迅が、当時社会主義をめざしているソ連の社会をどのようなものとして受けとめたのか、に触れた。

しかし以上の本書の試みの範囲は、前述のように、いまだ一九三二年ころまでにとどまっている。

## 三　後期の始まり

一九二七年、国民革命の高揚の中で、蒋介石による四・一二反共クーデターが行われた。それ以後、一九二七年七月、武漢国民政府が崩壊し、国民革命が挫折する。魯迅は同年一〇月、広州から上海に逃れる。

一九二八年初めより、無産階級革命文学を標榜する中国革命文学派（第三期創造社、太陽社の成員を中心とする）は、魯迅、周作人等に対して、情勢に遅れた小資産階級作家であるとして激しい批判を浴びせた。それに対して、魯迅は内在的反批判を行い、革命文学論争（一九二八～一九二九）が開始する。この革命文学論争の中で、魯迅は、本格的にマルクス主義文芸理論を学び受容しはじめた。私は、魯迅の後期の文学活動を一九二八年から始まるものとする。

一九三二年ころ、魯迅は、マルクス主義文芸理論を受容することをつうじて、中国変革の主体となる労働者階級の存在に期待をもつようになった（「『二心集』序言」、一九三二・四・三〇）。一九三二年ころ当時の政治状況は、帝国主義の中国侵略、左翼勢力に対する南京国民政府の厳しい弾圧によって、相変わらず暗夜の闇に閉ざされていた。しかし魯迅は、いつの日にか、中国変革の黎明がおとずれることを確信することができるようになったと思われる。

## 四　マルクス主義文芸理論の受容

本書において私は、魯迅がマルクス主義文芸理論をどのように受容していったのか、その受容の過程を一部分でも明らかにすることに努力した。しかし私の力量の限界によって、マルクス主義文芸理論をどのように受容したのか、という理論的な問題そのものの側面を論ずることができなかった。その受容が魯迅のどのような文学活動の側面に現れているのか、という一面を取りあげたにとどまる。

後期において、例えば、人道主義についてどのような変容深化がうかがわれるのだろうか。前期における魯迅の人道主義は、決して楽天的なものではなかったと思われる。例えば、『労働者シェヴィリョフ』（アルツィバーシェフ著、魯迅訳、一九二〇・一〇・二二訳了）において、アラジェフの人道主義の理想の高唱に対する、シェヴィリョフによる批判がある。また、「医生（医者――中井注）」（アルツィバーシェフ著、魯迅訳、一九二一・四・二八訳了）において、主人公の医者はかつて一商人の命を尽力して助けた。しかしその医者は、今、この商人がポグロム（帝政ロシアにおけるユダヤ人虐殺の集団的暴虐）を煽りたて、多数のユダヤ人青年の虐殺が行われたことを目にする。そこには、商人の救命を悔恨する医者の人道主義が描かれる。魯迅の人道主義は決して楽天的楽観的なものではなかった。

魯迅は、一九二五年当時、自らの思想的葛藤を、「〈人道主義〉と〈個人的無治主義〉という二つの思想の起伏消長」(「『魯迅景宋通信集』二四」、一九二五・五・三〇、『魯迅景宋通信集』、湖南人民出版社、一九八四・六)と言った。中期の魯迅には上述のような、〈人道主義〉と〈個人的無治主義〉の思想的葛藤があり、そのとき、魯迅が人道主義を信じつつも、なお人道主義自体についても、深い思索と懐疑がともなわれていたと考える。

後期において、無産階級革命文学を標榜する中国革命文学派の馮乃超は、人道主義を全面的に否定し、情勢を理解しない人道主義者として魯迅、周作人等を激しく批判した(「芸術与社会生活」、一九二七・一二・一八、『文化批判』創刊号、一九二八・一・一五)。それに対して、魯迅は、人道主義に対するルナチャルスキーの見方を学んだ。すなわちルナチャルスキー(「TOLSTOI与MARX」、『奔流』第一巻第七、八期、一九二八・一二・三〇、一九二九・一・三〇)は、決して人道主義とその理想を頭から全否定することなく、人道主義の理想の実現できる社会とは、過渡期をへたのちの、将来の社会主義・共産主義の社会にほかならないとし、また人道主義を、批判的に継承し発展しなければならない思想と認識していた。ルナチャルスキーは、この人道主義の理想を実現するために、社会的に戦うことが必要であるとした。また同時に、ルナチャルスキーは、『解放されたドン・キホーテ』(『解放了的董吉訶徳』、易嘉〔瞿秋白――中井注〕訳、上海聯華書局、一九三四・四)において、ドン・キホーテの人道主義が激しい階級闘争が行われている現実の状況から遊離して、その時その場の人道主義となり、窮地にある圧制者を救済して、その結果さらにいっそう過酷な社会的惨禍をまねいたことを批判する。ドン・キホーテの人道主義に対するこの批判は、前期において、人道主義に対して「医生」(アルツィバーシェフ著)が懐疑したことを受け継ぐものであり、さらにはその懐疑を超えて、革命者(ドリゴ)によるいっそう厳しい批判を受けるものとなっている。

### 五　「進化論から階級論へ」

瞿秋白（一八九九～一九三五）によって、魯迅は「進化論から階級論へ」（『魯迅雑感選集』序言」、一九三三・四・八）進みはいったものとされた。本書は、それを手がかりとし、進化論にかかわる問題を考察した。魯迅の進化論は、前期と後期においてどのような性格のものであったのだろうか。どのような過程をへて、魯迅は「進化論」から「階級論」に移行したのか、移行したのちの「進化論」はどのようなものでありえたのだろうか。

前期の文学活動における魯迅の進化論は、二つの様相をもって現れる。第一の様相の進化論は、生物の進化論という自然科学の理論で、これを普及し啓蒙する性格のものである。第二の様相の進化論は、第一の様相の進化論を基礎として、民族革命或いは社会改革と直接的に結びついて融合し現れる進化論である。前期をとおして、この二つの様相の進化論は魯迅において並流している。しかし一九二七年、四・一二反共クーデターをへて、第二の様相の進化論は破綻した。

一九二八年以降、魯迅はマルクス主義を本格的に受容していき、第一の様相の生物の進化論は、自然科学として限定された。それは、魯迅が社会科学に基づく中国変革を展望するうえで、自然科学的な基礎部分となったと思われる。

後期の進化論は、前期における第一の様相の進化論が、マルクス主義を受容した後期の魯迅の新しい思想構成全体の中に組みこまれて限定され、位置づけられたものであると言える。すなわち後期の進化論は第三の様相をもつ進化論であると言える。

## 六　三つの女性像

また、前期から後期への、魯迅のものの見方の変化を表す一環として、本書の前半部分において三つの女性像を取りあげた。一九二四年二五年に描かれた女性像（「祝福」〈一九二四・二・七〉の祥林嫂、「離婚」〈一九二五・一一・六〉の愛姑、『彷徨』所収）と、一九三四年の女性像（「阿金」〈一九三四・一二・二一〉の阿金、『且介亭雑文』所収）を取りあげ、その時代、社会状況の違いを背景とする、魯迅の女性観の変化を取りあげた。

魯迅は、一九三四年ころまで、おそらく中国の女性が旧社会の弱者、被抑圧者であり、旧社会という「主犯なき無意識のこの殺人集団の中」（「我之節烈観」、一九一八・七、『墳』所収）で、犠牲とされてきたと考えた。ただ例外として、一九二五年の、北京女子師範大学の紛争における女子学生（女性知識人）に対しては、彼女たちが被抑圧者であるとしても、その闘争の粘り強い姿勢、強い意志に感嘆していた（「記念劉和珍君」、一九二六・四・一、『華蓋集続編』）。

魯迅は一九三四年に初めて、上海の租界において、それまで一般的にもっていた、旧社会における弱者、被抑圧者としての女性観が打ちくだかれたと思われる。中国旧社会の上海の租界の中で、外国人に雇われる女性召使い阿金は、傍若無人の「強者」として出現し、租界の社会的政治的体制に迎合する中で、四隣を騒がせ、驚かせた。

その後、魯迅は、現実の中国旧社会における、世界における、現実の中のさまざまな女性像を具体的に追究するようになったと思われる。

## 七　ソ連の文芸理論、作品の翻訳と紹介

革命文学論争を契機として、魯迅は「蘇俄的文芸政策」（『奔流』第一巻第一期〈一九二八・六・二〇〉から第一巻第五期〈一九二八・一〇・三〇〉）等を翻訳した。「蘇俄的文芸政策」は、一九二〇年代のソ連における、トロツキー、ヴォロンスキーと、『ナ・ポストゥ』派との間の激しい論争を紹介し、また、ロシア共産党中央委員会の決議「文芸の領域における党の政策について」（一九二五・七・一発表、「関于文芸領域上的党的政策」として「蘇俄的文芸政策」に所載）を翻訳している。本書では、魯迅が「蘇俄的文芸政策」を翻訳する動因をさぐった。その後魯迅は、「蘇俄的文芸政策」からさらに踏みこんで、マルクス主義文芸理論に関する、とりわけ文芸固有の問題に関するルナチャルスキー、プレハーノフ等の諸著作を翻訳していく。

また本書では、一九二六年以降三〇年ころにかけて、過渡的知識人である魯迅が『文学と革命』（トロツキー著、茂森唯士訳、改造社、一九二五・七・二〇、入手年月日、一九二五・八・二六）から、さまざまな具体的問題について、どのような影響を受けてきたのか、を明らかにしようとした。その場合、有島武郎、片上伸、青野季吉等の諸論と魯迅の文芸論との関連を念頭におきながら、さまざまな具体的な諸問題について魯迅の受けとめ方を明らかにしようとした。

本書で取りあげる一九三二年ころまでにおいて、文学が自己（内部要求、個性）に基づくものであるとする魯迅の基本的考えは変わらなかったと考える。

魯迅自身は、一九二八年以降マルクス主義文芸理論を本格的に受容し、そのことによって魯迅の基づく自己（内部要求、個性）自体が、コペルニクス的に深化し変容した。そしてその後、依然として、魯迅の文学活動はその深化し変容した自己（内部要求、個性）に基づくものであったと思われる。

## 八　ソ連の文学作品の翻訳と紹介

魯迅は、一九二八年中ころ以降三二年にかけて、一九二〇年代のソ連文学界の実際の動向、その経過、到達点を明らかにしようとした。すなわちソ連の同伴者作家の作品と、プロレタリア文学の作品の両者を、自らそれぞれ翻訳し、紹介しはじめる。一九二八年中ころ以降において、同伴者作家の小説を翻訳しはじめ、一九三〇年前後から『ナ・ポストウ』派の小説（無産階級革命文学、すなわちプロレタリア文学）も翻訳しはじめる。

一九三〇、三一、三二年に魯迅は、同伴者作家の文学とプロレタリア文学の両者を並行して翻訳し、その後、同伴者作家の作品を集めた『竪琴』（良友図書公司、一九三三・一）、およびプロレタリア文学の作家の作品を中心とする『一天的工作』（良友図書公司、一九三三・三）を出版した。こうした文学的営為は、ソ連文学界の実際（一九一七年から二八年ころにかけての、同伴者の文学とプロレタリア文学の実際の状況）を知ろうとする魯迅の意図に基づくものであると思われる。その翻訳と紹介をつうじて魯迅は、ソ連の諸作家が一九一七年のロシア十月革命とその後の過渡時期に対して、どのような見方と姿勢と行動をとっていたのか、あるいはとっているのか、を知ったと思われる。私は、魯迅がそれらを翻訳した時間的順序を考え、またその翻訳につけられた「前記」「後記」の文章に表現される論評をとおして、同伴者作家に対する、そしてプロレタリア作家に対する魯迅の評価およびその変化、を推測した。

## 九　社会主義をめざすソ連をどのように評価したのか

一九三二年、魯迅は「林克多『蘇聯聞見録』序」（一九三二・四・二〇、『南腔北調集』）と「我

們不再受騙了」（一九三一・五・六、『南腔北調集』）において、一九一七年十月革命以来のソ連の社会的情況について、はじめて自分なりの肯定的確信を語った。そのとき魯迅は、参考とした二冊の本をあげている。それは、『莫斯科印象記〔モスクワ印象記――中井注〕』（胡愈之著、新生命書局、一九三一・八・二〇初版）と『蘇聯聞見録〔ソ連聞見録――中井注〕』（林克多著、上海光華書局、一九三二・一一）である。

私はこの両書における、社会主義をめざした当時のソ連に対する胡愈之と林克多の紹介と評価の内容を検討する。そしてさらに、それをどのように受けとめたのか、という魯迅の評価を推測した。

## 一〇　さいごに

以上のいずれの問題についても、本書の論究は、覚え書の域をまぬがれていない。それにもかかわらず、あるいはそれゆえに、私はできれば本書が他の研究者の、良いたたき台となることを切望する。

日本において、これまでの魯迅研究は、数多くの優れた研究がなされてきた。しかし魯迅の文学論と思想面の研究における、前期と後期の継承と発展の関係について論究したものは少ないと思われる。それゆえに、また、この課題に対する私の論究は「試探」の名にふさわしい。

二〇一六年二月

中井　政喜

# 『魯迅後期試探』目次

# 第一章　「祝福」について

# 第一節　はじめに

## 一　はじめに

「祝福」[*1]は一九二四年二月七日に書きあげられたもので、魯迅が一九二三年の約一年間、寡黙の時期をへた直後のことである。[*2]

「祝福」（『東方雑誌』第二一巻第六号、一九二四・四・二五、『彷徨』、北京北新書局、一九二六・八、底本は『魯迅全集』第二巻〈人民文学出版社、一九八一〉）は、語り手「私」が故郷に帰り、そこで体験したこと、聞いたことや回想を述べ、祥林嫂のほぼ一生を語る。物語の構造を、「枠物語」の構造をとるものと考える。[*3]この構造に基づいて私は、「祝福」のテーマを二つに分けて考える。第一のテーマは祥林嫂に関する物語（主として枠内物語で語られる）であり、第二のテーマは、語り手「私」の在り方である。

このことから私は、本章の目的を次の点におく。（一）第一のテーマにかかわって、「祝福」を主として魯迅の民衆観という観点からとりあげ、その中でどのような位置づけができるのか、を追究する。（二）第二のテーマにかかわって、語り手「私」の存在が意味するところについて、一九二四年初めころの魯迅の思想的精神的状況に基づいて解釈を試みる。

## 二　梗概

以下に、私の解釈する「祝福」の便宜上の梗概を記す。

年末、まもなく「祝福」の行事が行われるころ、「私」は故郷の魯鎮に帰った。その直後、いまや乞食となり木彫りのような顔つきになった祥林嫂と出会う。祥林嫂は、「私」に三つの質問をする。「人は死んでから、魂があるのですか。」「魂があるとすると、地獄があるのですか。」「死んだ一家は顔を合わせることができるのですか。」語り手「私」は困惑し逡巡して答えるが、ついに自分の答えに窮し、そうそうに遁走する。その後、祥林嫂が死んだことを聞き、「私」は自分の答えの責任をめぐって不安になる。しかし「私」は、現世で無意味に生きているものが死んだとしても、たとえ見るのもいやなものが見えなくなるとしても、それは人のため自分のために、すべて間違ったことではないと考え、内心とがめるところがあるものの、気分が楽になっていく。

「私」はそのあと祥林嫂の一生のことを回想する。

祥林嫂は二六、七歳のとき一〇歳年下の夫（祥林）を亡くし、姑の家から逃げだして、衛ばあさん（衛老婆）の紹介により魯四旦那（魯四老爺）の家で働く。彼女は働き者で善良だった。しかし姑は祥林嫂を捜しだすと、彼女を縛りあげ船に乗せて連れ帰り、山里の家に再び嫁入りさせる。祥林嫂は必死の抵抗ののち再婚し、息子を生んだ。祥林嫂はしばらく平穏な生活を送ることができた。まもなく二番目の夫は腸チフスで死に、残された息子も狼にさらわれて亡くす。叔父が祥林嫂の住む家を取りあげ、追いだす。祥林嫂はやむなくまた魯四旦那の家にやってきて、働くことになる。祥林嫂は二人の夫と結婚した寡婦であるため、魯四旦那に不清浄なものとしてあつかわれ、「祝福」の仕事に手を出すことを許されない。柳媽から教えられて、祥林嫂は門の敷居を廟に寄進し贖罪を果たそうとした。しかし魯四旦那の家は贖罪を認めず、祥林嫂は失望と恐怖（死後、閻魔大王によってのこぎりで二つに裂かれ、二人の夫に与えられる、と柳媽から聞く）によって茫然自失した生活に陥る。そののち仔細な事情は「私」には分からぬが、祥林嫂は解雇され乞食となった。

「私」は、魯鎮が「祝福」のにぎやかな爆竹の音に包まれている中で、けだるい、しかも伸びやかな気持ちとなり、祥林嫂の死に対する自らの道義的責任について疑念を一掃する。

## 第二節　民衆と旧社会との間で

### 一　一九二三年ころまでの魯迅の民衆観の概観

一九二三年ころまでの魯迅の民衆観を、概観しておきたい。[*4]

日本留学時期の初期文学活動（一九〇三〜一九〇九）の諸論文に窺われる魯迅の民衆観は、士大夫（読書人）階層の指導者意識を根底にして、愚民と「素朴な民」（「朴素之民」、「破悪声論」、一九〇八・一二・五発表）として現れる。愚民とは、「精神界の戦士」（「摩羅詩力説」、第九章、一九〇八・二・三発表、『墳』）等を顕彰することと対比的におとしめられる、愚民としての民衆である。「素朴な民」は、誤った指導を与える「志士」（「破悪声論」、前掲）と対比的に称揚される純朴な民としての民衆である。初期文学活動の時期においては、この二つの民衆像の系譜があったと思われる。それらは、魯迅の指導者意識・士大夫意識から見下ろした民衆の姿の、一枚の銅貨の表裏の関係としてあった。しかしこれらの民衆の姿は多分に書物的であり、清朝末期における現実の民衆の姿と十分には重なることがなかったと思われる。
初期文学活動の失敗（一九〇九年に帰国）と辛亥革命（一九一一年）の挫折は、魯迅の指導者意識を崩壊させた（しかし自らの啓蒙的な思想の正しさを疑わなかった）。また、辛亥革命の挫折の根本的原因を、魯迅は伝統的精神的な中国人の国民性の悪に求めていった。辛亥革命挫折の後、上記の二重の挫折体験によって、魯迅は改革者としての自らの力量不足と、中国変革の前途に深く失望し、沈黙の期間に陥る。

この沈黙の期間の後、一九一八年から魯迅の小説等に現れる一つの民衆像は、伝統的国民性の悪の具現者としての、目覚めぬ麻痺した民衆であった。それは事実の裏打ちをもつものとして表現された愚民である。これは愚民の系譜に属するもので、初期文学活動の愚民が現実において深化した姿をとって現れたものと思われる。同時に、「天性（天性の愛——中井注）を発露することのできる」（「我們現在怎様做父親」、一九一九・一〇、『新青年』第六巻第六号、一九一九・一一・一）民衆に言及する。それは、「聖人の徒」（同上）の踏みつけを経験したことのない民衆であり、「素朴な民」の系譜に属する。また、天性を損なわれていないものとして、後の世代（子供たち、すなわち進化論のもとで想定された素朴な民）に言及する。これらは、初期文学活動の「素朴な民」の民衆像が改めて具体的な姿をとって出現したものと思われる。

さらに一九一八年以降、旧社会というこの「主犯なき無意識の殺人集団」（「我之節烈観」、『新青年』第五巻第二号、一九一八・八・一五、『墳』）によって抑圧されてきた女性と弱者、また旧社会の失敗者が現れる。この旧社会で苦しむ民衆（あるいは知識人）は、初期文学活動の書物的な民衆像ではなく、その深化した姿、現実の民衆（或いは知識人）に近づいた姿をもつものと思われる。この時期における、目覚めぬ麻痺した民衆に対する（旧社会全体に対する）憎悪と、旧社会の犠牲者である苦しむ女性・弱者に対する同情（また失敗者に対する同情）の両者は、挫折を体験した改革者魯迅の苦しみの心情に基づいた、表裏一体のものと思われる。

一九二〇年ころ、魯迅は『労働者シェヴィリョフ』（『工人綏恵略夫』、アルツィバーシェフ原作、一九二〇年訳了）を翻訳し、労働者シェヴィリョフによる人道主義者アラジェフ批判と出会う。このことをつうじて、魯迅は、理念として人道主義（天性の善・愛に基づく）を高唱することが、現実に対して無策であることを自覚した。もしも人道主義が存在するものとすれば、旧中国の現実の中から人道主義（天性の善・愛）を汲みとることが必要であることを悟った。先験的に「素朴な民」の存在を想定し、そこに中国変革のよりどころを求めるのではなく、もしも存在するものとすれば、旧社会における「素朴な民」（後の世代の子供たちを含めて）の実際の人生と運命を確認する必要があった。

以上のことを言い換えると、一九一八年ころ以降の魯迅の民衆観は、のち自らが思想的経歴をふり返って語った、『「人道主義」と『個人的無治主義』という二つの思想の起伏消長」（『魯迅景宋通信集』二四」、一九二五・五・三〇、『魯迅景宋通信集《両地書》的原信』、湖南人民出版社、一九八四・六）の過程を構成する一環としてあった、と推測できる。「人道主義」を支える「素朴な民」の存在と、「個人的無治主義」の憎悪の対象としての目覚めぬ麻痺した民衆である。

一九二〇年ころ、シェヴィリョフによるアラジェフ批判を知って以後、魯迅は人道主義（天性の善・愛）を理想として高唱するのではなく、現実の中から天性の善・愛を汲みとろうとした。そのとき魯迅は、旧社会において天性の善・愛を損なわれざるをえない下層の民衆（閏土〈「故郷」、一九二一〉等、彼らは旧社会の「素朴な民」と言える）のもがき・苦しみを理解することとなった。また目覚めぬ麻痺した民衆像を、具体的に明らかにした（「阿Q正伝」〈一九二一・一二〉の阿Q等）。

しかし目覚めぬ麻痺した民衆（愚民）を生みだす歴史的社会的条件と、愚民の連関を社会学的に明らかにしたわけではない。旧社会の構造を、苦しめる者（圧迫者）と苦しめられる者（被圧迫者）の二種類に分類して考えた。それは社会の上層から下層まで、苦しめ、同時に苦しめられる者として連珠のように連なるものとされた。そのため、同じ下層の民衆であっても、彼らは苦しめる者として立ち現れることがあり、魯迅の憎悪の対象となった。それは、魯迅が初めて理解する「圧迫者と被圧迫者」（「祝中俄文字之交」、一九三二・一二・三〇、『南腔北調集』）の関係についての、苦しみの経験を分析の軸とした、感性的な独自の理解であったと思われる。

## 二　民衆と旧社会の間で

一九二四年二月における「祝福」の第一のテーマ、祥林嫂に関する物語において、民衆はどのように描かれたのだろうか。祥林嫂はどのような民衆として描かれているのだろうか。

祥林嫂は、中国旧社会において女性にとって大きな「悪徳」であると見なされた再婚を強いられる（旧社会では、女性は「従一而終」でなければならなかった）。それを強制させたものは、旧社会の貧困の中で生きていかねばならない嫁ぎ先の事情である（祥林嫂の姑は、やり手の女性であった）。子孫を絶やさぬために、夫を失った祥林嫂の、義理の弟に嫁をもたせねばならない。しかしそのためにはお金がなくてはならない。そのお金は祥林嫂を再婚させることによって、結納金を手に入れるしかなかった。一人の人間に「悪徳」を犯させる旧社会の状況が、宗族社会の慣習が、人々の上に覆いかぶさっていた。必然的と見える糸に、人間を人間と思わせないような糸にたぐられて、犠牲は献げられる。[*5]しかしこの「悪徳」を犯すことを強制された犠牲者の苦しみは、ひととおりではなかった。再婚に対して純朴な祥林嫂は必死の抵抗を行い、婚礼のときに額を香炉机に打ちつけて自殺を図った。（祥林嫂の純朴さゆえの、この抵抗心に注目しておきたい。[*6]）

「祝福」の物語の中で魯迅は、中国変革を願望する革命的知識人の立場から、民衆に対して目的意識をもった、もっぱら批判的な筆づかいをしていない。むしろ語り手「私」はいつわらぬ目をもって、旧社会という封建社会の中で生きる民衆の姿を、温かさも冷酷さもかなりの程度あるがままに描き（冷酷さが際だつ結果をもたらしているとしても）、そのため民衆の姿も一面性をまぬがれている。のちに『彷徨』集に収められた「長明灯」（一九二五・二・二八、『彷徨』）、「示衆」（一九二五・三・一八、『彷徨』）に見られる目覚めぬ民衆に対する一方的な批判と嘲りと失望とは、描き方を異にしている。

例えば、祥林嫂が話す自分の子供阿毛の話がある。祥林嫂は再婚した先で再び夫に先立たれ、子供と二人だけの生活をしていた。ある早春の日に阿毛は狼にさらわれ食われてしまった。魯鎮の人々はこの話を聞くと、再婚した祥林嫂への軽蔑をひっこめて同情する。

「この物語はいたって効き目があった。男たちはここまで聞くとしばしば笑いをおさめ、おもしろくなさそうに離れていった。女たちはそれにひき替え彼女を許してしまったかのようであり、軽蔑した顔の色をただちに改めたばかりでなく、たくさんの涙をご相伴に流そうとした。」（一七頁）[*7]

しかし、これは長くは続かなかった。民衆の冷酷さは、民衆自身がそれと感じないままに、祥林嫂に注がれる。

「彼女は、彼女の悲しみがみんなに何日も咀嚼され味わわれて、とっくにかすになりおわり、うるさいもの、唾棄するものでしかないことを知らなかった。しかし人々の笑いの影からこの冷たさととげとげしさを感じ、自分から口を開く必要がもうなくなったことを感じたようである。」（一八頁）

祥林嫂を再び雇用することを四嬸（魯四老爺の妻）が主張したのは、彼女がよく働くこと、あまり食い意地が張っていないことを喜んだためである（山村の女性、祥林嫂の働きぶりは、最初に雇われたとき、性格の善良さとともに語られる）。それは魯四旦那と四嬸の利害打算に基づいたことである。

祥林嫂は、姑からは結納金をとるための商品としてあつかわれ、魯四旦那夫妻からは打算的なあつかいを受け、魯鎮の人々からは最後には冷酷な嘲笑を投げつけられ、人間的な交わりを与えられない地点に立たされていく。

「造化の神は人を作ることからして、まったく巧妙で、他人の肉体上の苦痛を感じることができなくさせた。われわれの聖人および聖人の弟子はかえって造化の神の欠陥を補って、さらに精神上の苦痛を二度と感じることができなくさせた。」（「俄文訳本『阿Q正伝』序」、一九二五・五・二六、『集外集』）

作者魯迅は、主として枠内物語（ここでは語り手「私」は、没人格的語り手として語る）をとおして、この祥林嫂の不幸を描くことによって、旧社会の病態を描きだそうとしている、と思われる。

論文「祝福」（許欽文、『彷徨分析』、中国青年出版社、一九五八・六、底本は『魯迅巻』第一四篇、中国現代文学社編）は魯迅における、地主に対する憎悪（民衆の麻痺した精神に触れながらも、それを長期の封建支配の結果とする）と、下層の民衆である寡婦祥林嫂に対する同情という視点から、小説「祝福」を解釈しようとする。小説「祝福」における人間関係を、地主と下層の民衆という階級関係に焦点をあわせて解釈する。

しかし、「逃、撞、捐、問——対悲劇命運徒労的掙脱——論『祝福』」（范伯群、曽華鵬、『魯迅小説新論』、人民文学出版社、一九八六・一〇）は、次のように指摘する。

「長い間、多くの研究者は『祝福』を分析するとき、好んで毛沢東同志の《湖南農民運動視察報告》の一節を引用し、主人公祥林嫂の悲劇の社会的原因を説明した。毛沢東は言う。『政権、族権、神権、夫権が、あらゆる封建的宗法社会の思想と制度を体現している。それらは、中国の人民とりわけ農民を束縛する四本の太い縄である。』この分析は理論上から言えば当然正しい。しかし『祝福』という小説の実際の描写から見ると、研究者が既成の結論を文学作品に当てはめるというやり方には、いささか単純化があるように見える。そのやり方は特定の時間・空間の条件下にある環境の独特さ、複雑さを完全には提示できない。例えば『祝福』で、魯迅は封建的政治権力の祥林嫂に対する政治的圧迫を、直接には描写していない。魯四老爺も反動政権の代表であるとは大変言いにくい。祥林嫂の不幸な運命に対して作用を起こしたいくつかの要素は、完全には四本の縄の中に含まれない。このことから、私たちは作品の実際の芸術的描写から出発し、あらためて魯迅が重点をおいて表現しようとした、祥林嫂の悲劇の運命と複雑な性格を作りだす、いくつかの重要な客観的原因を検討する必要がある。」（二三五頁〜二三六頁）[*8]

上のように指摘して、「逃、撞、捐、問——論『祝福』」（范伯群、曽華鵬、前掲、一九八六・一〇）は、魯鎮に現れる旧社会の特徴を五点にわたって指摘する。①魯鎮は閉鎖的な社会であった。伝統的な習俗と、人間についての封建的階層関係が残され、五四運動等の変革の動きは魯鎮に影響がなかった。②魯鎮は道学（理学）の思想的支配のもとにあった。女性の再婚は風俗を壊乱するものであった。また、女性の贖罪（懺悔）は許されないものであった。③魯鎮には迷信の雰囲気が色濃く漂っている。二人の夫に嫁した女性は、閻魔大王によってのこぎりで二つに裂かれる、と柳媽によって伝えられる。人間としての正当な願望・欲望が、迷信と道学によって窒息させられる。④魯鎮の民衆は、苦しむ人（祥林嫂）に冷酷な態度を示す。そこには精神の麻痺がある。[*9] ⑤祥林嫂は、社会的な災難を被った。夫を二度亡くしたこと、子供を狼にさらわれたこと、これらは旧社会のいずれの人にも可能性のあった災難である。以上のように、同論文は祥林嫂をとりまく環境の中に、階級間の環境（地主と被雇用人）もあるし、それればかりでなく、社会的環境もあり、自然的環境もあるとする。

また、「祝福と救済——魯迅における〈鬼〉」（丸尾常喜、『文学』第五五巻第八号、岩波書店、一九八七・八）[*10]は、当時の宗族社会の社会的＝宗教的環境を詳細緻密に明らかにして、この社会の「涼薄」（無関心、冷淡、薄情などの意を表す）にさらされる祥林嫂の孤独と悲哀を指摘し、宗族主義的論理に対する魯迅の憤りと悲しみを深く分析する。

このようなさまざまな病態を見せる旧社会の環境の中で、祥林嫂はその犠牲者被害者であり、旧社会の中で苦しみ孤立し、悲しみ、嘲弄され、恐れ、絶望して、一筋の行くべき道もなくなった。[*11] 祥林嫂は柳媽から、廟の門の敷居を寄進することにより、罪を償うことを教えられ、実行する。しかし魯鎮（旧社会）では、女性が罪を償い身を清めることの不可能なことを、祭祀の準備のときに知る。これは祥林嫂の、短い夢から覚めて、行くべき道のない絶望でもあった（「娜拉走后怎様」、一九二三・一二・二六講演）。⑤病態社会は彼女を飲みこみ、彼女は人肉の饗宴の材料にされた（「灯下漫筆」、一九二五・四・二九、『墳』）。

ここでの、魯迅の人間関係についての認識のしかたは、封建社会の搾取階級と被搾取階級（地主と被雇用人）という社会学的なもの、階級の関係に焦点をおいたものではない。むしろ、旧社会の慣習の中で（宗族社会のしきたりの中で）、他人の苦しみを理解せずに苦しめる者と、苦しめられる者が連珠のように連なり生活するという、人間の生な感性に近い理解であったと思われる。魯迅は、苦しみのない美しい世界を（「故郷」〈『新青年』第九巻第一号、一九二一・五・一〉の子供時代、「社戯」〈一九二二・一〇〉、「好的故事」〈一九二五・一・二八〉）、理想として追憶の中で夢見ている。それと相反した現実の世界は、人間が人間らしく生きられない人肉の饗宴の場であり、「主犯なき無意識の殺人集団」（「我之節烈観」、一九一八・八・一五発表）がいちずに弱小者を懲らしめる場である旧社会（宗族社会）であった。魯迅は、そこに生きる人々（民衆を含めて）に対して、思想的にというより、感性的に接近し理解した。そして魯迅の感情は基本的に、挫折を体験した改革者としての旧社会全体に対する憎悪（「無治的個人主義」の一面としての、シェヴィリョフ的憤激）と、そこで苦しむ弱小者（祥林嫂）への深い同情（「人道主義」）であった。

祥林嫂の不幸な死に対して、作者魯迅は深く同情するものであったと思われる。

魯迅の民衆観から言えば、祥林嫂の死は、中国旧社会に生きる「素朴な民」（「破悪声論」、一九〇八・一二発表）が、抵抗しつつも、まぬがれがたい不幸な運命に陥ることを、「素朴な民」のもがきと苦しみを、決定的に確認するものであったと思われる。[*12] 魯鎮の民衆は、旧社会における現実の目覚めぬ麻痺した民衆（愚民）としての姿を、温かさも冷たさももちながら、旧社会においてはその習俗に違反するものに対して涼薄（冷酷）である姿を、表している。

## 第三節　一九二四年初めころの魯迅の思想的精神的状況と、語り手「私」

### 一　一九二四年初めころの魯迅の思想的精神的状況

魯迅は一九二三年の一年間、ほぼ沈黙に近い状態に陥った。この一年間の寡作は、魯迅の思想的精神的状況によるものと考える。その内容は、魯迅の無政府的厭世的個性主義（「無治的個人主義」の一側面としてのシェヴィリョフ的憤激の心情）の沸騰によるものである、と推定する。[*13]

『魯迅景宋通信集』二四」（一九二五・五・三〇、『魯迅景宋通信集』、湖南人民出版社、一九八四・六）で魯迅は次のように言う。
「実際のところ、私の考えは元々すぐには分かりにくいのです。というのもその中にはもとから多くの矛盾があるからです。私をして言わしむれば、『人道主義』と『個人的無治主義』という二つの思想の起伏消長であるのかも知れません。ですから私は突然人々を愛し、突然人々を憎みます。仕事をする場合、時には確かに他人のためですが、時には自分のなぐさめのためで、時には生命をすみやかに消滅させることを願うが故に、わざと命をかけてやるのです。」
魯迅は一九二五年五月当時、自らの思想を総括して上のように述べた。私はその中で、「個人的無治主義（無治的個人主義）」と表現された中には二側面あると考える。それは、一つにはシェヴィリョフ的な心情としての厭世的無政府的個性主義であり、もう一つは、サーニン的心情の変形としての、虚無的個性主義である。
虚無的個性主義は、中国変革のためにあるいは他人のために自己犠牲的に行動することを放棄して、むしろ社会問題から遠ざかり、自分なりの幸福を（ある場合には忘却を）追求しようとする態度である。[*14]
一九二三年、魯迅が寡黙に陥ったのは、「即小見大」（一九二二・一一・一八、『熱風』）で語られた事件を大きな契機として、基本的にシェヴィリョフ的心情（憤激の心情）に深く陥ったためと推測する。[*15] ただ、一九二三年七月周作人との義絶ののち、八月ころに、魯迅は八道湾から磚塔胡同へ引っ越すころ、朱安夫人に次のように尋ねたという。
「自分は磚塔胡同に移って一時住むことに決めた、と彼女〔朱安夫人――中井注〕に告げ、奥様の心づもりを尋ねた。八道湾に残るか、それとも紹興の朱家に帰るか、と。」（兪芳、『我記憶中的魯迅先生』、浙江人民出版社、一九八一・一〇）
魯迅はこのころ、引っ越しの機会をとらえて、朱安夫人と生活を別にし、実質的に離れたいという気持ちをもっていたことが分かる。これは、虚無的個性主義の、魯迅における一つの現れと思われる。[*16]
こうした「無治的個人主義」（二つの側面として現れる）の心の中における存在を魯迅は自覚していて、心の中に「鬼気」迫るものがあるとし、あるいは「氷塊」があるとして、次のように言及していると思われる。
「私自身は、私の魂の中に毒気と鬼気がある、といつも感じています。私はそれを強く憎んでおり、取りのぞきたいと思います。しかしできません。私は極力隠していますけれども、それでも他人に伝染させることを常に心配しております。」（李秉中宛て書簡、一九二四・九・二四、『魯迅

全集』第一一巻、人民文学出版社、一九八一）

「私はいつも確かに他人を解剖する。しかしさらに多いのは、いっそう無慈悲に私自身を解剖することである。少し発表したら、暖かいことを酷愛する人は冷酷だと考えた。もしも私の血肉をすべて曝しだしたとしたら、その末路はどのようなものになるのか分からない。」（「写在『墳』后面」、一九二六・一一・一一、『墳』[*17]）

魯迅は、一九二四年当初の時点において、すでに自分の心中の暗い心情（「毒気と鬼気」）の存在について、十分理解していたと思われる。そして一九二四年九月に、そのことを初めて他人に告げることができた、と思われる。[*18]

こうした暗い心情の一面として、すなわち虚無的個性主義の現れとして（無政府的厭世的個性主義の現れとしてではなく）、「祝福」の語り手「私」を解釈できないであろうか。

## 二　語り手「私」について

### 1　語り手「私」の先行研究について

語り手「私」についての先行研究には次のような論及がある。

（一）「中国反封建思想革命的鏡子――論『吶喊』『彷徨』的思想意義」（王富仁、前掲、一九八三・三）は、語り手「私」が祥林嫂を助ける力はないものであるが、しかし唯一その痛苦の運命に同情するものとする。「私」は魯四老爺に対して憎悪の感情をもち、魯鎮の守旧的な社会的雰囲気に不満をもつものである。柳媽等の勤労大衆に比べれば、「私」は正義感があり、自覚のある「新党」であるとする。

しかし語り手「私」の、祥林嫂の最後に対する無慈悲な感想は、むしろ「私」が魯鎮の民衆と同じ傍観者的立場に立って祥林嫂を見ている、と私に感じさせる。

（二）論文「祝福」（許欽文、『彷徨分析』、前掲、一九五八・六）は、作者としての「私」（作者＝「私」とする）に対する風刺ととらえ、魯迅の自己批判と解釈する。その風刺は、自己批判であるが、しかし実際にあった事実ではないとして、小資産階級知識人に対する批判を行ったものとする。

確かに、小資産階級に対する批判であることに間違いない、と私には思われる。しかし、小資産階級のどのような内容に対する、どういう批判なのだろうか。それは一般的な小資産階級知識人に対する批判なのであろうか。私は、このような小資産階級の新しい知識人の出現を、作者魯迅に即して、魯迅の生き方にかかわるものとして、具体的に説明したい。

（三）「逃、撞、捐、問――論『祝福』」（范伯群、曽華鵬、前掲、一九八六・一〇）は次のように指摘する。「『祝福』

の中の〈私〉も矛盾に充ちた人物である。」（二四五頁）語り手「私」は、民主主義思想の洗礼を受けたために、魯鎮の沈鬱な空気に耐えられず、また祥林嫂の不幸な境遇に深く同情する、とする。また、祥林嫂に対する答えの責任を心配する。

「祥林嫂の死は彼をひどく驚かせた。しかし『来るだろうことが、すでに過ぎ去ったことを感ずるとともに』、『心がすでにだんだんと軽くなってきた。』〈私〉の性格のこうした複雑な在り方は、小資産階級知識人が暗黒の現実に不満をもち、しかしまた現状の深刻な矛盾を変える力のないことの反映である。それはこの類の人物の孤独、苦悶、沈思という本質的特徴を表す。」（二四五頁～二四六頁）

私は、こうした語り手「私」を、魯迅の一九二四年ころの思想的精神的状況に基づいて解釈したい。

（四）「論『祝福』思想的深刻性和芸術的独創性」（林志浩、『魯迅研究〈下〉』、中国人民大学出版社、一九八八・六）は、語り手「私」が善良な性格で、祥林嫂に同情しているが、しかし保身の哲学をもち、現実社会の問題を回避しようとすると指摘する。当時の新しい知識人はたいてい地主・資本家の子弟であり、二つの対立する大きな階級の間で、現実の矛盾と闘争から遠ざかろうとする人々であった、とする。

語り手「私」は、二つの対立する大きな階級の間で動揺する新しい知識人であるとし、そこに魯迅の批判の矛先を見る。私は、小資産階級の新しい知識人の動揺の内容を詳しく見て、その存在の意味を、作者魯迅自身の生き方にかかわるものとして、解釈したい。

（五）「『祝福』論」（野村邦近、『二松学舎創立百十周年記念論文集』、一九八七・一〇）は「私」の存在について、一九二四年ころの魯迅の状況に注目しながら、次のように指摘する。

「『祝福』における〈我〉の設定はどうなっているのだろうか。小説に登場する旧派の親戚魯四老爺とはおそらく相入れない思想をもっていようが、しかしさほど過激な思想の持ち主でもなさそうである。また何か大きな期待を抱いて、それが実らず、挫折感を味わったり、厭世的になったりしている風でもない。その点においても、『在酒楼上』の呂緯甫、『孤独者』の魏連殳、『傷逝』の涓生のような人物でもない。いわば、『祝福』の〈我〉は、作者が、《彷徨》の数篇の作品を通して描こうとした、改革に希望を抱き、挫折していった若きインテリの像にまでは煮つまっていない存在である。（中略）

いわば、『祝福』の〈我〉は、明らかに呂緯甫や魏連殳や涓生に発展していく可能性をもった存在であるといえよう。そこに私は、『祝福』が《彷徨》の冒頭に位置する意味をみる。《彷徨》に現れる目覚めた近代人の挫折感をするどく描く作品への導入的な存在であるといえるのではないか。と同時に悲惨な女性の生涯を描くことにより、《吶喊》の主要なテーマ〈旧〉に対するあくなき弾劾が少しも手を緩めることが出来ぬ状態であることをも強く読者にうったえているといえよう。」

「『祝福』論」(野村邦近、前掲、一九八七・一〇・一〇)は、当時の社会の思想的状況、魯迅の訳業を視野に入れて論ずるものである。ただ少なくとも、「祝福」の語り手「私」と魏連殳が同じ類型の線上にあるものとは私には思われない。それぞれ、分析が必要と思われる。「孤独者」の魏連殳をシェヴィリョフ的憤激(無政府的厭世的個性主義)によって自虐的に復讐し破滅するものとすれば、「祝福」の語り手「私」はそれとは違った類型である、と私は考えたい。「無治的個人主義」のもう一つの側面である、虚無的個性主義を体現するものとして考えたい。

(六) 語り手「私」について、優れた論考を提示するのは、「〈反抗絶望〉的人生哲学与魯迅小説的精神特徴」(汪暉、『反抗絶望』、上海人民出版社、一九九一・八、初出は一九八八年)である。同論文は、矛盾した小資産階級の「私」の性格について、物語構造の中において解釈し、旧社会における意味をさらに追究している。同論文は次のように指摘する。

「『祝福』は表面的に見れば、第一人称の語り手の語る不幸な下層の女性の物語にすぎない。過去の研究も主として、封建的倫理関係がこの二度にわたって後家となる善良な女性をいかに死地においたか、ということに集中している。評論者は明らかに一般的社会政治、社会思想の意味から小説の反封建のテーマを認識している。魯四老爺とその代表する封建的礼法関係を一方とし、祥林嫂のような被害者を他の一方とする。褒貶の評価、憎悪と同情は、大変はっきりしている。」(二七五頁)

これまでの中国における研究の主たる対象が、第一のテーマにあったことを指摘する。さらに次のように言う。

「しかし私たちが祥林嫂の物語を小説の物語構造におくとき、小説のテーマはむしろ複雑化する。第一人称の語り手は小説中において、ただひとり故郷に対していささか懐旧の念を抱いており、またまったく故郷と相容れない〈新党〉であり、ただひとり価値観において故郷の倫理体系を批判的に理解することができる人物であった。そのため実質上〈故郷〉の秩序の外で、ただひとり現代思想の要素をもつものでもあった。当然に、読者は彼を小説中のある種の〈未来〉あるいは〈希望〉の要素とするであろう。しかし語りの過程はだんだんと深く、語り手と〈故郷〉の倫理秩序の〈共犯関係〉（すなわち祥林嫂の死に対して共同の責任をもつ。これはT・赫斯特の言葉を使う）を明らかにする。それゆえ祥林嫂の物語の外で、内省を心理的基礎とする道徳的テーマと、語り手がそこにいる進退窮まる状況からの逃避を派生させる。この逃避は自己の幻想を徹底的に打ち壊す〈故郷〉からの逃避であり、故郷が生みだす悲劇に対して自己の負うべき責任からの逃避である。」（二七五頁〜二七六頁）

上のように、同論文（汪暉、前掲、一九八八・九）は、語り手「私」が語りの過程においてだんだんと、祥林嫂の死に対して「故郷」の倫理秩序と「共犯関係」にあることを明らかにする、とする。このような独自で優れた指摘をする。さらに同論文は次のように言う。

「このように、物語の内容、明確な批判方向と、物語の物語形式〔叙事形式、原文——中井注〕のあいだには、一種の逆接的関係がある。語り手の態度自身が懐疑をうけ、そして物語の反封建的内容がまさしく語り手によって語られる、という逆説的関係である。

小説は始めにおいて明らかに、読者に次のように感じさせる。〈私〉と、〈故郷〉の愚昧・迷信・倫理的雰囲気とはまったくかけ離れている、と。『どのようであれ、私は明日去ることに決めた。』しかし読者はすぐに、〈私〉が故郷を逃避するのは、ほかに深いわけがあることを知る。『ましてや、昨日祥林嫂に出会ったことを思いだすと、私を安住させせなかった。』祥林嫂もこの『字を知り、また外に出た人である』『新党』に希望を託したようであった。しかし霊魂があるかどうかの問題は語り手を進退窮まる窮地に陥れ、『焦り』、『とまどい』、『驚き』、『言を左右にし』、最後には『口ごもって』『確かには言えない』ことを結論とした。もしもこれだけなら、読者は依然として語り手が少なくとも無能であっても善良な心をもつ人で、彼の内心の深いところには依然として強い道徳感と責任感がある、と信ずることであろう。なぜなら彼は心底において、祥林嫂の死に対して道徳的責任を負っていると感じているからである。しかし引きつづく描写は、彼と、〈故郷〉の倫理秩序、魯四老爺、祥林嫂の悲劇をつくりだした者たちとの、はっきりして相容れない境界を曖昧で不明確なものにする。『しかし私の驚きと恐れはしばらくのことにすぎなかった。来るだろうことが、すでに過ぎ去ったことを感ずるとともに、必ずしも私自身の〈確かには言えない〉ことと彼のいわゆる〈食えなくて死んだ〉という慰めにたよらずとも、心はすでにだんだんと軽くなってきた。しかしたまたま、まだ内心とがめるところがあった。』

しかし語り手は潜在意識の中ではなお忘れることができず、依然として内心の重苦しさを感じている。そのため彼は祥林嫂の物語についての回想を始める。小説の末尾で語り手は、『このにぎやかな響きの抱擁の中で、けだるいしかも伸びやかな心持ちになって、昼間から初更のころまで続いた疑念は、まったく祝福の空気の中で一掃されてきれいになくなった。』——物語の語りの過程は、語り手の道徳的責任の解脱過程をなしている。語り手自身の『軽くなる』感じは結局、祥林嫂の悲劇をつくりだす〈故郷〉の冷酷さの中に合流する。このために、〈故郷〉からの逃避は、語り手が決して本当には彼の〈故郷〉と分かれてはいないことを表す。新しい文化は、魂の深いところで盤踞してからみあう旧伝統と解き離れてはいないことを認める。彼自身は〈故郷〉の構造を改革する有力な要素となりようがないし、あるいは現実変革をもたらす希望の在りどころとなりようがない。」（二七六頁～二七七頁）

物語の過程は、語り手が道徳的責任から解除されていく解脱過程をなしているとする。それゆえに、語り手「私」は、祥林嫂の悲劇をつくりだす「故郷」の冷酷さと合流することになる。そのことから、語り手は「故郷」の封建的構造を改革する要素となりえない。

「語り手と魯迅自身はともに歴史的〈中間物〉である。しかし語り手は自分と〈故郷〉の隔たりと疎遠を意識するだけであり、自己の内心・行為と、自らが決別したと思いこむ〈故郷〉とのあいだの、断ち切れない関係についていささかも気づくところがない。魯迅はむしろ、はるか超越したアイロニーの言葉と技巧によって、故郷をでた現代知識人の、逃避すべくもなく、逃避すべきでもない進退窮まる窮地を示した。これは作家の道徳的良知と自身の境遇に対する冷徹な沈思を表すものであるばかりでなく、小説の画面の外に以下のような精神的詳細な内容を押しだす。絶望的現実と望みのない運命に直面して、知識人は身を挺して絶望に反抗する以外には、別の道はない。さもなくば人は旧秩序の〈共犯〉者である。まさしくこのために、語り手が自己の道徳的責任からきれいに解脱すればするほど、気分の良さと軽やかさを感ずれば感ずるほど、私たちは内心の重みをますます感ずる。それは、〈絶望に対して反抗する〉ことと〈有罪〉のあいだには、ほかの選択肢がないことである。」（二七七頁）

私は上の、同論文（汪暉、前掲、一九八八・九）の語り手「私」に対する解釈を基礎とする。そのうえで、語り手「私」の在り方について、一般的な当時の知識人の生き方に解釈を求めるのではなく、魯迅の一九二四年の在り方から、また魯迅のそれまでの経歴から、解釈を試みたい。たとえ、「〈絶望に対して反抗する〉ことと〈有罪〉のあいだには、ほかの選択肢がないことである」としても、その間には、そこに彷徨したり、あるいは一方に傾きつつある状態・心情が存在すると思われる。魯迅の創作の意図を推定することをつうじて、彼のそうした位置を私なりに測定したい。[*19]

2　語り手「私」について

第二のテーマ、語り手「私」の在り方について、汪暉論文（前掲、一九八八・九）を参照しながら、私の考えるところを述べたい。

（一）作者魯迅の凝視

この物語の最後の部分（枠の部分）で語り手「私」は次のように言う。

「私はこのにぎやかな響きの抱擁の中で、けだるいしかも伸びやかな心持ちになって、昼間から初更のころまで続いた疑念は、まったく祝福の空気の中で一掃されてきれいになくなった。ただ、天地の聖なるものたちが生け贄と香煙を受け、みな酒に酔って空中をひょろつき、魯鎮の人々に無限の幸福をさずけようとしているように感ずるばかりである。」

さらに語り手「私」は、祥林嫂の死を知った物語の前半（枠の部分）において、次のように言う。

「この退屈しごくな祥林嫂、人々によってちりあくたの中に捨てられ、見飽きられた陳腐な慰みものは、先にはまだ形骸をちりあくたの中にさらし、生きることが面白い人々からみれば、おそらくどうしてまだこの世に存在しなければならないのか、怪訝であっただろう。しかしいま無常鬼にきれいにかたづけられてしまったようである。霊魂があるか、ないか、私は知らない。しかし現世では無意味に生きているものが死に、たとえ見るのもいやなものが見えなくなるとしても、それは人のため自分のために、すべて間違ったことではない。」（一〇頁）

物語の中間（枠内物語、これは没人格的語りによって提示される）で、寡婦祥林嫂の生涯を知らされた読み手からすれば、この語り手「私」の言葉は容易に受けとりがたいほど、冷たく、とげとげしい。しかし魯鎮のすべての人は、祥林嫂の最期のとき、これと同様の気持ちしか、祥林嫂に対してもちえていないであろう。[*20] 語り手「私」は魯鎮の人々と同じように祥林嫂に対して最後には傍観者であり、その意味で同一の平面上にある人と思われる。[*21]

魯迅は、語り手「私」という人物の、「私」の心の語りをとおして、他人の苦しみを分かろうとしない、無感動で無情な、自らの心の一面を露呈しようとした可能性がある。これは魯迅の、「無治的個人主義」の一側面である、虚無的個性主義（「無治的個人主義」の一つの側面、サーニン的心情の変形した側面）の現れと思われる。世の中の現実から遠ざかり傍観し、むしろ自らのささやかな幸福と沈黙の平静を求めようとする心情の表現である（例えば、祥林嫂に対する自らの答えのよくない結果を予感して、「私」は明日魯鎮を去り、町の福興楼のフカヒレの煮込みを食べることを言う）。こうした冷たさを、作者魯迅は語り手「私」の言葉として露呈する。魯迅はそのことによって、この冷たさを自らの心に刻みつけ確認しようとする。魯迅は刻みつけるその痛みと傷に耐え、語り手「私」の姿（行動と心情）をじっと凝視しようとしていたと思われる。中国旧社会の生け贄として、「聖なるものたち」に献げられた祥林嫂のような人々を救済しうる立場に、当時魯迅はいなかった。救済する援助者でありたいという願いとすら離れようとした時期（一九二三年）の、直後の作品である。中国旧社会の犠牲者、悪徳、醜悪、虚偽、何もかも見捨てて、一時現実から離れ、絶望の中に沈みこみ、自らのささやかな幸福と沈黙の平静を想った魯迅の心情の一端に、語り手「私」の先ほどのような居直った、冷たい傍観者的認識がおそらく存在した、と思われる。語り手「私」は次のように考える。

「現世では、無意味に生きているものが死に、たとえ見るのもいやなものが見えなくなるとしても、それは人のため自分のために、すべて間違ったことではない。」（一〇頁）

こうした語り手「私」の考えを、すなわち虚無的個性主義をもつ自己の一面を、偽ることなく魯迅は凝視する。[22] この作品「祝福」において魯迅は、反主題的に（もがき苦しみ滅びる弱者「素朴な民」〈「朴素之民」、「破悪声論」、一九〇八・一二・五発表〉への同情とは逆に）、語り手「私」という形を用いて、暗黒の現実から逃避し、自らのささやかな幸福と沈黙の平静を思う虚無的個性主義の心情を表現したと思われる（祥林嫂の悲劇を際だたせる作品上の技巧であることも、認めなくてはならないと思うが[23]）。

魯迅は挫折を体験した改革者として中国旧社会全体を憎悪し否定した（「無治的個人主義」の一側面としての無政府的厭世的個性主義の心情、シェヴィリョフ的憤激の心情に基づく）。そしてある時期においては、中国変革のために踏みだすことをためらい、迷い、背を向けて居直り、「無治的個人主義」におけるもう一つの側面としての、虚無的個性主義の心情が湧きでることがあった。魯迅はそうしたときの自らの姿を、すなわち語り手「私」の姿として描きだし、凝視している。[24] 作者魯迅は、語り手「私」の姿勢（心情と行動）を対象化し、懐疑している、と思われる。私はそうした作者魯迅の気持ちを汲みとりたい。

語り手「私」は、犠牲として献げられた祥林嫂の不幸に対して感じた自らの答えの責任を、〈祝福〉のけだるさと気分の良さの中に解消していく。当初祥林嫂の死に対して、自らの答えの責任として抱いた疑念と不安を一掃してしまう。旧社会における祥林嫂の不幸な死と、語り手「私」の彼女に対する関心の消滅という対比が鮮明に現れる。この強烈な対比が存在するために、作者魯迅が語り手「私」に共感している、と私には読むことができない。むしろ魯迅は、語り手「私」を冷徹に凝視していると受けとることができる。それゆえここに私は、語り手「私」に対する魯迅の懐疑を読みとりたい。そして祥林嫂に対する魯迅の深い同情を読みとりたい。

（二）二つのテーマの関連

『中国伝統小説と近代小説』（李国棟、白帝社、一九九九・四、「第二章　伝統の『枕中記』と近代の『黄梁夢』」、五五頁）は次のように指摘する。

「中国近代小説の創始者・魯迅は近代小説『祝福』で倒置的叙述順序を取っている。『祝福』では、魯迅はまず祥林嫂の死の直前状況およびその死を描く。彼女が死んだ後になって始めて、彼女の若いときからの一生を紹介する。もし〈始め〉から〈終わり〉への自然順次の叙述順序を取っていれば、祥林嫂の死が当然小説の〈結末〉に現れ、彼女の死の意義の追究――彼女を死に追い込んだ不合理な社会への批判が小説のテーマとなるはずである。しかし、現実には〈終わり〉から〈始め〉への倒置的叙述順序を取っているので、祥林嫂の死およびその意義の追究が小説のテーマとならず、その代わりに、一人称主人公が最後に町の〈祝福〉の雰囲気に埋没され、祥林嫂の死による〈不安〉から逃れて、『物憂さ』と『安らぎ』に浸っていたことが示しているように、伝統的な儒教社会に対する魯迅自身の無力感と絶望がこの小説のテーマとなっている。要するに、祥林嫂の死という出来事自体が自然に示した意義ではなく、この出来事に対する魯迅個人の感受や解釈を小説のテーマとして作り上げた処に、倒置的叙述順序の果たした重要な役割が認められるのである。」

上の論旨は、「彼女〔祥林嫂〕の死の意義の追究」と、「この出来事に対する魯迅個人の感受や解釈」という二つのテーマを対立的にとらえ、魯迅が倒置的叙述順序を採用したことによって、「伝統的な儒教社会に対する魯迅自身の無力感と絶望がこの小説のテーマ」となっている、と判断しているものである、と思われる。

しかしながらこの論は、小説「祝福」が「枠物語」（「外枠物語」）の構造（「『祝福』試論――〈語る〉ことの意味」、今泉秀人、『野草』第七〇号、中国文芸研究会、二〇〇二・六・一）をもつ意味を軽視している。

「ある物語を内包し、それ自身はフレームのように機能する、いわゆる〈外枠物語〉の構造を『祝福』はその体裁としている。この枠組みにあたる部分が、一人称の視点人物『我』の心理的変化を伴った語りであることは既に述べたとおりである。この〈フレーム〉に挟まれて小説の中心に位置しているのが祥林嫂の半生を描いた回想部分であり、これは全篇のほぼ六割強の分量を占めている。いまこれを〈祥林嫂の物語〉と呼ぶことにする。」（今泉秀人、前掲、二〇〇二・六）

この「枠物語」の構造に注目するならば、「祝福」において二つのテーマが対立しつつも、併存し補完しうるものである、と思われる。そのように考えることによって、「祝福」の新たな意味と内部的連関を探索することができると思われる。同論文（今泉秀人、前掲、二〇〇二・六）は次のように指摘する。

「回想によって死者の生をいきること、これが『祝福』の〈語り〉の意味である。そして〈語る〉行為に備わるカタルシスの効果と、それと表裏一体に、〈語る〉という行為そのものが潜在的・不可避的に持たざるを得ない、一方的に〈語られる〉しかない他者からの存在価値の収奪、とでも言うべき結果に対する、皮肉でしかも強烈な（自己）告発こそがこの小説の内部にひそむ根源的テーマなのではないだろうか。」

私の「祝福」解釈の試みは、同論文（今泉秀人、前掲、二〇〇二・六）でなされた解釈を参照しながら、作者という外側の、一九二四年当時の魯迅の思想的精神的状況から私なりに説明しようとするものである。

これまで述べたように私は、第二のテーマの内容（外枠を主とする、語り手「私」の在り方）が、『中国伝統小説と近代小説』（李国棟、前掲、一九九九・四・五）の指摘のように、伝統的な儒教社会に対する魯迅自身の無力感と絶望である、とのみは考えない。この第二のテーマは、語り手「私」の虚無的個性主義の心情と行動によって表されるものであるが、しかし作者魯迅がそれを凝視し懐疑していることに、さらに重要な意味がある、と考える。すなわち第一のテーマは、旧社会における寡婦祥林嫂（「素朴な民」）の不幸な人生の追究であり、第二のテーマは、語り手「私」の虚無的個性主義的在り方である。この二つのテーマを見つめる作者魯迅の凝視が「祝福」を統括する。

この二つのテーマを意味上から言えば、テーマ（人道主義）と反テーマ（虚無的個性主義、「無治的個人主義」の一側面）の対立がある。しかし二つの対立するテーマの併存が破綻しない理由は、「枠物語」という構造をとっているためということのほかに、「祝福」のプロットによる。なぜなら語り手「私」が、枠内物語である旧社会における祥林嫂の必然的とも見える不幸な運命を語ることは、語り手の道義的責任を軽くする意味をもつからである（没人格的語りによって客観的に提示された）。祥林嫂の三つの質問に対する語り手の答えの責任、ひいては祥林嫂の死についての道義的責任に対して、語り手「私」の責任の軽さを証明することにつながる。それゆえに、この二つのテーマはプロットの中で有機的に連関していることが分かる。対立排除の関係ではなく、対立しながらも、有機的に支えあい補完していると考える。そのように作者魯迅は物語構造を構成していると思われる。

その結果、読み手は、語り手「私」の「道徳的責任の解脱過程」（「〈反抗絶望〉的人生哲学与魯迅小説的精神特徴」〈汪暉、前掲、一九八八・九〉）を読んで、対比的にいっそう深く祥林嫂の孤独な不幸を感ずる。作者魯迅の、旧社会という弱小者をいちずに懲らしめる「主犯なき無意識のこの殺人集団」（「我之節烈観」、『新青年』第五巻第二号、一九一八・八・一五、『墳』）の暴露が、「素朴な民」（「朴素之民」、前掲）祥林嫂の行動の試行錯誤における失敗の悲嘆が、すなわち第一のテーマが、成就される。逆に同時に、冷酷な語り手「私」の在り方に対する読み手の懐疑が、さらに鮮明に前景に浮かびでる。

また第二のテーマにかかわって、当時、こうした自らの虚無的個性主義という一面を懐疑する魯迅の姿勢の裏にも、中国変革に対する絶望（無力感）が大きな影を落としていたことは間違いない、と思われる。しかし虚無的個性主義の心情と行動に対する凝視と懐疑は、[*25]一九二三年の寡黙から抜けだし、やがて一九二四年の後半ころから魯迅が「暗黒ともみあう」（『魯迅景宋通信集』二四」、一九二五・五・三〇）方向に進むことを、予示する一つの事象である、[*26]と私は推測する。

## 第四節　さいごに

一九二四年二月以降の魯迅の民衆観については、目覚めぬ麻痺した民衆（愚民の系譜）が引き続き出現する。しかし祥林嫂のような、中国の現実の中で生きる「素朴な民」は、しばらく魯迅の作品に現れない。このことから上述のように、「祝福」が中国の現実における「素朴な民」の不幸な境遇・運命に対する決定的な確認を意味した、と私は考える。

「祝福」から約一年九ヶ月後、一九二五年一一月六日、「離婚」(『語絲』週刊第五四期、一九二五・一一・二三、『彷徨』)において、新しい類型の民衆、「愛姑」が出現する。それはさらに現実の民衆把握につながる、民衆の中の新しい類型の探究であった、と思われる。

「祝福」から二年後、一九二六年二月になって、「素朴な民」と目覚めぬ麻痺した民衆(愚民)は、魯迅の追憶の中で改めてその姿を見つめ直され測り直されて、当時の中国の現実のあるがままの民衆として、まず「狗・猫・鼠」(一九二六・二・二一、『朝花夕拾』、北京未名社、一九二八・九)から現れる、と思われる。それは魯迅にとって、「『人道主義』と『個人的無治主義』という二つの思想の起伏消長」の過程を構成する一環としての民衆観から脱却するための、そして一九三〇年代において新しい民衆像を認識していくための、魯迅の民衆観における止揚の第一歩であったと推測する。

これらにいたる経過には、民衆(目覚めぬ麻痺した民衆)に対する弁護の道があったと想像する。

こうしたことについて、魯迅の民衆観における私の次の課題としたい。

一九二四年において魯迅は、九月から翻訳しはじめる厨川白村の『苦悶の象徴』(『苦悶的象徴』、北京新潮社、一九二四・一二、九月二二日翻訳開始、一〇月一〇日訳了)や、『象牙の塔を出て』(『出了象牙之塔』、北京未名社、一九二五・一二)の翻訳をとおして、「無治的個人主義」の心情に陥った状態から徐々に、葛藤をへながら、自らを立ち直らせていったと思われる。[*27]

一九二四年二月七日に書きあげられた「祝福」は、まずそのための第一歩を印すものであった。それは、虚無的個性主義の心情と行動を示す語り手「私」に対する深い凝視と、自らの一面でもあるその姿を容赦なく忠実に描きあげたことによって、自らのこうした心情のカタルシスを意味し、その第一歩にふさわしいものであった(たとえこの心情を最終的に克服できるのは、後の時期に、一九二六年末ころになるとはいえ)。

# 第二章　「離婚」について

## 第一節　はじめに

小説「離婚」（一九二五・一一・六、週刊『語絲』第五四期、一九二五・一一・二三、『彷徨』、北京北新書局、一九二六・八、底本は『魯迅全集』第二巻〈人民文学出版社、一九八一〉）における愛姑という農村女性の性格・思想および反抗・闘争を、どのように考えることができるのか。本章はこの点を明らかにすることを目指したい。そのために、これまでの「離婚」研究史の代表的なものを取りあげて、若干詳しく検討する（そのほかの、特徴のある研究については、註で紹介する）。このことをとおして本章は、愛姑の性格・思想および反抗・闘争について、物語の筋と構造に基づいた解釈に若干触れながら、主として魯迅の民衆観の変化・発展過程において、また一九二五年当時の彼の社会観、当時の社会状況に基づいて解釈することを目的とする。

まず、私なりの簡単な便宜上のあらすじを紹介しておきたい。場面は二つに分かれる。

主人公愛姑は清末のある日、[*1]父親の荘木三（近隣の農民に一目置かれる富裕な自作農と思われる）とともに乗合船で慰老爺〔慰旦那〕の新年の祝いの会にでかける。そこには七大人《しちたいじん》も招かれている。船中の農民同士の会話によって、この間の事情が語られる。愛姑はこの三年間、夫の家（施家《しけ》）と紛争を起こしていた。夫はある寡婦と親密になり、施家は愛姑に離婚を要求する。荘家はこれに抗議し、施家のかまどの打ち壊しをした。愛姑は意地で離婚を拒否し続け、慰老爺の調停にも反抗する。その日、調停が七大人を交えて、慰老爺の屋敷で行われることになっていた。

愛姑は七大人には読書人の見識があり、公平な裁きがなされるはずであると信じていた。屋敷の広間で、慰老爺から七大人の意向が先ず伝えられる。別れるのがよい、手切れ金は一〇元積みまして九〇元とする。父親荘木三は何も言わず、愛姑は勇を鼓して自分の婚姻の正当性を主張し、裁判も辞さないと言う。七大人はこの措置が決して愛姑にとって不利ではないと言い聞かせる。愛姑は孤立無援の中で、七大人に失望しつつ、なお抵抗しようとする。しかし七大人の「来～～兮〔これ～～へ〕」の声に、愛姑は突然おびえ、状況が急激に悪化したと思いこむ。愛姑は自分が誤っていたと感じ、七大人の斡旋に従うことを述べる。こうして離婚が成立する。

## 第二節　「離婚」の先行研究と課題

### 一　「離婚」の先行研究について

1　「辛亥的女児――一九二五年的『離婚』」（須旅《しゅりょ》[*2]、『魯迅研究叢刊』第一輯、魯迅文化出版社、一九四一・一、『魯迅研究学術論著資料匯編一九一三〜一九八三』第三巻、中国文聯出版公司、一九八七・三）は、秦林芳によれば[*3]、その後の「離婚」研究に比較的大きな影響を与えた論文であるという。「辛亥的女児」（前掲、一九四一・一）は次のように指摘する。辛亥革命は挫折し、封建的経済基礎を突き動かすことがなかった。そのため中国の女性は辛亥革命から何ものも得ることがなかった。この「辛亥の娘」とは、自然発生的に封建社会に反抗するけれども、孤立し敗北せざるをえない女性、辛亥革命後の旧社会（「辛亥革命の刻印がある」〈四五四頁〉とする）がその敗北を傍観したにすぎない女性を指す、と思われる。同論文は、魯迅が都市ではなく、中国の女性の大部分が暮らす旧社会の農村の女性を取りあげたところに意味があるとする。また魯迅は、農村女性の婚姻関係を地主の搾取関係（「封建的超経済的搾取」）と結びつけてあつかい、その本質を明らかにしているとする。愛姑には二重性がある。一つは、その野性的な性格で、魯迅は愛姑の農民的な粗野な勇気を称揚する。愛姑の「意地」は〈自然発生的な〉ものであるようだが、また自分の家庭生活が破壊されるのを甘受しないためであるが、しかし「これはまさしく愛姑の人格の覚醒する萌芽である。」（四五四頁）もう一つの側面は、愛姑の無力である。愛姑には闘争の精神があるが、しかしその闘争は自覚的な闘争ではない。それが愛姑の無力である。魯迅は、愛姑のような人物に対して心から愛した。しかし愛姑を粉飾しなかった、当時の現実を粉飾しなかったとする。「愛姑はかつて自然発生的に自分の〈人格〉のために封建勢力と闘争した。しかし敗北した。」（四五六頁）「愛姑は闘争の中で貴重な野性を現した。」（四五六頁）

2　「説『離婚』」（呉組緗《ごそしょう》、『中国現代文学研究叢刊』一九八五年第一期、一九八五・一）は、この物語の意味を、愛姑個人の結婚の問題、それをめぐって彼女が抑圧を受けた問題であるとは考えない。「辛亥の娘」愛姑の反抗を民主主義革命の観点からとらえ、その積極的意義を社会的思想的な観点から評価して、女性が人権、民主的権利を争う問題としてとらえる。同論文は、愛姑の「二本の鎌」あるいは「鎌式」の足を、「どうやら、纏足の足でもなく、自然な足でもなく、纏足を解いてなお完全には解かれていない、大きくもなく小さくもない足である」（九七頁）とする。

纏足をし、その後纏足を解こうとする意志をもった女性であると解釈する。愛姑の生活する農村が東南沿海地区にあり、商品経済がもともと発達して、文化と思想において他地域とは異なった様相があったとする。また一人一人の登場する農民について詳細に分析する。

「愛姑の時代はまさしく辛亥革命の後であり、この革命を中国資産階級〔資本家階級――中井注〕が指導した。しかし反帝反封建の任務は達成されなかった。（中略）そのためこの革命はひとりの皇帝を追い払っただけで、これに替わってできたのは、むしろ依然として地主階級の軍閥官僚政治であった。中国は依然、帝国主義と封建主義の圧迫と搾取のもとにあった。

愛姑という初めて人権思想をもった農村女性の性格は、まさしく上述の時代の社会と階級的特徴の反映である。彼女の闘争の軟弱さと目標のなさ、彼女が封建的支配勢力を信じ、そして七大人の威勢に甘んじて屈服するのは、上述の分析から説明することができる。」（九九頁）

魯迅はこの「辛亥の娘」の態度における、闘争する勇気と容赦のない暴露を称賛するとする。しかしその重点は、愛姑の闘争の弱点を諷刺するという一面にある。それは旧民主主義革命に対する失望と否定の気持ちの流露でもあるとする。

愛姑は、この社会的環境と境遇において、完全に孤立無援である。愛姑の反抗意識が圧迫されて成長できなかったのは、当然であり、愛姑の屈服は歴史的悲劇である。それはちょうど旧民主主義革命の失敗が特定の歴史的条件に基づくことと同様であるとする。この小説には、（一）愛姑と嫁ぎ先の夫舅との矛盾、（二）荘木三と施家の矛盾、（三）荘氏の父娘の矛盾、が描かれる。しかし小説の主要な矛盾は、二つの思想を体現する双方の、すなわち民主主義思想（人権思想、女性の権利思想等）の萌芽を体現する愛姑と、七大人をはじめとする地主集団の封建主義思想との矛盾であるとする。

「封建主義に反対する歴史的重責は新しい階級の指導する新しい革命によって完成されなければならない。これこそ魯迅がこの離婚事件の中で提起した、当時の中国の革命の方向と路線の問題である。」（一一一頁）[*4]

上記のように、同論文は「離婚」の背景の時期を辛亥革命後として論を進める。しかし私は先に註一で述べたように、時期は清末と考える。この点を留保しながら、同論文について、後述のように考察していく。

3　「重読魯迅『離婚』」（秦林芳、『中国現代文学研究叢刊』一九九四年第四期、一九九四・一〇）は次のように論ずる。愛姑は「旧中国の子女たち〔老中国的児女[*5]——中井注〕」の一人であり、その個性には近代民主主義の精神はなく、近代的個性主義は見られない。愛姑は古来の伝統的な「潑婦」〔きかん気の女。じゃじゃ馬〕にすぎない。（しかし愛姑の反抗は伝統的規範を無視した行動であり、それなりの歴史的合理性があったとする。）それゆえ愛姑の悲劇は基本的に性格悲劇である。そしてその反抗の目標は封建的色彩を帯び（「家敗人亡」）、封建的手段によって（七大人の公平な裁き）反封建の闘争を行おうとするものである。それゆえ魯迅は愛姑の闘争について二重の評価をする。

（一）封建勢力に対する自然発生的な野性に充ちた愛姑の闘争に対して、魯迅はいささかの留保もなく愛姑に同情する。「重読魯迅『離婚』」（前掲、一九九四・一〇）は許欽文の回憶を引用する。

「確か私が『離婚』の原稿に目をとおしているときに、魯迅先生は私がすでに《語絲》でこの小説を読んだことがあることを知って、ただ簡単に二三言いった。『ここの愛姑も、本来反抗性があって、いくらか闘うことができた。しかし『傷逝』の子君のように、まだ成長していず、暗黒社会の悪い勢力に抑えつけられてしまいました。』」（「祝福書」、許欽文、『《魯迅日記》中的我』、浙江人民出版社、一九七九・八）

　そのうえで、「重読魯迅『離婚』」（前掲）は次のように指摘する。

「『吶喊』『彷徨』の一連の形象の中で、下層の勤労女性が立ちあがり反抗するものは愛姑一人しかない。魯迅はそれに対して深い同情を与えざるをえないものである。」（二〇三頁）

（二）しかし同時に魯迅は、その反抗の封建的目標と封建的手段に対して批判をもっているとする。また、施家との対立の中で表れる、粗野で、横暴、浅はかで、悪辣な愛姑の一面は、魯迅が伝統的国民性の悪の現れとして極力批判したものである。このことが愛姑に対する魯迅の同情を限界づけているとする。

　それゆえに同論文は次のように結論を述べる。

「これは魯迅の二重の悲哀を伝える。（一）封建勢力があまりにも強大であるとき、愛姑の闘争の失敗は不可避である。（二）たとえ愛姑の闘争が勝利を得るとしても、それは近代民主主義的意識の勝利とは無縁であり、同じく不幸なものたちに対して傷害を与え、自分の不幸の延長をもたらすことができるだけである。このために、強大な封建勢力と戦って勝利を得、近代民主主義の勝利を実現しようとするならば、〈思想革命〉、〈国民性の改革〉を引き続き行わなければならない。これが『離婚』の示す客観的な思想的意義と作者の主観的傾向であるのだろう。」(二〇四頁)

## 二　先行研究に基づいて設定する課題

上記の先行研究における見解の分岐をどのように見たらよいのであろうか。

(一)愛姑の闘争は、封建的目標と封建的手段によるものであったのか。

(二)愛姑に、人としての覚醒(人権)の萌芽があるのか、どうか。あるいは愛姑の性格は、古来の「潑婦」にすぎないのか。

(三)「離婚」は歴史悲劇か性格悲劇か。

(四)愛姑の性格・思想に対して、物語の筋と構造からどのように読むことができるのか。またその性格・思想に対する魯迅の評価はどのようなものか。

(五)愛姑の闘争と敗北に対して、魯迅はどのように評価するのか。

上の分岐点について、まとめると次のようになる。

(一)、(二)について。

「辛亥的女児」(須旅、前掲、一九四一・一)は愛姑の闘争が、自覚的な闘争ではなかったとする。封建社会を改革するための展望のない、無自覚な自然発生的な闘争であった。しかしそこには人としての覚醒の萌芽があったとする。「説『離婚』」(呉組緗、前掲、一九八五・一)は愛姑の闘争の軟弱さと目標のなさを指摘する。それは、当時の旧社会で初めて人権思想(民主主義思想の萌芽)をもった女性の弱点であるとする。それに対して、「重読魯迅『離婚』」(秦林芳、前掲、一九九四・一〇)はこの点を詳しく分析し、愛姑に近代民主主義思想、個性主義がないとし、彼女が古来の「潑婦」にすぎないとする。

前者二者は、愛姑に人としての自覚(人権思想)の萌芽を見る。それに対して後者は、愛姑を古来の「潑婦」にすぎないとする。

(三)について。

以上の点から、「辛亥的女児」(須旅、前掲、一九四一・一)、「説『離婚』」(呉組緗、前掲、一九八五・一)は「離婚」を歴史悲劇とし、「重読魯迅『離婚』」(秦林芳、前掲、一九九四・一〇)は性格悲劇と解釈する。

(四)について。

「辛亥的女児」(須旅、前掲、一九四一・一)は愛姑の性格・

思想における二重性を指摘する。称揚される野性的な性格と、闘争における自覚のなさである。「説『離婚』」（呉組緗、前掲、一九八五・一）は愛姑の二重性を指摘する。それは一面における闘争の勇気と容赦のない暴露であり、他面における闘争の軟弱さと目標のなさである。「重読魯迅『離婚』」（秦林芳、前掲、一九九四・一〇）も二重性を指摘する。魯迅は愛姑の野性に充ちた闘争に深く同情した。他面において反抗の封建的目標と封建的手段に対して、また「潑婦」の粗暴な性格の側面に対して、批判するとする。このことが魯迅の同情を限界のあるものとする。[*6]

いずれも愛姑の性格・思想における二重性を指摘していることが分かる。ただ、「重読魯迅『離婚』」（秦林芳、前掲、一九九四・一〇）は愛姑の「潑婦」の粗暴さ（伝統的国民性の悪）に注目し、魯迅の同情を限界づけるとする。

（五）について。

「辛亥的女児」（須旅、前掲、一九四一・一）は、「離婚」が当時の農村女性の自然発生的な闘争・敗北と、農村の支配構造を、あるがままに描いたとする。「説『離婚』」（呉組緗、前掲、一九八五・一）は「離婚」の主題を、民主主義思想（女性の権利思想等）の萌芽を体現する愛姑と、地主集団の封建主義思想の矛盾であるととらえる。それゆえに「離婚」における愛姑の軟弱な闘争に対する諷刺を読む。「重読魯迅『離婚』」（秦林芳、前掲、一九九四・一〇）は、魯迅は愛姑（「潑婦」）の闘争が旧社会を改革する内容のものではなく、ゆえに旧社会変革のためにはなお、「思想革命」「国民性の改革」が必要であると考えたとする。

上の論文三本の分岐点を見てみると、私には物語の筋と構造の解釈によるだけでは解決が難しい点があると思われる。そのため私は、「離婚」解釈の分岐点について、一九二五年当時の作者魯迅の民衆観、社会観、および当時の社会的状況に基づいて解釈を試みることにする。[*7]（一）愛姑の性格・思想の二重性を認めたうえで、「重読魯迅『離婚』」（秦林芳、前掲、一九九四・一〇）の指摘する魯迅の伝統的国民性の悪に対する批判（「潑婦」批判）を読むことが可能であろうか。（二）愛姑の闘争と敗北に対する魯迅の評価を考察するとき、その軟弱さに対する諷刺と、新しい階級の指導の教訓を、読みとることができるのであろうか。[*8]

言い換えれば、私は次のように課題を設定する。

（一）魯迅の民衆観の変化・発展過程において、また当時の彼の社会観に基づいて考えるとき、愛姑の性格・思想はどのように評価できるであろうか。愛姑の野性的な性格と闘争における自覚のなさという二重性を認めたうえで、魯迅は、愛姑をたんに「潑婦」(伝統的国民性の悪を発揮するきかん気の女)にすぎないとしたのか。それとも「潑婦」であるとしても、そこに人としての自覚の萌芽を見たのだろうか。また、一九二五年当時の魯迅の伝統的国民性の悪とは何を指していたのか(「潑婦」のような性格に対する批判だったのか)。

(二)愛姑の反抗・闘争と敗北を、魯迅の当時の社会観、当時の社会的状況に基づいてどのようなものとして位置づけることができるのか。また、魯迅は新しい階級(労働者階級)の指導を、一九二五年当時において予測することができたのだろうか。

## 第三節　一九二五年ころの民衆観

### 一　伝統的国民性の悪批判

魯迅は一九二五年当時、中国変革の道はなお依然として、『新青年』で主張された「思想改革」(国民の精神的改革)を行うことに主要な課題があるとする。(その対象については当面、知識人であると考え、民衆は別の手段を考えなければならないとした。[*9])辛亥革命の挫折したころから、『吶喊』の時期をへて一九二四年ころまで、魯迅の民衆観は「『人道主義』と『個人的無治主義』という二つの思想の起伏消長」(「『魯迅景宋通信集』二四」、一九二五・五・三〇、『魯迅景宋通信集』、湖南人民出版社、一九八四・六)の過程を構成する一環として、それぞれ深化をともないながら、存在した。それは、「人道主義」を支える「素朴な民」(天性の愛と善をもつ)の存在と、「個人的無治主義」の憎悪の対象としての目覚めぬ麻痺した民衆(愚民)である。一九二四年二月「祝福」において、旧社会における「素朴な民」(祥林嫂)の不幸な人生を確認して以来、[*10]「素朴な民」はそれ以後魯迅の作品に出現しなくなる。他方、精神の麻痺した目覚めぬ民衆は、「復讐」(一九二四・一二・二〇、『野草』)、「復讐(其二)」(同上)、「長明灯」(一九二五・二・二八、『彷徨』)、「示衆」(一九二五・三・一八、『彷徨』)、「孤独者」(一九二五・一〇・一七、『彷徨』)等々で引き続き描かれる。中国変革にとって、国民の精神的改革(思想改革、伝統的国民性の悪の改革)こそ根本的な課題である、と魯迅は考えていた。[*11]一九二五年ころ、魯迅のとらえた伝統的国民性の悪とは何であったのだろうか。

「先生のお手紙は言っております。惰性が現れる形式は一つではない。最も普通なのは、第一は命を天に任せること、第二は中庸である、と。私は、この二つの態度の根本は恐らく、惰性だけですますことはできないであろう、実は卑怯なのだと考えています。強者に出会えば反抗する勇気もなく、『中庸』ということで誤魔化し、わずかな慰めとする。それゆえ中国人がもしも権力をもち、他人が彼をどうしようもないと知り、あるいは『多数』が彼の護符となるときがあれば、多くは強暴残忍で、あたかも暴君であって、ことを決するのに決して『中庸』ではない。口を開けば『中庸』になってみると、それは勢力をすでに失い、とっくに『中庸』でなければいけなくなったときです。（中略）これらの現象は実際、中国人を廃滅させうるものです、外敵があろうと、なかろうと。もしもこれらを救い正そうとすれば、さまざまな劣った点を先行して暴露し、その立派な仮面を引き裂くよりしかたがない。」（「通訊（二）」、一九二五・三・二九、『華蓋集』）

ここで魯迅は、中国の民族滅亡をまぢかな危機として意識し、この危機を脱するために、伝統的国民性の悪の代表的な一つである奴隷根性を、そしてその背後にある卑怯な精神を改めなければならないことを説いている。

「中国国民性の堕落は、決して家のことを気にかけるためではありません。彼らは〈家〉のために考慮したことはないと思います。最大の病根は目のつけどころが近く、さらに〈卑怯〉と〈貪欲〉なことです。しかしこれは長い間に培ったもので、一時には取りのぞくのが難しいです。私はこれらの病根を攻撃する仕事について、もしもするべきことがあれば、現在も手放そうとは思いません。しかしたとえ効果があるとしても、恐らく大変遅いので、自分では見ることができません。」（「『魯迅景宋通信集』一〇」、一九二五・四・八、『魯迅景宋通信集』、湖南人民出版社、一九八四・六）

ここでも中国国民性の堕落を説き、その病根を目先のことに目をつけることと、「卑怯」「貪欲」をあげる。また、次のように魯迅は中国人が現実を正視しようとしない精神を指摘する。

「中国人のさまざまな方面を直視する勇気のないことは、隠すのと騙すことを用いるもので、奇妙な逃げ道を作りだして、自らは正しい道だと思いこむ。この道にあることが、国民性の怯懦《きょうだ》、懶惰《らんだ》と、そして狡猾であることを物語る。（中略）事実において、いったん国が滅びると、何人かの殉難する忠臣がつけ加えられる。後には人々はいずれも旧いものを光復したいとは思わず、ただその数人の忠臣を賛美するだけである。」（「論睜了眼看」、一九二五・七・二二、『墳』）

中国の現実がどのような状態にあるのか、そして自分自身の現状はどのようなものであるのか、を正視することが、中国変革の出発点であるとする。しかし中国人は卑怯にも現実に目をふさぎ、自己と他人を欺く事柄を考えだして、一時の安逸を貪ろうとする。

こうした伝統的国民性の悪を改革する仕事は、息の長い一世代二世代と引き継いでいかなければならないことかもしれない。しかし、「さいわい誰も決定的に言う勇気はない、国民性は決して変わるはずがないものだ、と。」(「忽然想到 四」、一九二五・二・一六、『華蓋集』) 魯迅は上のような希望を抱いていた。「たとえ見いだすものが完全な暗黒にすぎないとしても、暗黒と闘うことができる。」(「忽然想到 十一」、一九二五・六・一八、『華蓋集』) このように、魯迅は戦う姿勢を示している、それは「暗黒ともみあう」性質のものであったにしても。[*12]

## 二 民衆に対する弁護の道

魯迅は一九二五年ころにおいて、旧社会の下層の弱小者、苦しむ人々に同情していたと思われる。しかし同時に他方で、目覚めぬ麻痺した民衆(愚民〈下層の人々を含めて〉)を憎悪していた。また、この民衆は封建的専制支配の結果、「沈黙」の「死相」の中に沈んでいた。

「我々の大多数の国民はじつに静かである。まことに喜怒哀楽が色に表れず、まして彼らのエネルギーや熱情を吐露することなど言うまでもない。」(「中山先生逝世后一周年」、一九二六・三・一〇、『集外集拾遺』)

しかし目覚めぬ麻痺した精神が、沈黙の死相が、民衆の現実であるとしても、一九二五年ころから魯迅に、目覚めぬ麻痺した民衆を弁護する言葉がはじめて現れる。「俄文訳本『阿Q正伝』序及著者自叙伝略」(一九二五・五・二六、『集外集』) は次のように言う。

「現在私たちが聞くことのできるのは、数人の聖人の徒の意見や道理で、それらは彼ら自身のためのものである。庶民については、むしろ黙々と育ち、やつれ黄色くなり、枯れ死にする、まるで大石の下の草のように。こうしてすでに四千年となる。」(「俄文訳本『阿Q正伝』序及著者自叙伝略」、一九二五・五・二六、『集外集』)

この文章で魯迅は、中国人がそれぞれ高い塀によって切り離され、互いの精神を通わせることができず、互いの精神的苦痛を感ずることができない状況であるとする。と同時に、民衆がどうしてそのような状態にあるのかについて、大石の下に抑圧され、沈黙の中に枯れ死にする客観的状況を、比喩的に述べる。これは、大石の下に抑圧される民衆に対する弁護の言葉でもあると思われる。[*13] また、「学界的三魂」(一九二六・一・二四、『華蓋集続編』) では次のように言う。

「すこし大きく国事に喩えてみよう。太平の盛世には、匪賊が存在しない。群盗がいたるところに発生するとき、旧史を見ると、必ず外戚、宦官、奸臣、小人が国政をつかさどっている。たとえ官話を大いにたぐってみても、その結果はやはり、『ああ、悲しいかな』の言葉である。この『ああ、悲しいかな』の前に、民衆〔原文は小民——中井注〕はたいてい相連れだって盗賊となる。だから私は源増先生の話、『表面上、土匪や強盗にすぎないと見えるが、実際は農民革命軍である。』（《国民新報副刊》四三）ことを信ずる。それでは社会は進歩したのか。決してそうではない。（中略）農民は政権を奪取しようとしない。源増先生はまた、『四五人の熱心なものが皇帝を押し倒して、自ら皇帝中毒に浸っていくのにまかせておく』、と言う。」（「学界的三魂」、一九二六・一・二四、『華蓋集続編』）

ここで魯迅は、旧史に基づいて、世の中が混乱したときに、農民は盗賊になると言う。魯迅は、それが実際上、皇帝の支配を打倒する農民革命軍であるとする源増の意見に、賛意を示している。ただ、農民は自らの権力を打ち立てることをせず、新しい皇帝が出現するにまかせるとする。ここからすれば、魯迅は、皇帝の支配を覆す原動力としての農民の力を認めている。農民の反抗・闘争の力量を認めている。それは奴隷根性の発露ではない。

魯迅は子供のころを回想して次のように言う。

「年上のものの私に対する訓戒はこのように力があった。そのため私も読書人の家の教えに従った。息をひそめて頭を垂れ、いささかも軽挙妄動しない。両目は下の黄泉を見、天を見ることがあれば傲慢である。顔中に死相をよそおい、話したり笑ったりすれば無作法である。」（「忽然想到　五」、一九二五・四・一四、『華蓋集』）

「ジョン・ミルは、専制は人々を冷嘲に変える、と言った。私たちの天下は太平であり、この冷嘲すらない。私は、暴君の専制は人々を冷嘲に変える、愚民の専制は人々を死相に変える、と思う。みんなは段々と死にいくが、かえって自分は道を守るのに有効であると思いこむ。（中略）

世の中でなお本当に生きていこうとする人がいるならば、先ず勇気をもって話し、笑い、泣き、怒り、打つのでなければならない。この呪うべき場所で呪うべき時代を撃退してしまわなければならない。」（「忽然想到　五」、一九二五・四・一四、『華蓋集』）

封建的専制から脱するには、人々が沈黙の死相を捨てて本当に生きることが必要だとする。勇気をもって話し、笑い、泣き、怒り、打つのでなければならない。[*14]

以上のように、一九二五年ころ当時、魯迅は大石の下に抑圧される民衆を弁護するとともに、農民のもつ反抗・闘争の力量を認めるようになっている。また、農村の女性愛姑はまさしく、同じように呪うべき場所と時代において、勇気をもって話し、泣き、怒る存在であった。たとえ愛姑が潑婦であるとしても、魯迅が伝統的国民性の悪として批判したものは、愛姑のような粗野（それは弱者に向けられたものとは言えない）ではない。[*15] 魯迅の批判の矛先の方向は奴隷根性（封建体制における沈黙の死相）であり、卑怯な精神と貪欲であり、現実を正視せずに自他を欺く態度（阿Qの「精神勝利法」〈「阿Q正伝」、一九二一・一二〉が典型的にあった）等であった。この意味で、魯迅の描く民衆の中で、愛姑ははじめて反抗し闘争する民衆の新しい類型であったと思われる。[*16]

## 第四節　一九二五年ころの社会観と女師大事件

### 一　「灯下漫筆」と「春末閑談」の社会観

一九二五年当時の魯迅の、旧社会に対する見方を検討したい。

「私たち自身はとっくにきちんと配置している。貴賤があり、大小があり、上下がある。自分は人に虐げられるが、しかしまたほかの人を虐げることができる。自分は人に食われるが、しかしほかの人を食うこともできる。一段一段と掣肘《せいちゅう》して、身動きすることができない。また身動きしたいとも思わなくなっている。なぜならばもしもちょっと動けば、利益はあるかもしれないが、しかし弊害もある。私たちはひとまず古人の優秀な方法と行為を見てみる。

『天に十日有り、人に十等有り、下の上に事える所以は、上の神に共する所以なり。故に王は公を臣とし、公は大夫を臣とし、大夫は士を臣とし、士は皁《そう》を臣とし、皁は輿を臣とし、輿は隷を臣とし、隷は僚を臣とし、僚は僕を臣とし、僕は台を臣とす。』（《左伝》昭公七年）

しかし『台』に臣がないのは、あまりにも苦しいのではないか。心配する必要はない。彼よりももっと卑しい妻、もっと弱い子どもがいる。」（「灯下漫筆」、一九二五・四・二九、『墳』）

「このような連鎖は、各々そのところを得ていて、敢えて非難するものがあれば、その罪名は分に安んぜずと言う。」（同上）

「このことから私たちの眼前で、なおさまざまな饗宴を自分の目で見ることができる。あぶり肉があり、フカヒレの宴席があり、日常の食があり、洋食がある。しかし茅葺きのもとに粗末な食事もあり、道ばたに残り物のつゆもあり、野には餓死者がある。あぶり肉を食う身代金をあがなえないほどの金持ちがおり、また飢えて死に瀕する一斤につき八文の子どもがいる（『現代評論』第二一期を見よ）。いわゆる中国の文明とは実際、金持ちの食事のために人肉の饗宴を手配りするにすぎない。いわゆる中国とは、実際この人肉の饗宴を手配りする台所にすぎない。」（同上）

「この文明は、外国人を陶酔させたばかりではなく、またつとに中国のあらゆる人々を陶酔させずにはおかず、しかも笑いを浮かべさせるほどである。というのも古代から伝来し、今にいたるまで存続する多くの差別は、人々をそれぞれに分断し、ついに再びほかの人の苦しみを感ずることをできなくさせたからである。そして自分がそれぞれほかの人を奴隷として使い、ほかの人を食う希望をもっていることにより、自分にも奴隷として使われ食われる将来が同じようにあることを忘却する。そこで大小無数の人肉の饗宴は、文明が存在して以来現在にいたるまでならべられ、人々はこの会場で人を食い、食われ、凶暴な者の愚昧な歓呼によって、弱者の悲惨な叫び声を覆い隠した。女性や子どものことはさらに言うまでもない。

この人肉の饗宴は現在もならべてあり、多くの人がならべ続けたいと考えている。これらの人を食う者を一掃し、この宴席をすっかりかたづけ、この台所を打ち壊すことが、すなわち現在の青年の使命である。」（同上）

これが一九二五年当時、魯迅の見る旧社会の姿である。中国の伝統的旧社会は、上層から下層にいたるまで階層化されており、差別と分断によって、人は他人の苦痛を理解することができない。そのため、人は一段上層の者に苦しめられると同時に、一段下層の者を苦しめるという存在になる。一段上層の者からは奴隷としてあつかわれ、一段下層の者に対しては奴隷としてあつかう。このような存在が連珠のようにつらなるものであった。それは奴隷根性に基づく連鎖の制度である。

当時、この連鎖は上層の支配する金持ちと、救われようもなく虐げられる下層とに分離しつつある状態として描かれる。

「私たちの造物主――もしも天に本当にこのような『主人』がいるものとすれば――を恨めしくなる。一つは『支配者』と『被支配者』を永遠にはっきりと区別しなかったことを恨む。二つには支配者に腰ほそ蜂のような針をもたせなかったことを恨む。三つには、思想中枢を蓄えている頭を切りとっても、なお動く――服役する――ことができるように被支配者を造らなかったことを恨む。三つのうち一つを得ることができれば、金持ちの地位は永久に堅固であり、統制支配も永久に気力を節約でき、そのため天下は太平である。」（「春末閑談」、一九二五・四・二二、『墳』）

　魯迅は、上層の支配者金持ちと下層の被支配者による、大きな二つの階層に分けて、旧社会の関係をとらえようとすることが分かる。『吶喊』の時期には、「抑圧者」と「被抑圧者」の関係は[*17]、個人と個人の上下の連鎖の関係として、「苦しめる者」と「苦しめられる者」の連鎖の関係として、感性的にとらえられることが多かったと思われる[*18]。このことと比較すると、ここでは大きな二つの階層の関係として、「支配者」層と「被支配者」層の関係がより明確にとらえられていると言える[*19]。それは、社会科学的な分析ではなかったにしても。そしてこれを覆すことが、新しい青年の使命であると考えた。しかし封建的支配層をどのように覆すのか、覆した後の社会はどのようなものなのか。こうした問題について、魯迅は当時答えることができなかったと思われる。さらには、それまで眼中になかった軍閥政府を、現在の課題として打倒する必要があると痛切に考えるのは、一九二六年三月一八日の三・一八惨案の後である[*20]。

　魯迅は、中国旧社会の人肉の饗宴を覆すこと、少なくともそれに反抗すること、闘争することが、新しい青年の使命であると考えた。もしそうであるとすれば、旧社会の封建的社会体制、倫理的支配体制に対する農村の弱者・女性の愛姑の反抗は、一九二五年当時の魯迅にとって肯定すべきものであったと思われる。たとえ現在から見て、愛姑の反抗の目標と手段が封建的な枠組みを脱却できていないものであるにせよ、またそれが敗北に終わったものにせよ、魯迅にとって、それは否定すべきことではなく、正視すべき現実である。

## 二　女師大事件における北京女師大学生の反抗・闘争

　一九二五年当時、旧社会の構造（「抑圧者」と「被抑圧者」の連鎖の構造、さらには支配者と被支配者の階層が二分化した権力構造としてとらえつつあった）の理解を現実の中で検証し、さらに徐々に明確にさせていったものには、女師大事件における魯迅の経験があった。その旧社会の構造を精神的に支える奴隷根性の連鎖を断ち切り、学校当局と軍閥政府の抑圧に反抗し闘争したものは、北京女子師範大学の女子学生（知識人女性）である。

「私が中国女性の仕事ぶりを見たのは、去年に始まる。少数ではあるけれども、その熟練徹底した、幾度挫折してもくじけない気概を見て、かつてしばしば感嘆した。このたび弾雨の中で互いに助けあい、命を落とすことさえ顧みなかった事実〔一九二六年三・一八惨案のこと――中井注〕は、中国女性の勇敢毅然さが、陰謀密計にあい、数千年にわたって抑圧を受けてきたにもかかわらず、結局失われることがなかった明証とするにたるものである。もしもこのたびの死傷者について将来の意義を尋ね求めるならば、その意義はここにあるであろう。」(「記念劉和珍君」、一九二六・四・一、『華蓋集続編』)

一九二五年女師大事件の中で、魯迅は中国女性の仕事ぶりを見て、感嘆したと言う(ここで魯迅は「中国女性」と言い、中国の女子大学生とは言っていない)。小説「離婚」執筆の一九二五年一一月六日前後において、女師大事件はほぼ北京女子師範大学学生の側の勝利の方向に向かいつつあったと思われる。八月、教育総長章士釗によって解散させられた女師大は、魯迅等の参加する校務維持会によって運営され、一一月三〇日に復校する。当日、魯迅は女師大学生を率いて、宗帽胡同の仮校舎から石駙馬大街にある本来の女師大の校舎まで歩き、女師大回復の闘争の勝利を祝った。

魯迅はこの女師大事件において、現実社会の闘争に積極的に関与することになった。魯迅は、軍閥政府を後ろ盾とする女師大当局者に対して反抗し、女師大学生側に立って助力し戦い、また軍閥政府と結託した『現代評論』派知識人(陳源、徐志摩等)と熾烈な論争を行った。このことは魯迅の社会認識を、旧社会の権力構造の実態に対する認識を、改めて深めさせ、いわばその認識を量的に拡大したと思われる。(それを質的に深化させたのは、一九二六年三月一八日の三・一八惨案と思われる。)

この経験をとおして魯迅は、中国女性(女師大学生)の不屈の反抗と闘争に対する高い評価をもち、しばしば讃嘆した。このことを契機として魯迅は、「離婚」における農村女性の反抗を取りあげる意思をもつようになった可能性がある。その農村女性愛姑の反抗は、魯迅にとって初めての、民衆の反抗と闘争である。現実の旧社会の農村の中では、愛姑のような反抗は孤立無援の中で、封建勢力の包囲の中で、挫折せざるをえなかったと想像される。しかし魯迅における、反抗する農村女性、民衆の出現の意義は大きかった、と私には思われる。

封建的家庭の家長が子供の人格を認めず、ものとして取りあつかうように、女師大事件において校長楊蔭楡は「学校はなお家庭のごとし」[*21]として、家長のように強権的に学生たちを取りあつかおうとした。施家が愛姑を取りあつかったように。さらに細かな点を取りあげれば、教育総長や女師大校長の側に立って論陣を張り、権力と結託する『現代評論』派知識人がいる。小説「離婚」にも権力に諂う、「北京洋学堂」から帰ったばかりの知識人、下あごの尖った「少爺」(若旦那)がいる。[*22] また女師大校長楊蔭楡は料亭で一部の教員を集めて話し合い、その翌々日、女師大自治会委員六名の除籍を決定した。施家が慰老爺を接待し、慰老爺は施家の意向を受けるように。こうした女師大事件と小説「離婚」における一連の類似は、女師大事件が小説「離婚」に反映した可能性を、私に想像させる。

## 第五節　愛姑の性格・思想と反抗・闘争について

### 一　萌芽として

「重読魯迅『離婚』」（秦林芳、前掲、一九九四・一〇）の言うように、愛姑は「旧中国の子女たち」の一人である。愛姑の思想について言えば、近代的民主主義の思想をもっていないし、理解していない。しかし半纏足の事実がある。[*23]（また、この村の近辺には「北京洋学堂」から帰ったばかりの少爺〔若旦那――中井注〕が存在する。）清末の進歩的思想の影響が村にもある程度及んでいたと考えられる。愛姑の反抗の行為の中には、無自覚であるにしても、潑婦の性格であるとしても、人としての権利への目覚めの萌芽がある、と私は考える。すなわち沈黙の死相を打ち破った自然発生的な反抗・闘争の中に、人としての権利に目覚める思想の萌芽が現れている。これが当時の農村女性の現実の姿の一面であると思われる。

　そして愛姑の反抗・闘争の形態について言えば、中国清末における「反抗の原初形態[*24]」の萌芽と言える。たとえ愛姑の反抗の目標と手段が封建的な枠組みを脱却できていないものであるにしても、しかし封建的社会の支配体制、倫理的支配体制に対する民衆の反抗それ自体が肯定すべきものであった。潑婦にすぎないのではなく、潑婦の性格であるとしても、そこに人としての目覚めの思想的萌芽があり、原初形態としての反抗がある、と私は考える。それゆえ、そこに性格悲劇の側面がないとは言えないが、しかし基本的には歴史悲劇である。

　一九二五年末当時、魯迅の民衆観の変化と発展の過程から言えば、愛姑が沈黙の死相を突き破り、奴隷根性による封建的階層制度からはみだし、分に安んじようとしないふるまいと反抗は、肯定すべきものであった。女師大事件の経験によって（中国女性の力量を認めることによって）、また乱世における農民の反抗の力量を認めることによって、魯迅は中国農村の女性に対しても、わずかながらの曙光を見ていると思われる。

　旧社会の農村において反抗・闘争して失敗する愛姑は、魯迅にとってまさしく当時の現実の姿であるととらえられた、と推測する。[*25]魯迅は、一九二五年ころの段階では、中国の思想改革を重視し、啓蒙活動に力を注いだ。また、青年文学者、青年知識人の育成に献身的に努力した。しかし中国変革の筋道について、明確な展望がなかったと思われる。新しい階級（労働者階級）の指導を予測することはできなかったと思われる。しかしながら魯迅は、愛姑を抑圧する封建的支配の構造、封建的支配層に注視している。それは女師大事件において、認識を深めていった権力構造の姿から改めて深く学んだものである。封建的支配層は知識人（例えば北京洋学堂で学んだ若い知識人）と結託して農村女性の反抗を抑圧する。（一九二五年当時女師大事件において、封建的支配層は『現代評論』派の知識人と結託して、女師大学生側を抑圧した。）また、一九二五年ころ、この『彷徨』の時期においては、「苦しめる者」と「苦しめられる者」の社会的連鎖の存在とともに、「支配者」層と「被支配者」層への二分化（金持ちと人肉の饗宴の材料）の認識が漸次深まりつつあった。「離婚」において、封建的支配層の階層としての姿は大変鮮明に出現する。

魯迅は、封建的支配層・支配体制に対する愛姑の反抗・闘争と失敗に同情している。その失敗は、清末当時のまぎれもない社会的現実と思われたであろう。それゆえ私は、封建的支配構造に対する魯迅の注視・批判を読むことができても、しかし愛姑の闘争の軟弱さに対する魯迅の批判を読むことができない。

小説「離婚」は愛姑の反抗の失敗をもって終わりを告げた。魯迅の民衆観は、「『人道主義』と『個人的無治主義』という二つの思想の起伏消長」（「『魯迅景宋通信集』二四」、一九二五・五・三〇、前掲）の過程を構成する一環から、その後どのように変化・発展の道をたどるのだろうか。魯迅は、「人道主義」を支える「素朴な民」（祥林嫂、「祝福」、一九二四・二・七）が、すでに旧社会における悲惨な運命をまぬがれないことを確認していた。また、「個人的無治主義」の憎悪の対象としての目覚めぬ麻痺した民衆には、弁護の道がわずかながらも用意されはじめる。その中で魯迅は、農民の反抗の力量を認めている。魯迅の民衆観が現れる作品の系譜から見れば、愛姑は初めて現れた、反抗・闘争する新しい民衆の類型である。[*26] こうした民衆像を描いたことは、魯迅の民衆観にとって、「『人道主義』と『個人的無治主義』」（前掲、一九二五・五）の枠組みから脱却するための一つの踏み台になった意味があると思われる。それは、改めて中国旧社会の複雑な現状、豊かな現実の中から、民衆像、知識人像を虚心に探索する営為につながったと思われる。言い換えれば、それはその後の『朝花夕拾』（北京未名社、一九二八・九）における、改めて現実における民衆像、知識人像（あるいは自分の生き方）を探究する道を開いたものであると考える。魯迅は、一九二六年三月一八日の三・一八惨案以後において、軍閥政府を現実に警戒し打倒すべき権力として、位置づけるようになる。中国変革の根本的課題としての国民性の改革とともに、現実の権力構造の変革が、いま必要であることを理解する。

「離婚」が「狂人日記」「薬」「肥皂」とともに、『中国新文学大系　小説二集』（上海良友図書印刷公司、一九三五）に収められた理由は次の点にあると思われる。第一に、自ら認めるように、魯迅の作品の中では小説技術の優れた点があげられる。それとともに、第二に、「離婚」は愛姑の反抗・闘争する形象によって、従来の自らの民衆観の枠組みから脱皮するための営為を印しづけるものであった。第三に、一九三五年当時の魯迅の思想にとって、封建勢力に反抗する民衆の形象は好ましいものであると評価されたからであろう。（また、『自選集』〈上海天馬書店、一九三三・三〉にも、「肥皂」と「離婚」は収められている。）

## 二　「カインの末裔」（有島武郎著[*27]）における反抗形態との比較

以下のことは蛇足となるものであろうが、しかしここにつけ加えておくことにする。小説「離婚」と有島武郎の小説「カインの末裔」を比較し、愛姑と広岡仁右衛門[*28]の反抗形態を比較したい。そのために、両者の筋を簡単に確認しておく。

愛姑は七大人に公正な裁きの幻想を抱いて、地主慰老爺の屋敷に行き、調停の話し合いに臨む。夫は寡婦と親密になり、愛姑に離婚を要求する。この三年間父親と兄弟の支援の下に、愛姑は意地で夫の家、施家の離婚の要求と戦ってきた。愛姑は慰老爺の広間で孤立無援となり、しかしなお自らの正当性を訴えようとする。しかし威圧に充ちた七大人の突然の、「来～～兮〔これ～～へ――中井注〕」の声に怯えて、すべての状況が急変したと思いこみ、自分の誤りだった考えて、七大人の斡旋を承諾する。

広岡仁右衛門は妻と赤子と馬一匹を引きつれて、北海道の晩秋に小作として、羊蹄山の麓の松川農場に入る。仁右衛門は自然人のように生命力の赴くままに行動する。厳しい自然条件の中で、彼は小作農業で金を稼ごうと懸命に働く一方、博打等で金をすってしまう。仁右衛門は粗暴な行為と規則破りで、小作の仲間の中で孤立する。彼は赤子を赤痢で亡くし、草競馬で馬の足を折って廃物にしてしまう。仁右衛門は農場主に小作料を納めようとせず、管理人から立ち退きを迫られる。仁右衛門は函館の農場主の家を訪れて、小作料軽減の交渉をする。しかし仁右衛門は農場主の家の宏大なたたずまい、家の中の立派な造り、部屋の装飾に気後れし、しどろもどろに小作料の軽減の話をするうちに、農場主に一喝され、引き下がる。その年、冬の吹雪の中を、仁右衛門は小屋に火をつけて、妻と二人で農場から出ていく。

ここにそれぞれの交渉の場面を引用しておきたい。

**「離婚」から**

「『それじゃ私は命を投げだして、みんな破滅させてやります。』／『それは命をかけるようなことではない。』七大人はここでゆっくりと言った。『まだ年が若い。人はすこし穏やかでなければいけない。〈穏やかさが財を生む〉のだ。これはそうだろうが。わしは増やす額を十元と言うのだ。これはまったく〈天外の道理〉だ。もしそうでなければ、舅姑が〈出ていけ〉と言えば、出ていかなければならぬ。府は言うにおよばず、上海北京であれ、外国であれ、こういうふうなのだ。もし信じないのなら、彼は北京洋学堂から帰ってきたばかりだから、自分で聞いてみるがいい。』そこで下あごの尖った少爺〔若旦那――中井注〕のほうに顔を向けて、『そうだろうが』、と言った。／『仰せのとおりです。』下あごの尖った少爺〔若旦那――中井注〕は急いで身体をまっすぐに伸ばし、恭しく低い声で言った。／愛姑は自分が完全に孤立したと思った。父は話をしようとしないし、兄弟は来ようとしなかった。慰老爺はもともと彼らを手助けしているのだし、七大人も頼りにならない。あごの尖った少爺さえもひしゃげたナンキンムシみたいに、声を抑えて〈ごますり〉をしている。しかし彼女は混乱する頭の中で、最後の奮闘をしようと決心したようである。／『どうして七大人様までが……。』彼女は眼いっぱいに驚きと失望の光をたたえた。『そうです……。私は、自分たちが粗野な人間で、何も知らないと分かっています。父が人情や世故さえも分からず、老いぼれてしまったことを恨んでいます。〈老畜生〉〈小畜生〉〔舅と夫を指す――中井注〕のたくらみに乗せられてばかりです。あいつらは葬式の知らせでもするように、あわててこそこそもぐりこんで、取り入っているんだ……。』（中略）／彼女は身震いし、あわてて口をつぐんだ。というのも七大人が突然上のほうに両目を剥き丸い顔を挙げると同時に、細長い鬚に囲まれた口から長く波打つような大きな声が発せられたからである。／『これ～～へ』、と七大人は言った。／彼女は心臓が一瞬止まったと思い、それからどきどき打ちはじめた。大勢はすでに去り、局面が一変したのだ。あたかも水の中に足を滑らせたかのようであるが、しかし実際これは自分の誤りのせいだと知った。／たちどころに青の長衣・黒のチョッキの男が入ってくると、手を垂れ腰をまっすぐにして、棍棒のようであった。／広間全体が〈物音一つせぬほどしんと静まりかえった〉。七大人は口をちょっと動かしたが、誰も何を言ったのか聞きとれなかった。しかしその男は、すでに聞きとって、しかもその命令の力が彼の骨の髄にまで浸みたように、身を二三度引きつらせ、〈身の毛がよだつ〉かのようだった。そして答えた。／『はっ。』彼は数歩引き下がり、身を翻して出ていった。／愛姑は意外なできごとが到来するであろうことを知った。それは予想できないことで、防ぎようもないことだった。愛姑はこの時やっと七大人には実際威厳というものがあって、先ほどは自分の誤解であり、そのためあまりにも身勝手で、あまりにも粗野であったことが分かった。彼女は非常に後悔して、思わず自分でこう言った。／『私はもとから七大人の言いつけどおりにするつもりで……。』広間全体は〈物音一つせぬほどしんと静まりかえっていた〉。彼女の言葉は糸のようにか細かったけれども、慰老爺は霹靂を聞いたかのようであった。彼は飛び上がった。『そのとおり。七大人はほんとに公平だ。愛姑もよく分かってくれた。』」（「離婚」）

**「カインの末裔」から**

「やがて彼れは松川の屋敷に這入って行った。農場の事務所から想像してゐたのとは話にならない程ちがった宏大な邸宅だった。敷台を上る時に、彼はつまごを脱いでから、我れにもなく手拭を腰から抜いて足の裏を綺麗に押拭った。（中略）而して部屋の中は夏のやうに暑かった。／板よりも固い畳の上には所々に獣の皮が敷きつめられてゐて、障子に近い大きな白熊の毛皮の上の盛上がるやうな座布団の上に、はったんの褞袢を着こんだ場主が、大火鉢に手をかざして安座をかいてゐた。仁右衛門の姿を見るとぎろっと睨みつけた眼をそのまま床の方に振り向けた。仁右衛門は場主の一眼でどやし附けられて這入る事も得せずに逡みしてゐると、場主の眼が又床の間からこっちに帰って来さうになった。仁右衛門は二度睨みつけられるのを恐れるあまりに、無器用な足どりで畳の上ににちゃっにちゃっと音をさせながら場主の鼻先までのそのそ歩いて行って、出来るだけ小さく窮屈さうに坐りこんだ。／『何しに来た』／底力のある声にもう一度どやし附けられて、仁右衛門は思わず顔を挙げた。場主は真黒な大きな巻煙草のやうなものを口に銜へて青い煙をほがらかに吹いてゐた。そこからは気息づまるやうな不快な匂が彼れの鼻の奥をつんつん刺戟した。／『小作料の一文も納めないで、どの面下げて来臭った。来年からは魂を入れかへろ。而して辞儀の一つもする事を覚えてから出直すなら出直して来い。馬鹿』／而して部屋をゆするやうな高笑が聞こえた。仁右衛門が自分でも分からない事を寝言のやうにいふのを、始めの間は聞き直したり、補ったりしてゐたが、やがて場主は堪忍袋を切らしたといふ風にかう怒鳴ったのだ。仁右衛門は高笑ひの一くぎり毎に、たたかれるやうに頭をすくめてゐたが、辞儀もせずに夢中で立上がった。彼れの顔は部屋の暑さの為めと、のぼせ上がった為めに湯気を出さんばかり赤くなってゐた。／仁右衛門はすっかり打摧かれて自分の小さな小屋に帰った。彼れには農場の空の上までも地主の頑丈さうな大きな手が広がってゐるやうに思へた。（中略）何んといふ暮しの違ひだ。何んといふ人間の違ひだ。親方が人間なら俺れは人間ぢゃない。俺れが人間なら親方は人間ぢゃない。彼れはさう思った。」（「カインの末裔[*29]」）

　両者を比較してみると、次のような類似点がある。（一）封建的地主（あるいは農場主）の支配する農村を小説の舞台とすること、（二）主人公の人物像において強い生命力に溢れたふるまいと、粗暴な面（あるいは粗野な面）が描かれていること。（三）両者は反抗心に富み、支配層、伝統的習俗に対して反抗するが、しかし孤立する。（「聖者と山賊」〈青木保、『反抗の原初形態』、ホブズボーム、青木保訳、前掲〉に基づけば、愛姑と仁右衛門は報復者的タイプへと発展する可能性をもつ萌芽であろう。愛姑の矛先は嫁ぎ先に向かい、仁右衛門の矛先は同じ小作仲間に向かう。）（四）直接の話し合いの場において、封建的支配勢力（七大人、農場主）の威圧に屈服し、引き下がる。

　この「カインの末裔」が何らかの影響を与えたのかどうか、私にはいまほかの資料がなく、保留するしかない。ただ、もし魯迅が「カインの末裔」を読んだことがあるとすれば、上記の仁右衛門の屈服の場面は、魯迅に何らかの暗示を与えた可能性があると考えられる。

　愛姑の敗北について、例えば「『離婚』的叙事分析及其文化意蘊」（袁盛勇、張桂芬、前掲、二〇〇三・五）は権威崇拝心理による愛姑の奴隷への帰順を指摘する。しかしそれは、愛姑の一連の反抗経過を軽視する評価である（富裕な自作農の父親と兄弟の支援のもとでの反抗であったにしても）、と私には思われる。私は愛姑の屈服に奴隷への帰順の側面を強調することができない。仁右衛門の屈服に奴隷性の側面を強調できないのと同様に。彼らの反抗は、それぞれの国と時代における、反抗の原初形態の萌芽であると考える。

　魯迅は、愛姑の思想面から言えば、人としての権利に目覚める萌芽をもつものであることに注目し、反抗の形態から言えば、反抗の原初形態の萌芽であることに注視したと考える。たとえ愛姑の性格に粗野な潑婦の面があるとしても、そしてその反抗の原初形態の萌芽が旧社会の中で敗北せざるをえない運命であるとしても、またそれが目標と手段を誤って選択しているとしても、魯迅は、人としての権利に目覚める思想の萌芽を肯定し、封建的支配層に対する反抗の原初形態の萌芽としての価値を肯定して、この小説に描いた、と私は考える。

このように見てくると、私は愛姑の性格・思想および反抗・闘争について、須旅の見解に基本的に賛成していることになる。本章はその根拠を、一九二五年当時の魯迅の変化・発展する民衆観、そして当時の社会観、女師大事件の経験等に求めて、論じたものである。

# 第三章　「阿金」について

## 第一節　はじめに

雑文「阿金」（一九三四・一二・二一、『且介亭雑文』、『魯迅全集』第六巻、一九八一）は次のような内容である。[*1]

一九三四年ころ、租界都市上海に住む語り手の家の斜め前に、外国人の家がある。[*2] そこに阿金という名の女中さんがいた。語り手の家の斜め前がその家の裏口にあたる。この女中さんの行動が語り手の仕事を妨害し、その引きおこす事件が語り手を困惑させる。ひいては語り手は従来、女性を中国旧社会の弱者・犠牲者として考えてきたが、しかし阿金の一連の行動は、語り手のこの考え方を揺り動かし覆した。

本章の目的は、次の点を追究することにある。

（一）「阿金」を書いた語り手（魯迅）の意図はどこにあったのか。

（二）「阿金」は魯迅に何をもたらしたのか。

## 第二節　阿金の生活する社会と時代

### 一　阿金の仕事ぶり

「阿金」（一九三四・一二・二一、前掲）の主人公阿金は、租界都市上海で働く下層の女性労働者である。おそらく封建的農村から出てきたと推測する。彼女は一九三四年ころ、外国人の主人に雇われていた女中さん（「上海では娘姨と呼び、外国人は阿媽と呼ぶ」〈「阿金」、一九八頁〉）である。

阿金は、経済的面から言うと、貧窮の農村から繁栄する都会へ出てきた年若い女性労働者である。彼女は、倫理的面から言うと、封建的礼教的旧社会から規範の稀薄な租界都市の社会に移ってきた。彼女は、伝統的共同体としての規範がほとんど崩壊した、上海の下層階層の社会に属して働いている。

彼女は女友達が多く、一日の時間が遅くなると、多くの女友達が彼女のもとに集まり、大声の井戸端会議が始まる。彼女はかつてみなに向かって言った、「情夫を作らないのなら、上海へ来て何をするのよ……」（「阿金」、一九八頁）。

この傍若無人の井戸端会議のあまりのうるささに、外国人が飛びだしてきて、彼女らを足で蹴飛ばし、蹴散らすことがあった。

阿金は、規範が稀薄な上海の下層社会で、女中としての仕事以外には、感覚的自由と享楽的自由を追求する。

彼女はおそらく、人間的自立ができていない農村の女性の境遇に育ち、教育を受ける機会がなく、目覚めへの契機を欠いた下層階層の女性労働者の境遇にあった。(それは彼女の個人的責任とは言えず、社会的歴史的な状況が彼女をそのような境遇に置いたと言わなければならない。)彼女は、「洋語〔外国語――中井注〕」(「阿金」、二〇〇頁)をしゃべり、インド人の巡査に対して自分と近所の老女とのけんかについて、直接訴えることができた。[*3] その後、けんか相手の老女による阿金に対する報復がある。

「翌日の早朝、阿金の家から遠くない、外国人の家の西崽《せいさい》〔外国人の家で使用人として働く中国人男性――中井注〕が突然阿金の家に向かって逃げてきた。あとには剽悍な大男が三人追いかけている。西崽のシャツはすでに破れていた。おそらく彼は誘いだされて、また後ろの門もふさがれ、戻ることができずに、それでやむなく愛人のところへ逃げてきたのだろう。愛する人のかたわらは、もともと安心立命できる場所である。イプセン(H.Ibsen)の演劇中のペール・ギュントは、失敗のあと、結局愛する人のスカートのもとに隠れ、子守歌を聴く大人物である。しかし私は、阿金はノルウェーの女性と比べられないだろうと思う。彼女は無情で、胆力もなかった。ただ感覚が鋭敏で、その男が駆けつけようとするときには、彼女はすでに急いで後ろ門を閉めてしまった。そのためその男は袋小路に陥り、やむなく立ち止まるしかなかった。」(「阿金」、二〇〇頁)

暴漢から逃げて避難を求めてきた情夫に対して、彼女はいち早く戸を閉め、拒絶して、その情夫が殴られるのにまかせる。「無情で、胆力もない」(「阿金」、二〇〇頁)彼女は、虚無的享楽的利己主義者の態度を示すと言える。

また、その働きぶりは次のところに窺われる。

「彼女はおそらく〔物干し台から――中井注〕階段を下りるのを好まないのだろう、竹竿、木の板、さらにはほかの何かが、物干し台からまっすぐに落ちてきて、私が道をとおるときには、十分注意しなければならなくさせた。まずこの阿金が物干し台の上にいるかどうかを見て、もしいれば、遠回りをしなければならない。」(「阿金」、一九八頁)

阿金が物干し台で仕事をしているときには、その下の道は落下物による身の危険があった。

## 二　一九三四年ころの上海における語り手阿金の出現

一九三四年ころの上海における語り手（魯迅）の身のまわりでは、どのようなことが起きていたのだろうか。

一九三三年一月、中国民権保障同盟上海分会が結成され、魯迅もそれに加わった。しかし同年六月一八日、民権保障同盟の総幹事楊杏仏が上海フランス租界で国民党特務に暗殺され、魯迅は六月二〇日その葬儀に死を覚悟して参加した。また、一九三四年二月、国民党中央部は新しい文芸と社会科学の書籍、一四九種類を発禁とし（そのうち魯迅の著訳書は十数種にのぼった）、五月、図書雑誌審査委員会を上海に設立した。一九三四年一一月、『申報』主編、申報館総支配人、民権保障同盟会員の史量才が国民党特務に暗殺された。[*4]

一九三四年ころの租界都市上海は、外国人が租界地区を支配する町であった。[*5] たとえ中国人が、外国人の雇用する使用人（中国人）の過失によって死ぬとしても、それを問題にすることは難しかった。

「〔ものが落ちてくるのを避けるのは――中井注〕もちろん、これは大半、私の度胸が小さく、自分の命を高く見積もっているためであろう。しかし私たちは彼女の主人が外国人であることも考えなければならない。ぶち当てられて、頭にけがをし、血を流すのは、もとより問題にならない。たとえ死んだとしても、同郷会を開き、電報を打っても役に立たない。――まして私は思う、私も必ずしも同郷会を開くことができるほどのものではない。」（「阿金」、傍線は当局の検閲によって赤線を引かれた部分、一九八頁）

また、租界都市上海で、外国人の雇用する使用人中国人男性に西崽がいる。

「西崽の厭わしいところはその職業にあるのではなく、彼の『西崽相』にある。ここのいわゆる『相』とは、相貌を言うのではなく、『中に誠なれば、外に現る』もので、『形式』と『内容』を含めて言う。この『相』とは次のようなものである。外国人の勢力が多くの中国人よりも強く、自分は外国語が分かり、外国人に近い、だからまた多くの中国人よりも上だと考える。しかし自分は、また黄帝の出自であり、旧い文明を有し、中国の事情に精通していて、洋鬼子よりも優れている、だから多くの中国人より勢力が強い外国人に比べても優れている、このために外国人の下にいる多くの中国人よりもいっそう優れている、とする。」（「『題未定草』（二）」、一九三五・六・一〇、『且介亭雑文二集』）

外国人の支配下における租界都市上海に、その使用人西崽が出現した。[*6] それと同類の「相」をもつものとして、外国人に使用される女中さん阿金が出現していると私は考える。[*7] 阿金の存在は、魯迅にとって新しい認識の対象であったと思われる。

## 第三節　阿金の諸相

### 一　「阿Q正伝」との比較

「阿Q正伝」（一九二一・一二、『晨報副刊』、一九二一・一二・四〜一九二二・二・一二、『吶喊』）は中国人の国民性の伝統的悪（精神勝利法等）に対する批判と、[*8] 辛亥革命の実態（中国旧社会の変革しがたい実態）の認識を物語の二つの主柱とした。

それに対して、「阿金」（一九三四・一二・二一、前掲）は中国人の国民性の悪それ自体に対する批判（第一動因としての国民性に対する批判）であるというより、むしろ阿金をめぐる時代と社会に対する痛烈な批判に主眼がある、と私は考える。

なぜなら、第一に一九二八年ころ以降、魯迅は中国人の国民性について第一動因として考えることはなかったと思われる。魯迅は一九二八年ころ以降において、プレハーノフの史的唯物論の考え方を受容し、国民性が歴史的社会的諸条件の下に形づくられた所産であり、或る時期或る社会に国民性自体は存在するとしても、しかしその国民性は第一動因ではない、と理解していた。[*9] ゆえに一九二八年ころ以降、たとえ魯迅が国民性に対する批判を行ったとしても、国民性をその歴史的社会的諸条件の所産であるとする前提のもとに、結果として現存する国民性の問題をとりあげていると思われる。[*10] 第二に、「阿金」は、一九三四年ころの租界都市上海の一部の、外国人に雇われた下層の民衆・女性労働者の姿を描きだし、阿金をめぐって起こる一連の事件を描いている。すなわち阿金は一九三四年ころ、租界都市上海に出現していた一つの典型を示すものと思われる。[*11] 阿金と同類のものは、男性の場合、西崽であり、女性の場合〈阿金〉として現れる。それは外国人が支配する租界都市上海のような都市に現れる女性の一つの典型であり、全中国に普遍的に存在する国民性として位置づけられて描かれたものではない。[*12] ゆえに、第三に、一九二一年ころの「阿Q正伝」の場合、魯迅は意図的に阿Qの描写をとおして国民性の伝統的悪を描きだそうとしたのに対して、「阿金」の場合、魯迅は一九三〇年代の租界都市上海における、外国人に雇われる下層社会の女性労働者阿金という形象を忠実に描きだした。その結果として、国民性批判につうずる部分が生じていると考える。
「阿金」における語り手の矛先は、阿金に直接向いた部分があると同時に、主として阿金を生みだし、阿金を漂流させる、この時代の租界都市上海の支配構造・社会構造に向けられている。ひいてはこのような状況を許容する、中国の支配政権・国民党政権に暗に向けられている、と私は解釈する。

言い換えれば、この「阿金」の意図は、第一に、阿金のような存在を生みだす一九三四年ころの租界都市上海、上海社会の現状に対する魯迅の告発である。第二に、この告発は、このような下層社会の上に立つ租界都市の社会構造、租界の外国人支配層、ひいては外国人に対して無力な国民党政権に対する批判に連結していく。（そのためにこそ国民党政権の検閲機関は、敏感に掲載を拒否したと言える。）第三に、「阿金」には、一九三四年ころの租界都市上海の下層社会において無情で胆力もなく、虚無的享楽的利己主義的に生活する阿金、すなわち租界都市上海で外国人に雇われる、下層社会の女性労働者における一つの典型に対する、すなわち一部の民衆・女性に対する、魯迅の新しい認識と批判が見られる。この批判を否定することはできないと思われる。

しかし阿金は、批判すべき中国人の伝統的国民性の典型（一九二一年ころの阿Qのように）として取りあげられたのではなく、一九三四年ころ、租界都市上海が生みだした、外国人に雇われる下層労働者の一つの典型（女性の場合は阿金像、男性の場合は西崽像）として俎上にあげられた、と私は理解する。

「『阿金』は《漫画生活》に書いたものである。しかし掲載が許可されないばかりでなく、聞くところによれば、南京中央宣伝会にまで送られたという。これはまことに一篇の漫談にすぎず、いささかの深意もない。どうしてこのような大問題を引きおこしたのか、自分ではどうしても理解できない。のちに原稿を取りもどして、まず第一頁に二つの紫色の印があるのを見た。一つは大きく一つは小さい。その文字には、『削除』とあり、おそらく小さいのは上海の印であり、大きいのは首都の印であろう。そうであれば『削除』しなければならないのは、すでに疑いがない。さらに見ていくと、多くの赤い傍線を見つけた。いま黒の傍線に改め、本文のわきにとどめる。

傍線を見ると、いくつかの箇所はその理由を悟ることができる。たとえば、『主人は外国人である』、『爆弾』、『市街戦』のたぐいは、もちろん言及しない方が正しい。しかしなぜ、私が死んだとしても、『必ずしも同郷会を開くことができるほどのものではない』と言ってはならない理由が、わからない。当局の考えでは、私が死んだら同郷会を開くはずだと思っているのだろうか。

私たちはこのような場所に生き、私たちはこのような時代に生きている。」(「『且介亭雑文』附記」、一九三五・一二・三〇、『且介亭雑文』)

「阿金」の意図は、このような場所(租界都市上海という場所)とこのような時代(帝国主義列強の支配する租界が中国に存在し、そして中国において国民党政権による弾圧が行われる一九三〇年代の時代)に対する抗議にほかならない、と思われる。

## 二 「采薇」における「阿金姐」

小説「采薇」(一九三五・一二、『故事新編』、文化生活出版社、一九三六・一、『魯迅全集』第二巻、一九八一)にも「阿金姐」と呼ばれる召使いが登場する。周時代の小丙君の召使い阿金姉さんは、租界都市上海の女中阿金の延長線上にあり、より知的な姿をもつ。彼女は伯夷・叔斉に対する小丙君の評言を聞き、その評言は自分の考えではないにしろ、理想主義者(伯夷と叔斉)にその言葉を告げ、それは二人を昏倒させた。

また他方、「阿金」(一九三四・一二・二一、前掲)においては、阿金が自らの行動によって、語り手(魯迅)の理想主義(人道的理想主義)を、すなわち女性を中国旧社会の弱者・犠牲者としてのみ見る偏向を、事実によって揺るがした。

「阿金の容貌はきわめて平凡である。いわゆる平凡とは、普通の顔立ちで、覚えることが難しいことである。まだ一月にならないのに、彼女がどういう様子だったのかを、口に出すことができない。しかし私はまだ阿金を嫌っている、〈阿金〉という二文字を思っただけで嫌だ。近隣で騒ぎを起こして、これほど深い恨みを作るはずがない。私が彼女を嫌うのは、数日を要せずして、彼女が私の三十年来の信念と主張を揺るがしたからである。

私はこれまで昭君が出塞して漢を安んずることができた、木蘭が従軍して隋を維持することができたとは信じなかった。また、妲己が殷を滅ぼし、西施が呉を沼沢にし、楊妃が唐を乱したという古老たちの話も信じなかった。私は、男権社会の中で女性は決してこのような大きな力をもつはずがない、興亡の責任はすべて男性が負うべきものであると思っていた。しかしこれまでの男性の作者は、たいてい滅亡の大罪を女性の身に押しつけた。これはまことに一文の価値もない、見こみのない男性である。あにはからんや、いま阿金は平凡な容姿、凡庸な才能の女中さんの身で、一月もかからずに、私の目の前で四分の一里をかき乱した。もしも彼女が女王であったり、或いは皇后、皇太后であるならば、その影響も推察できる、大きな混乱を引きおこすに足るだろう。」(「阿金」、二〇一頁)

言い換えれば、「阿金」には、中国旧社会や租界都市における女性の現実の役割を十分に把握することなく、自分の理想・思想を信じてきた語り手の理想主義、観念論的理想主義に対する自己批判と内省もこめられている。阿金は行動によって語り手の観念論的理想主義を打ちくだいた。「采薇」においては、社会の現実を十分に把握することなく、自分たちの理想を固守し、また実行において微力であった理想主義者、観念論的理想主義者(伯夷と叔斉)に対する諷刺(それは嘲弄ではなく、結果として感得する諷刺であり、ゆえにそこには同情も読みとれる)の意味がある。

この点から言えば、「阿金」には観念論的理想主義に対する語り手の内省の意味がこめられており、「采薇」には観念論的理想主義に対する諷刺と同情の意味がある。召使い阿金姉さんは言葉によって、伯夷・叔斉の観念論的理想主義を打ちくだいた。この共通する一つの主題に注目して、一歩進めて言えば、「采薇」には「阿金」を小説化した一面を窺うことができる。すなわち理想主義を打ちくだかれた「阿金」の語り手は、すなわちこの観念論的理想主義者は、「采薇」の伯夷・叔斉に姿をとって登場し、諷刺と同情の対象となる。

しかし「采薇」ではこれに止まらず、召使い阿金姉さんはさらにデマゴーグの役割を果たす。

「のちにまた或る人は、〔伯夷・叔斉が――中井注〕実はおそらく故意に餓死したのだろうと言った。なぜなら彼は、小丙君の屋敷の召使い阿金姉さんから次のように聞いたからである。その十数日前に、彼女〔召使い阿金姉さんを指す――中井注〕は山へ行き彼らを数言からかった。馬鹿者はきっとかんしゃくもちで、おそらく怒って食を絶ち、だだをこねたのだろう。しかしだだをこねるのは結局自分の死をもたらしただけよ。

そこで多くの人は非常に阿金姉さんに敬服し、彼女が聡明だと言った。しかしまた或る人たちは彼女が酷薄すぎると言った。

阿金姉さんの方は伯夷・叔斉の死が、彼女と関係があるとはべつに思わなかった。もちろん、彼女が山に行き数言からかったのは、事実である。しかしこれは単にからかいにすぎない。あの二人の馬鹿者がかんしゃくを起こし、そのために薇を食べなくなったのも、事実である。しかし彼らは決して死ななかったし、むしろ幸運を引きよせた。

『お天道様の心は大変すばらしいものよ』と、彼女は言った。『彼らがだだをこねて、餓死しそうになったのを見て、母鹿にその乳で彼らを養うように命じなされた。そら、これはたいへんな幸運ではないだろうか。土地を耕す必要もなく、柴を刈る必要もない。ただ坐ってていさえすれば、毎日母鹿の乳が口に届けられる。しかし卑しい奴は好意が分からないのよ。あの老三〔叔斉を指す——中井注〕は、彼は何という名前だったのかしら、つけあがって、鹿の乳ではまだ足らなくなったのさ。彼は鹿の乳を飲みながら、心の中で考えた。〈この鹿はずいぶん太っている、これを殺して食べたら、味がきっと悪くないだろう。〉そう思いながらゆっくりと腕を伸ばして、石を握ろうとした。鹿に神通力があるかどうか知らないが、人の心がすでに分かって、すぐするりと逃げだしてしまった。お天道様は彼らの食い意地を嫌って、母鹿にそれから行かせないようにした。ほら、彼らはやっぱり餓死せざるをえなかったのよ。それは私の話のためではなく、むしろ自分の貪欲、食い意地のためなのよ。……』」(「采薇」、四〇一頁)

召使い阿金姉さんは伯夷・叔斉をからかったことを事実として認め、またそれ以後彼らが薇を食べなくなったことを事実として認める。しかしそのうえで召使い阿金姉さんは、彼らが自らの貪欲によって餓死を招いたとする母鹿に関する物語を語り、伯夷・叔斉が餓死することについて自業自得説を展開した。

「采薇」の語り手から見れば、たとえ伯夷・叔斉の生き方が観念論的理想主義であって、諷刺と同情の対象であるにしろ、彼らは少なくともその理想を微力ながら実行し、その理想に殉じようとした。[*13]「采薇」において語り手は最後の場面で、召使い阿金姉さんを登場させる。召使い阿金姉さんは流言によって、その彼らの生き方を人間の卑俗な貪欲のレベルにまで引きおとして物語り、[*14]その餓死を彼らの自業自得であるとする。[*15]その説明によって、理想に殉じた伯夷・叔斉の死に対する人々の、ほのかに存在した良心の呵責をやわらげる作用を果たした。

「この物語を聞いた人々はみな、最後に深いため息をつき、どうしてか分からないが、自分の肩さえもずいぶん軽くなったように考えた。たとえ時には伯夷・叔斉のことを思いだすとしても、しかしそれはぼんやりとしていて、彼らが石の壁のところにうずくまり、まさに白いひげの大きな口を開けて、懸命に鹿の肉を食っているのを見るかのようだった。」(「采薇」、四一二頁)

召使い阿金姉さんは「采薇」において、いっそう悪辣で鮮烈な女性の知的な姿をもって出現している。この召使い阿金姉さんは、文人小丙君の偽善に照応するものであり、[*16]古代の悪辣で鮮烈な知的な女性として出現している、と言える。[*17]

伯夷・叔斉のような、観念論的理想主義に殉ずる生き方を、現実を一歩でも具体的に動かすことに微力な生き方（武王に対する諫言と、周の粟を食わないという抵抗の仕方）を、この主義と信念に徹した高潔な生き方を、語り手は同情をこめながら、基本的に諷刺している、と私は考える。[*18] しかしながら語り手は他方、小説の最後の部分において召使い阿金姉さんの流言とそれに安んずる人々を描きだした。そのことによって、語り手はむしろ伯夷・叔斉の高潔な生き方に対する諷刺を超えて、愛惜を強く示している、と考える。小説における伯夷・叔斉に対する、最後の部分を除くそれ以前の部分における、語り手のほのかな同情は、最後の場面で愛惜へと上昇する。

語り手（魯迅）は、「阿金」（一九三四・一二・二一、前掲）をつうじて、一九三四年ころの租界都市上海の、外国人が支配する階級社会において（大きくは、国民党が支配する中国という半封建半植民地の階級社会を視野に入れて）、外国人に雇われる下層階層の女性がいつも犠牲者・弱者であるとは限らない、むしろ彼女がその支配体制に無意識のうちに加担し迎合する場合があるという認識を、はじめて示した。

「私の文章の退歩を、阿金の騒ぎに罪をかぶせようとは思わない、しかも以上の議論も、大変腹いせに近い。しかし、近ごろ私が阿金を最も嫌うのは、あたかも彼女が私の一本の道を塞いだかのようであって、そのことによるのは、確かである。

願わくば、阿金も中国女性の標本的存在でありえないことを。」（「阿金」）

そして「采薇」において語り手は、知的な召使い阿金姉さんを登場させ、彼女が武力で統一した周という支配体制に対して、加担し迎合する姿（阿金姉さんは付随的に、小丙君の場合は意図的に）を、阿金よりもいっそう鮮烈に批判的に示したものである、と考える。ただ、「采薇」の召使い阿金姉さんの女性像は、魯迅が阿金の衝撃を受けたのち、女性像追究のために行ったさまざまの営為の一環であるという性格をもつと考える。

## 第四節　さいごに

「阿金」（一九三四・一二・二一、前掲）の語り手（魯迅）の意図は、主として一九三〇年代における租界都市上海の社会構造に対する告発であったと考える。また、一九三〇年代の租界都市上海で外国人に雇われる下層社会における女性阿金の存在・行動に対する、魯迅の新しい認識と批判（国民性の問題に連結する批判、しかし第一動因としてではない批判）が語られた。新しい認識は語り手自身（魯迅）の観念論的理想主義に対する内省を促すものであった。

魯迅は一九一〇年代末から二〇年代において、子供・女性を中国旧社会における「被損害者」「被侮辱者」に属する弱者・被害者である、と基本的に考えた。[*19] しかし魯迅は、一九三四年ころの租界都市上海で外国人に雇われ、無意識のうちにその支配体制に迎合し加担し、その中で自己の感覚的自由と享楽的自由を享受しようとする下層女性労働者の典型（男性の場合は西崽として現れる）が存在することに対する、新しい認識を語った。魯迅は一九三四年ころまで、自らの内に根強く存在した、旧社会における弱者としての、被害者としての女性像にのみとらわれていた。そのことが現実の女性像の一部（この時代と社会に迎合・加担し、ときには強者として現れる下層社会の女性像）を見えなくさせていた可能性がある。[*20] 一九三四年ころ、租界都市上海の阿金は魯迅の女性像の盲点を厳しく突き、民衆像・知識人像の再検討、とりわけ中国のさまざまな地域の、現実の階級社会における具体的女性像の再検討・再確認を魯迅に迫ったと思われる。その意味から言えば、魯迅にとって阿金に対する新しい認識は大きな意味をもった。

その後の女性像に対する再検討・再認識の結果の一部が、「采薇」（一九三五・一二、『故事新編』、文化生活出版社、一九三六・一）における召使い阿金姉さんであり、またケーテ・コルヴィッツにおける母親像と、戦う女性像（「『凱綏・珂勒恵支版画選集』序目」、一九三六・一・二八、『且介亭雑文末編』）、そして「女吊」（一九三六・九・一九～二〇、『且介亭雑文末編附集』）の女性像等ではなかっただろうか。

女性も男性と同じように、一九三〇年代という時期において、中国旧社会という階級社会の中で（半封建半植民地という社会の中で）、さまざまな地域の中で、さまざまな役割を果たす姿をもって具体的に現れたと言える。

# 第四章　一九二六年―二七年の民衆観

## 第一節　はじめに

本章は、一九二六年二七年の間における魯迅の、民衆像・知識人像等を検証することを目的とする。その場合、魯迅における民衆像・知識人像等の変遷を前提としている。また、その間に起こった一九二七年四・一二クーデターが魯迅の文芸と民衆との関係、魯迅の文芸と進化論との関係等に、いかなる影響を与えたのか、についても言及する。本章は、魯迅の民衆像・知識人像を歴史的に見ていくための一環としての役割をもつ。

上記の目的のために、まず一九二六年以前の時期の、民衆像・知識人像にかかわる点を確認する。

### 一　三・一八惨案と厦門行

以前私は、「魯迅の復讐観について」（『野草』第二六号、一九八〇・一〇）で、一九二六年の三・一八惨案において魯迅がどのような影響を受けたのか、に触れたことがある。それ以前、魯迅は中国変革の主要な当面の課題が国民性の悪の改革（精神改革、思想改革）にある、と考えていた。この事件をつうじて魯迅は、それに加えていっそう緊急の課題が、国民性の悪を現実に体現し、中国変革を凶暴な武力によって阻む軍閥の支配体制にあると考え、またそれと結託する知識人の役割に注視するようになる、と推測した。そしてこの事件によって魯迅に沸きおこった心情は、教え子の死に対する負い目を別にすれば、軍閥政府とそれに結託する知識人に対する激しい憎悪であった。その憎悪は、これ以前における旧社会全体に復讐を図ろうとする挫折した改革者としての憎悪とは内実を異にして、中国変革への指向をはっきりと内包していた。魯迅は、中国変革の課題として国民性の悪の改革という精神次元の課題に加えて、いっそう緊急で具体的な権力構造の変革の課題について認識を深化させた。[*1]

言い換えると、権力構造についての認識の深化は、魯迅が一九二五年ころの女師大事件において軍閥政府を後ろ盾とする校長側と具体的に戦い、そして上述のように三・一八惨案での軍閥政府の凶暴な支配権力を経験したことによると思われる。これまで中国変革の主要な課題と位置づけられてきた国民性の悪の改革を、とりわけ一九二六年三月一八日以降、課題の緩急の観点から位置づけを決定的に変化させたものであると考える。中国人の国民性の悪は、依然としてそれ自体として存在し、それ以後も中国変革の一つの課題として提起され、あるいは変革の主体の形成の問題として存在した。しかし横暴な軍閥支配の権力構造の変革を、より緊要な現在の問題として検討する必要性が、一九二六年三月一八日以降、明瞭に魯迅に意識された。

三・一八惨案以後、軍閥政府はひそかに李大釗等五名の逮捕令を出し、また五〇名（一説には四八名）[*2]のブラックリストを作り、軍警にひそかに逮捕を命じたことが伝えられた。このため、魯迅は三月二六日にしばらく身を隠し、五月二日に避難生活を終えて帰宅した。その後、魯迅は一九二六年八月二六日に許広平とともに北京を離れ、厦門大学に向かう（許広平は途中で魯迅と別れ、任地の広州に向かった）。

このとき魯迅は厦門大学への赴任（国文系教授兼国学院研究教授）を、一時の休養と位置づけ、次の活動のための準備とした。[*3]しかし魯迅は、厦門で孤独に陥り、あまりにも閑静で刺激の少ない厦門大学に見切りをつける。[*4]魯迅は、一九二七年一月一六日に厦門を離れ、中山大学に赴任するため、広州に向かった。国民革命の「策源地」広州に着いたのちは、新たな活動を意図していた。[*5]

## 二　一九二六年ころ以前の民衆像と知識人像

中国の民衆と知識人（読書人）は、魯迅の意識の中で切り離しがたいものだったと思われる。中国変革の課題に関連して、民衆観の側面から言うならば、民衆に対する認識の深化、そしてそれを魯迅に可能にする状況は、一九二五年半ばから出現しつつあった。

初期文学活動（一九〇三〜一九〇九）の諸論文におけるように、両者の関係は指導と被指導の関係という指導者意識が前面に出る場合があった。そのときに民衆は愚民と「素朴な民」（「朴素之民」、「破悪声論」、一九〇八・一二・五発表、『集外集拾遺補編』）の姿をとって現れた。

初期文学活動の失敗と辛亥革命（一九一一年）の挫折以降、挫折を体験した改革者魯迅の意識の中で、愚民は旧社会における麻痺した目覚めぬ民衆の姿をもって現れる。同時に常に、何らかの形で中国変革を志した魯迅は、民衆の中に変革の担い手の可能性をもつ「素朴な民」（前掲）を当為として想定している（「我們現在怎様做父親」、一九一九・一〇、『新青年』第六巻第六号）。言い換えれば、魯迅は、当為としての素朴な民を想定し、将来的変革の担い手として民衆を視野に入れながら、同時に民衆の麻痺した現状に反発・批判するものであった。この時期の魯迅の民衆観は、「『人道主義』と『個人的無治主義』という二つの思想の起伏消長」（「『魯迅景宋通信集』二四」、一九二五・五・三、『魯迅景宋通信集《両地書》的原信』、湖南人民出版社、一九八四・六）の過程を構成する一環としてあった。

しかし魯迅は一九二五年五月、民衆の沈黙の現状に対する弁護（「俄文訳本『阿Q正伝』序及著者自叙伝略」、一九二五・五・二六、『集外集』）を述べた。[*6] 一九二五年一〇月一七日の「孤独者」（一九二五・一〇・一七、『彷徨』）において魯迅は、挫折した改革者としての旧社会全体に対する復讐感からの、自新のためのカタルシスを基本的にとげた。[*7] 一九二六年一月において、民衆について魯迅は次のように考えた。中国の民衆は、現状において目覚めぬ民衆として存在しながらも、しかし歴史上、王朝・社会が混乱をきわめた時期において、農民蜂起を起こし、農民革命軍となる可能性をもった存在である（「学界的三魂」、一九二六・一・二四、『華蓋集続編』）、と。女性については、一九二五年の女師大事件において、女性知識人の戦う力量に対して高く評価するようになった（「記念劉和珍君」、一九二六・四・一、『華蓋集続編』[*8]）。

上記の過程をへて、それ以前の、挫折した改革者の視点から見る国民性の悪を一身に体現する民衆像（愚民）ではなく、また中国変革を志す改革者の目から見る当為としての民衆像（素朴な民）でもないような、あるがままの民衆像を、追究しようとする姿勢が、すなわち当時の旧社会において、封建勢力・軍閥が支配する旧社会の中において、現実に生活する民衆の姿をあるがままに見ようとする姿勢が、一九二六年ころ魯迅にいっそう強化されたと思われる。

そして知識人（作家）としての自らの生き方に対する内省と追求の契機も、一九二六年ころ、国民革命の進展という状況があって、ここに改めて魯迅に生じたと思われる。また一九二六年ころ魯迅は、ロシア十月革命前後の過渡期知識人（ブローク、ソーボリ、エセーニン等）の苦悩に対する共感を隠さなかった。

## 三　『朝花夕拾』等について

こうした上述の一九二六年ころの魯迅の営為を明瞭に反映するものが、第一に、『朝花夕拾』（北京未名社、一九二八・九刊、一九二六年二月二一日作から同一一月一八日作までの作品を収める）の諸作品における民衆像である。そしてそれは魯迅が一九二六年の時点で、過去（少年時代）におけるあるがままの現実の民衆を認識しようとしたものであると考える（例えば、「阿長与『山海経』」〈一九二六・三・一〇〉）。すなわち一九二六年に現れる民衆像は、それまでの民衆観の変遷の過程のうえに立って出現したものと考える。私は、一九二六年新たに出現したこの民衆像に焦点をあてる。第二に、『朝花夕拾』（同上、一九二八・九）において、過去（青年時代）における知識人像が追究された（例えば、「藤野先生」〈一九二六・一〇・一二〉、「范愛農」〈一九二六・一一・一八〉）。それは、魯迅が自らの生き方（過渡的知識人としての生き方）を内省し追求し、「休養」（『魯迅景宋通信集』一一六、前掲）から再起するための営為、過渡的知識人像の新たな追求が背景にあったと思われる。

私は、語り手が『朝花夕拾』において中国の民衆像・知識人像をどのようなものとして語っているのか、という観点から見ていきたい。私は『朝花夕拾』が魯迅の回想の側面をもつことを認めつつ、主として一九二六年における語り手の語り方に注目することにする。*9

また同時に、翌年の一九二七年四・一二クーデターによって魯迅がどのような衝撃を受けたのかという点も、追究する。一九二八年から始まる革命文学論争の前段階における、文芸の背景をめぐる問題（進化論等の位置づけ、民衆に対する文芸の作用等）に関して、魯迅の考え方の一端を明らかにしたい。

私は、魯迅が三・一八惨案で受けた影響と四・一二クーデターで受けた影響とが、質を異にしていると考え、これを区別する。

## 第二節　『朝花夕拾』『華蓋集続編』等における社会像・民衆像・知識人像等

一九二六年二七年ころに執筆され、後に編集された雑文集『華蓋集続編』（北京北新書局、一九二七・五）、『而已集』（上海北新書局、一九二八・一〇）、『三閑集』（上海北新書局、一九三二・九）の文章の中にも、このころの魯迅の民衆像・知識人像が表現され、またその社会像を窺うことができる。『朝花夕拾』（北京未名社、一九二八・九）を中心としながら、これとあわせて、これを補うものとしてこの第二節で取りあげたい。

### 一　社会像

一九二六年二七年ころにおける魯迅の中国旧社会像は、一九二五年ころの社会像を基本的に引き継いでいる。それと同時に、一九二七年一月魯迅が厦門から広州に移動する際、イギリス植民地香港を通過したこと、またその後香港で講演を行い、香港の新聞にも日をとおすようになったことから、魯迅の予想する将来の中国社会像に、支配者としての外国人がはじめて登場する。

まず、一九二五年ころの社会像を基本的に受け継いでいる点から見ていく。

「一面では礼楽を制定し、孔子を尊び経典を読み、〈四千年、文物の邦を声明〉して、まことに火加減も良いところになっている。しかし一面では平然と、放火・殺人をし、姦淫・略奪をして、蛮人であっても同族にしようとしないことをしている……中国全土は、このような一大宴席である。」(「馬上支日記」、一九二六・七・四、『華蓋集続編』)

当時の中国旧社会を、爛熟した文明と極端な野蛮が混在する、弱肉強食の一大宴席とする。

「一点比喩」(一九二六・一・二五、『華蓋集続編』)で、中国旧社会は山荒らしと棘のないもので構成される社会に喩えられる。

「たとえこのように叫んでも〔〝Keep your distance!〟――中井注〕、おそらく山荒らしと山荒らしの間で効力がありうるだけだろう。なぜなら彼らがお互いに距離を保つのは、その理由が痛いことにあり、叫ぶことにはないからである。もしも山荒らしの中に別なもの、棘のないものが交じっていれば、どのように叫んでも、彼らはやはり体を押しつけてくる。孔子は、礼は庶人に下らず、と言う。現在の状況から見ると、庶人が山荒らしに近づいてはならないのではなく、山荒らしは勝手に庶人を刺して暖を取ることができるとすべきである。負傷することは当然負傷しなければならない。しかしこれも自分だけに棘がないことを責めなければならず、適当な距離を彼に守らせるには足りない。孔子はまた言う、刑は大夫に上らず、と。これではまた、人々が紳士になろうとするのも無理はない。

これら山荒らしは、もちろん牙、角や棍棒で防ぐことができる。しかし少なくとも山荒らし社会の定める罪名、〈下流〉あるいは〈無礼〉という罪名を、必死に背負わなければならない。」(「一点比喩」、一九二六・一・二五、『華蓋集続編』)

中国旧社会は、金持ち・紳士階層(山荒らし)が庶民(棘のないもの)をできるかぎり搾取することのできる社会であり、それに抵抗すれば〈下流〉等の罪名を背負わなければならない。旧社会は、金持ち・紳士の支配層がほしいままに庶民を食い物にする社会であるとする。こうした社会構造についての分析の仕方は、基本的に一九二五年の「灯下漫筆」(一九二五・四・二九、『墳』)、「春末閑談」(一九二五・四・二二、『墳』)の考え方を踏襲するものと言える。ただ、より明確に、支配者層(金持ち・紳士階層)と被支配者層(庶民)が分離され、抑圧と被抑圧の関係が、また抑圧者を擁護する中国旧社会の諸関係(「礼は庶人に下らず、刑は大夫に上らず」、『礼記』「曲礼上」)が、明瞭に述べられる。

さらに魯迅は、一九二七年一月、厦門から広州への途次に香港を通過し、香港の中国人税関吏の行為を見たこと、あるいはその後香港の新聞で読んだ記事の内容等に基づいて、将来の中国社会像を次のように予想する。[*10]

「ほかのところは知りませんので、上海によって類推するしかありません。上海では、もっとも権勢をもつものが一群の外国人であり、彼らに近づき取りまくものは中国の商人といわゆる知識をもつ人です。その輪の外は多くの中国の苦しむ人々です。すなわち奴隷根性をもった下層の人々であります。将来、もしも古い調子をなお歌い続けるならば、上海の状況は全国に拡大し、苦しむ人々は多くなることでしょう。」(「老調子已経唱完」、一九二七・二・一九、『集外集拾遺』)

ここで魯迅は、上海を取りあげ論ずるとするが、しかしこれは香港の現状でもあった。中心に支配者である一群の外国人が存在し、その周りに中国人の商人と知識をもつものが存在する。その外周りに、中国の苦しむ人々(原文、「下等奴才」)、奴隷根性をもつ下層の人々)が存在する。将来中国はこのような構造をもつ社会となる。これを避けるために、魯迅は旧文章・旧思想を捨て(礼教による旧文化の支配から脱却して)、現在の民衆とかかわりのある、現在の社会と関係のある文化をつくらなければならないとする(「老調子已経唱完」、一九二七・二・一九、前掲)。

このように、一九二六年、二七年の前半における魯迅の社会像は、基本的に一九二五年の、抑圧層と被抑圧層に二分される社会像を引き継ぎ、[*11]抑圧層を擁護する旧社会の諸関係を鮮明にしながら、そのうえで将来における旧社会の中心に外国人の支配が存在する危険性を示唆する(「述香港恭祝聖誕」、『語絲』第一五六期、一九二七・一一・二六、『三閑集』)。

## 二　民衆像(下等人像)

### 1　故郷(浙江省紹興)の民衆像

『朝花夕拾』(北京未名社、一九二八・九)において、語り手魯迅は子供時代におけるあるがままの民衆の姿を語る。例えば、「阿長与『山海経』」(一九二六・三・一〇、『朝花夕拾』)で語り手魯迅は次のように子供時代の乳母の思い出を語る。

「陰で人の長短を言うのは良いことではないけれども、もしも本当のことを言えば、私は次のように言うしかない。実際あまり彼女(阿長——中井注)に感心しなかった。」(「阿長与『山海経』」、一九二六・三・一〇、前掲)

乳母の阿長はひそひそ話が好きで、低い声で人に何かをくどくどと言い、人差し指をたてては、上下に動かし、相手を指したり自分の鼻を指したりしていた。語り手はこれが最も嫌いだったと言う。家に波風が立つと、このひそひそ話に関係があると疑った。
夏には、阿長は大の字に寝て、語り手が寝返りも打てないほどベッドの隅に押しこめた。
阿長は、たくさんのしきたり（風習）に詳しく、語り手には面倒なものであった。春節の朝に起きたとき、真っ先に、語り手は「阿長、おめでとう」と言い、「福橘」（福建のみかん）を食べなければならない。人が死んだら、死んだと言ってはいけない、必ず「老掉了」（亡くなった）と言わなければいけない。人が死んだり、子供が生まれた部屋に入ってはいけない。ズボンを干す竹竿の下は、決してくぐってはいけない。面倒きわまりないものだった。
しかし長毛の話（太平天国の乱）を阿長から聞いて、彼女の神通力に大変感心した。
隠鼠の死を悲しみ、猫に復讐していたころ、また『山海経』に憧れていた。それは玉田老人から聞いたもので、しかしそれを見たり、手に入れる方法がなかった。ある日、阿長は暇をとり、四五日実家に帰っていった。戻ってくると、阿長は木刻の「『三哼経』」（『山海経』のこと、「阿長与『山海経』」、一九二六・三・一〇、前掲）を手渡してくれた。四冊本で、印刷の粗末な、紙も黄いばんだものだった。挿絵は直線をつなぎ合わせたもので、眼は長方形だった。しかしそれは魯迅が最も愛した宝の本となった。
「ほかの人がやろうとせず、あるいはできないことを、彼女はやりとげることができる。」（「阿長与『山海経』」、一九二六・三・一〇、前掲）
このように、ユーモアと皮肉を交えながら、子供の目から見た一人の民衆阿長を、しきたりや縁起かつぎの面倒なことから、語り手の渇望した本を買ってくれるという心優しさまで、あるがままに描きだしている。
「寛大にして暗黒の地母よ、あなたの懐に彼女の魂をとこしえに休めたまえ。」（「阿長与『山海経』」、一九二六・三・一〇、前掲）
このようなあるがままの民衆像が、これまで魯迅の作品の中で、対象から一歩距離をとった形で描かれたことはなかった。語り手は旧社会の中で、紹興の魯迅の家で、働き生活していた一人の民衆の姿を、子供の目から見えるあるがままの民衆の姿を、描いている。一九二五年以前に出現する、当為としてある朴素の民の純粋さではなく、憎悪の対象である愚民としての麻痺した姿でもないような、一九二六年の生き生きとした民衆は、魯迅の作品の中ではじめて出現している。[*12]
一九二六年三月一〇日という時点で、あるがままの民衆が、回想の形式の中に現れた。それは、あるがままの民衆を認識し受け容れよう、という魯迅の心情にほかならないと思われる。またそれは、「離婚」(一九二五・一一・六、『彷徨』)における、反抗闘争し敗北せざるをえなかった新しい民衆の類型、「反抗の原初形態」[*13]の萌芽を示す農村女性愛姑の敗北を確認した後、故郷におけるあるがままの民衆を、民衆の精神を、回想の中で探究しようとする試みと思われる。[*14]

魯迅はまた、「無常」(一九二六・六・二三、『朝花夕拾』)において故郷の民衆の心理を語る。ここで言う「無常」は活無常のことを指し、民間信仰で魂を抜きとるために訪れる冥界の使者である。

「人々は活無常を見ると、なぜいささか緊張し、しかも喜ぶのだろうか。」(「無常」、一九二六・六・二三、前掲)

「彼ら——我が同郷の〈下等人〉——の多くは、生きて、苦しみ、噂を流されて、逆ねじを食らわされる。長い間積み重ねた経験によって、この世で〈公理〉を維持するのはただ一つの会しかないことを知り、しかもこの会自体は『はるか茫々たる』ものであり、そこでいきおい冥界に対するあこがれが生じざるをえないこととなる。人はたいていい不当な取りあつかいを受けていると思っている。生ける〈正人君子〉はくそ野郎を騙すことができるだけで、もしも愚民に問えば、彼は考える間もなく答えるはずである。公正な裁判は冥界にある! と。」(「無常」、一九二六・六・二三、前掲)

ここでは、語り手は「愚民」という言葉を使う。しかしここでそれは、挫折した改革者の憎悪の対象としての愚民ではなく、あるいはニーチェの言う〈愚民〉ではなく、この旧社会に生きて苦しみ、噂を流されて、逆ねじを食らわされる民衆、〈下等人〉のことを言う。それは、〈正人君子〉とは対照的な存在である。[*15]

この〈下等人〉こそ、魯迅がそれ以前の時期に想定していた〈素朴な民〉と〈愚民〉が止揚される過程にあって、彼の目の前に見えてきた、旧社会の中で現実に息づき生活する、現実の民衆に近い姿をとって現れたものであり、語り手は彼らの心情を叙述しようとしていると思われる。ここで語り手は、民衆にとって公正な裁判は冥界にある、という彼らの気持ちを推測している。このような民衆の気持ちに、これまで魯迅が言及したことはなかった。語り手は民衆の気持ちに共感し、より添い、感情移入している。

「生の楽しみを思えば、生はもとより未練に値する。しかし生の苦しみを思えば、活無常は必ずしも悪い客ではない。貴賎を問わず、貧富にかかわりなく、そのときにはすべて『空手で閻魔大王にまみえ』、無実の罪のものはそれを晴らすことができ、罪のあるものは罰をうる。しかし〈下等人〉ではあるけれども、どうして反省がないことがあろうか。自分はこの一生に人として、どうだったのか。『空の半ばまで飛び上』がらなかったか。『冷箭を放』たなかったか。」(「無常」、一九二六・六・二三、前掲)

「まだ亡魂にならないうちに、自らを欺かない人は時には、はるかな先の将来を考え、公理のかたまりの中で、いささかの情実のかけらを捜そうと思わずにはいられない。このとき、私たちの活無常先生は親しいものに見える。有利なことを大きく取りあげ、不利なものを小さくあつかう。」(「無常」、一九二六・六・二三、前掲)

善良ではあるけれども、罪を犯さなかったわけではない民衆が、生きているうちに自分のはるか先の将来を考え、冥界のわずかな情実をあてにできる活無常に、深い親しみを感ずる、と言う。これも語り手が、民衆の気持ちを推しはかったものであると思われる。

一九二六年ころ以前においては、魯迅がこうした民衆の気持ち自体を忖度することはなかったと思われる。一九二六年ころ以前であれば、民衆が冥界を信じて活無常の情実をあてにすること自体が、目覚めぬ民衆の在り方として魯迅の批判の対象となった可能性を否定できない。[*16]

「私は今でもはっきりと覚えている。故郷にいるとき私は、〈下等人〉とともにいつも喜んで、亡魂にして人間、理にして情、怖くて愛すべきこの活無常を、目をそらすことなくまっすぐに見ていた。そして彼の泣き顔や笑顔や、口からでる強硬な言葉と諧謔……を楽しんだ。」(「無常」、一九二六・六・二三、前掲)

「およそ〈下等人〉には一つの通弊がある。いつも己の欲することをもって、これを他人に施すことを好むことである。亡魂に対してではあっても、彼を寂しがらせることを承知せず、あらゆる鬼神には、たいてい必ず一対一対になるように配偶者をあてようとする。」(「無常」、一九二六・六・二三、前掲)

「料理を献げるという一幕は、『活無常を見送る』ものである。彼は魂を抜く使者であるので、民間ではおよそ人が死んだ後、酒食によって彼をうやうやしく送る。彼に食べさせないというのは、それは賽会のときの冗談であり、実際は決してそうではない。しかし活無常をからかうことについては、みんながこの気持ちをもっている。なぜなら彼は率直で、議論好きで、人情があるから——真実の友達を求めようとするならば、むしろ彼はふさわしい。」(「無常」、一九二六・六・二三、前掲)

語り手は活無常が、民衆の中で愛され、怖がられ、民衆の中に息づいてきたことを物語る。そして民衆は活無常をからかおうとする。活無常は率直で、議論好きで、人情があり、本当の友達になることができるような、亡魂であるから、と言う。このように見てくると、活無常は、民衆精神の一面の化身であると思われる。

ここで語り手魯迅は、自分の理解する現実の民衆の姿の一面を、あるがままに共感をこめて描きだそうとしている。故郷の民衆と自らとの間には、精神的に共有するものがあることを確認している。それは活無常に体現された人間像、活無常と民衆の間に体現された人間関係、民衆の姿の一面に対する共感である。

前述した一九二六年ころ以前の事情を踏まえて言うならば、一九二六年ころから魯迅は、改めて現実の中国の民衆の、あるがままの姿を測り直し、あるがままの心情を理解しようとしたと思われる。一歩進めて言えば、下層の民衆の一面に対する魯迅の共感は、女師大事件（その後の三・一八惨案）において軍閥政府そしてそれと結託する知識人と戦い、その結果民衆と同じように抑圧を受け、傷ついた者としての、彼の共感と感情移入の色あいが含まれる。

しかしながら魯迅は、当時の民衆の、別の側面に現れる現状に目をつぶったり、楽観したのではないと思われる。

「もしも天才がいて、時代の鼓動を真に感じて、一一月二二日、このような情景を記述する小説を発表するとしたら、多くの読者はきっと包龍図旦那[*17]の時代のことを言っているのだ、と思うであろう。その時代は西暦一一世紀、私たちとは九百年隔たるであろう。」（「阿Q正伝的成因」、一九二六・一二・三、『華蓋集続編』）

一九二六年一一月二三日の『世界日報』の記事を引用し、上のように述べる。新聞に現れる世間の様子（死刑執行をめぐる刑場と民衆の様子）が、九〇〇年前の時代を描いたものと変わらないことを言う。死刑執行をめぐって現れる中国の民衆の気風は変わるところがなかった。

「私は劉半農を〈乱党〉に強いて比べようとするのではない。（現在の中華民国は革命によって作られたのであるけれども、しかし多くの中華民国の国民は、依然としてあの時の革命者を乱党であるとしていることは、明々白々である。）ただ、いまの時において、かつてのことを回想して、数人の友人に思いいたり、自分が依然として無力であると感じることを言うにすぎない。」（「為半農題記『何典』後、作」、一九二六・五・二五、『華蓋集続編』）

民衆は依然として中華民国建国の革命の意義を理解していなかった。こうした民衆の精神の現状、気風に対する改革の課題は事実として存在し、魯迅はそのことを忘れたことがなかった、と思われる。

中国民衆に対する魯迅の心情は、辛亥革命挫折以後から一九二四年二五年ころ以前において、挫折を体験した改革者、それでも中国変革の希望を忘れることができなかった改革者の視点から見る、愚民と素朴な民に対するものであった。

一九二五年二六年ころ魯迅は、民衆の現状に対する弁護と潜在的力量についての認識を語り、その後、一九二六年ころから、回想をつうじて過去における現実の民衆像に接近を図りつつ、民衆の事実に対するあるがままの認識（肯定的面と否定的面も含めて）をもとうとし、ときには共感と感情移入も生じている、と言える。それは、挫折を体験した改革者の視点から見る、憎悪の対象としての愚民と当為としての素朴な民という、以前の民衆像の構造を止揚していくための準備段階であった。

すなわちそれは、魯迅にとってはじめて出現するあるがままの民衆像であり、そののち一九二七年以降、とりわけマルクス主義を本格的に受容していく一九二八年以降において、現実の民衆をあるがままに観察し受け入れ、分析批評し考察し、あらためて民衆像を構成していくための準備段階をなす性格をもつものであったと思われる。

## 2 「平民」について

国民革命の高揚したこの時期にはまた、「平民」についての言及（例えば、「『争自由的波浪』小引」〈一九二六・一一・一四、『集外集拾遺』〉）が現れる。この時期の「平民」という用語は、ロシア革命の状況と関連して使われる。「平民」とは、「革命時代的文学」（一九二七・四・八、『而已集』）によれば、労働者農民のことである。ロシア革命の過程における、ロシアの平民と知識人の在り方を紹介することをつうじて、魯迅は中国変革の過程において、中国の「平民」の存在と「知識人」の生き方について考えようとしたと思われる[*18]。

「ある人々は今になってもロシアの上等人のために不平を鳴らし、革命の光明のスローガンは、実際には暗黒のものとなったと考える。これもおそらく真実であろう。改革のスローガンは必ずや光明のものである。この本に収められたいくつかの文章が書かれた時代において、たいてい改革者はあらゆる人々に平等の光明を広く与えたいと考えた。しかし彼らは拷問を受け、幽閉され、流刑にあい、殺された。平等に与えようとしても、不可能なことである。（中略）

中国に平民の時代がありうるかどうか、もちろん断定しようがない。しかし、要するに、平民が命を捨てて改革をした後、必ずしも上等人にフカヒレの宴席を設けるものではないことは、見やすいことである。なぜなら上等人はこれまで平民に雑穀の食事を設けたことがなかったからであ

る。」(「『争自由的波浪』小引」、一九二六・一一・一四、『集外集拾遺』)

「平民」(労働者農民)が権力をとる時代に、それ以前苛酷な支配を行った「上等人」が優遇されることはありえない。改革者が拷問され、圧迫された以上、それを行った上等人に対して平等に光明を与えることは、不可能なことである。中国において、平民の時代が来るとすれば、上等人にフカヒレの宴席を設けることはない。なぜなら上等人はこれまで平民を抑圧し、雑穀の食事を用意したことさえなかったからである。

「革命時代的文学」(一九二七・四・八、『而已集』)において、魯迅は「平民」と「平民文学」の関係について次のように言及する。

「現在、ある人が平民――労働者農民――を材料として、小説を書き詩を作りますと、私たちはこれも平民文学だと言っていますが、しかし実はこれは平民文学ではありません。というのも平民はまだ口を開いていないからです。これは、ほかの人が傍らから平民の生活を見、平民の口ぶりを借りて語ったものです。(中略)現在中国の小説と詩は実際他国と比べものになりません。しかたなく、これを文学と称するほかありません。革命時代の文学とは言えませんし、平民文学とはなおさら言えません。現在の文学者はみな読書人です。もしも労働者農民が解放されないならば、労働者農民の思想は依然として読書人の思想です。労働者農民が真の解放を獲得して、その後にこそ真の平民文学が存在します。」(「革命時代的文学」、一九二七・四・八講演、『而已集』)

「平民文学」は、平民(労働者農民)が解放されたあと、平民の手によって作られるものである、と魯迅は考えている。ゆえに現在中国には、「平民文学」はない、と言う。[*19]

「ロシアでは革命以前も、知識階層〔原文、知識階級、以下同じ――中井注〕が社会で歓迎されました。なぜ歓迎されたのでしょうか。知識階層が平民のために不平をもち、平民の苦痛を大衆に告げることができたからです。知識階層がなぜ平民の苦痛を語ることができたのか。知識階層が平民に近づいたり、あるいは彼ら自身が平民であったからです。」(「関于知識階級」、一九二七・一〇・二五、『集外集拾遺補編』)

ロシアの知識人は平民(労働者農民)に近づき、あるいは彼ら自身が平民出身であった。ロシアの知識人は「平民の苦痛を大衆〔原文、大衆――中井注〕に告げ」(一八八頁)た(「大衆」は被抑圧階級の広い勤労者階層を指すのであろう)。

では、中国において平民(労働者農民)と知識人の関係は、その連帯は、どのようなものでありうるのか。中国知識人はどのように平民を啓蒙しうるのであろうか。これは、過渡的知識人の魯迅における一つの大きな課題であった。一九二六年二七年において平民との直接的連帯の道をもたなかった魯迅は、[*20]自己限定的な連帯の道（有島武郎のように）をとろうとした。[*21]

「平民」（労働者農民）とは、一九二六年二七年当時、魯迅が中国変革をロシア革命を参考として理論的に、また将来の展望において革命の担い手等の問題を考えようとするとき、回想の中の体験的民衆像とは別に、新たに出現した概念であったと思われる。この「平民」の概念がどのように現実の中国民衆と関連をもつようになるのか、あるいはならないのかを、一九二八年以降に見ていかなければならない。

## 三　知識人像

前述のように、魯迅は一九二五年末当時、挫折した改革者としての心情と復讐観から基本的に脱却しつつあった（基本的には、「孤独者」〈一九二五・一〇・一七〉においてなされたと考える）。[*22]

また、一九二六年の三・一八惨案をつうじて、中国変革のいっそう緊要な当面の焦点は、権力を握る横暴な専制的軍閥政府、軍閥支配体制にあると認識した。一九二六年、時はまさに国民革命が順調に進展するかに見えたその高揚の時期であった。

魯迅は、一九二六年の『朝花夕拾』（北京未名出版社、一九二八・九）の諸作品において、中国の民衆像・知識人像を再検討し再構築しようとした。上述のように、語り手魯迅は記憶の中にある民衆をあるがままに語り、[*23]一側面としての新しい民衆像が出現した。それは一九二七年以降に、魯迅が現実における民衆の姿を測り直すための準備段階となったと思われる。そして知識人についても、魯迅は過去の成長過程の回想の中で、あるがままの知識人の姿を語り、測り直し、そのことによって過渡的知識人としての彼自身の今後の生きる道を、内省し探究しようとしていると思われる。過渡的知識人として新しい動向（国民革命の進展と、中国変革の展望）にどのように対処するのか。魯迅は一九二七年一月広州に行き、「革命の策源地」広州で国民革命のための「補佐」[*24]的行動（中山大学での教職をつうじて）をとることを選択した。

魯迅には、『朝花夕拾』（前掲、一九二八・九）において民衆だけを特に取りあげる意図はなかったと思われる。旧社会にはいつも民衆の姿と、旧社会の中で考え、行動する知識人（読書人）が常に意識されていた。魯迅の人生の過去におけるあるがままの民衆の姿と、過去における過渡的知識人の姿が、『朝花夕拾』（前掲、一九二八・九）で描かれた。

すなわち清朝末期の異民族による封建的支配構造のもとで、知識人がどのように生きていたのかを、語り手魯迅は一九二六年の回想（『朝花夕拾』）の中で確認しようとした。これは、一九二六年当時語り手にとって、同時代の清末の過渡的知識人がどのように見えたのか、彼らがどのように生きていたのか、を語るものである。

『朝花夕拾』（全一〇篇〈そのほか、「小引」、「后記」〉、北京未名社、一九二八・九）の後半の五篇以降、知識人が取りあげられる。「従百草園到三味書屋」（一九二六・九・一八）では、私塾の先生という旧知識人、「父親的病」（一九二六・一〇・七）では、二人の漢方医の治療と、患者である魯迅の父親という旧知識人の、闘病における最後の生き方が描かれる。[*25]「瑣記」（一九二六・一〇・八）では、南京の江南水師学堂の学生（カニ歩きをする上級生）と、鉱務鉄路学堂での勉強ぶりが表現される。

「藤野先生」（一九二六・一〇・一二）では、清国留学生の東京での生活と、仙台医学専門学校の教師藤野厳九郎先生の魯迅に対する教育が描かれ、いまなお無言の激励を受けることが述べられる。すなわち魯迅にとって「藤野先生」は、過渡的知識人としていかに生きるべきであるのか、その問に無言の激励を与える存在であったと思われる。「范愛農」（一九二六・一一・一八）では、范愛農という、中国変革を志し、辛亥革命後の旧社会に受け入れられずに亡くなる、新党の知識人の運命を描く。ここに、辛亥革命前後において中国変革のために生命を捧げた過渡的知識人に対する（「范愛農」、前掲）、魯迅の哀悼と負い目の感情を窺うことができる。また、それをバネに、厦門の一時の「休養」から国民革命中の奮闘の生活に再起しようとする魯迅の心情を窺うことができる。

ここでは、過渡的知識人としての生き方の探求において、語り手魯迅の心情が色濃く、考え方が明確にうかがわれる「藤野先生」と「范愛農」を取りあげる。

## 1　奮起と負い目

「藤野先生」（一九二六・一〇・一二）では次のように語られる。

語り手魯迅は、清国留学生が弁髪を巻きあげ、富士山のように盛りあがった帽子をかぶり、上野公園を散歩する姿を描く。また、中国留学生会館での、留学生のダンスの練習を描き、こうしたことから別の場所へ行きたいと願ったという。そして仙台の医学専門学校に入学する。

仙台医学専門学校で、新鮮な授業をたくさん聞いた。なかで、身なりにあまりかまわない、古い外套を着てスリと間違われるような、藤野厳九郎先生がいた。先生はゆっくりとした、しかも抑揚のある口調で講義をした。授業が一週間ほどすぎたとき、語り手は藤野先生に呼びだされ、講義ノートの添削を受けるようになった。

「私が写したノートを提出すると、彼は受けとり、二三日目に私に返還して、言った。これから毎週彼にもってきて見せるように、と。私は受けとりひろげてみたとき、びっくりした。同時に不安と感動も覚えた。私の講義ノートは最初から最後まで朱筆で添削してあった。多くの抜けたところを補っているばかりか、文法の誤りも一つ一つ訂正してあった。彼の担当する授業、骨学、血管学、神経学が終わるまで、このようにしてずっと続いた。」(「藤野先生」、一九二六・一〇・一二)

学年試験が終わって、秋に成績の発表があると、語り手は中程の成績であった。新学期が始まってから、クラスの幹事が下宿を訪れ、彼の講義ノートを見たいと言い、一とおり見て、立ち去った。その後語り手は、「なんじ悔い改めよ」という文句で始まる、分厚い匿名の手紙を受けとった。藤野先生が講義ノートに印をつけて、試験問題を教えたために、彼がこのような成績をとることができたというものだった。数人の同級生が幹事の検査の非礼を非難し、検査の結果を発表するように求めたことにより、この噂は根拠のないものであることが明らかとなった。

「中国は弱国である、だから中国人は当然低能児である。点数が六〇点以上であったのは、自身の能力ではない。彼らが疑ったのも怪しむに足りない。しかし私は続いて中国人の銃殺を参観する運命となった。第二年目にはカビ学の授業が増えた。細菌の形状はすべてスライドで示された。一段落が終わり、まだ時間があるときには、いくつか時事のスライドが映された。もちろん日本がロシアに戦勝した情況である。しかしあいにく中国人がなかに挟まっていた。ロシア人のためにスパイとなり、日本軍に捉えられて、銃殺されようとしている。とり囲んで見ているものは一群の中国人であり、講義室にはなお一人私がいた。

『万歳!』彼らは拍手喝采をはじめる。

この歓呼は、スライド一片を見るたびに起こった。しかし私にあっては、この声はとりわけ耳に触った。この後中国に帰って、犯人を銃殺するのを暇つぶしに眺める人々を見た。彼らも酒に酔ったように喝采をする。——ああ、どのように考えたらよいのか。しかしその時その地で、私の意見は変わった。」(「藤野先生」、一九二六・一〇・一二)

第二年目の終わりになって、語り手は藤野先生を訪ね、医学をやめ、仙台を離れることを言った。離れる数日前に写真をくれ、その裏には「惜別」と書かれてあった。その後、語り手は音信をせず、約束の写真を送らなかった。
「しかしどうしてか分からないが、私はなおいつも彼のことを思い出す。私が自分の先生だと思う中で、彼は最も私を感動させ、私に励ましを与えてくれた一人である。ときに私はしばしば思う。私に対する熱心な希望とたゆまぬ教えは、身近に言えば、中国のためである。すなわち彼は中国に新しい医学があることを希望した。遠大に言えば、学術のためであった。すなわち新しい医学が中国に伝わることを希望した。」(「藤野先生」、一九二六・一〇・一二)
「夜、疲労して、怠けたいと思うときに、灯火のなかで彼の黒く痩せた顔を仰ぎ見ると、今にも抑揚の強い言葉を話しだしそうである。それは急に、私の良心を思いおこさせ、勇気を増してくれる。そこでたばこに火をつけ、さらに〈正人君子〉の類が深く憎む文章を書き続ける。」(「藤野先生」、一九二六・一〇・一二)
「藤野先生」(一九二六・一〇・二六)は、当時の日本の知識人の姿(学生から教師を含めて)を、そして清国留学生の姿を、一九二六年の回想の中に描きだしたものである。そこに彼らに対する毀誉褒貶があり、また藤野先生のような、後年まで魯迅を励まし続ける存在となった一人の教師の姿があった。[*26] 藤野先生は、語り手に対する希望とたゆまぬ教えをつうじて、中国における新しい医学の興起と発達を希望した。[*27] 藤野先生のような、希望をもって異国の学生の教育にあたり、理想に献身する知識人の存在が、一九二六年当時、語り手を励まし、奮起させるものであった。[*28]
語り手魯迅がそうした無言の激励を糧にして、手にとるペンの矛先は、軍閥権力と結託する〈正人君子〉の類に向けられている。[*29]
「范愛農」(一九二六・一一・一八)では次のように語られる。
語り手魯迅は東京留学中に、徐錫麟が巡撫を暗殺し、捕らえられたというニュースを知る。徐錫麟は日本に留学後、帰国し、巡警の仕事をしていたという。徐錫麟は范愛農の先生であった。徐錫麟は心臓をえぐりとられ、巡撫恩銘の護衛兵に炒めて食いつくされた。
同郷会が開かれ、烈士を弔い、満州をののしった。満州政府に抗議の電報を打つことについて議論したとき、語り手の意見にことごとく反対したのが、范愛農である。
「このことから私はこの范愛農が常軌を失しており、しかも非常に憎むべきものだと思った。天下で憎むべきものは、当初満人だと思っていた。このとき始めてそれはまだ二の次だ、第一は范愛農だと知った。中国が革命しないのなら、

それまでだが、もし革命をするのなら、まず必ずや范愛農をとり除かなくてはならない。」(「范愛農」、一九二六・一一・一八)

ここから、語り手は、天下で憎むべきものが満人だ、と思っていたことが分かる。漢民族の一人として、異民族の軛のもとにある苦痛を、被支配者の苦痛を味わっていたことが分かる。

帰国した後の一九一〇年、故郷で教員をしているころ、語り手は范愛農と再会する。

「『ああ、君は范愛農。』

『ああ、君は魯迅。』

どうしてかわからないが、私たちはともに笑った。それはお互いに対する嘲笑と悲哀であった。」(「范愛農」、一九二六・一一・一八)

一九一〇年、辛亥革命の前年に二人は再会する。そのとき二人は笑った。二人の状況は、お互い嘲笑と悲哀にあたるものだったと思われる。范愛農は、古びた木綿の馬掛(短い上着)を着、破れた布靴を履いて、質素な様子をしていた。范愛農は、日本留学の途中で学資がなくなり、故郷に帰った。彼は故郷で軽蔑され、排斥と迫害を受け、ほとんど居場所がないほどだった。いまは田舎に隠れ、数人の小学生を教えて、口すぎをしているという。

語り手は、なぜ范愛農があの日ひたすら反対したのかを尋ねる。范愛農は、語り手を彼らが嫌っていたからだと答える。語り手は陳子英とともに、横浜へ新しい留学生を迎えに行った。そのとき、留学生の荷物から纏足の靴が出てきて、税関の職員がそれを見つけ、物珍しそうに見ていたという。なぜこのようなものを持ってきたのか、と語り手は不満に思い、首を横に振った。

また、汽車に乗ると、留学生たちは席の譲りあいをはじめ、汽車が動きはじめて、三四人が倒れた。こんなところにまで、尊卑を区別しなければいけないのか、と語り手は不満に思い、また首を横に振った。

しかしこの日到着した留学生の中には、のち安徽省で戦死した陳伯平烈士や殺害された馬宗漢烈士がいた。のちに牢獄にとらわれ、辛亥革命後に、日の目を見ることができたけれども、身に酷刑の傷痕を残した人も、一二いた。

これは、辛亥革命の烈士たちに対する、無残な傷を負った戦士たちに対する、語り手の深い負い目であったと思われる。

「冬の初めころ、われわれの境遇はさらに手もと不如意となった。しかしやはり酒を飲み、笑い話をしていた。突然武昌蜂起がおこり、続いて紹興が光復した。二日目に范愛農が街にやってきた。農民の使う氈帽《せんぼう》をかぶり、その笑顔

はこれまで見たことがないものだった。（中略）
われわれは街をひととおり歩いた。見わたす限り白旗であった。しかし外見はこのようであったけれども、内部の中心は旧態依然たるものであった。なぜならやはり数人の郷紳が組織する軍政府であり、鉄道の株主が行政司長であり、銭荘の番頭が兵器司長だったから……。」（「范愛農」、一九二六・一一・一八）
この軍政府は長く続かず、王金発が杭州から軍隊を率いて、紹興に入った。しかし王金発は取りまき連に祭りあげられて、王都督におさまった。語り手は師範学校校長になる。范愛農は監学（学生監）になった。范愛農は監学の仕事と教育を兼ね、実際によく精を出した。
教え子の青年が語り手を訪ね、新聞を発行して、当局を監視したいと言い、語り手魯迅、陳子英、孫徳清に発起人を依頼した。語り手は引き受ける。彼らは、都督を批判し、都督の周りのものを批判しはじめる。しかもその後、王金発都督から五〇〇元の金を受けとり、なお批判を続けた。事態が悪化したとき、許寿裳が語り手を南京の政府に誘ってくれ、語り手はそこへ行くことになる。彼が南京に去って二、三週間後、兵士によって新聞社は襲われ破壊された。語り手が南京から北京に移ったころ、范愛農の学監も孔教会に所属する校長によってやめさせられる。范愛農はまた革命前の彼に戻った。語り手が范愛農のために北京で仕事を探すこと、これは范愛農が切望したことである。しかし語り手には機会がなかった。范愛農は知りあいの家に寄食していたが、しかしそこにもおれなくなり、あちこちとさまよった。ある日、芝居を船で見に行き、酔って水に落ちて死ぬ。
范愛農は、語り手が呼び寄せてくれる電報を待ち望んでいた。范愛農が結局足を滑らせたのか、自殺したのか、いまにいたるまで分からないという。
これは、辛亥革命を紹興で迎え、ともに革命を喜び、そのために尽力した友人范愛農の、その後の悲惨な運命に対する、共感と同情であり、またその人に対する語り手魯迅の負い目であった。
辛亥革命の烈士のためにも、そして范愛農のような悲運の新党の知識人のためにも、魯迅自身はその遺志を受け継いで生きていかねばならない。生きて、辛亥革命の理想のために、自分なりに尽力すべきではないのか。それゆえ魯迅は、清末当時の知識人の在りようを、旧いものを引きずりつつ新しい理想に向かい倒れた過渡期の知識人たち（一九一七年ロシア十月革命におけるアレクサンドル・ブロークのように〈「馬上日記之二」、一九二六・七・七、『華蓋集続編』〉）を、辛亥革命のために人生の一番大切なものを犠牲にした知識人たち（一九〇五年ロシア革命におけるシェヴィリョフの友人のように〈「記談話」、八・二二講演、『華蓋集続編』〉）を、もう一度自分の負い目をつうじて確認しようとした。

そして「范愛農」には目覚めぬ麻痺した愚民の姿が現れない。

一九二六年末、卑劣な青年文学者（高長虹等）に対する憤りを爆発させることをつうじて、魯迅は自らの生存の権利を肯定し、中間物としての肯定的側面（否定的側面だけではなく）を積極的に認めた。[*30] そして許広平を愛してもよいのだと考えた。[*31] そのとき、魯迅は個人の幸福を深く感ずると同時に、まさにそれゆえに辛亥革命の烈士や過渡的知識人范愛農等の不幸に対して、いっそうの深い負い目を同時に意識したと思われる。

魯迅は自分を励まし立ち直らせながら、厦門における一時の「休養」に終わりを告げ、一九二七年一月、広州の中山大学に赴任し、再び奮闘の生活に入ろうとする。

## 2　自らの生き方にかかわる過渡的知識人（文学者）像

（一）武力の前での文芸の無力感について

このころ魯迅は、文芸が武力の前においては無力であり、文章を書くのは失敗者の象徴であるかのようだ、としている。「魯迅先生的笑話」（Z.M.、一九二五・三・八、『集外集拾遺補編』所収、のちに「『華蓋集』后記」〈一九二六・二・一五〉に再録）では次のように言う。

「話をしたり文章を書くのは、失敗者の象徴であるようです。いま運命と悪戦している人は、こうしたものにかまっていられません。本当に実力のある勝利者も多くは声をたてません。たとえば鷹が兎を捕らえるとすると、泣き叫ぶのは兎であって、鷹ではありません。」（「魯迅先生的笑話」、Z.M.、一九二五・三・八、『集外集拾遺補編』）

しかし魯迅は筆が役に立たないと分かっていても、それによって流言や「公理」に対して徹底的に抵抗する。「『魯迅景宋通信集』二四」（魯迅、一九二五・五・三〇）で次のように言う。

「そいつら〔女師大校長楊蔭榆を支持する派――中井注〕は何でもやる者たちであり、言葉は仁と義で、行いはなんと比べても劣る。私は筆が役に立たないとはっきり分かっている。しかし今はこれしかありません。これがあるだけで、しかも物の怪に妨害されなければならない。しかし発表するところがありさえすれば、私は放しません。」（「『魯迅景宋通信集』二四」、一九二五・五・三〇）

「我還不能〈帯住〉」（一九二六・二・三、『華蓋集続編』）で次のように言う。

「私自身も、中国で私の筆は比較的切っ先の鋭いものであるとしなければならないし、話もときには容赦のないものである、と分かっている。しかし私はまた、人々がいかに公理と正義の美名、正人君子の徽章、温良敦厚の仮面、流言や公論の武器と、口ごもりこみいった文章を用いて、私利私欲をとげ、刀もなく筆もない弱者を息つくこともできなくさせたか、を知っている。もしも私にこの筆がなかったならば、欺かれ軽蔑され、訴えるところもない一人であった。私はだから常にそれを用い、とりわけ麒麟の皮の下から馬脚を現すのに用いなければならない、と自覚した。万一それらの虚偽の者たちが痛みを感じ、いささか覚り、技量にも限界があることを知って、仮の面目を装うのを少なくするならば、陳源教授の言葉を借りれば、すなわち一つの『教訓』である。」(「我還不能〈帯住〉」、一九二六・二・三、『華蓋集続編』)

魯迅は文筆が実際の武力(実力)に対しては無力であると考えた。しかし直接の武力に対してではなく、流言や「公論」に対して、そして軍閥権力を背景にした流言や「公論」に対して文筆によって抵抗できる場合には、それによって徹底的に抵抗しようとした。それは女師大事件、三・一八惨案の経過をつうじて、魯迅が汲みとった知識人の役割についての一つの教訓である。[*32]

(二)過渡的知識人(文学者)としての魯迅の生き方の追求

魯迅は、国民革命の高揚とその挫折(一九二七年)をへて、革命文学論争の中で一九二八年ころからマルクス主義文芸理論と本格的に接触し受容していく。こうした過渡的知識人(文学者)魯迅の場合、何らかの形で中国変革を常に展望した自らの生き方と、文学観のかかわり方において、一九二六年から二八年にかけて次のような変化が見られる、と思われる。この点について一九二六年、二七年を中心にして概略を述べておきたい。

① 魯迅は(時期は異なるが、有島武郎と同様に)、一九二六年二七年ころ、自らが労働者階級に属するものではなく、また階級移行は不可能である、と考えた。両者は、そのため変革の過程において、労働者階級の側に直接的に関与するのではなく、矛を翻して自らの属する階級を批判・攻撃することを選択した。それは、魯迅が労働者階級に対する自己限定的な連帯の立場をとった、と言えるものと考える。[*33]

のち一九二九年ころ、魯迅は知識人等の階級移行を認め、革命における知識人の独自な役割を認めている。[*35]

② 上のことと表裏の関係にある革命文学について、一九二六年二七年ころ、魯迅は、革命人が文章を書けば、その文章は革命人の意識に裏付けられて書かれるので、それ

が革命文学となるとした。[*36]そして魯迅自らは、革命人ではないことを痛切に自覚していた。[*37]

前述のように、のち一九二九年ころには、魯迅は知識人等の階級移行を認めるようになり、階級意識を獲得することをつうじて、知識人も革命文学を書くことができる（十分条件ではないにしろ）と考え、また革命の過程における知識人の独自な役割を認めるようになった。

③　一九二六年二七年ころ、魯迅は自己（内部要求、個性）に基づく文学と宣伝を、二律背反の関係にあるものと考えた。しかし一九二八年以降魯迅は、文学を社会現象の一つとして位置づけて考えた。作者の主観的意図のいかんにかかわらず、世の中に出た文学は客観的な一つの社会現象であり、一つの社会現象として社会に作用し影響する。それゆえ社会現象としての文学における宣伝の役割を認めるようになった。[*38]

④　一九二五年二六年ころ、魯迅は文学が自己（内部要求、個性）に基づくものであると考え、この自己に基づいた文学であればこそ、社会とのかかわりもありうるとした（これも、有島武郎と共通する考え方である）。

一九二八年以降、魯迅は、プロレタリア文学（革命文学）も自己（内部要求、個性）に基づく文学であるとした。しかしプロレタリア文学は自己の心境や印象等の狭い範囲に止まるものではない。魯迅は自己に基づく文学という前者の点で、プロレタリア文学にはそれ以前の旧い文学との共通点がある、文学としての両者の接点が存在するとした。[*39]

⑤　魯迅は一九二六年二七年において、ロシア過渡期知識人としての一部の作家（例えば、ブローク、エセーニン、ソーボリ）が一九一七年のロシア革命の進行と成功という実際の過程の中で、破滅しあるいは自死した人生に深い関心を寄せた。[*40]

以上のように、一九二六年、二七年四月一二日（四・一二クーデター）以前において、魯迅は国民革命の高揚期にあって、文学と現実社会の関係をどのようにとらえるのか、自分の生き方はどこにあるのか等を追究する思想的な模索の時期にあったと思われる。そして厦門から広州に移った一九二七年一月ころ、国民革命の「策源地」広州における教育界の教員・学生の状況は、国民党の左派右派の勢力が陰に日に衝突し闘争しているものであった。北京の軍閥政府支配下の学生たちの意識が鋭くとぎすまされたものであることに比べると、国民政府下の広東の学生運動は真剣さに鈍いものがあった。[*41]「革命の策源地」広州社会は、下からの革命が行われた社会ではなく、上からの革命が行われた社会であった。[*42]旧社会の社会意識が必ずしも克服されていないような社会、軍人と商人が支配する社会であった。[*43]

そして魯迅は、一九二七年四・一二クーデター（広州に波及するのは四月一五日）を体験し、それ以後、蒋介石が実権を握る南京国民政府の「革命」による圧制と支配に直面し、一九二七年一〇月、わずかな文学活動の余地の残された租界のある、上海に逃れた。

ここでは一九二六年二七年の国民革命の高揚と挫折という政治的激動の中で、魯迅における過渡的知識人（文学者）としての生き方の追求とその変容に若干触れた。

### 3　軍閥権力と結託する知識人（上等人）

一九二五年の「犠牲謨」（『語絲』第一八期、一九二五・三・一六、『華蓋集』）は偽善的な知識人に対する批判であり、「戦士和蒼蠅」（一九二五・三・二一、『華蓋集』）は孫文の欠点をあげつらう守旧派知識人等に対する諷刺と思われる。当時の魯迅による伝統的国民性の悪批判は、目覚めぬ鈍麻した民衆に対する批判（『野草』、『彷徨』、『華蓋集』等に表現される批判）であるとともに、偽善的知識人、守旧派知識人や、軍閥権力と結託した知識人批判（女師大事件における陳源、徐志摩等に対するような批判）として現れている。[*44]

女師大事件が表面化して、魯迅がこの事件にかかわることになる一九二五年以降、学生側に立つ魯迅と、軍閥政府当局の支援を受ける楊蔭楡校長の側に立つ陳源・徐志摩等との論争は熾烈なものとなった。陳源等に対する言及は、一九二五年から二七年にいたるまで、魯迅の多数の雑文や『朝花夕拾』（北京未名社、一九二八・九）における回想文（例えば、「狗・猫・鼠」〈一九二六・二・二一〉、「『二十四考図』」〈一九二六・五・一〇〉等）にも及ぶ。[*45]

「一点比喩」（一九二六・一・二五、『華蓋集続編』）で魯迅は、山羊のように羊（民衆）を従順に導く知識人について述べる。

「山羊はめったにみない。これは北京でかなり貴重なものという。羊に比べて利口なので、羊の群れを導くことができ、群れはすべてそれに従い、進んだり止まったりする。そのため牧畜家はたまたま数匹を飼うけれども、羊の導き手にするだけで、決してそれを殺そうとはしない。（中略）

人の群にもこのような山羊がいる。大衆を穏やかに静かに歩いていかせ、彼らが行くべきところまで導く。袁世凱はこのことをすこし理解していた。惜しいかな、使い方があまりうまくなかった。（中略）二十世紀もすでに四分の一がすぎ、必ずや首に鈴をさげた聡明な人には幸運がめぐってくるだろう、いま表面的にはいささか小さな挫折を免れないけれども。

そのとき人々は、とりわけ青年は、規則に従って騒ぎもせず浮つきもせず、一心に〈正しい道〉に向かって前進する、もしもこう尋ねる人がいなければ――

『どこへ行くのか?』」（「一点比喩」、一九二六・一・二五、『華蓋集続編』）

従順な羊を〈正しい道〉に導くこと、これが「山羊」（軍閥権力と結託した知識人）の役割である。しかも彼らは、何か〈正しい道〉を信じたり、何か「公理を維持する」とかを心の中で本当に考えているのではない、「芝居をする虚無党」である。

「国故を保存するとか、道徳を振興するとか、公理を維持するとか、学風を整頓するとか……心の中で本当にこのように考えているのだろうか。芝居をするとき、舞台のそぶりは、必ずや舞台裏の面目とは違っている。しかし観客は明らかに芝居だと知っているけれども、様が似ているのであれば、そのために悲しんだり喜んだりできる。そこでこの芝居は続けられる。誰かがそれを暴くと、彼らはかえって興ざめに思う。」（「馬上支日記」、一九二六・七・二、『華蓋集続編』）

「中国の一部の人、少なくとも上等人を見てみると、神・宗教・伝統の権威に対して彼らは、〈信じて〉〈従って〉いるのか、それとも〈恐れ〉〈利用して〉いるのだろうか。彼らが変化に長けていること、いささかも優れた品行がないことを見さえすれば、彼らは何ものも信ぜず従わず、しかし内心とは違ったそぶりをしようとしていることが分かる。虚無党を捜そうとすれば、中国では大変少ない。ロシアとは異なるところは次の点にある。彼らはこのように考えれば、このように言い、このようにする。しかし私たちのはこのように考えるけれども、あのように言う。舞台裏ではこのようにするが、舞台ではまたあのようにする……。こうした特殊な人物を、べつに〈芝居をする虚無党〉あるいは〈体面をつくろう虚無党〉と呼ぶ。」（「馬上支日記」、一九二六・七・二、『華蓋集続編』）

魯迅は、中国の上等人（支配階級と、それに結託する知識人）が、「芝居をする虚無党」であることを指摘する。後に、魯迅は一九二七年四・一二クーデターのときの、国民党右派の裏切り（「芝居をする虚無党」の裏切り）に対する深い憤りを述べている。[*46]

「薬屋には帳簿机に外国人が一人坐っているだけで、あとの店員はみな若い同胞であり、服装が清潔できれいだった。どうしてか知らないが、私は突然十年後、彼らはすべて高等華人に変わるであろうと感じた。自分はいまむしろ、下等人の感がある。」（「馬上日記」、一九二六・六・二八、『華蓋集続編』）

「こうした同胞に対処するに、ときにあまりにも礼儀正しいのはよろしくないと思う。そこで瓶の栓を開け、目の前ですこし飲んでみた。

『間違っていないでしょう。』彼は利口で、私が信用していないのが分かっている。

『ウ。』私はうなずき同意した。実際は、やはり正しくない。私の味覚は麻痺しているほどではない。今回のは酸っぱすぎると感じた。彼はメートル・グラスさえもいい加減に使っている。」(「馬上日記」、一九二六・六・二八、『華蓋集続編』)

これを、『吶喊』の時期の「無題」(一九二二・四・一二、『熱風』)におけるチョコレート・アプリコット・サンドウィッチ売りの屋台の商人(民衆)と比べてみる。この屋台の商人の純朴さに対する語り手の反応と内省に比べると、「高等華人」の卵のいい加減な仕事とそれに対する反感は雲泥の差がある。未来の「高等華人」(軍閥権力と結託し、「芝居をする虚無党」の上等人になるであろう)に対する批判と反発に充ちている。

## 四　第二節のまとめ

この第二節において、『朝花夕拾』の諸作品を中心として、魯迅の民衆像と知識人像をそれらの変遷過程の視点から見た。『朝花夕拾』の作品には、「狗・猫・鼠」(一九二六・二・二一)、「阿長与『山海経』」(一九二六・三・一〇)、「無常」(一九二六・六・二三)、「従百草園到三味書屋」(一九二六・九・一八、これ以後の作品は厦門で書かれる)、「藤野先生」(一九二六・一〇・一二)、「范愛農」(一九二六・一一・一八)等がある。

民衆像・知識人像の変遷過程という視点から大まかに見ると、『朝花夕拾』前半(一九二六・二・二一～六・二三、「狗・猫・鼠」から「無常」まで、北京にいた時期に含まれる)において、現実のあるがままの民衆像を確認するという作業が魯迅によって行われた。また後半(一九二六・九・一八～一一・一八、「従百草園到三味書屋」から「范愛農」まで、厦門にいた時期に含まれる)において、過渡的知識人の生き方に対する模索がなされた、ととらえることができる。

(一)一九二五年二六年は、魯迅の民衆像から言えば、変化が生じた一つの時期、一つの転換期であった。民衆の置かれた社会的歴史的状況を述べ、また農民革命軍にもなりえる民衆の潜在力を認めた。

(二)一九二六年三・一八惨案により、魯迅は中国変革の当面の緊急を要する、最大の変革の課題が、軍閥の支配権力を打倒することにあることを認識した。国民性の変革の課題は次要の位置に退いた。同時に魯迅は、横暴・凶暴な軍閥権力と結託する知識人に対する激しい憎悪をもった。

上記の(一)(二)の理由によって、魯迅は一九二六年から故郷の民衆の中におけるあるがままの民衆像を模索しようとし、軍閥権力と結託する知識人に対する憎悪を語った。それは特に、北京時代に書かれた『朝花夕拾』前半を中心とする。すなわち魯迅の民衆観は、「『人道主義』と『個人的無治主義』という二つの思想の起伏消長」(「『魯迅景宋通信集』二四」、一九二五・五・三〇、前掲)の過程を構成する一環であるという性格を脱却しつつあった。

(三)女師大事件での軍閥政府を後ろ盾とする校長側との抗争、一九二六年三月一八日の軍閥政府による惨案とブラックリストの漏出等があり、魯迅はこうした闘争の生活の疲れを癒やし、恐怖の生活から避難しようとした。そのため、自ら「休養」(一九二六・六・一七、李秉中宛て書簡)と位置づけて、厦門大学に赴任した。その後、一九二七年一月以後、広州の中山大学に移る。厦門における「休養」状態から、広州における抵抗と戦闘の生活に再起しようとする過程で、『朝花夕拾』後半の知識人を中心とする作品には、過渡的知識人としての自らへの激励と范愛農・先烈等に対する負い目が語られた。

こうした過渡的知識人としての生き方に対する模索の背景には、三・一八惨案における魯迅の経験と、国民革命の高揚、とりわけ一九二六年七月からの北伐の開始によって、広東から国民革命軍が軍閥を打倒しつつ破竹のように進撃した情勢が存在した。

しかしそれにもかかわらず、一九二六年二七年前半の「革命の策源地」広州の社会が、理想とはほど遠い、国民党の左右両派が闘争する社会、軍人と商人の支配する社会、上からの革命が行われた旧態依然とした旧意識形態の支配する旧社会であったという事情があり、一九二七年一月広州到着以後、それが魯迅の心に濃い陰影を与えた。

一九二七年四月一二日、上海で、国民革命の挫折に向かっての決定的なクーデターが起こる。

以上、第二節で述べてきたことを概略して言えば、一九二六年二七年前半の間、魯迅は基本的に過渡的知識人として生き方の模索・探求の時期にあったと思われる。

## 第三節　四・一二クーデターの衝撃と国民革命の挫折

前述のように、一九二六年七月、北伐が開始され、国民革命の状況は破竹の勢いで進展していた。しかし一九二七年四月一二日、国民革命軍総司令蔣介石が上海で四・一二クーデターを起こし、[*47]同年四月一八日、南京国民政府を樹立し、同年九月に、武漢国民政府は崩壊して、国民革命が挫折した。

一九二六年一〇月、魯迅は許広平からの書簡をとおして、国民革命の「策源地」広州における、学生の状況、教育界の状況が何ら理想的なものではなく、またそこで国民党左右両派が衝突闘争する様相に驚いている。一九二七年一月広州に到着し、中山大学に赴任して以後も、広州の社会、学生運動に対する魯迅の評価は厳しかった。魯迅は、「革命の策源地」広州社会が基本的に旧社会の社会意識が改革されていない社会、上からの革命が行われた、軍人と商人が支配する社会であると認識している。[*48]

一九二七年四月四・一二クーデター以後の国民革命の挫折の意味を、魯迅はどのようにとらえたのだろうか。その後やがて魯迅は、その意味を次のように考えたと思われる。上層の金持ちの支配階層と国民党右派（蒋介石を中心とする）が結びつき、中国共産党や進歩的学生、国民党左派、左派の労働者・農民を裏切り、彼らを弾圧し虐殺したものである、と。蒋介石の南京国民政府は、旧社会を維持する強力な新しい軍閥として出現した、ととらえられたであろう。

それゆえに魯迅にとって、これ以後、中国変革のために資することのできる文学は、後述のように、誰にとってもあたりさわりのないことを主張するのではなく、現在の社会と文化に具体的にかかわる文学、そして権力構造の問題もその視野に含む文学（直接に蒋介石の政治権力を問題として取りあげるのではないとしても）であった。すなわち、旧社会の改革を目指し、現実に有効に作用する（民衆に対しても）具体的な課題を含む文学でなければならないとされた、と思われる。

第三節において上記のことを述べたい。

## 一　青年一般に対する、無条件の畏敬・信頼の破綻

青年一般に対する、進化論に基づく無条件の畏敬・信頼の破綻の決定的確認は、四・一二クーデターの経験以後のことであると思われる。この事件の中で、青年が同じ世代の青年を容赦なく殺戮した。

「私はいままでまだこの〈恐怖〉を仔細に分析していません。しばらく私自身がすでに診断して明らかな一、二のことを言いましょう。

第一に、私の妄想は破綻しました。私はいままで、いつも楽観をもっていました。青年を圧迫し殺戮するものは、たいてい老人であると思っていました。こうした老人がだんだんと死んでいけば、中国は必ず比較的に生気をもつことができる。現在私はそうではないことを知りました。青

年を殺戮するものはむしろたいてい青年であるようです。しかもかけがえのない他人の生命と青春に対して、いささかも大切に思わない。（中略）血の遊戯はすでに始まり、役者はまた青年であり、得意げな色もあります。」（「答有恒先生」、一九二七・九・四、『而已集』）

以前の、進化論に基づく（生命の進化に対する内的努力を受け継ぐ）[*49]青年一般に対する魯迅の無条件の畏敬・信頼は、この一九二七年四月に決定的に破綻したと思われる。ここであらゆる青年（あるいは後の世代）が必ずしも一人の人間として、老人より進化した、より優れた存在である、とは考えられなくなったのであろう。これ以前、例えば「長明灯」（一九二五・三・一八、『彷徨』）、「頽敗綫的顫動」（一九二五・六・二九、『野草』）、「孤独者」（一九二五・一〇・一七、『彷徨』）において後の世代（幼い子供）に対する懐疑が表現された。[*50]その懐疑は、一九二六年末ころ、青年文学者高長虹等による魯迅批判によってより強められた可能性がある。ただ、青年文学者に対する失望は、文学青年に対する懐疑（あるいは裏切られた献身者としての魯迅の復讐感）であっても、青年一般に対する、無条件の畏敬・信頼に対する懐疑までを意味するものではなかったと思われる。[*51]そして一九二七年四月四・一二クーデター以後において、進化論に基づく青年一般の優れた点に対する無条件の畏敬・信頼は決定的に懐疑された。この時点で無条件の畏敬・信頼の破綻を確信している、と思われる。[*52]これ以後魯迅は、青年を一人一人の個人として測るようになった。例えば「怎麼写」（半月刊『莽原』第一八・一九期合刊、一九二七年一〇月一〇日、『三閑集』）で、魯迅は四・一二クーデターの犠牲となった中山大学の学生畢磊《ひつらい》に対する好ましい印象と哀惜を述べた。すなわち魯迅は四・一二クーデターの経験の中で、青年一般に対する、無条件の畏敬・信頼を破綻させたけれども、四・一二クーデター以後において、そのとき犠牲となった実際に畏敬・信頼に値した一人の青年畢磊を尊重している。[*53]

また、進化論そのものについて言うと、魯迅は「這個与那個」（一九二五・一二・八、『華蓋集』）で、人類の進化について次のように言う。

「人類は結局のところ進化している。また章士釗総長によれば、米国のどこかでは進化論を語ることを禁じている。これは実に私を驚愕させる。しかし禁止することはひたすら禁止するとしても、進むことは必ず進むものだ。」（「這個与那個」、一九二五・一二・八、『華蓋集』）

また、白話文について次のように言う。

「古文はすでに死んだ。白話文はなお改革の道の橋梁である、なぜなら人類はなお進化しているから。たとえ文章についてであっても、必ずしもひとり万古不磨の準則があるわけではない。米国の或るところではすでに進化論を語ることを禁じたと言うが、しかし実際には、恐らくついに効果がないであろう。」（「古書与白話」、一九二六・一・二五、『華蓋集続編』）

魯迅は、進化論的な展望において人類の進化を信じ、そして進化の道において自己自身が橋梁的存在、中間物的存在（否定的側面と肯定的側面を含めて）であることを疑わなかった（「写在『墳』后面」、一九二六・一一・一一）。

一九二七年四・一二クーデター後、魯迅は「文学和出汗」（一九二七・一二・二三、『而已集』）で次のように言う。

「人間性は永久に不変であるのか。

類人猿、類猿人、原人、古人、今人、未来の人……もしも生物がほんとうに進化するのであれば、人間性が永久不変であることはできない。類猿人は言わないまでも、たとえ原人の気質であれ、私たちは推測しうることが困難である。私たちの気質も、おそらく未来の人は必ずしも理解しないだろう。」（「文学和出汗」、一九二七・一二・二三、『而已集』）

魯迅は一九二七年一二月の段階で、類人猿から今人にいたる人の進化を前提にして、人間性の歴史的変化を議論している。

ゆえにこのような事情を見ると、おそらく、一九二七年四・一二クーデターによって魯迅の進化論に起こったことは、魯迅における進化論の全面的破綻ではなかった。後の世代（青年）一般に対する無条件の先験的畏敬・信頼（後の世代の優れた点が中国変革の礎となりうるという意味で）が、すなわち社会改革の展望に進化論を適用した一側面が、崩壊したものである、と考える。のち魯迅は次のように言う。

「私には創造社に感謝しなければならないことがある。それは彼らが数種類の科学的文芸論を読むように私を〈押しやり〉、以前の文学史家が山ほど説いて、なおもつれてはっきりしない疑問を理解するようにさせたことである。そしてこのためにプレハーノフの『芸術論』を訳し、私の――私のために他人にまで及ぶ――ただ進化論だけを信ずるという偏頗を救い正した。」（「『三閑集』序言」、一九三二・四・二四）

この文章からすれば、魯迅は進化論を否定するのではなく、進化論だけを信ずる偏りから、救われたことを言う。魯迅にとって、老人に比較して青年・若い世代がより優れたものとして無条件に畏敬・信頼し、そこに社会改革の契機を見るという偏頗を改めた。すなわち中国変革の道筋・方法の過程に進化論を適用することを正した。[*54] しかし生物としての人類を理解する場合、生物学としての進化論（自然淘汰、生存競争、生物の進歩）を否定していないと思われる。[*55] そして魯迅は一九二八年以降、マルクス主義文芸理論を本格的に受容していく過程において、階級の存在を明確に認めていくことになった。[*56] 社会組織を考える場合には、当時の中国の階級闘争の事実に基づいて（一九二九年ころ、魯迅は四・一二クーデターを階級闘争の現れと理解する）、すなわち史的唯物論に基づいて考察できるようになった。

以上のことに基づけば、魯迅は生物学としての進化論を基礎として、生物学としての進化論を継承しつつ（それを生物の進化を表す自然科学の思想とし、従来の社会改革の過程にも適用する偏頗・不十分な側面を補正して）、他方マルクス主義文芸理論を受容していった、と私には思われる。[*57]

瞿秋白は「魯迅雑感選集序言」で次のように言う。

「魯迅は進化論から階級論へと進みはいり、紳士階級の反抗児・二君に仕える者から、無産階級と労働大衆〔原文は労動大衆――中井注〕の真の友人、そして戦士に進みはいった。」（瞿秋白、『魯迅雑感選集』、上海青光書局、一九三三・七、底本は上海文芸出版社〈一九八〇・二〉）

瞿秋白のこの言及を解釈する場合、私は魯迅が進化論から単線的にマルクス主義に移行したと理解しない。私は、本来の生物における進化論を基礎にしつつ、社会科学としてのマルクス主義を受容していったと解釈する。[*58] 言い換えれば、第一に、魯迅は進化論を社会改革の過程に適用して理解するところから生ずる社会分析の「偏頗」（後の世代或いは青年を無条件に老人より優れたものとし、そこに中国変革の担い手を期待しようとする）を脱却した。そして「新興的無産者」（労働者階級のこと、「『二心集』序言」、一九三二・四・三〇）に変革主体を見るようになった。第二に、魯迅の前期における社会構造分析の不十分さ（金持ちとそれに抑圧される弱者の二つの階層として社会構成をとらえる）を、史的唯物論に基づくより精密な階級分析によって克服していった、と理解する。[*59] それが、上述の「『三閑集』序言」（一九三二・四・二四）の意味であると考える。私は、以上の経過を魯迅の社会観の発展、社会観の質的変化であると考える。

## 二　自己の文芸に対する懐疑と課題

### 1　自己の文芸に対する懐疑

四・一二クーデター以後、魯迅は「答有恒先生」（一九二七・九・四、『而已集』）で次のように言う。

「私はかつて言ったことがあります。中国は昔から食人の宴席を列べているものであり、食べる者がいて、食べられる者がいる。食べられる者もかつて食人したことがあり、まさに食べようとする者も食べられるかもしれない、と。しかし私は気づいたのです、私自身も宴席を列べる手伝いをしている、と。（中略）中国の宴席には〈酔蝦《すいか》〉があります。蝦《えび》が生きて新鮮であればあるほど、食べる人は喜び、愉快に思います。私はこの酔蝦の助手です。まじめで不幸な青年の頭をはっきりとさせ、彼の感覚を鋭くします。万一不幸にあったとき、彼に二倍の苦痛をなめさせ、同時に彼を憎むものたちにこの活き活きとした苦痛を賞玩させて、格別の楽しみを与えるのです。」（「答有恒先生」、一九二七・九・四）

この考え方は、『労働者シェヴィリョフ』（『工人綏恵略夫』、アルツィバーシェフ原作、魯迅訳、一九二〇年一〇月二二日訳了、商務印書館、一九二二・五）における人道主義者アラジェフに対するシェヴィリョフの批判に淵源がある。その批判の内容は、第一に、理想家による理想の高唱と、子孫に約束する黄金時代の夢に対する批判である。言い換えれば、現実に苦しむ者に対して何も与えるものがないような、現実に対する理想家の無策についての批判であった。第二に、高唱された理想を受けとる人は、美しい理想を信ずるようになるがゆえに、耐えがたい現実に対していっそう鋭い苦痛を感じなければならない。

人道主義者アラジェフは、耳が不自由で美しい娘オーレンカに、修道院に入るという美しい夢を見させ、彼女の心を高尚な夢と理想で満たした。しかしオーレンカは生活のために、肉欲に満ちた小商人と結婚せざるをえず、その彼女のためにアラジェフは救いの手を伸べることができない。アラジェフの理想の高唱は、彼女の苦痛をいっそう鋭く耐えがたいものにしたにすぎない。シェヴィリョフはこのように人道主義者・理想主義者アラジェフを批判する。

その後、この考え方は、執拗に魯迅の心から離れることがなかったと思われる。「頭髪的故事」（一九二〇・九・二九、『吶喊』）のN氏は次のように慨嘆する。

「『現在君たち理想家どもは、女性は髪を切れとか、そこで騒ぎたてて、またなんの得るところもなく苦しむ人をたくさん創りだそうとしている。』

『いますでに髪を切った女性がいて、このために学校に合格することができず、或いは学校から除名されたのではないか。』（中略）

『私はアルツィバーシェフの言葉を借りて君たちに問わなければならない。君たちは黄金時代の実現をこれらの人々の子孫に約束した、しかしこれらの人々自身に与えるどんなものがあるのか。』」

N氏は、青年たちが理想家の啓蒙を受け、その理想を信じ行動するがゆえに、現実の中においてかえっていっそう不幸な境遇に陥ることを言う。しかし、「『吶喊』自序」(一九二二・一二・三、『吶喊』)では、それにもかかわらず、啓蒙者の道をやはり歩きはじめようとする魯迅の気持ちが語られる。

「『もしも鉄の部屋があって、まったく窓がなく壊すのが極めて難しいものであるとする。中にはたくさんの熟睡している人がいて、まもなく窒息死するだろう、しかし昏睡から死亡するので、決して死にいく悲哀を感じない。いま君が大騒ぎをして、比較的意識のはっきりした数人をたたき起こし、この不幸な少数者に救いがたい臨終の苦しみを受けさせるとすれば、君はむしろ彼らに申し訳がたつと思うのか。』

『しかし数人が起きた以上、その鉄の部屋を壊す希望がまったくないと、君は言えまい。』

そうだ、私は自分なりの確信があるけれども、しかし希望を言うことになれば、抹殺できないことだ。なぜなら希望は将来にあり、必ずやないという私の証明で、彼らのいわゆる可能性の有ることを説得できないからだ。そこで私は結局文章を書くことを承諾した。」(「『吶喊』自序」、一九二二・一二・三)

魯迅は否定しがたい希望に基づいて、啓蒙的な文章を書いた。また、一九二四年ころ以降魯迅は、自らの啓蒙活動がたんなる理想の空唱(「黄金時代の実現」の夢)とならないように、中国の現実に根ざした、青年知識人の覚醒と育成に取り組んだ[*60]。

しかしながら、中国旧社会においては、青年知識人の覚醒と育成自体も、彼らの不幸と苦痛を増すものとなる可能性があった。そのことが一九二七年四月の段階で魯迅によっていっそう尖鋭に再確認された、と思われる。一九二七年四月四・一二クーデターに、そのまぬがれがたいと予測した不幸な結果を、まさしく見ることになる。しかしながら、魯迅はさらに次のように言う。

「私はこれから話したい何らかの言葉がないかもしれないと思う。恐怖が去って、来るものは何なのか。私はまだ分からない、恐らく良いものであるとは見えない。しかし私も私自身を救いつつある、一つには麻痺であり、二つには忘却である。抗いながらも、なおこう考える、こののち薄れいく『淡い血痕の中で』すこしものを見ては、紙に記したい、と。」(「答有恒先生」、一九二七・九・四、『而已集』)

魯迅は麻痺と忘却によって自らを救いつつ、少しものを見ては、紙に記す活動を再開しようと言う。

## 2　これまでの文学活動が民衆にとどかなかったこと

また魯迅は、これまで自己の文芸に効力がなかった、そして自分の批評が民衆にとどかなかったという点について、次のように言う。

「要するに、現在もし八方平穏無事な『子どもを救え』〔「狂人日記」〈一九一八・四・二〉の言葉――中井注〕というような議論を発するのであれば、私自身が聞いても、中味がないと感ずるようになった。

また、私が以前社会を攻撃したことも、実際はつまらないことであった。社会は私が攻撃していることを知らなかった。もしも知ったならば、私はとっくに死んで身を葬るところがなかった。試しに社会の一分子陳源の類をすこし攻撃したら、どうであったのか。いわんや四億であったら。私が生を盗んで生きているのは、彼らの大多数が字を知らず、そのことを知らないからである。また私の話も効力がなく、一矢が大海に落ちるかのようであった。さもなくば、何篇かの雑感で、命を落とす可能性があった。民衆の悪を罰する心は、決して学者や軍閥に劣らない。近ころ私は悟りました、改革性をもつ主張が、もしも社会と関わらないならば、『無駄話』として残ることができる。万が一効力があれば、提唱者はたいてい苦しむか、あるいは身を滅ぼす災いを免れない、と。古今中外、その道理は同じである。現在のことでは、呉稚暉氏も一種の主義をもっているのではありませんか。呉稚暉氏は、天下の人がこぞって憤ることにならないばかりか、『打倒せよ……厳重に処理せよ』、と大呼することができる。それは、赤党は共産主義を二〇年後に実行しようとするものであるのに、彼の主義は数百年後になってから行うものであり、このことから見るに、無駄話に近いためであります。」〔「答有恒先生」、一九二七・九・四、『而已集』〕

これまでの自己の文芸に効力がなかったという反省によって、魯迅は二つの点を取りあげる。第一に、批判が一般的抽象的な仕方に止まること、誰にとっても平穏無事な、遠い将来において実現されるような批判であれば、現実において効力がないとした。取りあげる課題は、あたりさわりのない遠い将来のことではなく、現実の課題を具体的に提起することが必要であった。言い換えれば、問題を現実の課題として取りあげることが必要であった。「現在もし八方平穏無事な『子どもを救え』というような議論を発するのであれば」〔「答有恒先生」、一九二七・九・四、『而已集』〕、或いは数百年後に実行する可能性のある主義の主張であるのなら、それは現実的意味がないとした。

また第二に、批判の矛先が民衆にとどくものでなければならない。批判の矛先が現実に民衆にとどき、民衆がそれを批判として理解する必要がある、と考えた。このようにしてこそ、自己の文芸が、民衆に対して効力をもつことになる。

魯迅は上の点をふまえて、以下の課題を考える必要があったと思われる。（一）どのようにして、一般的抽象的でない具体的な課題をもつ文芸活動を行うことができるのか（文芸活動の手段、ジャンルの選択について、例えば雑文の重視）。そして、（二）どのようにして効力をもって、民衆の現状を批判し、啓蒙することができるのだろうか（民衆啓蒙のための文芸の手段・方法の選択について、例えば連環画等の採用）。

この二つの課題こそ、一九二七年四・一二クーデター以後、魯迅の文芸活動において新たに解決すべき大きな課題となった、と思われる。

（一）の問題に関して言えば、魯迅は「関于知識階級」（一九二七・一〇・二五講演、『集外集拾遺補編』、一九三頁）で雑感文（或いは雑文）の効用について次のように述べる。

「私に創作をするように勧め、雑感を書いてはいけないとする人たちの中には、数人の人はべつの意図があって、私に罵られたことがあるためである。だから私に二度と雑感を書かないように求める。しかし私は彼に従わなかった、そのために北京についにいられなくなり、厦門の図書館のうえに隠れなければならなかった。」（「関于知識階級」、一九二七・一〇・二五講、『集外集拾遺補編』）

逆に言えば、魯迅は、例えば雑文・雑感文を書くことが、現実の具体的課題と有効にかかわる一つの方法であることを、北京での女師大の闘争をつうじて認識したと言える。[*61]また（二）の問題に関して言えば、読者の概念を導入しつつ、民衆の文化水準に適合した啓蒙の内容・手段（連環画等）を追求していくことになる。[*62]

## 3 「文芸与政治的岐路」（一九二七・一二・二一講演、『集外集』）をめぐって

四・一二クーデター後、一九二七年一二月上海にて、魯迅は「文芸与政治的岐路」（一九二七・一二・二一講演、『集外集』）という講演を行い、文学者（知識人）と政治権力と社会の関係について言及する。文学者は現状に不満をもち、政治権力に抵抗するものであり、この点で、文学者と革命は方向を同じくする、と言う。

「私はつねづね、文芸と政治権力〔原文は政治――中井注、以下同じ〕は往々衝突するものだと思います。文芸と革命はもともと相反するものではありません。両者の間には、むしろ現状に安んじないという共通性があります。思うに、政治権力は現状を維持しようとし、自然と現状に安んじな

い文芸と異なった方向にある。しかし現状に安んじない文芸は、一九世紀になってから起こったもので、短い歴史があるだけです。」（「文芸与政治的岐路」、一九二七・一二・二一講演、『集外集』[*63]）

歴史的に社会が発展し、大国ができ、その社会の規模が大きくなる。そのとき現状に安んじない文芸が現れる。「大きな国になると、内部状況がずいぶんと複雑になり、多くの異なった思想、多くの異なった問題を抱えます。このとき文芸も起こり、政治権力と絶えず衝突します。政治権力は現状を維持し、それを統一させようとします。文芸は社会の進化を促し、それをだんだんと分化させようとします。文芸は社会を分裂させますが、しかし社会はこのようにして始めて進歩するのです。」（「文芸与政治的岐路」、一九二七・一二・二一講演）

政治権力者は、現状に安んじない文学者を邪魔者とし、これを追いだしたり、殺害する。

「或る文芸を語る派は、人生を離れ、月よ花よ鳥よと語ることを主張します（中国はまた異なっていて、国粋の道徳があり、花よ月よさえも語ることを許されませんので、別に論じなければなりません）。或いはもっぱら〈夢〉を語り、もっぱら将来の社会を語ることを主張しますが、あまり話が近すぎてはいけません。この種の文学者は、象牙の塔の中に隠れています。しかし（中略）〈象牙の塔〉は人間界に置かれており、やはり政治権力の圧迫を受けなければなりません。」（「文芸与政治的岐路」、一九二七・一二・二一講演）

「中国はまた異なって」いるという魯迅の言及は、当時、蒋介石の政権の下で、「風月を語り、女性を語ることは、どうであろうか。やはりだめである。これも〈不革命〉であって、〈不革命〉は無罪であるけれども、しかし正しくない。」（「扣絲雑感」、一九二七・九・一五、『而已集』）という状況を指示している。また、北京には社会を描く文学者を軽蔑する高尚な文人がいたが、しかしいまや南方に逃げてこなければならなくなった、という。こうした高尚な文人も社会の外にいることはできず、逃げだした。いかなる文学者も、社会状況の中にあり、その政治権力と無縁ではありえなかった。上の引用文は、「文芸与政治的岐路」における議論を文学と政治権力に関する原理論として読むよりは、まず当時の中国の社会状況、政治状況に基づいて発言した状況論として読まれるべきであることの一つの証拠となる。[*64]

「文学者の話は実際はやはり社会の話である。彼は感覚が鋭敏で、早く感じとり早く言いだすにすぎない（ときには、あまりにも早く述べて、社会さえも彼に反対し、排斥する）。

（中略）政治家は文学者が社会混乱の扇動者であると考え、彼を殺せば、社会が平安となると心中に思う。文学者を殺しても、社会はなお革命を求めることをご存じない。ロシアの文学者は殺されたもの、流刑にあったものは少数ではないが、革命の炎は至るところで燃えたのではないか。」（「文芸与政治的岐路」、一九二七・一二・二一講演）

　文学者の思想上における感覚は、三、四十年の差がある。しかし社会がついに変化し、文学者は先知先覚であったとされる。しかし革命がまさしく行われているとき、文学を作る暇はない。

「私は広東で、以前或る革命文学者（現在の広東は、革命文学でなければ文学を作っているとは見なされません、『打て打て打て、殺せ殺せ殺せ、革命せよ、革命せよ、革命せよ』でなければ、革命文学を作っているとは見なされません）を批判したことがあります。私は決して革命は文学とともにあることはできないと思います、文学の中には文学革命もありますけれども。しかし文学を作る人は必ずすこし暇でなければならない、まさしく革命の中にあって、どうして文学を作る暇があるでしょうか。」（「文芸与政治的岐路」、一九二七・一二・二一講演）

　ここの「打て打て打て、……」という革命文学は、蔣介石南京国民政府の下での「革命」を支持する「革命文学」であった。[*65] そうした「革命」がまさしく行われているときに、「革命」文学を作る暇はないとする。

「革命が成功した後、すこし暇ができます。或るもの〔文学者――中井注〕は革命にお世辞を言います、或るものは革命を賞賛しますが、これはすでに革命文学ではありません。彼らが革命にお世辞を言い賞賛するのは、権力をもつものを賞賛するので、革命と何の関係がありましょうか。

　このとき、感覚の鋭敏な文学者がいて、また現状に不満を感じ、また出て口を開こうとするかもしれません。かつて文学者の話は、政治革命家も賛成しました。革命が成功してみると、政治権力者はかつて反対した、それらの人が用いた古い方法を改めて採用します。文芸家においては不満に思わざるをえませんが、また排斥されなければなりません、あるいは彼の頭が切り落とされます。（中略）――一九世紀から現在まで、世界の文芸の大勢は、大体このようなものでした。」（「文芸与政治的岐路」、一九二七・一二・二一講演）

　話は一九世紀以後の世界の大勢を話題とするとしながら、魯迅はおそらく、四・一二クーデター以後、蔣介石が政治権力を把握した「革命」後の状況を含めて、示唆している内容と思われる。

「十九世紀の後半には、〔文芸は――中井注〕完全に変わって、人生の問題と密接な関係をもつようになりました。私たちが読むと、まったく気分が良くないように感じますが、しかし息もつかずに読みつづけなければなりません。これは、以前の文芸がほかの社会を書いているようであり、私たちは鑑賞するだけでしたが、しかし現在の文芸は私たち自身の社会を書いており、私たち自身さえも書きこまれているからです。小説の中で社会を発見することができます し、私たち自身を発見することができます。以前の文芸は、対岸の火事を見るようで、なんら切実な関係がありませんでした。現在の文芸は、私たちさえもこの中で焼かれ、自らが必ずや深く感じとります。自分が感じとることになると、必ずや社会に参加しようとします。」（「文芸与政治的岐路」、一九二七・一二・二一講演）

「十九世紀は、革命の時代と言うことができます。いわゆる革命とは、現在に安んぜず、現状に満足しないものすべてそれです。文芸が旧いものの漸次消滅するのを促すのも革命です（旧いものが消滅してこそ、新しいものが生まれることができます）。文学者の運命は、自分が革命に参加したことで、同じように変わるものではなく、やはりいたるところで障害に出会います。いま革命勢力がすでに徐州に到達しました。徐州以北で文学者はもともと立ちいくことができませんでした。徐州以南で、文学者はやはり立ちいきません、すなわち共産化すると、文学者は立ちいきません。」（「文芸与政治的岐路」、一九二七・一二・二一講演）

これも当時、蒋介石政権下で北伐が継続され、その「革命」勢力が徐州に到達したあとの、徐州以南の共産化した文学者の境遇に言及する。

「革命文学者と革命家はまったく異なったものだと言うことができる。（中略）軍閥がいかに不合理であるかと悪口を言うのが、革命文学者である。軍閥を打倒するのは革命家である。（中略）革命のとき、文学者はみな夢を見て、革命が成功したらどのような世界があるかと考える。革命後、彼が現実を見ると、全くそのようなものではない。そこで彼はまた苦しまなくてはならない。このように叫び、泣き、喚いても、成功しません。前に向かっても成功せず、後ろに向かっても成功しない。理想と現実は一致しない、これが定められた運命です。」（「文芸与政治的岐路」、一九二七・一二・二一講演）

「革命文学をもって自認するものは、必ずや革命文学ではありません。世の中にどうして現状に満足する革命文学がありますでしょうか。麻酔薬を飲まない限りは。ソビエト・ロシア革命以前、二人の文学者がいました、エセーニンとソーボリです。彼らはともに革命を謳歌しましたが、後になって、彼らは自分が謳歌し希望した現実の碑にぶつかり

死にました。そのとき、ソビエトは成立したのです。」(「文芸与政治的岐路」、一九二七・一二・二一講演)

現状に満足する革命文学とは、一つには蒋介石政権のもとで、蒋介石の「革命」を称える「革命文学」を指すのであろう。

「しかし、社会はあまりにも寂しいです。このような人がいてこそ、面白いと感じます。人類は芝居を見るのが好きです、文学者は自分で芝居をして人に見せ、あるいは縛られて首を切られ、或いはすぐ近くの塀の下で銃殺され、すこし賑やかにすることができます。まさに上海の巡捕が棒で人を殴るとき、みんなとり囲んで見るように、彼ら自身は殴られたくないのですけれども、人が殴られるのを見るのは、むしろたいへん面白いと感ずるのです。文学者とは自分の皮と肉で殴られているものです。」(「文芸与政治的岐路」、一九二七・一二・二一講演)

これは、蒋介石政権の下での「革命」に幻想を打ち砕かれた、この「革命」に批判的な文学者の、中国社会における運命を語ったものである、と言える。この意味において、これは一九二七年一二月における状況論である。しかし暴君治下における犠牲者が、暴君治下の臣民によって賞玩される構図は、初期文学活動の一九〇七年ころから二八年ころまで魯迅の作品に現れる構図である。その意味においては、原理論的側面を無視できない。しかしそれは一九二九年以降には出現しない構図であり、最後の終曲部に属するとも言うべきものであったと思われる。

一九二六年から二八年にかけて、魯迅の文芸に関する基本的考え方は、前述したように、転換期にあったと言える。例えば第一に、魯迅は、一九二〇年代初めころ以来、文学が自己(内部要求、個性)に基づくものであり、同時に社会(とりわけ旧社会の規範)から自立したものと考えた。そして自立した個人としての自己に基づいてこそ、社会認識がありうるとした。そのため自己に基づく文学と、宣伝は、二律背反の関係としてとらえた。しかし一九二七年初めころ、魯迅は文学者の生き方・文学の内容と、社会が、切り離しがたく結びついている、と指摘した(「魏晋風度及文章与薬及酒之関係」、一九二七・七・二三、二六、『而已集』)。また一九二八年四月ころ、魯迅は文学が社会現象の一つであることを認めるようになる(「文芸与革命」、一九二八・四・四、『三閑集』)。社会現象として社会に現れる文学には、作者の主観的意図のいかんにかかわらず宣伝としての作用があり、そのため宣伝としての文学がありうることを認めるようになった。第二に、魯迅は、一九二六年二七年ころ、文学が基づく、自立した個人としての自己について、その属する階級は変わることができない、と考えた。それゆえ労働者階級ではない魯迅は、労働者階級に働きかけるのではなく、自己の属する階級に対して批判を加える方法を選択した（有島武郎と同じように）。しかし一九二九年ころにおいて、魯迅は知識人の階級移行を認めるようになり、社会変革・階級闘争における知識人独自の役割を認識するようになっていった。すなわち、文学の基づく自己自体が、変化しうる、と認めた。[*66]

このような魯迅の思想的転換期において、「文芸与政治的岐路」（一九二七・一二・二一講演、『集外集』）で述べられた考え方（文学と政治権力と社会の関係について）を、原理論の側面から文学に対する不変的な魯迅の考え方をのみ抽出して見るのは難しい、と私には思われる。一九二七年ころの魯迅の文章に対する丸山昇氏の指摘のように、まずそれらを状況論として読むべきであると思われる。すなわち魯迅は、蒋介石政権の「革命」が成立し支配する政治状況の中で、旧社会の社会意識が変革されない中国旧社会という社会状況の中で、中国変革を願望する文学者の運命を語った、と考える。

例えば、私は、一九二六年から二七年末以前において、「革命人がものを作りだせば、それこそ革命文学である。」（「革命時代的文学」、一九二七・四・八）という考え方は、時期によって魯迅の対面した革命文学の内容を異にするとはいえ、そこに原理論的側面が伏在すると考えた。なぜならこの考え方は、一九二六年三月の「中山先生逝世后一周年」（一九二六・三・一〇、『集外集拾遺』）と一九二七年一〇月の「革命文学」（『民衆旬刊』第五期、一九二七・一〇・二一）に見られるからである。[*67]

しかし前述したように、原理論として伏在したこの考え方自体は、一九二六年から二七年末以前において、原理論として伏在したこの考え方自体は、一九二九年ころ以降、魯迅が知識人の階級移行を認めるようになり、革命運動における知識人独自の役割を認めるようになって以後、再び出現することはなかった。このことからすれば、「革命人がものを作りだせば、それこそ革命文学である。」（「革命時代的文学」、一九二七・四・八）という考え方は魯迅によって、一九二六年から二七年末以前において階級移行を不可能とする前提のもとに、原理論的側面を伏在させつつ、「革命」と「革命文学」の内容を時期によって異にする、主として状況論の文脈の中で述べられた、と考えられる。[*68]

一九二八年以降、魯迅がマルクス主義（マルクス主義文芸理論を主として）の思想と本格的に接触し受容する場合、彼は当時の、自立した個人としての自己（個性・内部要求）に基づいて受容したと思われる。この場合、私は、思想（思考作用の結果生じた、ある程度体系をなした意識内容、社会的意識）と精神構造（自己・個性・内部要求として持続的に現れる精神構造、すなわち精神の深部で動態的に働く精神構造）を区別して想定する。[*69] 魯迅は自己に基づいてマルクス主義を受容し、史的唯物論に基づく階級闘争と階級意識等を考察し、受容していったと思われる。

　しかしそのマルクス主義に基づく思想は、当時の魯迅のすべての深度・領域における意識と重なるものではないと思われる（思想のレベルとは異なる、自己・個性・内部要求として持続的に現れる精神構造を私は想定する）。マルクス主義の思想は魯迅の意識のすみずみまで統括するものではなく、ほかの深度・領域に浸透し統括しつつ、主として思想（社会的意識）として存在したと推測する。マルクス主義の思想は、それぞれの個人によって、受容の範囲によって、浸透力、浸透範囲、浸透の仕方が異なるものと思われる。それと同時に、マルクス主義の思想の受容をつうじて、自己・個性・内部要求（それらを支える精神構造）自体がその受容の深さの程度において変化・進展していったと思われる。魯迅はあくまで、その後の変化・進展した自己、自立した個人としての自己（個性・内部要求）に誠実に基づき（これが魯迅の精神の深部で動態的に働く精神構造の現れである）、中国変革の諸課題について、自己の今後の生き方・文学・社会について（大きく言えば、中国変革と文学の関連について）、マルクス主義文芸理論の思想を導きの糸として創造的に適用しつつ、過渡的知識人として考察し内省を行ったと思われる。[*70]

「当陶元慶君的絵画展覧時」（一九二七・一二・一三、『而已集』）で魯迅は、過渡的知識人としての生き方、文学芸術に対する基準・尺度を、陶元慶の絵に対する鑑賞に託して述べる。

「彼は決して〈なりけりあらんや〉ではない、なぜなら用いているものが新しい形と新しい色だからである。しかしまた〈Yes〉〈No〉でもない、なぜなら彼は結局のところ中国人であるから。そのためメートルを用いて計るのは、あわない。しかし漢代のなにか慮傂《りょし》尺あるいは清朝の営造《えいぞう》尺を用いることもできない、なぜなら彼はまたすでに現在の人間だからである。私は、現在にあって世界の事業に参与しようとする中国人の心の尺度を用いて、計らなければならない、こうしてこそ彼の芸術が分かる、と思う。」

　これは、その後マルクス主義（マルクス主義文芸理論を主として）を受容する場合にも、過渡的知識人魯迅の一貫した姿勢であったと思われる。すなわち過渡的知識人魯迅は、中国の「現在にあって世界の事業に参与しようとする中国人の心の尺度を用いて」（すなわち過渡的現状にある自己の心の尺度に基づいて）、一九二八年以降マルクス主義の思想を受容しつつ、それを導きの糸として中国の現実に対して創造的に適用しようとした、と思われる。

## 第四節　さいごに

一九二五年ころ魯迅は、麻痺した目覚めぬ民衆に対して、シェヴィリョフ的な憎悪・憤激の感情をもっていた。国民の精神・思想改革が社会改革の課題とされた。しかしそのころ、他面、抑圧されてきた民衆の状況を弁護する一面を見せた。一九二六年ころさらに民衆の潜在的力量（王朝・社会が混乱を極めたとき農民革命軍として蜂起するような潜在的力量）を認めた。

また一九二五年の女師大事件をつうじて、魯迅は軍閥政府とそれに結託する知識人の役割に注目するようになる。その後一九二五年末、魯迅は、民衆に対するシェヴィリョフ的憎悪から基本的に脱却し、一九二六年三・一八惨案における軍閥政府の凶暴な武力弾圧の経験をつうじて、軍閥政府の支配権力構造に中国変革の緊要な課題を見ることになった。このような過程をへて、魯迅には改めてあるがままの民衆像を再把握しようとする契機が強化された。『朝花夕拾』にその営為が現れている。『朝花夕拾』の作品の一部は、語り手魯迅が下層の民衆（故郷の民衆）の現実の生活を回想し、彼らの心情に共感し、ときには感情移入したものであると考える。それは、魯迅が麻痺した目覚めぬ民衆の現状という事実を軽視したことを意味しない。

大まかに言えば、魯迅の民衆観は一九二五年ころ以前の、挫折した改革者の立場に基づいた目覚めぬ民衆に対する憎悪と、当為としての民衆の理想化（素朴な民）から変化しはじめた。それは、一九二六年から二七年初めころにかけて、現実の民衆に対するあるがままの認識（肯定的、否定的面を含めて）と共感への変化として現れたと考える。下層の民衆の現状に対する魯迅のあるがままの認識と共感は、一九二八年以降マルクス主義文芸理論との本格的接触と受容をして以降、彼が下層の民衆に対する正負を含めた全面的な社会科学的理解への努力と、具体的な啓蒙の内容・手段を模索することにつながっていったと思われる。

言い換えれば、魯迅は一九一八年から二五年ころ以前にかけてのように、挫折体験した改革者の心情に基づいて麻痺した目覚めぬ民衆の存在（愚民）を憎悪するのではなく、また中国変革を望む改革者の立場から素朴な民を当為として先験的に措定するのでもない。一九二六年以降民衆の実情とその心情をあるがままに把握しようとし、民衆のおかれてきた歴史的社会的状況を視野に入れようとした。すなわち一九二六年から二七年初めにかけて、故郷の民衆の正負の現状を事実としてあるがままに把握し、ときには感情移入をともないながら回想の中に汲みとろうとした（『朝花夕拾』の営為）、と思われる。私はそれを、下層の民衆の現状に対するあるがままの認識（肯定的側面と否定的側面を含めて）と共感と呼んでおきたい（しかしそれとともに、一九二八年の雑文に見られるように、魯迅には民衆の目覚めぬ現状に対する認識が貼りついて存在していた）[*71]。

すなわち魯迅の民衆像は、「『人道主義』と『個人的無治主義』という二つの思想の起伏消長」（「『魯迅景宋通信集』二四」、一九二五・五・三〇、前掲）の過程を構成する一環から徐々に脱却していく。その民衆観と表裏をなすものとして、上等人（「芝居をする虚無党」、支配者層）に対する批判と反感が存在した。

また一九二八年以降魯迅は、マルクス主義文芸理論と本格的に接触し受容しつつ、それを導きの糸として中国の現実に創造的に適用しようとするとき、革命的知識人と民衆との連帯の課題や、民衆啓蒙の内容・形態（手段）を提案しようとしたと思われる。そのとき、一九二七年四・一二クーデターの影響によって、①魯迅は文学活動において遠い将来の課題ではなく、南京国民政府の強圧下の現実の旧社会の問題として、問題を具体的に提起することが必要であるとした、と思われる。また、②啓蒙の内容・手段の問題について、民衆に実際にとどくような文芸活動をいかに行うべきか、が魯迅に問われたと思われる。魯迅は文芸を社会現象として位置づけ、その社会現象を民衆が受け手として、どのように受けとることが可能であるのか、を追究する必要があった[*72]。

さらに、魯迅の社会像における民衆について言えば、一九三三年に次のような言及がある。

「近ごろの読書人はいつも、中国人が散沙のようであって、考えるべき方法もないと慨嘆し、運の悪い責任をみんなに帰している。実際これは大部分の中国人に無実の罪を着せるものだ。小民は無学であり、事を見るのに不明ではあるかもしれないけれども、しかし自身の利害にかかわることを知るとき、団結しえないであろうか。以前には役所の前で焼香しての訴え、蜂起、謀反があった。現在でも請願の類がある。彼らが砂のようであるのは、支配者によってうまく治められたのである。」（「沙」、一九三三・八・一五、『南腔北調集』）

魯迅は一九三三年の段階においては、民衆が必ずしも散沙でないとする。民衆は自身の利害にかかわるとき、実際に行動して、請願し、蜂起し、謀反したとする。そして現在でも民衆の請願の類が存在する。

「それでは、中国には沙はないのだろうか。あることはある、しかし小民ではなく大小の支配者である。

人々はまたよく次のように言う、『昇官発財〔出世と金儲け——中井注〕』と。実はこの二つは並列されるものではない。昇官しようとする理由は、ただ発財しようとするためであり、昇官は発財の道にすぎない。だから官僚は朝廷に依存しながらも、決して朝廷に忠ではない。吏役は役所に依存しながらも、決して役所を大切にしない。頭領が清廉の命令を出すと、手下は決して従うことがない。対処の方法には『蒙蔽〔欺くこと——中井注〕』がある。彼らはすべて私利私欲の沙であり、己を肥やすことができるときには肥やす。しかもどの一粒も皇帝であり、帝を称することができるところでは帝を称する。或る人々はロシア皇帝を『沙皇〔ツアー——中井注〕』と呼ぶが、これをこのやからに送れば、きわめてふさわしい尊号である。財はどこから来るのか。小民の身から削ぎおとすものである。小民が団結しうるなら、金儲けは面倒なことになる。それで、当然できるだけ方法を考えて、彼らを散沙に変化させなければならない。沙皇によって小民を治める、そこで全中国は『一皿の散沙』となった。」（「沙」、一九三三・八・一五、『南腔北調集』）

一九三三年において、魯迅は中国の民衆は必ずしも散沙ではないとする。民衆は請願し、蜂起し、謀反した。しかし散沙のような大小の沙皇（支配者層）によって民衆が巧妙に分断して統治され、搾取されている。

その結果、全中国（民衆を含めて）が散沙の状況を呈している、とする。中国の大小の支配者層による巧妙な分断統治を指摘する。

ここにおいて魯迅は、全中国の現状の散沙のような状況について民衆の国民性自体に原因を求めるのではなく、すなわち国民性を第一動因としてみるのではなく、歴史的諸条件と当時の社会状況を分析し、そこに発生の原因を求め、歴史的社会的所産としての散沙の現状（国民性として現れる）を論じていると言える。ここにはマルクス主義（この場合の史的唯物論）を受容した魯迅の新しい姿勢がうかがわれる。[*73]

一九二八年以降、マルクス主義と本格的に接触し受容していった文学者魯迅の民衆像と知識人像は、どのようなものであったのだろうか。民衆像と知識人像のそれぞれの構造はどのようなものであったのだろうか。その民衆像と知識人像は、一九二八年以前とどのような関連があるのだろうか。また、魯迅（知識人）はどのように民衆に働きかけようとしたのか。魯迅（知識人）はどのように散沙のような大小の沙皇の支配体制（一九三三年、ここで指摘された）

を変革しようとするのだろうか。これらのことを今後の課題とし、さらに追究したい。

# 第五章　「進化論から階級論へ」

## 第一節　はじめに

瞿秋白（一八九九～一九三五）は、のちの魯迅研究に大きな影響を与えた「『魯迅雑感選集』序言」（一九三三・四・八）で次のように言う。

「魯迅は進化論から階級論へと進みはいり、紳士階級の反抗児・二君に仕える者から、無産階級と労働大衆〔原文は労動大衆――中井注〕の真の友人、そして戦士に進みはいった。」（瞿秋白、「『魯迅雑感選集』序言」、『魯迅雑感選集』、上海青光書局、一九三三・七、底本は上海文芸出版社〈一九八〇・二〉）[*1]

本章の課題を、上のことを手がかりにして、次のように設定する。

第一に、魯迅（一八八一～一九三六）の「進化論」の、各時期におけるそれぞれの概要を確認する。

そのうえで、第二に、魯迅の場合、どのような過程をへて、「進化論」から「階級論」に移行したのか、を考える。

第三に、「階級論」に移行したのちの、「進化論」はどのような内容であったのか。

本章は、このような課題について、自分なりの考え方を大略述べることを目的とする。

## 第二節　魯迅の進化論について

魯迅の進化論は、その文学活動をとおしてどのように各時期に現れているのだろうか。各時期におけるその現れの変化・発展を、中国の状況、魯迅の文学活動とかかわらせて考える。その場合、魯迅の文学活動における分期を、私は次のように設定する。初期（一九〇三～一九一七）、中期（一九一八～一九二七）、後期（一九二八～一九三六）とする。[*2]また、初期と中期とをあわせて、前期（一九〇三～一九二七）と称することにする。

この覚え書において、進化論にかかわって魯迅のそのほかの思想にも言及する。特に前期の進化論については、中国変革（あるいは社会改革）の道筋・方法とどのようにかかわったのか、を中心軸にして考える。そのことをつうじて、後期の進化論の特徴を前期のそれと比較しつつ明らかにしたい。この比較に、小論の重点がある。そのため私は、前期の進化論の内容を概説するけれども、しかしそれは魯迅の進化論を全面的に追究するものではなく、後期の進化論と比較することを念頭においての内容である。

## 一　初期文学活動（一九〇三〜一九一七）における進化論の内容

中国の伝統的尚古思想は、古代に理想的世界を想定し、そこから下って悪化した現時点を考える。しかし尚古思想とは逆に、ダーウィンの進化論は人類の進化と発展を説いた。[*3]また他方、進化論の自然淘汰は、清朝末期の中国知識人にとって淘汰される民族の側に立って受けとめられた。[*4]しかし進化論は同時に、生存競争と自然淘汰に勝つ希望の存在のよりどころでもあった。[*5]

初期文学活動において、魯迅の進化論は二つの様相をもって現れる。第一に、たとえば「人之歴史」（一九〇七、『墳』所収、『河南』第一号原載、一九〇七・一二、原題「人間之歴史」）において魯迅は、生物の進化論という自然科学の理論が成立してきた歴史的過程を紹介する。これは科学的知識と考え方を普及し啓蒙する目的をもって書かれた文章と思われ、[*6]私はそれを第一の様相の進化論とする。そして第二に、民族革命（中国変革）と結びついて現れる進化論がある。[*7]私はこれを第二の様相の進化論とする。

第一の自然科学における啓蒙的進化論は、民族革命（中国変革）の考え方の基礎的部分となり、民族革命（中国変革）の考え方を支え、その中に徐々に組みこまれ融合して、第二の様相の進化論として現れる。この時期、魯迅の進化論は上記の二つの様相をもって並流していた。

### 1　民族主義との結合

日本留学時期（一九〇二〜一九〇九）のころ魯迅は、清朝政府の衰退のもとにある中国が、列強の侵略によって滅亡の危機に瀕しつつあると考えていた。魯迅は満州族政権清朝を打倒し、漢民族による中国の再興を願い、中国が世界の中で自立することを望んだ。日本留学時期の魯迅の思想は、大きく言えば民族主義に包括され、[*8]またそこには進化論が結びついていた。のちの一九二九年当時、魯迅は馮雪峰に次のように語った。

「『その当時（一九〇七年前後を指す──馮雪峰注）、精神革命を信じて個性の解放を主張したのは、全くロマン主義ですが、やはり進化論の思想でもあります。反抗を主張し、民族革命を主張し、被抑圧民族の文学作品と弱小者に同情する反抗的文学作品の紹介を重視したのも、やはり自然淘汰を警戒させ、生存競争を主張する考え方です。』」（馮雪峰、『回憶魯迅』、人民文学出版社、一九五八・八）

当時、民族滅亡の危機が背景にあって、魯迅は中国が自然淘汰されることを警戒した。そうした進化論による現状認識に基づき、その現状から脱却するために、『天演論』

（ハックスレー原著、厳復訳述）における「人」（「社会や民族を富強に向かわせる能動的行動者」）の存在と、「人」による「民」の教化が、魯迅によって学ばれた。[*9]

それと同時に、魯迅の前期における進化論は基本的に、ハックスレーの、すなわち『天演論』（厳復訳述）における、「宇宙過程〔天行――厳復の原文、以下同じ〕」[*10]に対する「倫理過程〔人治〕」の相克と、一歩ごとの克服・発展という進化論の影響を受けていた。[*11] 魯迅は進化論の「倫理過程〔人治〕」の進展を精神革命（「立人」）に適用したと思われる。すなわち「宇宙過程〔天行〕」に対する「倫理過程〔人治〕」の一歩ごとの進展を基礎とする精神革命（「立人」）を信じ、個性の解放を主張した。能動的行動者「人」は「天行」の恣意に挑み、「民」を能動的行動者「人」の教化のもとに置いた。こうした一歩ごとに進展する「立人」の過程が、民族革命（中国変革）の基底となっていくと考えたと思われる。

## 2　人の自立の思想

魯迅は上述のように、民族革命（中国変革）の基底として、すなわち精神革命の内容として、人の自立（「立人」の思想）[*12]を据えていた。[*13]

「人がそれぞれ己をもてば、社会の大いなる目覚めは近い。」（「破悪声論」、一九〇八・一二発表、『集外集拾遺補編』）

「第一に重要なことは人を確立することである〔其首在立人――魯迅原文、以下同じ〕。人が確立してはじめて、あらゆる事が行われうる〔人立而后凡事挙〕。その方法を言うならば、必ず個性を尊重し、精神を向上させなければならない。」（「文化偏至論」、一九〇八・八発表、『墳』）

魯迅は人の確立・自立をつうじての、すなわち人としての覚醒をつうじての、中国変革（精神革命）を考えていたと言える。[*14]

「人類はその発生を考えて見ると、最初微生物であり、蛆虫・虎豹・猿から今日にいたった。そのため古い性質が潜在していて、時に再び現れる。この結果殺戮侵略を好んだり、土地・子女・宝玉・絹布を奪いとって野蛮な心を満足させる。」（「破悪声論」、一九〇八・一二発表）

魯迅は進化論の「宇宙過程〔天行〕」と「倫理過程〔人治〕」の相克を、人間の精神の発展過程と結びつける。昆虫性禽獣性の精神から理想としての人間性にいたる進化の過程、或る場合には退化の過程に、人間の精神を位置づける。こうした人間の精神の進化（「倫理過程〔人治〕」の進展）が、人の確立につながり、人の確立が中国変革の基底とされる。[*15] この目覚めへの呼びかけ・心声は、優れた個性をもつ「人」（「社会や民族を富強に向かわせる能動的行動者」（北岡正子、「補論　厳復『天演論』」、前掲〉)、すなわちバイロン、シェリーのような「精神界之戦士」(「摩羅詩力説」、一九〇八発表、第九章)、「明哲之士」(「文化偏至論」、一九〇八・八発表)、「一二士」(「科学史教篇」、一九〇八発表)等から発せられ、人々はその心声を受けて各自の「内曜」(内なる輝き、「破悪声論」、一九〇八・一二発表)を発揮し、覚醒にいたる(これが「ロマン主義」として後年に、馮雪峰によって引用・言及された)。魯迅は進化論を基礎として、中国が自然淘汰されることを警戒し、優れた個性(「人」)に指導される精神革命によって、人々の人間としての確立・自立(人のあるべき精神に進化した段階、「立人」)を意図したと言える。このことをつうじて、中国と漢民族は再興する。このように、魯迅の想定する中国と漢民族の再興(民族革命〈中国変革〉)における基礎には、上の意味での進化論が存在していたと言える。これが第二の様相をもった進化論である。

魯迅は日本留学期の文学活動(一九〇三〜一九〇八)において、自らもバイロン、シェリー等のような「精神界の戦士」の一人として自負をもってとりくんだ。しかしこの文学活動は当時の中国知識人(留学生等)の中で、ほとんど反響をもたらさなかった。魯迅は自らの思想の正しさを疑わなかったけれども、しかし自らの力量に失意し、深く内省したと思われる。

一九〇九年の帰国後、一九一一年に辛亥革命が起こり、清朝政府を打倒した。しかし辛亥革命は中華民国の理想を実現できず、政権を把握した実力者袁世凱のもとで挫折した。

魯迅は、日本留学期の文学活動の失敗と辛亥革命の挫折という、二重の挫折を体験したと考える。[*16] 魯迅は、のち一九一八年『新青年』に「狂人日記」(一九一八・四・二、『新青年』第四巻第五号、一九一八・五・一五、『吶喊』)を発表するまで、ほとんど沈黙の状態に陥る。

## 二　中期文学活動(一九一八〜一九二七)における進化論の内容

### 1　国民性の改革が社会改革の最大の課題

辛亥革命は旧中国の伝統的価値体系を突き崩す方向に進むことができず、旧社会における中国人の精神も生活も旧態依然とした様子にとどまった。辛亥革命の結果は上層の指導者の交代にすぎないかのようであった。こののち一九一五年、袁世凱の皇帝僭称があり、一九一七年、張勛《ちょうくん》の復辟《ふくへき》の動きがある。[*17]

「最初の革命は排満で、やり遂げるのが容易なことでした。その次の改革は、国民に自分の悪い根性を改革するよう求めることで、そこで国民は聞き入れなくなったのです。だからこののち最も大切なのは、国民性を改革することです。さもなければ、専制であろうと、共和であろうと、何であろうとも、看板は変わったけれども、品物は元のとおりというのではまったくだめです。」（「『魯迅景宋通信集』八」、一九二五・三・三一、『魯迅景宋通信集』、湖南人民出版社、一九八四・六）

魯迅は、辛亥革命の挫折の主要な原因を（自らの日本留学期の文学活動の失敗における一部の原因も）、中国人の精神革命（思想革命）がなされなかったことにあると考えた。魯迅は一九一八年、沈黙を破り、『新青年』に文章を発表するようになった。そこにおいて魯迅は国民性の改革（精神革命、思想革命）を社会改革の道筋において最大の課題と考えたと思われる。[*18] 魯迅は、『新青年』の「科学」と「民主主義」（「本誌罪案之答弁書」、陳独秀、『新青年』第六巻第一号、一九一九・一）の主張に賛同した。[*19] 同時に進化論について言えば、科学的知識の普及と啓蒙という第一の様相の進化論に比較して、第二の様相の進化論が、すなわち社会改革（精神革命、思想革命）に融合し組みこまれた進化論が、中期文学活動の時期においては徐々に前面に現れるようになったと思われる。この時期においても、両者は並流して現れている。[*20]

## 2　社会改革に適用される第二の様相の進化論と、基礎にある人道主義

魯迅によれば、社会改革（中国変革）の最大の課題とされる中国人の国民性の悪はどのように改革されうるのだろうか。

魯迅は、「我們現在怎様做父親」（『新青年』第六巻第六号、一九一九・一一、『墳』）で、生物の進化論に基づいた、子女に対する中国の父親の生き方について次のように言う。

「私がいま心にそのとおりと思う道理は、極めて簡単である。すなわち生物界の現象に基づいて、一、生命を保存しなければならない。二、この生命を継続しなければならない。三、この生命を発展させなければならない（すなわち進化である）。生物はすべてこのようにしているし、父親もこのようにするのである。」（「我們現在怎様做父親」、一九一九、前掲）

「生命はどうして受け継いでいく必要があるのか。すなわち発展しなければならず、進化しなければならないからである。個体は死を免れることができず、進化もまたいささかも止まることがない。そのため継続して、この進化の道を歩くしかない。この道を歩くにはある種の内的努力がなければならない。例えば単細胞動物に内的努力があって、それを積み重ねて複雑になるだろう。無脊椎動物に内的努

力があって、それを積み重ねて脊椎が発生する。だからあとから起こる生命は、必ずそれ以前のものよりいっそう意義があり、いっそう完全に近い。このためにさらに価値があり、さらに尊い。前者の生命は、後者の犠牲とされるべきである。」(「我們現在怎樣做父親」、一九一九、前掲)

魯迅はこのように生物界の進化論に基づき、現在の中国の父親が子供に対して採るべき生き方を提起する。進化の道を歩くには生物に内的努力の存在する必要がある。その結果として、あとから起こる生命は、それ以前のものよりいっそう意義と価値がある。それ以前の生命は犠牲となって、あとから起こる生命の進化と発展に寄与しなければならない。

「中国の社会は、『道徳がすばらしい』と言うけれども、実際は愛しあい助けあう心を全く欠いている。すなわち『孝』『烈』の類の道徳も、ほかの者がいささかも責任を負うことなく、一途に幼者・弱者を懲らしめる方法である。」(「我們現在怎樣做父親」、一九一九、前掲)

このような現状を踏まえて、魯迅は進化論に基づいた中国旧社会の改革に言及する。

「どうしようもないので、まず目覚めた人から着手して、それぞれ自分の子供を解放するほかない。自らは因習の重荷を背負いつつ、暗黒の水門を肩に支えきって、彼らを広々とした光明の場所に放つのである。こののちは子供たちが幸福に生活し、合理的に人間となるように。」(「我們現在怎樣做父親」、一九一九、前掲)

これは、進化論を中国旧社会の世代間の役割に適用し、前の世代の自己犠牲によって次の世代を解放するという、中国改革を意図するものである。[*21]

この時期の魯迅の中国変革論は、次のような内容をもつと考えられる。思想改革によって人々(知識人を中心に[*22])は覚醒し、彼らは国民性の悪の改革をさらに推し進める。また、この目覚めた人々が将来の中国変革の戦士となる。[*23]同時に、現在において目覚めた人々は進化論に基づいて、自らの生命を受け継ぐ子供たちを解放する、すなわち生物の内的努力に基づいたより優れた次の世代を解放する。目覚めた父親の世代は、「一方で古い帳簿を清算しつつ、他方で新しい道を切り拓く」(「我們現在怎樣做父親」、一九一九、前掲)役割、自らは因習の重荷に耐えながら、子供たちを解放する前の世代の役割を、果たすことになる。

こうした考え方は、中国国民性の改革と進化論が結びついたものと言える。[*24]これは、思想改革と生物の進化論に基づいて、前の世代としての人の父親が、子女に対して父親自身の負うべき道、選択するべき道を指し示すものである。これは、進化論が中国旧社会の改革につながる性格、中国変革の道筋・方法に結びつく性格をもつものと言える。[*25]
さらに、こうした考え方の背後には、人間の天性の善・愛（「朴素之民〔素朴な民〕」〈「破悪声論」、一九〇八・一二発表〉）に対する魯迅の信頼があったと思われる。動物の場合、親は子供に無償の愛を献げ、子供は生命を受け継いでいく。
「人類もこれ以外のものではなく、欧米の家庭ではたいてい、幼者・弱者を本位としている。」（「我們現在怎様做父親」、一九一九、前掲）
生物としての進化論的な（内的努力を受け継ぐ）父親の生き方の基礎には、こうした人道主義的な人間の天性の善に関する信頼と、幼者・弱者に対する人道主義的な愛が前提とされていた。[*26]
一九二〇年ころ、魯迅に一つの転機が訪れる。すなわち魯迅は『労働者シェヴィリョフ』（アルツィバーシェフ原作、『工人綏恵略夫』、一九二〇・一〇・二二訳了、商務印書館、一九二二・五、初出は『小説月報』第一二巻第七〜九号、一一号、一二号、一九二一・七〜九、一一、一二）と出会った。その中で、自らの心の中にもある「個人的無治主義」の心情（一九〇五年ロシア革命の挫折体験をしたシェヴィリョフの憤激の心情と共通する、魯迅自らの憤激の心情）を確認し、また人道主義者アラジェフの理想の高唱に対するシェヴィリョフの批判を認識した。理想の空唱は現実に対する無策を意味し、理想を信じた者の不幸をいっそう深くする。また、「即小見大」（一九二二・一一・一八、『熱風』）の事件に基づいて魯迅は、中国旧社会における自己犠牲が必ずしも大衆に理解されず、大衆による単なるお供え分けに終わることを言い、無益な自己犠牲を避けるべきだとした（「娜拉走后怎様」、一九二三・一二・二六、『墳』[*27]）。
こうした経過をつうじて、それ以後魯迅は、無益な自己犠牲を他人に提唱することを止め、また人道主義を高唱することを止める。父親の世代の自己犠牲による子供の世代の解放という社会改革の理想は、それ以後他人に勧める形では提唱されることがなかった。また、もしも人道主義があるものとすれば、理想の高唱ではなく、それを中国の現実の中から汲みとらなければならないと考えた。ただ、魯迅自らの生き方として、一九二四年ころから魯迅は、現実の文学活動における青年文学者育成のために、自己犠牲的に奮闘する。[*28]それは、より優れた次の世代の文学者を育成するという、進化論的思想の枠組みの中での実践活動、すなわち理想の空唱ではない、自らが選択する実践活動であったと思われる。[*29]

## 3　中国変革の当面する最大の課題は軍閥政府支配の打倒であること

北洋軍閥政府は、一九二六年三・一八惨案において徒手空拳の請願デモ隊に発砲し、暴行を加えて弾圧し、死傷者二〇〇数名を出した。

これ以前、魯迅は中国変革の主要な当面の課題が国民性の悪の改革（精神革命、思想革命）にある、と考えていた。この事件をつうじて魯迅は、それに加えていっそう緊要の課題が、国民性の悪を現実に体現し、中国変革を凶暴な武力によって阻む軍閥の支配体制にあると考え、またそれと結託する知識人の役割にいっそう注視するようになったと推測する。

そしてこの事件によって魯迅に沸きおこった心情は、教え子の死に対する負い目を別にすれば、軍閥政府とそれに結託する知識人に対する激しい憎悪であった。そしてその憎悪は、これ以前における旧社会全体に復讐を図ろうとする挫折した改革者としての憎悪（シェヴィリョフの憤激の心情）とは内実を異にして、中国変革への指向をはっきりと内包していた。魯迅は、中国変革の課題として国民性の改革という精神次元の課題に加えて、いっそう緊要で具体的な権力構造の変革の課題について認識を深化させた。[*30]

言い換えると、権力構造についての認識の深化は、魯迅が一九二五年ころの女師大事件において軍閥政府を後ろ盾とする校長側と具体的に戦い、論戦し、そして上述のように一九二六年三・一八惨案での軍閥政府の凶暴な支配権力の弾圧を経験したことによると思われる。これまで社会改革（中国変革）の主要な課題と位置づけられてきた国民性の悪の改革について、一九二六年三月一八日以降、魯迅は課題の緩急の観点から位置づけを決定的に変化させたと考える。[*31]中国人の国民性の悪は、依然としてそれ自体として存在し、それ以後も中国変革の一つの課題として提起され、あるいは変革の主体の形成の問題として存在した。しかし横暴な軍閥支配の権力構造の変革を、より緊要な現在の問題として検討・解決する必要性が、一九二六年三月一八日以降、魯迅に明瞭に認識された。[*32]

魯迅は、三・一八惨案によって中国変革の当面する最大の課題が軍閥政府の打倒にあると考えた。時はまさに国民革命が高揚を迎える時期であった。

魯迅の教え子を含めた目覚めた青年たちは、三・一八惨案において軍閥政府の凶暴な武力の前に多数の死傷者を出した。魯迅は、今後目覚めた青年たちの生命を大切にする戦い方、塹壕戦を主張した。[*33]このとき、魯迅は中国の変革論として強力による軍閥権力の打倒を、当面の最優先の課題と位置づけ直したと思われる。そして一九二六年、『朝花夕拾』（一九二六年執筆の作品を所収、北京未名社、一九二八・九）において、魯迅は故郷における追憶の中のあるがままの民衆の姿を語り、自らの民衆像を見直している。[*34] しかし若い世代（青年・学生）に対する啓蒙をつうじての、戦士の育成という進化論的な魯迅の考え方（あとからの生命はいっそう意義と価値がある）、すなわち青年・学生を主たる対象とする思想革命の考え方と有効性が否定されたわけではなく、中国変革に関する魯迅の思想の基礎の中に存在していたと思われる。

一九二六年八月、魯迅は北京を離れ、厦門大学に赴任する。それは北京での恐怖と多忙を避ける「休養」のためでもあった。[*35] 一九二七年一月、魯迅は厦門大学から広州の中山大学に転任し、再び積極的に文学活動と社会活動に復帰しようとする。

## 4　社会改革に適用される第二の様相の進化論の破綻

あとからの生命、のちの世代としての子供たち（いっそう意義と価値のある）に対して、また人道主義的な天性の善・愛をもった「素朴な民」（「破悪声論」、一九〇八・一二発表）に対して、一九二五年ころから魯迅は無条件の信頼を、決定的な喪失ではないにしろ、少しずつ失っている。

このことを、次の箇所から窺うことができる。

「長明灯」（一九二五・二・二八、『民国日報副刊』、一九二五・三・五～八、『彷徨』）では、廟の常夜灯を吹き消そうとする「彼」（旧社会に反抗しようとする者）に対して、一人の子供が銃声をまねて言う。

「腕をむきだしにした子供が、遊んでいた葦をもちあげると、彼にねらいを定め、桜桃のような唇をあけると、言った。

『パン！』」（六〇頁）

「頽敗綫的顫動」（一九二五・六・二九、『語絲』週刊第三五期、一九二五・七・一三、『野草』）では、母親が身を売って子供を育てる。そののち家族をもった娘は、年老いた母親の過去の行為を責める。小さな子供は、その祖母に向かって、「殺せ」と言う。

「『一生私につらい思いをさせるのは、あんただ。』（中略）『あの子たちまで側杖を食わせようとしている。』一番小さい子供はちょうど枯れた葦の葉で遊んでいたが、このときそれを刀のように高く振りまわすと、大声で言った。

『殺せ。』」（二〇五頁）

「孤独者」（一九二五・一〇・一七、『彷徨』）では、魏連殳が次のように言う。

「『考えてみると、少し奇妙だと思うね。君のところへ来るときに、幼い子を大通りで見かけた。葦の葉っぱで僕をさして、殺せ、と言うんだ。その子はまだよく歩けないほどなのに……』」（九二頁）

魏連殳は以前、次のように信じていた。子供は天真だ、悪いところは環境が悪くさせたのだ。中国の希望は、子供にある。こうした子供の天性の善に対する無条件の信頼を、魏連殳は失っていく。[*36] すなわち、人道主義（人間の天性の善・愛に対する信頼）を基礎とした進化論的な考え方（あとからの生命はいっそう意義と価値がある）に対して、魯迅にある程度の懐疑が生じていると言える。

また、青年文学者に対する失望は、一九二六年一〇月、一一月ころの高長虹等による魯迅批判・攻撃によってもたらされた。

前述のように、人道主義を基礎とした進化論的考え方を適用する、すなわちあとからのより優れた世代に対する啓蒙と思想革命によって図られる社会改革の道筋・方法は、一九二六年三・一八惨案以後において、軍閥支配体制の打倒を中国変革における当面の最緊要の課題であると認識することによって、後景に退いた。しかしそのとき魯迅は、あとからの優れた世代（青年）に対する信頼を全面的に失ったわけではなかった。この信頼に対する決定的な打撃は、一九二七年四月、国民革命の途上における蒋介石の四・一二クーデターの中でもたらされた。

それ以前、一九二六年七月、広東から北伐が開始され、国民革命の状況は破竹の勢いで進展していた。しかし一九二七年四月一二日、国民革命軍総司令蒋介石は上海で四・一二クーデターを起こし、[*37] 同年四月一八日、南京国民政府を樹立し、同年九月に、武漢国民政府が崩壊して、国民革命は挫折する。

一九二六年一〇月魯迅は許広平からの書簡をとおして、国民革命の「策源地」広州における、学生の状況、教育界の状況が何ら理想的なものではなく、また国民党左右両派の衝突闘争する社会であることを知り、驚いている。一九二七年一月広州に到着し、中山大学に赴任して以後も、広州の社会、学生運動に対する魯迅の評価は厳しかった。魯迅は、「革命の策源地」広州社会が基本的に旧社会の社会意識が改革されていない社会、上からの革命が行われた、軍人と商人が支配する社会であると認識している。[*38]

あとから起こる生命である青年一般に対する、進化論に基づく無条件の畏敬・信頼の喪失・破綻の決定的確認は、一九二七年四・一二クーデターの経験以後のことであると思われる。この事件の中で、青年が同じ世代の青年を容赦なく殺戮した。魯迅は、一九二七年九月の「答有恒先生」（一九二七・九・四、『而已集』）で次のように述べる。

「私はいままでまだこの〈恐怖〉を仔細に分析していません。しばらく私自身がすでに診断して明らかな一、二のことを言いましょう。
　第一に、私の妄想は破綻しました。私はいままで、いつも楽観をもっていました。青年を圧迫し殺戮するものは、たいてい老人であると思っていました。こうした老人がだんだんと死んでいけば、中国は必ず比較的に生気をもつことができる。現在私はそうではないことを知りました。青年を殺戮するものはむしろたいてい青年であるようです。しかもかけがえのない他人の生命と青春に対して、いささかも大切に思わない。（中略）血の遊戯はすでに始まり、役者はまた青年であり、得意げな色もあります。」（「答有恒先生」、一九二七・九・四、『而已集』）

　以前の、進化論に基づく（生命の進化に対する内的努力を受け継ぎ、あとから起こる生命であるがゆえに、いっそう意義と価値があるとされた）青年一般に対する無条件の畏敬・信頼は、この一九二七年四月に決定的に破綻したと思われる。ここであらゆる青年（あるいはのちの世代）が必ずしも一人の人間として、老人より進化した、前の世代より進化した、より優れた存在である、とは考えられなくなったと思われる。これ以前、上述のように、例えば「長明灯」（一九二五・二・二八、『彷徨』）等においてのちの世代（幼い子供）に対する懐疑が表現された。その懐疑は、一九二六年末ころ、青年文学者高長虹等による魯迅批判・攻撃によってより強められた可能性がある。ただ、青年文学者に対する失望は、文学青年に対する懐疑（あるいは裏切られた献身者としての魯迅の復讐感）であっても、青年一般に対する、無条件の畏敬に対する懐疑までを意味するものではなかったと思われる[39]。そして一九二七年四月四・一二クーデター以後において、進化論に基づく、あとから起こる生命としての青年一般の優れた点に対する無条件の畏敬・信頼は決定的に懐疑された。ここで魯迅は、あとからの世代に対する無条件の畏敬・信頼の破綻を確信していると思われる[40]。魯迅はあとからの世代に中国変革（社会改革）を託する展望を失った、すなわち第二の様相の進化論は破綻したと言える[41]。

　これ以後魯迅は、青年を一人一人の個人として見て、測るようになったと思われる。例えば「怎麼写」（半月刊『莽原』第一八・一九期合刊、一九二七・一〇・一〇、『三閑集』）で、魯迅は四・一二クーデターの犠牲者となった中山大学の学生畢磊《ひつらい》に対する好ましい印象と哀惜を述べた。すなわち魯迅は四・一二クーデターの経験の中で、青年一般に対する、無条件の畏敬・信頼を破綻させたけれども、四・一二クーデター以後、そのとき犠牲者となった、実際に畏敬・

信頼に値した一人の青年畢磊をここで回顧し尊重している。[*42]

また、第一の様相の進化論について言うと、四・一二クーデター以前、魯迅は「這個与那個」（一九二五・一二・八、『華蓋集』）で、人類の進化について次のように言う。

「人類は結局のところ進化している。また章士釗総長によれば、米国のどこかでは進化論を語ることを禁じている。これは実に私を驚愕させる。しかし禁止することはひたすら禁止するとしても、進むことは必ず進むものだ。」（「這個与那個」、一九二五・一二・八、『華蓋集』）

また、白話文について次のように言う。

「古文はすでに死んだ。白話文はなお改革の道の橋梁である、なぜなら人類はなお進化しているから。たとえ文章についてであっても、必ずしもひとり万古不磨の準則があるわけではない。米国の或るところではすでに進化論を語ることを禁じたと言うが、しかし実際には、恐らくついに効果がないであろう。」（「古書与白話」、一九二六・一・二五、『華蓋集続編』）

一九二五年二六年において魯迅は、進化論的な展望において人類の進化・文化の発展を信じ、そして進化の道において自らが橋梁的存在、中間物的存在（否定的側面と肯定的側面を含めて）であることを疑わなかった（「写在『墳』後面」、一九二六・一一・一一）。

一九二七年四・一二クーデター後において、魯迅は「文学和出汗」（一九二七・一二・二三、『而已集』）で次のように言う。

「人間性は永久に不変であるのか。

類人猿、類猿人、原人、古人、今人、未来の人……もしも生物がほんとうに進化するのであれば、人間性が永久不変であることはできない。類猿人は言わないまでも、たとえ原人の気質であれ、私たちは推測しうることが困難である。私たちの気質も、おそらく未来の人が必ずしも理解しないだろう。」（「文学和出汗」、一九二七・一二・二三、『而已集』）

魯迅は一九二七年一二月の段階で、類人猿から今人にいたる人類の進化を前提にして、人間性の変化を議論している。

ゆえにこのような事情を見ると、おそらく、一九二七年四・一二クーデターによって魯迅の進化論に起こったことは、魯迅における進化論の全面的破綻、進化論の全面的否定ではなかった。あとから起こる生命としての、後の世代（青年）一般に対する無条件の先験的畏敬・信頼（その優れた点が中国変革の礎となりうるという意味で）が崩壊した。言い換えると、社会改革の道筋・方法に適用された進化論が、中国変革論としての進化論の適用が、すなわち第二の様相としての進化論が崩壊したものであると考える。[*43] 第一の様相の進化論は、すなわち自然科学に基づく啓蒙的進化論は、生物学における進化論は、崩壊していない。すなわち前期をつうじて継続していると考える。

## 三　後期文学活動（一九二八～一九三六）における進化論の内容

「進化論在魯迅后期思想中的位置——従翻訳普列漢諾夫的《芸術論》談起」（周展安、『中国現代文学研究叢刊』二〇一〇年第三期、総一三四期）は、該論文の結論部分で次のように述べ、後期における魯迅の進化論の内容を総括的に指摘する。[*44]

「これまでに、私たちは魯迅後期の思想における進化論の位置という問題に部分的に答えた。いわゆる『答えた』とは、私たちが次のことを解明したことを指す。第一に、進化論は魯迅後期思想において基本的に、自然科学的内容とされて把握された。そして第二に、自然科学としての進化論は、肯定的な在り方で魯迅の後期思想の中にずっと存在した。しかし第三に、進化論は主要な対象として魯迅に注目されたのではなく、後期魯迅の注目の重点となったのは、マルクス主義思想学説を主要な内容とする社会科学である。」（「進化論在魯迅后期思想中的位置」、一〇五頁、前掲）

私はこの優れた論文を参考とし、自分なりの考えを以下に述べることにする。

### 1　魯迅翻訳によるマルクス主義文芸理論の中の進化論と国民性

#### （一）魯迅翻訳によるマルクス主義文芸理論の中の進化論

一九二八年から始まる革命文学論争にともない、魯迅はマルクス主義文芸理論と本格的に接触し始め、そこから受容するところがあった。[*45] 魯迅が日本語文献から重訳したマルクス主義文芸理論の中で、[*46] 進化論はどのように位置づけられ、言及されていたのだろうか。

「芸術について」（プレハーノフ、『芸術論』、外村史郎訳、叢文閣、一九二八・六・一八、魯迅入手年月日、一九二八・一一・七、『芸術論』、蒲力汗諾夫、魯迅訳、一九二九・一〇・一二訳了、光華書局、一九三〇・七、引用文の底本は第七刷〈一九二九・一〇・三〉）は次のように言う。[*47]

「一般的に言って、私によって擁護されつつある歴史観〔唯物史観を指す——中井注〕にダーウィニズムを対立させようとすることは、非常に奇異なことである。ダーウインの領域は全く他にあった。彼は、動物種としての人間の起源を考察したのである。唯物史観の支持者はこの種の歴史的運命を説明せんと欲する。彼等の研究の領域は丁度ダーウイニストの研究の終わるところ、其処から始まる。彼等の研究はダーウィニストが吾々に与えるところのものに、とって代ることは出来ない、それと全く同様にダーウイニストの最も輝かしい発見も、彼等の研究にとって代ることは出来ないが、ただ彼等の為めに地盤を準備することが出来るのみである。（中略）ダーウインの学説は正に然るべき時に、生物学の発達における大なるまた必然的な進歩として現われた、当時この科学がその研究者達に提出しえた限りの要求中の、最も重要なるものを完全に満足させることによって。何等か同様のことを唯物史観についても言うことが出来るか？　彼は正に然るべき時に社会科学の発達における、大なるまた必然的な進歩として現われたと断言することが出来るか？　そしてそれは、今やその一切の要求を満足せしむることが可能であるか？　これに対して私は充分なる確信をもってこう答える、然り、――出来る！　然り……可能である！」（「芸術について」、一九頁～二〇頁）

プレハーノフは、生物学における進化論（ダーウィニズム）の発展の到達点を基礎として、すなわち進化論者による生物としての人類進化の研究を地盤として、そこを出発点として、人類社会に対する史的唯物論（唯物史観）の研究が始まるとする。[*48]

またルナチャルスキーは、「芸術と生活」（ルナチャルスキー著、『マルクス主義芸術論』、昇曙夢訳、白揚社、一九二八・七・三〇、魯迅入手年月日、一九二八・九・三、『芸術論』、盧那卡尓斯基、魯迅訳、上海大江書舗、一九二九・六、一九二九・四・二二訳了）で次のように言う。

「生存競争において、積極的有機体が被動的有機体に勝り、進歩的有機体が単なる順応的有機体に勝るところの疑うべからざる優越性を基礎として、次のように仮定することが出来る。（確信を以って肯定する事が出来るかどうかは怪しいが。）即ち、力の生長そのもの、生命の進歩そのものは、積極的興奮に伴われる。即ち、あらゆる有機体には、力に対する渇望、生命の生長に対する渇望が固有していると。これを特に人間の進歩的なタイプに関して云うならば、このような進歩の要求は、最早疑う余地がない。」（「芸術と生活」、一一九頁）

ルナチャルスキーは、ここで生物の進化論（例えば、生存競争、生命の進歩）を基礎・前提として、芸術に関する生理学的な解釈を展開していると思われる。

以上の引用から、プレハーノフにおいて、生物の進化論の到達点は、そこから史的唯物論が始まる出発点・前提であった。言い換えれば、生物の進化論を社会分析に適用し、あるいはそこに組みこんで、社会変革の道筋・方法を導くことはできない。そうした役割を果たしうるのは史的唯物論である。また、ルナチャルスキーの「芸術と生活」(『芸術論』、前掲)において、生物の進化論はルナチャルスキー自らの芸術論の基礎であり、前提であった。言い換えれば両者において、生物の進化論は自然科学としての領域内において(社会科学・人文科学の領域ではなく)、真理であると認識され、彼らの議論を展開する前提となされていたと言える。

## (二) 魯迅翻訳によるマルクス主義文芸理論の中の国民性

国民性の問題について、プレハーノフは「芸術について」(プレハーノフ、『芸術論』、魯迅訳、一九二九・一〇・一二訳了、前掲)において次のように言う。

「スタール夫人の意見によれば、国民性は歴史的条件の所産であるということを注意することだ。しかし国民性は、若しもそれが与えられた国民の精神的特質の中に現れたものとしての人間の本性でないとしたら、何であるか?

そして若しも所与の国民の本性がその歴史的発展によって創造されるならば、それがこの発展の第一動因であり得ないことは明らかである。がここからは文学——国民的精神的本性の反映——はこの本性がそれによって創造される歴史的条件そのものの所産であるということが出て来る。それは人間の本性ではなく、与えられた民族の性質ではなく、彼の歴史および彼の社会的構造が彼の文学を説明することを意味する。この観点からスタール夫人はフランスの文学を観察してもいるのである。彼女によって十七世紀のフランス文学に献げられた一章は、この文学の主たる性質を当時のフランスの社会・政治関係と、その帝王権に対する関係の中に観察されるフランスの貴族階級の心理とによって説明しようとした、極めて興味ある試みである。」(『芸術論』、六一頁)

「あらゆる与えられた民族の芸術は彼の心理によって規定される、彼の心理は彼の状態によって創造される、が彼の状態は究極において彼の生産力と彼の生産関係によって条件づけられる、と。」(『芸術論』、六八頁)

プレハーノフは、国民性が第一動因ではなく、歴史的諸条件の所産であり、歴史的発展によって作りだされるものであるとする。文学は、ある国民の本性ではなく、また民族の性質ではない。それは、歴史的諸条件と社会的構造によって生みだされた国民の本性と民族の性質の反映であると説明される。[*49]

中期文学活動の中で、一九二六年三・一八惨案のころまで、魯迅は中国人の国民性の悪の改革を中国変革(或いは社会改革）の主要な課題とした。国民性はそれ自体が第一動因とされ、根本的課題と考えられて、啓蒙の対象とされた。[*50] そののち、一九二六年三・一八惨案以降、中国変革の課題における緩急の観点から、国民性の改革の課題は後景に退き、軍閥支配体制（一九二七年四月一二日以降の蒋介石による新たな支配体制を含めて）の打倒とそれに対する抵抗が、中国変革の当面の最大の課題として魯迅によって位置づけられたと思われる。[*51] そして一九二九年ころ、魯迅が翻訳したプレハーノフの見解によれば、ある時期ある社会に国民性自体が存在するとしても、しかしその国民性は第一動因ではなく、歴史的諸条件と社会的構造の所産として説明されている。

一九二六年三・一八惨案以降、魯迅はなお国民性の改革を中国変革の最も根本的課題（第一動因として）としながらも、[*52] この惨案の体験に基づいて、すなわち中国変革の課題における緩急の観点に基づいて、軍閥支配体制の打倒を優先する選択をした。しかしここでのプレハーノフの見解は、史的唯物論の解釈に基づく見解である。すなわち魯迅は一九二九年ころ初めて、史的唯物論による国民性に関する基本的解釈を学び、国民性を第一動因とする誤りを認識したと言える。

## 2　後期の雑文における進化論と国民性の問題

### （一）後期の雑文における進化論

魯迅は、「〈硬訳〉与〈文学的階級性〉」（一九三〇・三発表、『二心集』）で、ダーウィンの生物の進化論について、次のように言う。

「私は伝達者が決して同情によるのではなく、世界を改造する思想のためであるはずだと思う。まして『元もとそのものがない』ものは、自覚のしようがなく、激発のしようがない。自覚し、激発できるなら、それは元もと有ったものであることは明らかである。元もと有ったものであるから、ながく隠蔽することはできない。例えばガリレオが地動説を述べたように、ダーウィンが生物の進化を唱えたように、彼らは当初或いは宗教家に焼き殺されそうになり、或いは保守派から攻撃を強く受けなかっただろうか。しかし現在人々がこの両説に対して、決して奇としないのは、地球は結局動いており、生物も確かに進化しているためである。」（「〈硬訳〉与〈文学的階級性〉」）

ここで魯迅は、生物が進化していることを事実とし、それゆえにダーウィンの生物の進化論も当初の保守派の攻撃にもかかわらず、真理として認められていることを言う。

また、「〈論語一年〉」（一九三三・八・二三、『南腔北調集』）では、ダーウィンについて次のように言う。

「生物が進化していることは、ダーウィンによって明らかにされ、私たちの遠い祖先と猿とが親戚であることを教えられた。（中略）この同じく猿の親戚の中で、ダーウィンは偉大であると言わなければならない。その理由は簡単で、しかもありきたりである。それはダーウィンが猿の親戚の家柄であることを決して忌みはばからず、人々が猿の親戚であることを指摘したからである。」（「〈論語一年〉」）

　魯迅は、ダーウィンを偉大であるとする。なぜならダーウィンは生物が進化していることを明らかにし、彼自身が猿の家柄であることを忌みはばからず、人々が猿の親戚であることを明白にしたためである。ここでも魯迅は、生物（人類）が進化していることを事実として議論の前提にしている。

　上の二つの例に基づけば、魯迅はダーウィンの生物の進化論を真理として擁護している。[*53] では、前期の進化論と異なるところはどこにあるのだろうか。魯迅は、「喝茶」（一九三三・九・三〇、『准風月談』）で次のように言う。

「感覚の細やかさや鋭さは、麻痺していることに比べれば、当然進歩と言える。しかし生命の進化に有益であることを限界とする。もしもそれと関わりなく、さらには有害であるならば、進化の中の病態であり、やがて結末が来ることになる。」（「喝茶」）

　魯迅は、人々の感覚の進歩が生命力の衰退につながることがあると指摘する。感覚の細やかさや鋭さの進歩は、生命力の進化に有益であることを限界とする。

　ここで魯迅は、進化論に基づいて論を立て、感覚の細やかさと鋭さの進歩と、生命力の進化の関係について述べている。そしてここでの進化論が前期の進化論の提起と異なるところは、中国変革（或いは社会改革）の道筋・方法と直接的に結びついて論じられた進化論ではない、すなわち第二の様相の進化論ではないことにある。

「論秦理斎夫人事」（一九三四・五・二四、『花辺文学』）で、子供とともに自死した秦理斎夫人につて、魯迅は次のように言う。

「人はもとより生存しなければならない、しかしそれは進化のためである。苦しみを受けることもかまわない、しかしそれは将来のあらゆる苦しみを取りのぞくためである。さらには闘わなければならない、しかしそれは改革のためである。他人の自死を責める者は、人を責めながら、他方でまさしく人を自死の道に駆りたてる環境に対して挑戦し、攻撃しなければならない。もしも暗黒の主力に対して一言も述べることなく、一矢も発することなく、しかし〈弱者〉に対してはくどくどしく言うのであれば、たとい彼がいかに義憤を顔に表そうとも、私はこう言わざるをえない——私もまことにこらえきれない——彼は実際には殺人者の共犯者にすぎない、と。」（「論秦理斎夫人事」、傍点は省略）

ここに見られる旧社会の弱者に対する同情は、中期文学運動における旧社会の弱者に対する同情と変わりがない。魯迅は中期において、「主犯なき無意識のこの殺人集団の中で」（「我之節烈観」、一九一八・七、『新青年』第五巻第二号、一九一八・八・一五）、すなわち中国旧社会の中で、抑圧される弱者・幼者の運命に大きな同情を注いだ。

後期において魯迅は、旧社会において自死にまで追い詰められた弱者に同情した。それとともに、旧社会に対して一言も抗議することなく、他方で弱者の自死を責める「進歩的評論家」を批判する。こうした態度は中期・後期に一貫していると言える。そしてここでの、「人はもとより生存しなければならない、しかしそれは進化のためである」とする考え方と、追い詰められた弱者の自死を弁護する姿勢は、人道主義を基礎とする進化論による発言であり、旧社会（環境）に対する批判の必要性の指摘とともに、中期と共通する。しかしそれは中期とは異なり、共通点はそこにとどまる。後期のここでの人道主義を基礎とする進化論は、中期におけるように前の世代の自己犠牲による社会改革、あるいは青年一般に対する無条件の畏敬・信頼を背景とするような、社会改革（中国変革）の道筋・方法と直接には結びつけて論じられていない。

魯迅は唐英偉宛て書簡（一九三五年六月二九日）で次のように言う。

「現在或る人が物事をしようとすると、必ずや大道理をもって非難する人があります。例えば『木刻版画の最終の目的と価値』がそれです。この問題の回答が不可能なことは、『人の最終の目的と価値』に回答不可能なのと同じです。しかし私は思います。人は進化の長い鎖の一環であり、木刻版画もそのほかの芸術と同じで、それは長い道においてその環の役割を果たし、奮闘、向上、美化の様々な行動を助けるのです。木刻版画、人生、宇宙の最後の究極はどのようであるのかについて、現在回答することのできる人はいません。永久であるのかも知れませんし、滅亡するのかも知れません。しかし私たちは、『滅亡するかも知れない』ゆえに行わないことはできません、ちょうど私たちは人自身が必ず死ぬことを知っていて、それでもご飯を食べなければならないように。」（唐英偉宛て書簡）

魯迅は、人間やものごとを歴史的に長い進化の鎖の一環として考え、その中間物としての役割（肯定面と否定面をもった存在の役割）を果たすことを言う。これは進化論を前提にして中間物としての役割を、すなわち社会の進歩のために果たす木刻版画或いは個人における両側面の役割(肯定的面と否定的面をもった存在の役割)を言ったものと思われる。

同日の頼少麒宛て書簡(一九三五年六月二九日)で魯迅は、社会進歩のために果たす木刻版画(連環画〈木版版画を使った連続絵物語〉)の役割の方向を示して、次のように言う。

「『連環画』は確かに大衆に有益です、しかしまずどのような図絵であるのかによります。すなわちまずこの図絵はどのような人に見せるのかを見定めなければなりません。構図、彫り方はそれによって異なります。現在の木刻版画は、まだ知識人に対して作ったものが多いです、ですからもしもこの彫り方を『連環画』に用いるなら、一般の民衆はやはり見て理解できません。

絵を見るにも訓練が必要です。一九世紀末の絵画の流派は、言うまでもありません。きわめて普通の動植物の図であっても、私はかつて図絵を見たことのない村人に見せたことがありますが、彼らは分かりませんでした。立体的なものが平面に変わること、このようなことがありうることを彼らは万一にも思いつくことができません。ですから私は連環画を彫るときに、多く旧画法を採用しなければならないと主張するのです。」(頼少麒宛て書簡)

連環画を普及させることについて、魯迅はそれを中国変革論の道筋・方法と直接には結びつけてはいない。しかし魯迅は、連環画の図絵が民衆に見せるものであるなら、民衆に理解できるものでなければならないことを主張する。ここから連環画は民衆に対する啓蒙の手段として考えられていたことが分かる。すなわち連環画の民衆に対する普及は、中国変革の一分野における啓蒙的活動・闘争として考えられていたと思われる。言い換えれば、中国変革運動の各分野における役割、すなわち政治闘争、経済闘争、理論闘争の諸分野の中での役割を考えたうえで、この場合、理論闘争の一環として民衆に対する啓蒙運動(連環画、木刻版画の普及)を行う魯迅の考えを述べていると思われる。[*54]

また、人間の存在を歴史的に長い鎖の一環としてみること、すなわち進化論的に見ることには、前・後期に一貫している共通部分がある。しかし前期において、科学の普及と啓蒙のための第一の様相の進化論とともに存在する、第二の様相の進化論は、初期においては人の自立(「立人」)という精神革命(中国変革の方法)に結びつき、中期においては、前の世代の犠牲による後の世代の解放、或いは青年文学者の育成、大きく言えば思想改革という、社会改革(中国変革)の道筋・方法に組みこまれ、直接的に結びついていた。これと比較して、後期における魯迅の進化論は、生物学の進化論として限定されている。すなわち第一の様相の進化論を前提・基盤としつつ、中国変革の道筋・方法については、別の領域の社会科学において探求する姿勢が見られる。すなわち上の場合、連環画や木刻版画の果たす役割について、中国変革の理論闘争分野の中での役割（民衆に対する社会科学的な啓蒙）を考えていると思われる。後期の魯迅の思想構成全体における進化論に対する位置づけには、前期と異なる大きな変化・発展があると言える。

　また、個人の役割について言えば、初期には、優れた個性をもった個人（「人」）、「精神界の戦士」等が顕彰された。「精神界の戦士」の心声によって大衆の各自の「内曜」が輝き、大衆は覚醒する。

　中期には、進化論に基づく長い鎖の世代の中で、その一環として目覚めた個人の役割は、社会改革（中国変革）の道筋・方法に組みこまれた。後のより優れた世代（あとから起こる生命）のために、目覚めた前の世代（知識人）は自己犠牲的に奮闘することが求められた。或いは一九二四年以降魯迅個人の生き方として、青年文学者の育成のためにそのような自己犠牲的奮闘が実際になされた。

　後期には、史的唯物論（生物の進化論を基盤とし、そこを出発点とする社会科学）に基づいて、個人の活動は中国変革の広い活動分野（政治闘争、経済闘争、理論闘争という階級闘争の諸分野）の中の一つの役割、一環に位置づけられ、その闘争をとおして中国変革に資するものとされている。

　上記のことをまとめると、中期の一九二六年三・一八惨案以前において、魯迅は国民性の改革を中国変革の最重要の課題として、あとから起こる生命（前の世代に比べていっそう大きな価値・意義をもつ世代、子供・青年）の解放を前の世代の犠牲によって図ろうとし、あるいは青年学生に対する啓蒙、青年文学者の育成を図ろうとした。そのことをつうじて社会改革を実現しようとし、社会改革に貢献しようとした。そのため中期における第二の様相の進化論は、社会改革（中国変革）の道筋・方法に直接的に適用されていると言える。こうした第二の様相の進化論は、すなわち中国変革の道筋・方法に適用される進化論は、一九二七年四・一二クーデターを契機に破綻した。

　一九二八年以降の後期においては、進化論は生物学における進化論、自然科学としての進化論の位置に限定された。それは、第一の様相の進化論がこれまでの前期の過程をへて螺旋状に発展した段階で、新たな魯迅の全体的思想構成の中で規定されたものと考える。

　後期の中国変革における個人の活動（上の連環画の普及

活動のように）は、中国変革活動のための一分野における、長い鎖の中の一環としての役割を社会科学的に位置づけられた。それは中期におけるように、進化論が中国変革の道筋・方法に直接組みこまれて、第二の様相の進化論となり、前の世代の自己犠牲的活動を主張したり、あるいはそれに基づいて自ら実行するものではなかった。後期の進化論は、後期の魯迅の思想構成全体の中で新しい位置におかれた。すなわち後期の進化論は、前期におけるように、第一の様相をもつ進化論と第二の様相をもつ進化論が並流することがなかった。

## （二）後期の雑文における国民性

前述のように、一九二九年ころ、魯迅が日本語訳本から重訳したプレハーノフの見解によれば、ある時期ある社会に国民性自体が存在するとしても、しかしその国民性は第一動因ではなく、歴史的諸条件と社会的構造の所産として説明されている。ゆえに魯迅が中国人の国民性をそれ自体として取りあげることは、国民性が問題として現実に存在する以上、後期においても当然ありえた。しかし魯迅は、国民性が第一動因ではなく、歴史的社会的諸条件の産物であるという前提のもとに、国民性の問題を取りあげていると考える。その結果、魯迅が文中において歴史的社会的諸条件の分析をすることなく、国民性の問題をそれ自体として取りあげることは、前期に比べてはるかに少ないし、あるとしても、それは上述の前提のもとに言及されている、と私は考える。後期における国民性のとらえ方は、史的唯物論という新しい思想的枠組みに基づいて限定され、位置づけられた。[*55]

魯迅は、尤炳圻宛て書簡（一九三六・三・四、『魯迅全集』第一三巻、一九八一）で次のように言う。

「日本人の国民性は、確かに良いものです。しかし最大の天恵は、蒙古の侵入を受けていないことです。私たちは大陸に生まれ、早くに農業を営み、ついには遊牧民の害をつぎつぎと受けました。歴史上血痕に満ちておりますが、今日までもちこたえてきましたのは、実際偉大なことです。しかし私たちはなお自分の欠点をあばかなければなりません、その意図は復興にあり、改善にあります……」

ここで魯迅は、国民性の存在を認めている。そして魯迅は中国社会の歴史的社会的諸条件をあげ、その所産としたうえで、現在の中国人の国民性の問題を取りあげている。

中国民衆の散沙のような状況について、魯迅は「沙」（一九三三・八・一五、『南腔北調集』）で次のように言及する。「近ころの読書人はいつも、中国人が散沙のようであって、考えるべき方法もないと慨嘆し、運の悪い責任をみんなに

帰している。実際これは大部分の中国人に無実の罪を着せるものだ。」（「沙」、一九三三・八・一五、前掲）

魯迅は、民衆が必ずしも散沙でないとする。民衆は自身の利害にかかわるとき、実際に行動して、請願し蜂起し謀反したとする。そして現在でも民衆の請願の類が存在する。

「それでは、中国には沙はないのだろうか。あることはある、しかし小民ではなく大小の支配者である。

人々はまたよく次のように言う、『昇官発財（出世と金儲け――中井注）』と。実はこの二つは並列されるものではない。昇官しようとする理由は、ただ発財しようとするためであり、昇官は発財の道にすぎない。だから官僚は朝廷に依存しながらも、決して朝廷に忠ではない。吏役は役所に依存しながらも、決して役所を大切にしない。頭領が清廉の命令を出すと、手下は決して従うことがない。対処の方法には『蒙蔽（欺くこと――中井注）』がある。彼らはすべて私利私欲の沙であり、己を肥やすことができるときには肥やす。しかもどの一粒も皇帝であり、帝を称することができるところでは帝を称する。或る人々はロシア皇帝を『沙皇（ツァー――中井注）』と呼ぶが、これをこのやからに送れば、きわめてふさわしい尊号である。財はどこから来るのか。小民の身から削ぎおとすものである。小民が団結しうるなら、金儲けは面倒なことになる。それで、当然できるだけ方法を考えて、彼らを散沙に変化させなければならない。沙皇によって小民を治める、そこで全中国は『一皿の散沙』となった。」（「沙」、前掲）

一九三三年において、魯迅は中国の民衆は必ずしも散沙ではないとする。民衆は自身の利害のために請願し、蜂起し、謀反した。しかし散沙のような大小の沙皇（支配者層）によって民衆が巧妙に分断して統治され、搾取されている。その結果、全中国（民衆を含めて）が散沙の状況を呈している、とする。中国の大小の支配者層による巧妙な分断統治を指摘する。

ここにおいて魯迅は、全中国の現状の散沙のような状況について民衆の国民性自体に原因を求めるのではなく、すなわち国民性を第一動因としてみるのではなく、歴史的諸条件と当時の社会状況を分析し、そこに発生の原因を求め、歴史的社会的所産としての中国の散沙の現状（国民性として表れる）を論じていると言える。ここにはマルクス主義（この場合の史的唯物論）を受容した魯迅の新しい姿勢が明瞭にうかがわれる。[*56]

また、国民性自体についての指摘は、「〝立此存照〞（三）」（『中流』第一巻第三期、一九三六・一〇・五、『且介亭雑文末編』）に次のように言う。

「中国人は決して『自分を知る』明がないのではない。欠点はただ、或る人々が『自分を騙す』ことに安んじて、ここから『人を騙し』たいと考えることにある。たとえば病人が、浮腫を患っているが、しかし病気を隠して治療を嫌う。しかし他人がでたらめで、彼が肥っている、と誤解するように願う。妄想が長くなると、時には自分でも肥っているようで、決して浮腫ではないと考える。たとえ浮腫であっても、特別な良い浮腫であり、みんなとは違うと思う。（中略）私はいまでもスミスの《支那人気質》を訳す人がいるように希望している。これらを見て、自省し、分析し、どの点が正しく言われているのかを理解し、改革し、抵抗し、自ら工夫し、他人の諒解や称賛を求めずに、結局どのようであるのが中国人であるか、を証明するのである。」（「〝立此存照〟（三）」、前掲）

ここではあたかも魯迅が国民性自体を第一動因として論じているように解釈ができる。しかし後期におけるこれまでの経過からして、魯迅は、国民性が歴史的諸条件と社会構造の所産であることを前提にして、すなわち第一動因ではないことを前提にして、そのうえで現在結果として存在する国民性の問題を取りあげ、理性的な自省を促している、と私は考える。言い換えると、魯迅は社会科学に基づく中国変革を展望し、それを担うと想定される変革主体の問題として（中国変革における第一動因として国民性を問題とするのではなく）[*57]、国民性の問題を提起している、と私は考える。そしてそれは決して魯迅にとって軽々しい問題としてあつかわれたものではなかった。

## 3　史的唯物論に基づく階級論の承認と社会科学の必要性

### （一）階級論の承認

魯迅は「〈硬訳〉与〈文学的階級性〉」（一九三〇・三発表、『二心集』）において、梁実秋の議論に対してプロレタリア文学論（「無産者文学理論」）に基づいて逐一詳細に反論を行っている。

「梁実秋氏は先ず、無産者文学理論の誤りは、『階級の束縛を文学に加えるところにある』と考える。なぜなら資本家と労働者は、異なるところがあるが、しかし同じところもあるからである。『彼らの人間性（この三字には本来圏点があった）は決して異なるところがない』、例えば喜怒哀楽があるし、恋愛（しかし『言うところのことは恋愛自身であり、恋愛の方式ではない』）がある、『文学はこの最も基本的人間性を表現する芸術である。』」（「〈硬訳〉与〈文学的階級性〉」）

上のような梁実秋の議論に対して、魯迅は次のように反論する。

「文学は人間を借りずに、『性』を表しようがない。ひとたび人間を用いれば、しかも人間はなお階級社会に存在するので、決して所属する階級性を免れることができない。『束縛』を加える必要はなく、実は必然による。もちろん、『喜怒哀楽は、人の情なり』である。しかし貧乏人には決して取引所を開いて元手を割る悩みがないし、石油王は石炭ガラを拾う北京の老婆の苦しみを知るはずもない。」（「〈硬訳〉与〈文学的階級性〉」）

魯迅によれば、文学が『基本的人間性を表現する』場合、それは人間を描くことをつうじて表現される。人間は階級社会に生活するので、その所属する階級性を帯びることをまぬがれることができない。そうした階級性は、無産者文学理論が外から文学につけ加えるものではなく、本来、階級社会に生活する人間それ自体に備わっているものである。

こうした魯迅の反論からすれば、一九三一年当時、魯迅が史的唯物論による社会像（経済を基本的動力として階級によって構成される社会）に対する理解をもっていたことは明らかと思われる。*58

### （二）社会科学の必要性

魯迅は、自然科学における生物の進化論を前提にしたうえで、社会科学（とりわけマルクス主義）の知識の必要性を主張する。「『進化和退化』小引」（一九三〇・五・五、『二心集』）で魯迅は、周建人の著書『進化和退化』を紹介して、次のように言う。

「これは訳者が十年来訳した百篇近くの文章の中から、あまり専門的でなく、みんなが読むことのできるものを選び集めて、広く流布することを希望した本である。第一に、ここから最近の進化論学説の状況を見ることができる、第二に、ここから中国人の将来の運命を見ることができる。」（「『進化和退化』小引」）

ここで紹介される進化論の学説の歴史は、簡単ではあるが、しかし否定的に紹介されてはいない。また、中国農村の飢饉によって、農民は飢餓状態に陥り、樹皮をはぎ、草の根を掘ることによって、飢えを防ごうとする。樹木保護法は違反する農民を罰し、その結果逆に樹皮をはぎ草の根を掘る農民を増やしているとする。

「そのためこのような樹木保護法は、その結果樹皮をはぎ、草の根をほる人を増やしており、かえって砂漠の出現を促進している。しかしこの本は自然科学を範囲としており、そのためここまで配慮していない。この自然科学の論じた事実に引き続いて、さらに解決を図るものには、社会科学がある。」（「『進化和退化』小引」）

砂漠の出現を食い止めようとする自然科学の知見に基づ

く法律が、中国旧社会において、本来の意図とは逆のものに転化した例をあげる。そして砂漠の出現を食い止めるためには、自然科学の論ずる事実に基づいて、そのうえで社会科学による分析と対策が必要であるとする。こうした論じ方は、生物の進化論を前提とし、そこを出発点として、社会分析における史的唯物論の役割を展開した、「芸術について」（前掲）におけるプレハーノフの論じ方と類似している。

「我們要批評家」（一九三〇・四発表、『二心集』）で、魯迅は、一九二八年からの革命文学論争において、革命文学派によるマルクス主義文芸理論の不正確な紹介とそれに基づく偏った議論が、青年読者を失望させたことを指摘し、読者が社会科学の正確な理解を求めていることを述べる。「この苦い教訓を得たあとで、転じて根本的で、適切な社会科学に治療を求めるのはもちろん、正当な前進である。

しかし、大部分は市場の要求であるため、社会科学の訳著はまた一時に湧きたっている。比較的読むことのできるものと全くだめなものが、露天の本屋に雑然と並んでおり、正しい知識を探し始めた読者たちはすでに恐れ、困惑している。しかし新しい批評家は口を開かず、批評家に類似するやからが機に乗じて一筆に抹殺して言う、『犬や猫ども』と。

ここにおいて、私たちが必要とするのは、数人の堅実で、賢明な、真に社会科学とその文芸理論を理解する批評家以外にはない。」（「我們要批評家」、一九三〇・四発表、前掲）

魯迅は、堅実で、賢明な、真に社会科学とその文芸理論を理解する数人の批評家が必要なことを指摘する。

『『文芸与批評』訳者附記』（一九二九・八・一六、『訳文序跋集』）で魯迅は次のように指摘する。

「私はまた次のように思う、豁然として分かるようになろうとするならば、やはり社会科学というこの大きな源泉に力を入れなければならない。なぜなら千万言の論文は、学説に深く通じ、しかも全世界のこれまでの芸術史を理解したあとで、環境という情勢に応じて、曲折して出てきた支流にほかならないからである。」（『『文芸与批評』訳者附記』、一九二九・八・一六、前掲）

ここでも魯迅は、社会科学という源泉の研究に力を入れる必要性を指摘する。

## 第三節　さいごに

以上のように、私は次のような問題について自分なりの考えを提出した。

①前期の進化論はどのような過程をへて、後期の進化論に変容したのか。②魯迅における前期の進化論と後期の進化論は、どの点で異なるのか。国民性の改革にかかわる魯迅の考え方の変化が、上の点とどのように関係するのか。③魯迅は後期において、生物学の進化論と史的唯物論をどのような関係として考えたのか。

大まかに自分なりの考えをまとめて言えば、次のように言うことができる。

魯迅の前期の文学活動における進化論は基本的に二つの様相をもっていた。第一の様相の進化論は、生物学の進化論という自然科学的な知識、自然科学的考え方を普及し啓蒙する性格のものである。第二の様相の進化論は、第一の様相の進化論を基礎として、民族革命（中国変革）あるいは社会改革と直接的に結びついて現れる進化論である。

一九〇七年、自然科学の生物進化論としての「人之歴史」（一九〇七、前掲）の紹介に表れた、第一の様相の進化論が、民族革命（中国変革）を展望する第二の様相の進化論の基礎的部分となった。すなわち第一の様相の進化論が民族革命に融合し、徐々に組みこまれ基礎的部分となって、第二の様相をもつ進化論が精神革命（人の自立）と結びついて出現した。そののち中期においても、第二の様相の進化論は、思想改革（精神革命）と結びつき、前の世代の自己犠牲的行動の主張等として出現する。すなわち前期をとおして両者は並流している。しかし、一九二七年の四・一二クーデターをへて、第二の様相の進化論は破綻した。

一九二八年以降、マルクス主義を本格的に受容して以後、第一の様相の生物の進化論は、自然科学として限定され、自然科学とは別の領域の社会科学に基づく中国革命を展望するうえで、それは自然科学的な基礎部分となった。すなわち一九二八年以降の生物の進化論は、前期文学活動における第二の様相の進化論のように、直接的に社会改革（中国変革）の道筋・方法に融合し組みこまれなかった。一九二八年以降の生物の進化論は社会科学とは別の領域の、基礎的自然科学の一部として存在した。後期の進化論は、初期文学活動における第一の様相の進化論が、初期・中期の諸経過をへながら継続・発展してきたのち、後期の魯迅の新しい思想構成全体の中に組みこまれて限定され位置づけられた、第三の様相をもつ進化論であると言える。すなわち後期の進化論は、前期の第一の様相の進化論が前期をつうじて螺旋状に発展して、一九二七年四・一二クーデターによる第二の様相をもつ進化論の破綻ののち、一九二八年以降魯迅の新たな思想構成全体の中に位置づけられたものである。

今後の私の課題は、瞿秋白の指摘する魯迅が進みはいったとする「階級論」（「『魯迅雑感選集』序言」、前掲）について、それがどのような内容のものであったのか、また後期における人道主義がどのような内容であり、どのように位置づけられたのか、を追究することにある。このことについて、稿を改めて考えることにしたい。

# 第六章　「蘇俄的文芸政策」について

## 第一節　はじめに

魯迅は、『露国共産党の文芸政策』（蔵原惟人・外村史郎訳、南宋書院、一九二七・一一、入手年月日は、一九二八・二・二七）を底本にし、「蘇俄的文芸政策」として翻訳した。

魯迅によるこの翻訳「蘇俄的文芸政策」ははじめ、『奔流』第一巻第一期（一九二八・六・二〇）から第一巻第五期（一九二八・一〇・三〇）に「序言」（蔵原惟人、一九二七・一〇）、「関于対文芸的党的政策　関于文芸政策的評議会的議事速記録（一九二四年五月九日）」が掲載され、同誌第一巻第七期（一九二八・一二・三〇）に「観念形態戦線和文芸　第一回無産階級作家全聯邦大会的決議（一九二五年一月）」が、同誌第一巻第一〇期（一九二九・四・二〇）に「関于文芸領域上的党的政策　俄国××党中央委員会的決議（一九二五年七月一日、〝Pravda〟所載）」が掲載される。また、同誌第二巻第一期（一九二九・五・二〇）と同誌第二巻第五期（一九二九・一二・二〇）に「蘇俄的文芸政策附録」として「蘇維埃国家与芸術　A.Lunacharski作――〝芸術与革命〟（一九二四年墨斯科発行）所載」が掲載された。[*1]そしてのちに『文芸政策』（水沫書店、一九三〇・六）として出版された。[*2]

本章は、魯迅翻訳の「蘇俄的文芸政策」を取りあげ、（一）その内容を検討し、（二）魯迅によるそのほかのマルクス主義文芸理論文献の翻訳と比較して、「蘇俄的文芸政策」翻訳の意図がどこにあるのか、を推測することに目的をおく。

上の課題を考えるとき、私は魯迅によるマルクス主義文芸理論の翻訳と、魯迅におけるその受容とを区別して検討することを心がける。

## 第二節　ソビエト連邦の文学諸潮流の概略（一九一七〜一九二九）

この節では、一九一七年から二九年ころにかけての、ソビエト連邦[*3]の文学諸潮流を概観する。それは、現在の時点からふりかえる概観であり、必ずしも一九二八年ころ当時、魯迅が理解していた概観ではない。しかし、魯迅の翻訳「蘇俄的文芸政策」に対する私の理解には不可欠であり、また魯迅が当時理解していた概観を推測する一助となると思われる。そのため上の条件に留意しながら、ここに記すことにする。[*4]

一九一七年ロシア十月革命以降に、プロレタリア文学が興ってきた。一九一七年から二九年ころまでのロシア文学は三期に分けられる。

第一期は、一九一七年から二一年の新経済政策（ネップ）までの「戦時共産主義」の時期である。プロレタリア文学はプロレトクリト（一九一七年に結成された文化団体、「プロレタリア文化」の略）の運動の一部として生まれた。プロレトクリトはボグダーノフの理念に基づき、一九一八年、文化分野において労働者階級の支配的地位を確保するために組織された。一九二〇年、この文学運動は有力な理論家を失ったこと等が原因となり、プロレタリア文学運動の中心はプロレタリア作家団体「クジニツア〔鍛冶場——中井注〕」（一九二〇年創立）に移っていった。「クジニツア」のプロレタリア文学の特色は、熱情・興奮を絶叫的に歌ったところにあった。

第二期は、一九二二年から二五年までの時期で、一九二一年の新経済政策（ネップ）の影響が大きかった。新経済政策によって窮乏から立ち直ったソ連社会に、大冊の雑誌『印刷と革命』（ルナチャルスキー編）、『赤い処女地』（ヴォロンスキー編）が発行された。社会の現実を把握する作品、自己の現実を認識するリアリズムの文学が主流となる。「同伴者」作家（革命を自己流に受け入れた旧知識人系の作家、すなわちロシア十月革命に反対しない、小資産階級・資産階級の作家、ピリニャーク等[5]）は自らが体験した国内戦の現実を描き、読者に歓迎された。『赤い処女地』は同伴者作家にも誌面を提供し、彼らの文学が文壇に圧倒的勢力を占めた。

これに対抗して、プロレタリア文学運動は、「クジニツア」に飽きたらない若い人々が、一九二二年「十月」を組織し、一九二三年三月「十月」の綱領を定め（その論旨はプロレトクリトの理論を受け継いでいた）、一九二三年六月から『ナ・ポストゥ〔哨所に立って—中井注〕』を発行した。『ナ・ポストゥ』（ロードフ、レレーヴィッチ、ワルジン、アヴェルバッハ等の成員）は「クジニツア」を非難し、同伴者作家や「レフ」（「芸術左翼戦線」）に激しい攻撃を加えた。[6]そしてこうした文芸とその諸団体の克服を、ロシア共産党が政策によって政治的に行うことを求めた（この点はプロレトクリトの理論と相反していた）。

「レフ」は、未来派が新経済政策に応じた変形であり、一九二三年「レフ」を結成し、『レフ〔芸術左翼戦線——中井注〕』を発刊した。

『ナ・ポストゥ』派の論戦は激しかった。また、散文（小説）の分野でも人材を出した。セラフィモヴィチの『鉄の流れ』（一九二四年）、リベジンスキーの『一週間』（一九二二年)、グラトコフの『セメント』(一九二五年)、ファジェーエフの『壊滅』(一九二七年)等々が注目された。

『ナ・ポストウ』派の攻撃に対して、旧来の文学、同伴者作家の文学の社会的意義を力説したのは、トロツキーとヴォロンスキーである。彼らはプロレタリアの生む文学に対して一方で援助・同情を表明しながら、[*7]他方当時のソ連の社会・文化の状況下における、旧来の文学、同伴者作家の文学の社会的意義を高く評価した。この両派(『ナ・ポストウ』派とヴォロンスキーを支持する側)の熾烈な論争のため、一九二四年五月九日「ロシア共産党の文芸政策討議会」が開かれた。[*8]

ここには三つの異なった立場があった。第一は、トロツキー、ヴォロンスキーの立場で、旧来の文学、同伴者作家、「レフ」の文学を擁護し、『ナ・ポストウ』派がロシア共産党の政策によって同伴者作家等を圧倒しようとする主張に反対した。第二は、『ナ・ポストウ』派の立場で、プロレタリア文学の主導的地位の獲得を主張した。その場合ロシア共産党が政策として直接干渉することを求めた。第三は、ブハーリン、ルナチャルスキー等の立場で、プロレタリア文学が自らの力で主導的地位を獲得することを支持した。そして同時に文芸諸団体の共存と自由な競争を認め、ロシア共産党が政策として直接干渉することに反対した。

一九二五年一月に、『ナ・ポストウ』派の活動により、プロレタリア文学運動の陣容が整い、第一回全連邦プロレタリア作家大会において、『ナ・ポストウ』派のワルジンが報告する「イデオロギー戦線と文学」(「観念形態戦線和文芸」として「蘇俄的文芸政策」に所載)が決議として採択された。しかし一九二五年七月　日に発表されたロシア共産党中央委員会の決議「文芸の領域における党の政策について」(「関于文芸領域上的党的政策」として「蘇俄的文芸政策」に所載)は、ロシア共産党が政策的行政的に直接干渉することを否定し、文芸諸団体の共存と競争、創作における自由を肯定した。それと同時に、プロレタリア文学が自らの力で主導権を獲得することを支持していた。

一九二五年七月の中央委員会の文芸政策の決議は論争に一段落を与え、一九二八年から『ナ・ポストウ』派のラップ(ロシア・プロレタリア作家協会の略称、一九二五年一月創立)[*9]が猛威をふるうようになるまで、文芸政策の基本線となった。

第三期(一九二六年以降)には、ロシア共産党のこの文芸政策の決議がプロレタリア文学運動を新しい方向に導いた。一九二六年三月に『文学の哨所に立って』(アヴェルバッハ、リベジンスキー等編)が発刊された。創作方面に重点を移して、プロレタリアの文化的独立を実現しようとした。

プロレタリア文学運動の陣営には優れた作家が集まり、主導権を獲得するに足る実力をもつようになった。同伴者作家の文学も、プロレタリア社会の中で十年を経過して、プロレタリア・イデオロギーと融和しはじめた。この傾向がプロレタリア文学とそのほかの文学を接近させた。

しかし『ナ・ポストウ』派のラップは一九二八年一二月以降、ロシア共産党中央委員会の新たな布告のもとに文壇における指導的地位を獲得し、教条的強圧的に指導して猛威をふるうようになる。[*10]

一九三二年四月、ロシア共産党中央委員会はラップをはじめとするあらゆる文学団体を解散させ、それにかわりロシア共産党の統制の下に、単一のソビエト作家同盟を結成することを決めた。[*11] 以後、ロシア共産党は文学の諸問題に直接的な関与をすることになる。

## 第三節　「蘇俄的文芸政策」をめぐって

### 一　魯迅における翻訳の直接的動因

一九二八年一月から中国において、革命文学論争が始まった。魯迅に対する中国の革命文学派の激しい批判が、「蘇俄的文芸政策」翻訳の直接的動因となった、と私は推測する。「蘇俄的文芸政策」翻訳（一九二八年六月から『奔流』に掲載）の直接的動因となった、と私は推測する。

一九一五年に発刊した雑誌『新青年』は、中国の伝統的旧文化・旧文学に対して「科学」と「民主主義」を標榜して批判し、一九一七年ころから文学革命を推し進めてきた。その中で、魯迅・周作人・胡適・陳独秀等は伝統的儒教に基づく旧社会の倫理・文化等に対して、厳しく批判を行い、新文化・新文学の建設を推進してきた。その後成立した文学団体である、文学研究会（一九二一年一月成立、周作人、沈雁冰〈茅盾〉、鄭振鐸等）、創造社（一九二一年六月成立、郭沫若、成仿吾等）等は新文学の建設のために努力してきた。

しかし一九二七年、国民革命が挫折することによって、一九二八年創造社（第三期創造社）、太陽社は、中国変革を労働者階級に依拠する方向に転換し、無産階級革命文学（無産階級文学とも言う、すなわちプロレタリア文学）を唱導する。そのとき創造社・太陽社等は批判の矛先を、伝統的旧文化・旧文学に対してではなく、新文学を推進してきた魯迅・周作人・茅盾等に集中する。創造社等は、魯迅等の文学を小資産階級の文学として全面否定を行い、また人道主義と人道主義者（トルストイをはじめ、中国の人道主義者）を全面批判して、そのうえで無産階級革命文学を唱導した。

魯迅は、一九二七年中山大学に赴任した当時、「革命の策源地」広州ですら中国旧社会の意識が改革されていない、上からの革命がなされたにすぎない商人と軍人の町であると考えていた。[*12] 茅盾は、「従牯嶺到東京」(一九二八・七・一六、『小説月報』第一九巻第一〇号、一九二八・一〇・一〇)で中国変革の過程において小資産階級を切り捨てることはできないとし、また文学分野においても小資産階級を読者として獲得することの重要性を述べた。

魯迅・周作人・茅盾等に対する創造社(第三期創造社)・太陽社等の革命文学派による激しい批判は、結果として魯迅がマルクス主義文芸理論と本格的に接触し、受容するための動力となった。[*13]

革命文学論争の争点は大略次のように言える。[*14]

1 無産階級革命文学の担い手について(無産階級革命文学の成立を認めたうえで)、創造社は無産階級自らが無産階級革命文学を必ずしも作りだすものではなく、作者が無産階級としての意識を獲得しているかどうかにかかる、とした。[*15]

それに対して、甘人はほかの階級の人が第四階級(労働者階級)の文学を書くのは虚偽だとし、また創造社が「芸術のための芸術」の主張から突然一転して、無産階級革命文学を唱えることについて不信を表明した。[*16] 魯迅は、一九二六年二七年ころ、無産階級自身が書いた作品が無産階級文学であるとしていた。[*17] それゆえ無産階級ではない魯迅自らは、自分の出自である階級を批判・攻撃することを選び、そのことをつうじて中国変革を補佐しようとした。

2 文学における階級性の問題について、創造社は文学には階級や利害関係があるとし、「社会の階級制度がアウフヘーベン〔止揚――中井注〕されない前にあっては、いかなる文学であれ、それは支配階級の意識形態を反映した文学である。[*18]」とした。さらに、創造社は階級的観点からのみ、文学の価値を評価した(「階級還元論」)。ゆえに小資産階級文学として、魯迅等の文学を全面否定した。

それに対して、侍桁は、「芸術家自身はあらゆる束縛を受けてはならず、芸術に対する良心のみが彼を支配するすべてである。[*19]」とした。また、甘人は、「文学は人生の総括としての反映であり、個人を借りて表現されるものである。その本質は本来個人を超えるものであって、それゆえ利害のないものであり、階級の無いものである。[*20]」とした。魯迅は、一九二七年以前、文芸が自己(個性、内部要求)に基づく自立的なものと考えていた。すなわち文芸は封建的な規範・倫理、その圧力から自立的なものと考えた。魯迅の社会観においては、中国旧社会における金持ち階層の支配を認識していたが、しかしその社会構造に、虐げる者と虐げられる者の連鎖の構造を考えた。また、魯迅は国民革命期という過渡的時期の知識人階層として自己の生き方を模索し、国民革命に期待を寄せた。しかし当時、魯迅の中国変革の展望は具体性を欠いていた。

3　文学と宣伝の問題について、創造社は文学が宣伝の武器であるとした。[*21]

それに対して、甘人は、「文芸は完全に真情の流露でなければならない。いったん使命をもてば、それは偽りのものである。」[*22]とした。魯迅は一九二七年二八年初めころ、文芸は自己（個性、内部要求）に基づくとし、それゆえあらかじめ目的をもった文芸は偽りであるとした。すなわち文芸と宣伝は二律背反の関係にあるとした。ゆえに「革命人」であってこそ（魯迅自らは「革命人」ではないとしつつ）、「革命文学」を書くことができるとした。

4　無産階級革命文学の描く対象、題材の問題について、創造社はそれに制限を加えないことを言明した。しかし目下の状況から要請される文学の内容を重視し、結局題材を問題とした。

5　旧来の文学との継承関係について、創造社は、「史的唯物論」の立場に立ち、一九二八年ころ当時の時代の経済的基礎と社会状況の分析に基づいて、上部構造としての文学において無産階級革命文学の出現を要請した[*23]（状況規定論）。その場合、革命文学派は魯迅、周作人、茅盾等（第一期、第二期創造社の作家を含めて）のこれまでの新文学を、小資産階級作家の書く小資産階級文学として全面否定し（「階級還元論」）、旧来の文学との継承関係を断ち切った。すなわち革命文学派は、無産階級革命の実行が要請されるとする新しい状況下で、旧来の文学との継承関係を断ち切り、その新しい状況の要請に基づく、新しい状況に適合する文学（無産階級革命文学）を主張した。

魯迅は一九二八年以前、ある程度において、旧来の文学（五四期以来の新文学）の有効性と、新旧文学の継承・発展の関係を認識していたと思われる。[*24]また魯迅は、創造社がこれまでの自らの、小資産階級の文学・「自我の表現」の重視（芸術のための芸術の色合いもあった）の主張を投げすて、突然の転換をしたことに不信をもった。

上の諸論点に関連して魯迅は、一九二八年から始まる革命文学論争を契機として本格的に、マルクス主義文芸理論と接触し、その後そのさまざまな領域を学び、そのさまざまな領域の理論を受容していったと言える。

では、一九二八年六月から『奔流』に翻訳掲載されはじめた「蘇俄的文芸政策」では、どのようなことが論じられ、また魯迅はそこからどのような領域の理論を学んだのだろうか。

## 二　「蘇俄的文芸政策」の内容について

### 1　「蘇俄的文芸政策」の特徴

一九二四年五月九日に開催された「ロシア共産党の文芸政策討議会」の速記録によれば、この「文芸政策討議会」はヤコフ・ヤコヴレフ（エプシュテイン）が司会を務めた。議論は尖鋭な対立を見せながらも、しかし極めて自由闊達で率直な討論が行われている。そうした討議のありさまから、当時のロシア共産党の党内で、あるいはその周囲で民主主義が保障されていたことがうかがわれる。

「訳者序」（蔵原惟人、一九二七・一〇）は次のように言う。「我々はそこに、プロレタリヤ文芸そのもの及びこれに対する党の政策に関して凡そ三つの異った立場を発見する

――

一、ウオロンスキイ及びトローツキイによって代表される立場。

二、ワルヂンその他『ナポストウ』一派の立場。

三、ブハーリン、ルナチャルスキイ等の立場。」（「訳者序」[*25]）

この分け方に基づいて、論争の内容を紹介する。

（一）ヴォロンスキーは、当時のソ連社会の文化・文学の状況に基づいて、次のように主張する。①ある一つの文学団体の主張を党の方針とすることはできない。②労働者農民の中から文学者を育成し、プロレタリア文学を成長させるために、旧来の文学の遺産、同伴者作家の文学から批判的に摂取すること、それを批判的に継承し発展させることの重要性を強調する。こうした方針が、文芸の領域におけるこれまでのロシア共産党の方針であったことを言う。

ヴォロンスキーやトロツキーは、文学という特殊な分野において、作家の内面的自由、創造の自由を尊重することの重要性を強調した。ヴォロンスキーは同伴者作家等をプロレタリア文学の周囲に引きつけ、そのことをつうじて、文学界全体の水準の向上とプロレタリア文学の育成・支援を図ろうとした。ヴォロンスキーは、それが現状において順調に進んでいることを述べた。

（二）これに対して、『ナ・ポストウ』派は一九一七年から二四年のソ連社会の状況変化をとりあげ、とりわけ新経済政策（一九二一年）以降の資本主義的傾向の復活に危機感をもっていた。彼らは、一九二四年当時、同伴者作家が隆盛する文学界の現状を非難し、この現状を導いたものがヴォロンスキーの文芸指導方針と『赤い処女地』の編集方針であるとし、これを政治的立場から批判した。『ナ・ポストウ』派はヴォロンスキーの方針がブルジョアという敵

を利するもの、ブルジョア・イデオロギーの蔓延を助長するものであるとし、ヴォロンスキーに対する集中的批判を行った。また同時にトロツキーを批判した。[*26]

『ナ・ポストウ』派は他方で、旧文学のあらゆる価値のあるものを利用し、利益をもたらしうる文学者（同伴者作家を含めて）を引きつけなければならないとした。しかし例えば同伴者作家で利用するのは、「真実なる革命の同伴者」（「ワルジンの報告」）でなければならないとする厳しい限定をつけ、それは「レフ」や農民作家との提携であるとする（「I・ワルジンの結語」）。

『ナ・ポストウ』派は、労働者農民によるプロレタリア文学（無産階級文学）の育成と普及について、ロシア共産党が政策的に関与して支援することが必要であり、文芸の領域における党の執権を求めた。そのために党自身の団体、すなわち『ナ・ポストウ』派の組織である「ワップ〈全ロシア・プロレタリア作家協会〉」に依拠する必要性を主張した。[*27]

（三）ルナチャルスキーは、『ナ・ポストウ』派が政治的観点からのみ文芸に近づき、文芸の特殊性を無視していることを指摘する。天分のある作品は、経験の特殊な組織であり、たとえそれに政治的に好ましくない傾向が幾分かあるとしても、それはこの国にとって有益であるとする。小ブルジョアの国（ソ連）を我々とともに進めるには、同情と寛容によって小ブルジョアを戦術的に獲得する必要があるとする。

他方、ルナチャルスキーはまた、プロレタリア文化についてのトロツキーの考え方（過渡期におけるプロレタリア文化・芸術の不成立論）を批判する。我々は過渡的時期において、プロレタリア国家を建設し、そこではソビエト組織も、労働組合もプロレタリア文化の一部分であり、過渡芸術としてのプロレタリア芸術が存在するとする。

このことからルナチャルスキーは、我々がプロレタリア文学を支持すると同時に、同伴者作家を決して排斥してはならないとする。我々の周りに小ブルジョア文学を組織しなければならないとする。[*28]

## 2　一九二五年七月発表のロシア共産党中央委員会の決議について

この論争は、「文芸の領域における党の政策について――ロシア共産党中央委員会の決議――」（一九二五・六・一八、『プラウダ』『イズヴェスチヤ』、一九二五・七・一）によって、基本的に収束した。[*29] この決議は一九二五年七月から、ソ連における文芸に関する指導原理となり、一九二八年末ころまで効力を発揮したと思われる。

このロシア共産党中央委員会の決議における関連する内容は、次のようなものである。

（一）一九二五年当時、ソ連は労働者階級が執権する過渡時期にある。（第五項）

（二）ロシア共産党はプロレタリア作家、プロレタリア農民作家を支持し、同伴者作家を援助する。そのうえで、文芸領域上の問題・傾向について、ロシア共産党はその直接の政策的行政的干渉を認めず、文芸諸団体の自由な競争と議論に任せる。（第一三項、第一四項）

（三）プロレタリア文学が自らの力で主導的地位をもつようになることを支持する。（第九項）

（四）農民作家をプロレタリア・イデオロギーの軌道に導き入れて育成することを重視する。また同伴者作家に対して同志的協同の過程の中で、彼らのプロレタリア・イデオロギーへの揚棄（止揚）を支援し、寛容に接する。（第一〇項）

（五）プロレタリア作家は、旧文化遺産および言葉の専門家である同伴者作家に対する批判的摂取を重視しなければならず、同時に思想的な主導的地位を獲得するための闘争を行わなければならない。（第一一項）

上述の内容から見て、ロシア共産党中央委員会の決議は、文学に対するロシア共産党の直接の行政的政策的介入を認めず、そのうえで文芸諸団体・諸潮流のさまざまな意見が共存し、自由な競争をすることを承認した。また決議は同伴者作家、農民作家に対して同志的に協同して、寛容に接しなければならないとし、そしてプロレタリア文学が自らの力によって主導的地位を獲得することを支持した、と言える。

## 第四節　魯迅の翻訳における「蘇俄的文芸政策」の意味

### 一　「蘇俄的文芸政策」と『蘇俄的文芸論戦』等との比較

「蘇俄的文芸政策」の上述の内容が、魯迅にとってどのような特徴をもつものと受けとめられたのか、を検討する。そのために「蘇俄的文芸政策」を、『蘇俄的文芸論戦』（任国楨訳、北京北新書局、一九二五・八、「前記」〈魯迅、一九二五・四・一二、『集外集拾遺』[*30]〉）や、当時魯迅によって翻訳された『壁下訳叢』（上海北新書局、一九二九・四・二〇）[*31]、『現代新興文学的諸問題〔無産階級文学の諸問題——日本語原題、中井注〕』（上海大江書舗、一九二九・四、一九二九・二訳了、『文学評論』〈片上伸、新潮社、一九二六・一一・五、魯迅入手年月日一九二七・一一・七〉所収）[*32]と比較する。[*33]
『蘇俄的文芸論戦』（任国楨訳、前掲、一九二五・八）はソ連における文芸政策、マルクス主義文芸理論に関する議論を中国に初めて紹介した、任国楨による翻訳書である。『壁下訳叢』（前掲、一九二九・四）は、魯迅がマルクス主義文芸理論を受容する過程にあった作家としての、創作理論（創作における作家の内面的論理）等の追究が窺われる翻訳である。『現代新興文学的諸問題』（前掲、一九二九・四）は当時のソ連で行われた無産階級文学（プロレタリア文学）の主張をめぐる論争について、日本プロレタリア文学理論の開拓者の一人である片上伸が、論点の整理と解説を行ったものである。これらについて以下に簡単に紹介する。

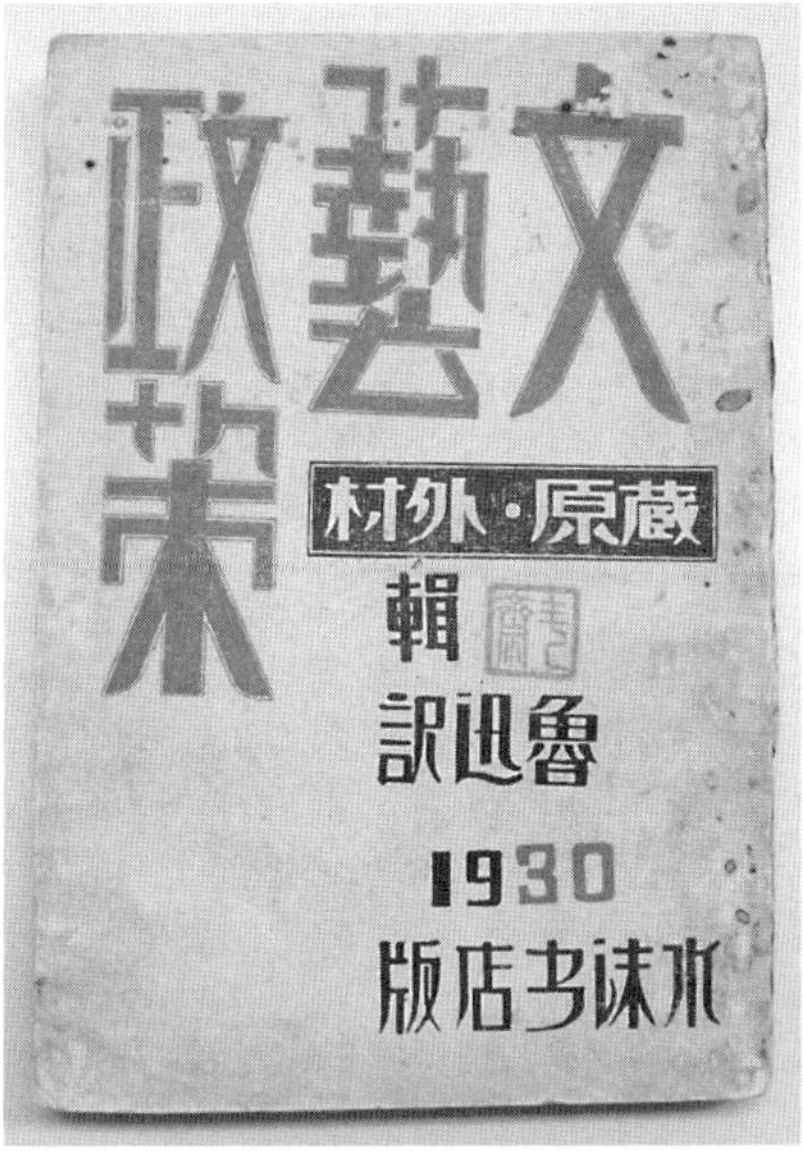

『文芸政策』（水沫書店、1930 年 10 月再版本）表紙

1　『壁下訳叢』（前掲、一九二九・四）は、魯迅が一九二六年から二九年初めにかけての訳業をつうじて、次の点を解明しようとした。第一に、旧来の文学からプロレタリア文学への批判的継承と発展を保障する、両者の接点としての文学の特質を確認したものである（文学が作家の自己〈個性・内部要求〉に基づくものであり、新旧文学の両者においてもそれが文学としての共通の特質として存在すること）。そのうえで『壁下訳叢』（前掲、一九二九・四）は、新旧文学の継承についての（単なる断絶でなく）、文芸史的内的必然性に関する文芸理論の問題を追究している。また第二に、『壁下訳叢』（前掲、一九二九・四）において魯迅は、過渡的時期における革命的知識人と民衆の連帯の問題について解明した。すなわち魯迅は過渡的時期における革命的知識人の独自な役割について理解した。

2　『現代新興文学的諸問題』（前掲、一九二九・四）は、一九二五年ころまでのソ連の文芸論争の論点を整理したものである。①過渡期において無産階級文学（プロレタリア文学）が成立可能かどうか。②無産階級文学とはどのようなものとして定義されるか。③無産階級文学の作用について。④旧来の文学から、形式面において無産階級文学が継承すべきことと、独自な創造について。

『現代新興文学的諸問題』（前掲、一九二九・四）はこれらの論点をあげて、紹介整理し詳細に論じている。[*34]（この「無産階級文学の諸問題」（『現代新興文学的諸問題』）が収められる『文学評論』（片上伸、前掲、魯迅入手年月日一九二七・一一・七）は、文学を社会現象の一つとしてとらえる観点を打ちだし、また文学と読者の問題を提起していた〈たとえば、「文学の読者の問題」、一九二六・四〉[*35]）。

3　『蘇俄的文芸論戦』（任国楨訳、前掲、一九二五・八）は、ロシア共産党がどのような文芸政策をとるかにかかわって、その前半の議論の内容が、「蘇俄的文芸政策」に引き継がれている。『蘇俄的文芸論戦』（任国楨訳、前掲、一九二五・八）の前半部分で「レフ」のチュジャークにより、労働者階級の武器としての文芸、生活を創造する文芸の提唱がなされ、また『ナ・ポストゥ』派により、ロシア共産党が文芸の領域に政策として直接的行政的に関与すべきである、という問題が提起されている。そのあと、それに対立するヴォロンスキーの「認識生活的芸術与今代」（「生活認識としての芸術と現代」）が訳載され、最後に、ヴォルフソンによる「蒲力汗諾夫与芸術問題」（「プレハーノフと芸術問題」）が翻訳されている。

『蘇俄的文芸論戦』（任国楨訳、前掲、一九二五・八）の主要な論争点の一つには、当時のソ連文芸界に対するロシア共産党の政策としての直接的関与を承認するのかどうか、という問題があった。また、その議論のもう一つの主要な焦点は、文芸の作用をどのように考えるか、という点にある。チュジャーク（「レフ」）は、芸術が生活を認識して、そのうえで生活を創造するとする。ヴォロンスキーの論文は、文芸における形象による生活の認識価値を推しだし、また文芸の認識作用の問題にかかわって、旧文学の作用を評価して新旧文学の継承の問題を提起している。

後半部分の、プレハーノフの文芸理論に関するヴォルフソン論文の翻訳は、作品の社会学的等価の問題（作品の認識価値と、階級心理の反映の問題）[*36]、文芸と宣伝の問題、新旧文学の継承の問題等に関するプレハーノフの見解が紹介される。すなわち『蘇俄的文芸論戦』（任国楨訳、前掲、一九二五・八）の後半（ヴォロンスキーの論文の内容を含めて）は、ロシア共産党が政策によって文芸に関与するかどうかについてよりも、史的唯物論に基づく文芸理論の分野（認識論としての反映論、文芸批評論等）にかかわる議論を中心としている。

## 二　「蘇俄的文芸政策」の特徴と魯迅の翻訳の意味

前述のように、一九二四年五月九日、ロシア共産党中央委員会の出版部の招集により、「文芸における党の政策について」という議題で、「文芸政策討議会（南宋書院本では、文芸政策評議会とする——中井注）」が開かれた。「蘇俄的文芸政策」はそのときの速記録（一九二四・五）、『ナ・ポストウ』派のワルジンの報告に基づく「イデオロギー戦線と文学」（一九二五・一）、および中央委員会の決議（一九二五・七）を主要な内容とする。

上記の翻訳諸本と比較すると、「蘇俄的文芸政策」の第一の特徴は、次のような問題をめぐり、ロシア共産党関係者・幹部や文芸諸団体成員が自由闊達に議論した内容（速記録）を紹介しているところにある。（一）ロシア共産党が文芸の分野で関与するのか、しないのか、の問題。（二）関与する場合、どのような政策をとって文芸を待遇するのか、あるいはどのように支援するのかの問題。具体的にはロシア共産党がプロレタリア文学（無産階級文学）を、或いは旧来の文学や同伴者作家の文学を、どのような立場から評価し待遇するのか、の問題。

そして「蘇俄的文芸政策」の第二の特徴は、結論的内容として、ロシア共産党中央委員会の決議（一九二五年七月発表）を訳載するところにある（この形式は底本の『露国共産党の文芸政策』〈前掲〉に従っている）。

私はまた、一九二八年当時の魯迅との関連で見た場合、「蘇俄的文芸政策」の内容の特徴は次の四点にある、と考える。

第一に、左翼勢力による文学に対する関与の問題についてである。

「蘇俄的文芸政策」では、労働者農民の作家が十分に育っていない当時のソ連の状況下で、この現状をどのように改善し文学界を復興させるのか、がさしせまった問題であった。そのために、旧来の文学や同伴者作家の文学に対してロシア共産党がどのような態度・政策をとるのか等の諸問題をめぐり、ロシア共産党の政策の問題が討議されている。言い換えれば、ここでは、ロシア共産党の文芸政策として、一九二四年当時、文学界で圧倒的力をもった同伴者作家の文学をどのようにあつかうのか、ロシア共産党は無産階級文学（プロレタリア文学）とどのようにかかわるのか、という具体的問題が議論された。すなわちロシア共産党はその政策として、そもそも文学に関与をするのかどうか、もし関与するとして、どのように関与するのか、の問題が議論された。

一九二八年、中国の「革命文学」派は、すなわち左翼勢力は激しい魯迅批判（小資産階級作家に対する批判）を行い、無産階級革命文学（無産階級文学、プロレタリア文学）を主張した。ここには、左翼勢力による文学にたいする関与の問題として、ソ連の場合と共通する側面があった。魯迅は、左翼勢力が文芸を政治闘争の一翼としようとするとき、解決が容易でない状況が出現すると指摘する。

「文芸は党の謹厳な指導を受けるべきかどうか、私たちはしばらく問わない。私が考えさせられるのは、『ナ・ポストウ』派は主義が変質するのを恐れて、厳しくすることを重視し、トロツキーは文芸が独りで生きることができないことから、寛容にすることを重視する、という問題である。多くの言辞は、実際装飾の枝葉にすぎない。この問題は見たところ簡単であるけれども、しかしもしも文芸を政治闘争の一翼としようとするときには、解決が容易でない。」（「『奔流』編校后記（三）」、一九二八・八・一一、『奔流』第一巻第三期）

ここに、すなわち左翼勢力による文芸に対する関与の問題に、魯迅との関連で見た場合、「蘇俄的文芸政策」の内容について第一の特徴点を見ることができる。

ただ、そこには次のような大きな状況の違いもあった。一九一七年ロシア十月革命の成功の後、ソビエト政府が発足し、一九二二年ソビエト社会主義共和国連邦が成立している。一九二四年五月、「文芸政策討議会」が開かれたのは、政治権力を掌握したロシア共産党が主催する文芸政策討議会という性格をもっていた。その点と比較して、一九二八年当時の中国における「革命文学」は権力を掌握した南京国民政府の弾圧の対象であり、上海の租界にわずかに残された自由を拠点とする主張であった。

この点からすれば、「蘇俄的文芸政策」の内容はマルクス主義文芸理論における、一領域（ロシア共産党の文芸政策）についてなされた執権党の主催する会議の議論および決議の紹介という側面が色濃くあった。この点においてソ連の状況は、南京国民政府の弾圧の対象である左翼勢力が、上海の租界から「革命文学」を激しく主張した中国の状況と大きく違っていた。

しかしそれにもかかわらず、第二に、大衆の遅れた文化状況について言えば、大衆の文化的水準が低く、しかも大衆の文化的普及の範囲も広くないという点において、一九二四年当時のソ連社会と一九二八年当時の中国旧社会は共通の弱点を抱えていた。それゆえに「蘇俄的文芸政策」の討議内容は中国の左翼勢力にとって、両社会に共通する課題を窺うことができた。たとえば、労働者農民の文化的水準を今後どのように高め、そこからどのように新しい労働者農民の作家を育成するのか。労働者農民作家の具体的育成の方法はどのようなものでありうるのか。そのときロシア共産党（あるいは中国の左翼勢力）と文芸諸団体は、それぞれの状況下で、過去の文化（旧来の文学）の遺産を、そして同伴者作家（あるいは中国新文学の小資産階級作家）の文学をどのようにあつかうのか。あるいは労働者農民の文学が批判的摂取と、継承・発展を行うために左翼勢力はどのような方策を立てるべきなのか。両国の社会にこのような共通する問題の存在が窺われる。ここに魯迅に関連する、「蘇俄的文芸政策」の内容をめぐる第二の特徴を見ることができると思われる。

上記の二点（①左翼勢力による文学に対する関与の問題〈文芸に対する政権党ロシア共産党の政策としての関与の問題、あるいは南京国民政府の弾圧下にある、左翼勢力による文芸に対する関与の問題〉、②労働者農民の遅れた文化的状況をいかに向上させるのか、その中から労働者農民の作家をどのように育成するかの課題、そのことにかかわって旧来の文学、同伴者作家の文学〈あるいは中国の新文学〉をどのように評価するのか、の問題）は、思想的にあるいは当事者として、魯迅が当時かかわっており、そしてかかわっていかなければならない問題であった。

同時に第三に、魯迅の個人的事情に、より深く関連する問題が存在する。すなわちそれは、なぜ魯迅が「蘇俄的文芸政策」を一九二八年から、すなわち『奔流』第一巻第一期（一九二八・六・二〇）から、翻訳・掲載をしはじめたのか、という問題である。

『蘇俄的文芸論戦』（任国楨訳、北京北新書局、一九二五・八）のために魯迅が「前記」（一九二五・四・一二、『集外集拾遺』）を書いたころ、「前記」の内容は、昇曙夢《のぼりしょむ》の「新ロシア文壇の右翼と左翼」（『新ロシヤ文学の曙光期』、新潮社、一九二四・一〇）にほとんど依拠していた。それは、「レフ」の紹介に終始するものであり、「中国は今日にいたるまでソビエト・ロシアの新文化についてまったく不明である」（「前記」）という状況の反映でもあった。[*37] 魯迅は一九二五年当時、文芸が自己（個性、内部要求）に基づくものであり、封建的圧力・倫理、その圧力から自立したものであると考えていた。その点からすれば、ロシア共産党による文芸に対する政策としての直接的行政的関与が必要であるとする、『ナ・ポストゥ』派の主張は、異質な発想として受けとめられたと思われる。また文芸と宣伝の問題、旧来の文学との新旧継承の問題等について、ヴォロンスキー（「認識生活的芸術与今代」、『蘇俄的文芸論戦』所載）、プレハーノフ（「蒲力汗諸夫与芸術問題」、『蘇俄的文芸論戦』所載）の見解は魯迅が自己の見解を積みあげるうえでの補強材料・参考意見となったと思われる。しかしそれらの論点と議論はなお、一九二五年当時の魯迅にとって有益なものであったとしても、具体的なさしせまった問題ではなかった。

一九二八年初めころ、当時の魯迅の文芸観について言えば、魯迅にはなお文芸と宣伝を二律背反として、宣伝の文学（西洋式八股文）に対する懐疑が窺われる。[*38] そして自らの階級移行をまだ認めていなかった可能性がある。[*39] 魯迅はなお文芸に関する自らの立場を模索しようとしていた時期にあり、また一九二六年以降、ロシアの詩人ブロークのように、過渡的知識人として自らの存在を考えていたと思われる。[*40]

上記のような過渡的状況にあったと推測される魯迅は、一九二八年初め以来、創造社（第三期創造社）成員等の革命文学派による突然の激しい批判を受ける。しかしその創造社成員、例えば馮乃超は一九二七年ころ以前においてまだなお小資産階級の「芸術のための芸術」派であった、或いはその陰を色濃く引きずっていた。そうした創造社の成員が、一九二八年初めに革命文学（無産階級革命文学）に急激な転換を示した。魯迅から見て、彼らはそもそも、孫文のようなあるいはレーニン、トロツキーのような「革命人」と言えたのだろうか。[*41] そのことに対する不信が、魯迅に存在したと思われる。トンボがえりをした彼らによる魯迅に対する激しい批判（旧来の小資産階級文学に対する全面否定）は、魯迅にとって納得できることではなかったと思われる。[*42] また、一九二七年末において、創造社の文学活動に対する協力の申し入れとそれに対する魯迅の承諾があり（『創造週報』の復刊の計画）、その後創造社側は一方的にこの合意の破棄を行い、しかも破棄に関して、創造社側からの魯迅に対する連絡もなかった。このことも、創造社に対する不信を増幅させたであろう。

また一九二七年四月以降、国民革命の挫折、南京国民政府の政権掌握と、中国共産党・左翼勢力に対する弾圧という、外面的状況の悪化の中での、上海の租界における「革命文学」の激烈な唱導と魯迅等に対する激しい批判という事態は、魯迅にとって理解しがたい点があったと思われる。[*43]

上のような中国の事情から魯迅は、ロシア革命を実際に指導し遂行した、トロツキー等を代表とするソ連の革命人であり、同時に革命文学者でもあるロシア共産党員（およびソ連の文芸諸団体の成員）の文芸に対する政策の議論を知りたかったと思われる。ロシア共産党は政策として文学に直接的に関与するのか。また、ロシア左翼勢力は旧来の文学の遺産や同伴者作家の文学をどのように批判的に摂取し、継承・発展させようとするのか、それとも厳しい打撃的態度で臨もうとしているのか（或いは中国革命文学派のように全面否定するのか）。そして一九一七年十月ロシア革命が成功する以前、ロシア左翼勢力は同伴者作家等に対してどのような政策をとっていたのか。[*44] 一九二四年当時、ロシア共産党員等はロシアの遅れた労働者農民の文化水準をいかに高めようとしているのか。その中から労働者農民の作家をどのように育成しようとしているのか。そしてその文学的水準を高めるために、どのような政策で臨もうとしているのか。

上の議論は、中国変革を自分なりに追求してきた作家の一人であり、それにもかかわらず、一九二八年当時中国の革命文学派から小資産階級の文学者として激しい批判を受けている魯迅にとって、参考として知りたい内容であったと思われる。

以上のような理由から、魯迅は信頼するに足る「労働者階級文学の大本営ロシア」（「『奔流』編校后記（一）」、一九二八・六・五、『集外集』[*45]）の、ロシア共産党員（およびソ連の文芸諸団体の成員）という革命人の文芸に関する議論と、ロシア共産党の文芸政策に関する決議を参考として知りたかったと思われる。これが、一九二八年当時の魯迅の個人的情況に基づく、「蘇俄的文芸政策」の内容をめぐる第三の特徴であると考える。

第四に、例えば、ワルジンの報告に基づく「イデオロギー戦線と文学」等に代表される『ナ・ポストゥ』派の主張には、一九二八年当時の第三期創造社（李初梨、馮乃超等）、太陽社（銭杏邨等）の激しい魯迅攻撃に共通する論点が見られる。

（一）『ナ・ポストゥ』派は、文学に対して階級的見地丸裸の見方によった。たとえば、資産階級文学、小資産階級文学、無産階級文学という区分けに基本的に従った。[*46]

（二）『ナ・ポストゥ』派は、無産階級文学を支持する立場から、従来の資産階級文学、小資産階級文学を全面否定した。言い換えれば、旧来の文学との批判的継承と発展の課題を軽視した。[*47]

「蘇俄的文芸政策」の議論全体を知ることをとおして、魯迅はソ連文学界全体における『ナ・ポストゥ』派の理論的位置を理解する手がかりを得ることができたと思われる。そのことは、無産階級文学をめぐる諸論点について、中国革命文学派の理論的位置を考察するための重要な参考の指標となったと思われる。これは「蘇俄的文芸政策」をめぐる、魯迅の個人的事情から見る特徴であり、第四の特徴としてあげられる。

ゆえに「蘇俄的文芸政策」の内容をめぐる上記の四点の特徴を考えると、「蘇俄的文芸政策」翻訳の魯迅の意図は、マルクス主義文芸理論のほかの領域をあつかう翻訳書と、一方で共通する側面（文芸固有の問題〈例えば新旧文学の継承の問題〉）を若干共有しながら、他方、それと違った主要な側面（左翼勢力の文芸政策に関する諸問題〈共産党の関与の問題、階級的立場から見る文学の問題、同伴者作家あるいは旧来の作家に対する評価の問題等〉、大衆の遅れた文化状況の向上の課題）をもっていたと思われる。

またその後、魯迅におけるマルクス主義文芸理論の翻訳の過程を考えると、「蘇俄的文芸政策」翻訳は革命文学論争を直接的動因とする、魯迅にとっての、マルクス主義文芸理論文献との本格的接触の第一歩という意味があったと思われる。

## 第五節　さいごに

魯迅は革命文学論争を直接的動因として、そこに出現した諸問題を解明するために、一九二八年の初めころからマルクス主義文芸理論の文献翻訳、すなわち「蘇俄的文芸政策」の中の、速記録の翻訳（「関于対文芸的党的政策　関于文芸政策的評議会的議事速記録」、『奔流』第一巻第一期〈一九二八・六・二〇〉から第一巻第五期〈一九二八・一〇・三〇〉にかけて掲載）、そしてロシア共産党中央委員会の決議、すなわち「関于文芸領域上的党的政策」（『奔流』第一巻第一〇期、一九二九・四・二〇）の翻訳等を行いはじめたと考える。[*48] これをマルクス主義文芸理論の翻訳の第一歩の段階とする（左翼勢力の文芸政策の問題〈左翼勢力が無産階級文学と同伴者作家〈或いは旧来の作家〉の文学をどう待遇するのか等〉）。

そして一九二八年後半から二九年初めころの段階において、魯迅は『現代新興文学的諸問題』（前掲、一九二九・四）を一九二九年二月に訳了して四月に出版し、『壁下訳叢』（前掲、一九二九・四）の後半の一部分を一九二九年四月ころに訳了して、『壁下訳叢』（前掲、一九二九・四）を出版した。このとき魯迅は第二歩の段階として、さらに進んで、革命文学論争を実りあるものとするために、そして未解決のまま自己がかかえる文芸の諸問題を解決するために、マルクス主義文芸理論における文芸固有の領域の文献翻訳（例えば『現代新興文学的諸問題』での、ソ連の文芸論争における論点の整理。『壁下訳叢』での、否定の文学〈ゴーゴリ〉に対する高い評価、史的唯物論に基づく文芸史に関する理解、過渡期知識人の役割、創作理論〈自己に基づく文学としての新旧文学の接点の確認〉）を主として行ったと考える。

さらに一九二九年初めころ以降において魯迅は、第三歩としてルナチャルスキー、プレハーノフの諸著作（階級社会と芸術、芸術の起源、認識論〈形象・思想による文学の認識的価値〉、批評理論、創作理論）を系統的に翻訳・出版し、文芸固有の問題に関するマルクス主義文芸理論の理解をさらに深めていった。以上述べた三歩は、波浪のように分かちがたく、次々と押しよせる波のように進められたものと思われる。

その第一歩の段階において魯迅は、現実の左翼勢力が政治的推進力の一翼として文芸を動員する場合、文芸に対するあつかい方の難しさを「『奔流』編校后記（三）」（一九二八・八・一一、『奔流』第一巻第三期、『集外集』）で指摘した[49]。

中国の革命文学派は文芸を社会的作用の強い力があるもの（「武器としての文芸」[50]）と考え、彼ら左翼勢力はそれを政治闘争の一翼として動員しようとしていた。すなわち文芸と、左翼勢力という文芸外部の力との関係を考える場合に、魯迅にとって、文芸と、ロシア共産党の文芸政策という文芸外部の力との関係を討論する「蘇俄的文芸政策」の翻訳は、有益な参考となった。

その場合、中国革命文学派は中国の旧文学（古典文学）と旧派文学（「礼拝六派」に代表される通俗文学）に対する放置・無関心をともないながら、小資産階級作家（新文学を推進してきた魯迅、周作人、茅盾等）に対する、集中的な全面否定を行った。その態度は、『ナ・ポストウ』派の同伴者作家批判と同様に、階級的立場に立った妥協のないものであった。それは、①一九二七年の中国国民革命の挫折に対する彼らの認識[51]、②彼らが中国の旧文学、旧派文学が基本的にすでに打倒されたと考えたこと[52]、③新旧文学の継承関係が切断された中で、その時の状況に深く規定される（状況規定論）、文学の在り方を追求しようとした彼らの文学観[53]、④現実の中国旧社会に対する綿密な分析を欠いた、彼らの中国革命と中国無産階級革命文学に対する展望にかかわるものであった[54]、と思われる[55]。

中国革命文学派の主張は、当時の中国旧社会に対する綿密な分析に欠け、当時の現実から遊離する側面があった[56]。このことから、魯迅はマルクス主義文芸理論に基づいた中国旧社会に対する、より綿密な現状分析を行い、現実に根づいた、現実に対して有効な文芸活動を展開しようとした。魯迅は、あくまで中国旧社会の当時の状況と、自己（個性、内部要求）の在り方、彼自身の思想の進展しつつある在り方（実情）に基づいて、マルクス主義文芸理論文献の翻訳を追求し、そして受容をかなりの速度で進めたと思われる。

一九二四年ころ論争の激しいソ連の文学界で、ルナチャルスキーはソ連の現実に基づいた着実な態度を持し、ソ連の現実的文芸政策を推進し、また文学の特殊性に対する理解も深かった。[*57]

ルナチャルスキーに対する魯迅の共感と、その後における著作の多量の紹介は、上のような事情が一つの理由としてあったと思われる。

すなわち「蘇俄的文芸政策」で交わされた主要な論点（①一九二四年において、無産階級文学そして同伴者作家〈或いは旧来の作家〉の文学をどのように評価するのか。②文学の問題について、ロシア共産党の政策としての直接的な関与を認めるのかどうか。③過渡期におけるプロレタリア文化・芸術の不成立論を認めるのかどうか。）について、魯迅は一九二八年の段階において、ルナチャルスキー等を中心として作成された、ロシア共産党中央委員会の決議「文芸の領域における党の政策について」（一九二五・七・一）の立場を暗黙のうちに支持している、と私には思われる。

魯迅は、のちに「『一天的工作』前記」（一九三二・九・一八、『訳文序跋集』）でソ連モスクワ大学のコーガン教授の言葉を引用する。

「『プロレタリア文学は常に、この文学が経験した変化にも拘らず、その内部の個々のグループの闘争にも拘らず、一つの目的の旗幟の下に発展して来ている。即ち文学とは階級的現象であって、プロレタリア文学は、プロレタリアートの冀求のイデオロギイ的な表現として、プロレタリアートの世界感《ママ》の芸術的形態化として、プロレタリアートの意識を組織し、その意志を一定の行動の方面へ向けしめる因素として、そして最後には、階級上の敵に対するその闘争に於けるイデオロギイ的武器として、――理解されている。個々のプロレタリアのグループのあらゆる不一致性にもかかわらず、それらのグループの中の一つに於いても、われわれは、何か超階級的な、――それだけに尚更、自足的な、自立的な価値のある、生活に従属していない文学を生もう、と云うような企画には出会わさないのである。プロレタリア文学は生活から出発しているのであって文学性のなかから出発しているのではない。事実、プロレタリア作家たちの視野が開けるに従い、直接的な闘争のテーマから、彼等が、心理や道徳の問題へ、感情と熱情へ、人間の心の繊細な体験へ、また永久的な全人類的なテーマと名づけられるところのすべてのものへ移りゆくに従って――これに従って〈文学性〉は益々尊ぶべき位置を占め、芸術的手法、表現の方法、及び技術の意義が第一段に進出し、習練と、あるがままのものとしての芸術と、その技術の研究は、そのモメントのスローガンとなり、そして時としては、文学が、長い円周の路を成し遂げて、古い場所へかえりつつあるかの如く思われるのである。』」（「『一天的工作』前記」、一九三二・九・一八、『訳文序跋集』、日本語の底本は『ソヴェート・ロシヤ文学の展望』〈ペ・エス・コーガン、黒田辰男訳、叢文閣、一九三〇・五・二五、二二五頁〉）

「『所謂〈同伴者〉たちの文学は、これとは別な道を成し遂げたのである。彼等は文学から生活へと行ったのであり、自立的な価値のある技術からはじめたのであった。革命を彼等は、先ず第一に芸術作品のための題材として見た。彼等は明らさまに自己を、あらゆる傾向性の敵として宣言した、そしてその傾向の如何とは無関係な作家たちの自由な共和国を自分に想定した。事実、これらの〈純粋〉な文学主義者たちも――それが大多数若い人々であったが故に尚更――結局に於いては、あらゆる戦線の上で沸騰していた闘争の中に引き込まれられないではいられなかったのであって、遂にその闘争に参加したのであった。最初の十年の終り頃になって、革命的実生活から文学へと来たプロレタリア作家たちと、文学から革命的実生活へと来た〈同伴者〉たちが合流して、十年の終りは、その中にあらゆるグループがお互いに並んで加入し得るところのソヴェート作家聯盟の形成の雄大な企画によって記念せられたと云う事は、何も驚くべき事ではないのである。』」（「『一天的工作』前記」、一九三二・九・一八、前掲、二二六頁）

魯迅は、一九三二年には次のように考えていた可能性がある。一九二八年以来中国において、革命的実生活から文学へと来て、無産階級革命文学を唱導した作家たち（第三期創造社・太陽社の成員の一部等）と、文学から革命的実生活へと来た新文学の作家たち（魯迅等）が、中国の社会的現状に対する理解の深化と、マルクス主義文芸理論に対する理解の進展にともない[*58]、一九三〇年の左翼作家連盟の結成の土台を徐々に築いていった、と[*59]。

上述のように、一九二八年から三〇年の時期は、革命文学論争を初発の動力としつつ、魯迅が自己の問題意識に沿いながら、マルクス主義文芸理論の諸領域の文献との本格的接触を一歩一歩と着実に進めた時期である。それは、文学から革命的実生活（革命的文学生活）へと近づいた魯迅が、マルクス主義文芸理論のさまざまな領域に対する理解を、文芸と外部の力との外面的関係から文芸固有の内部的問題の方向へと順次深化させ、受容を進めた時期であると考える。

それは他面から言えば、魯迅が中国革命文学派の批判を初発の動因としてマルクス主義文芸理論と本格的に接触しつつ、その後さらに中国革命文学派に対する内在的反批判を深化させていく過程であった。

私はこの小論において、「蘇俄的文芸政策」を翻訳した魯迅の意図を模索することをとおして、その後、マルクス主義文芸理論の翻訳と受容を推し進め、さらにその理解を深化させていく魯迅の方向を示唆した。

# 第七章

# 一九二六年から三〇年前後のマルクス主義文芸理論の受容

## 第一節　はじめに

### 一　目的

本章は、魯迅が一九二六年ころから三〇年ころにかけて思想的激変の状況にあった時期に、マルクス主義文芸理論家トロツキーの文学に関する諸説の、魯迅に対する影響に言及するものである。[*1]その場合、(一) 片上伸、青野季吉、ルナチャルスキー等の魯迅に対する影響も若干なりとも視野に入れ、(二) この時期における、魯迅の思想的変化の全体的過程の中で、項目を立てて言及することにする。

言い換えれば、この時期における魯迅のマルクス主義文芸理論受容史の横断面の中に、マルクス主義文芸理論家トロツキーの諸説の影響を私なりに整理し位置づけることを意図する。[*2]またこの期間における縦断面の中に、トロツキーの諸説に対する魯迅の受けとり方の変容を明らかにできれば、と考える。

### 二　一九二四年二五年ころから一九二六年三・一八惨案のころまでの文学に関する考え方

魯迅は『文学と革命』(トロツキー著、茂森唯士訳、改造社、一九二五・七・二〇) を一九二五年八月二六日に入手した。[*3]一九二五年八月二六日以降、マルクス主義文芸理論家トロツキーの諸説からどのような内容の影響を受けたのか、を明らかにするために、それ以前の魯迅の考え方を、まず概略において確認することにする。

一九二四年二五年ころのこの時期において、文学に関する魯迅の基本的考え方は、一九二四年以降、多くの文章を翻訳した厨川白村の考え方と共鳴する部分が多く、そして厨川白村に啓発されるところがあったと思われる。[*4]

また、魯迅の基本的考え方には有島武郎との共通点も見られる。有島武郎との共通点は、文学が自己 (内部要求、個性) に基づくものという特色を認め (この点は厨川白村と共通する)、また同時に、社会的問題を自己 (内部要求、個性) のうちに取りこむことによって、それを文学として表現できるとし、社会とのかかわりもありうる、と考える点である。それらを概略して次のように考える。

(一) 文学は人生のためのものであり、文明批評、社会批評の機能を重視する。[*5]

(二) 文学は、人として自立・確立した作家の個人 (その内面としての自己、個性、内部要求) に基づき、封建的社会の因襲、倫理、思想等の抑圧に屈しない自立したものである。[*6]

(三) 同時に、作家は自己 (内部要求、個性) の内面の奥の奥底を掘り下げて、そこに存在する苦悶・生命力を表現する。[*7]ゆえに文学はあらかじめ目的をもった宣伝と相容れない。文学と宣伝は二律背反の関係にある。[*8]

（四）作家は社会に参与する場合、自己のうちに社会の問題を取りこみ、自己をとおしてそれを作品に表現し、[*9]自己の実情に基づいて参与する。[*10]

このように、自己（内部要求、個性）に基づく作者は、内心を忠実に流露する。そして社会の現実を忌憚なく直視し自己に取りこみ、忠実に表現する生活認識をとおして、社会と文明を批評する。そしてそれは中国変革に対する青年の覚醒を促し、中国人の思想、国民性、生活、人生の改革に資することになる。

一九二四年二五年当時において、魯迅は中国変革の根本的課題が思想改革（精神革命）にあり、国民性の改革がまず緊要であるとしていた。文学による文明批評、社会批評の活動をつうじて、当面、知識人の思想改革、青年文学者の育成を意図した。そのため翻訳、執筆活動（雑誌『語絲』[*11]等における）を活発に行った。また、青年文学者育成のために一九二五年四月、雑誌『莽原』を自ら発刊して、[*12]寝食を廃するようにして献身した。

一九二五年、現実の問題として発生した女師大（北京女子師範大学）事件において、魯迅は学生自治会の側に立って支援し、軍閥政府を後ろ盾とする楊蔭楡女師大校長と対抗し、また軍閥政府・校長側と結託する知識人（陳源等）と熾烈な論争をした。

一九二六年三月一八日に三・一八惨案が起こる。二〇〇〇名あまりの徒手空拳のデモ隊に対し、軍閥政府は発砲を加えて弾圧し、死傷者二〇〇名あまりを出した。この事件をつうじて、魯迅は中国変革の緊急の当面する最大の課題が、軍閥権力の支配体制を打倒することにあると認識するようになり、国民性の改革の課題は、問題の緩急の観点から後景に退いた。

一九二六年七月、国民革命軍は広東を出発して、北方の軍閥を掃討する北伐を開始した。国民革命の順調な進展と高揚にともない、魯迅は過渡的知識人としての自らの生き方を模索しようとした。

## 第二節　一九二六年三・一八惨案から二七年にかけての有島武郎・トロツキー等の影響

一九二六年七月、国民革命（北伐）の順調な進展と高揚にともなって魯迅に出現した課題には、次のようなものがあったと思われる。

## 一　国民革命への参与の仕方

一九二六年七月、北伐の開始以降、過渡的知識人としてどのように国民革命に参与するかという点について、魯迅は一九二七年一月、厦門大学から「革命の策源地」広州の中山大学に赴任し、教育をつうじての、また文学活動による旧社会批判をつうじての[*13]、国民革命のための補佐的行動を意図した[*14]。

ここには、武力（実力）の前に文学が無力であるという魯迅の認識がある[*15]。当時国民革命の進行過程において、国民革命軍の武力によって、軍閥勢力が駆逐されていくという国民革命の進行の実態に対する魯迅の認識も、裏付けとなっていたと思われる[*16]。そのうえで、文筆によって抵抗しうるところにおいては、徹底的に文筆で抵抗しようとした[*17]。

過渡的知識人として、魯迅の生き方には有島武郎の考え方（「宣言一つ」[*18]）と基本的に共通するところがあった。すなわち、第四階級（労働者階級）でない魯迅は、第四階級になることができない。すなわち階級移行が不可能であると考えた[*19]。ゆえに魯迅は第四階級の活動に直接的に参与して行動するのではなく、魯迅自らが所属する元の階級に対する批判をつうじて、すなわち矛を翻して自らの熟知する階級を攻撃・批判することをつうじて、第四階級と連帯し、社会変革に参加することを選択した[*20]。それは、有島武郎があくまで自己の実情に基づいて、倉田百三等を批判しつつ（「『静思』を読んで倉田氏に」〈一九二二・一一〉等）社会変革に参与しようとした方法と共通する[*21]。

魯迅は「革命時代的文学」（一九二七年四月八日講演、『而已集』）で次のように言う。

「恐らくこの革命地方の文学者は、文学と革命は大いに関係があると言うことを好むでしょう。例えば文学によって宣伝し、鼓吹し、煽動して、革命を促進し完成することができると。しかし私が思いますに、このような文章は無力です。なぜならば良い文芸作品は、これまで多くは他人の命令を受けず、利害を顧みず、自然自然と心中から流れだしたものであるからです。もしも先に一つの題目を掲げ、文章を作るとすれば、それはまた八股文とどんな違いがあるというのでしょう。文学において全く価値がないし、さらに人を感動させることができるかどうか、は言うまでもありません。革命のためには、〈革命人〉がなければならず、〈革命文学〉はむしろ急ぐ必要はありません。革命人がものを作れば、それこそが革命文学です。ですから、私の思うに、革命の方がむしろ、文章と関係があります。革命時代の文学と平時の文学は違います、革命が来て、文学は色彩を変えます。」（「革命時代的文学」）

「中国の現在の社会状況は、ただ実地の革命戦争があるだけです。一首の詩は孫伝芳を驚かせ逃げださせることができませんが、一発の砲撃は孫伝芳を駆逐することができます。もちろんある人は文学が革命において偉大な力があると思いこんでいますが、しかし私個人は懐疑をもち、文学は余裕の産物であり、民族の文化を表わすことができるというのが、むしろ本当だと考えます。」（「革命時代的文学」）

こうした魯迅の、宣伝と文学の二律背反と、武力の前に文学が無力であるということを前提にして、国民革命の進行の実態に基づいて学んだ考え方、すなわち社会が変化してそれから文学が変化するという考え方は[22]、一九二八年以降において、宣伝と文学の二律背反の考え方を克服しながら[23]、さらに明晰となる。（ただし前述のように、魯迅にとって文筆は文筆の分野でその役割をもっているものと考えられた。）

## 二 「革命人」による「革命文学」

国民革命の進展にともない、一九二六年当時文学界で、「革命文学」が唱導された[24]。魯迅は自らが「革命人」ではないことを前提にして[25]、「革命人」が書く「革命文学」を想定した。魯迅は、「中山先生逝世后一周年」（一九二六・三・一〇、『集外集拾遺』）で次のように言う。

「どのようであれ、中山先生の一生の歴史はここに存在するのであって、世の中から立ちあがったのは革命であり、失敗したのもやはり革命であった。中華民国成立後も、満足したことがなく、安逸に流れたことがなく、相変わらずより完全な革命に向かって進む仕事を続けていた。臨終のまぎわに、彼は言った、革命はなお未だ成功せず、同志乃《かさ》ねて須《すべから》く努力すべし、と。」（「中山先生逝世后一周年」、一九二六・三・一〇、前掲）

「彼は一人の全面的な、永遠の革命者である。行うところのどのことであれ、すべてみな革命である。後世の者がいかにことさら彼の欠点を詮議だてし、冷ややかにおとしめようとも、彼は遂にすべて革命である。なぜなのか。トロツキーは何が革命芸術であるのか、かつて説明したことがある。主題においては革命を語らずとも、革命から生まれた新しいものによって裏付けられた意識に貫かれていること、これである。さもなくば、たとえ革命をテーマとしていても、革命芸術ではないのである。」（同上）

魯迅は孫文（孫中山）という優れた革命人を念頭に置きつつ、彼が「一人の全面的な、永遠の革命者」であるから、何を行おうと、それはすべて革命の産みだした新事物から取りこんだ意識に裏付けられているがゆえに、革命だ、と言う。革命の産みだした新事物から取りこんだ意識の、一貫しているものがあること、これが革命芸術であった。この論理は、一九二七年四月一二日四・一二クーデター以後に書かれた、「革命文学」(『民衆旬刊』第五期、一九二七・一〇・二一、『而已集』)の次の言葉とつながる。

「私は、根本問題は作者が確かに『革命人』であることに在る、と思っている。もしもそうであれば、書くものがどのような事件であれ、用いるものがどのような材料であれ、すべて『革命文学』である。噴泉から出てくるのはすべて水であり、血管から出てくるのはすべて血である。『革命を賦す、五言八韻』とは、めくらの試験官を騙すことができるだけだ。」

「革命人」が書いてこそ、革命の新事物から取りこんだ意識に裏付けられた「革命文学」を書くことができる。これは、トロツキーの考え方を基礎にしていると思われる。トロツキーは、「第八章　革命の芸術と社会主義の芸術」(『文学と革命』、前掲、魯迅入手年月日、一九二五・八・二六)において、「革命芸術」と「革命人」について、次のように語る。

「凡そ革命芸術を語るに当っては、そこに芸術としての表現に二つの様式の存することを考えねばならない。即ち革命そのものを主題として取扱っている作品と、他は主題に於ては革命を語らずとも、革命から生れた新しいものによって裏付けられた意識に貫かれている作品との二つである。それは全然相異った平面に横わる現象、尠くとも横わるべき現象であることは明かである。アレクセイ・トルストイはその作『苦悩の中を行く』に於て、世界大戦時代と、それに続く革命時代とを描いている。然しそれはヤースナヤ・ポーリヤ派〔ヤースナヤ・ポーリヤはレフ・トルストイの故郷――中井注〕のものであり、彼の視野、彼の歩みはそこから一歩も出ていない。」(「第八章　革命の芸術と社会主義の芸術」、『文学と革命』、前掲、三〇九頁)

「これに引き換えて青年詩人チフォーノフは、革命のことではなく、ほんのちょっとした小店のことに就て書いても――彼は革命のことに書き及ぶことは遠慮しているように見える――新時代の力学によってのみ得られる生き生きとした、そして熱情的な力を体得し、それによって革命の遅緩なる動向を伝えているのである。」(「第八章　革命の芸術と社会主義の芸術」、前掲、三〇九頁、三一〇頁)

「如斯、若し革命を描いた作品と、革命芸術とが同一線上のものでないとすれば、それは結局接触点を持たないものと見るべきである。革命によって訓育された芸術家はいくら革命のことに就て語りたくなくとも、暗示的に革命を表現するのである。けれども、然らざる者にとっては、如何に革命のことに就て語ろうと欲しても、彼の芸術そのものが伯爵式であろうと、百姓式であろうと、ヤースナヤ・ポーリヤ式から一歩も脱け出ることは出来ない。

革命芸術は未だ存在していない。しかしその芸術の要素がある。その暗示があり、試みがある。更に重要なことは、新時代を構成して行く——それ等の人にとって、この革命芸術は一層必要であるが——新しい型の革命人があることである。」（「第八章　革命の芸術と社会主義の芸術」、前掲、三一〇頁）

トロツキーは上述のように、革命によって育成された革命人（例えばチホーノフ）が書いた作品が、革命文学（革命の意識に裏付けられて表現される作品）と言えるとする。アレクセイ・トルストイのように、たとえ題材が革命の事象を取りあつかっていても、必ずしも、革命文学とは言えない。

魯迅は、自らが革命人ではなく、また労働者階級ではなく、階級移行が不可能であることを前提にして、トロツキーの上の指摘を受け容れていると思われる。それが、一九二六年二七年ころにおける、「革命人」による「革命文学」に関する魯迅の受け容れ方であった。

それゆえに魯迅は過渡的知識人の自らの生き方として、自らの属する階級に対しで矛を翻して批判する文学活動に従事し（有島武郎と同じように）、また中山大学において国民革命を補佐する教育者の仕事を行おうとしたと言える。

## 三　過渡期知識人ブロークに対する共感

一九一七年のロシア十月革命後、或る一部の作家（アンドレーエフ、アルツィバーシェフ等）は亡命し、或る一部の作家（ブローク等）は過渡期知識人として、ロシア十月革命に参加した。しかし過渡期知識人としての作家の多くは、自己の作家としての回転軸が、革命の進行・思想に同調できず、傷つき倒れた。トロツキーは『文学と革命』第三章で過渡期知識人ブロークを論じ、魯迅はそれを翻訳している。

「ボリシェイキーは自らを作家と感ずることを妨げている、何となれば作家は自らのうちに有機的な、争うべからざる心棒を持たねばならないのに、ボリシェイキーは主要なる心棒を取り除けてしまったのであるから、革命の同伴者達——ところでブロックも同伴者の一人であった。そして同伴者達は今や非常に重大なロシア文学の一分派をなしているのであるが——のうち誰も自らのうちに核心を持っているものはない。で、それ故にこそ吾々の持っているものはただ新文学の準備時代にすぎないのである。習作や下書きや試作にすぎないのである――自らのうちに確かな核心を持った完成された芸術はまだまだ将来のことである。」（「第二章　革命の文学的同伴者」、『文学と革命』、トロツキー、茂森唯士訳、改造社、一九二五・七・二〇、六二頁）

「ブロックは吾々のものではない。しかし彼は吾々の方へ突き進んだ。突き進んで傷ついた。しかしながら彼の突進の成果として現われたのは吾々の時代の最も重要な作品であった。詩『十二』は永久に残るであろう。」（「第三章　アレクサンドル・ブロック」、前掲、一六三頁）

魯迅は、胡斅《こがく》訳『十二個』（ブローク著、北京北新書局、一九二六・八）のために、「第三章　アレクサンドル・ブロック」（『文学と革命』、前掲、一九二五・七・二〇）を翻訳して、『十二個』の本文の前に無署名で附けている。

作家は自己の内面に中心軸をもつ、言い換えれば、作家は中心軸である自己（内部要求、個性）に基づいて作品を書くものである。ブロークは十月革命に参与して、自己の内面の中心軸が革命の思想・進行に同調できず、傷つき倒れた。

「人は多く『生命の川』の一滴であり、過去を受け継ぎつつ、未来に向かうのである。もしも尋常なものと異なるほどに真に傑出しているものでないのなら、すべて前に向かい後ろをふり返ることを、合わせもたざるをえない。詩『十二』には、このような心を見てとることができる。ブロークは前に向かった。それで革命に向かって突進した。しかしふり返った、そこで負傷した。」（「『十二個』后記」、一九二六・七・二一、『集外集拾遺』）

「旧い詩人は沈黙し、為すところなく逃げだしてしまい、新しい詩人はまだなお新奇の調べを弾いてはいなかった。ひとりブロークは革命のロシアにあって、『咆え猛り溜息を吐いている破壊の音楽』に耳を傾けた。彼は、暗夜の白雪に吹く風、老女の悲哀と憎悪、牧師や金持ちの老人や奥さん方の彷徨、会議中の女郎買いの金の相談、復讐の歌や銃声、カーチカの血を聞きとった。しかし彼はまた疥癬かきの犬のような旧世界をも聞きとった。彼は革命の側に向かって突進した。

しかしブロークは結局新興の革命詩人ではなかった。そこで突進したけれども、ついに負傷し、彼は十二人の前に、白薔薇の花冠を戴いたイエス・キリストを見た。」（「『十二個』后記」、一九二六・七・二一、『集外集拾遺』）

魯迅は上のように言及する。ブロークは、十月革命の中で悲惨な境遇に陥った人々の憎悪や悲哀、革命の側の否定的な行為を聞きとった。しかしまたブロークは、疥癬かきの犬のような旧世界の恐ろしい悲惨さを知るがゆえに、革命の側に突進した。

これは、革命期における過渡時代の存在として、革命に向かった知識人（ブローク）の一つの生き方に対して、一九二六年、魯迅が共感を寄せていたことを示す。詩『十二』の最後の場面における白薔薇の冠をいただいたイエス・キリストの出現の意味について、魯迅は片上伸の解釈（「北欧文学の原理」、『壁下訳叢』所収）ではなく、トロツキーの解釈（「第三章　アレクサンドル・ブロック」）を採っている。

トロツキーは次のように論じた。ブロークは革命にともなう否定的現象（例えば、赤衛軍兵士が嫉妬からカーチカを殺したこと、赤衛軍兵士による略奪等）をも受け容れた。ゆえに否定的現象をも含みこむ革命に対して、ブロークにはキリストの祝福による浄化が、救済が必要だった。あるいは、否定的現象をも含みこみながら、やはり前進する革命の全体像によって、キリストの芸術的形態を救いだすことが必要であった。[*26]

## 四　文学的同伴者（知識人）の革命後の境遇についての認識

ロシア十月革命後の、忍耐強さが必要とされる、退屈で、まっとうな革命の性質・任務について、同伴者作家たち（ブローク、エセーニン等）が理解できなかったことを、トロツキーは次のように指摘する。

「あらゆる過去との痙攣的な痛ましい断絶は、この詩人にとって致命的な裂け目となった。ブロックを支持することは――もしも彼の全生活体のうちに起りつつあった破滅的な過程から離れるならば――恐らく、ただ革命の諸事件の不断に増りゆく発展と、全世界を捕えている強力なる震撼の渦巻きとだけがそれをなし得たであろう。しかしながら歴史の行程は、革命に貫かれたロマンチストの精神的要求に合致しない。一時的の暗礁の上に身を保つためには、他の気質、革命に対する他の信念が、必要であった、――革命の正調の韻律に対する理解が必要であった、ただその革命の流れの渾沌たる音楽に対する理解だけではない。ブロックにはそれが少しもなかった、またある筈もなかった。」（「第三章　アレクサンドル・ブロック」、『文学と革命』、前掲、一五五頁～一五六頁）

「全体として革命を見ず、またその客観的歴史的問題、――即ち運動を指導する勢力のためには目的となるところの問題――を見ないでは、一部分たりとも革命を理解し、これを受け入れ、之を描写することが出来ない。もしそうでないならば、中軸もなければ革命もない。即ち革命は単なる武勇伝的な或は悪魔的なエピソードや逸話に終わって了うであろう。これらのものを材料として、多少技巧をこらした場面を編み出すことは出来るが、革命を再現することは出来ない。且つ又革命と融和することも出来ない。若しも空前ともいうべき革命の犠牲や喪失が目的のないものであるならば、歴史は――狂人の家である。

ピリニャークもフセヲロード・イワーノフも、亦エセーニンも思慮分別なく、どうにかして渦巻きの中に溶解しようと希望した。（中略）いけないことには、彼等と創作の材料たる革命との間には、芸術的遠景たらしむるに必要な理想的距離がない。文学的同伴者達が、革命の中に溶解せずに、ただその中に流れ込んでおりながら、革命を獲得することも、亦単にその要素のみならず、目的達成の筋道を捉えることをも為し得ず、亦為そうともしないのは――全く社会的な特質で、個性的特質ではない。同伴者の大部分は農民化せる智識階級の人々である。智識階級が、農民を支柱として革命を受け入れることは、全く痴愚にでもならないことには出来ない。故に同伴者は、革命人ではなくて、革命に於て痴愚になった人々である。」（「第二章　革命の文学的同伴者」、『文学と革命』、前掲、一一四頁〜一一五頁）

「革命は国民的『要素』から流出したものであるが、併し乍らそれは、革命のうちに於て元素的なものが生活的のもの若しくは国民的なものである、と思い込んでいるところの、革命に参加せる詩人等の考とは全然別個のものである。

ブロックにとって革命は叛乱的要素、即ち『颪だ、颪だ――全世界の上に起これる！』である。フセヲロード・イワーノフは、農民的要素の上に殆んど立たなかった。ピリニャークにとって革命は――吹雪であった。クリューエフやエセーニンにとっては、プガチョーフやスチェンカラージン的の騒動であった。要素は旋風、火焔、渦巻、転回だ。」（「第二章　革命の文学的同伴者」、『文学と革命』、前掲、一二二頁）

「要素的混沌のうちには盲目の深淵がある。然し指導的政策のうちには視力と警戒がある。革命の戦術は要素としては無形式のものではなく、また数学的法則としては完成されたものである。先づ我々は歴史に於て、行動に於ける革命的代数を見る。此れは即ち第一位的性質で、村落から来たものではなくして、産業から、都市から、精神的開発の結論――思想の明晰、現実性、物理的力、族系の仮借なき直線、正確さや鞏固さ――から来たものである。これら十月革命の根本的性質は、芸術的同伴者には、縁遠いものである。このことを彼等に言わねばならぬ――十月革命の根本的性質は、その族系の明瞭さと正確さの利益のうちにある、と。」（「第二章　革命の文学的同伴者」、『文学と革命』、前掲、一三二頁）

ラデックは「無家可帰的芸術家〔帰るべき家のない芸術家――中井注〕」（拉狄克〔ラデック――中井注[*27]〕著、劉一声訳、『中国青年』第六巻第二〇、二一期〈第一四五、一四六期〉合刊、一九二六・一二）で次のように言う。

「新世界がまさしく誕生しようとするとき、とりわけソ連社会主義共和国において傍観者となることはできない。」（「無家可帰的芸術家」）

「人生と十分に接触していないことは、決してソビエト芸術家が現実を表現できない唯一の理由ではない。文学は一つの鏡である。しかし決して機械的に世界を反映する鏡ではない。芸術家が生命を反映する絵画は、考えをもって絵画に彩ることが必要である。いわゆるソビエトの文学者——共産党員ではないが、しかし革命を『受け容れ』た文学者——の欠点は、彼が受け容れたものが何であるか理解していないところにある。彼は共産党員ではない、しかし彼は革命に『同情し』た、なぜなら彼はその周囲を見て、近代生活はまるで一つの大混乱のようであったから。」（同上）

「〔ソビエトの文学者は——中井注〕農村の地主と貧農の闘争を理解できない、いかに貴族政治の危険を克服するのか分からない、全国の普遍的な創造勢力の大波を見ることができない、革命が創造する新社会の基礎を見ることができない、彼らは決して忠実な絵画を生みだすことができない。」（同上）

「最大の社会革命の時代において、文学者は傍観者となることができない。」（同上）

「ソビエトの文学者が内戦——彼自身が参加したことのない内戦——を描く時代は過ぎさった。ソビエトの文学者は必ず一歩前進し、一歩進んで共産主義に行かなければならない。しかしこれは数冊の本を読み或いは人類の活路を瞑想すれば、十分なのではない。必ず直接に社会闘争に参加し、闘争する大衆の中に行って働く必要がある。」（同上）

「もちろん、同伴者〔原文、同行者——中井注〕はすぐに改革することはできない。多くの人はなお引き続き同伴者となって、革命の最後の勝利まで行かなければならない。しかし彼らの芸術は必ず衰退するであろう。もちろん、共産党員となることは決して容易なことではない、しかしこれはソビエト文学者の生死の分かれめである。」（同上）

ロシア十月革命において、エセーニンとソーボリは傍観者でいることができなかった。彼らはロシア革命に同情したが、現実の闘争と革命が創造していく新社会を理解できなかった。彼らは社会闘争に参加できず、闘争する大衆と接触することがなかった。彼らはロシア革命の現実にぶつかり、自死した。ラデックはこのように論じる。

魯迅は、こうした文学的同伴者（同伴者作家）の問題、とりわけエセーニンとソーボリの自死に関して、自らが広州（一九二七・一～一九二七・九）にいたときを回顧して、一九二七年一二月の「在鐘楼上――夜記之二」（一九二七・一二・一七発表、『三閑集』）で次のように言う。

「『最大の社会変革の時代において、文学者は傍観者となることができない。』しかしラデックの言葉は、エセーニンとソーボリの自死のために発せられたものである。彼のあの〈帰るべき家のない芸術家〉が或る定期刊行物に訳載されたとき、私をしばらく思索にふけらせた。このために私は、およそ革命以前に幻想或いは理想をもっていた革命詩人は、自分の謳歌希望した現実にぶつかり、死ぬ運命を確かにもつものだ、ということを知った。しかし現実の革命がもしもこの種の詩人の幻想或いは理想を破砕してしまわないのなら、この革命はまだ布告上の空談である。しかしエセーニンとソーボリはきつく非難できない。彼らは前後して自分のために挽歌を歌ったので、彼らには真実があった。彼らは自己の沈没によって、革命の前進も証明していた。」（「在鐘楼上――夜記之二」、『語絲』第四巻第一期、一九二七・一二・一七、『三閑集』）

十月革命後における一部の同伴者作家の境遇（或いは自死）について、すなわち一部の同伴者作家が革命の現実に飛びこんだけれども、その進行を理解できず、自らの幻想が破綻したこと等について、魯迅の認識はトロツキーやラデックの言論に基づいて思索されたことが分かる。

## 第三節　一九二八年「革命文学論争」以降から三〇年ころにかけて

### 一　マルクス主義文芸理論（トロツキーのマルクス主義文芸理論を含めて）の受容

私は、マルクス主義文芸理論（史的唯物論を一つの基礎とする）に対する魯迅の本格的接触と受容は、一九二八年ころから始まる革命文学論争を契機として行われたと考える。[*28] 魯迅は、一九二八年六月から雑誌『奔流』において開始する「蘇俄的文芸政策」の翻訳、[*29] またのちに『壁下訳叢』（上海北新書局、一九二九・四）に収める片上伸、青野季吉等の諸論説の翻訳、[*30]『現代新興文学的諸問題』（片上伸著、一九二九・二訳了、上海大江書舗、一九二九・四）の翻訳、ルナチャルスキーやプレハーノフの諸著作の翻訳等をつうじて、一九二八年から三〇年ころにかけて、それ以前の厨川白村・有島武郎的考え方に対する批判的な継承と発展、そしてある点（例えば階級移行を認めるかどうかの問題、文学と宣伝の問題等）においてはその克服を行っていったと考える。

第一に、一九二八年以降マルクス主義文芸理論から魯迅が受容したことを、次の三つの観点において考えることにする。

（一）第一の観点として、作家が心のあるがままに流露する場合であっても、それが社会的歴史的に規定される作家の自己（内部要求、個性）に基づくものである以上、その内心の流露（表現）は社会的歴史的に規定される内容をもつ。言い換えれば、作家が心のあるがままに流露した内容は、作家の自己（内部要求、個性）自体にかかわる階級性をも帯びる。[*31]

（二）第二の観点として、作家がいったん作品に表現して他人に伝達する以上、作家の本来の意図のいかんにかかわらず、作品は一つの社会現象となる。（したがって宣伝の役割を果たす。）

（三）第三の観点として、作家の描写し表現する対象自体が、社会的歴史的に規定される存在である場合を考える。その場合対象の描写と表現は、対象自体にかかわるある階級社会における階級性をも帯びる。

第二に、一九三〇年ころまでの、マルクス主義文芸理論に対する魯迅の受容におけるいくつかのそのほかの問題点に触れる。

## 1　自己（内部要求、個性）に基づく文学の階級性（第一の観点から）

心のあるがままに流露してこそ真の文芸であるとは、言い換えれば自己（内部要求、個性）に基づいて、対象を描写し表現する文学の在り方（厨川白村、武者小路実篤、有島武郎等の主張における）である。それは、『文学と革命』（トロツキー著）の入手（一九二五年八月二六日）以前に、一九二四年二五年ころ、魯迅にすでに存在した考え方であった。

一九二八年、マルクス主義文芸理論と本格的に接触して以降、魯迅は依然として、文学が自己（内部要求、個性）に基づくものであるとした。[*32]しかしその自己（内部要求、個性）は、武者小路実篤の言う「自己」のような無限定なものではなく、[*33]社会的歴史的に規定されるものであり、社会的関係の総和としてあると考えた。言い換えれば、作家が心のあるがままに流露する場合であっても、その内心の流露（表現）が社会的歴史的に規定される作家の自己（内部要求、個性）に基づくものである以上、その内心の流露（表現）は社会的歴史的に規定される内容をもつ。すなわち、それは作家の自己（内部要求、個性）にかかわる階級性をも帯びる。

そしてプロレタリア文学（無産階級文学）もプロレタリ

ア作家の自己（内部要求、個性）に基づく。この自己（内部要求、個性）は、旧来の心境小説における作家個人の心境にのみとどまるものではなく、さらに社会的広がりをもった自己であるとされた。[*34] 魯迅は、文学が自己（内部要求、個性）に基づくというこの一つの共通点（文学の特質）に、旧来の文学とプロレタリア文学との接点を認めた。[*35] この接点には、文学が自己（内部要求、個性）に基づくという共通点をとおしての、旧来の文学に対する新しい文学の批判的な継承と発展の可能性の意味がある。また、この自己（内部要求、個性）が社会問題を取りこみ、消化吸収することをとおして、自己自体がコペルニクス的な転回を遂げる可能性がある。

　上述のことを言い換えれば、私はここでは、作家が自己（内部要求、個性）に基づくという場合の、自己という接点について言及した。ここには、魯迅が厨川白村・有島武郎的な文学観から移行して、マルクス主義文芸理論に基づく文学観を受容する場合における、一つの批判的な継承・発展があり、また克服（とりわけ、文学と宣伝の二律背反の克服、自己の階級移行の可能性に対する承認）の意味があると思われる。

　一つの側面から言えば、そこには、文学が自己（内部要求、個性）に基づくという共通点が継承され存在するという意味において、厨川白村・有島武郎に対する批判的継承・発展の一側面の意味がある。[*36] すなわち文学の特質を保証する一側面がある。言い換えれば、作家が生硬な理論やある固定的形式にのみ陥らないことを保証する、作家主体の存在を保証する一面があると思われる。

　他面から言えば、自己（内部要求、個性）の位置づけに対する社会的歴史的な見方への転回、作家の基づく自己自体のコペルニクス的な転回の意味がある、と思われる。[*37] それは、有島武郎が潔癖に階級移行を不可能と考え、魯迅もその不可能性を認めていたことから変化して、階級移行の承認へとつながることであったと考えられる。

## 2　社会現象としての文学（第二の観点から）

　上述の、作家の内心の流露という点にかかわって、視点を変えて読者の立場から見れば、この作家の内心の流露である文学がいったん社会に公表されると、それは一つの社会現象となる。ゆえにその文学は一つの社会現象として存在して、読者に対して宣伝の役割を果たしうる。

「私は文芸の天地を旋回させる力を信じていないものだ。しかしもしも別の方面でそれを応用しようとする人があれば、私はできるとも思っている。例えば『宣伝』がそれである。

アメリカのシンクレアー（アプトン・シンクレアーのこと――中井注）は言っている、あらゆる文芸は宣伝である。私たちの革命文学者は宝と見なして、大きな活字で印刷したことがあった。しかしまた厳粛な批評家は、彼が『浅薄な社会主義者』だと言った。しかし私――やはり浅薄な――はシンクレアーの言葉を信じている。あらゆる文芸は、宣伝である、人にすこしでも見せさえすれば。たとえ個人主義的作品であれ、少しでも書きだせば、宣伝の可能性をもつ、文を書かず口を開かないのでないかぎり。そこで革命に用いて道具とするのも、もちろん可能である。」（「文芸与革命」、一九二八・四・四、『三閑集』）

　一九二八年において魯迅は、文学を一つの社会現象として位置づけることにより、厨川白村の指摘する、文学と宣伝の二律背反[38]を克服した[39]。この点について、魯迅は、片上伸の「文学の読者の問題」（『文学評論』[40]、新潮社、一九二六・一一・五、魯迅入手年月日、一九二七・一一・七）の次のような考えを参考にしたと思われる。

「一定の公衆を予想することなしに、芸術上の作品の価値を考えることは出来ない。芸術上の価値は自のずから一つの社会的の現象である。」（「文学の読者の問題」、一九二六・四、『文学評論』所収）

「文学創作の方面の事実から見ると、作者自身はあるいは『純粋な芸術』のための使徒として自分を考え、文学の社会性というようなことはてんで意識していないかも知れない。しかし作品が出来上るとともに、それは作者の意識の如何に頓着なく、客観的な価値の対象となるのである。即ち作品が出来上がるとともに、それは一つの社会的現象となるのであって、この事実は何としても否定することも無視することも出来ない。」（「文学の読者の問題」、前掲二〇七頁）

「功利的な傾向を明らかに追うところの文学、いろいろの意味での宣伝文学教訓文学は、世界の文学史に少なくない。しかしながら、文学が社会性を持ち、一つの社会的現象であるというのは、必ずしもそれが宣伝的、教訓的、功利的な傾向を追うからではない。そういう傾向の有る無しに拘らず、文学は一般に人間の生活感情を統一組織する力を持っているのである。文学が、一定の理想や観念を読者の間に普及浸潤せしめようなどという考えから全くかけ離れて、全く『芸術のための芸術』の主義にかなうものの如く判断せられる場合に於いても、やはりそれは人間の生活感情を統一組織する一つの力であって、即ち社会性を持ち、一つの社会的現象として十分成り立っているのである。」（「文学の読者の問題」、前掲、二〇七頁〜二〇八頁）

　ここでの片上伸の論理の展開と、魯迅（「文芸与革命」、一九二八・四・四、『三閑集』）の言及の仕方の類似に基づけば、宣伝と文学を二律背反とする魯迅の考え方（厨川白村的な）の克服においては、片上伸の論の影響があったと推測できる。[*41] 魯迅はしかし同時に、すべての宣伝が文学ではありえず、文学は文学としての特質をもたなければならないとする。これは、文学が自己（個性、内部要求）に基づくものであることにかかわり、また次項で『神曲』についてトロツキーが述べるような、人の心を打つ芸術的表現にかかわることであった。それは中国の革命文学派の「標語スローガン文学」に対する批判でもあったと思われる。[*42]

魯迅は、心のあるがままの流露こそが文学者に求められる誠意と勇気であると考えた。一九二四年二五年ころ、封建的社会の因襲の圧迫に抗し、封建的思想・倫理に抗して、文学は自立したものでなければならないとした。しかしこうした厨川白村に基づく、一九二四年二五年ころの魯迅の考え方と、『文学と革命』（トロツキー著）の次のような考え方とが、無条件に直接につながるものであると見なすことはできない、と私には思われる。

「彼等〔随伴する人々、すなわち同伴者的芸術家を指す――中井注〕は『ソウェート・ロシヤ』の肖像を描いている、そして時々は大芸術家達をも描いている。体験、画法はすべて揃っている、しかもただ、そうして出来た肖像は似てもつかないものなのである。何故であろうか？　それはその芸術家が自分の描いているものに対して内面的興味を持たないからである、精神的一致がないからである。」（「第一章　非十月革命文学」、『文学と革命』、トロツキー、茂森唯士訳、改造社、一九二五・七・二〇、三一頁）

「芸術に於ける客観的社会依存、並びに社会功利についてのわがマルクス主義的解釈は、政策的言語に翻訳する時、法令又は命令書の力によって芸術を支配せんとするものであるとの意味には決してならぬ。われわれにとって、新しき芸術或は革命的芸術なるものは、労働者を主題としたもの、又、われわれが詩人から要求するものは工場の煙突あるいは資本に対する暴動を描写した芸術であるかの如く見做すのは誤謬であり、馬鹿げたことでもある。勿論、新芸術は有機的にその焦点をプロレタリアートの闘争に向けざるを得ないことは当然である。だが、新芸術の犂《すき》は全然番号づけられた畦をのみすくことに限られてはいない、――反対にそれは全部の畑を横にも縦にも耕やすべく使用されなければならぬ。個人的叙情詩の最小の範囲すら新芸術の埒内《らちない》に当然の存在権を有し得る。」（「第五章　詩の形式派とマルクス主義」、『文学と革命』、前掲、二二六頁〜二二七頁、ルビは中井）

封建的社会の因襲の圧力、封建的な思想的倫理的な圧力に抗して、自立した文学を主張した厨川白村の言論と、ロシア共産党の政策の枠内において、文学・芸術の独自性特殊性を認めたうえで文芸政策を立てようとするトロツキーの言論とを、芸術の独自性を強調するという点で無条件に共通するものである、あるいは接続しうるものであると私は考えることができない。私はそこに同質性と異質性が同時に存在したと考える。両者（厨川白村とトロツキー）に、文学の独自性を強調する点での抽象的な同質性を認めることは可能であるけれども、しかしながら文学の独自性を強調する両者の思想的な根本の違い、社会的な立場の違い、そのとりまく環境・背景の相違ということによって存在する、両者の異質性を無視することはできない。[*43] 例えば、厨川白村の文学の独自性とは、封建的日本社会の圧力に対する、作家の自己に基づく文学の自立性を説く、内向きのもの、内面的なものである。[*44] それに対して、トロツキーの言う文学の独自性とは、厨川白村の言う作家の内面的な部分を含みながら（芸術的に高められた文学の表現を含めて）、第一に、文学を史的唯物論に立って解釈し位置づけたうえのものである。第二に、執権するロシア共産党が政策を立てる場合、政治的分野とは異なる文学領域の独自性に対する、そして作家の特殊性に対する、ロシア共産党の注意深い配慮と政策を要求するものであった、と思われる。[*45]

私は、厨川白村とトロツキーの両者の、文芸の独自性の強調に関する言論の関係は、同質のものが存在するけれども、基本的には異質の、質的相違のある文芸観に立つ考え方であったと考える。[*46] 言い換えれば、厨川白村の文芸論（一九二四年二五年ころ魯迅が共鳴した）からマルクス主義文芸理論（トロツキーのマルクス主義文芸理論も含めて）へいたる魯迅における関係は基本的に、批判的な継承・発展と、克服の過程であったと考える。例えば、前述のように魯迅は、文学が自己（内部要求、個性）に基づくものであるとしつつも、その自己を歴史的社会的に規定されるものとし、基づく自己自身がコペルニクス的に転回・発展した（これは、批判的な継承・発展の一つの例と言える）。また魯迅は、文学と宣伝の二律背反の考え方（厨川白村）を、社会現象としての文学を考えることで、克服した。

### 3　描写される対象自体の階級性（第三の観点から）

魯迅は一九二八年以降、史的唯物論に基づいて、歴史的社会的な観点から文学を解釈できるようになったと思われる。[*47] 上述の第三の観点（作者が描写し表現する対象自体が、社会的歴史的に規定される存在である場合）に基づけば、描写される対象自体が一つの歴史的社会的存在、あるいは一つの社会現象である。描写される対象自体が歴史的社会的に規定されるものである以上、それは或る階級社会における階級的刻印を帯びていることになる。
「文学的階級性」（一九二八・八・一〇、『三閑集』）で魯迅は、人間の性格感情等が階級性を帯びることについて、次のように言う。
「私自身は、次のように思っています。もしも性格感情等が、すべて〈経済に支配〉される（経済組織に根拠をもつ或いは経済組織に依存する、とも言うことができます）という説によるならば、これらは必ずみな階級性を帯びます。しかし『みな帯びる』のであって、『ただそれだけがある』のではありません。」（「文学的階級性」、一九二八・八・一〇、『三閑集』）
すなわち魯迅は、人の性格感情等が必ず階級性を帯びること、しかし階級性だけを帯びるのではないことを指摘した。作家が階級社会における人物の形象を忠実に描写して、文学に表現するとすれば、その文学における人物の形象は、その対象の人物にもともと存在する階級性が描写され表現されたものとなる。
「トロツキーはすでに〈没落〉したけれども、しかし利害関係を含まない文章は将来の別の制度の社会でなければならない、と言った。彼のこの話はやはり正しいと思う。」（「我的態度気量和年紀」、一九二八・四・二〇、『三閑集』）。
トロツキーは、現在の階級社会において作家が階級によって、その立場によって、利害を異にするとし、そのためこうした作家の文章は利害関係を含むとする。作者とその対象自体が階級社会にあるがゆえに、利害を含まない文章は、将来の別の制度の社会（社会主義・共産主義の社会を指す）でなければならない、とした。このトロツキーの指摘を、一九二八年四月、魯迅は正しいとしている。
ルナチャルスキーは階級によって異なる審美観について、「芸術与階級」（魯迅訳、週刊『語絲』第四巻第四〇期、一九二八・一〇・一、副題、「（日本）昇曙夢訳 A. Lunacharshky 的『芸術論』第三章」[*48]）で次のように言う。
「特に階級的美学なるものが存在し得るであろうか？　勿論それは存在し得る。」（「三　芸術と階級」、翻訳の底本は『マルクス主義芸術論』〈昇曙夢訳、白揚社、一九二八・七・三〇〉による。三八頁）
「もし、我々がなぜに趣味を変えるかを検覈《けんかく》するならば、我々は経済組織の変更、概して様々の社会的階級が文化に及ぼす影響の程度に於ける変化が、その根柢に横わっているのを看取するであろう。」（「三　芸術と階級」、前掲、三九頁、ルビは中井）
「女性美の理想は農民のそれとインテリゲントのそれとは違っている。上流に位するインテリゲントの連中は――

チェルヌイシェーフスキイは言っている——繊細な手足と繊細な手とがたまらなく好きである。けれどもこれらの特徴は何を表示しているか？——これは退化であり、寄生生活である。身体の萎縮の始まりは即ちそのような貴族的な手と足である。こんなものは隠すことの出来ない嫌悪の情を人々に沁み込ませるものである。これと反対に農民は許嫁を選択するに際して、相手の娘の健康の程度を至極明確に決めることが出来る。そして彼女は働き人として、妻として、母親として立派であるか何うかを我が胸に訊ねる。燃え立つような血色、肉体的力、最も直接的な意味に於ける女らしさの明瞭に表現された特徴——これらのものが農民を魅惑するであろう。

それ故に我々は、社会の異った両極の対立の例に於いて、美学の領域に於ける甚だしく反対な見解を見るのである。」（「三　芸術と階級」、前掲、四〇頁）[*49]

魯迅は一九二八年一〇月の段階で、階級における審美観の違いについてのルナチャルスキーの解釈を知っていた。

これに関連して、左連結成（一九三〇・三・二）ののち魯迅は、鄭伯奇によれば[*50]、左連による講演会（一九三〇・三・一九、中国公学分院[*51]）で階級による審美観の違いについて、次のように講演したという。

「そのあと、魯迅は故郷の習俗を話した。言葉ははっきりと覚えていないが、魯迅は続いて結婚の習俗を引きあいに出した。大意は、彼の故郷では、嫁を取るとき、瓜実顔の柳腰という美人を求めない。求めるのは腰や腕がまるまると太く、血色の良い健康な女性である、と。この例によって、彼は農民と紳士の美観に対する違いを結論づけた。そのあと、彼は実例によって『美は絶対的なものである』という観念論の誤りをあばき、『美の階級性』という考え方に、鉄のような根拠を指し示した。」（「魯迅先生的演講」、鄭伯奇、一九三六・一〇、前掲、七八頁）

この魯迅の講演の内容は、ルナチャルスキーの上記の文章（あるいはそののち翻訳したチェルヌイシェフスキーの文章、「第一章　文学及び芸術の意義」〈『チェルヌイシェフスキイ——その哲学・歴史及び文学観』「第三篇　チェルヌイシェフスキイの文学観」、プレハーノフ著、蔵原惟人訳、叢文閣、一九二九・六・一三、魯迅訳、季刊『文芸研究』第一巻第一期、一九三〇・二・一五〉）に啓発されたものである、と思われる。

文学が階級性を帯びると魯迅が論ずる場合、次の二つの面を含めていたと思われる。主体の面から言えば、対象に対する審美の判断は、判断者の階級性を帯びる。客体の面から言えば、対象自体の階級的刻印が判断者の審美の判断を規定する。

しかし魯迅はまた、文学が階級性（作者と対象自体の）を帯びるとともに、同時に階級性だけを帯びるのではないとした。トロツキーは、例えば性格感情の普遍的な部分の存在を、次のように指摘する。

「死の恐怖といったようなエレメンタルな生物学的な感情を例に採ろう。この感情それ自体は人間のみならず動物にも具っている。人間にあってはそれは最初粗雑な、次いで芸術的な表現を見出した。夫々の時代に夫々の社会的環境に於て、この表現は変化した、即ち人間は死を様々に恐れて来たのである。而も、それにも拘らず、これに関してシェークスピヤやバイロンやゲーテのみならず、聖詩の唱者によって語られたことも等しく我々の心を打つのである。」（「L.Trotsky（託羅茲基）」、『奔流』第一巻第三期、一九二八・八・二〇、「エル・トローツキイ」、『露国共産党の文芸政策』〈前掲、一九二七・一一・二五、九一頁〉）

死の恐怖について、それぞれの時代にそれぞれの社会的環境において、その表現が変化してきた。それにもかかわらず、死の恐怖について、シェークスピアやバイロンやゲーテ等によって語られてきたことは、我々の心を打つ、と言う。ここでトロツキーは、歴史的社会的条件を超えて、人間に共通する普遍的感情（死の恐怖等）が存在することを指摘している。*52

またトロツキーは、芸術作品にその時その場を超えて、人の胸を打つ作用があるとする。

「『神曲』は、彼〔『ナ・ポストウ』派のラスコーリニコフを指す——中井注〕の意見によれば、それが或る時代の或る階級の心理を理解することによってのみ、我々にとって価値があるのである。そういう風に問題を立てることは——何のことはない『神曲』を芸術の領域から抹殺することを意味する。或は、そうすべきの時が来ているかも知れない、しかし苟もその場合には問題の性質をはっきり理解して、結論を恐れないことが必要である。『神曲』の意義は、それが私に或る時代の或る階級の気持を理解させる点にあると言うなら、それだけでもって私はそれを単なる歴史的ドキュメントにしてしまっているのである、何となれば、芸術作品として、『神曲』は私自身の感情と気持とに何事かを語る筈であるから。ダンテの神曲は圧迫的に私と作用し、ペッシミズム、憂鬱を私の内部に育むことが出来、或は又その反対に、私を高揚し、飛翔させ、鼓舞することが出来る……。これが芸術作品と読者との間に存する基本的の相互作用である。勿論、何物も読者に一個の研究者として単なる歴史的のドキュメントとして『神曲』を取扱う事を禁じはしない。けれども之等二つの態度は異った面に横わっているものであって、相互に関係はしているものの、一をもって他を覆う事の出来ないのは明かである。如何にして我々と中世のイタリーの作品との間に歴史的でない、直接的な美的関係が成立ち得るか？　それは階級に分たれた社会に於ては、その一切の変遷に拘らず、或る種の共通の性質がその間に存することによって説明される。中世イタリーの都市に発達した芸術作品が、事実、我々をも感動させ得る。その為めには何が必要であるか？　ほんの少しである、即ちこれ等の感情及び気持が当時の生活の制限を遙かに高く超えるような、そういう広い、緊張した、力強い表現を受取ればそれでいいのである。勿論、ダンテも亦――一定の社会的環境の所産である。しかしダンテは――天才である。彼は自分の時代の経験を巨大なる芸術的な高みに押上げている。それ故に若し我々が今日、他の中世の芸術作品を単に研究の対象としてのみ見ていながら、『神曲』には、芸術的鑑賞の源泉としてこれに対しているとすれば、それはダンテが一三世紀のフロレンスの小ブルジョアであったからではない、著しい程度に於て、この事情にはよらぬのである。」（「L.Trotsky（託羅茲基）」、『奔流』第一巻第三期、一九二八・八・二〇、「エル・トローツキイ」、『露国共産党の文芸政策』〈前掲、一九二七・一一・二五、八九頁～九一頁〉）

このように同時にトロッキーは、芸術作品を単に歴史的社会的な記録としてだけ見ること（歴史的社会的観点からのみ見ること）が、芸術の別の一面を見失うことになると指摘する。その別の一面とは、作家の感情と気持ちが作品の中で、読者を鼓舞し、高揚させ、或いは憂鬱を内部に育むことができるような、胸を打つような、芸術的表現にまで高められていることである。それは、作者のその時期その社会の制限を超え、読者に働きかける作用となるとする。

魯迅は、文学が階級性（作者と対象自体の）を帯びるとともに、同時に階級性だけを帯びるのではないとした。文学には、その時期その社会の制限を超えて、読者の胸に響く内容と芸術的表現が存在するとした、と思われる。[*53]

### 4　環境に応じて生まれる文学

魯迅は、文学が環境に応じて生まれるという一九二七年ころ以来の新しい認識を、「現今的新文学的概観」（一九二九・五・二二講演、半月刊『未名』第二巻第八期、一九二九・四・二五、『三閑集』）で次のように述べる。

「各種の文学は、すべて環境に応じて生まれるものです。文芸を推賞する人は、文芸が波風を起こしうることを好んで言いますが、しかし事実においては、政治が先行し、文芸があとから変化します。もしも文芸が環境を変えることができると思うのなら、それは〈観念論〉の話です。事実の出現は、決して文学者が予想するようなものではありません。ですから巨大な革命では、以前のいわゆる革命文学者は滅亡しなければならず、革命に少し結果が出るようになり、息をつく余裕が少しあるようになって、はじめて新しい革命文学者が生みだされます。」（「現今的新文学的概観」、一九二九・五・二二講演、前掲、『三閑集』、一三四頁）

私は、上の文章から次のように考える。

（一）一九二九年の段階で魯迅は、文芸が環境を変えることができると考えるのは、「観念論」の話だとしている。言い換えれば、魯迅は史的唯物論の立場に立って、文芸と環境の関係を考えていることが分かる。一九二六年ころ以前において、魯迅は中国変革のための思想革命（精神改革）の根本的重要性を信じていた。その点における文学の推進力としての役割を高く評価していた。そのことからすれば、上の発言は大きな転換を示している。

また、魯迅は一九三三年一二月二〇日付けの徐懋庸宛て書簡で、文芸と社会の関係について次のように言う。

「文学と社会の関係は、まずそれが社会を敏感に描写し、もしもそれに力があれば、また一転して社会に影響し、変革を起こさせるのです。これはちょうど、ごま油がもともとごまから取りだされますが、それにごまを浸すと、ごま油をさらにいっそう油っぽくさせるようなものです。」

まず、社会の存在を文学が敏感に描写し、その文学が力量のある場合、逆に社会に影響を与え、変革を起こさせることがあるとする。一九三三年の段階では、魯迅はさらに深い史的唯物論の理解に立っている。一方で、文芸が環境に応じて生まれるとしながら、他方で、文芸と社会（環境）の関係について相互作用をも視野に入れてとらえていることが分かる。

（二）またここには、文学が環境に応じて生まれるという点にかかわって、『魯迅とトロツキー――中国における《文学と革命》』、長堀祐造、前掲、二〇一一・九・二五）が指摘する、「遅れてくる文学」というトロツキーの考え方の影響を見ることができる。しかし文学と環境の考え方について、魯迅の考え方はトロツキーの影響のみに限定されないと思われる。一九二〇年代北京において、魯迅は次のように言った。

「まさに苦しんでいるその時に、苦しみを表現することはできない。仏説の極苦地獄の亡霊は、かえって決して叫び声を上げない。」（「〈碰壁〉之后」、一九二五・五・二一、『華蓋集』）

人がまさしく苦しんでいるときには、苦しみを表現できない。苦しみから脱却できたあと、その苦しみから距離をとれるときに表現できるとする。とすれば、魯迅は、息をつくことができる精神的余裕が作家になければ、文学として表現されえない、と考えていたと思われる。

そうした文学と環境の関係についての考え方は、中国変革を何らかの形で常に展望した、日本留学期から一九二〇年代にいたる魯迅のそれまでの体験（例えば日本留学時代の文学活動の失敗、辛亥革命の挫折等）、一九二六年の三・一八惨案の経験、国民革命での武力と文学との関係の体験を踏まえ（例えば軍閥孫伝芳を駆逐したのが武力であったこと）、さらにトロツキーのマルクス主義文芸理論書『文学と革命』等との接触とともに、一九二八年以降、史的唯物論を受容して到達した魯迅の考え方であると言った方が良い、と思われる。
（三）そして息をつく精神的社会的余裕が少しあるようになって後、はじめて生みだされる新しい革命文学者が、過渡期を経過し、次の社会主義・共産主義社会に進むことになると魯迅は考えた、と思われる。

## 5　階級移行の可能性を認識したあとの、「革命人」と「革命文学」

魯迅は、一九二九年ころ、次のように階級移行の可能を認めている。
「この階級からあの階級に行くのは、もちろんありうることです。しかしもっとも良いのは、意識がどのようであるのか、一つ一つ率直に言って、大衆に見てもらうことで、敵であるか友であるか、はっきりと分かります。頭の中にたくさんの旧い残滓《ざんし》を残しておきながら、わざと隠して、芝居のように自分の鼻を指し、『自分だけが無産階級である！』と言ってはなりません。」（「現今的新文学的概観」、半月刊『未名』第二巻第八期、一九二九・四・二五、『三閑集』[*54]）
ゆえに狭義の優れた「革命人」（孫中山、レーニン、トロツキー等のような）でなくとも、たとえ作家（知識人）が小資産階級出身であっても、革命的意識をもつことによって階級移行をし、労働者階級と連帯して、プロレタリア文学、無産階級革命文学を書くことは可能である、と考えるようになった。ここには「無産階級文学の諸問題」（片上伸、一九二六・一、『文学評論』〈新潮社、一九二六・一一・五〉所収、『現代新興文学的諸問題』〈魯迅訳、上海大江書舗、一九二九・四〉）における理論的整理が魯迅に役だったと思われる。[*55] 一九二六年ころの段階の、「革命人」による「革命文学」に関する狭い魯迅の受容のしかたは、一九二九年ころに克服されたと言える。
また、一九二七年四月の段階で魯迅は、「平民文学」（プロレタリア文学）を平民（労働者農民）が描くものとしていた。[56]しかし「無産階級文学の諸問題」（片上伸、前掲、一九二九・四）によれば、「平民文学」（プロレタリア文学）は平民（労働者農民）が必ずしも描くものではない、労働者農民が書くことが必要条件ではないとされた。この一般的な担い手の点でも魯迅は認識を改めた。小資産階級出身の作家であっても、革命的意識をもつことにより、革命的作家となることが可能である。作家の見地が無産階級的である場合に、その作品はプロレタリア文学となることが可能であるとされた。[57]すなわちこのより一般的な「平民文学」の担い手についても、魯迅は「無産階級文学の諸問題」（片上伸、前掲、一九二九・四）から学ぶところがあったと思われる。

このことは、一九二九年ころはじめて魯迅が、階級意識を獲得することによる階級移行を認め、そしてマルクス主義文芸理論（思想）をより深く受容していったことを、示すものである。すなわち魯迅は、トロツキーの「革命人」と「革命文学」の指摘に対する、一九二六年二七年ころの魯迅自らの狭い認識を、「無産階級文学の諸問題」（片上伸、前掲、一九二九・四）における問題の整理等をとおして、一九二九年ころにおいていっそう広げ深めていった例と言える。

魯迅は、一九二六年以来自らが作ってきた「革命文学」と「革命人」についての狭い理解の障害を、そして一九二七年の「平民文学」（プロレタリア文学）の担い手に関する狭い理解の問題を、一九二九年ころに乗り越えることができた。すなわち一九二六年ころ、「革命人」が書いてこそ「革命文学」となるとし、「革命人」でない自らはその属する階級に対して矛を翻して攻撃する道を選ぶという、階級移行を不可能とする有島武郎的な潔癖な考え方・生き方を、一九二九年ころに乗り越えることができた。[58]それは、トロツキーのマルクス主義文芸理論自体を乗り越えたのではなく、トロツキーのマルクス主義文芸理論によって触発された魯迅自らの、「革命人」と「革命文学」に対する狭い理解を、自らが深化させ、改め、乗り越えた過程であると言える。[59]そのことと関連する「平民文学」（プロレタリア文学）の担い手についての狭い理解も、一九二九年ころに、自らの理論的深化により乗り越えたと思われる。

魯迅は、「関于小説題材的通信」（一九三一・一二・二五、『二心集』）で次のように言う。

「お二人のお尋ねのことは短篇小説を書くとき、採用して活用する材料の問題です。作者の立つ立場が、手紙に書くようであれば、小資産階級の立場です。

もしも戦う無産者であるのなら、書くところのものが芸術作品となることができるものでさえあれば、その描写するものがどんな事情であれ、その使用するものがどんな材料であれ、現代と将来に対して必ずや貢献する意義があります。なぜなのか。なぜなら作者自身が戦闘者であるからです。

しかしお二人はその階級ではありません、だから筆を動かす前に、来信で言うような疑問が生じます。私が思いますに、これは目下の時代に対してやはり意義があります、しかしもしもいつまでもこのような気質であれば、それは適切ではありません。（中略）お二人はともに前に向かって進む青年であり、また時代に対して助力し貢献する意志を抱いています。その時にはまた必ずやだんだんと自己の生活と意識を克服し、新しい道を見つけることができるでしょう。」

ここには階級移行を認めたうえでの（ゆえにどのような立場に立つかの問題として提起される）、トロツキーの考え方（「革命人」と「革命文学」）に対する魯迅のより深い理解が示されていると言える。すなわち魯迅は、作者が戦闘的無産者の立場に立つことができれば、そして同時に書くものが芸術作品となりうるものでさえあれば、現代および将来にとって必ず貢献できるとする。

マルクス主義文芸理論という思想の受容の進展によって、魯迅の精神構造（自己〈生き方〉・内部要求・個性として持続的に現れる精神構造、すなわち精神の深部で動態的に働く精神構造）が深化・前進したと言える。[*60] 歴史的社会的に規定される自己（内部要求、個性）が、その意識形態の枠を変化・拡大させた。すなわちマルクス主義文芸理論の思想の受容の進展によって自己（内部要求、個性）自体がコペルニクス的に転回していき、自己の狭い従来の認識の枠をいっそう広げ深めたこと、あるいは認識の次元を拡大したことを示す、と思われる。[*61]

## 6　文学的同伴者の革命後の境遇と動揺について

一九二九年秋、革命文学論争の収束以後、一九三〇年三月、左翼作家連盟の成立のとき、魯迅は「対于左翼作家連盟的意見」（一九三〇・三・二講演、『萌芽月刊』第一巻第四期、一九三〇・四・一、『二心集』）で次のように語った。その内容には、一九二六年二七年ころ、魯迅がトロツキーやラデックの論から学んだ内容と直接つながることも、一部分存在した。

「もしも革命の実際の状況を知らないならば、それも〈右翼〉に変わりやすいのです。革命は苦しみであって、そのなかに必然的に汚穢と血が混ざっていて、決して詩人が想像するような、おもしろく完璧なものではありません。革命はとりわけ現実のことであり、さまざまな卑賤な煩わしい仕事を必要とし、決して詩人が想像するようなロマンチックなものではありません。革命には当然破壊がありますけれども、しかし建設をいっそう必要とします。破壊は痛快なものです、しかし建設はむしろ面倒なことです。ですから革命にロマンチックな幻想を抱く人は、ひとたび革命と接近し、革命が行われることになると、容易に失望します。聞くところによれば、ロシアの詩人エセーニンは、最初非常に十月革命を歓迎しました。当時彼は、『万歳、天と地の革命！』と叫び、また『私はボルシェビキになった！』と言いました。しかし革命後になって、実際の状況は全く彼の想像するようなことではなく、ついに失望し、意気消沈しました。エセーニンはのちに自死しました、この失望が彼の自死の原因の一つだとのことです。」（「対于左翼作家連盟的意見」、一九三〇・三・二講演、『萌芽月刊』第一巻第四期、一九三〇・四・一、『二心集』）

「詩人或いは文学者があらゆる人よりも上であり、彼の仕事はあらゆる仕事よりも高貴である、と思うのも、正しくない観念です。（中略）詩人或いは文学者が、現在労働大衆のために革命をし、将来革命が成功したとき、労働者階級が必ずやできるだけ報いてくれ、特別に優待し、彼を特等車に乗せ、特等のご飯を食べるようにし、或いは労働者がバター付きのパンをもって彼にすすめ、『我々の詩人よ、どうぞ召し上がれ！』と言うと思うのも、正しくない観念です。なぜなら実際上決してこのようなことはありえず、恐らくそのときには現在よりも苦しくて、バターつきのパンがないばかりか、黒パンすらないかも分からない、ロシア革命後一、二年の状況がその例です。もしもこの状況を理解しないならば容易に〈右翼〉になるでしょう。事実において、労働大衆が、梁実秋の言う『見こみのある』ものでないのであるかぎり、決して知識人階級を特に重視するはずがありません。例えば私が訳した『毀滅』（ファジェーエフの『壊滅』のこと――中井注）のなかのメーチック（知識階級出身）は、かえっていつも鉱山労働者に嘲笑されています。言うまでもありませんが、知識階級にはやらなければならない知識階級のことがありますし、特に軽視すべきではありません。しかし決して労働者階級が特に例外的に詩人或いは文学者を優遇する義務はありません。」（「対于左翼作家連盟的意見」、一九三〇・三・二講演、『萌芽月刊』第一巻第四期、一九三〇・四・一、『二心集』）

ロシア十月革命に幻想を抱いた詩人（文学的同伴者、すなわち同伴者作家のこと）が、革命後の状況に耐えられず失望し、ひいては自死したことがあった。[*62] このことは、魯迅が一九二六年二七年、トロツキーやラデックの諸説から学んだことであり、中国の辛亥革命でも「南社」の一部の人々がこのようであったこと、[*63]を指摘する。

ロシア共産党中央委員会の決議、「文芸の領域に於ける党の政策に就いて」（一九二五年七月一日発表、プラウダ所載、魯迅訳、『奔流』第一巻第一〇期、一九二九・四・二〇、底本は『露国共産党の文芸政策』〈蔵原惟人・外村史郎訳、南宋書院、一九二七・一一・二五〉）は同伴者作家について次のように言う。

「一〇〈随伴者〉〔同伴者作家のこと――中井注〕との関係に於いては次のことを考慮に入れる必要がある。（一）彼等の分化、（二）文学的技術の資格ある〈専門家〉としての彼等の中の多くのものの意義、（三）作家のこの層の間に於ける動揺の現存。一般的指令は、此処では彼等に対する戦術的な注意深い関係、言い換えれば彼等が出来るだけ早く××××的イデオロギーの側に移りゆくを得る為のあらゆる条件を保証する如き態度の指令でなければならない。反プロレタリヤ的、反革命的要素（現在では極く僅かしかない）を根絶し、〈スメーナ・ウエーフ〉的な〈随伴者〉の間に形成されつつある新らしきブルジョアジーのイデオロギーと闘争しつつも、党は中間的イデオロギー的形態に向っては、辛抱強く、これ等不可避的に数多い形態を、××××の文化的要素との益々親密なる同志的協同の過程の中に於いて揚棄することに力をかしつつ寛容にこれに接しなければならない。」（一九八頁）

同伴者作家については、その中の中間的イデオロギー的形態に対して、辛抱強く寛容に接して、同志的協同の過程において揚棄することに力をかさねばならないとする。ロシア共産党中央委員会の文芸政策の決議では、同伴者作家に対して冷静に彼らの現状を踏まえた大変現実的な態度を打ちだしていると言える。[*64]また、魯迅はソ連の同伴者作家に対するこうした文芸政策に共感したと思われる。

## 二　トロツキーの過渡期におけるプロレタリア文化・芸術の不成立論について

### 1　トロツキーの過渡期におけるプロレタリア文化・芸術の不成立論について

トロツキーは、プロレタリア文化、プロレタリア文学が、過渡時期（プロレタリアートの執権する過渡時期）に成立しないと考えた。

「プロレタリアートは、短期の過渡時代として、自らの独裁を考案する。どんなに我々が社会主義への過渡に楽天的観察を下そうとしても、我々は社会革命の時期が、寛やかに見積って、一ヶ月はおろか、一ヶ年、十ヶ年に渡ることを覚悟しなければならない。」（「第六章　プロレタリア文化とプロレタリア芸術」、『文学と革命』、前掲、二四七頁）

「プロレタリアートはこの期間中に新文化を創造し得るだろうか。この疑問はどうして起るかと云うと、社会革命の年月は、新建設よりも破壊をこととする階級戦の年月だからである。兎に角、無産階級の主要精力は、現実並びに将来の争闘に供える緊急の必要と云う名目の下に、××の抑圧、精鋭の支持、強制、適応と云う方面に用いられる。プロレタリアートが自らの階級的存在のより高い緊張と全的発現に到達するのは、特にこの期間、すなわち、計画的な文化的建設をかろうじて行い得るこの革命的期間に於てである。これとは反対に、新支配が充分に政治的、軍事的威嚇から安全であり、文化創造の条件が好都合であればある程、プロレタリアートは、その階級的色彩から自由になって、すなわち、プロレタリアートたることを止めて、社会的共存の中に進展する。それゆえに、独裁期間に於いては、新文化の創造、すなわち、最大の歴史的物指しの建設に就いて言を挟む必要はないのである。独裁の鉄製圧搾機の中で、避くることの出来ないものが倒れた時に、過去の何物にも比類を見ない文化的造営が這入りこんで来る。それは最早階級的性質を有しない。この事実から、プロレタリア文化は現在も存在しないのみではなく、将来も存在しないだろうと云う、総結論をしなければならないのである。」(「第六章　プロレタリア文化とプロレタリア芸術」、『文学と革命』、前掲、二四七頁〜二四八頁)

トロツキーの文化の概念は、歴史的に長大で、社会的に広大な内容をもつ。ブルジョア文化は、数世紀にわたって社会のすみずみにまで浸透し、その根をしっかりと張った中からブルジョア芸術が生まれた。トロツキーは、そのような意味での、プロレタリア文化の成立が短期間の過渡時代（プロレタリアートの執権する）において難しいこと、ゆえにそこに根を張ったプロレタリア芸術の成立が難しいことを言う。

しかし同時に、トロツキーは「革命の芸術」(「第八章　革命の芸術と社会主義の芸術」、『文学と革命』)について次のように言う。

「革命芸術が明白に自己を表示する迄には、なお幾許の時日を要するだろうか？　それを予測することは寔《まこと》に困難である。何となればこの過程は数量によって算定され得べきものではなく、而も我々は物質的社会の過程を測定する場合に於てすら、極めて漠然たる推測を為すを余儀なくされている状態ではないか。しかし、その故に革命芸術の最初の大きな波動——革命の中に生い立ってゆくゆくはその任務を双肩に負うところの新時代の芸術——が近く将来されないとは云えない。然し、過渡時代のあらゆる矛盾を反映しつつある革命芸術を以て、社会主義芸術と混同すべきではない。何故なら後者には未だ基礎が出来ていないからである。だが一面、社会主義芸術は、過渡期の芸術から誕生するものであることを見逃してはならぬ。」（「第八章　革命の芸術と社会主義の芸術」、『文学と革命』、前掲、三一〇頁～三一一頁、ルビは中井による）

「革命それ自体は未だ〈自由の王国〉ではない。反対に、革命の内部に於ては〈強制〉の特色が極度に発達しているのである。若し社会主義が階級的対立を廃滅するものとすれば、革命は階級的闘争を最高度にまで伸張させる。革命時代に於ては、搾取者に対する戦闘の為めに無産階級を一致団結に導く様な、そうした文学が必要であり、又発達するのである。革命文学は社会的憎悪の精神を以て貫かれたもの以外ではあり得ない。それはプロレタリア独裁時代に於て歴史の手によって創造された因子となって現われるものである。社会主義の治下にある社会の根幹を為すものは社会連帯心である。総ての文学、総ての芸術は、全然別な調音叉によって調節されねばなるまい。我々革命家が今日屢々名目を附けるのに苦心しつつある諸種の感情――それは世の偽善者や、俗物共によって使い古されたものであるが、無我の友情、隣人に対する愛、真実な心など――は社会主義の詩の中では和声として力強く響くことだろう。」（「第八章　革命の芸術と社会主義の芸術」、『文学と革命』、前掲、三一一頁～三一二頁）

ここでトロツキーは、革命が階級的闘争を最高度にまで伸張させるとし、革命時代においては、搾取者に対する戦闘のために無産階級を一致団結に導くような、そうした文学が必要であり、また発達するとする。トロツキーは、「過渡時代のあらゆる矛盾を反映しつつある革命芸術」の存在を承認し、また革命文学は社会的憎悪の精神をもって貫かれるとする。トロツキーは、革命芸術と社会主義芸術を混同してはならないとしつつ、革命芸術の大きな波動は、革命の中に生い育って、やがてはその任務を双肩にになう新時代の芸術であると位置づけられる。この革命芸術は社会主義芸術に継承される。

トロツキーは「第六章」で、過渡期が階級的な激烈な闘争を中心とし、さらにプロレタリアートの執権する過渡時期の時間が短いことをあげて、プロレタリア文化・芸術が成立しないとした。しかしここで（「第八章」）トロツキーは、プロレタリアートの執権以前の、そして執権以後の、過渡期のあらゆる矛盾を反映する革命の芸術の存在を認めていることになる（革命の芸術が広大なプロレタリア文化に根を張ったプロレタリア芸術ではないとしても）。そして社会主義社会が成立するとき、社会主義芸術は過渡期の芸術（革命の芸術）を継承して誕生するものであるとする。

もしもこのようであれば、『露国共産党の文芸政策』（蔵原惟人・外村史郎訳、南宋書院、一九二七・一一、入手年月日は、一九二八・二・二七）における以下のような、ルナチャルスキーの発言（『奔流』第一巻第三期、一九二八・八・二〇）とロシア共産党中央委員会の決議（「文芸の領域に於ける党の政策に就て」、一九二五年七月一日、『プラウダ』掲載、『奔流』第一巻第一〇期、一九二九・四・二〇）の内容は、魯迅にとってある程度の説得力があったと思われる。

ルナチャルスキーは次のように発言する。

「そして同志トローツキイは自身矛盾に陥っているのだ。彼はその書の中に於て、今我々に必要なのは革命芸術であると云っている。しかし如何なる革命的芸術をであるか？全人類的、超階級的のそれであろうか？　否、我国の革命はプロレタリヤ革命である筈だ。芸術が全人類的のものとなるであろう所の×××の楽園に我々が自らを見出す前に、我々はプロレタリヤ芸術を展開している余裕を有しないと云うことを論拠としてあげることは、それは全く何事をも意味しないのである。

芸術に関する問題を国家に関する問題と比較して見るがよい。コンムニズムは決して全人類的国家を自分と共に携えて来るのではなくて、唯それを××するのである。しかも過渡的時期に於いて、我々はプロレタリヤ国家を建設する。かくてマルキシズムも、ソウエート組織も、わが労働組合も、――これ等すべては等しくプロレタリヤ文化の各部分であって、そして正にこの過渡的時期に適応した部分であるのだ。然らばどうして我々の所に共産主義芸術への過渡的芸術としてのプロレタリヤ芸術が生れ得ないと云うことが出来よう？

これ等すべての考えの中で私がこの論争の唯一の最も正当なる結論であると考える所のものは次の如くである、――即ちプロレタリヤ文学は我々の最も重要なる期待として我々はあらゆる手段をもってこれを支持すると共に、〈ポプートチキ〔同伴者作家のこと――中井注〕〉も亦決して排斥してはいけない、と。」（「A.Lunacharsky（盧那卡尓斯基）」、『奔流』第一巻第三期、一九二八・八・二〇、『露国共産党の文芸政策』、前掲、一三四頁～一三五頁）

ロシア共産党中央委員会の決議、「文芸の領域に於ける党の政策に就て」（一九二五年七月）、『プラウダ』掲載、『奔流』第一巻第一〇期、一九二九年四月二〇）は次のように述べる。

「一一　プロレタリア作家との関係に於いては党は次の如き立場を取らなければならない、――即ちあらゆる方法をもって彼等の成長を援け、手を尽して彼等と彼等の組織とを支持しつつも党は、彼等の間に於ける最も破滅的現象である己惚れの出現をあらゆる手段をもって予防しなければならない。党は、来るべきソウエート文学の観念的指導者を彼等の中に見ればこそ、旧き文化的遺産及び同様に芸術的言葉の専門家に対する彼等の軽卒な侮蔑的な態度に対してはあらゆる方法をもって闘争する必要がある。これと同じようにまた、プロレタリヤ作家の観念的ヘゲモニーの為の闘争の重要性を評価し足らざる如き立場は批判されなければならない。一方に於いては無条件降伏との他方に於いては己惚れとの闘争、——此の如きが党のスローガンであらねばならぬ。」（『露国共産党の文芸政策』、前掲、一九九頁）

ロシア共産党はプロレタリア作家の成長を助け、彼等の組織を支持する。しかし旧文化遺産と芸術的言葉の専門家に対するプロレタリア作家の侮蔑的態度に対して、プロレタリア作家のうぬぼれに対して、ロシア共産党は闘争する。他方、プロレタリア作家の意識形態の主導的地位を軽視する立場（この場合の「無条件降伏」はトロツキー・ヴォロンスキーの立場を指す）を、ロシア共産党中央委員会は批判するとする。[*65]

このような立場を、ロシア共産党中央委員会は一九二五年七月の段階で打ちだしている。

魯迅は、一九二八年、「蘇俄的文芸政策」を『奔流』第一巻第一期（一九二八・六・二〇）から訳載し始め、のちに『文芸政策』（水沫書店、一九三〇・六）として出版した。

### 2 魯迅の評価について

魯迅は、トロツキーの過渡時期（プロレタリアートの執権する）におけるプロレタリア文化・芸術の不成立論に対して、どのような判断・評価をしたのだろうか。魯迅はこのことについて「『奔流』編校后記（三）」（一九二八・八・一一、『奔流』第一巻第三期、一九二八・八・二〇、『集外集』）で若干の論評をする。

「トロツキーは博学であり、また雄弁をもって著名である。そのため彼の演説は、あたかも怒濤のように、気勢盛んで、泡を飛ばす激流の勢いである。しかしその結末の予想は、実際余りにも理想的すぎる——私個人の意見によれば。その問題の成立は、ほとんど提起するものではなくて、襲来するものであり、将来にあるのではなくて当面するところにある。」（「『奔流』編校后記（三）」、一九二八・八・一一、前掲）

魯迅の指摘するトロツキーの演説の結末部分とは、「L.Trotsky（托羅茲基）」（『奔流』第一巻第三期、一九二八・八・二〇）の次のところであると思われる。

「今日の休息のあとに――それは我々のところでは――党内に於てではなく、国家内に於て――ポプートチキ〔同伴者作家を指す――中井注〕によって強く染められている文学が作られている時なのだが、この今日の休息の後に、市民戦の新らしい残酷な痙攣の時代が来るであろう。我々は不可避的にそれに引き込まれるであろう。革命詩人が我々によき戦闘の歌を与えるであろうことは確かにあり得る、しかし文学の継承はそれにも拘らず鋭く断たれるであろう。全ての力が直接の闘争に向って出て行くであろう。その後に我々は第二の休息を持つであろうか？　私は知らない。しかしこの新らしい、遥かに強烈な市民戦の結果は――勝利の条件の下にあっては――我々の経営の社会主義的根底の完全なる安定と強固とであるであろう。我々は新らしい技術、組織的な助力を受取るであろう。我々の発達は異なれるテンポをもって進むであろう。そして実にこの基礎の上にこそ、市民戦の電光形と震撼との後に、初めて文化の真の建設、従って、又新文学の創造も亦創められるであろう。しかしそれはすでに、芸術家と連帯の鉄鎖をもって結合された、文化的に成長し切った大衆との完全なる不断の交通の上に打ち建てられた所の、社会主義的文化であろう。」（『露国共産党の文芸政策』、前掲、一一七頁～一一八頁）

トロツキーは、一九二四年当時が同伴者作家の活躍するプロレタリアートの執権する過渡時期であり、その後きたるべき巨大な市民戦が戦われるであろうとする。もしその勝利があれば、そのあとで、社会主義的根底が安定して社会主義的文化の成立が始まることを言う（ここでトロツキーは、プロレタリアートの執権する過渡時期における、プロレタリア文化・芸術の不成立を前提にしていると言える）。魯迅は、トロツキーのこの予想があまりにも理想的であり、将来の問題としていると考えた、と思われる。[*66]すなわち魯迅はプロレタリア文化・芸術の不成立と社会主義の文化について、トロツキーがあまりにも整理して提起した問題として、将来の段階として予想していると考えたのであろう。

ルナチャルスキーは、ソ連の一九二四年ころ当時の過渡時期における文芸界について、同伴者作家を必要とすること、彼らの役割を高く評価することにおいて、またロシア共産党の執権のもとで、芸術の独自性、芸術家の特殊性を十分尊重する必要があることについて、トロツキー、ヴォロンスキーと同意見であった。

しかし上述のように、ルナチャルスキーは当時、トロツキーの見解に対して次の点で批判的であった。ルナチャルスキーは第一に、「文芸政策討議会」の発言でトロツキーの、プロレタリアートが執権する過渡時期におけるプロレタリア文化・芸術の不成立論を批判している。トロツキーがプロレタリアート執権以前と以後の過渡期において、革命芸術の存在を認めながら、しかもプロレタリアート執権のもとにある一九二四年の現状において、プロレタリア文学の萌芽（革命文学）が存在することを認めながら、プロレタリア文化の不成立を主張するのは、矛盾だとした。すなわちルナチャルスキーは現実に存在する素朴な形でのプロレタリア芸術を指摘した。また第二に、ルナチャルスキーは中央委員会決議の作成に重要な役割を果たした。[*67] そこにおいては、同伴者作家が擁護されると同時に、文壇における意識形態の主導権を、ロシア共産党の直接的な政策的行政的介入によるのではなく、プロレタリア作家自身が自らの力で獲得する闘争の重要性が指摘されている。そして文芸領域上の問題・傾向について、文芸諸団体の自由な競争と議論に任せるとしている。

このことをふまえて、魯迅がその後、どのようにルナチャルスキーのさまざまな所論を取りあつかったかが、この議論に関する魯迅の判断・評価を推測するもう一つの手がかり（傍証）となる。

魯迅が一九二八年ころ以降に翻訳した、ルナチャルスキーのそのほかの主なマルクス主義文芸理論の文献には次のものがある。訳了の日付順に、以下に列挙する。

①「芸術与階級」（盧那卡尓斯基、『語絲』第四巻第四〇期、一九二八・一〇・一、のちに④の『芸術論』に所収、「芸術と階級」、『マルクス主義芸術論』、ルナチャルスキー著、昇曙夢訳、白揚社、一九二八・七・三〇、魯迅入手年月日、一九二八・九・三）

②「TOLSTOI与MARX」（盧那卡尓斯基、『奔流』第一巻第七、八期、一九二八・一二・三〇、一九二九・一・三〇、のちに⑥の『文芸与批評』に所収、『トルストイとマルクス』、金田常三郎訳、原始社、一九二七・六・二〇、魯迅入手年月日、一九二七・一二・一四）

③「托尓斯泰之死与少年欧羅巴」（盧那卡尓斯基、一九二九・一・二〇訳、『春潮』第一巻第三期、一九二九・二・一五、のちに⑥の『文芸与批評』に所収、「トルストイの死と若きヨーロッパ」、杉本良吉訳、『マルクス主義者の見たトルストイ』、国際文化研究会、叢文閣、一九二八・一二・三、魯迅入手年月日、一九二八・一二・一二）

④『芸術論』（盧那卡尓斯基、一九二九・四・二二訳了、上海大江書舗、一九二九・六、『マルクス主義芸術論』、ルナチャルスキー著、昇曙夢訳、白揚社、一九二八・七・三〇、魯迅入手年月日、前掲）

⑤「蘇維埃国家与芸術」（盧那卡尓斯基、第一項から第四項

まで、『奔流』第二巻第一期、一九二九・五・二〇。第五項、『奔流』第二巻第五期、一九二九・一二・二〇、⑥の『文芸与批評』に所収、「ソウェート国家と芸術」、『新芸術論』、ルナチャルスキー著、茂森唯士訳、至上社、一九二五・一二・一八）

⑥『文芸与批評』（盧那卡尓斯基、一九二九・八・一六訳了、上海水沫書店、一九二九・一〇）

こうした一九二八年以降のルナチャルスキーに対する一連の魯迅の翻訳量を見てみると、魯迅はルナチャルスキーの諸著作に相当の注意を払っていると言える。[*68]

また、⑤の「蘇維埃国家与芸術」（盧那卡尓斯基、『奔流』第二巻第一期、一九二九・五・二〇、のちに⑥の『文芸与批評』に所収）の第三項の中でも、ルナチャルスキーは、トロツキーの過渡時期におけるプロレタリア文化不成立論に対して、以下のような批判を展開している。

「他の反対論はマルクス主義者達によって成されたもので、それはより多く深刻なものである。彼等〔トロツキー等を指す――中井注〕は、勝利を得たるプロレタリアートが、文化及び芸術に対して全く新なる相貌を与えるということに疑いを起さなかった。ただ彼等の指摘せるところは、隷属階級乃至被搾取階級としてのプロレタリアートは、その準備的革命或はその組織化を進行せんがための争闘時代には、下から芸術を展開する余力を有しない、ということであった。

そしてこれらの反対者が言うには、プロレタリアートの全勢力は政治的活動に向けられる、それだけその勢力が、力以上の労力や支えきれぬ生活条件を生み出すのである。曾てブルジュアジィは、自己の勝利を得る余程以前から、その観念論を啻に理論的様式に於てのみではなく、芸術的様式に於ても発達さしていたのであった。そして此の事実は、ブルジュアジィのためには非常に好都合な条件で、プロレタリアートの運命とは全く異なれるところのものであった。

私がこれらの反対者とプロレタリア芸術の精神に関して論争した時、私は次の如く指摘した。プロレタリアートはその争闘の初期に於て、単にその思想のみならず、芸術作品を中心にその感情をも構成することが出来たとすれば如何程プロレタリアートに有益であるか知れない、と。そしてその論証を私は、『インターナショナル』を始めとしてプロレタリア的唱歌の如き、比較的質朴な且つ余り際立たぬ現象のうちに見出したのである。斯の如き芸術的戦闘武器のタイプに依って私は、予備的なプロレタリア芸術を予想した、且つかかる芸術の萌芽を、例証として無数に引用することが出来る。（中略）

プロレタリアートの階級戦は、社会の階級的差別撤廃戦となり、プロレタリア階級の勝利は全階級の消滅となるのは真実である。然し、プロレタリアートが完全なる勝利を得たる後――彼等が新に人類の教育をなし、且つ過渡期に必要であったプロレタリア独裁を撤去して、人類の真実なる凡ての前衛力を自己の周囲に糾合し、茲に文化的覇権を手中に掌握する――その時までには比較的長い中間期があるであろうことを、我々は疑わぬ。（中略）
　プロレタリアの勝利期とブルジュア支配への争闘期の中間には、既にロシヤには到来しているところのプロレタリアート独裁期が横っている。そして、ここに、プロレタリアートは自己の芸術を開発して行けるであろうか、という疑問が起って来る。
　理論的には何人たりともここに反駁の余地がないようである。階級――大衆的な、生活と労働状態に於ては明白に独特な、内部的には世界的観念に照され暖められながら、大なる争闘のうちにその生活を送っている所の、空間に於ても時間に於ても最も遠き地平線を凝視すべく運命づけられている――階級、第一等的役目を果す使命を与えられたる実務的な階級が、詩の領域、絵画音楽等の領域に於て、唖の如く黙り込むであろうと何うして考えることが出来ようか？最も光輝ある生活に目覚めた数百万の大衆の中から、芸術的嗜好と才能をもった人々が出現しないということを如何にして認め得るであろうか？」（「第四章　ソウェート国家と芸術」第三項、『新芸術論』、茂森唯士訳、至上社、一九二五・一二・一八、一七五頁～一七九頁、『奔流』第二巻第一期、一九二九・五・二〇）

　以上のように見てくると、[*69]魯迅は一九二八年の段階で、そして一九二八年以降において、過渡時期（プロレタリアートの執権する）におけるプロレタリア文化・芸術の不成立というトロツキーの見解について賛成せず、おそらくむしろそれに反対し、プロレタリア芸術を過渡時期の当面の問題として提起するルナチャルスキーの意見、ソ連の現実に根づいた政策・意見[*70]の方に耳を傾けた、と私には思われる。[*71]
　実際、トロツキーの過渡時期（プロレタリアートの執権する）の最後の理想的将来的展望に対して、魯迅は疑問を投げかけていた。
「その結末の予想は、実際余りにも理想的すぎる――私個人の意見によれば。その問題の成立は、ほとんど提起するものではなくて、襲来するものであり、将来にあるのではなくて当面するところにある。」（「『奔流』編校后記（三）」、一九二八・八・一一、前掲）
　魯迅はおそらく、ルナチャルスキーの方向に、すなわちプロレタリアート執権のもとでの過渡時期のプロレタリア芸術（革命の芸術でもある）の成立を、当面の問題として、襲来する問題として主張したルナチャルスキーに、むしろ賛意を示している、と考えることができる。

## 第四節　さいごに

以上述べたように魯迅は、国民革命の進展と挫折という歴史的背景のもとで、一九二八年以降、文芸が自己（内部要求、個性）に基づくものであるとしつつ、その自己を歴史的社会的に規定されるもの、社会的関係の総和として見るようになった。それゆえまた、その自己（内部要求、個性）が階級性をも帯びるものと考えるようになった。そして魯迅は、文芸を社会現象の一つと位置づけ、文芸が社会現象の一つとして宣伝の役割を果たすことを認めた。小資産階級の知識人がプロレタリアの階級意識をもつことによって、階級移行することの可能性を認めた。それによって魯迅は、有島武郎的潔癖さから脱却でき、中国変革の過渡期における革命的知識人の役割を広義にとらえることができるようになった。

一九二六年から三〇年ころにかけて、トロツキーのマルクス主義文芸理論、文芸評論から魯迅が学んだことは多々あった。私は、その影響についても述べてきた。そのとき、魯迅が大筋として厨川白村、有島武郎的文芸観を批判的に継承し発展させ、或いは克服していく過程とは、マルクス主義文芸理論に基づく文芸観を受容していく過程であったと考える。そしてマルクス主義文芸理論の著作中の一つとして、『文学と革命』（トロツキー著）の影響の役割があったと考える。

同時に、魯迅がマルクス主義文芸理論を受容する過程において、トロツキーのマルクス主義文芸理論のほかに、片上伸、青野季吉、昇曙夢等の日本のマルクス主義文芸理論の開拓者の理論や、ルナチャルスキー、プレハーノフ等のマルクス主義文芸理論から学んだこと、その影響も同時に大きかった、と私は考える。それゆえに私は項目を立てて、それぞれの項目における魯迅の思想的な変遷・発展を跡づけようとし、その中においてトロツキーのマルクス主義文芸理論の影響を明らかにし位置づけようとした。

今後の私の課題として、ルナチャルスキー、プレハーノフ等の所論から魯迅が具体的に学んだ論点にどのようなことがあったのか、をいっそう明確にしなければならないと考える。

# 第八章　ルナチャルスキーの人道主義

# 第一節　はじめに

ルナチャルスキー（Anatori Vasilievich Lunacharskii、一八七五～一九三三）はソ連の革命家、芸術理論家である。ルナチャルスキーは学生時代から革命運動に加わり、チューリヒ大学留学中の一八九五年、ロシア社会民主労働党員となる。一八九六年帰国後、革命運動に参加し、逮捕、流刑の後、一九〇三年亡命する。一九〇五年の革命時には、ボリシェビキの中心メンバーであった。その後、レーニンと対立し、第一次世界大戦中からトロツキーと行動をともにする。一九一七年ロシア十月革命後、ボリシェビキに参加して、一九一七年から二九年までソビエト政府の教育人民委員（日本の文部科学大臣に相当する）を担当した。一九三三年、スペイン大使として赴任する途中、フランスで客死した。[*1]

魯迅（一八八一～一九三六）が一九二八年ころ以降に翻訳した、ルナチャルスキーの主なマルクス主義文芸理論の文献には、次のものがある。訳了の日付順に、以下に列挙する。[*2]

①「芸術与階級」（盧那卡尔斯基、『語絲』第四巻第四〇期、一九二八・一〇・一、のちに④の『芸術論』に所収、「芸術と階級」、『マルクス主義芸術論』、ルナチャルスキー著、昇曙夢訳、白揚社、一九二八・七・三〇、魯迅入手年月日、一九二八・九・三）

②「TOLSTOI与MARX」（盧那卡尔斯基、一九二四年の演説、『奔流』第一巻第七、八期、一九二八・一二・三〇、一九二九・一・三〇、のちに⑥の『文芸与批評』に所収、『トルストイとマルクス』、金田常三郎訳、原始社、一九二七・六・二〇、魯迅入手年月日、一九二七・一二・一四）

③「托尔斯泰之死与少年欧羅巴」（盧那卡尔斯基、一九二九・一・二〇訳、『春潮』第一巻第三期、一九二九・二・一五、のちに⑥の『文芸与批評』に所収、「トルストイの死と若きヨーロッパ」、杉本良吉訳、『マルクス主義者の見たトルストイ』、国際文化研究会訳、叢文閣、一九二八・一二・三、魯迅入手年月日、一九二八・一二・一二）

④『芸術論』（盧那卡尔斯基、一九二九・四・二二訳了、上海大江書舗、一九二九・六、『マルクス主義芸術論』、ルナチャルスキー著、昇曙夢訳、白揚社、一九二八・七・三〇、魯迅入手年月日、前掲）

⑤「蘇維埃国家与芸術」（盧那卡尔斯基、第一項から第四項までが、『奔流』第二巻第一期〈一九二九・五・二〇〉

に掲載。第五項は、『奔流』第二巻第五期〈一九二九・一二・二〇〉に掲載。⑥の『文芸与批評』に所収。「ソウェート国家と芸術」〈『新芸術論』、ルナチャルスキー著、茂森唯士訳、至上社、一九二五・一二・一八〉

⑥『文芸与批評』（盧那卡尓斯基、一九二九・八・一六訳了、上海水沫書店、一九二九・一〇）[*3]

以上のように、一九二八年以降のルナチャルスキーに対する魯迅の翻訳量の多さを見てみると、[*4]魯迅はルナチャルスキーの諸著作に相当の注意を払っていると推測できる。

本章の目的は次の点にある。（一）魯迅翻訳のルナチャルスキーの諸著作に窺われる人道主義に関する考え方を確認する。（そのことを論ずる場合、私は、「人道主義」と「トルストイの人道主義」、「トルストイ主義者の人道主義」の三者を区別する。[*5]）（二）ルナチャルスキーの人道主義に関する考え方が、[*6]後期魯迅にどのような影響を与えたのかを追究する。[*7]

## 第二節　魯迅の前期における人道主義について

一九二五年、魯迅は自らの思想的経歴をふり返って、「『魯迅景宋通信集』二四」（一九二五・五・三〇、『魯迅景宋通信集』、湖南人民出版社、一九八四・六）において許広平に次のように述べた。

「実際のところ、私の考えは元々すぐには分かりにくいのです。というのもその中にはもとから多くの矛盾があるからです。私をして言わしむれば、〈人道主義〉と〈個人的無治主義〉という二つの思想の起伏消長であるのかも知れません。ですから私は突然人々を愛し、突然人々を憎みます。仕事をする場合、時には確かに他人のためですが、時には自分のなぐさめのためで、時には生命をすみやかに消滅させることを願うが故に、わざと命をかけてやるのです。」（「『魯迅景宋通信集』二四」、一九二五・五・三〇、前掲）

魯迅の言う「人道主義」はどのような意味をもって、その前期をとおして現れているのであろうか。[*8]この点について以下に概略を述べることにする。

日本留学時代の文学活動（一九〇三〜一九〇九）においても、魯迅は人道主義に対する共感をもっていたことが窺われる。その人道主義は主として民族のレベルから見る内容であった。[*9]また同時に、中国の民衆の生活に対する魯迅の理想として語られる中には、人道主義的な素朴平和な民衆の生活に対する共感がうかがわれた。[*10]

「摩羅詩力説」（一九〇八発表、『墳』）では、バイロン・シェリー等の優れた個性をもった改革者が顕彰され、[11]彼らのような「精神界の戦士」(「摩羅詩力説」)の心声によって、民衆は人として目覚め自立する可能性をもつものであった(「立人」〈「文化偏至論」一九〇八発表、『墳』〉の思想)。[12]これを魯迅の日本留学時代の個性主義と考える。

日本留学時代の魯迅の人道主義は、「精神界の戦士」(優れた個性をもった改革者)の立場から見る二つの色彩を帯びていた。一つには、民族独立のレベルに立った人道主義の在り方である。もう一つは「精神界の戦士」の心声によって、「内曜」(「破悪声論」一九〇八発表、『集外集拾遺補編』)が発揮される可能性のある「素朴な民」(「破悪声論」)に対する信頼であった。

しかし魯迅は日本留学時代の文学活動が中国知識人に無視され、また帰国後一九一一年の辛亥革命が挫折して、その後長い沈黙の時期を過ごす。一九一八年、「狂人日記」によって沈黙を破ったあと、一九二〇年ころまで魯迅は、人道主義の精神を掲げて、主として『新青年』誌上に文章を発表し始める。すなわち魯迅は、人間の天性の善(素朴な民の天性の善)を信じ(「我們現在怎様做父親」、一九一九・一〇、『新青年』第六巻第六号、一九一九・一一・一、『墳』[13])、旧社会で抑圧される女性・弱小者に同情し擁護して(「我之節烈観」、一九一八・七・二〇、『新青年』第五巻第二号、一九一八・八・一五、『墳』[14])、人間の尊厳を、すなわち人間が人間らしく生きられることを支持した(「我之節烈観」、前掲)。[15]魯迅は、陳独秀、胡適、周作人等とともに、主として『新青年』誌上で中国の思想改革のための啓蒙活動を行った。

しかし同時に、日本留学時代の「精神界の戦士」を顕彰し中国改革を促そうとした個性主義は、日本留学時代の文学活動の失敗と辛亥革命の挫折をへて、「個人的無治主義」[16](「無治的個人主義」とも言う、その内容の一側面は、「厭世的無政府的個性主義」と言えるものであった)を派生させ、それが魯迅の、潜在する主流的心情となっていたと思われる。[17]

一九二〇年代初め魯迅は、ロシア文学者アルツィバーシェフの小説『工人綏恵略夫(労働者シェヴィリョフ——中井注)』(アルツィバーシェフ原作、魯迅訳、一九二〇・一〇・二二訳了、上海商務印書館、一九二二・五)に出会った。その物語の中で魯迅は、人道主義者アラジェフの理想の高唱に対するシェヴィリョフの批判を知った。アラジェフは人道主義の高尚な精神を、身寄りのない娘オーレンカに吹きこみながら、オーレンカが救いを求めてきたときには、それに気づかず、援助の手をさしのべることができなかった。それゆえに魯迅は、アラジェフの場合のような、人道主義の高唱に対するシェヴィリョフの批判を認識した。すなわち魯迅は理想の空唱・高唱が、目覚めた人々の苦しみを増すばかりであり、それは現実に対する無策にほかならないことについての批判を認識した。アラジェフが人間の天性の善を信じたのに対して、一九〇五年のロシア革命に参加し挫折体験をしたシェヴィリョフは、人間の天性は悪であるとし、その証拠に当時のロシア社会の悲惨な現状が存在することを示した。

魯迅はこうした人道主義に対する批判を、この小説をつうじて一九二〇年ころはじめて明確に認識したと思われる。魯迅は、人道主義に基づいて、先験的に想定された「素朴な民」(「破悪声論」)に依拠するのではなく、中国の当時の現実のなかにおいて、依拠すべき人道主義の事実を見出すことが必要であった。[*18] 魯迅は理想を高唱することではなく、人道主義の理想の実現へ向けて、現実を一歩でも動かすことが必要であると考えた、と思われる。

また、アルツィバーシェフの短篇小説「医生〈医者——中井注〉」(アルツィバーシェフ原著、魯迅訳、一九二一・四・二八訳了、『小説月報』第一二巻号外、『俄国文学研究』、一九二一・九、後に『現代小説訳叢』〈上海商務印書館、一九二二・五〉所収)において魯迅は、ある歴史的社会的条件下における人道主義の作用について、アルツィバーシェフの懐疑に共感するところがあったと思われる。短篇小説「医生」のあらすじは次のようである。

ロシアのある町で医者が、銃弾を腹に受けて負傷した警察の警部長の治療に呼びだされる。その警部長は、暴漢たちによるポグロム(ユダヤ人虐殺の集団的暴虐)[*19] を支援し、そのとき彼は「ユダヤ自警団」によって銃撃を受ける。警部長はコサック兵に出動を命じて、ユダヤ人の弾圧と虐殺を行っていた。町の夜空が火で赤く染まり、遠方から銃声が響いてきた。呼ばれた医者はその日、ポグロムの中で虐殺されたユダヤ人の若者や娘の無惨な死体を見ていた。またポグロムを煽っている男が、その医者の手厚い治療で回復した当の商人であることを知り、この商人を治療しなかったならば、これほどたくさんの人が殺されなかった、と医者は考える。医者はとまどい迷いつつ、結局、いま、銃弾を腹に受け負傷してうめく警部長をその家に放置して、そこから立ち去った。

魯迅は「『医生』訳者附記」(一九二一・四・二八、『訳文序跋集』〈『魯迅全集』第一〇巻、一九八一〉)で次のように言う。

「アルツィバーシェフのこの『医生』(Doktor)は、一九一〇年印刷発行された《試作》(Etivdy)の一つで、その書かれた時期はもちろん、なお前のことであり、彼がつき動かされたのはポグロムのことであった。これは傑作とは言えないけれども、同胞の非人類的行為に対する極めて激烈な抗争である。この短篇には、例によって作者のきめ細かな性欲描写や心理分析を見ることができるばかりでなく、また無抵抗主義に対する抵抗と、愛と憎しみのもつれを簡潔明瞭に書いている。無抵抗には、作者が反抗するところである。なぜなら人は天性において憎しみがないことはできず、この憎しみはまた、さらに広大な愛に基づいているからである。このためにアルツィバーシェフは依然としてトルストイの徒であることをまぬがれず、またトルストイ主義の反抗者であることをまぬがれない——十全に言えば、トルストイ主義の調整者である。」

ポグロムにおけるユダヤ人虐殺に対するアルツィバーシェフの憎しみは、広くは人類愛に基づくものであると言える。アルツィバーシェフはトルストイの徒であり、同時にトルストイ主義の無抵抗に反抗するものであった。アルツィバーシェフは、ポグロムを煽動する野獣のような商人やユダヤ人弾圧と虐殺を命令する警部長にまで、人道主義の精神に基づいて人類愛が適用されることを、疑問視している。

魯迅は一九二五年末に、「論〈費厄潑頼〉応該緩行〈フェア・プレー〉はゆっくりと実行すべきこと——中井注〉」（一九二五・一二・二九、半月刊『莽原』第一期、一九二六・一・一〇、『墳』）で辛亥革命の体験を踏まえて次のように言う。革命派は権力を握ると、打倒された守旧派に対して寛大で、文明的であった。守旧派は後に這いあがってきて、第二次革命のとき、袁世凱を助けて、多くの革命派を噛み殺した。そのために中国は、なお現在、暗黒の中にあり、青年が暗黒に反抗するために、さらに多くの気力と生命を費やさなければならなくなっている、と言う。[*20] 守旧派に対する寛大で、人道主義的文明的なあつかいが、革命派にとって後の大きな不幸と障害を招いたとする。

一九二〇年代初め以降、上のようなシェヴィリョフ等からの衝撃を受けた後、魯迅は自らが「人道主義」（アラジェフ的人間観）と「無治的個人主義」（シェヴィリョフ的視角）の起伏消長に陥っていることを明確に自覚した、と思われる。[*21] しかしこのことは逆に言えば、次のことを示している。魯迅は一九二〇年以降、一九二四年以降も、たとえ暗黒ともみあうにすぎないにしろ、[*22] たとえ絶望に反抗するものであるにしろ、[*23]「〈人道主義〉と〈個人的無治主義〉という二つの思想の起伏消長」（『魯迅景宋通信集』二四」、一九二五・五・三〇、前掲）の中において、なお人道主義の精神を信じていたと思われる。しかしその人道主義自体に対しても、具体的な社会的政治的条件の中では（ポグロムの煽動者に対するように）、普遍的に適用される原則であるのかどうか、には疑問をもっていたと思われる。その点から言えば、魯迅の人道主義は楽天的なものではなく、陰影があったと言える。

しかし魯迅は、思想改革をへての中国の変革と人間の解放を信じ（「通信〈一〉」、一九二五・三・一二、『華蓋集』[*24]）、弱小者、とりわけ旧社会で抑圧される女性に対して同情し（「祝福」、一九二四・二・七、『彷徨』）、人間の尊厳を擁護すること、すなわち旧社会を批判しつつ人間が人間らしく生きられることを擁護することに共感していた（例えば、「離婚」〈一九二五・一一・六、『彷徨』〉の愛姑の闘い）、と思われる。[*25]

魯迅は、一九二四年以降、中国変革において中国人の国民性の改革（思想改革）を最重要の課題ととらえ、そのためにまず知識人の思想改革の実現を、現実に一歩ずつ推し進めようとした。そして思想的にも、社会的行動においても（一九二五年から始まる女師大事件等において）、無抵抗ではなく、中国旧社会に対する文明批判・社会批判を行い、旧社会と闘うことを基本的に選んだ（雑感文、『華蓋集』等[*26]）。その闘い方は依然として魯迅にとっては、絶望に対する反抗、中国の暗黒の現状ともみあうことにすぎない、と認識されたとしても。そして旧社会の支配層（守旧派）と戦う場合、魯迅はいったん破れた支配層（守旧派）に対する人道主義的同情をもってはならない、鬼畜に対して理想的観念論的人道主義に基づいたあつかいをしてはならないとした（「論〈費厄潑頼〉応該緩行」、一九二五・一二・二九、『墳』）。

一九二六年三月一八日、北京で三・一八惨案が発生した。徒手空拳の市民・学生等のデモ隊が軍閥政府の銃撃等によって弾圧され、二〇〇数名の死傷者を出した。この経験から、魯迅は中国変革の過程において、当面の主要な課題はその緩急の観点に基づいて、国民性の改革（思想改革）ではなく、まず強力による軍閥の打倒にある、と認識を改めた。そのために国民性の改革という思想改革の課題は、後景に退くことになった。

時はまさしく国民革命の高揚の時期であった。他方で、魯迅は自らの闘い方について、文筆が武力の前に無力であるにしろ、闘争の過程において文筆によってあくまで闘い、抵抗することを述べた。[*27]そうした文筆活動や中山大学（広州）での教育活動によって、魯迅は国民革命という強力による革命を補佐することを意図したと思われる。一九二六年七月、国民革命軍が北伐のために広州を出発し、破竹の勢いで各地の軍閥を駆逐し、進軍する。

## 第三節　魯迅の後期における人道主義に対する考え方

### 一　人道主義とトルストイに対する中国革命文学派による批判

一九二七年四月一二日、蒋介石が上海でクーデターを起こして左翼勢力を弾圧し、国民革命は同年七月に挫折した。国民革命を支持した多くの文学者は、わずかな自由が残された上海の租界に避難する。魯迅は一九二七年一〇月に広州から上海に移った。一九二八年一月、中国革命文学派（第三期創造社、太陽社等）は上海において革命文学を主張し、魯迅、周作人、茅盾等を小資産階級作家として激しく批判した。それに対して魯迅等が反批判して、革命文学論争が始まった。その中で、第三期創造社の馮乃超による、人道主義者としての魯迅、周作人に対する批判があり、また人道主義者トルストイに対する批判が行われた。

馮乃超は「芸術与社会生活」（一九二七・一二・一八、『文化批判』創刊号、一九二八・一・一五）で次のように言う。「老生魯迅は――もしも文学的表現が許されるならば――いつも薄暗い酒家の建物から、酔眼陶然として窓の外の人生を眺めている。世人が彼を賞める良いところは、円熟した手法という点だけである。しかし彼はいつも過去の昔日を追憶しているわけではなく、没落した封建的な気分を追悼しているわけでもない。結局彼の反映するのは社会変革期の落伍者の悲哀であり、その弟と共に人道主義的な美しい話を退屈げに語るにすぎない。隠遁主義である！　幸い彼は、L.Tolstoy を見ならい低劣な説教者に変わろうとはしない。」（「芸術与社会生活」、前掲、一九二八・一・一五）「以上五人の作家〔葉聖陶、魯迅、郁達夫、郭沫若、張資平――中井注〕をあげたが、当然彼ら五人は教養のある五種類の知識人階級を代表することができる。彼らは鋭敏な感受性と円熟した技巧によって中国の悲哀を深く描いた。しかし小資産階級 Petit Bourgeois の特性は、保守に傾くこともできるし、革命に傾くこともできるものである。（中略）それら小資産階級の文学者が真の革命的認識をもたないとき、彼らは自分の属する階級の代言人にすぎない。それで、彼らの歴史的任務は、憂鬱な道化役（Pierotte）にほかならない。」（馮乃超、前掲、一九二八・一・一五）

また馮乃超はトルストイについて、レーニンの「ロシア革命の鏡としてのレフ・トルストイ」（『プロレタリー』第三六号、一九〇八・九・一一、私の使用した底本は『レーニン　文化・文学・芸術論（上）』、大月書店、一九六九・

二・二二）を引用しながら、次のように論ずる[*28]
「『トルストイは、一方ではいささかも忌憚なく資本主義の搾取を批判し、政府の暴力、裁判と行政の喜劇の仮面をはぎとり、国富の増大、文化の結果と、貧困の増大、労働大衆の痛苦との間にある矛盾を暴露した。他方では暴力をもって罪悪に反抗してはならないと愚かしくも勧告した。一方で、最も自覚的リアリズムに立って、すべての仮面をはぎとり、他方では厚顔にも世界で最も汚らわしいこと――宗教の説教者となった。』

しかしトルストイの見解の矛盾は決して偶然のものではない。それは一九世紀後半のロシアの生活が経験した矛盾を表現している。」（馮乃超、前掲、一九二八・一・一五）
「『公的な教会、地主、政府を拒否し、土地所有のすべての旧形式を破壊し、階級的で警察的な国家を取り除き、自由な小農民の共同体等々をつくるという努力、――これが一九〇五年革命時代において農民的歴史的状況をつらぬく赤い糸としての努力である。そしてトルストイの著作の精神的内容は、農民のこの努力に適応するなかで、抽象的〈キリスト教的無政府主義〉を形成した。』[*29]

これがトルストイの思想的階級的性質である。彼の主張する農民のあの独善的態度は、反動的であり、同時に彼自身の思想は社会進歩の観点において、また歴史の進行の観点から見ても、反動的である。

ここにおいて、トルストイの芸術観の誤りは、大体明瞭にすることができた。しかしトルストイ以外になお、大同小異の見解は少なくなく、彼らは資産者社会のへつらいものでなければ、'Don Quixote の類の人道主義者である。」（馮乃超、前掲、一九二八・一・一五）

馮乃超によれば、トルストイの思想は、「社会進歩の観点において、また歴史の進行の観点から見ても、反動的である」とする。さらに、トルストイと大同小異の見解をもつものは、資産者社会のへつらいものか、ドン・キホーテの類の人道主義者だとする。[*30]

## 二　トルストイ主義者と人道主義に対するルナチャルスキーの考え方

### 1　ソ連の文芸論戦におけるルナチャルスキー

一九二〇年代前半のソ連の文芸に関する論戦は、中国では『蘇俄的文芸論戦』（任国楨訳、北京北新書局、一九二五・八、「前記」〈魯迅、一九二五・四・一二、『集外集拾遺』〉）、「蘇俄的文芸政策」（初出は、『奔流』第一巻第一期〈一九二八・六・二〇〉から第二巻第五期〈一九二九・一二・二〇〉まで断続的に掲載された）において紹介された。[*31]ソ連における論争は、以下の論点について熾烈に行われた。

（一）一九二四年ころ当時、ロシア文芸界で圧倒的地位を占めた同伴者作家とその作品をどのように評価するのか。
（二）一九二四年ころ当時の脆弱なプロレタリア文学をどのように育成し発展させるのか。
（三）こうした課題を解決するために、文芸界に対する執権党ロシア共産党の直接的な政策的介入を認めるのか、どうか。

ここには三つの異なる立場があった。第一は、トロツキー、ヴォロンスキーの立場である。彼らは当時の文学界の衰弱した現状に基づいて、旧来の文学、同伴者作家、「レフ」の文学を擁護し、出現しはじめたプロレタリア文学を支持した。また、彼らは、『ナ・ポストウ』派がロシア共産党の直接的な政策的介入によってプロレタリア文学を援助し同伴者作家等を圧倒しようとする主張に、反対した。第二は、『ナ・ポストウ』派の立場である。『ナ・ポストウ』派はプロレタリア文学の主導的地位の獲得を主張し、当時勢力をもった同伴者作家等に激しい批判を加えた。この主張を実行する場合、彼らは執権するロシア共産党が直接的に政策として干渉することを求めた。第三は、ブハーリン、ルナチャルスキー等の立場である。彼らはさまざまな文芸流派・文芸諸団体の共存と自由な競争を認め、ロシア共産党が政策として直接的行政的に干渉することに反対した。同時に、彼らはプロレタリア文学が自らの力で主導的地位を獲得することを支持した。

ルナチャルスキーは、文芸という特殊な分野に対する理解を深くもち、上述のように、文学に対するロシア共産党の直接的な政策的介入を求める『ナ・ポストウ』派に反対した。そして彼はさまざまな文芸流派・文芸諸団体の共存と、自由競争を認めた。ルナチャルスキーは当時のソ連文芸界の衰弱した現実を踏まえ、文芸界の向上のために同伴者作家の役割を高く評価し、これを擁護した。彼は同時にプロレタリア文学が自らの力で文芸界の主導権をとることを支持した。また他方、ルナチャルスキーは、トロツキー、ヴォロンスキーの主張する、過渡期におけるプロレタリア文化の不成立論に反対した。

この論争は、ロシア共産党中央委員会の決議、「文芸の領域における党の政策について――ロシア共産党中央委員会の決議――」（一九二五・六・一八、『プラウダ』『イズヴェスチャ』、一九二五年七月一日、魯迅による中国語訳は『奔流』第一巻第一〇期〈一九二九・四・二〇〉に掲載）によって基本的に収束した。この決議は基本的にルナチャルスキー等の考えに沿うものであった。[*32]

## 2　トルストイ主義者と人道主義に対するルナチャルスキーの考え方

（一）トルストイ主義者について

このころ、ルナチャルスキーは当時のソ連における人道主義者としての存在、すなわちトルストイ主義者をどのように評価していたのだろうか。[*33]

「TOLSTOI 与 MARX」（盧那卡尓斯基〔ルナチャルスキー――中井注〕、一九二四年の演説、『奔流』第一巻第七、八期、一九二八・一二・三〇、一九二九・一・三〇、のちに『文芸与批評』に所収、底本は『トルストイとマルクス』〈金田常三郎訳、原始社、一九二七・六・二〇〉）でルナチャルスキーは以下のように指摘する。

トルストイの無抵抗主義の思想はあまりにもユートピア的であり、根本的な誤謬がある。人間の中にも貪欲な者、吝嗇な者がいる。吝嗇をいさめる説教や無抵抗主義を勧める説教は、貪婪な人間にとってかえって都合の良いものとなる。

またルナチャルスキーは、ソ連のトルストイ主義者の抗議に反論して次のように言う。

第一に、現在、世界は科学が発達し、工業、交通が盛んとなり、いくつかの国は資本主義社会に発展している。これらを基盤とし、世界は社会主義社会へと発展する経済的基礎を築きつつある。その経済的基礎は人間性の開花の物質的条件となるであろう。

第二に、ルナチャルスキーは、人道主義の理想（ルナチャルスキーの「人間の自然の性質」）を、現実の社会で実現しうるものが、ほかならぬ社会主義・共産主義であると指摘する。ルナチャルスキーは、中国革命文学派の馮乃超のように、人道主義を、そして「人道主義的な美しい話」を、社会主義・共産主義と対立させて、頭から否定するのではなかった。ルナチャルスキーは、人道主義の理想が、将来、社会主義・共産主義の社会においてこそ実現されるとした。すなわちルナチャルスキーは人道主義の理想を否定せず、人道主義の空想的理想を現実に実現するものこそ、社会主義・共産主義の社会であるとする。

第三に、ルナチャルスキーは一九二〇年代中ころの当時の世界において、ソ連の知識階層は二つの水路に分裂しているとする。一つは共産主義の方向に向かい、プロレタリアートと結合して、人間生活の合理的組織へ向かって進み、正当な経済組織を実現しようとして闘おうとする。もう一つはトルストイ主義者の道である。トルストイの社会的理想は、キリスト教的なものであって、各人は何人をも苦しめず、富貴を志さず、自分の生存以外には目的がなく、自らの労働によって生きる。そしてトルストイ主義者は流血の惨事を恐れ、聖者の道を探ろうとする。闘争から離れ、自らのうちに神を見出そうとする。それゆえに、ルナチャルスキーは、トルストイ主義者の目を現実に開かせるように努力し、社会闘争の中に身を突入させることが重要であるとする。ルナチャルスキーは、トルストイ主義者が自分の純潔を守ろうとして、身を汚すことを嫌い、それゆえに何らの愛の事業をなしえないこと、その事業がほとんど言葉のうえのものとして止まるだけであること、を指摘する。すなわちルナチャルスキーは、人道主義の理想を現実の社会において実現するために、その実現の過程において社会的に闘うことが必要であるとした。ルナチャルスキーはトルストイの無抵抗主義がその理想の実現のために障害になるとした。

第四に、ルナチャルスキーは、上のようにトルストイ主義者（知識人）の無抵抗主義を批判しながらも、しかしなお当時のソ連の現実にとって、すなわちこれから社会主義・共産主義を実現しようとするソ連の過渡期において、トルストイ主義者（知識人）の協力が重要であり、不可欠であるとしている。

（二）人道主義について

ルナチャルスキーは、将来の社会主義・共産主義の社会で人道主義の理想を実現することを支持した。そしてその理想の実現の過程において、トルストイ主義者の無抵抗主義が果たす有害な役割に反対し、その理想の実現のために現実において闘うことの必要を説いた。言い換えればルナチャルスキーは社会主義・共産主義の立場から、人道主義を全面的に対立する思想としてとらえるのではなく、むしろ人道主義を批判的に継承し発展させるべきものとしている。

こうしたルナチャルスキーの、トルストイ主義者に対して厳しく批判しながらも、現実的な態度をとる姿勢において（文学界の現状に基づいて、同伴者作家に対して肯定的態度をとったことと共に）、また人道主義そのものに対する考え方について、魯迅は深く共感できたと思われる。

## 三　後期における人道主義に対する考え方

### 1　ルナチャルスキーに対する魯迅の考え方

上述のように、ルナチャルスキーは、人道主義の理想が将来の社会主義・共産主義の社会で実現するものとし、また人道主義を批判的に継承し発展しなければならないものとした。同時に、彼はその理想を現実の社会の中で実現するために戦うことが必要であるとした。

魯迅は、一九二七年以前の自らの思想的経歴に基づけば、すなわち人道主義に対する前期の魯迅自らの考え方に基づけば、ルナチャルスキーの人道主義に対する考え方に対して、共感できるものであったと思われる。

魯迅は、一九一一年の辛亥革命以後の過程において、いったん敗北した守旧層が再び這いあがり、革命人を容赦なく弾圧したことを経験した。また、一九二六年の三・一八惨案等を経験して、中国において強力をともなわない抵抗は、軍閥政府によって凶暴に弾圧されることを認識した。それゆえにソ連のトルストイ主義者が人道主義の理想を掲げながらも、現実の闘いから逃避し、聖者の道を求めようとする姿勢を、ルナチャルスキーが批判することについて、魯迅は共感することができたと思われる。またトルストイ主義者が無抵抗を選択し、自己の平穏を内面的に孤立して維持しようとする利己主義的姿勢を、ルナチャルスキーが批判することについて、そして社会変革のためには戦うことが必要であるとルナチャルスキーが強調することについて、一九二八年ころ以降、魯迅は共感することができたと思われる。[*34]

また、一九二八年、中国革命文学派の馮乃超は、人道主義を語る小資産階級の文学者として魯迅、周作人等を批判した。また、彼はトルストイを汚らわしい宗教の説教者と批判した。馮乃超はトルストイの思想を、歴史的な進行の観点から見ても、また現代の労働者階級の階級的立場から見ても、反動的であるとした。しかし例えば、トルストイはロシア皇帝の専制政治のもとで、人道主義の立場からその専制政治と圧制を批判し、その行動と思想の功績は大きかった。[*35]魯迅は、中国の革命文学者たちが一九二七年四・一二クーデターのとき、左翼勢力に対する蒋介石の凶暴な弾圧と圧制のもとで、トルストイがロシア皇帝の弾圧と圧制に抗議したような人道主義的な抗議の声さえもあげることをしなかった、と革命文学者を反批判する。[*36]

すなわち魯迅は、ルナチャルスキーと同じように、人道主義を批判的に継承し発展すべきものと考え、そしてその人道主義の理想を実現するためには、戦うことが必要であるとした、と思われる。すなわち魯迅はトルストイ主義者の「聖者の道」を選ばず、何らかの方法によって人道主義の理想の実現のために奮闘し、反革命の弾圧と戦う必要があると考えた、と思われる。

## 2　戯曲「解放されたドン・キホーテ」における人道主義

『解放されたドン・キホーテ』(ルナチャルスキー作、千田是也、辻恒彦共訳、金星堂、一九二六・一一・二五、社会文芸叢書第三編、魯迅入手年月日一九二八・四・九)[*37]は、『被解放的堂・吉訶徳』第一場(隋洛文〔魯迅——中井注〕訳、『北斗』第一巻第三期、一九三一・一一・二〇)が魯迅によって翻訳された。[*38]また後に、瞿秋白がロシア語原文によってこれを改めて全訳し、魯迅が「后記」（一九三三・一〇・二八、『解放了的董吉訶徳』〈易嘉〔瞿秋白――中井注〕訳、上海聯華書局、一九三四・四〉所収、『集外集拾遺』）を書いた。[*39]

この戯曲をとおして、人道主義に対するルナチャルスキーの考え方、そして後期における魯迅の考え方を探ることにする。

『解放されたドン・キホーテ』のあらすじ（全一〇場）は以下のとおりである。

【第一場】

四人の兵士と一人の中尉が三人の囚人を護送している。中尉は先に一人で酒を飲みにいく。四人の兵士が、盗賊のバーミリョンと、地方で暴動を煽動する哲学の学生のバルタッサル、鍛冶工のドリゴを護送している（この三人はいずれも革命党）。バルタッサルは言う、神の助手として圧制者に対する暴動を説いてきた、と。そこへ、ドン・キホーテとサンチョが現れる。ドン・キホーテは、三人の囚人を善人と認め、彼らを釈放するように兵士に求める。ドン・キホーテは兵士と闘い、打ちのめされるが、そのすきにサンチョが三人を逃がす。二人は代わりに捕らえられる。

【第二場】

殿様とムルチオ伯と医者パッポが、退屈しのぎにドン・キホーテと話してからかう。ドン・キホーテは善行を積み、愛することの大切さを説く。それに対して、ムルチオ伯は牛羊式の平等の幸福以外に、野獣の幸福があると説く。猛獣のような幸福とは、すなわち他人を支配し、思いどおりに大衆を動かす権力の魅力である。

【第三場】

ムルチオ伯はドン・キホーテをからかうために、殿様の奥方の前で、半ば芝居をする。彼は奥方との密会を手助けするようにドン・キホーテを説得する。ドン・キホーテは彼らの熱い恋情を信じ、それを祝福する。殿様は、ドン・キホーテが巨人アフリカンと戦うように謀って、それをしむける。ドン・キホーテは運命と良心に従い、良きことのためと信じて戦う。ドン・キホーテは巨人アフリカンによってしたたかに刀の平らな面で殴られ、気を失い、見るものたちはこの茶番に哄笑する。

【第四場】

ドン・キホーテはミラベラ姫に護衛を頼まれ、からかわれて手を縛られ、四阿の窓辺に宙づりとなる。そこをステラ姫に助けられる。殿様はそれをとがめ、二人は決闘をする。ドン・キホーテは殿様の剣をへし折って勝つが、牢獄につながれてしまう。

【第五場】

ステラ姫が牢獄のドン・キホーテを訪れ、敬愛の念を示す。ドン・キホーテは父親のようにステラ姫に接するが、ステラ姫を愛する自分の愛欲を恥じて、彼女を去らせる。そこへ、叛乱を起こしたバルタッサルが、城を攻め落とし監獄を解放する。

【第六場】

国民議会が城を占拠し、ドリゴ、バルタッサル、バーミリョン等は共和国をつくるために戦う。ドン・キホーテは権力を握った彼らに対して、暴力ではなく、温容と憐憫をもって旧支配者をあつかわなければならないと説く。ドリゴは自由のために剣と圧制が必要であると反論する。ドン・キホーテは自分の良心に従って、ドリゴ等を敵として戦うと言う。

【第七場】

ドン・キホーテの部屋にステラ姫が訪れ、牢獄につながれたムルチオ伯の窮状を訴える。ムルチオ伯を助けるため、医者パッポはドン・キホーテに嘘と詭計を用いて、行動することを求める。ドン・キホーテは、目的は手段を選ばず（嘘と詭計を用いる）ということが自分の信条に反する、と断る。しかし結局、ドン・キホーテはステラ姫の純粋さを信じ、その願い（人類の愛という願い、改心したムルチオ伯を救うこと）を聞き入れ、ムルチオ伯の脱獄に手をかす。

【第八場】

ドン・キホーテは、監房でステラ姫に対するムルチオ伯の愛情を聞き、脱獄のために一時絶命する丸薬を、ムルチオ伯に手渡す。ムルチオ伯はそれを飲み、一時的に絶命する。

【第九場】

ドン・キホーテは、ステラ姫やサンチョとともに墓場を掘りかえすと、生きかえったムルチオ伯が棺桶のふたを破って出てくる。ムルチオ伯はドン・キホーテを痛罵し、彼を棄てておいて、医者パッポが用意した馬に乗り、ステラ姫や医者とともに逃げさる。

【エピローグ】

ドン・キホーテはバルタッサルから次のような知らせを聞く。ムルチオ伯の軍隊が潮のように反撃して進軍してくる。「彼らの占領した地方の村落は残らず焼き払われ」、「逃げ遅れた老人小児の殺戮せられるものは数千に達し」、婦女は強姦され、革命党の嫌疑を受けた民衆は拷問にあっている、と言う。バルタッサルの側の、国民議会の軍は、彼らの三分の一の兵数があるにすぎない。バルタッサルは言う、共和国は民衆の勝利のためにはいかなる犠牲をも惜しまない人によって指導される。これが実現できたときに、ドン・キホーテを呼ぼう。そのとき、ドン・キホーテは「真に解放されたドン・キホーテ」になるだろう。そのためにはいま、バルタッサル等が代償を支払わなければならない、と。

魯迅は、「『解放了的董吉訶徳』后記」（一九三三・一〇・二八、前掲、『集外集拾遺』）で次のように解説して言う。

「この戯曲は、キホーテを舞台に引きあげて、極めてはっきりとキホーテ主義の欠点、ひいてはその害毒を指摘している。第一場で、彼は計略と自分が殴られることによって、革命者を救出した。精神上で勝利した。実際においても勝利を得て、革命がついに起こり、専制者が牢獄につながれた。しかしこの人道主義者は、このとき急にまた国王たちが被圧迫者であると考え、蛇を放って谷に返し、彼らによってまた害毒を流させ、家を焼きはらい物を掠奪させることとなり、それは革命の犠牲をはるかに超えるものであった。キホーテは人から信頼されず、従者のサンチョでさえあまり信じていなかったが、いつも狡猾な悪人に利用され、世界を暗黒の中に留めることに手をかした。」（三九八頁）

「国王は、傀儡にすぎない。専制の魔王の化身はムルチオ伯爵（Graf Murzio）と侍医のパッポ・デル・バッボ（Pappo del Babbo）である。ムルチオはかつてキホーテの幻想を〈牛羊式の平等的幸福〉と言い、彼らが実現しようとする〈猛獣の幸福〉を述べた。

『ああ、ドン・キホーテ、貴方には私達は分らない。吾々猛獣の事は！　牝鹿の喉笛を噛み切って、ゆっくりとその熱い血潮を啜りながら、爪の下に死にかけている花車な動物の肢体の顫えを感ずる時のあの獰猛な獣の酔うような喜び。人間は中でも一番狡猾な猛獣ですよ。所有しそして濫費する。他人をして自分の前に、謙譲と恐怖とを以て額かしめる。屈服せしめる。幸福とは百万の人間の力が、丁度神に対すると同じように、貴方に、悉く貴方に隷属しているのを感ずる事にある。この世の最も幸福な、最も立派な人間は羅馬の皇帝だった。僕は僕の殿様の中に、復治《ママ》したネロや、或いは少くとも、ヘリオガバルを見る事があると堪らなく嬉しくなる。彼等は自分自身の為に、神と人とのあらゆる掟を廃棄せしめた。そして他のもの達に対しては、自分の意見の掟てに従って鎖を鍛えさせた。権力――この言葉はあらゆる意味を含んでいる。何と云う魅力のある、魂を酔い爛すような言葉だ！　生命は唯権力の尺度によってのみ測られる。権力を持たないものは屍に過ぎない。』[*40]（第二場）」（三九八頁〜三九九頁）

「この秘密は、普通はっきりと言わないものである。ムルチオは〈下っ端の鬼〉たるに恥じず、それを口に出した。しかしキホーテの〈おとなしい〉ことを見たためかもしれない。キホーテはそのとき牛羊は自己防禦しなければならないと言ったけれども、しかし革命のときには、彼はそれを忘れ、むしろ『新しい正義も旧い正義の兄弟姉妹にすぎない』と言って、革命者を指して魔王とし、先の専制者と同じであると言った。そのためドリゴ（Drigo pazz）は言う。

『そうだとも、吾々は専制君主だ。そうだとも、吾々は独裁者だ。此の剣、見給え――これは貴族の剣とちっとも違ってはいない。唯だ彼等は奴隷制度の名に於てこれを打合う。そして吾々は自由の名に於てそれをするんだ。これは貴方のその古ぼけた髑髏には少々はいりにくいかも知れない。貴方は善良だ。そして善良な人間は、えて圧迫されているものを援けたがる。処で吾々は今、仮令みじかい間に限れて居るにせよ、圧制者だ。吾々を敵として闘い給え。その代り吾々も君を敵として戦う。何故なら、やがてこの世界が何人からも抑圧せられなくなる為には、今吾々が抑圧しなければならないんだ。』[*41]（第六場）」（三九九頁～四〇〇頁）

「これは十分はっきりと分析している。しかしキホーテにはなお自覚がなく、ついに墓掘りに行く。彼は墓を掘り、自分であらゆる責任を負う〈つもり〉でいる。しかし、まさしくバルタッサルの言うように、こうした決心が何の役に立とうか。

しかしバルタッサルは終始キホーテを愛しており、彼のために保証をし、強いて彼の友人となろうとする。これはバルタッサルが智識階級出身であるためである。しかし結局キホーテを変えることができない。ここにいたって、バルタッサルはドリゴの嘲笑、憎悪、下らぬ話を聞きいれないことが、最も正当なことであるとを認めざるをえない。ドリゴは正しい戦法をもち、強靱な意志をもつ戦士であった。」（四〇〇頁）

ある歴史的社会的状況下において、例えば階級間の激しい闘争が行われているような状況下では、ドン・キホーテのような、「時間と空間」（第六場）を超えた真理と言いながら、実際には一貫性を欠いた、その時その場の人道主義的な個人的善意の行動が、さらに悲惨な事態、すなわち人道主義の理想を裏切る悲惨な事態を導くことがありえた。ドン・キホーテはムルチオ伯を救うことによって、世界を再び暗黒にとどめることに手をかすことになった。それはその現況下での人道主義の破綻を意味した。そのことは社会的展望を欠いた、その時その場の人道主義的行動の破綻を意味した。[*42]それは、人道主義に対する、「医生」（アルツィバーシェフ著）の懐疑を超える、革命者の批判であった。

逆に、魯迅はさらに、戦士でないある人々が人道主義（観念論的理想主義として）を嘲笑し、そのことによって優越感を獲得し、自分の冷酷さを隠すことをも指摘している。[*43]

バルタッサルが言うように、ドン・キホーテの人道主義は、新しい共和国の社会の中でこそ、本当の作用を発揮できるものであったと思われる。[*44]

### 3 人道主義の実現のために

魯迅は、一九三二年の「林克多『蘇聯聞見録』序」（一九三二・四・二〇、『南腔北調集』）において、ソ連の現状を次のように理解していた。

「作者は普通の人であり、文章は普通の文章である。その見たり聞いたりしたソ連は、ありふれたところであり、その人民はありふれた人物であり、そこに設けられたものはまさしく人情に合致し、生活も人間らしくなったにすぎない。（中略）

しかもここから、世界の資本主義文明国がどうしてもソ連に侵攻しようとする原因を理解することができる。労働者農民が人間らしくなったことは、資本家と地主にとって極めて不利であり、そのためどうしてもまず労働者農民の模範を殲滅しようとする。ソ連が普通であればあるほど、彼らはますます恐れる。」

「妻の共有、父殺し、裸体デモ等の『普通でないこと』が確かにないばかりでなく、むしろ多くの極めて普通の事実がある。それは『宗教、家庭、財産、祖国、礼教……一切の神聖不可侵』のものが、すべて糞のように投げすてられ、真新しい、真に空前の社会制度が地獄の底から湧きでてきて、数億の大衆が自分で自分の運命を支配する人になったことである。」

「この本が言うソ連の良いところを私が信ずるのには、またひとつの原因がある。それは十年ほど前、ソ連がどんなに駄目でどんなに望みがないか、を言ったいわゆる文明国の人々が、去年ソ連の石油と小麦の前で震えあがったことである。しかも私は確かな事実を見ている。彼らは中国の膏血を吸い、中国の土地を奪い、中国の人民を殺している。彼らはペテン師である。彼らはソ連を悪いと言い、ソ連を侵攻しようとする。そのことからソ連が良いものであることが分かる。」

ソ連の社会は、労働者農民に人間らしい生活をさせることができ、石油と小麦を輸出できるほどに生産力を成長させた。それはまさしく、ロシア旧社会で虐げられ悲惨な境遇にあった労働者農民という被抑圧階級が、人間らしい生活を送ることができるようになったこと、そのような社会が実現しつつあることを意味した。それは、魯迅にとって、人道主義の理想の実現への道と考えられたと思われる。[*45]

そしてその理想の実現のためには、現実の社会において戦うことの重要性が、魯迅によって指摘された。

「現在はいかにも切迫したときであり、作者の任務は、有害な事物に対してただちに反応しあるいは抗争することにある。それは感応する神経であり、攻守の手足である。彼が巨篇大作に潜心し、未来の文化のために抗争するのは、もとより良いことである。しかし現在のために抗争するのも、まさしく現在と未来のための戦闘する作者である、なぜならば現在を失っては、未来もないからである。」（「『且介亭雑文』序言」、一九三五・一二・三〇、『且介亭雑文』）

こうした戦闘の必要なことは、「小品文的危機」（一九三三・八・二七、『南腔北調集』）でも語られている。[*46]

そして魯迅は、「中国無産階級革命文学和前駆的血」（一九三一、『二心集』）で無産階級革命文学が広範な革命的勤労大衆の文学であることを言い、革命的勤労大衆との連帯を表明した。[*47] さらに魯迅は、「中国人失掉自信力了嗎」（一九三四・九・二五、『且介亭雑文』）で、戦う中国の背骨にあたる人の存在を指摘した。[*48]

## 第四節　さいごに

魯迅の前期、とりわけ一九二〇年代前半において魯迅の解決できなかった人道主義をめぐる思想的問題には、次のような問題があったと思われる。

第一に、前期における中国の社会変革の展望の中で、人道主義の理想はどのように位置づけられるのか。

第二に、人道主義は、野獣のような行動をとる人間（例えば、辛亥革命時期の反革命者、「医生」〈アルツィバーシェフ原著〉の警部長等）にも適用される原則であるのか。

後期に入って、第三に、一九二八年、中国革命文学派は人道主義とトルストイ、および中国の「人道主義者」を、社会主義・共産主義（マルクス主義）と対立するものとして激しく非難した。中国革命文学派のこうしたとらえ方をどのように考えるべきか。

第四に、人道主義の理想の実現の過程（社会主義・共産主義を目指す中国変革の過程）で、人道主義者はどのような行動をとることができるのか。人道主義者は、中国変革の過程でどのような具体的行動をとり、人道主義の理想を実現していくのか。

こうした諸問題について、ルナチャルスキーは、ソ連において人道主義の理想を実現するための、すなわち社会主義・共産主義の実現のための具体的な筋道を示した。一九二八年二九年ころ、ルナチャルスキーの諸著作が上記の魯迅の問題を解決するための考え方を、魯迅に示唆したと思われる。

上述のように考えると、一九二八年二九年ころ以降の魯迅にとって、人道主義とはどのような内容であると考えられたのであろうか。それは次のような内容であったと推測される。

第一に、人道主義は一つの普遍的原則であり、マルクス主義（社会主義・共産主義）と対立するものではない。マルクス主義（社会主義・共産主義）は人道主義を批判的に継承し発展させるものである。すなわち人道主義の理想を、現実の社会の中で実現するものは、社会主義・共産主義の社会である。

第二に、同時に人道主義はそれが実現される過程の中で、すなわちある歴史的社会的条件の中で、その具体的作用を社会進歩の観点からそのつど明確に考慮されなければならない側面をもつ原則である。それは普遍的原則でありながら、常に現実の社会における具体的作用が問われるものである。例えば魯迅は、人道主義が辛亥革命挫折の時期に圧制と弾圧を行った反革命者や、ポグロムを煽動する商人、それを支持する警部長にも適用される原則であることに疑問をもっていた。また、一九二七年四・一二クーデター以後、過酷な圧制と弾圧を現実に行う南京国民政府の当事者にも適用される原則であるとは、考えなかったであろう。

そして一九三〇年代、『解放されたドン・キホーテ』におけるドン・キホーテの人道主義のような、社会的展望と一貫性を欠いた、その時その場に左右される人道主義とその行動は、人道主義の理想を裏切ると考えたであろう。

第三に、ゆえに魯迅は、中国旧社会において無抵抗主義を採ることができないと考え、辛亥革命挫折の教訓を忘れることがなかった（「論〈費厄潑頼〉応該緩行」〈一九二五・一二・二九、前掲、『墳』〉や、蕭軍、蕭紅宛て一九三五年一一月一六日付け書簡等に窺われる）。辛亥革命後に一時窮地に陥った、ムルチオ伯のような野獣性の旧支配者（反革命者）に対して人道主義的あつかいをしてはならないと考えた。

そして一九二七年四・一二クーデター以後においては、南京国民政府の専制のもとで、野獣のように凶暴な反革命者の圧制と弾圧と戦うことが必要とされた。[*49] 魯迅は、中国変革の将来の展望において人道主義の理想が戦うことをつうじて実現されるであろうとした。すなわち人道主義の理想は、ソ連のトルストイ主義者のように、身を汚さず、神による個人的救済の中に閉じこもることによるのではなく、現実の圧制と弾圧に対して戦うことをつうじて、将来の社会主義・共産主義の社会において実現されるであろうとした、と思われる。

# 第九章　ソ連の同伴者作家の文学とプロレタリア文学

## 第一節　はじめに

一九二三年から二五年ころのソ連の文芸論争における、同伴者作家に対する評価と対応の問題等について、[*1]一九二八年、二九年における魯迅は、「蘇俄的文芸政策」を翻訳して紹介した。[*2]同伴者作家をめぐる文芸政策に関する問題について魯迅は、『ナ・ポストウ』派の考え方からは遠く、ヴォロンスキー、トロツキー、ルナチャルスキー等の考え方に近かったし、同時にその考え方に共感していたと思われる。[*3]

それ以後、魯迅はさらに、ルナチャルスキーやプレハーノフ等の著作における、マルクス主義文芸理論の文芸固有の分野、芸術論の分野について翻訳を進めた。

これと同時に魯迅は、同伴者作家に対する評価と対応というソ連の文芸政策にかかわる理論的問題の評価とは別に、一九二八年中ころ以降において、同伴者作家の小説を翻訳しはじめ、一九三〇年前後から『ナ・ポストウ』派の小説（無産階級文学、すなわちプロレタリア文学）も翻訳しはじめる。[*4]魯迅はプロレタリア文学の『毀滅』（ファジェーエフ作、魯迅訳、上海大江書舗、一九三一・九）[*5]を自ら訳し、『鉄流』（セラフィモヴィチ作、曹靖華訳、三閑書屋、一九三一・一一、「『鉄流』編校后記」、魯迅、一九三一・一〇・一〇）の翻訳の完成を喜んでいる。一九三〇、三一、三二年に魯迅は、同伴者作家の文学とプロレタリア文学の両者を並行して翻訳し、その後同伴者作家の作品を集めた『竪琴』（良友図書公司、一九三三・一）、およびプロレタリア文学の作家を中心とする『一天的工作』（良友図書公司、一九三三・三）を出版した。

一九二八年中ころ以降三二年にかけての、こうした経過を調べると、魯迅は、ソ連の過渡期における同伴者作家の作品を先行して翻訳しつつ、一九三〇年ころ以降三二年にかけて少しずつ無産階級文学（無産階級革命文学、プロレタリア文学のこと）に対する共感を強め、その翻訳に関心を深めていくように、私には思われる。

本章は、次の点を課題とする。

（一）魯迅は、一九二八年中ころ以降、先行して同伴者作家の作品を翻訳した。その後、一九三〇年ころ以降三二年にかけて、同伴者作家の小説とプロレタリア作家の小説を並行して翻訳する。この経過をふまえて、次のような解釈は可能であろうか。この経過の中で、魯迅はソ連のプロレタリア文学に対する共感・関心を強めていった、という可能性である。

（二）もしそのように言えるとすれば、一九二八年中ころ以降三二年にかけて、魯迅はどのような理由から、ソ連のプロレタリア文学に対する共感を強め、関心を深めていくようになったのだろうか。

（三）また、一九三二年ころ、ソ連の同伴者作家の小説とプロレタリア作家の小説に対する魯迅の評価は、どのようなものであったのだろうか。

言い換えれば私は、一九二八年ころから三二年ころにかけて、ソ連の文学作品に対する評価に見られる魯迅の変化、またマルクス主義文芸理論の受容による魯迅の変化を、基本的に時間軸に沿って解釈する。

上の課題を追究するうえで、次の二つのことを区別しておく。すなわち、すでに一九一七年ロシア十月革命が実行され、ソビエト政権が成立して過渡期にあるソ連の状況下での、同伴者作家の小説とプロレタリア作家の小説に対する魯迅の評価は、一つの問題である。他方、中国における、国民党政府が左翼文学に対して過酷な弾圧を行う状況下での、左連（一九三〇年三月成立）の活動に結集した、「同伴者作家」（小資産階級作家）の小説と中国革命文学派の「無産階級革命文学（プロレタリア文学）」の小説に対する魯迅の評価は、また別の問題であったと思われる。私は、こうした状況と内容の違いに留意しながら、本章を進めることにする。[*6]

## 第二節　革命文学論争において魯迅が批判された課題

一九二八年一月ころから、（一）中国革命文学派（第三期創造社、太陽社の成員を中心とする。中国の無産階級革命文学を、すなわちプロレタリア文学を主張した）は今後、中国変革のためには無産階級に依拠しなければならないとし、階級論の立場に立って革命文学（無産階級革命文学、或いは無産階級文学）を主張した。同時に、状況規定論の立場に立ち、情勢に遅れた小資産階級作家として魯迅・周作人等を全面的に批判した。また、（二）中国革命文学派は魯迅・周作人を人道主義者として批判し、中国革命文学派の理論家馮乃超は人道主義を全面的に否定した。

一九二八年、中国革命文学派から突きつけられた、こうした課題を解決するための作業の一つとして、過渡的知識人魯迅はソ連の文芸論争を翻訳し検討しはじめたと思われる。魯迅はまず、「蘇俄的文芸政策」（前掲）を翻訳し、「労働者階級文学の大本営ロシア」（「『奔流』編校后記（一）」、一九二八・六・五、『集外集』）における論争と理論を紹介した。

中国革命文学派によって突きつけられた上の二つの問題について、魯迅は基本的にプレハーノフやヴォロンスキー、トロツキー、ルナチャルスキーの見解によって理論的に解決していったと考える。この点について、次に簡単に言及する。

## 一 中国革命文学派による小資産階級作家としての魯迅批判について

新旧文学の継承の問題について、プレハーノフの見解は、『蘇俄的文芸論戦』（任国楨訳、北京北新書局、一九二五・八、「『蘇俄的文芸論戦』前記」〈魯迅、一九二五・四・一二〉）所載のヴォロンスキーの論文「認識生活的芸術与今代（生活認識としての芸術と現代――中井注）」においてすでに紹介されていた。

ヴォロンスキーは、チュジャーク（「レフ」）による旧文芸に対する全面的否定を批判して、ゴーゴリの『死せる魂』を念頭において次のように言った。

「もしも旧文芸が受動的観賞的無意識的であるものなら、その旧芸術は人に行為や奮闘を呼び起こすことはありえない。しかし、帝政の専制と奮闘し、暗黒の腐敗のロシアと奮闘することにおいて、旧芸術には人を敬服させる堂々たる偉大な功績がある。」（「認識生活的芸術与今代」）

またヴォロンスキーはプレハーノフの見解を引用しつつ次のように言う。

「プレハーノフは、新文学が旧文学に反対するのは自然のことであり、不可避なことである、と理解していた。これは事実からもそうなのである。しかし反対には限度が必要であり、決して極端ではない。慎重に境界線を引き、何を採用すべきで、何を排斥すべきか、を知らなければならない。前代の文学から新生した文学は、その必要条件（自己の将来における発達のための）を採り、新文学はその無用なしかも有害な旧い遺産を排斥しなければならない。」（「認識生活的芸術与今代」）

魯迅は「『奔流』編校后記（一）」（一九二八・六、『集外集』）で次のように言う。

「ロシアの文芸に関する論争は、以前『蘇俄的文芸論戦』で紹介されたことがある。ここの『蘇俄的文芸政策』は、実際上その続編と見なしてさしつかえない。」

「蘇俄的文芸政策」（前掲）で、ヴォロンスキー、トロツキー、ルナチャルスキー等は、無産階級文学（プロレタリア文学）を支持しながら、他方、旧知識人として革命を受け入れた同伴者作家の文芸を、すなわち小資産階級作家（或る場合は資産階級や貴族出身）の、一九二〇年代半ばころ隆盛していた文芸を、当時のソ連の文芸界の衰退した現状に基づいて擁護した。

それに対して、『ナ・ポストウ』派の理論は、一九二三年ころから、無産階級文学（プロレタリア文学）の育成と発展を主張して、（一）当時隆盛していた同伴者作家の文学を階級的見地から厳しく批判し、（二）その隆盛にソ連文学界の危機を見て、文学界に対するロシア共産党の政策としての直接的な行政的介入を要求するものであった。

こうした理論的論争に対して、一九二五年の「文芸の領域における党の政策について——ロシア共産党中央委員会の決議——」（一九二五・六・一八、『プラウダ』『イズヴェスチャ』、一九二五・七・一、「蘇俄的文芸政策」に訳載）が決着をあたえた。この決議はルナチャルスキーが中心となって作成したもので[*7]、その後一九二八年末ころまで、ソ連文学界を導く政策となった。魯迅はこの論争に対するロシア共産党中央委員会の決議の理論的内容に納得していたと思われる。

このロシア共産党中央委員会の決議には次のような内容があった。ロシア共産党はプロレタリア作家、プロレタリア農民作家を支持し、同伴者作家を援助する。そのうえで、文芸領域上の問題・傾向について、ロシア共産党はその直接の政策的行政的干渉を認めず、文芸諸団体間の自由な競争と議論に任せる、とした。（第一三項、第一四項）

以上のような意味で、中国革命文学派による小資産階級作家としての魯迅等に対する全面的批判に対して、魯迅は、新旧文学の継承の観点から、また一九一〇年代、二〇年代の中国の時代状況に対する小資産階級作家としての批判的リアリズムの立場に立って（ゴーゴリの文学の果たした役割のように）、中国の小資産階級作家の文学（中国の五四期以来の「新文学」）の価値を認めることができたと思われる。

## 二　中国革命文学派による人道主義者としての魯迅批判について

中国革命文学派の馮乃超は「芸術与社会生活」（一九二七・一二・一八、『文化批判』第一号、一九二八・一・一五）において、トルストイと人道主義を全面的に否定した[*8]。馮乃超は、トルストイの思想が、社会進歩の観点においても、また歴史の進行の観点から見ても、反動的であるとした。そして中国において人道主義的考え方をとる魯迅・周作人等を批判した。

しかしルナチャルスキーは、「TOLSTOI与MARX」（盧那卡尓斯基〔ルナチャルスキー——中井注〕、一九二四年の演説、『奔流』第一巻第七、八期、一九二八・一二・三〇、一九二九・一・三〇、のちに『文芸与批評』に所収、底本は『トルストイとマルクス』〈金田常三郎訳、原始社、一九二七・六・二〇、魯迅入手年月日、一九二七・一二・一四〉で以下のように指摘する。

ルナチャルスキーは、人道主義の理想(ルナチャルスキーの「人間の自然の性質」)を、現実の社会で実現しうるものが、ほかならぬ社会主義・共産主義であると指摘する。ルナチャルスキーは、中国革命文学派の馮乃超のように、人道主義を、そして「人道主義的な美しい話」(「芸術与社会生活」)を、社会主義・共産主義と対立させて、頭から否定するのではなかった。ルナチャルスキーは、人道主義の理想が、将来、社会主義・共産主義の社会においてこそ実現されるとした。すなわちルナチャルスキーは人道主義の理想を否定せず、人道主義の空想的理想を闘争をつうじて現実に実現するものこそ、社会主義・共産主義の社会であるとする。

ルナチャルスキーは一九二〇年代中ころの当時の世界において、ソ連の知識人階層は二つの水路に分裂しているとする。一つは共産主義の方向に向かい、プロレタリアートと結合して、人間生活の合理的組織へ向かって進み、正当な経済組織を実現しようとして闘おうとする。もう一つはトルストイ主義者の道である。トルストイの社会的理想は、キリスト教的なものであって、各人は何人をも苦しめず、富貴を志さず、自分の生存以外には目的がなく、自らの労働によって生きる。そしてトルストイ主義者は流血の惨事を恐れ、聖者の道を探ろうとする。闘争から離れ、自らのうちに神を見出そうとする。それゆえにルナチャルスキーは、トルストイ主義者の目を現実に開かせるように努力し、社会闘争の中に身を突入させることが重要であるとする。ルナチャルスキーは、トルストイ主義者が自分の純潔を守ろうとして、身を汚すことを嫌い、それゆえに何らの愛の事業をなしえないこと、その事業がほとんど言葉のうえのものとして止まるだけであること、を指摘する。すなわちルナチャルスキーは、人道主義の理想を現実の社会において実現するために、その実現の過程において社会的に闘うことが必要であるとした。そしてルナチャルスキーはトルストイの無抵抗主義がその理想の実現のために障害になるとした。

ルナチャルスキーは、上のようにトルストイ主義者(知識人)の無抵抗主義を批判しながらも、しかしなお当時のソ連の現実にとって、すなわちこれから社会主義・共産主義の実現をめざすソ連の過渡時期において、トルストイ主義者(知識人)の協力が重要であり、不可欠であるとしている。

一九二八年の後半、魯迅はこうしたルナチャルスキーの考え方を知ることをつうじて、人道主義の理想を社会変革の過程と結びつけることができたし、また人道主義の理想を実現するためには、社会的に戦うことが必要であることを改めて認識したと思われる。[*9]

## 第三節　ソ連の同伴者作家の小説とプロレタリア作家の小説の翻訳

魯迅は上のように、中国革命文学派の魯迅に対する激しい批判の諸点を、ソ連の文学界の状況、理論をとおして検討し、それに反駁した。またプレハーノフ、ルナチャルスキーの諸本の翻訳をとおして、マルクス主義文芸理論の文芸固有の領域に対する自らの理解を深めていった。

同時に、一九二八年中ころ以降三二年にかけて、魯迅は自らソ連文学界の実際の動向、すなわち同伴者作家の作品と、プロレタリア文学の作品の両者を翻訳し、紹介しはじめる。

それはソ連文学界の実際を知ろうとする魯迅の意図に基づくと思われる。その翻訳は、ソ連の諸作家がロシア十月革命とその過渡時期に対してどのような見方と姿勢をもっていたか、もっているか、をも魯迅に教えたと思われる。

私は、ロシア十月革命後の、プロレタリアートの執権するソ連の過渡時期におけるそれらの文学作品が、十月革命に対してどのような評価をしていたのか、ソ連の過渡時期に対してどのような考え方を表しているか、を中心に着目して検討することにする。

### 一　同伴者作家の小説の先行的翻訳

#### 1　実際の作品を翻訳することについて

対立する両者の事実と内容をよく把握し、そのうえで自分の判断を形成することは、魯迅が重視していたことであった。[*10] また魯迅は、さまざまな文学思潮の名前だけではなく、その実際を知ることの重要性を指摘した。魯迅は「『現代新興文学的諸問題』小引」（一九二九・二・一四、『訳文序跋集』、『魯迅全集』第一〇巻、一九八一）で次のように言う。

「これを翻訳した意図については、きわめて簡単なことである。新思潮の中国に入るや、いつも幾つかの名詞があるのみである。主張する者はこれで敵を呪い殺せると思いこみ、敵対者も呪い殺されるだろうと思いこんで、半年一年わめきたてて、結局煙火のように消え失せる。例えばロマン主義やら自然主義、表現主義、未来主義は……みな過ぎ去ったかのようであるが、実際のところ出現したと言えるであろうか。いまこの一篇を借りて、理論と事実とを見て、必然の勢いの実現することは平常のことであって、空騒ぎや禁圧はともに役に立たないことが分かれば、まず外国の新興文学をして必ずや中国における『符牒』の風から脱却せしめるだろう。それでこそ後に続く中国の文学には新興の希望がある。」

魯迅は、ソ連の同伴者作家の小説とプロレタリア文学の小説の両者を実際に翻訳し紹介することをつうじて、両者に対する理解を深め、自分なりの評価をもとうとしたと思われる。そのとき、一九二八年二九年にまず翻訳されたのは、同伴者作家の文学であった。プロレタリア文学（無産階級文学）は一九三〇年前後から翻訳される。[*11]

それ以前の一九二六年において、魯迅は『文学と革命』（トロツキー著、茂森唯士訳、改造社、一九二五・七・二〇、魯迅入手年月日、一九二五・八・二六）の「第三章アレクサンドル・ブロック」を翻訳し、それを詩『十二個』（胡斅訳、北京北新書局、一九二六・八）の本文の前に無署名でつけ、また「『十二個』后記」（一九二六・七・二一、『十二個』〈前掲〉所収、『集外集拾遺』）を書いた。魯迅は、ソ連の過渡時期における旧知識人（アレクサンドル・ブロークという同伴者作家）の前進と苦悩に対する共感を表している。[*12] 魯迅は中国の国民革命の高揚時期において、一九二六年二七年、過渡的知識人としての自らの生き方を模索した。ソ連の過渡時期において自死した同伴者作家、エセーニン（一八九五～一九二五）とソーボリ（一八八八～一九二六）に、魯迅は一九二七年に言及する。[*13]

魯迅は、同伴者作家ブロークが「革命に向かって突進した。しかし振り返った、そこで負傷した」（「『十二個』后記」、一九二六・七・二一）という、ソ連の過渡期知識人の苦悩と挫折に対する共感を、一九二六年ころから二八年初めころにかけて持続させていたと思われる。

「革命時代には萎縮する文学者が必ず多くいる。また、山くずれ、地しずむような新しい大波に向かって突き進み、そこでそのまま呑みこまれ、或いは負傷する文学者も多くいる。呑みこまれたものは消滅してしまう。負傷したものは生きつつ、自分の生活を切り開きつつ、苦痛と愉悦の歌を歌う。」（「馬上日記之二」、一九二六・七・七、『華蓋集続編』）

そして実際に十月革命が実行された後、プロレタリアートの執権する過渡時期においての、その地での、同伴者作家の小説作品がどのようなものであり、どのような意義をもっていたのか、を認識するために、一九二八年中ころから、まず同伴者作家の翻訳に着手していると思われる。そこには、同伴者作家の「人生のための文学」の姿勢に対する共感もあったと思われる。[*14]

このとき、魯迅がソ連の文学を手探りしつつ、読み進めるにあたって、同伴者作家については、『労農露西亜小説集』（米川正夫訳、金星堂、一九二五・二・一五、魯迅入手年月日、一九二七・一〇・一二）とその「解説」（米川正夫著）、『芸術戦線』（尾瀬敬止《おせけいし》訳、事業之日本社出版部、一九二六・六・一、魯迅入手年月日、一九二七・一〇・三一）等が参考にされたと思われる。[*15] また一九三〇年ころ、プロレタリア文学を含めて一つの有力な全体的な解説を与えたのは、ロシア革命後の一〇年間の文学を論じる、モスクワ大学コーガン教授（一八七二〜一九三二）の『偉大なる十年の文学』（日本語訳は、『ソヴェート・ロシヤ文学の展望』、ペ・エス・コーガン著、黒田辰男訳、叢文閣、一九三〇・五・二五、魯迅入手年月日、一九三〇・五・三〇）[*16]であった、と思われる。[*17]

一九二八年以降、魯迅が訳した小説の一つには、同伴者作家ヤコブレフ（一八八六〜一九五三）の「農夫」（『大衆文芸』第一巻第三期、一九二八・一〇、『魯迅訳文全集』第八巻、福建教育出版社、二〇〇八・三）がある。「農夫」は、第一次世界大戦のとき、オーストリア軍との戦いに参加した一人の農夫出身のロシア兵士を描く。彼は独りでの斥候を命じられ、前線の丘の様子を探りに行く。丘の上には、一人の敵兵が大きないびきをかいて熟睡していた。斥候の兵士は敵兵の銃と背嚢を取りあげると、なお熟睡する敵兵をそのままにして帰還する。兵士は隊長に銃と背嚢を渡して、丘の様子を報告し、一人の敵兵が熟睡していたために、その敵兵を殺すことなく帰還したと言う。そこには、農夫の真っ正直な、温厚で、愚直な人間性が見られる。魯迅は、ヤコブレフが「人類の良心」（「『十月』后記」、一九三〇・八・三〇、『訳文序跋集』）の勝利を描いていると言う。[*18]

魯迅は、「『農夫』訳者附記」（一九二八・一〇・二七作、月刊『大衆文芸』第一巻第三期、一九二八・一一、『訳文序跋集』）で次のように言う。

「この一篇は、日本の『新興文学全集』第二四巻岡沢秀虎の翻訳から重訳したものである。[*19] 全巻の中で、これが最も良いというのではない。篇幅が比較的短く、翻訳に多くの時間を必要としないためであり、第二に、みんながロシアのいわゆる〈同伴者作家〉なるものを見て、その書くものがどのような作品であるかを、見ることができるためにすぎない。」（「『農夫』訳者附記」、前掲）

これより少し前に翻訳されたゾシチェンコ（一八九五〜一九五八、同伴者作家）の小説「貴家婦女」（淑雪兼珂、『大衆文芸』第一巻第一期、一九二八・九・二〇、『魯迅訳文全集』第八巻、前掲、『芸術戦線』、尾瀬敬止訳、前掲）は、十月革命直後にソビエト政府の小役人が没落貴族の貴婦人と近づきになり、彼女に肉まんを一個余分に食べさせるお金にも窮迫するという社会風俗を、風刺的に描いたものである。

その後、次々と翻訳された同伴者作家の小説はおおむね、同伴者作家の一つの指標とされる、「生活の現実に対するこの無意志性」(「関于綏蒙諾夫及其代表作『飢餓』」、黒田辰男著、魯迅訳、一九二八・一〇・二、『北新』第二巻第二三号、一九二八・一〇)が見られた。あるいはザミャーチンのように、十月革命後の社会状況に対する「旧知識人階級特有の懐疑と冷笑的態度」(「『竪琴』后記」、一九三二・九・一〇、『竪琴』〈良友図書公司、一九三三・一〉、『訳文序跋集』)が見られたり、或いはピリニャークのように、いつも「冷評の気息」(「『苦蓬』訳者附記」、一九二九・一〇・二、『訳文序跋集』)を感じさせるものもあった。一九二八年、ヤコブレフの「農夫」の人道主義について魯迅は、農夫の温厚さは革命においてであれ、反革命においてであれ、必ず失敗するとする。[*20] また一九三二年、魯迅は、ヤコブレフの「窮苦的人們」(『竪琴』所収)において描かれる、下層の人々がお互いに助けあい慈しみあう精神について、作者の想像の産物であるとする。[*21]

## 2 「人生のための文学」の流れの中の位置づけ

魯迅は、一九三二年の「『竪琴』前記」(一九三二・九・九、『訳文序跋集』)でソ連の同伴者作家を「人生のための文学」の流れの中に位置づけ、おおむね次のように言う。

ロシアの文学は、ニコライ二世(在位、一八九四〜一九一七)のときから、その主流は人生のための文学であった。この思想は、中国においては上海の文学研究会によって紹介され、文学研究会の成員はドストエフスキー(一八二一〜一八八一)、ツルゲーネフ(一八一八〜一八八三)、トルストイ(一八二八〜一九一〇)、チェーホフ(一八六〇〜一九〇四)等を被圧迫者のために呼びかける作家と考えた。しかしこれらは本来、無産階級文学とはほど遠く、そのため翻訳された作品は、たいてい叫喚、呻吟、困窮、辛酸を描き、たかだか少しく抵抗するにすぎなかった。

人生のための文学はロシアで、突然凋落していった。それ以前に、元もと多くの作家は転換することを希望していたが、一九一七年ロシア十月革命は、彼らに予想外の巨大な打撃を与えた。目につく新しい人物も現れず、国内戦争と列強の封鎖の中で文壇は、萎縮と荒涼が見られるのみであった。一九二一年ころになって、新経済政策が実行され、製紙、印刷、出版等の事業が勃興し、文芸の復活を助けた。このとき最も重要な中心となったのは、文学団体「セラピオン兄弟」である。その立場は一切の立場の否定にあった。「セラピオン兄弟」の成員ゾシチェンコは言う。

「党員の観点から見れば、私は宗旨のない人間である。(中略) おそらく私と最も近いのは、ボリシェビキであって、彼らとともにボリシェビキ化することに、私は賛成だ。……しかし私は農民のロシアを愛する。」

この文学団体「セラピオン兄弟」はまもなく全国の文壇を席巻した。ソ連の中で、このような非ソビエト文学が勃興した理由は次のようである。第一に、当時の革命者は実行に忙しく、ただこれらの青年文学者だけが比較的優秀な作品を発表した。第二に、彼らは革命者ではないけれども、身をもって鉄と火の試練を体験し、そのためおよそ描く恐怖や戦慄、興奮と感激は読者の共鳴を得やすかった。第三に、当時文学界を指導したヴォロンスキーは、彼らを大いに支持した。トロツキーもその一人で、これを「同路人」(同伴者作家のこと) と称した。しかし「セラピオン兄弟」はたんに『文学を愛する』と言うだけで明確な意識形態の標識がなく、ついにだんだんと団体としての意義を失い、ちりぢりになり、次いで消滅した。後にはほかの同伴者作家たちと同様に、それぞれ個人の力量で、文学上の評価を受けている。

四、五年前 (一九二七年二八年ころ)、中国ではかつて盛んにソ連文学を紹介した。しかしそれはこの同伴者作家の作品が多数を占めていた。第一に、この種の文学が興ったのは比較的先で、西欧や日本で紹介称賛されて、中国にも重訳される機縁があった。第二に、おそらくやはりこうした立場のない立場が、かえって紹介者の評価を得やすかったためである。

魯迅は、おおむね、以上のように述べる。魯迅の上の「『竪琴』前記」(一九三二・九・九、前掲) の記述からすれば、次のことが言える。

(一) 一九三二年の段階で魯迅は、ロシアの伝統的な人生のための文学が、一九一七年の十月革命以後において、その一つの支流として、同伴者作家の文学として出現した、と理解している。すなわちソ連の過渡時期に、旧知識人なりに革命を受け入れた同伴者作家の文学は、ロシアの伝統的な人生のための文学の一つの支流として現れている。

(二) 同伴者作家の団体「セラピオン兄弟」は明確な意識形態の標識がなく、文学を愛するというにすぎない。そのため、一九三二年当時において、「セラピオン兄弟」はすでに消滅し、そのほかの同伴者作家たちと同様に、それぞれの個人の力量によって、文学上の評価を受けるようになっているとする。

一九三二年の段階で、魯迅は、一方で同伴者作家を人生のための文学の一つの支流として認識しながらも、他方で、ソ連の過渡時期において同伴者作家に明確な意識形態のない欠点が指摘され、当時において、たんに個人として文学上の評価を受けるにとどまるとする。

すなわち魯迅は、人生のための文学の一支流としてソ連の同伴者作家の文学に対して、一九二八年中ころ以降、ソ連の過渡時期におけるその意義を模索し検討したと言える。一九三〇年ころには、魯迅は中国の将来において、革命に幻想を抱き、革命の現実につまずきかねない旧知識人(同伴者作家)の存在の可能性を指摘している。[*22] そして一九三二年において、ソ連の過渡期における同伴者作家の文学は明確な意識形態の標識がないがゆえに、個人の文学的力量で評価されるようになっていることを指摘する。

## 3　ロシア十月革命に対する懐疑と冷笑的態度

魯迅は、同伴者作家の作品において現れる、ロシア十月革命とその過渡時期に対する懐疑と冷笑的態度に触れている。ザミャーチン(Evgenii Zamiatin、一八八四〜一九三七)の「洞窟」(『竪琴』所収、『労農露西亜小説集』、米川正夫訳、前掲)は、十月革命直後と思われる厳冬に、都会に住む老夫婦(かつては身分のある)が暖房の薪を調達できず、夫は他家の薪の盗みをするほどまでに生活に行きづまり、妻の服毒自死に手を貸すことを描く。それは、十月革命後の過渡時期における、ソ連社会の負の側面を描いたものと言える。一九三二年、魯迅は「洞窟」(『竪琴』所収)の作者を次のように論評する。

「〔ザミャーチンは――中井注〕〈セラピオン兄弟〉の組織者、指導者であり、文学において、相当に尽力した。革命前には元もとボルシェヴィキであり、のちに離脱した。彼のすべての作品も、結局、旧知識人階級特有の懐疑と冷笑的態度をまぬがれず、現在すでに反動的作家と見なされて、作品を発表する機会が大変少なくなった。」(「『竪琴』后記」、一九三二・九・一〇)

一九三二年の段階の魯迅は、ソ連の過渡時期に対するザミャーチンの「旧知識人階級特有の懐疑と冷笑的態度」を明確に指摘する。

十月革命とソ連の過渡時期に対する同伴者作家の懐疑的態度について、一九二八年中ころから三二年の期間において、魯迅は少しずつ認識を深めていると思われる。例えば、魯迅は、ルンツ(Lev Lunz)の「在沙漠上〔砂漠の中にて――中井注〕」(『竪琴』所収、『労農露西亜小説集』、米川正夫訳、前掲)で描かれる革命の神(革命の精神)を、一九二八年と三二年でそれぞれ次のように論ずる。

「篇末に書かれた神は、おそらく作者が見たロシアの革命後まもない精神である。しかし我々はこの観察者が〈セラピオン兄弟〉——十月革命とは決して密接ではなかった文学者団体——の中の青年であることを忘れてはならないし、時は革命後まもなくであった。現今の無産作家の作品は、すでに一心に仕事を賛美し、将来に期待をかけており、あの黒くて髭の多い真の神と似ていないものも、すでに少なくなくなった。」(「『在沙漠上』訳者附識」、一九二八・一一・八、半月刊『北新』第三巻第一期、一九二九・一・一、傍線は中井による)

魯迅は、一九三二年の段階では次のように言う。

「篇末に書かれた神は、おそらく作者が見たロシアの革命後まもない精神である。しかし我々はこの観察者が〈セラピオン兄弟〉の中の青年であることを忘れてはならないし、時は革命後まもなくであった。現今の無産作家の作品は、すでに一心に仕事を賛美し、将来に期待をかけており、あの黒くて髭の多い真の神とは、面目がまったく似ていない。」(「『竪琴』后記」、一九三二・九・一〇、傍線は中井による)

一九二九年の「似ていないものも、すでに少なくなくなった」から、一九三二年の「面目がまったく似ていない」と魯迅の論評が変化している。この変化は、十月革命直後の状況と革命の精神(「真の神」)に対する、ルンツの同伴者作家としての厳しい見方について、一九三二年における魯迅が必ずしも与するものでないことを示している。[*23]

同伴者作家ピリニャーク(一八九四～一九四一)と「苦蓬」(『一天的工作』所収、『彼等が生活の一年』、平岡雅英訳、新潮社、一九二六・五・二二)について、魯迅は次のように言う。

「第一に、彼は革命の渦の中で成長したけれども、決して無産作家ではなく、〈同伴者作家〉の地位によって厳しい攻撃を受けたものの一人であることは、《文芸政策》を読めばわかる。日本人の間でさえ、彼を非難するものがあった。第二に、この一篇〔「苦蓬」を指す——中井注〕は十年前の作であり、ちょうどいわゆる〈戦時共産主義時代〉にあたり、革命が起きたばかりで、情勢は混沌としており、情勢に当然はっきり分からないところがあるのは免れなかった。このような文人は、そのときも多くいて——彼らは『革命を、文明に対する自然の反抗、都会に対する村落の反抗である。ただロシアの平野と森の深いところにおいて、千年前の生活をすごしている農民が、すなわち革命の成就者である。』とした。」(「『苦蓬』訳者附記」、一九二九・一〇・二)

「しかし彼〔ピリニャークを指す——中井注〕の技術は非常に卓越していた。例えばこの一篇は、考古学や伝説、村落生活、農民の話を用い、さらに彼が好んで運用するEroticな物語を加え、革命の現象の一段の話を作りあげている。そしてこの一段の中で、騒乱と流血の不安な空気の中で、どのように本能的生活に復帰しつつあるのか、しかしどのように新しい生命の躍動もあるのか、が活写される。ただ私自身においては、ある一点においていささか不満を感ずる、すなわち叙述と議論の中で、いつも冷評の気息を感じさせることである――これが或いは彼が非難を受けた一つの原因であるのかもしれない。」（『苦蓬』訳者附記」、一九二九・一〇・二）

　魯迅は、同伴者作家ピリニャークの「苦蓬」におけるロシア十月革命に対する見方を、批判的に紹介する。しかしそれは、革命直後のことであり、情勢が混沌としていた時代にあって、ピリニャークのように考えた文学者が少なくなかったと言う。同時に、ピリニャークの小説技術の卓越していることを指摘している。しかし、彼の作品には、叙述と議論の中に常に「冷評の気息」を感じさせることに、魯迅は言及し、不満をもっていたことが分かる。ここからすれば、逆に、一九二九年一〇月当時、魯迅はロシア十月革命とその過渡時期を擁護する考えをもっていた、と推測することができる。

　また、魯迅は「『竪琴』后記」（一九三二・九・一〇）で曹靖華訳の「星花」（『竪琴』所収、ラヴレニョフ〈一八九一～一九五九〉作、同伴者作家）を取りあげ、次のように言う。

「この中篇小説『星花』も、曹靖華の訳で、直接原文によっている。これは、長い間束縛されてきた女性が、赤軍の兵士を愛し、ついにはその夫に殺害されることを語る。描かれる住民の風習や性格、土地の景色、兵士の質朴さは、人の胸を打ち、一気に読み終えるまで、本を閉じることができない。しかし無産作者の作品とは、やはりはっきりと違う。読んでみると、回教徒と赤軍兵士はともに同じく作品中の題材であって、同じように出色に描かれて、偏るところがない。思うに〈同伴者作家〉は、『決然として革命に同情し、革命を描写し、その世界を震撼させる時代を描き、その社会主義建設の日々を描く』（『四十一』巻頭の『作者伝』の言葉[*24]）ものである。しかし自身は結局徹底して戦う一員でなく、そのため筆墨に現れるのは、むしろ洗練した技術によって優位を制することができることだけになる。このような〈同伴者作家〉の最も優れた作品を、無産作家の作品と対比して仔細に読めば、読者に利益を十分もたらすであろう。」（『竪琴』后記」、一九三二・九・一〇）

　ここに、一九三二年当時の、魯迅の同伴者作家に対する評価の一端を窺うことができる。すなわち同伴者作家は革命に同情し、革命を描写し、世界を震撼させる時代を描き、社会主義建設の日々を描く。しかし自身は結局徹底して戦う一員ではなく、そのため筆墨に現れるのは、洗練した技術によって優位を制することができることだけになるとする。ゆえに同伴者作家の最も優れた作品とプロレタリア作家の作品を対比して読むことを、読者に勧めている。

一九三二年の「『竪琴』后記」のこの文章には、十月革命後の、そしてソ連の過渡時期における同伴者作家の文学に対する、正の側面と負の側面の両面にわたる魯迅の評価を読みとることができると思われる[25]。正の側面とは、同伴者作家の芸術的技術の高さであり、同伴者作家が観察し、表現できる範囲の真実を表現したことである。その負の側面とは、十月革命とその後のソ連の過渡時期に対する「懐疑と冷笑的態度」等であった。

上述のような魯迅の認識の深化における背景には、（一）マルクス主義文芸理論に対する魯迅の理解の深化[26]、（二）ソ連の十月革命とその後の過渡時期に対する魯迅の信頼と支持があることが考えられる[27]。

## 二　ソ連のプロレタリア文学への共感

### 1　「人生のための文学」の流れの中で

プロレタリア文学も、ロシアの伝統的な「人生のための文学」の一支流として出現した。その内容はロシア十月革命後に、人生のための文学が止揚して出現したと言える。

例えば一九一七年ロシア十月革命の以前において、セラフィモヴィチ（一八六三〜一九四九）の人生のための文学は批判的リアリズムの力量を発揮していた。瞿秋白は次のように言う。

「『中国の読者は、とりわけ中国の作家は、彼〔セラフィモヴィチを指す——中井注〕が十月革命の前、どのように書いていたのか、を知りたいかもしれない。そうだ、彼らは知るべきであるし、知る必要がある。この問題を知る必要がないと思っている中国の作家については、私たちは本来彼らのために図る暇はない、——彼らは自分で李完用文集或いは吉百林小説集……を探して、学ぶだろう、あの特殊で巧妙な修辞と構成を学ぶだろう。人をだますこと、とりわけ大衆をだますことには、確かにいささか技量がなければならない。セラフィモヴィチについては、彼は人をだまそうとせず、大衆のために語ろうとし、そして大衆が言いたいことを話すことができた。しかし、彼は当時——十月以前、犬をだます技量がなければならなかった。当時の言論弾圧はいかにも残酷で、当時の刊行物検閲はいかにも厳しく、しかし彼はそれでも書くことができた。もちろん〈言いたいことを存分に言う〉ことはできなかったが、しかし終始書くことができることを書き、しかも社会生活を暴露する強力な作品を書くことができ、不断にさまざまなあらゆる仮面を引きはがすことができた。』」（瞿秋白、「『一天的工作』后記」〈一九三三・九・一九〉に魯迅によって引用された瞿秋白の文章、『訳文序跋集』）

セラフィモヴィチの「一天的工作」（楊之華訳、『亜佐夫海辺報〔アゾフ海沿岸報――中井注〕』、一八九七・一〇・一二、『一天的工作』、良友図書公司、一九三三・三）には、ある町の薬局における徒弟の一日の生活が描かれる。徒弟から薬剤師副手、薬剤師、経営者の序列がある厳しい階層制の中で、さまざまな搾取・抑圧・いじめを受ける下積みの徒弟が過ごす一日の仕事が描かれている。そこには、「『〈英雄〉はなく、スローガンがなく、煽動がなく、〈文明劇〉の演説の草稿がない』」（瞿秋白、前掲）。しかしそれは当時のロシアの現実に対する社会批判、文明批判の小説であり、批判的リアリズムの文学であった。

### 2　同伴者作家の文学とプロレタリア作家の文学との違い

一九三二年、魯迅は「『一天的工作』前記」（一九三二・九・一八、『訳文序跋集』）で次のように述べる。十月革命後の一九二三年二四年、ソ連におけるプロレタリア文学（「無産者文学」〈「『一天的工作』前記」、前掲〉）は徐々に興隆しはじめた。

「革命直後のプロレタリア文学は、まことに詩歌がもっとも多く、内容と技術で、傑出するものは少なかった。才能のある革命者は、まだ血みどろの戦いの渦中にあり、ほとんど文壇は比較的暇のあった〈同伴者作家〉によって独占された。しかしプロレタリア文学は一歩一歩と社会の現実とともに進み、しだいに抽象的、主観的なものから具体的実在的な描写へと移り、記念碑的長篇大作が次々と発表された。たとえばリベジンスキーの『一週間』〔一九二二――中井注〕、セラフィモヴィチの『鉄の流れ』〔一九二四――中井注〕、グラトコフの『セメント』〔一九二五――中井注〕は、いずれも一九二三年から二四年にかけての大きな収穫であり、また中国にすでに移植されて、我々に熟知されている。」（「『一天的工作』前記」、一九三二・九・一八）

魯迅は、コーガン教授の『偉大なる十年の文学』（『ソヴェート・ロシヤ文学の展望』、ペ・エス・コーガン著、黒田辰男訳、叢文閣、一九三〇・五・二五）を引用して、一九二七年ころにおいて、プロレタリア作家の文学と同伴者作家の文学がしだいに融合しつつある状況を紹介する。*28 それを踏まえて、魯迅は次のように指摘する。

「このことから、一九二七年ころ、ソ連の〈同伴者作家〉はすでに現実の影響を受けて、革命を理解した。革命者のほうは努力と教養の涵養によって、文学を獲得した。しかしわずか数年の洗練であり、なお痕跡を消すことはできない。私たちが作品を読むと、前者は革命あるいは建設を書いているけれども、いつも傍観の表情が出ているが、後者は筆を下ろすとすぐに自分がその中に入って、すべて自分のことでないものはない、と思われる。」(『一天的工作』前記」、一九三二・九・一八)

ここに、同伴者作家の文学に対する魯迅の不満と、プロレタリア文学に対する魯迅の一つの共感を読むことができると思われる。[*29]

プロレタリア作家マラーシキン(一八八八~一九八八)は一三歳から働きはじめ、富農に雇われ、そののち商店の徒弟となり、一九〇九年以降にロシアのいたるところを流浪し、苦力をし、店員をし、木材工場の職人頭となった。労働者出身の作家マラーンキンは次のように言う。

「『私の前には偉大な時代が吠え猛り、動きつつあった。私と同じ階級の人は、過去数百年のあいだ沈黙し、あらゆる苦痛をなめつくしていた。彼らは今やすでに新しい生活を築きつつあり、自分の言葉で、大声で自分の階級を表現した。あっさりと言うなら、私たちが主人であった。』(マラーシキン自伝)」(「『一天的工作』后記」、一九三二・九・一九)

過去数百年の間沈黙してきた下層の人々や労働者が、一九一七年十月革命以後、修練をへて、自分の言葉で、自分の階級を表現できるようになったという。

それは同伴者作家ピリニャークが十月革命を描いて、「暴動であり、反乱であり、原始的自然力の跳梁にすぎず、革命後の農村も、嫌悪と絶望があるだけだった」(「『一天的工作』后記」、一九三二・九・一九)[*30]、ととらえたことと対照的であると言える。

また、プロレタリア作家の作品には、その初期において、しばしば労働者への共感と農民に対する反感が窺われた。魯迅は、リャシコ(一八八四~一九五三)の「鉄的静寂」(『一天的工作』所収)を取りあげ、次のように言う。

「『鉄的静寂』は一九一九年の作で、今《労農ロシア短篇集》[*31]のなかの、外村史郎の翻訳[*32]から重訳したものである。その製作時期を見てみると、書かれているのは革命直後の状況であり、復興に対する労働者の熱情、小市民と農民の革命時期の利己が、この短篇のなかに現れている。しかし作者は伝統とかなり関係をもつ人で、そのため無産者作家であるけれども、意識形態は〈同伴者作家〉とやや近い。しかし結局は無産者作家であり、それゆえその同情は労働者の側にあることは、ほぼ一読して、明らかである。農民に対する憎悪も、初期の無産者の作品によく見られる。現在の作家たちは、すでにできるだけ矯正するようになっている。」

「鉄的静寂」はプロレタリア作家リャシコの作品であり、魯迅は、そこに小市民と農民の革命直後における利己的態度が描かれ、作家の同情が労働者の側に寄せられていると指摘する。そして同伴者作家が精神的基盤をロシアの農民にもっていたのとは違い、プロレタリア文学はその初期においては(現在は矯正するようになっているけれども)農民に対する憎悪もあったとする。[*33]

**3　労働者農民の人間らしい生活と第一次五カ年計画(一九二八〜一九三二)の成功**

魯迅は、ソ連社会の一九三〇年代初めの実際の状況を、ソ連を訪問した胡愈之の『莫斯科印象記〔モスクワ印象記──中井注〕』(新生命書局、一九三〇・八・二〇)や、林克多の『蘇聯聞見録〔ソ連聞見録──中井注〕』(上海光華書局、一九三二・一一、「『蘇聯聞見録』序」〈魯迅、一九三二・四・二〇〉)をとおして知ったと思われる。

魯迅は、一九三二年の「林克多『蘇聯聞見録』序」(一九三二・四・二〇、『南腔北調集』)において、ソ連の現状を次のように理解していた。

「作者〔林克多を指す──中井注〕は普通の人であり、文章は普通の文章である。その見たり聞いたりしたソ連は、ありふれたところであり、その人民はありふれた人物であり、そこに設けられたものはまさしく人情に合致し、生活も人間らしくなったにすぎない。(中略)

しかもここから、世界の資本主義文明国がどうしてもソ連に侵攻しようとする原因を理解することができる。労働者農民が人間らしくなったことは、資本家と地主にとって極めて不利であり、そのためどうしてもまず労働者農民の模範を殲滅しようとする。ソ連が普通であればあるほど、彼らはますます恐れる。」(「林克多『蘇聯聞見録』序」、一九三二・四・二〇)

「妻の共有、父殺し、裸体デモ等の『普通でないこと』が確かに存在しないばかりでなく、むしろ多くの極めて普通の事実がある。それは『宗教、家庭、財産、祖国、礼教……一切の神聖不可侵』のものが、すべて糞のように投げすてられ、真新しい、真に空前の社会制度が地獄の底から湧きでてきて、数億の大衆が自分で自分の運命を支配する人になったことである。」(同上)

「この本が言うソ連の良いところを私が信ずるのには、またひとつの原因がある。それは十年ほど前、ソ連がどんなに駄目でどんなに望みがないかを言った、いわゆる文明国の人々が、去年ソ連の石油と小麦の前で震えあがったことである。しかも私は確かな事実を見ている、文明国の人々は中国の膏血を吸い、中国の土地を奪い、中国の人民を殺している。彼らはペテン師である。彼らはソ連を悪いと言い、ソ連を侵攻しようとする。そのことからソ連が良いものであることがわかる。」（同上）

ソ連の社会は、労働者農民に人間らしい生活をさせることができ、石油と小麦を輸出できるほどに生産力を成長させた。それはまさしく、ロシア旧社会で虐げられ悲惨な境遇にあった労働者農民という被抑圧階級が、人間らしい生活を送ることができるようになったこと、そのような社会が実現しつつあることを意味した。

魯迅は「『一天的工作』后記」（一九三二・九・一九）で、「枯煤、人們和耐火磚」（「コークス。人々。耐火煉瓦」、パンフョーロフ（F. 班菲洛夫）、イリエンコフ（V. 伊連珂夫）共著）について次のように言う。

「ソビエト・ロシアが五カ年計画を実施したとき、革命的労働者はすべてこれがために努力して建設し、突撃隊を組織し、社会主義競争をし、二年半となった。西欧やアメリカの〈文明国〉が幻想、妄談、たわごととみなした事業は、少なくとも一〇の工場がすでに完成した。そのときの作家たちも社会の要求に応え、大芸術作品と同じように、一方で芸術作品の実質をさらに高めた。他方で、作家たちは報告文学・短篇小説・詩・スケッチ的現在の小品〔現在をスケッチする小品の意味か――中井注〕を用いて、勝利を獲得しつつあることを示す集団・工場・共同経営農場の好漢や突撃隊員の要求に応えて、クズバス、バクー、スターリングラード〔ボルゴグラードのこと――中井注〕そのほかの大建設の場所に赴き、最も短い期間でこのような芸術作品をつくった。日本のソヴェート同盟社会主義建設叢書〈ソヴェート事情研究会編訳の〈ソヴェート事情研究会編訳〉第一輯『衝撃隊』（一九三一年版[*34]）には、七篇のこうした〈報告文学〉がその中にある。」（「『一天的工作』后記」、一九三二・九・一九）

「『コークス。人々。耐火煉瓦』はそこから重訳したものである。その述べる内容は、地下に埋まる泥沼の形成の原因、自然を克服する建設者たちの意志の力、コークスと文化の関係、コークス製造とコークス炉建設の方法、耐火レンガの種類、競争の状況、監督と指導の秘訣である。さまざまなことが、短い一篇の中に含まれ、これは〈報告文学〉の良い標本であるばかりでなく、実際の知識と仕事の簡要な教科書となっている。」（同上）

「コークス。人々。耐火煉瓦」が、報告文学の良い標本であるばかりでなく、実際の知識と仕事の教科書でもあるとする。

「しかしこれは中国の若干の読者に適さないかもしれな

い。なぜならもしも地質やコークス製造、採鉱の大略を知らなければ、読んでみてもまったくおもしろみがないからである。しかしソ連ではまた別のことである、なぜなら社会主義建設の中で、精神労働と肉体労働の境界線も引き続いて取り除かれたため、このような作品もまさしく一般的な読み物である。ここから､社会が異なれば、いわゆる〈知識人〉がはっきりと違うことがわかる。ソ連の新しい知識人は、実際すでになぜ或る人々が秋の月に心を痛め、落花に涙を流すのか、がわからないのである。ちょうど私たちの知識人がなぜ鉄を溶かす炉に、炉の底がないのか、わからないのと同じである。」(同上)

魯迅によれば、当時のソ連の社会主義建設においては、精神労働と肉体労働の境界線が取り除かれ、このような読み物が、一般の読み物となったという。魯迅は、中国の知識人の感傷をとりあげ、それをソ連の新しい知識人は理解できないであろうと言う。魯迅はここで、ソ連の当時の現実を、すなわち社会主義社会を建設しようとする新しい知識人が育ちつつある過渡時期ソ連の社会の現実を、肯定的に述べている、と思われる。

一九三二年ころにおける、ソ連社会の現実に対する上のような肯定的評価が、ソ連のプロレタリア文学に対する魯迅の肯定的評価の、一つの基礎となっていたと思われる。

一九三〇年前後から三二年ころの経過の中で、魯迅がソ連のプロレタリア文学に対する共感と関心を高めていく様子を、上の状況から推測できると思われる。

## 4　同伴者作家ヤコブレフの小説『十月』とプロレタリア文学の『毀滅』と『鉄流』の翻訳について

同伴者作家ヤコブレフは『十月』(一九二三、魯迅訳、一九三〇年夏訳了、上海神州国光社、一九三三・二)において、十月革命時のモスクワの市街戦を描いた。主として、労働者の兄弟二人(兄イワンと弟ワシーリー)と労働者部隊(赤軍)に参加した若い労働者アキムの目と行動をとおして、労働者部隊と士官候補生の部隊(白軍)の戦闘するモスクワ市街戦が、その戦闘の進行を追って描かれる。兄イワンは社会革命党員であり、労働者の指導者を自認しながら、ボリシェビキの蜂起に疑問をもち、士官候補生の部隊に参加する。イワンは労働者部隊に向けて射撃し、労働者兵士を銃剣で刺殺する。弟ワシーリーは傍観者である。若い労働者アキムは労働者部隊に参加し、戦闘の中で士官候補生に襲われ射殺された。その後、一人息子アキムの消息を求め、その死を知った母親は底知れぬ悲嘆に陥る。援軍のない白軍はやがて孤立し、クレムリンが陥落し、降伏する。その後、イワンはもとの家に帰った。市街戦で亡くなった労働者兵士たちを弔う葬儀の行進が行われ、イワンは赤旗と銃剣が林立し行進する光景を街頭に見る。

「彼等は歌っている。弾薬は込められ、銃剣は着けられ、ツアリは西伯利に居り、ブルジュア階級は粉砕され、民衆は、鉄鎖を断ち切って、〈自由〉に向かって行く……。」(『十月』第二七節、ヤーコウレフ作、井田孝平訳、南宋書院、一九二八・六・三〇、世界社会主義文学叢書第四篇、魯迅入手年月日、一九二八・七・一八)

イワンは自分の選んだ行動に疑問をもち、アキムの墓のある辺りでピストルによって自死する。

魯迅は「『十月』后記」(一九三〇・八・三〇、『訳文序跋集』)で次のように言う。

「この小説は決してプロレタリア的な作品ではない。」

(「『十月』后記」、一九三〇・八・三〇)

「『十月』は一九二三年の作であり、彼の代表作と言えるもので、そして比較的進歩した意識形態を表している。しかしその中の人物に、一人として鉄の意志をもった革命家はいない。」(同上)

「白軍に加入したり〔イワンのこと——中井注〕、ついに彷徨し続ける〔ワシーリーのこと——中井注〕青年の主観を用いて、十月革命の市街戦の情況を述べるところは、映画式の構成と描写法の新鮮さを表している。ただ最後の数句の光明のことばでは、全篇の陰うつで絶望的な雰囲気を覆うには足りないけれども。しかし革命のとき、情況の複雑さ、作者自身が属する階級と思想・感情は、もとよりこれより進んだものを書くことができなくさせるし、或る時或る所の革命はこのような情景が決してないと言うこともできない。本書が描くところは、恐らくモスクワのプレスナ街の人々である。」(同上)

魯迅は、『十月』で、作者の見た真実が描かれていること、モスクワの市街戦の真実が描かれていることを、評価している。それと同時に、次のように言う。

「ほかの環境におけるほかの思想・感情を知ろうとすれば、私はもちろん別にファジェーエフ(A.Fadeev)の『潰滅』があると思う。」(同上)

魯迅はプロレタリア文学の『毀滅』(ファジェーエフ作、魯迅訳、上海大江書鋪、一九三一・九、『壊滅』、蔵原惟人訳、南宋書院、一九二九・三・一〇、魯迅入手年月日、一九二九・五・二)を自ら訳し、『鉄流』(セラフィモヴィチ作、曹靖華訳、三閑書屋、一九三一・一一、「『鉄流』編校后記」、魯迅、一九三一・一〇・一〇)の翻訳の完成を喜んでいる。[*35]

『毀滅』のあらすじは次のようである。十月革命後のソ連の国内戦争のとき、列強は干渉軍をソ連に送った。日本はシベリアに日本軍を送り（一九一八〜一九二二）、国内戦争に干渉した。物語は、一九二〇年ころ、一五〇名ほどのシベリアの遊撃隊（赤軍）が日本軍に追撃され、それを逃れるが、その途中コルチャック軍（白軍）のコサック兵の待ち伏せにあい、それを突破したあと、遊撃隊が森を抜けでたときには、ほとんど壊滅して一九名になった状況を述べる。

魯迅は、『毀滅』の第二部第一章から第三章までを取りあげて、次のように言う。

「この数章は大切なところで、貴重な文章は生命の一部、或いは全部と引き替えにもたらされたものであり、身を以て戦争を経験した戦士でなければ、書くことができない。」（「『潰滅』第二部一至三章訳者附記」、一九三〇・二・八）[*36]

魯迅は、一連の戦闘の中で壊滅する遊撃隊の意義について次のように言う。

「革命には血があり、汚穢がある、しかしそこから生まれるみどりごもある。この『潰滅』はまさしく新生の前の一滴の血であり、実際の戦闘者が現代の人々に残してくれた大きな教訓である。冷淡になることがあり、動揺があるけれども、さらには依頼心によって、本能によってではあるが、みんなはやはり目的に向かって前進する。たとえ前途が最後には『死』であるとしても、この『死』は結局個人的意義をすでになくして、大衆と融けあい一つになっている。だから新生するみどりごがありさえするならば、『潰滅』とは『新生』の一部分にほかならない。」（「『潰滅』第二部一至三章訳者附記」、一九三〇・二・八）

生き残った隊長のレヴィンソンは、副官のバクラーノフを死なせたことを深く悲しみ、涙を流しながら、遠くの村で働く人々を見て、次のように考える。

「レヴィンソンは沈黙した。まだ潤った眸で、この広い空と、このパンと休息とを約束する大地と、これらの遠い人々、――やがては、黙然と彼らの跡をついて来るこの十八人のように、彼等の親しい近しいものとなさなければならないこれらの遠い人々の上を見やった、そして彼は泣くことをやめた、――彼はどうにでも生きて、自分の義務を果たさなければならなかったのである。」（『毀滅』第三部、「四　十九人」）

ここには、一人の鉄のような意志をもった戦闘者が存在する。

魯迅は『毀滅』を理解するうえで、次のように言う。

「もしも十分に理解しようとすれば、恐らく実際の革命者でなければならない、少なくとも、革命の意義がいささか分かり、社会について広い理解をもち、さらに少なくとも、唯物論的文学史と文芸理論を研究しなければならなくな

る。」（「『毀滅』第二部一至三章訳者附記」、一九三〇・二・八）

同伴者作家が観察し描くことができた真実以外の、それ以上の真実を知るためには、上述のようなことが必要であるとされた。これはまさしく魯迅が進もうとし、進んでいた道を示唆する。

## 5　『解放されたドン・キホーテ』における、ドン・キホーテの「人道主義」に対する批判

魯迅は、「『農夫』訳者附記」（一九二八・一〇・二七、月刊『大衆文芸』第一巻第三期、一九二八・一一、『訳文序跋集』）で、ヤコブレフの「農夫」について次のように言う。

「私たちはこの短い一篇から、ソ連が人道主義を排斥しようという理由を悟ることができる。なぜならこのように温厚であることは、革命においてであれ、反革命においてであれ、必ず失敗することは疑いないからである。他人は決してこのように温厚ではなく、人が熟睡しているときに、銃剣の一撃をお見舞いしないであろうか。」（「『農夫』訳者附記」、一九二八・一〇・二七）

魯迅は、農夫「ピリシチーコフを見てみると、善良で、単純、頑固、鈍重、愚かであるが、誠実であって、象或いは熊のようで、人を怒らせるが、どうしようもない。確かにLunacharskyがそれを見てかっと怒るであろうことは無理もない。」（同上）とする。

一九三三年魯迅は、「『解放了的董吉訶徳』後記」（一九三三・一〇・二八、『解放了的董吉訶徳』〈ルナチャルスキー作、易嘉〔瞿秋白――中井注〕訳、上海聯華書局、一九三四・四〉所収、『集外集拾遺』）で、領主に対する革命闘争が起こったとき、ドン・キホーテがその人道主義のゆえに、専制の魔王の化身ムルチオ伯爵を牢獄から救いだしたことを述べる。

「実際においても勝利を得て、革命がついに起こり、専制者が牢獄につながれた。しかしこの人道主義者〔ドン・キホーテを指す――中井注〕は、このとき急にまた国王たちが被圧迫者であると考え、蛇を放って谷に返し、彼らによってまた害毒を流させ、家を焼きはらい物を掠奪させることとなり、それは革命の犠牲をはるかに超えるものであった。キホーテは人から信頼されず、従者のサンチョでさえあまり信じていなかったが、いつも狡猾な悪人に利用され、世界を暗黒の中に留めることに手をかした。」（「『解放了的董吉訶徳』后記」、一九三三・一〇・二八、前掲）

国王の専制と戦う革命者ドリゴは、ドン・キホーテの批判に対して言う。

「『そうだとも、吾々は専制君主だ。そうだとも、吾々は独裁者だ。此の剣、見給え――これは貴族の剣とちっとも違ってはいない。唯だ彼等は奴隷制度の名に於てこれを打合う。そして吾々は自由の名に於てそれをするんだ。これは貴方のその古ぼけた髑髏には少々はいりにくいかも知れない。貴方は善良だ。そして善良な人間は、えて圧迫されているものを援けたがる。処で吾々は今、仮令みじかい間に限られて居るにせよ、圧制者だ。吾々を敵として闘い給え。その代り吾々も君を敵として戦う。何故なら、やがてこの世界が何人からも抑圧せられなくなる為には、今吾々が抑圧しなければならないんだ。[*37]』」(『解放了的董吉訶徳』第六場)

魯迅は革命の指導者ドリゴについて言う。

「バルタッサルは終始キホーテを愛しており、彼のために保証をし、強いて彼の友人となろうとする。これはバルタッサルが知識人階級出身であるためである。しかし結局キホーテを変えることができない。ここにいたって、バルタッサルはドリゴの嘲笑、憎悪、下らぬ話を聞きいれないことが、最も正当なことであるとを認めざるをえない。ドリゴは正しい戦法をもち、強靱な意志をもつ戦士であった。」(『解放了的董吉訶徳』后記」、一九三三・一〇・二八、前掲)

一九三三年の「『解放了的董吉訶徳』后記」(一九三三・一〇・二八、前掲)で魯迅は、ドン・キホーテの人道主義(あるいはヤコブレフの人道主義のあり方につうずる)について、批判の内容を明確にしている。ある歴史的社会的状況下において、例えば階級間の激しい闘争が行われているような状況下では、ドン・キホーテのような、「時間と空間」(『解放了的董吉訶徳』第六場)を超えた真理であると言いながら、実際には一貫性を欠いた、その時その場の人道主義的な個人的善意の行動が、さらに悲惨な事態、すなわち人道主義の理想を裏切る悲惨な事態を導くことがありえた。

そこには、対照的に、戦闘の中で鉄の意志をもって戦う革命者ドリゴのような戦士が描かれていた。

## 第四節　さいごに

### 一　一九二八年から三二年にかけてのソ連の文学の翻訳

一九二七年の国民革命の挫折後、魯迅は同年一〇月から、租界都市上海に移住して、晩年を過ごすことになる。一九二八年初め、中国革命文学派により「革命文学」が主張され、同時に魯迅批判が激しく行われた。その後一九二九年、中国共産党側からの指示もあって、[38]「革命文学」論争が収束する。そして一九三〇年三月、左翼作家連盟が結成され、魯迅はその中心となって活動する。

他方の側面から言えば、魯迅は「革命文学」論争を契機に、一九二八年から三〇年にかけて、「蘇俄的文芸政策」（前掲）や、マルクス主義文芸理論の文芸固有の領域の文献（プレハーノフ、ルナチャルスキー等）の翻訳を進め、その理解を深め、受容を深化させてきた。

また魯迅は、一九二八年半ばから三二年にかけて、ソ連の、同伴者作家の小説とプロレタリア作家の小説を中国に順次翻訳し紹介した。魯迅は一九二八年半ばころからまず同伴者作家の小説を翻訳する。それは、ソ連の過渡期知識人としての同伴者作家（例えば、アレクサンドル・ブロークら）に対する、一九二六年から二八年にかけての魯迅の共感に基づくところが大きかったと思われる。また、一九三〇年前後から、プロレタリア作家の小説と同伴者作家の小説を並行して訳すようになる。こうした作業をつうじて、魯迅はソ連文学界の実際を認識し、その評価を形成したと思われる。

（一）ロシア十月革命とその後の過渡時期に対する、ソ連の同伴者作家にしばしば見られる、「生活の現実に対するこの無意志性」（「関于綏蒙諾夫及其代表作『飢餓』」、魯迅訳、一九二八・一〇・二、前掲）、ピリニャークの「冷評の気息」（「『苦蓬』訳者附記」、一九二九・一〇・二）やザミャーチンの旧知識人階層特有の「懐疑と冷笑的態度」（「『竪琴』后記」、一九三二・九・一〇）は、ソ連の同伴者作家に対する魯迅の当初もっていた共感を、一九二八年半ばころから三二年にかけてしだいに減衰させた、と思われる。[39]また、戦争や階級闘争が激烈に行われる中での、同伴者作家ヤコブレフのような「人道主義」のあり方は、魯迅の疑問を強めた。

（二）十月革命後、過渡時期にあるソ連の文学界は、一九一七年から二七年ころの「偉大なる十年」を経過する中で、新しい相貌（同伴者作家の文学とプロレタリア作家の文学の融合）を見せはじめていく。また、一九二三年ころ以降、ソ連のプロレタリア文学の側は数多くの傑作を生みだすようになった。

魯迅は、一九三〇年前後から『毀滅』、『鉄流』等の作品を翻訳し、あるいは校正することをつうじて、労働者農民のために戦う鉄の意志をもつ革命者の存在を知る。[40]

（三）ソ連の同伴者作家の小説とプロレタリア作家の小説に対する、魯迅の評価基準の一つは、次の点にあったと思われる。すなわち十月革命とその後のソ連の過渡時期に対して各作家がどのような考えをもち、どのような姿勢をとったのか、どのように描いたのか、である。

(四) しかもその魯迅の評価基準自体が、一九二八年から一九三二年にかけての間、深化し強化していく過程にあるものであった。マルクス主義文芸理論に対する魯迅の確信が深化し強化する過程にともない、そして十月革命とその後のソ連の過渡時期に対する魯迅自身の理解の深化の過程にともない、同伴者作家とプロレタリア作家に対する評価もそれぞれ漸次、方向を明確化していった。このような過程を一面から表すのが、一九二八年半ばから一九三二年にかけての、同伴者作家とプロレタリア作家の小説の翻訳とその出版(『毀滅』〈三閑書屋再版、一九三一・一〇〉、『竪琴』〈一九三三・一〉、『一天的工作』〈一九三三・三〉等)であったと思われる。

(五) 魯迅は、一九二八年以降、漸次マルクス主義文芸理論を本格的に受容して、その理解を深化していった。このようなマルクス主義文芸理論に対する受容の深まり、理解の深化が、十月革命とその後のソ連の過渡時期に対する同伴者作家の態度について魯迅の疑問を惹起し、同時にソ連のプロレタリア作家の小説への共感の後押し、吸引力となっていったことと思われる。

一九三〇年ころ以降、魯迅はまた、将来において無産階級社会が必ずや出現するであろうことを信ずるようになった。魯迅は一九三二年、一九三四年に、それぞれ次のように言う。

「私はいつも自分のことを言っていた、どのように『壁にぶつかって』いるのか、どのようにカタツムリになっているのか。まるで全世界の苦悩が一身に集まって、大衆のために苦しい目を受けているかのようであった。これもまさしく中産の知識階級分子の悪い癖である。ただもともとこの熟知する階級を憎悪して、いささかもその潰滅を惜しまなかった。後にまた事実の教訓によって、新興の無産階級だけに将来があると考えたのは、確かである。」(「『二心集』序言」、一九三二・四・三〇)

「以前、旧社会の腐敗は、私は感じていました。私は新しい社会の興ることを希望しましたが、しかしこの〈新しい〉ものがどのようであるべきかわかりませんでした。しかも〈新しい〉ものが興った後、必ず良いものであるのかどうか、もわかりませんでした。十月革命後になって、私は〈新しい〉社会の創造者が無産階級であることを知りました。しかし資本主義各国の反宣伝のために、十月革命にはなおいささか冷淡であり、しかも懐疑をもっていました。現在ソ連の存在と成功は、無産階級社会が必ずや出現するだろう、と確かに信じさせてくれました。完全に懐疑を取り払っただけでなく、多く勇気を増してくれました。」(「答国際文学社問」、『国際文学』一九三四年第三、四期合刊、『且介亭雑文』)

(六) 魯迅は一九三一年三二年ころ、ソ連の順調な発展を裏付ける訪問記を読み、また第一次五カ年計画の成功を告げる数値と事情を知ることになった。それは事実に基づいて、十月革命とその後のソ連の過渡時期に対する魯迅の肯定的確信を強化した。

(七) 以上のような経過をたどり、十月革命とその後の過渡期に対するソ連の同伴者作家の、「冷評の気息」や、「懐疑と冷笑的態度」等についての、魯迅の疑問はいっそう強まることになった。他方、ソ連の戦うプロレタリア作家の小説に対して、そして小説の中で表現される、鉄の意志をもって戦闘する革命者に対して、いっそう共感を深めていったと思われる。

## 二　一九三三年ころ以降（今後の課題）

一九三〇年半ば以降、中国の政治状況においては、左翼作家に対して国民党政府によるいっそう過酷な弾圧が行われるようになる。

魯迅は、一九三三年以降、『竪琴』(一九三三・一)、『一天的工作』(一九三三・三) 出版以降も、中国変革を望む知識人として、厳しい中国の抑圧状況と向き合い、雑文等を武器として抵抗し闘い、社会変革へのさまざまな啓蒙活動(連環画、木刻、翻訳等)を模索し、その実践を継続していこうとする。その場合、国民党政府の過酷な弾圧下にある左翼文学にとって、そして中国の社会変革にとって、いま、必要な文学とは何か(とりわけ翻訳文学の領域においては)、どのような文学であるのか(翻訳文学の領域においては)、が改めて問い直されたと思われる。[*41]

「私はただ他国の——ドイツ、日本の——訳本(ロシア、ソ連文学の訳本)を読むことができるだけです。現在の建設を語るもの、それから以前の戦闘を語るもの——例えば『鉄甲列車』、『毀滅』、『鉄流』等——は私にとっておもしろく、しかも有益だと思います。私がソビエト文学を読むのは、大半中国に紹介したいと思うためです。中国にとっては、現在も戦闘の作品がいっそう重要です。」(「答国際文学社問」、『国際文学』一九三四年第三、四期合刊)

魯迅はおそらく、ソ連の社会主義建設に向けてのめざましい事業の報告文学が、ソ連の実情を知るのに有益であるとしても、当時の中国の現状(とりわけ租界都市上海において)と疎遠なものがある、と考えたであろう。むしろ十月革命直後の国内戦争を描くソ連のプロレタリア文学(例えば、『毀滅』や『鉄流』)はその戦う姿勢がいっそう有益であるとされた。
「しかし創作においては、私が革命の渦の中心にいないため、しかも長い間、各所に行って調査することができないため、私は恐らく依然として旧社会の悪いところを暴露することができるだけです。」(「答国際文学社問」、『国際文学』一九三四年第三、四期合刊)

ただ、魯迅個人から言えば、租界都市上海に居住して、自らはそこから出て中国全体の実情を調査することができなかった。それゆえに、魯迅にとって租界都市上海以外の中国の実情を描くことは困難であった、と思われる。

魯迅は、一九三四年ころから、その最晩年において、ロシアの批判的リアリズム文学を改めて翻訳しはじめる。例えば魯迅は、十月革命以前のロシアの批判的リアリズムの小説、『死せる魂』(ゴーゴリ〈一八〇九~一八五二〉作、一八四二)、「鼻」(ゴーゴリ作、一八三六)、チェーホフ(一八六〇~一九〇四)の小説(『壊孩子和別的奇聞』、聯華書局、一九三六)等の諸作品の翻訳に取り組んでいる。

このことは、私の準備不足のために後の課題とし、稿を改めて論ずることとせざるをえないけれども、一九三四年以降、ロシアの批判的リアリズムの文学の翻訳は、国民党政府が過酷な抑圧を行う政治的状況の中で(ロシアの帝政時代のように)、マルクス主義を受容した魯迅が、改めて中国の現状を認識し、社会変革を追求しようとする場合の、一つの態度の表れであったと考える。

それは、国民党政府の過酷な弾圧に対する抗議と、中国旧社会(帝国主義の支配する租界を含めて)におけるその社会的政治的体制、その文明に対する魯迅の批判の意思に沿うものであり、魯迅の戦う人道主義の主張の表現でもあったと思われる。[*42]

# 第一〇章　『蘇聯聞見録』について

# 第一節　はじめに

魯迅は「林克多『蘇聯聞見録』序」（一九三二・四・二〇、『南腔北調集』）と「我們不再受騙了」（一九三二・五・六、『南腔北調集』）において、一九一七年十月革命以来のソ連の状況について、初めて自分なりの肯定的確信を語った。[*1] そのとき魯迅は、参考とした二冊の本をあげている。それは、『莫斯科印象記〔モスクワ印象記——中井注〕』（胡愈之著、新生命書局、一九三一・八・二〇初版、底本は一九三二・一〇・一五第五版に基づく『民国叢書』第五編八〇、歴史・地理類、全一五一頁）と『蘇聯聞見録〔ソ連見聞録——中井注〕』（林克多著、上海光華書局、一九三二・一一、全三五九頁）である。

「この一年のうちに、警戒心をもつ必要がなく、意外にも読み終えた二冊の本に出会った。一つは胡愈之氏の『莫斯科印象記』であり、一つはこの『蘇聯聞見録』である。」（「林克多『蘇聯聞見録』序」、一九三二・四・二〇、前掲）

一九一七年の十月革命によって帝政ロシアが打倒され、その後ソ連はレーニンを中心とするロシア共産党のもとに[*2]国内戦争を戦い抜き、一九二一年新経済政策（ネップ）によって荒廃から立ち直っていく。一九二四年一月、レーニンの死後、スターリンが徐々に権力を掌握していき、一九二七年一一月、トロツキーをロシア共産党から除名し、一九二九年、トロツキーを国外に追放する。

一九二九年一〇月以後の世界の経済恐慌の中で、五カ年計画（一九二八〜一九三三）がソ連に経済的発展をもたらしつつあった。同時に、一九二九年から三〇年に、農業の集団化が強行された。

上記の二冊の本が出版された時期、一九三一年、三二年当時のソ連は、社会主義をめざす過渡期にあった。しかし権力を握ったスターリンは、一九三四年のキーロフ暗殺事件をきっかけにして、大粛清を行った。十月革命、国内戦争を戦い抜いたほぼ一世代にあたる多くのロシア共産党の幹部、一般党員が処刑されたり、監獄、強制収容所に送られ、そのほか多数の軍人、知識人、一般大衆が同じく処刑されたり、あるいは監獄、強制収容所に送られた。ソ連は社会主義をめざす過渡期から逸脱し、スターリンの専制主義的体制のもとに、ソ連の社会は圧制的社会に変質した。一九三九年、スターリンはヒトラーと独ソ不可侵条約および秘密議定書を結ぶ。

本章は、こうした、現在では明らかとなっているソ連の歴史的経過を念頭に置きながら、他方で一九三一年三二年の段階で、ソ連に関する詳細で正確な情報が、中国に、そして魯迅にほとんどなかったことに留意して、行文を進める。

本章は、次の点を目的とする。(一)一九三一年三二年ころ、魯迅が目睹した『蘇聯聞見録』(林克多著、一九三二・一一、前掲)[*3]の概略を紹介する。このとき、『莫斯科印象記』(胡愈之著、一九三一・八・二〇、前掲)を補助的に紹介する。すなわち『蘇聯聞見録』が、魯迅とかかわる点を主として、ソ連をどのようなものとして記述しているのか、を紹介する(そして補助的に『莫斯科印象記』を用いる)[*4]。(二)魯迅がこの二冊の本のどこに注目して、ソ連についての肯定的見方を形成したのか、を推測する。

## 第二節　『蘇聯聞見録』(林克多著)について

### 一　林克多についての各種の『魯迅全集』の注

一九八一年版『魯迅全集』第四巻(人民文学出版社、一九八一)の「林克多『蘇聯聞見録』序」(一九三二・四・二〇、『南腔北調集』)の「林克多」注によれば、次のようである。

「林克多、本名は李平、浙江省黄岩の人、機械工業労働者。もともとパリで仕事をしていたが、一九二九年、フランスの経済危機で失業し、一九三〇年、募集に応じてソ連に行き働く。『蘇聯聞見録』は、一九三二年一一月、上海光華書局が出版する。」(「林克多『蘇聯聞見録』序」の注)

この林克多の経歴は、『蘇聯聞見録』(前掲、一九三二・一一)の中の、林克多自身の次のような記述に基づくと思われる。

「私は一九二三年から国を離れ、フランスのリヨン、パリ、マルセーユ等で、まるまる六年間機械工業労働者〔後述のように、〈旋盤工(Latheman)〉をしたとある――中井注〕をし、もともとはフランを貯めて学校に入り、勉強したいと思っていた。しかし一九二九年以後、全世界の経済危機が、日々に深まり、フランスも例外ではなかった。(中略)そのため私も失業した。(中略)別の方法を考えて、生計を維持せざるをえなかった。」(一頁~二頁、「我為什麼到蘇聯」)

彼は失業し、別の方法を考えて、生計を維持せざるをえず、ソ連駐仏公使の機械工業労働者募集広告に応募し、採用される。ソ連で働くことを許可され、一九三〇年一月一五日にソ連に出発する。林克多は、応募の面接の際、次のように述べたという。

「フランスで六年間機械工業労働者——旋盤工(Latheman)を勤めた。中国の中等工業学校を卒業し、二年間、兵器工場の職工長をしたことがある。」(二頁)

こうした経過が虚構であったことは、「『蘇聯聞見録』著者林克多的真実経歴——一九八一年版『魯迅全集』補注」(熊融、『魯迅研究(双月刊)』一九八三年第六期)[*5]で明らかになっている。同論文の指摘のように、この虚構は南京国民政府の弾圧を避けるための手段であったと思われる。

林克多がフランスからソ連に入ったとする経路は、『莫斯科印象記』(前掲、一九三一・八・二〇)の胡愈之の経路と同じである。『蘇聯聞見録』(前掲、一九三二・一一)は「児童国際」の章で、「児童国際は、全世界各国の共産主義青年団の指導下の童子団(Pioner)——胡愈之氏は少年先駆と訳す——によって組織されて成り立っており、それはモスクワ、ベルリンの二ヶ所にある。」(二〇〇頁)と言及する。[*6]このことから林克多が、一年前に出版された『莫斯科印象記』(前掲、一九三一・八・二〇)に目をとおしていたことが分かる。おそらく、南京国民政府の猜疑を招かないように、林克多は『莫斯科印象記』(前掲、一九三一・八・二〇)と同じ経路を採用して虚構したものと思われる。

二〇〇五年版『魯迅全集』第四巻(人民文学出版社、二〇〇五・一一)の「林克多『蘇聯聞見録』序」(一九三二・四・二〇、『南腔北調集』)の「林克多」注によれば、次のように改めてある。

「林克多(一九〇二〜一九四九)、本名は李鏡東、またの名は李平、筆名は林克多、浙江省黄岩の人。もともと故郷で革命活動に従事し、一九二七年、国民革命の失敗の後、ソ連のモスクワ中山大学に行き学んだ。『蘇聯聞見録』は彼が帰国後に書いたもので、一九三二年一一月、上海光華書局が出版した。ほかに『高尓基的生活』等の訳書がある。」(「林克多『蘇聯聞見録』序」の注、『魯迅全集』第四巻、二〇〇五年版)[*7]

この記述は、「『蘇聯聞見録』著者林克多的真実経歴——

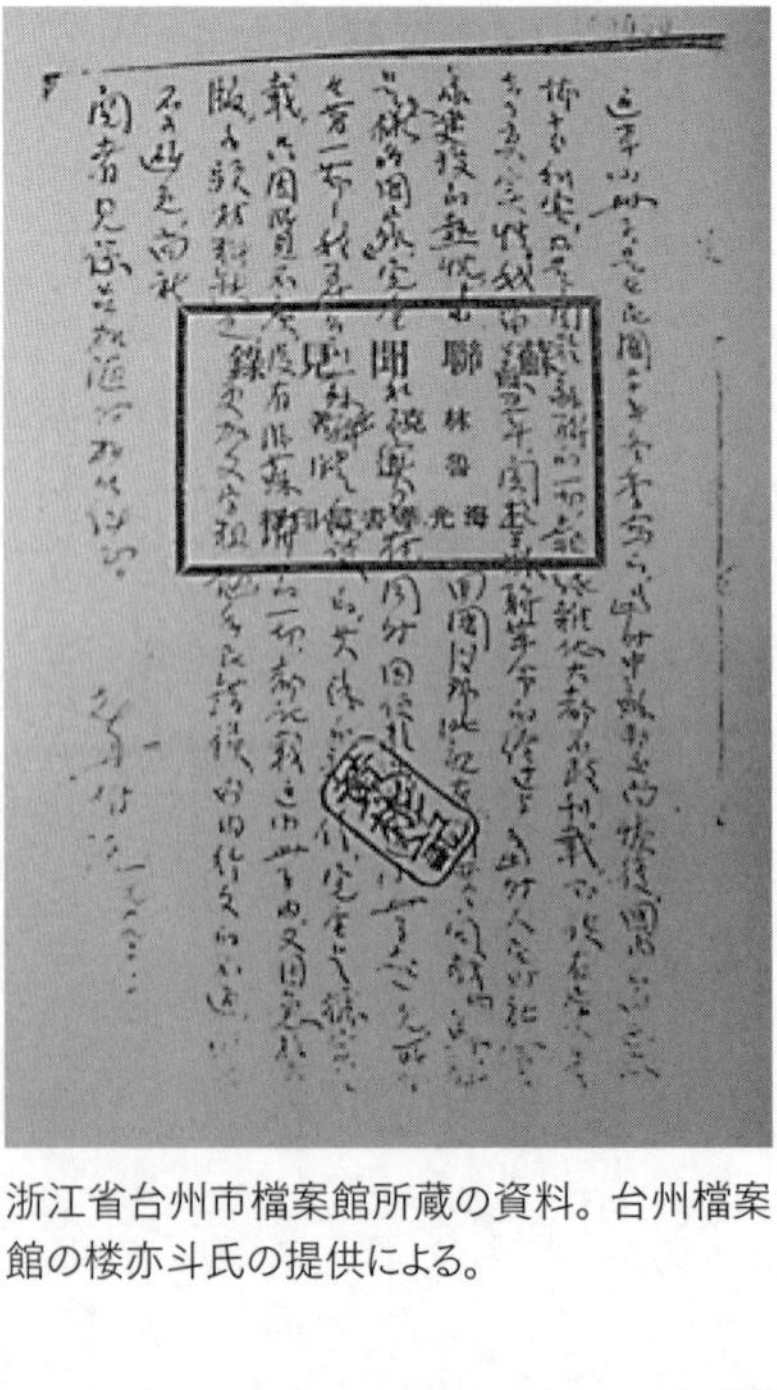

浙江省台州市檔案館所蔵の資料。台州檔案館の楼亦斗氏の提供による。

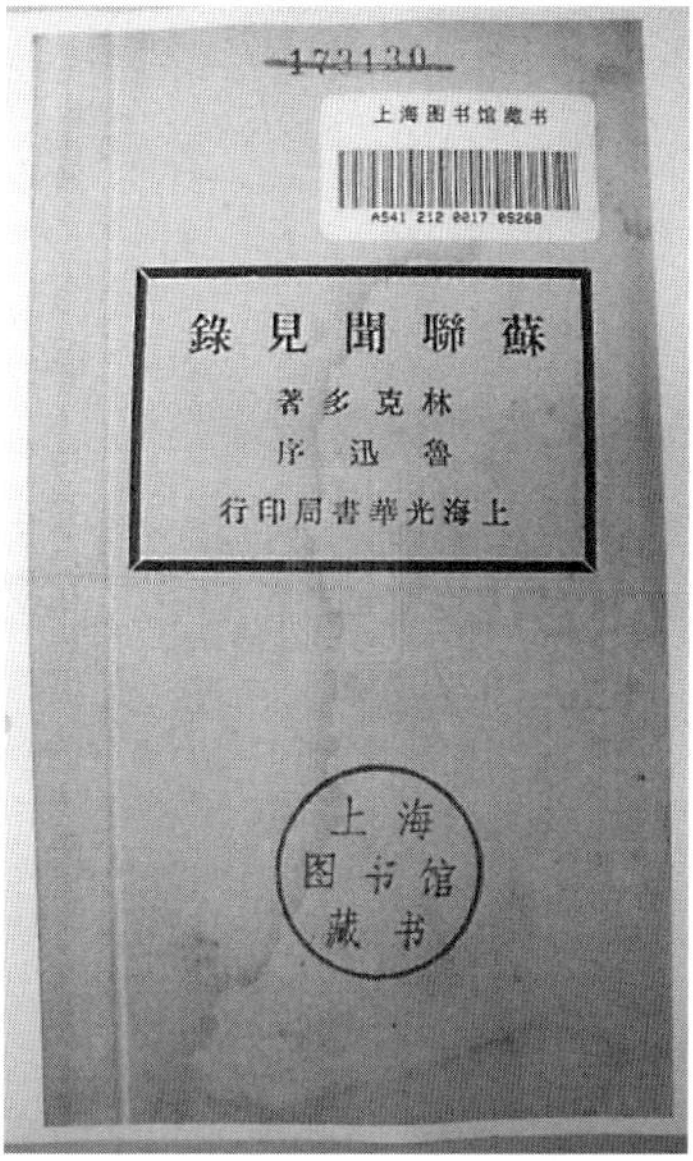

『蘇聯聞見録』(上海光華書局、1934年9月、再版)の中扉

一九八一年版『魯迅全集』補注」（熊融、前掲、一九八三）等に基づき改められたものと思われる。同論文によれば、林克多は、李文益の筆名である。彼は一九〇二年、浙江省黄岩県柔極郷石獅坦村に生まれた。当地の小学校で学び、一五歳で臨海第六中学校に入り勉強した。一九二六年、中国共産党に入党する。彼は、一九二七年、四・一二反共クーデターのとき逮捕されるが、しかし護送の途中で脱走する。「その後〔一九二七年――中井注[*8]〕、党組織の紹介で、李文益はほかの同志とともに、ウラジオストクをへてソ連に入った。彼は前後してモスクワ中山大学と東方大学の軍政特別クラスで学んだ。李文益の同級生李敬永氏の後の回想によると、李文益は在校時、校長のラデックと教員たちの影響を受けて、一度トロツキー派の組織にひそかに参加した。しかし悟るところがあって、きっぱりと離脱した。自主的に組織に述べたばかりでなく、すべての書類、ノートを差しだした。後に、彼はソ連の各地を見学し視察して、この新興のソビエト国家について比較的に全面的な理解をしたし、レーニン、スターリンの偉大な功績に対して心から敬服崇敬し、ソ連の真相を記録するこの著述を心の中で育んでいた。

　一九三一年、彼はソ連から帰国し、十月革命後のソ連で平素見聞したことを記録し、『蘇聯聞見録』を書きあげた。翌年四月、彼は王育和同志を通じて、魯迅にこの原稿を校閲して序を書いてくれるように依頼した。」（一八二頁）

　また「『蘇聯聞見録』著者林克多的真実経歴」（熊融、前掲、一九八三）は、中国共産党黄岩県委員会の党史収集事務室葛増生氏が提供した、『蘇聯聞見録』の扉に林克多自身が手書きした文章を掲載している。その内容は以下のとおりである。

「『この本は民国二〇年〔一九三一年〕冬に書いたもので、当時中ソの国交はまだ回復しておらず[*9]、国内の白色テロも非常に激しく、およそソ連に関するあらゆることは、新聞雑誌がほとんど掲載しようとはしませんでした。たとえあったとしても、真実性が失われていました。私はソ連に五年とどまり、ソ連の革命の経過と、当時の社会主義建設に対する人民の熱意に関して、帰国後、親戚友人が『ソ連とはいったいどのような国なのか』と私に詰問することとは、まったく事実とくいちがっています。[*10]同時に、この本を出版する便宜のために、そこで第一節において、私がなぜソ連に行ったかは虚構しましたが、そのほかの部分はすべて事実に基づいて記載してあります。ただ見聞が広くないため、ソ連のすべてをこの本に記載していませんし、[*11]また出版を急いだため、手元に資料がなく、さらには文章が貧弱になっています。植字のまちがい、[*12]書中の行文が通じないところは、もちろん避けることができませんが、なお読者が諒とされ、お気づきのとき是正をお願いいたします。

克多附注

一九四九，四，十五[*13]』」（一八〇頁）

「『蘇聯聞見録』著者林克多的真実経歴」（熊融、前掲、一九八三）によると、林克多は一九四九年六月二〇日、故郷の石獅坦村で多人数の武装した土匪に襲われ、十数人の民兵とともに四時間あまり抵抗したが、もちこたえられず、逃げて渓流を泳ぎ渡るときに射殺されたという。この附注は、その二ヶ月あまり前の文章である。

## 二　「林克多『蘇聯聞見録』序」について

### 1　「林克多『蘇聯聞見録』序」で魯迅がソ連に関して記述した点

（一）十月革命とその後のソ連について

魯迅は、西洋人の旅行記で、ソ連についてさまざまな評価があるのは、「或る旅行者は貧乏人のために考え、だから良いと考えるし、もしも金持ちのために考えるなら、当然悪いこととなる」（「林克多『蘇聯聞見録』序」、一九三二・四・二〇、『南腔北調集』）という事情による、とした。十月革命は、「おそらく貧乏人にとっては良いもので、だから金持ちにとっては必ずや悪いものである」（同上）、とする。

魯迅は、『蘇聯聞見録』（前掲、一九三二・一一）で記述されるソ連が普通の場所であり、その人民が普通の人々で、その施設も人情にあい、生活も人間らしいものであるとする。労働者農民が人間らしくあることは、資本家や地主にとってはきわめて不利なことであり、だからソ連が普通であればあるほど、彼らは恐れるとする。ソ連においては、「『宗教、家庭、財産、祖国、礼教……一切の神聖不可侵』なものを、糞のように投げすて、真新しい、真に空前の社会制度が地獄の底から湧きだし、数億の大衆自身が自分の

運命を支配する人となった。」(「林克多『蘇聯聞見録』序」、一九三二・四・二〇、前掲)

一九三一年、ソ連の石油と小麦の輸出は、資本主義の「文明国」(同上)の人々を驚かせ、魯迅はこの巨大な生産力がソ連の実情、諸分野の発展を如実に語るものである、とした。[*14]

「面子をよそおう国ともっぱら殺人を行う人民が、決してこのような巨大な生産力をもつはずがない。」(同上)

(二)「文明国」の実態によってソ連が良いものであることを信ずること

十数年前、ソ連がいかにだめであるかを述べた「文明国」の人々は、現在、「中国の膏血を吸い、中国の土地を奪い、中国の人民を殺している。彼らは大ペテン師である。彼らがソ連は悪いと言い、ソ連に侵攻しようとすることから、ソ連が良いものであることが分かる。」(「林克多『蘇聯聞見録』序」、一九三二・四・二〇、前掲[*15])

中国に対する侵略を行う、発達した資本主義国、「文明国」の現実の実態に基づいて、魯迅は、彼らの批判し攻撃するソ連が良いものであると判断した。

(三)ソ連はどのような過程をへて現在があるのかについて

魯迅は、ソ連の十月革命後の過程とおよそ十年後の現在の結果に関して、次のように言う。

「作者がソ連に行ったのは、すでに十月革命後一〇年のときである。それゆえただ彼らの『辛抱強く、苦労に耐え、勇敢で犠牲的になることができた』ことを私たちに教えるだけで、どのように苦闘して、現在の結果を得ることができたのか、そうした事柄は、むしろ語られることが少ない。これはもちろん別の著作の任務であり、作者にすべてその責を負わせることはできないが、しかし読者は決してこの点をおろそかにしてはならない。」(「林克多『蘇聯聞見録』序」、一九三二・四・二〇、前掲)

魯迅は、『蘇聯聞見録』(前掲、一九三二・一一)が十月革命からおよそ十年後のソ連の実情を述べているので、この現在に到達するまでの苦闘を知ることを、読者はおろそかにしてはならないとする。[*16]

## 2 『蘇聯聞見録』から直接、間接に引用した部分

魯迅が「林克多『蘇聯聞見録』序」(一九三二・四・二〇、『南腔北調集』)において、『蘇聯聞見録』(前掲、一九三二・一一)から直接、間接的に引用する部分を確認する。[*17]

(一)「『为了吃饭的问题,不得不去做工』」(「林克多『蘇聯聞見録』序」、二〇〇五年版、四三五頁)

この原文は、「我为了吃饭问题,不得不到苏联来做工」(『蘇

聯聞見録』、「我為什麼到蘇聯」、五頁）に見える。

「私はご飯を食べる問題のために、ソ連に行き働かざるをえない。もしも社会主義建設を助けると言うのなら、それはほんとに恥ずかしくて死にたいほどである。」（『蘇聯聞見録』、「我為什麼到蘇聯」、五頁、傍線は中井による、以下同じ）

（二）「『能堅苦，耐労，勇敢与犠牲』」（「林克多『蘇聯聞見録』序」、二〇〇五年版、四三六頁）

この原文は、「他们的性情，很有坚苦，耐劳，勇敢与牺牲的精神。」（『蘇聯聞見録』、「莫斯科居民的生活」、一二頁）に見える。

「彼ら〔ソ連の労働者を指す――中井注〕の気質は、辛抱強く、苦労に耐え、勇敢で犠牲的精神が大いにあった。五カ年経済計画が行われた後、時には肉類や或いはそのほかの商品の欠乏したとき、彼らは何の恨みもなかった。彼らはみな言った。『俺たちは国内戦争のあと、一九二二年から一九二四年の大凶作のとき、あんなに困窮した状態でも、どうにかやってこれた。いま、社会主義建設をやっているんだ。これから二、三年たち、五カ年計画が実現したあとには、何でもあるようになる。』」（『蘇聯聞見録』、「莫斯科居民的生活」、一二頁）

（三）「一个簇新的，真正空前的社会制度从地狱底里涌现而出」（「林克多『蘇聯聞見録』序」、二〇〇五年版、四三六頁）

この文章はそのままの形では見ることができないが、しかし、「我们是从地狱里升到天堂了。」（『蘇聯聞見録』、「休養所中的所見」、二一六頁）という農村女性の言葉に、やや類似した形で見ることができる。

「『わが国の女性は、十月革命以後、資本主義の鉄蹄のもとから解放されました。社会において、政治の権利であれ、経済、法律、教育の権利であれ、すべて男性と同じ待遇を受けています。政府機関では多くの労働者農民の女性がすでに官吏になっています。特別に女性を保護するあらゆる労働法は、あなたはすでに知っていると思いますので、多く言う必要はないです。いま、政府機関は多くの公共事業をとりあつかっており、私たちに享受できるようにさせますし、村では、多くの識字班を設けていて、私たちは今すでに一年間勉強し、小説新聞の類いを読むことができます。ロシア皇帝政府の制度のもとでは、決してないことです。多くの農村にはすでに小規模の農村公社があり、共同の耕作と播種をし、共同の消費をして、共産主義の生活をしています。私たちは地獄の中から天国に昇りました〔原文は、“我们是从地狱里升到天堂了”――中井注〕。ロシア皇帝政府の制度とソビエト政府の制度の優劣の問題を言うことについては、私たちは簡単に次のように言うことができます。むしろソビエト制度のもとの犬になっても、ロシア皇帝時代の人になることを願わない、と。』」（『蘇聯聞見録』、「休養所中的所見」、二一六頁）

（四）「我相信这书所说的苏联的好处的，也还有一个原因，那就是十来年前，说过苏联怎么不行怎么无望的所谓文明国人，去年已在苏联的煤油和麦子面前发抖。」（「林克多『蘇聯聞見録』序」、二〇〇五年版、四三七頁）

この文章はそのままの形では見ることができない。しかし、「全世界资本主义均因苏联社会主义建设之胜利而发抖了。」（『蘇聯聞見録』、「病院中的回憶及出発参観時之経過」、二三二頁）と言うソ連教育人民委員会の職員の言葉として、やや類似した形で見ることができる。

「『あなたは西欧から来たので、当然、知っていることです。五カ年経済計画を実行している初期に、英仏独米等の国のあらゆる資産階級の学者や経済学者は、みな一致して、五カ年経済計画が〈ボルシェヴィキの夢想〉だ、と言った。いま私たちが実現している計画や、あなたが見たすべてによって、この比喩は不適切となった。社会主義建設の偉大な勝利と、資本主義の没落が、一四年来の結末をつける標識だ。全世界の資本主義はみな、ソ連社会主義建設の勝利によって震えあがっており〔原文は、〃全世界资本主义均因苏联社会主义建设之胜利而发抖了〃——中井注〕、経済危機はすでに、海を越えて資本主義の喉もとをつかまえている。（中略）世界史の明日は、無産階級に属するものだ。この階級は今日すでに地球の六分の一の大陸に社会主義の基礎を築いた。』」（『蘇聯聞見録』、「病院中的回憶及出発参観時之経過」、二三二頁）

また、石油の産出量について、『蘇聯聞見録』にはバクー（巴古）近くのグロズニー（獟洛慈納、Grozny）石油精製工場を参観したときの次のような記述がある。

「全苏联煤油出产量，一九三〇年为一七一〇万吨，一九三一年为二五〇〇万吨，居世界煤油产量之第二位。」（『蘇聯聞見録』、「獟洛慈納煤油提煉廠」、二七七頁）とある。（「全ソ連の石油生産量は、一九三〇年一七一〇万トンで、一九三一年は二五〇〇万トンであり、世界石油生産量の第二位である。」〈『蘇聯聞見録』、「獟洛慈納煤油提煉廠」、二七七頁〉）[*18]

## 三　魯迅が注目したと推測される記事

上記の「林克多『蘇聯聞見録』序」（一九三二・四・二〇、『南腔北調集』）で魯迅が主張した点と、直接、間接の引用文を参考にして、魯迅が『蘇聯聞見録』（前掲、一九三二・一一）のどのような内容に着目したかを推測する。

## 1　十月革命後の労働者農民の生活の変化について

林克多は、一九三〇年八月、一ヶ月間の休養期間を得て、そしてモスクワに近いヅヴィニゴロド（辞微尼哥洛特、Zvinigorod）休養所で休養した。ここの休養所で、林克多は休養に来ているさまざまな人々と接触する。林克多は、農村から来た四〇歳くらいの女性たちとの会話を紹介する。ある農村の女性は次のように言う。

「『帝政ロシア時代、わが国の女性の生活は、私たちが自ら経験したことで、話せば本当に、大変心の痛むことです。その当時、わが国の女性労働者は、毎月の賃金が、もっとも多くても一二、三ルーブルにすぎません。労働時間は、一三、四時間まで延び、いつも職工長や管理人の強姦或いは悪ふざけを受けました。農村の女性はさらにひどい圧迫を受け、社会上の地位は、ほとんど受けるべきいかなる権利もありませんでした。ただ資産階級や地主の少数の女性だけが、安楽な生活をし、大多数の労働者農民の女性は、牛馬のように働き、毎日それでも腹一杯食べられません。軍隊が農村に来たときは、私たち哀れな女性の恥辱の日で、彼らは強姦略奪、何でもしました。将校が誰かの女性を気に入れば、彼女は彼と寝ないわけにはいきませんでした。さもなければ彼女本人或いはその家族が、かならず牢獄につながれ、或いは殺害される危険がありました。社会には労働保険の存在もないし、そのこともいっそう女性を圧迫しました。たとえば、今日わが国の女性が享受する特別待遇は、夢想することもありませんでした。その当時の婚姻制度は、自由結婚ですけれども、しかし経済条件に強要され、売買結婚も依然として存在していました。女性たちは生活できないことから、迫られて娼妓になるものも多かったのです。私たちは帝政ロシア時代、女性たちが受けたさまざまな非人道的そして不平等なあつかいを回想すると、本当に怒髪天をつく思いがします。』」（『蘇聯聞見録』、「休養所中的所見」、一二四頁）[*19]

また、一九三一年に、林克多は胃腸病が再発し、七月末に外コーカサス（外高加索）のヴラヂコーカス（甫拉的加甫加斯、Vladikaukas）付近の胃腸病療養所で療養する。「私はそこで〔胃腸病療養所――中井注〕三週間泊まった後、またホピオスク（河皮斯克、Hopiosk）から来た農民に会った。彼は〈共産主義の堡塁〉公社（The commune “Fortress of Communism”）社員で、腸の病気を患い、ここに来て療養していた。」（『蘇聯聞見録』、「病院中的回憶及出発参観時之経過」、一二七頁）林克多はこの農民の話を聞いた。

「『私は十月革命の前、地主の家で雇農をしていた。家には田畑がなく、家畜もなく、もっぱら自分の労働力によって家族を養っていた。十月革命のとき、私はプゾナ〔原文は〝蒲宗納〟――中井注〕同志が率いる騎兵第一師団の兵士だった。一九一九年以後に、退役して家に帰り、十月革命のとき地主の土地を没収して分配した土地を、耕作播種した。しかし自分には馬や農具がなく、富農に農具を賃借りして耕種するほかなかった。私は生活を維持することが難しいと思い、それでそのほかの七軒の貧窮する農民と自主的に集まって耕種した。私たちがそれを始めた第一年目には、土匪の略奪と、富農の破壊を恐れて、耕種のときに、銃を持って予防した。その後、私たちは資金を合わせて大きな一軒の住宅と穀倉を建て、あらゆることに備えた。しかし家の中にはベッドや布団がなく、みんなわらの中で寝た。一九二四年、私たちは初めての豊作をえて、それでベッド、布団の類いを買うことができただけでなく、さらにトラクターを一台買った。しかし悪辣な富農たちがクリスマスの前夜に、大勢で私たちを総攻撃し、新しい家と苦労して買ったトラクターを、すべて焼きはらった。一九二八年に、私たちのところでは、あいついで九個の公社が生まれ、規模はみな小さいもので、大体どの公社にも三〇戸の農民がいる。一九二九年に、政府が人員を派遣して大きなコルホーズ〔コルホーズの原文は〝集体農荘〟――中井注〕を作ることを援助した。私たちの〈共産主義の堡塁〉公社を基礎として、あわせて九五七軒の農民を連合させた。』」（『蘇聯聞見録』、「病院中的回憶及出発参観時之経過」、二二八頁）

「『私たちのところでは大規模なコルホーズが成立したあと、二二ヶ所の農村の農民がこのコルホーズに連合し、耕作面積は一〇〇〇ヘクタールある。どの土地にも、一定の境界線があり、それぞれの組の農民や、それぞれの組の馬が、絶えず働き、さらに七台のトラクターがあって、夜も昼も終日働き、油を入れる時間以外、まったく停まることがない。毎夜には、どの組の野営にも、明るい灯がともり、時には音楽を奏で、或いは笑い話をしてみたり、ラジオは、どの組にもある。』」（同上、二二九頁）

林克多は、上のように一人の貧農から、帝政ロシア時代と十月革命後の農村の状況、闘争、集団化（コルホーズ）について、話を聞き、そして現在、コルホーズの農民が勤労する姿について紹介する。

ソ連の労働者の労働と生活に関しては、工場内の環境、食堂、クラブ、宿舎等についての林克多の記述は多く、詳細である。モスクワ、レニングラード等の労働者宿舎は四階建て、五階建ての〈アメリカ式〉の建物で、日当たりも空気も良好であった。

「労働者の宿舎には、労働者の住宅のほか、クラブ、公共食堂、嬰児院等がある。労働者宿舎ごとに、管理員がおり、宿舎内のすべての家屋の修理、家屋の譲渡、および衛生のことがらを管理する。どの夫婦にも二間の部屋があって、前の部屋はやや広く、睡眠に用いられ、長さ約三・六メートル、幅二・四メートル、高さ三メートルであり、奥の部屋は長さ約一・八メートル、幅二・四メートルで、二間に分かれ、一つはトイレと浴室、一つは台所である。」(『蘇聯聞見録』、「蘇聯的社会設施」、五三頁)[*20]

「ソ連は社会主義建設の勝利によって、労働者農民の物質条件も日増しに優れたものとなっている。現在全世界各国には、幾千幾万の失業労働者がいるが、しかしソ連には失業労働者がいなくなった。ソ連は直接に賃金を増やす以外に、多くの公共機関を設立した、たとえば幼稚園、休養所、遊芸場、映画館、病院等で、労農大衆の生活をことのほか豊かにした。」(『蘇聯聞見録』、「蘇聯工農物質条件的改善」、一三二頁)

「労働時間は、各工場が大体七時間労働制を実行している。もしも体を損なう仕事であれば、たとえば炭鉱、化学工場等のように、労働者は毎日の仕事の時間が五時間或いは六時間に減る。農村の労働者は、農繁期において、労働時間が七時間以上である。五カ年経済計画が完成したのち、多くの大工場は、六時間労働日を実行するだろう。革命前の一三、四時間労働日と比較すると、すでに半分に減っている。」(同上、一三三頁)[*21]

十月革命後、労働者の労働時間が大体七時間労働制になった。それは、帝政ロシア時代の一三、四時間労働と比べれば、半分に減っているとする。

林克多は、現在、このようにソ連の労働者農民の労働条件や生活条件が大幅に改善されたことを紹介する。しかし工場の生産物の質に問題がないわけではない。

「ここでつけ加えて説明するのは、ソ連が出来高払いの実施と生産性を高めるということのために、生産物の質が悪いことである。現在各工場の管理者と模範隊員がこの現象に対して積極的に闘争をしている。」(同上、一三四頁)

林克多は、工場が出来高払いを行い、また生産性を高めることを優先するために、生産物の品質が悪いことを指摘している。

## 2　少数民族の立場の変化

帝政ロシア時代において、抑圧を受けてきた少数民族が、ソ連におけるすべての民族の一律平等政策によって、よりよい生活を送ることができるようになった。

「ソ連は全世界で民族がもっとも複雑な国家であり、全国の民族にはあわせて一三〇余種ある。(中略)革命以前において、ソ連の各弱小民族は、さまざまな虐待を受け、民族間の敵視と戦いがつねに起こった。またロシア皇帝の植民地政策、奴隷制度と侵略主義が重なり、各弱小民族が受ける圧迫と搾取は、すでに極点に達していた。彼らの生活は、牛馬にほかならず、民族の文化は、さらに問題外であった。」（『蘇聯聞見録』、「蘇聯的民族問題」、一四五頁）

また林克多は、「巴古民族博物館〔バクー民族博物館――中井注〕」（二八三頁）を参観して、次のように記述し、ソ連の民族政策が語られる。

「現在こうした野蛮な行為〔少数民族の間で行われた略奪結婚を指す――中井注〕はすでに廃止された。ソ連政府は特別に人を各弱小民族の間に派遣し、教育を行った。これらの弱小民族は、旧時ロシア皇帝の残酷な圧迫をうけ、高山に避難して居住していた。いまソ連は各民族一律の平等と、共同の仕事、お互いに助けあう政策を実施したことによって、多くの人民はすでに平原に移り住み、或いは耕作播種し、或いは工場で働く。」（『蘇聯聞見録』、「巴古民族博物館」、二八四頁）

ソ連の社会は、弱小の民族の人々も普通の人間として、人間らしく生活できる社会であることを言う。

### 3　理想の高さについて（ソ連軍人、ロシア共産党員等）

林克多は、一九三一年ころ当時の、ロシア共産党員と共産主義青年団員のモラルが非常に高いものであったことを言う。

「ソ連の党員と団員について、人々は彼らの過ごす生活が豊かで、社会において非党員の人民を蔑視し、政府において必ずや給付が手厚いと思うであろう。実際にはまったくそうではない。ソ連の共産党員は非党員の大衆を蔑視する態度はないし、豊かな生活もない。彼らは普通の人民に比べて、いっそう謙虚で、生活も簡素な労働者におよばない。」（『蘇聯聞見録』、「党員与団員的生活」、一〇三頁）

また林克多は、一九三一年ころ当時のロシア共産党内に自分の見解を自由に述べ議論できる空気があり、同時に規律が厳格であったことを、紹介する。

「どの党員も、政治問題について、いつも熱心に議論する。ときには或る問題について、各人の見解が異なるため、しばしば論争を引きおこす。しかし彼らは議論するときに、できるだけ一生懸命論争するが、しかし大多数で採択があった後、絶対に服従するし、内部の秘密情報は決して党外に漏らそうとしない。彼らは党の指導機関に対して、たとえ中央委員会であっても、まちがいがあれば、いささかも容赦なく厳格な批評をするし、個人の誤りについても、

同様である。」（同上、二〇四頁）

一九三四年以後のスターリンによる大粛清の以前において、林克多は、一九二〇年代と同様に、一九三一年ころ、ソ連の共産党員が自由に議論する姿勢をもっていたことを見ていた。[*22]

林克多は、前述のように、一九三一年七月に、胃病の療養のため、外コーカサスのヴラヂコーカス（甫拉的加甫加斯、Vladikaukas）付近の胃腸病療養所で療養する。その患者の中に、外コーカサス軍事委員会委員兼集団軍軍長もいた。彼はもともとバクー（巴克）の石油工場の労働者で、早くから革命工作に参加した。彼は国内戦争時期に、外コーカサスで遊撃隊や赤軍を組織し、白軍と長期にわたって苦難の闘争を行った。彼は次のように言う。

「『もし第二次大戦が勃発したら、わが国は平和主義を貫徹し、中立を厳守しなければならないし、決していかなる帝国主義国家が略奪戦争を行うのを、擁護したり或いは援助することもあるはずがない。なぜなら私たちの国家制度は帝国主義の国家制度とは水と火のように相容れないもので、私たちは労農階級に強要して、味方同士に殺しあいをさせることはありえない。』」（『蘇聯聞見録』、「病院中的回憶及出発参観時之経過」、二二六頁）

こうした発言に、一九三一年当時の、ソ連の軍人の理想の高さ、政治的見解の明確さをうかがうことができる。

### 4 五カ年計画

ソ連の五カ年計画（第一次）は、一九二八年から三二年にかけて行われた。[*23] 林克多が参観した時期、一九三一年ころは、五カ年計画が実施されていたときであった。林克多は、ロストフで一九二七年建設を始め、一九三一年に工場全体が完成した農業機械製造工場（労働者数、一六〇〇〇余人）を参観し、次のように言う。

「当工場〔農業機械製造工場――中井注〕の労働者は、仕事に大変積極的で、わずか二年半のうちに、五カ年経済計画を達成した。（中略）九〇％以上の労働者が、社会主義競争の仕事に参加しており、労働者の政治的水準は高く引きあげられ、非識字の労働者はわずか五％で、一九三一年末には完全に文盲を消滅できると予測している。党員三五〇〇余人、団員二〇〇〇余人。現在二つの公社があり、一つは四〇人あまり、一つは三〇人あまりである。」（『蘇聯聞見録』、「頓・洛斯託夫参観記」、一七一頁）

林克多は、モスクワ電機製造工場の模範隊員として、すなわちモスクワの各工場等から選抜され、四〇人あまりで組織された参観団体の一員として、一九三一年九月からソ連各地を移動して参観した、とする。この参観は、全部で二八日間で、参観団体の壁新聞を四度出し、工場一九ヶ所、コルホーズ一ヶ所を見学した。

「私個人から言えば、大工業区において、新工場の設立と、大規模な建設、および労働者大衆の積極的態度をこの目で見た。彼らが、五カ年経済計画を日常の仕事の日程としていることは、言うまでもない。」（『蘇聯聞見録』、「参観的総括」、二八七頁[*24]）

林克多は、工業地区ばかりではなく、農村地区にも生活のレベル向上が図られていることを言う。

「農業区、たとえばソ連中部や外コーカサス一帯の農村は、いま集団組織の下で、新建設がいたるところで見られる。公共事業の建設、たとえばクラブ、遊芸場、労働者宿舎、公共食堂の類いは、都市或いは農村であれ、積極的に建設中である。電灯については、南ロシア一帯のもっとも小さな農村でもみなすでに使用している。全国の電化を実現することは、遠いことではなくなった。農民がソビエト政権を擁護することと、刻苦勉励して仕事をすることについては、都市の労働者に劣らない。私の見た労働者農民大衆の創造的能力と、愉快な心情は、おそらく有史以来存在しなかったものである。」（同上、二八七頁）

コルホーズ（集体農荘）のある農村女性は、五カ年計画について次のように述べ、コルホーズの利点を言う。

「『私たちは政治が分かりません。だから共産党員になる資格がありません。五カ年経済計画は、私たちはたしかに、社会主義を建設する初歩だと感じています。そのすべての計画は、社会主義を建設することのできる基礎であり、広大な大衆の物質的条件を日々に改善します。私たちは全力で、五カ年経済計画の仕事に参加しています。数多くの労働者農民大衆の積極的擁護の下で、五カ年経済計画が四年間で完成することは、決して難しいことではなく、社会主義がわが国で必ずや実現しうると信じています。コルホーズ〔原文は集体農荘――中井注〕の良いところは、過去の農業経済の耕作播種の方法をまったく変えたことです。まとめて言いますと、コルホーズは個人の耕作播種に比較して、三分の一以上のより多い収穫を得ることができます。』」（『蘇聯聞見録』、「休養所中的所見」、二一六頁）

林克多は、普通の農村女性が、五カ年計画を擁護し、十月革命以後のソ連を支持していることを聞き、次のように言う。

「ソ連の農村女性が、五カ年経済計画に対してこのように擁護し、資本主義制度に対してこのように嫌悪しうることは、そして非ボリシェヴィキ主義者の口から話されることは、本当に人を意外に思わせることである。彼女たちは全世界の農民、労働者を自分の身内の集団と見て、積極的に助けあう正義の行為を行う。もしボリシェヴィキの宣伝の結果でなければ、彼女たちの自身の階級的自覚であろう。」（同上、二一九頁）

上記のような、五カ年計画の現状に対する報告を含めて、[*25]ソ連の概して肯定的な実情の報告は、ソ連に対する魯迅の評価に、ある程度の肯定的影響を与えたと思われる。『蘇聯聞見録』（前掲、一九三二・一二）は、一九三一年当時の、スターリンが権力を握った体制と政策について、そしてそれまでの政策論争の経過について、後述のように、スターリン派の主張を支持する内容を、間接的に伝えている。しかし魯迅はこの点について、「林克多『蘇聯聞見録』序」（一九三二・四・二〇、『南腔北調集』）と「我們不再受騙了」（一九三二・五・六、『南腔北調集』）で言及していない。

## 5　そのほかの記事

（一）物品の購入に人々が行列を作っていたこと

林克多は『蘇聯聞見録』（前掲、一九三二・一一）で次のように言う。

「最後にすこし言っておかなければならない。ソ連の人民は、物品を買い、映画を見、汽車に乗ったり、公園に入ったりするにせよ、人々が多いところであれば、彼らはいつもきちんと並んで、順番に進み、誰が先で後か、決して競争しない。厳冬の天候にあるのだけれども、彼らは少しも恨み言を言わない。一般的に言うと、モスクワの住民の生活は、全ソ連の人民を体現している。」（『蘇聯聞見録』、「莫思科居民的生活」、一九頁）[*26]

この点については、魯迅が「我們不再受騙了」（一九三二・五・六、『南腔北調集』）で直接次のように触れている。魯迅は、ソ連の人々が物品購入のため長い行列をつくっていることを認め、ソ連の物品不足の原因について次のように説明する。

「最近、私が或る小冊子を見てみると、米国の財政には復興の希望があると言い、序では、ソ連での物品の購入は、必ず長蛇の列を作らなければならない、現在でもそれは以前と変わらないと言っていた。（中略）

このことは、私は信ずるものだ。なぜならソ連が、内では建設をしている途中であり、外では帝国主義の圧迫を受けているため、多くの物品は、当然のこととして充足できないからである。」（「我們不再受騙了」、一九三二・五・六、『南腔北調集』、四三九頁）

魯迅は、ソ連の物品の不足の問題について、ソ連のおかれた内外の状況に基づく、広い視野から解釈し弁護している。[*27]

（二）エロシェンコの消息について

胡愈之の『莫斯科印象記』（前掲、一九三一・八・二〇）には、エロシェンコの消息について次のような記述がある。[*28]「ソ連エスペラント会のなかで、五、六名のエスペラントの同志に会い、七、八年前に中国を訪れた盲目詩人エロシェンコの確かな消息を得た。これは意外な喜びを与えてくれた。」（『莫斯科印象記』、「盲詩人的消息」、四一頁）

これは魯迅にとってもうれしい消息であったと思われる。胡愈之は一九二八年一月出国するとき、日本方面から消息を得ていた。それによれば、この不幸な詩人はすでに死去したとのことであった。胡愈之はその後、確かな消息をフランスで得ようとしたが、得られなかった。

「このたび、私はモスクワのエスペラント会で、エロシェンコの友人に会い、盲目の詩人がちゃんと生きていることを知った。その後私は、幼年時、彼にエスペラントを教えた先生、J同志に会い、同じような報告を得た。」（同上、四二頁）

胡愈之はソ連にきて以後、エロシェンコが亡くなっていないばかりか、以前よりも愉快に健康に暮らしている、という消息を得た。一昨年（一九二九）と昨年（一九三〇）の夏休み、エロシェンコは、堪察加（カンダラクシャ〈Kandalaksha〉のことか）の北氷洋に行って、砕氷船に乗り探検をした。過去数年間、エロシェンコはモスクワで日本語の翻訳と教師をしていた。もし胡愈之がモスクワに五ヶ月早くきたならば、彼と会うことができた。一九三一年現在、エロシェンコはウクライナの児童盲学校で教えており、モスクワから二四時間汽車に乗ったところにいる、と聞く。[*29]

（三）ロシア共産党内の政策をめぐる論争

クリミヤの最大の休養所がヤルタ（Jarta）にあり、林克多はそこのアルシュタ（Alushta）という休養地に行って休養する（『蘇聯聞見録』、「克里姆休養記」）。そのとき、同じ休養所で、モスクワ赤色教授学院で経済を研究している学生がいた。その学生はまだ卒業していないけれども、すでにモスクワ第二大学で教員を担当していた。その学生の言葉として、以下のような議論が掲載されている。

「『レーニン主義は帝国主義と無産階級革命時代のマルクス主義である。正確に言うと、レーニン主義は無産階級革命の理論と政策であり、とりわけ無産階級執権の理論と政策である。

スターリン主義はない、それはわれわれロシア共産党がトロツキー派に反対したとき、彼らがねつ造したものだ。スターリン同志はマルクス主義とレーニンの事業を受け継ぎ、社会主義を建設するために、半メンシェヴィキのトロツキー主義に反対する。このことから、トロツキーとその徒党は多くのデマを作りだした。たとえば、ソ連はいまスターリンの独裁である、彼の執行する路線と政策はレーニン主義に反するもので、ソ連は小資産階級執権のほうに向かっており、党政の職員は、みな官僚分子である。これらはみな反対派がソ連とスターリン同志に反対する政策である。』」(『蘇聯聞見録』、「克里姆休養記」、三四六頁〜三四七頁)

「『トロツキー主義については、マルクス主義とレーニン主義の看板を標榜しているが、実際は小資産階級の理論であり、現在は反共産主義の、ソ連社会主義建設に反する反革命的資産階級の急先鋒となっている。トロツキーはまったく革命時期の農民の役割を考えたり理解していない。彼は〈左〉の革命的言辞を用いて大衆を惑わすが、実際はいっそう右の反革命的理論をひそかに隠している。いまは帝国主義の援助を受け、彼らのために反ソ連の宣伝をしている。私は、トロツキー氏のロシア共産党内部闘争のすべての歴史を君に教えよう。』」(同上、三四七頁)

「『一九〇五年の革命のとき、彼は〈永続革命〉の理論を提起した。この理論の実質は、革命の発展がとどまらず、労働者階級が必ずや純粋な政府を組織すると説くものである。〈永続革命論〉の主とした誤りは、まったく農民の土地革命の役割を否定することである。彼は口で〈左〉の革命的論調をとるが、実際はメンシェヴィキの産物である。彼はボリシェヴィキにおいて無産階級の断固とした革命闘争と政権奪取を呼びかけることを採用した。同時にメンシェヴィキの観点に立って、農民の役割を否定した。

この奇妙な理論によって、彼は一国内で社会主義を建設する可能性を否定し、社会主義国家を建設しようとすれば、世界の無産階級革命がすでに成功した国家の援助を得て、はじめて可能となる、さもなければ実現することはできない、しかもこの単独の社会主義国家は必ず消滅すると考えた。われわれのソ連はすでに十余年存在している、ソビエト政府は消滅していないだけでなく、日々強固となり、すでに社会主義を建設するようになった。トロツキーのこの論断は、博物館に送るよりほかない。』」(同上、三四九頁)

「『一九一七年二月革命後、トロツキーは自己の観点を放棄し、ボリシェヴィキの路線に賛成し、はじめてボリシェヴィキに参加することを許された。

数年へた後、とりわけレーニンの死後、古いトロツキー主義がまたあらゆる舞台で演じられ、ボリシェヴィキに対して攻撃を加えた。一九一八年ソ連とドイツがブレストで講和条約を結んだとき、トロツキーは〈不戦不和〉の政策を主張し、迅速にドイツの無産階級を〈援助〉しようとし、以前農民の役割を考えなかった誤りを再び演じた。一九二一年職工会論争の時期、ソ連がどのように新経済政策に転換するかを議論して、彼は職工会が管理機関と国家機関となり、軍事共産主義を強固にし強化することを提起した。一九二三年〈党内民主主義問題〉を議論したとき、トロツキーの主たるスローガンは、党の方面においては、〈党内に派閥が存在する自由がある〉こと、経済の方面では、〈実業の執権〉を主張した。一九二四年十月革命の教訓を議論したとき、彼は『十月の教訓』という本で、十月革命が勝利できたのは、レーニンとトロツキーに功績を帰せねばならないと言った。すなわちレーニンが死んで、彼だけがロシア共産党と第三インタナショナルを指導できると言った。

反対派の理論と組織は、五カ年経済計画の順調な進展と労農大衆の日常生活の過程のなかで、完膚なきまでに打ち砕かれた。現在われわれソ連の労働者農民は、反対派の理論を信じなくなったし、反対派の一三人の指導者は、すでに一一人が党に戻った。ただトロツキーとほかの一人が国外をさまよい、帝国主義のために宣伝し、ソ連に反対する。各国のトロツキーの信徒は、資本主義のために虚勢をはり、労働者運動を破壊し、社会民主党とほとんど変わりない。』」（同上、三四九頁）

こうした主張は、ほとんど当時のスターリン派の主張に沿うものであると思われる。そして魯迅はこうした主張を読んだことになる。[*30]

## 第三節　さいごに

一九一七年の十月革命以後、ソ連政府は国内戦争を勝ち抜き、一九二一年に新経済政策を採用し、さらに一九三一年当時、五カ年計画を実施していた。この間、社会主義をめざすソ連の国民の苦闘について、魯迅はソ連の小説の翻訳等をつうじて理解していたと思われる。『十月』（一九三〇・八・三〇訳了、上海神州国光社、一九三三・二）、また『竪琴』（良友図書公司、一九三三・一）、『一天的工作』（良友図書公司、一九三三・三）、『毀滅』（上海大江書舗、一九三一・九）等に収められた諸作品を、一九二八年以降に、魯迅は精力的に翻訳してきた。[*31] また同時に、一九二八年以降、魯迅はマルクス主義文芸理論の受容を、プレハーノフ、ルナチャルスキー等の諸論文の翻訳をつうじて深化させてきた。

魯迅は、『蘇聯聞見録』（前掲、一九三二・一一）『莫斯科印象記』（前掲、一九三一・八・二〇）という、ソ連に関する二冊の本の記述を知ることによって、ソ連の労働者農民の暮らしが、十月革命後、十余年の苦闘をへて、一九三一年三二年の段階において大幅に改善されていること、さらに改善されつつあることを信じたと思われる。

魯迅がそのように肯定的に考えるもう一つの根拠は、中国に対する、そして自らが居住する上海における、発達した資本主義国、「文明国」による侵略と抑圧の現実の行為があった。それらの発達した資本主義国、「文明国」はまさしく、労働者農民の国、社会主義をめざすソ連を恐れ、ソ連を侵略しようとしている。「林克多『蘇聯聞見録』序」(一九三二・四・二〇、『南腔北調集』)と「我們不再受騙了」(一九三二・五・六、『南腔北調集』)において、それがソ連の良いことを証明する確実な根拠であるとして言及される。

さらに一九二九年以来、大恐慌に苦しむ資本主義国、「文明国」は、一九三一年のソ連の石油と小麦の輸出の前に震えあがった。これは魯迅に、ソ連の国民の勤勉と、経済的発展を如実に示す事実として受けとられた。

この『蘇聯聞見録』(前掲、一九三二・一一)は、事実をできるだけ淡々と述べているところに特徴がある。『莫斯科印象記』(前掲、一九三一・八・二〇)の方は、胡愈之の個人的感慨、ソ連のエスペラントたちの感慨があるとしても、大部分やはり事実に基づいていると思われる。この二冊とも、ソ連社会の良い側面も、悪い側面も、事実として記述してあり、ほぼ誇張がないと思われる。また、当時、ほとんどのソ連の一般の人、あるいは他国の人が分からなかったソ連社会のそのほかの事実について、二冊の本に記述がないことは、ある程度当然であると思われる。そのことは、一九三一年三二年の段階で、この二人の著者(林克多および胡愈之)の責任に帰することはできないと思われる。

このようにして、魯迅は二冊の本に記述されたソ連の現状(ソ連の労働者農民の生活の改善と、経済の発展)をほぼ事実として認め、肯定的に評価したと思われる。このことは、魯迅が受容しつつあった、マルクス主義の社会主義理論に対するいっそうの肯定を魯迅にもたらしたであろう。それは、魯迅が、社会主義をめざす過渡期としての体制を或る程度現実化したものとして、ソ連の現状を認識したことを意味する。

胡愈之の「『莫斯科印象記』序」(一九三一・七・二八)で引用する秋田雨雀の言葉は次のようであった。

「ソウェート・ロシヤの未来を知るということは全人類の未来を知ることだと私には思われる。」(『若きソウェート・ロシヤ』、秋田雨雀、叢文閣、一九二九・一〇・一〇、魯

迅入手年月日、一九二九・一〇・一七、「ソウェート・ロシヤの概観」、一二頁）

社会主義をめざす過渡期にあるソ連に対する上記のような認識が、[*32]一九三一年三二年当時、そしてそれ以後において、ソ連の政策に対する魯迅の、潜在的な肯定的評価になった可能性がある。[*33]

# 註釈

## 第一章「祝福」について

註1：「祝福」の底本は、『魯迅全集』第二巻（人民文学出版社、一九八一）である。

　初出は、「魯迅『祝福』についてのノート（一）――魯迅の民衆観から見る」（『南腔北調論集』、東方書店、二〇〇七・七）と、「魯迅『祝福』についてのノート（二）――語り手〈私〉について」（『野草』第七九号、中国文芸研究会編、二〇〇七・二）である。いま、ここに一つの章としてまとめる。

註2：魯迅が一九二三年の一年間、ほぼ沈黙に陥ったことについては、「魯迅と『労働者セヴィリョフ』との出会い（試論）〈下〉」（『野草』第二四号、一九七九・一〇）の注二四を参照されたい（『魯迅探索』〈汲古書院、二〇〇六・一〉の第二章の注二四にあたる）。ここで、一九二三年の魯迅の精神状況を説明し、この一年間の寡作が魯迅の厭世的個人主義（シェヴィリョフ的憤激の心情、すなわち無政府的厭世的個性主義のこと）によるものである、と私は推定した。

註3：「『祝福』中〈我〉的故事」（銭理群、『走進当代的魯迅』、北京大学出版社、一九九九・一二）は、次のように指摘する。

「『祝福』には二つの物語がある。『私』が故郷に帰った物語と、『私』が語る『他人』――祥林嫂の物語である。」

　また、「『祝福』試論――〈語る〉ことの意味」（今泉秀人、『野草』第七〇号、二〇〇二・六・一）は、「祝福」の「枠物語」（「外枠物語」）の構造について次のように指摘する。

「ある物語を内包し、それ自身はフレームのように機能する、いわゆる〈外枠物語〉の構造を『祝福』はその体裁としている。」

　こうした構造に沿って、私は「祝福」のテーマを二つに分け、第一章を進めることにする。

註4：拙稿、「初期文学・思想活動から一九二〇年頃に至る魯迅の民衆観について」（『大分大学経済論集』第三二巻第四号、一九八〇・一二・二〇、『魯迅探索』〈汲古書院、二〇〇六・一〉の第四章にあたる）で、一九二〇年ころまでの民衆観について、述べたことがある。本文の記述は、主としてこれに依拠する。

註5：「祝福と救済――魯迅における『鬼』」（丸尾常喜、『文学』第五五号、一九八七・八）は、「祝福」が寡婦祥林嫂に対する旧社会の「涼薄」（無関心、冷淡、薄情などの意を表す）を描いており、祥林嫂がそのために向きあい、さらされる孤独と悲哀を指摘する。また旧社会の社会的＝宗教的環境を詳細緻密に明らかにする。そして、篇末の描写に宗族主義的論理に対する魯迅の憤りと悲しみを認める。

　私は、この優れた論考に学びながら、「祝福」が魯迅自身にとって思想的過程において、どのようなことを意味する表現であったのか、という点を追究したい。そのために、ここにおいて語り手「私」の在り方にも注目したいと思う。

註6：「『祝福』研究」（徐中玉、『魯迅生平思想及其代表作研究』、自由出版社、一九五四・一）において、祥林嫂の反抗的精神が詳細に分析されている。

　また、「逃、撞、捐、問――対悲劇命運徒労的掙脱――論『祝福』」（范伯群、曽華鵬、『魯迅小説新論』、人民文学出版社、一九八六・一〇）は、次のように指摘する。

「長い間、研究者は『祝福』の主人公祥林嫂に対して次のような基本的評価をしてきた。彼女は自分の労働によって人としての生活の権利を勝ちとりたいと考える女性である。しかしこの願望は政権、族権、神権、夫権の四本の縄によって扼殺された。しかし彼女は決して屈服せず、何度もあらがい、反抗した。しかし結局強大な封建勢力の圧迫に抗しきれず、悲惨な死にかたをする。」(二四一頁)

「逃、撞、捐、問――論『祝福』」(范伯群、曽華鵬、前掲、一九八六・一〇)は、祥林嫂の追求と抗争は決して単色のものではない、そこには進歩的要素と落伍した要素が入り混じっているとする。決して単色ではない精神の現れとして、「逃」(逃げる)、「撞」(ぶつける)、「捐」(寄進する)、「問」(質問する)という行為を分析し、そこに反抗の精神の一端の現れとその制約された内容を論じる。

**註7**:「逃、撞、捐、問――対悲劇命運徒労的掙脱――論『祝福』」(范伯群、曽華鵬、『魯迅小説新論』、人民文学出版社、一九八六・一〇)は、魯鎮の民衆の冷酷さのみを指摘する。

また、「『祝福』中〈我〉的故事」(銭理群、『走進当代的魯迅』、北京大学出版社、一九九九・一二)も、他人の不幸を鑑賞し慰みものにする魯鎮の村人の残忍さをのみ指摘する。

しかしここで村人は祥林嫂に同情していることも、私は、認める。むしろこの村人の両側面を魯迅が描くことによって、民衆の冷酷さ(「涼薄」)がいっそう切実なものとなっていると、読む者は受けとることができる。魯迅が、旧社会批判によりいっそう激しく傾くとき、民衆像はむしろ愚民としての一面的姿を現す傾向があり、その場合むしろ現実の民衆像から遠ざかる、と思われる。

**註8**:毛沢東の「四権」(政権、族権、神権、夫権)の理論を、「祝福」にかぶせて理解することの不十分さを指摘したものに、「中国反封建思想革命的鏡子――論『吶喊』『彷徨』的思想意義」(王富仁、『中国現代文学研究叢刊』一九八三年第一一輯、北京出版社、一九八三・三)がある。さらにこの点を詳細に批判し論じたものに、「『祝福』的主題思想異議」(李永寿、『魯迅研究資料』第一八輯、中国文聯出版公司、一九八七・一〇)がある。また、「『祝福』中〈我〉的故事」(銭理群、『走進当代的魯迅』、北京大学出版社、一九九九・一二)は、「政権」に基づいて魯四老爺を解釈することの不十分さを指摘する。

**註9**:「逃、撞、捐、問――対悲劇命運徒労的掙脱――論『祝福』」(范伯群、曽華鵬、『魯迅小説新論』、人民文学出版社、一九八六・一〇)は、註7で前述したように、民衆の冷酷さのみを指摘する。

**註10**:【補注】「祝福と救済――祥林嫂の死」(丸尾常喜、『魯迅〈人〉〈鬼〉の葛藤』、岩波書店、一九九三・一二・二二)は、「祝福と救済――魯迅における〈鬼〉」(丸尾常喜、『文学』第五五巻第八号、岩波書店、一九八七・八)をさらに充実させた内容となっている。

**註11**:このような側面を概括的に指摘するものに、「『祝福』研究」(徐中玉、『魯迅生平思想及其代表作研究』、自由出版社、一九五四・一)がある。

「《祝福》は祥林嫂の悲惨な境遇をとおして、封建社会と旧礼教の人を食う本質を赤裸々に暴露し批判する。魯迅が自ら、『意図するところは家族制度と礼教の害を暴露することにある』(《現代小説導論二》)と言った小説《狂人日記》の中で、かつて狂人の口を借りて以下のような歴史の真理をはぎ取り明らかにしたことがあった。『私は歴史書をひっくり返して調べた。この歴史書には年代がなく、くねくねとどの頁にも〈仁義道徳〉の数文字が書いてあった。私はどのみち眠れなかった。詳しく夜半まで調べて、そうしてはじめて字と字のあいだから文字が見えてきた。本中すべて二文字が書いてある、〈食人〉だ。』」

また、「『祝福』研究」(徐中玉、前掲、一九五四・一)は、毛沢東の「四権」(『湖南農民運動視察報告』)を引用するが、しかしそれは当時の封建社会を説明するためであり、それによって「祝福」の具体的分析に換えるものではない。また前述のように、祥林嫂の反抗的精神についても指摘し、目配りのきいた論文となっている。しかしその分析は第一のテーマ（祥林嫂の物語）に偏っており、第二のテーマ（語り手「私」の在り方）には言及されない。その結果、最後の魯鎮の〈祝福〉の場面は、圧迫者の（魯四老爺を代表とする）幸福と、被圧迫者の窮死という対比として論じられ、被圧迫者に対する魯迅の同情が強調される。

**註12**：後の世代としての子供たち（進化論の想定のもとにおける「素朴な民」、すなわち「素朴な民」の一形態）に対して、魯迅が無条件の信頼を消失していくことは、次のようなところから窺うことができると思われる。

「長明灯」（一九二五・二・二八、『民国日報副刊』、一九二五・三・五――八、『彷徨』）では、廟の常夜灯を吹き消そうとする彼（旧社会に反抗しようとする者）に対して、一人の子供が言う。

「腕をむきだしにした子供が、遊んでいた葦を持ちあげると、彼にねらいを定め、桜桃のような唇をあけると、言った。

『パン！』」（六〇頁）

「頽敗綫的顫動」（一九二五・六・二九、『語絲』週刊第三五期、一九二五・七・一三、『野草』）では、母親が身を売って子供を育てる。その後家族をもった娘は、年老いた母親の過去の行為を責める。小さな子供は祖母に向かって、「殺せ」と言う。

「『一生私につらい思いをさせるのは、あんただ。』（中略）

『あの子たちまで側杖を食わせようとしている。』

一番小さい子供はちょうど枯れた葦の葉で遊んでいたが、このときそれを刀のように高く振りまわすと、大声で言った。

『殺せ。』」（二〇五頁）

「孤独者」（一九二五・一〇・一七、『彷徨』）では、魏連殳が次のように言う。

「『考えてみると、少し奇妙だと思うね。君のところへ来るときに、幼い子を大通りで見かけた。葦の葉っぱで僕をさして、殺せ、と言うんだ。その子はまだよく歩けないほどなのに……』」（九二頁）

魏連殳は、以前子供は天真だ、悪いところは環境が悪くさせたのだ、中国の希望は、子供にあると信じていた。こうした子供の天性の善に対する無条件の信頼を、魏連殳は失っていく。

一九二六年以降、『朝花夕拾』において中国旧社会の現実の「素朴な民」の人生と運命が測り直され追究されると思われる。その一環として、旧社会における子供の人生に対する追究も、『朝花夕拾』において、例えば「『二十四孝図』」（一九二六・五・一〇、『朝花夕拾』）等で行われたと思われる。

**註13**：**註2**を参照されたい。

**註14**：拙稿、「魯迅の『個人的無治主義』に関する一見解」（『言語文化論集』第一〇巻第一号、名古屋大学総合言語センター、一九八八・一〇・三〇、『魯迅探索』〈汲古書院、二〇〇六・一〉の第五章にあたる）

**註15**：「『労働者セヴォリョフ』との出会い（試論）〈上〉」（『野草』第二三号、一九七九・三）「魯迅と『労働者セヴィリョフ』との出会い（試論）〈下〉」（『野草』第二四号、一九七九・一〇）を参照されたい（『魯迅探索』〈汲古書院、二〇〇六・一〉の第二章にあたる）。

**註16**：このことについて、「魯迅『傷逝』に関する覚え書」（『言語文化論集』第九巻第一号、名古屋大学総合言語センター、一九八七・一〇・三〇、『魯迅探索』〈汲古書院、二〇〇六・一〉の第七章にあたる）で述べたことがある。

**註17**：また以下のような文章は、中国旧社会に対する、人生に対する魯迅の見方の暗さを示し、また同時にその内面の暗さを示唆すると思

われる。
「私の作品は暗黒にすぎます。というのも私は『暗黒と虚無』が『実有』だとのみ思うのですが、しかしことさらこれらに対して絶望的抗戦をしているからです。そのため矯激な声が多いのです。実はこれは年齢と経歴のためであるかもしれませんし、必ずしも確かなことではないかもしれません。というのも私は、暗黒と虚無だけが実有である、と結局のところ証明できないからです。」（『魯迅景宋通信集』四」、一九二五・三・一八、前掲）
「私の小説が出版されたあと、真っ先に受けとったのは或る青年批評家の譴責である。のちには、病的であると思う者もあり、滑稽と考える者、風刺であると思う者もいた。さらに或る者は冷嘲と考え、自分の心の中には恐るべき氷塊を蔵している、と私自身にも疑わせるほどであった。」（「俄文訳本『阿Q正伝』序及著者伝略」、『語絲』週刊第三一期、一九二五・六・一五、『集外集』）

**註18**：この点について、魯迅の心を慰めたものは、厨川白村の人間観、文芸観であったと思われる（拙稿、「厨川白村と一九二四年における魯迅」、『野草』第二七号、一九八一・四・二一、『魯迅探索』〈汲古書院、二〇〇六・一〉の第八章にあたる）。

**註19**：そのほか、語り手「私」を論じたものには、「魯迅の『祝福』（一九二六年）」（『女性と中国のモダニティ』、レイ・チョウ著、田村加代子訳、みすず書房、二〇〇三・八・二五）がある。原注によれば、「本章の論考は、一九八七年に香港で開かれたthe Conference on Modernism and Contemporary Chinese Literature で口頭発表したものである。魯迅に関して論じた節に修正を加えたものは、Elizabeth Weed 編集、Coming to terms :Feminism/Theory/Politics (New York: Routledge, Chapman and Hall, 一九八九), pp.152-61 所収の〝It's you, and not me : Domination and Othering in Theorizing the Third World〟という論文のなかで公表してある。」（三三五頁）とある。「魯迅の『祝福』（一九二六年）」（レイ・チョウ、前掲、二〇〇三・八・二五）は次のように指摘する。

「語り手が常に現実から逃避している共犯関係と無力感は、奇妙にも心軽やかで、平穏で明快な結末に暗示されている。」（二一〇頁）

私は、「祝福」の語り手「私」を、魯迅の経歴における一九二四年の位置から、思想的精神的状況から説明を試みたい。

また、「第二章　魯迅小説叙事模式分析」（譚君強、『叙述的力量：魯迅小説叙事研究』、雲南大学出版社、二〇〇〇・四）は、「祝福」が外枠物語（譚君強氏は「封筒式」と言う）の構造をとることを指摘し、物語のプロセスの中で語り手「私」に対する読み手の不信が増幅することを指摘する。また冷淡な「私」の存在が祥林嫂の悲惨な運命と対比される、物語構成上における効果に言及する。

また、「魯迅小説的叙事芸術（下）」（王富仁、前掲、二〇〇〇・一〇）は、祥林嫂のような人民が苦難の救済を必要としている状況の中で、その苦難に同情する知識人「私」には救済の力がなく、権勢を有する魯四老爺は人民の苦難に関心をもとうとしないとする。「祝福」が表現しようとするものは、こうした旧社会の根本矛盾であるとする。

私は、語り手「私」がまったく祥林嫂に同情していないとは思わない。しかし語り手「私」は祥林嫂の不幸な運命に対して、最後には自らの責任に対する疑念を一掃し、無関心となる。語り手「私」は旧社会の苦難の現実から逃避しようとする知識人の姿を見せるものであると思われる。

**註20**：物語の中で、お茶を入れにきた短工（短期間雇われる使用人）は、語り手「私」の質問に答える。
「『いつ死んだのかね。』／『いつですか――昨日の夜か、あるいは今日でしょう。――私には分かりません。』／『どういうふうに死んだ

のかね。』／『どういうふうに死んだ、ですか——食えなくて死んだのでしょう。』彼はあっさりと答え、相変わらず頭をあげて私を見ることもなく、出ていった。」（九頁）

また、魯四老爺は、祥林嫂が祝福の時期に死んだことに立腹している。

このように見ると、汪暉論文（前掲、一九八八・九）が指摘する、語り手と「故郷」の倫理秩序が「共犯関係」（すなわち祥林嫂の死に対して共同の責任をもつ）にあるとすることには、説得力がある。

私は、語り手「私」が祥林嫂の不幸な運命に対して傍観者であり、魯鎮の人々と同一の平面上にある、と考える。それは、被害者祥林嫂の立場から客観的に言えば、「共犯関係」と言える。

私は本文で述べたように、こうした語り手「私」の在り方について、魯迅の経歴から解釈を試みる。

**註21**：祥林嫂との問答のあと、語り手は次のように考える。

「私は彼女が引き続いて質問をしないことに乗じて、さっと歩きだして立ち去り、そうそうに四叔の家に帰った。心の中は気分が悪かった。私の答えは彼女に危険をもたらすかもしれない、と思った。彼女はおそらくほかの人が祝福のとき、自分の寂寞を感じているだろう。しかし私の答えが何らかのほかの意味をもつことがありうるだろうか。——何らかの予感があったのかもしれない。もしもほかの意味があって、またこのためにほかのことが起きたら、私の答えは確かに若干の責任を負わなければならない……。しかしそのあとで自ら笑い、たまたまのことであって、もともと何の深い意味もない。私がよりによって細かく詮索しようとするとは、教育者が神経病になるというのももっともなことだ。ましてはっきりと『確かには言えない』と言って、答えの全体をくつがえしておいた。たとえ何事が起ころうとも、私とはいささかの関係もない。『確かには言えない』とは、きわめて役立つ言葉だ。（中略）私はこのとき、この言葉の必要性をいっそう感じた。たとえ乞食の女と話をするとしても、決して欠かすことはできない。」（八頁）

語り手「私」は祥林嫂に対する自分の答えによって、何か事件が起きる可能性を考えて、自分の責任がないということを、弁明し納得しようとする。しかしそれにもかかわらず、語り手は不安をまぬがれない。

これは、良心を失いかけた虚無的個性主義者の姿であると思われる。

**註22**：「六十六　生命的路」（『新青年』第六巻第六号、一九一九・一一・一、『熱風』）で魯迅は次のように言う。

「生命は死を恐れない。死の目の前で笑い跳ね、死んだ人を踏みこえて前進する。／何が道なのか。それは道のないところから踏みかためたものであり、いばらしかないところから切り開いたものである。／以前には早くから道があった。今後も永遠に道があるはずだ。／人類は寂寞であるはずがない、なぜなら生命は進歩し、楽天的なものであるから。／昨日、私は友人のLに言った。『ひとりの人が死んだとして、それは死者自身とその家族には悲惨なことだ。しかし一村一郷の人から見れば、何でもない。つまり一省一国一民族……』／Lは不愉快そうに言った。『それはNature（自然）にとっての話だ。人間の話ではない。君は気をつけなければいけない。』／彼の話ももっともだ、と私は思う。」

ここでは、生命の前進について、楽観的な見方が語られる。ここでの語り手「私」は、その楽観に基づき、一人の人間の死を、大局的に見て問題とするに足りないとする。これは個性主義の強者の言葉であろう。

一人の人間の死とその悲しみを、大局的観点からとるに足らないものとする語り手「私」が、楽観的な理想を失ったとき、「祝福」における語り手「私」が現れる。それは、虚無的個性主義の姿（理想を失い、現実から逃避して、自らのささやかな平静を求めようとする敗れた強者の姿）である、と思われる。

また、「一件小事」（『《晨報》周年記念増刊』、一九一九・一二・一、『吶喊』）において語り手「私」は次のように言う。

「私は田舎から首都にでかけてきて、瞬く間にすでに六年になる。その間、耳に聞き目に見たいわゆる国家の大事は、数えてみれば少なくない。しかし私の心には、何の痕跡も留めていない。もしもこれらの影響を捜すとすれば、私の悪い性癖を増長させただけである。――正直に言えば、一日一日とだんだん人を軽蔑するようにさせた。」

一九一七年の冬、人力車に乗っていたとき、車の前を横切る老婆の着物を引っかけ、老婆は倒れる。

「彼女は地面に伏さっていた。車夫もすぐに足を止めた。私はこの老婆がけがをしていないと判断し、また見ている人もいない。車夫がよけいなことをし、自分で悶着を引き起こそうとする、私も遅らせることになる、と怪訝に思った。／私は車夫に言った、『何でもない。車を出してくれ。』」

しかし車夫は老婆を助け起こし、ゆっくりと交番に向かう。冷酷な対応をしようとした語り手「私」は、車夫の中から、すなわち旧社会の現実の中から天性の善・愛を見出し、自らを慚愧し、自新の道に進もうとする。このことから、「私」の勇気と希望を得たことが語られる。

ここには、中国変革の希望を失って人々を軽蔑する冷酷な語り手「私」（「無治的個人主義」者の姿）と、それを見つめる作者魯迅がいる。

**註23**：「祝福」（許欽文、『彷徨分析』、中国青年出版社、一九五八・六）は、小説「祝福」における二つの強烈な対比を指摘する。

「一つは、祥林嫂の前後の状況における対比である。第二は、祥林嫂の悲惨な死と、魯四老爺の祝福のときの裕福さの場面との対比である。」

**註24**：「『祝福』中〈我〉的故事」（銭理群、前掲、一九九九・一二）は、魯鎮の民衆が祥林嫂の不幸を鑑賞することを指摘したあと、次のように論ずる。

「『祝福』では、村民たちが祥林嫂の苦しみを思うぞんぶんに〈鑑賞する〉〈見る〉とき、読者ははっきりと感ずる、この背後には、それを見る語り手の〈私〉（そして含意された作者）が見ていることを。彼らは、憐憫のまなざしで祥林嫂が〈鑑賞〉される屈辱と不幸を見つめ、さらに〈観客〉の麻痺と残酷さをはたから冷たく見て嘲笑している。」

私は、「『祝福』中〈我〉的故事」の指摘する箇所ばかりでなく、「祝福」の全篇に、語り手を含めて対象とする、魯迅（「含意された作者」）の凝視を感ずる。

**註25**：「希望」（一九二五・一・一、『野草』）で魯迅は、「絶望の虚妄なることは、まさに希望に相同じい」（竹内好訳、『魯迅選集』第一巻、岩波書店、一九五六・六・七）、とした。

**註26**：魯迅は、「『魯迅景宋通信集』二四」（一九二五・五・三〇、前掲、一九八四・六）で次のように言う。

「私の言う話は、いつも考えているところと違います。なぜこのようであるかについては、『吶喊』の序で述べたことがあります。自分の思想を他人に伝染させることを願っていないからです。なぜ願わないのか。私の思想が暗すぎるからですし、自分でも結局のところそれが正しいのかどうかを確認できないからです。〈なお反抗しようとする〉ことについては、本当です。あなたの反抗は、光明の到来を希望するためでしょう（私はきっとそうだと思います。）しかし私の反抗は、むしろことさら暗黒ともみあうことにすぎません。」

ここにいたる過程には後述のように、なお、厨川白村の著作の翻訳があったと思われる。

**註27**：厨川白村の著作の翻訳と、一九二四年の魯迅の関係について、私は、「厨川白村と一九二四年における魯迅」（『野草』第二七号、一九八一・四・二〇、『魯迅探索』〈汲古書院、二〇〇六・一〉の第八章にあたる）で論じたことがある。

## 第二章「離婚」について

**註1**：「辛亥的女児――一九二五年的『離婚』」（須旅、『魯迅研究叢刊』第一輯、魯迅文化出版社、一九四一・一、『魯迅研究学術論著資料匯編一九一三－一九八三』第三巻、中国文聯出版公司、一九八七・三）は、後の「離婚」研究に比較的大きな影響を与えたとされる。同論文は、「離婚」の背景となる時期について、「辛亥革命後」あるいは「辛亥革命前後」と言及する。しかし「辛亥的女児」という題名の影響のためであろうか、中国のその後の研究論文では、「離婚」の背景の時期を辛亥革命後しばらくの時期と理解して論ずる論文がある（「『離婚』」〈許傑、『魯迅小説講話』、泥土社、一九五一〉、「説『離婚』」〈呉組緗、『中国現代文学研究叢刊』一九八五年第一期、一九八五・一〉、「論『離婚』――兼談伝統与〝拿来〟」〈孫昌熙、韓日新、『文史哲』一九八七年第六期、山東人民出版社〉）。「魯迅作品『離婚』論」（永井英美、『日本中国学会報』第五七集、二〇〇五・一〇）は、根拠をあげていないが、「清末民初らしい」とする。私は以下の理由から、清末と考えたい。①清朝の官職「知県」が存在している。また「府」にも言及される。辛亥革命後は、府、州が廃され、県だけが設けられて、「県知事」が置かれた。②「北京洋学堂」（新学を主として教える「洋学堂」として、一八六二年設立された京師同文館は洋務派が設立した洋学堂であるとされる。一八九八年開学する京師大学堂も洋学堂と称せられた。これらのいずれかを指す可能性がある）は、清末の時代に存在するものである。また、「少爺（若旦那）」は「北京洋学堂」から帰ったばかりとされており、「離婚」の事件が進行しているとき、「北京洋学堂」はなお存在している可能性が高い。③小説の背景を辛亥革命の後と特定する根拠が見つからない。以上のことから、私は、小説の背景の時期を清末と理解する。

**註2**：「『離婚』」（許傑、『魯迅小説講話』、泥土社、一九五一、『魯迅巻　第六編』、中国現代文学社）は次のように指摘する。「何幹之先生はかつてこの文章を研究し、愛姑を『辛亥的女児』と言った。」ここからすると、「須旅」は何幹之の筆名である可能性が高い。

**註3**：「重読魯迅『離婚』」（秦林芳、『中国現代文学研究叢刊』一九九四年第四期、一九九四・一〇）

**註4**：「論『離婚』在魯迅小説創作中的意義」（林志浩、『魯迅研究』〈下〉、中国人民大学出版社、一九八八・六）は次のように指摘する。愛姑は祥林嫂と同じように夫権の犠牲者であるが、しかし強烈な反抗性をもち、近代社会の男女平等思想の萌芽をそなえていた。しかし愛姑の勇敢さと決然さには、自然発生性と盲目性があった。女性を圧迫する夫権が封建的制度、封建的社会勢力であることを理解しなかった。そのため封建勢力の代表七大人に対する幻想をもっていた。林志浩は、被抑圧女性の解放が単純な女性解放の問題であるばかりでなく、複雑な社会解放の問題であるとする。小説「離婚」は、被抑圧人民と女性が封建的宗法の思想と制度から解放されるためには、闘争の矛先を、地主階級を代表とする封建的政権に向けなければならないことを、示しているとする。

「論『離婚』――兼談伝統与〝拿来〟」（孫昌熙、韓日新、前掲）は、愛姑が近代的自我意識（その萌芽ではなく）をもち、一人の人間としての意志と行動を戦いとろうとすると論ずる。しかしこの判断には具体的根拠が示されていず、にわかには従いがたい、と私には思われる。

**註5**：「魯迅論」、茅盾、『小説月報』第一八巻第一一号、一九二七・一一・一〇、『茅盾全集』第一九巻、人民文学出版社、一九九一

**註6**：「『離婚』的叙事分析及其文化意蘊」（袁盛勇、張桂芬、『魯迅研究月刊』二〇〇三年第五期、二〇〇三・五）は、『魯迅伝』（林志浩、北京十月文芸出版社、一九九一・七〈増訂本〉）における、「彼女にはすでに近代社会の平等思想の萌芽があって、その追求したものも分不相応なものではなく、夫と平等に暮らす愛情であった。」とする点に反駁し、テキストの叙事分析を行うとする。その結果、次のように論ずる。愛姑は、小畜生、七大人と同じ思考方式をもち、権威崇拝の心理をもっていた。夫の家と騒ぎを起こしたのは、たかだか粗野な農婦のきかん気の行為にすぎない。権威者七大人の判定に従うのは、愛姑が帰順した奴隷であることを示す。これは魯迅が解剖した国民性の一つであるとする。

しかし私は、含意された作者が、このきかん気の行為に注目したのは何故なのだろうかと考える。愛姑の反抗が粗野な農婦のきかん気の行為にすぎない、そして愛姑が帰順した奴隷にすぎない、と考えて良いのかどうか、魯迅の民衆観の変化・発展の過程において考えてみたい。

「論魯迅小説創作的無意識趨向」（藍棣之、『魯迅研究動態』一九八七年第八期、北京魯迅博物館、一九八七・八）は、愛姑の闘争を次のように論ずる。

「封建的礼教に対して骨の髄から憎んだ〈五四〉運動の先駆者が、二十年代中頃無礼で粗野な女性が封建的請負結婚を維持するために死にものぐるいに闘争するのを称揚する作品を書いた、ということがどうして考えられようか。愛姑のような結婚の観念と性癖は、決して愛すべきものではない。彼女の性癖、やり方は、新旧の道徳に対して、いずれも受けいれようがないものだ。」

この論に対しては、「為愛姑一辯」（葛中義、『魯迅研究動態』一九八八年第二期、北京魯迅博物館、一九八八・二・二〇）が詳細に論駁する。例えば次のように言う。

「実際、彼女は早くから自分の闘争の目的を述べている、『でもあくまであちらへ戻ろうとは考えません』、『私は意地なんです』。いわゆる意地とは、実はもう二度と声を低め頭をさげ押さえつけられた生活に耐えたくない、ということである。彼女は反抗を求め、人としての権利をもつことを求める。彼女が離婚を承知しないのは、事態がこのようにたやすく解決できない、彼女を押さえつけた人に得をさせることはできない、と考えるからである。我々はまさか、軽々しく彼女に封建的請負結婚を維持しようとする心があったと言うことができるのであろうか。」

「第一四章『離婚』芸術技巧的得失」（林非、『中国現代小説史上的魯迅』、陝西人民教育出版社、一九九六・九）は、愛姑が奴隷根性とはあまり合わない非凡な野性をもっていることを認める。しかし愛姑の目標は封建的結婚のもとで虐待される奴隷的地位（正統な地位）を戦いとろうとしただけであるとする。魯迅の一貫した目的は、封建主義思想の支配の強大であることを暴くことにあったとする。

しかし私は、当時の旧社会の農村で、封建的思想の支配が強大な中で反抗する愛姑の意味を、魯迅の民衆観の変化・発展の過程に基づいてもう少し考えてみたい。

**註7**：なお、主として物語構造に基づいて「離婚」を解釈するものに、「第七章　客観的描述的主観浸透」（汪暉、『反抗絶望』、上海人民出版

社、一九九一・八）、「魯迅作品『離婚』論」（永井英美、前掲、二〇〇五・一〇）がある。

「第七章　客観的描述的主観浸透」（汪暉、前掲、一九九一・八）は次のように指摘する。

「外在する情勢の発展の中で、愛姑が、話に筋がとおり勢いのある状態から孤立と怯懦へ、驚きと絶望から声を低くしへりくだるところへ、最後の抵抗から屈服を余儀なくされる全心理過程を、直接観察的に、論理的に筋をとおして提示している。ここにおいて、とりわけ演劇的対話の応用を指摘しなければならない。阿契尔は次のように言う。『どの対話も、もしも本当に演劇的であるならば、個別の人物の運命における過去と現在、将来に対して、ある種の態度を示さなければならない。』性格化した言葉の中に情勢の言葉を含ませなければならない。愛姑と七大人、そのほかの登場人物の対話は、この演劇的対話の模範であると言うことができる。」（「第七章　客観的描述的主観浸透」、汪暉、前掲）

同論文は物語の構造分析を行い、演劇的対話の優れていることを指摘する。

「魯迅作品『離婚』論」（永井英美、前掲、二〇〇五・一〇）は次のように指摘する。

「旧い農村社会の女性である愛姑が、婚姻問題を巡ってどこまで『意地』（原文『賭気』）を通せるか、これがすなわち本作品で愛姑が突きつけられている問いである。」（一九五頁）

「もしも愛姑の罵詈雑言によるパフォーマンスが行われないとしたら、この作品は盛り上がりのない評論か新聞記事のようになってしまうのではないか。作品はここをめざして書かれてきた。魯迅はこの場面を導かんとして愛姑を追い詰めたのである。」（一九九頁）

「しかしこの一刹那、七大人は愛姑によって、彼女の土俵まで引き摺り下ろされたとは言えないか。追い込まれた愛姑の、窮鼠猫を噛む奮闘の結果、文字を知る階層の理屈っぽい言葉の限界が、ここでほんの一瞬であるが、あらわにされた、と言えないか。そして魯迅は結局まさにそのために愛姑を追い詰めたのではないだろうか。」（二〇一頁）

このように「魯迅作品『離婚』論」（永井英美、前掲、二〇〇五・一〇）は、物語構造の分析に基づき、慰老爺の広間における愛姑の罵詈雑言によるパフォーマンスに焦点をあて、この場面に魯迅の意図がこめられているとする。

上記の二論文の内容を興味深く読むと同時に、私は自分の課題として物語の外の、魯迅の状況に基づいて解釈を試みたい。

**註8**：「刻劃深切、技巧円熟之作——論《肥皂》《離婚》」（范伯群、曽華鵬、『魯迅小説新論』、人民文学出版社、一九八六・一〇）は、「離婚」が抗争者愛姑を解剖したものととらえ、愛姑の敗北の原因を探る。愛姑は勇猛果敢である一面をもっていた。しかし敵に対する軽視と幻想が愛姑の精神的足かせとなっていた。これが愛姑の惨敗の主要な原因とする。魯迅の意図は、愛姑の失敗が青年改革者に対して警鐘・教訓を与えることにある、ととらえる。

**註9**：「通訊（二）」（一九二五・三・一二、『華蓋集』）で魯迅は次のように言う。

「私は、現在の方法は最初にやはり何年か前『新青年』ですでに主張された『思想革命』を用いなければならないと思う。いまだにこの話であるとは悲しむべきことかもしれないが、しかしこれ以外にほかの方法はない、と私は思う。しかも『思想革命』の戦士を準備するのは、なお現在の社会とは関係がない。戦士が養成されるのを待って、そこでもう一度勝負を決するのです。」

また、「通訊（二）」（一九二五・三・一九、『華蓋集』）では、まず知識人から方法を講じ、民衆は将来を待って考えることを言う。

**註10**：「魯迅『祝福』についてのノート（一）——魯迅の民衆観から見る」（『南腔北調論集』、東方書店、二〇〇七・七）

**註11**：「『魯迅景宋通信集』八」（一九二五・三・三一、前掲）で魯迅は次のように言う。

「最初の革命は排満で、やり遂げるのが容易なことでした。その次の改革は、国民に自分の悪い根性を改革するよう求めることで、そこで国民は聞き入れなくなったのです。だからこの後最も大切なのは、国民性を改革することです。さもなければ、専制であろうと、共和であろうと、何であろうとも、看板は変わったけれども、品物は元のとおりというのではまったくだめです。」

**註12**：「『魯迅景宋通信集』二四」（一九二五・五・三〇、前掲）で魯迅は次のように言う。

「私の言う話は、いつも考えているところと違います。なぜこのようであるかについては、『吶喊』の序で述べたことがあります。自分の思想を他人に伝染させることを願っていないからです。なぜ願わないのか。私の思想が暗すぎるからですし、自分でも結局のところそれが正しいのかどうかを確認できないからです。〈なお反抗しようとすることについては、本当です。あなたの反抗は、光明の到来を希望するためでしょう（私はきっとそうだと思います。）しかし私の反抗は、むしろことさら暗黒ともみあうことにすぎません。」

**註13**：「摩羅詩力説」（一九〇八年発表、第五章）で魯迅はバイロンの一面を次のように紹介する。

「もしも奴隷がその前に立てば、必ず真心から悲しみつつ、憎悪をもって見た。真心から悲しんだのはその不幸を悲しんだからであり、憎悪をもって見たのはその戦わないことからであった。」

これは民衆が束縛され掣肘されている歴史的社会的諸条件を無視して、奴隷であることも個人の問題、意志の問題に還元するものである。しかし一九二五年の本文の言及においては、「大石の下」という比喩的な表現ではあるが、民衆が抑圧された社会的歴史的状況を述べる。

**註14**：魯迅は、「無声的中国」（一九二七・二・一八、講演、『三閑集』）で次のように言う。

「青年はまず中国を声のある中国に変えることができる。大胆に話し、勇敢に行い、あらゆる利害を忘れ、古人を押しのけて、自分の真心からの話しを語るのである。」

**註15**：例えば愛姑は、自分を気ままに取りあつかおうとする舅と夫を「老畜生」「小畜生」と呼ぶ。魯迅は「并非閑話（三）」（一九二五・一一・二二、『華蓋集』）で、女師大事件のさなかに、流言を流すものを「畜生」と呼んだ。

「こうした〈流言〉は、作るものが一人なのか、それとも多数なのか。姓を何と言い、名は誰なのか。私はいつも探しだすことができない。のちには、多くの暇がないために、それ以上調べ確かめることはしなかった。ただ叙述の便宜のために、これを畜生と総称する。」

「畜生」という言葉は粗野であるけれども、愛姑の矛先は抑圧しようとする封建的家長に向けられたものであり、魯迅の矛先は流言を流す卑劣な封建的支配層に向けられたものである。

**註16**：五四運動における学生に対する評価は、その直後においてはむしろ、運動をする学生等に伝統的国民性の悪の発現を見て（「忽然想到　七」、一九二五・五・一〇）、この運動は中国に何の影響もないとした（宋崇義宛て書簡、一九二〇・五・四）。しかし五四運動について、後に評価を変えている。「どうして五四運動が改革でなかっただろうか。」（「『出了象牙之塔』後記」、一九二五・一二・三）。五・三〇事件においては、運動する学生に対してではなく、それを傍観する人々に批判の矛先を向ける。

「学生が行いうるのは、まず演説、デモ行進、宣伝の類であって、まさに火花のように、民衆の心の火をつけ、彼らの光芒を引きおこし、国勢にいくらかの転機をもたらすことである。もしも民衆に可燃性がないのならば、火花は自身を燃やしつくすよりしかたがない。（中略）『五分間熱』は場所の病であって、学生の病ではない。これは学生の恥辱ではない以上、全国民の恥辱であることになる。（中略）外国人は非難するにあたらない。しかし本国のほかの冷然とした民衆、権力をもつ者、懐手の傍観者も、事後に嘲笑しようとする。実に無恥でぼんくらだ。」（「補白　三」、一九二五・七・八、『華蓋集』）

一九二五年の五・三〇事件以後の段階では、魯迅は戦い孤立する学生に同情し、「冷然とした民衆、権力をもつ者、懐手の傍観者」が事後に運動を嘲笑することを非難する。

**註17**：「祝中俄文字之交」（一九三二・一二・三〇、『南腔北調集』）に魯迅は次のように言う。

「そのときロシア文学は私たちの指導者そして友人であることを知った。なぜならそこから被抑圧者の善良な魂、苦しみ、もがきを見つけたからである。さらに四十年代の作品とともに希望を燃やし、六十年代の作品とともに悲哀を感じとった。私たちは当時の大ロシア帝国もまさに中国を侵略したことを知らなかっただろうか。しかし文学からは一つの大きな事、世界には二種類の人、抑圧者と被抑圧者があることを理解した。

今から見てみると、これは誰もが分かっていて、言うまでもないことだ。しかしその当時には大発見であり、古人の火を見つけたことが、暗夜を照らし、ものを煮ることを可能にしたことにまさに匹敵した。」

**註18**：このことについては、「魯迅の〈明〉について――とくに初期文学活動を支える思想と一九一八年頃の〈明〉について」（『名古屋大学中国語学文学論集』第一輯、一九七六・九、『魯迅探索』〈汲古書院、二〇〇六・一〉の第一章にあたる）で述べたことがある。

**註19**：「十四年的『読経』」（一九二五・一一・一八、『華蓋集』）で魯迅は次のように言う。

「私は現在の金持ちが聡明な人であると信じている。逆に言えば、もしも正直であれば、必ずや金持ちになることはできないということである。掲げる看板が仏教であるか、孔子の道であるかについては、何の関係もない。（中略）彼らは文盲の節婦、烈女、華工〈欧州大戦に参加した中国人労働者〉に比べて聡明である。」

ここで魯迅は、現在の金持ち（支配層）が聡明であるとし、正直であれば金持ちになれないとする。他方で、節婦、烈女、華工という過酷な運命を強いられた文盲の下層の民衆（被支配層）の運命に言及する。

**註20**：このことについては、「魯迅の復讐観について」（『野草』第二六号、中国文芸研究会編、一九八〇・一〇・三一、『魯迅探索』〈汲古書院、二〇〇六・一〉の第三章にあたる）で述べたことがある。

**註21**：「楊校長致全体学生公啓」（一九二五・五・九、『魯迅生平史料匯編』第三輯、天津人民出版社、一九八二・四）

**註22**：これは邪推にすぎないかもしれないが、当時の論敵の一人、若い知識人徐志摩（一八九七～一九三一）の肖像写真を見ると、下あごの尖った貴公子のようである。

**註23**：前述のように、「説『離婚』」（呉組緗、前掲、一九八五・一）は「鎌式」の足を半纏足と理解している。魯迅は、「這個与那個」（一九二五・一二・八、『華蓋集』）で次のように言う。

「例えば祖母の足は三角形で、歩行が困難である。小さな娘の足は自然の足で、飛ぶように走ることができる。」

ここでは纏足の足を「三角形（原文、三角形）」とする。「鎌式」の足とは纏足ではなく、「説『離婚』」（呉組緗、前掲、一九八五・一）のように半纏足であると理解する。

註24：『反抗の原初形態』（ホブズボーム著、青木保編訳、中央公論社、一九七一・一・二五）の「聖者と山賊」（青木保著）によれば次のように言う。ホブズボームは、山賊行為を、組織化された社会的反抗の原始的形態だと見なしている。農民は山賊を社会的反抗の代弁者と見なし、山賊を守る。社会的権威は常にその存在を犯罪者と見なす。山賊はあくまで農民社会にとどまる。社会的山賊にとっては、農民の収穫物を略奪することなどは思いもよらない。山賊が輩出するのは、部族的親族組織的基盤に立つ社会と近代資本主義的産業社会との間に位置する段階にある社会である。ホブズボームは、社会的山賊の型を三つに分類する。一つは高貴泥棒ロビン・フッド的タイプ、第二は原始的な抵抗を試みる闘士・ゲリラのタイプ、三つめには恐怖の的となる報復者的タイプである。こうした反逆者山賊は、たとえ勝利を見ても、彼らの破壊の誘惑は止まない。これら原始的な農民騒動は積極的建設的な社会計画をもっていない。彼ら社会的山賊に共通するものは、社会的な意味では、革命家ではなく、改革者であり、時には伝統主義的な革命家になる。彼らは社会的不平等や不正を糾す存在であるが、その範囲は農民社会の保守主義的な道徳律の枠の中にとどまる。

註25：「這個与那個」（一九二五・一二・二〇、『華蓋集』）で魯迅は次のように言う。

「中国には失敗の英雄が少ない、粘り強い反抗が少ないし、敢えて単身で苦戦する武人が少ないし、敢えて叛徒を悼み泣く弔問客が少ない。勝利の兆しを見れば紛紛として集まり、敗戦の兆しを見れば、入り乱れて逃げる。武器が我々より優れた欧米人、武器が必ずしも我々より優れていない匈奴蒙古満洲人は、いずれも無人の境にはいるかのようであった。（中略）私は運動会を見るとき、いつもこう思う。優勝者はもとより尊敬すべきである。しかし落伍しているがなおゴールまで走ろうとする競技者と、このような競技者を見て粛然として笑わない観客が、まさしく中国の将来の背骨である。」

愛姑の反抗の失敗は、魯迅にとって批判すべきものではなかったと思われる。

註26：祥林嫂（「祝福」、一九二四・二・七）は再婚に必死に抵抗して、額を香炉机にぶつけ、自殺を図る。これは純朴な心によって、むしろ伝統的な習俗（「従一而終」）に従おうとしたための抵抗と思われる。これに対して愛姑の反抗は、封建的社会の支配体制、倫理的支配体制に対する反抗、すなわち伝統的習俗に対する反抗であった。この点から、私は愛姑を魯迅の民衆観における新しい類型と考える。

註27：「カインの末裔」（『新小説』第二二年第八号、春陽堂、一九一七・七、『カインの末裔』〈『有島武郎著作集』第三輯、新潮社、一九一八・二〉）は、魯迅によって目をとおされた可能性があるのだろうか。「『現代日本小説集』附録　関于作者的説明」（『現代日本小説集』、上海商務印書館、一九二三・六、『魯迅全集』第一〇巻、一九八一）は次のように言う。

「一九一〇年頃雑誌『白樺』が発刊され、有島はそこに寄稿して、だんだんと世に知られる。この数年来作品を編集して『有島武郎著作集』とし、現在まですでに第一四輯まで出している。創作に対する彼の要求と態度について、『著作集』第一一輯に〈四つの事〉という文章があり、概略説明している。（中略）

〈小さき者へ〉（Chisaki mono e）は『著作集』第七輯に見える。またローマ字日本小説集にも収められる。

〈お末の死〉（Osue no shi）は『著作集』第一輯に見られる。」

ここから、魯迅が『有島武郎著作集』（全一六輯。一九一七〜一九二三。第一輯から第五輯まで、新潮社刊。第六輯から叢文閣刊となる）の中で、『死』（『有島武郎著作集』第一輯、新潮社、一九一七・一〇・一八、初版。私が見た本は、一九一九・六・一五、第一九版、所収作品は、「お末の死」「死と其前後」「平凡人の手紙」)、『小さき者へ』(『有島武郎著作集』第七輯、叢文閣、一九一八・一一・九。私が見た本は、一九一九・六・五、第一七版、所収作品は、「An Incident」「幻想」「小さき者へ」「潮霧」「『死』を畏れぬ男」「動かぬ時計」「老船長の幻覚」)、『惜みなく愛は奪ふ』(『有島武郎著作集』第一一輯、叢文閣、一九二〇・六・五、初版、所収作品は、「惜みなく愛は奪ふ」「四つの事」「芸術家を造るものは所謂実生活にあらず」「想片」「大なる健全性へ」「自己と世界」「批評といふもの」「若き友の訴へに対して」「美術鑑賞の方法に就て」「美術鑑賞の方法に就て再び」「芸術を生む胎」)に目をとおした可能性が高いことが分かる。また、『カインの末裔』(『有島武郎著作集』第三輯、新潮社、一九一八・二・二〇、初版。私が見た本は、一九一九・九・二〇、第一八版、所収作品は、「カインの末裔」「凱旋」「実験室」「クララの出家」)には「カインの末裔」が収められている。上記の「関于作者的説明」(前掲)の内容を見てみると、魯迅は一九二三年当時、『有島武郎著作集』第一四輯まで何らかの形で知っていたと考えられる。

以上の状況を考えると、魯迅が「カインの末裔」にも目をとおした可能性を否定できないと思われる。

**註28**：「仁右衛門」の読みについて、『有島武郎集　現代日本文学大系三五』(筑摩書房、一九七〇・九・一五)に従い、「にんえもん」と読んでおきたい。

**註29**：『有島武郎全集』第三巻(筑摩書房、一九八〇・六・三〇、ルビ、傍点は省略、旧字体を新字体に直した)

## 第三章「阿金」について

**註1**：「『且介亭雑文』附記」(一九三五・一二・三〇、『且介亭雑文』)等によれば、「阿金」(一九三四・一二・二一執筆)は、『漫画生活』(呉朗西、黄士英等編、一九三四年九月創刊、上海美術生活雑誌社発行)に書かれたが、図書雑誌審査委員会の検閲(上海と南京中央の)によって掲載を許されず、のち『海燕』第二期(一九三六・二・二〇)に発表された。魯迅はこれを『且介亭雑文』(一九三五年末自ら編集、上海三閑書屋、一九三七・七、『魯迅全集』第六巻、一九八一)に編集するとき、検閲の際の傍線をとどめた。

**註2**：『魯迅年譜(増訂本)』第三巻(魯迅博物館等編、人民文学出版社、二〇〇〇・九〈北京第一版、一九八四・一〉)によれば、魯迅は一九三三年四月一一日、施高塔路(いまの山陰路)大陸新村九号に引っ越した。ここは魯迅が上海に居住した時期における最後の住居となった。

**註3**：短篇小説「桂花蒸　阿小悲秋」(張愛玲、一九四四・九、『張愛玲文集』第一巻、安徽文芸出版社、一九九二・七)に外国人の女中を務める阿小がいる。彼女は外国語をたぐることができた。

**註4**：「上海史年表」(『上海史――巨大都市の形成と人々の営み』、高橋孝助等編、東方書店、一九九五・五・一〇)、『魯迅年譜(増訂本)』第三巻、第四巻(魯迅博物館等編、人民文学出版社、二〇〇〇・九〈北京第一版、一九八四・一、九〉)による。

**註5**：「パブリックガーデン」(真鍋正宏、『言語都市・上海　一八四〇－一九四五』、和田博文等編、藤原書店、一九九九・九・三〇)によれば、パブリックガーデン(現在の苗浦公園)には、「狗与華人不准入内」という看板があり、それが撤去されたのは一九二八年七月一

日のことであった。それ以後、「一年間通用で僅かに一元」の記名パスが売られ、苦力の入場を阻んだ（『花甲録』、内山完造、岩波書店、一九六〇・九・二〇、一九三九年の項目）という。

註6：「現今的新文学的概観」（『未名』第二巻第八期、一九二九・四・二五、『三閑集』）で魯迅は次のように言う。

「上海の租界、その情況は、外国人が中央におり、その外側に、一群の通訳、密偵、巡査、西崽……の類がいて、外国語が分かり、租界の章程を熟知している。この圏外が、多くの庶民である。

　庶民は租界に来ると、いつも本当の情況を理解できない。外国人が『Ｙｅｓ』と言えば、通訳は『彼がびんたを食らわせろと言っている』と言う。外国人が『Ｎｏ』と言えば、通訳されるのは彼が『銃殺しろ』と言っていることになる。」

註7：「談『阿金』像――魯迅作品研究外篇」（孟超、一九四一・九・一八、『野草』第三巻第二期、一九四一・一〇・一五）は次のように言う。

「魯迅先生の筆のもとにおいて、もしも阿Qが中国特有の農民型を言うのであれば、それなら、阿金は半植民地中国の洋場における西崽像であると言わなければならない。」

「魯迅はどのように〈阿金〉を『見た』のか？」（李冬木、『吉田富夫先生退休記念中国学論集』、汲古書院、二〇〇八・三・一）は次のように指摘する。

「私はここで〈阿金〉という人物の創作の基本がスミスの『従僕』、『ボーイ』より魯迅自身の『西崽』『西崽像』への発想の延長線上にあるとの観点を提起したい。」

註8：「俄文訳本『阿Ｑ正伝』序」（一九二五・五・二九、『集外集』）で魯迅は次のように言う。

「私はすでに試作はしたけれども、現代の我が国民の魂を本当に描きだすことができたかどうか、結局自分でもあまり自信がない。」

註9：「芸術について」（プレハーノフ、『芸術論』、外村史郎訳、叢文閣、一九二八・六・一八、底本は第七刷〈一九二九・一〇・三〉、『芸術論』、魯迅訳、一九二九・一〇・一二訳了、光華書局、一九三〇・七）は次のように言う（旧字体は新字体に、旧仮名遣いは新仮名遣いに改め、送り仮名はそのままとし、傍点を省略した）。

「スタール夫人の意見によれば、国民性は歴史的条件の所産であるということを注意することだ。しかし国民性は、若しもそれが与えられた国民の精神的特質の中に現われたものとしての人間の本性でないとしたら、何であるのか？（中略）

　そして若しも所与の国民の本性がその歴史的発展によって創造されるならば、それがこの発展の第一の動因であり得ないことは明らかである。がここからは文学――国民的精神的本性の反映――はこの本性がそれによって創造される歴史的条件そのものの所産であるということが出て来る。それは人間の本性ではなく、与えられた民族の性質ではなく、彼の歴史および彼の社会的構造が彼の文学を説明することを意味する。この観点からスタール夫人はフランスの文学を観察してもいるのである。彼女によって十七世紀のフランス文学に献げられた一章は、この文学の主たる性質を当時のフランスの社会・政治関係と、その帝王権に対する関係の中に観察されるフランスの貴族階級の心理とによって説明しようとした、極めて興味ある試みである。」（『芸術論』、外村史郎訳、六二頁）

　一九二八年以降マルクス主義を本格的に受容する中で、魯迅はプレハーノフの見解を学んだと思われる。それは、国民性が歴史的諸条件の所産であり、歴史的発展によって作りだされるものであるとする。国民性は、人間の本性ではなく、与えられた民族の性質ではなく、その歴史的諸条件と社会構造が生みだしたものとする。

**註10**：民衆の散沙のような状況について、魯迅は「沙」（一九三三・八・一五、『南腔北調集』）で次のように言及する。

「近頃の読書人はいつも、中国人が散沙のようであって、考えるべき方法もないと慨嘆し、運の悪い責任をみんなに帰している。実際これは大部分の中国人に無実の罪を着せるものだ。」（「沙」、一九三三・八・一五、前掲）

魯迅は、民衆が必ずしも散沙でないとする。民衆は自身の利害にかかわるとき、実際に行動して、請願し蜂起し謀反したとする。そして現在でも民衆の請願の類が存在する。

「それでは、中国には沙はないのだろうか。あることはある、しかし小民ではなく大小の支配者である。

人々はまたよく次のように言う、『昇官発財〔出世と金儲け——中井注〕』と。実はこの二つは並列されるものではない。昇官しようとする理由は、ただ発財しようとするためであり、昇官は発財の道にすぎない。だから官僚は朝廷に依存しながらも、決して朝廷に忠ではない。吏役は役所に依存しながらも、決して役所を大切にしない。頭領が清廉の命令を出すと、手下は決して従うことがない。対処の方法には『蒙蔽〔欺くこと——中井注〕』がある。彼らはすべて私利私欲の沙であり、己を肥やすことができるときには肥やす。しかもどの一粒も皇帝であり、帝を称することができるところでは帝を称する。或る人々はロシア皇帝を『沙皇〔ツァー——中井注〕』と呼ぶが、これをこのやからに送れば、きわめてふさわしい尊号である。財はどこから来るのか。小民の身から削ぎおとすものである。小民が団結しうるなら、金儲けは面倒なことになる。それで、当然できるだけ方法を考えて、彼らを散沙に変化させなければならない。沙皇によって小民を治める、そこで全中国は『一皿の散沙』となった。」（「沙」、前掲）

散沙のような大小の沙皇（支配者層）によって、民衆が巧妙に分断して統治され、搾取されている、とする。その結果、全中国（民衆を含めて）が散沙の状況を呈している、とする。中国の大小の支配者層による巧妙な分断統治を指摘する。

ここにおいて魯迅は、全中国の現状の散沙のような状況について民衆の国民性自体に原因を求めるのではなく、すなわち国民性を第一動因としてみるのではなく、歴史的諸条件と当時の社会状況を分析し、そこに発生の原因を求め、歴史的社会的所産としての中国の散沙の現状（国民性として表れる）を論じていると言える。ここにはマルクス主義（この場合の史的唯物論）を受容した魯迅の新しい姿勢がうかがわれる。

また、尤炳圻宛て書簡（一九三六・三・四、『魯迅全集』第一三巻、一九八一）においても、歴史的社会的諸条件の所産としての国民性に関する魯迅の考えを窺うことができる。

**註11**：「魯迅はどのように〈阿金〉を『見た』のか？」（李冬木、前掲、二〇〇八）は次のように指摘する。

「この作品〔『阿金』を指す——中井注〕には魯迅が常に抱いていた『国民性』に関する問題意識が強く浸透している。」

私は、「阿金」における阿金の形象に、国民性の問題意識が浸透してはいるが、しかしそれだけが「強く浸透し」たものとは考えない。「阿金」は、魯迅が国民性を第一動因として考えて、国民性を主たる問題意識として取りあげたものではないと思う。むしろ魯迅は、このような場所（租界都市上海）、このような時代（一九三四年ころ）における、外国人に雇われた下層女性労働者を具体的形象的に描写しようとしている。その結果、阿金の形象は一つの典型を示している。阿金の形象は国民性の存在と連結するが、しかし魯迅の意図について言えば、国民性の問題意識は、社会的歴史的諸条件の所産であるという前提のもとにあったと思われ、ゆえに国民性自体の問題に「阿金」の最大の重点はなかったと考える。

典型について、『社会科学総合辞典』（新日本出版社、一九九二・七・一五）は次のように指摘する。

「個別的・感覚的な芸術形象が、芸術表現によって普遍性をもったものを典型という。芸術は感覚をはなれることができず、作品のなかにあらわれる人物や事象も具体的で生きいきと感覚的・個別的に表現されなければならない。このようなものが普遍的なものの集中的表現となるのが典型である。（中略）類型は個別性をうしなった普遍性であり、典型は個別性と普遍性の統一である。（中略）エンゲルスは人物の典型の問題を時代の『典型的な情況』との関連でとらえることを重視し、『典型的な情況のもとでの典型的性格の忠実な再現』を、リアリズム作家にもとめた。」

**註12**：「写于深夜里」（『夜鶯』第一巻第三期、一九三六・五、『且介亭雑文末編』）で魯迅はケーテ・コルヴィッツの版画集について次のように言う。

「ここには貧困、疾病、飢餓、死亡がある……もちろん抵抗と闘争もあるが、しかし比較的少ない。これはちょうど作者の自画像のように、その顔には憎悪と憤怒があるけれども、いっそう多いのは慈愛と悲しみ哀れみであるのと同じである。これはあらゆる『辱められ損なわれた』母親の心の絵である。この類の母親は、爪をまだ赤く染めていない中国の田舎にも、つねに存在する。しかし人は彼女をあざ笑い、母親というものはただ役に立たない息子を愛すると言う。しかし彼女は役に立つ息子も愛している、ただ彼は強く能力もあるので、彼女は安心し、『辱められ損なわれた』子供に心を向けるのである。」

ここで魯迅は、母親（中国の田舎の母親を含めて）である女性の子供に対する愛を語っている。また「阿金」の最後の部分において、阿金が「中国女性の標本的存在でありえないことを」（「阿金」）、語り手（魯迅）は願っている。語り手（魯迅）が執筆の当初から、阿金を国民性の標本的存在を表すものとして描いたのではないことを、上の文は示していると考える。

**註13**：伯夷・叔斉は命を賭して、周の武士に諫言した。そののち理想に殉じて餓死した。理想主義者・人道主義者アラジェフ（『工人綏恵略夫〔労働者シェヴィリョフ〕』〈アルツィバーシェフ原作、魯迅訳、一九二〇・一〇・二二訳了〉の主要人物の一人）は、自らの死によって「愛」の存在を証明した。伯夷・叔斉は自らの死によって、「義」の存在を証明したと思われる。

**註14**：物語の全体をつうじて、叔斉は正義感の強い（たとえば周の武王の行動を、不孝不仁と考え、軍隊の隊列に中に伯夷を引いて割りこみ、武王に諫言した）、人の気持ちが分かり（たとえば、昏倒した伯夷のために女性がもってきてくれた生姜のスープの残りを、無理にも飲んだ）、また慎重で思慮深い人（たとえば、首陽山で身分を明かさなかった）として描かれている。また、叔斉は食い意地の張っていない、兄思いの人間（たとえば、首陽山で食物探しに努め、真っ先に兄伯夷に食べさせた）であることも、物語の中で十分窺われる。そのことから、召使い阿金姉さんの話は流言である、と読者が判断できるように、物語の筋が仕組まれている、と思われる。

叔斉の性格が友愛と温かさに充ちていたことについて、「用歴史比照他們現実的醜態」（李希凡、一九八〇・七・一三、『《故事新編》研究資料』孟広来等編、山東文芸出版社、一九八四・一）も指摘する。

**註15**：こうした自業自得説は次のような事件を連想させる。「『死地』」（一九二六・三・二五、『華蓋集続編』、『魯迅全集』第三巻、一九八一）とその注によれば、一九二六年三月一八日の北京での三・一八惨案後において、林学衡等は、徒手でデモを行う大衆に発砲し多数の死傷者を出した執政府の暴挙を非難せず、執政府の建物前を「死地」とし、

あたかもデモの指導者に責任があるとして非難し、またデモをした青年・市民が自ら死を求めた自業自得の結果のように描きだした。ここの召使い阿金姉さんの自業自得説には、このときの林学衡等の姿勢と共通するものを見る。すなわち虚言によって、真の問題の所在を隠蔽した。

**註16**：小丙君は、妲己の親戚として取りたてられたにもかかわらず、周の武王の強大な勢力を見て、これに加担し、保身を図った。主義も信念もない小丙君は自らの行動に内省もない。伯夷・叔斉は自らの理想を貫こうとし、周の武王を不孝不仁と批判して、その粟を食らわず、その思いを彼らの詩に歌った。しかし小丙君は芸術のための芸術の立場からその詩を批判する。

**註17**：一九二五年ころの女師大事件における楊蔭楡校長は、軍閥政府の権力と結託し、学生を抑圧した女性知識人である、と魯迅によってとらえられていたと思われる。魯迅は、楊蔭楡校長が北京女子師範大学の中で、あたかも封建的大家庭の中の封建的家長のようにふるまうものとしてとらえた。

「私は事実がどのようであるのか知らないが、小説から見ると、上海租界のやりて婆が良家の女性に逼るのには、きまった順序があった。凍え飢えさせ、つるし上げて折檻する。その結果、虐殺されたり或いは自死するほかは、ひとりとして命ごいをし命令に従わないものはいなかった。そこでやり手婆はやりたい放題に行い、暗黒の世界を築く。」（「女校長的男女的夢」、一九二五・八・六、『集外集拾遺』）

楊蔭楡校長が抑圧する側に立ち、流言を駆使した女性知識人であり、一九二五年当時、中国旧社会に加担する女性像の一つの典型として考えられたものであるとしても、むしろ魯迅はそれが少数であると考え、魯迅が当時注目したのは、それに対して闘う北京女師大学生であったと思われる。それゆえ一九三五年ころの阿金姉さんの姿は、一九二五年当時の背景をあわせもちながら、魯迅が自らの新しい課題として、新たな女性像の典型の一つとして提示したものであると考える。

**註18**：「阿金考」（竹内実、『魯迅と現代』勁草書房、一九六八・七・二五）は、次のように論ずる。

「魯迅はこの『婦人』に、大嫌いな阿金のイメージをかさねた。荘重厳格な『義士』が、男を男と思わぬ『女中』の一言で卒倒する、この『義士』のみっともない、死にかたに、荘重厳格な形式で保持されてきた徳目『義』の、現代におけるリアリティが示されている。この『義』を支えてきたのは、中国封建社会であり、それと骨がらみになった、封建イデオロギーの全体系である。阿金によって、これを一言のもとに葬り去った場面に、高らかにひびくのは、魯迅の哄笑である。」

「阿金考」（竹内実、前掲）はもとより「阿金」研究の先駆的で詳細緻密な論文である。しかし私には、魯迅がこのとき「義士」を封建的文化の代表として哄笑の対象としたとは思えない。

また、「『采薇』初探」（韓日新、『魯迅研究資料（九）』、天津人民出版、一九八二・一）は、「采薇」が主要に諷刺するものは隠士の看板をかかげる伯夷・叔斉であるとする。しかし私は「采薇」の主旨が伯夷・叔斉を諷刺・批判することのみにあるとは考えない。物語の後半部には観念論的理想主義に殉ずる「義士」に対する語り手の同情・愛惜を窺うことができる。

**註19**：それは、「我之節烈観」（一九一八・七・二〇、『新青年』第五巻第二号、一九一八・八・一五、『墳』）、「我們現在怎様做父親」（一九一九・一〇、『新青年』第六巻第六号、一九一九・一一・一、『墳』）等に見られる。

**註20**：「離婚」（一九二五・一一・六、『彷徨』）の女性愛姑は封建的農村の支配層に対して反抗・闘争し、失敗する。愛姑も中国旧社会の被害者の一人であると言える。

第四章　一九二六年二七年の民衆観

**註1**：「魯迅の復讐観について」（『野草』第二六号、中国文芸研究会編、一九八〇・一〇・三一、後に、『魯迅探索』〈汲古書院、二〇〇六・一・一〇〉の第三章に所収）

**註2**：『魯迅年譜』増訂本（魯迅博物館魯迅研究室編、人民文学出版社、二〇〇〇・九）による。

**註3**：魯迅は李秉中宛て書簡（一九二六年六月一七日付け）で次のように言う。

「現在まで、文章はやはり書いています。〈文章〉と言うより、〈ののしり〉と言ったほうがよいでしょう。しかし私は実際極度に疲労し、すこし休みたいと思い、今年秋、ほかのところへ行くかもしれません。場所はまだ決まっていません、おそらく南方です。目的は、一、もっぱら教授し、ほかのことに関わることを少なくします（しかしこれも分かりません、おそらく依然として言わなければならないでしょう）。二、数文のお金を稼ぎ、家の生活費にあてます、印税によるのは結局十分ではありませんので。」

また、「『魯迅景宋通信集』一一六」（魯迅、一九二六・一二・二九、『魯迅景宋通信集《両地書》的原信』、湖南人民出版社、一九八四・六）で次のように言う。

「厦門大学は廃物です、言うに足りません。中山大学にもしするべきことがあれば、私もこのために力を出したいと思います。しかしもちろん自分の身を損ねないことを限度とします。私が厦門に来たのは、本意はしばらく休養し、そしてすこし準備することでした。」

それは、北京において青年文学者の育成のために払った献身的努力と、女師大事件における闘争と論戦、また三・一八以後の恐怖をともなった一時期の避難生活からの休養であったと思われる。

「『魯迅景宋通信集』六四」（魯迅、一九二六・一〇・一五、『魯迅景宋通信集』、前掲）で次のように言う。

「実際私はこの地で、或るグループの人が大変な名士と見なしています。北京での心中びくびくしたときと比較すると、ずいぶん平穏です。」

許広平は「『魯迅景宋通信集』五六」（許広平、一九二六・九・三〇、『魯迅景宋通信集』、前掲）で次のように言う。

「学校〔厦門大学を指す――中井注〕は散漫で基金がなく、学生は少なく、様々のことが不備で、そうしたところでは当然関心が薄れます。しかし北京の暗黒は、当分の間光明となるのは難しく、北伐軍が北京まで行くか、或いは国民軍が再び入城するかしないかぎり、私たちこの道の人間は、これを避けるのが吉です。このように考えると、いま私たちがいるところは、桃源に避難したものと言えます。」

**註4**：魯迅は、許寿裳宛て書簡（一九二六年一〇月四日付け）で厦門の生活を次のように言う。

「この間、授業はべつに多くありません、六時間だけです。二時間は教材を編集しなければなりません。しかし話すことのできる人がいなく、きわめて寂しいです。生活の費用を求めるために、苦労して疲れました。北京ではもとより生活の費用がありませんでしたが、まだ生活がありました。今は生活の費用がありますが、生活を失い、ことにまた無聊であります。」

魯迅はまた、学校側が高い給料にものを言わせながら、教員の生活環境に配慮することの少ない姿勢に反発し（例えば、「『魯迅景宋通信集』一一〇」、魯迅、一九二六・一二・二〇、『魯迅景宋通信集』、前掲）、また着々と党派を根づかせる現代評論派〔顧頡剛を指す〕を嫌い（例えば、「『魯迅景宋通信集』七七」（魯迅、一九二六・一一・三、『魯迅景宋通信集』、前掲））、自分を招聘してくれた林語堂の好意に感謝し配慮つつも（例えば、「『魯迅景宋通信集』七六」（魯迅、一九二六・一一・一、『魯迅景宋通信集』、前掲））、厦門大学を去り、許広平のいる広州に向かう。

**註5**：「『魯迅景宋通信集』八〇」（魯迅、一九二六・一一・七、『魯迅景宋通信集』、前掲）で次のように言う。

「実際私にもまだ野心があり、広州に行ったあと、研究系（現代評論派を指す――中井注）に打撃を加えたいと思います。たかだか北京に行くことができなくなるだけで、気にしません。第二に、創造社と連絡をとり、戦線を作って、旧社会に侵攻し、私はさらに努めて文章を作ることも、気にかけません。」

　また、「『魯迅景宋通信集』九五」（魯迅、一九二六・一一・二八、『魯迅景宋通信集』、前掲）で次のように言う。

「この地（厦門を指す――中井）を離れたあと、私は農奴の生活を改めなければなりません。社会の方面のために、私は教育をするほか、これまでどおり継続して文芸運動をし、或いはさらに良い仕事をしたいと思います。」

**註6**：「俄文訳本『阿Q正伝』序及著者自叙伝略」（一九二五・五・二六、『集外集』、『魯迅全集』第七巻、一九八一）は民衆の状況について次のように言う。

「現在私たちが聞くことのできるのは、数人の聖人の徒の意見や道理で、それらは彼ら自身のためのものである。庶民については、むしろ黙々と育ち、やつれ黄色くなり、枯れ死にする、まるで大石の下の草のように。こうしてすでに四千年となる。」

「魯迅『離婚』についてのノート――魯迅の民衆観等から見る」（『言語文化論集』第二九巻第二号、名古屋大学国際言語文化研究科、二〇〇八・三・三一）で私は、魯迅の一九二五年二六年ころの民衆観の変化に言及したことがある。

**註7**：拙稿「魯迅『孤独者』覚え書」（『名古屋大学中国語学文学論集』第三輯、名古屋大学文学部中国文学研究室、一九七九・二、後に『魯迅探索』（汲古書院、二〇〇六・一・一〇）の第六章として収める）

**註8**：「私が中国女性の仕事ぶりを見たのは、去年に始まる。少数ではあるけれども、その熟練徹底した、幾度挫折してもくじけない気概を見て、かつてしばしば感嘆した。このたび弾雨の中で互いに助けあい、命を落とすことさえ顧みなかった事実（一九二六年三・一八惨案のこと――中井注）は、中国女性の勇敢毅然さが、陰謀密計にあい、数千年にわたって抑圧を受けてきたにもかかわらず、結局失われることがなかった明証とするにたるものである。もしもこのたびの死傷者について将来の意義を尋ね求めるならば、その意義はここにあるであろう。」（「記念劉和珍君」、一九二六・四・一、『華蓋集続編』）

**註9**：『魯迅――その文学と革命』（丸山昇、平凡社、一九六五・七・一〇）は、周作人の『魯迅的故家』（上海出版公司、一九五三・三）『魯迅小説里的人物』（上海出版公司、一九五四・四）により、『朝花夕拾』（同上、一九二八・九）が事実に基づかない点を指摘している（「范愛農」における抗議電報をめぐる話、「父親的病」における衍太太の話等）。また、『知堂回想録』（周作人、三育図書文具公司、一九七四・四、初版、一九七〇・五）にも、『朝花夕拾』（同上、一九二八・九）には事実と異なる記述が存在する可能性があることが指摘されている。また、「藤野先生」における、仙台に当時中国の留学生がいなかったという記述について、『仙台における魯迅の記録』（仙台における魯迅の記録を調べる会、平凡社、一九七八・二・二四）によれば、二高の学生施霖という中国留学生が魯迅の身近にいたことが明らかになっている。これらのことに留意しつつ、小論を進めることにしたい。

『魯迅選集』第二巻（岩波書店、一九五六・七・二二）「解説」（竹内好）は次のように、『朝花夕拾』が「作品としての性質が強い」ことを指摘する。

「発想的には『〈吶喊〉自序』からさかのぼって、精神形成史を再構成したと見られるふしがある。したがって、この連作は、自伝としての性質より、多分に作品としての性質が強い。論争の要素と、追憶の要素と、作品の要素と、あわせて民俗的考察の要素とが、それぞれの量の多少の違いはあるが、入りまじっている。一見混沌たる中に、独特の風格がかもし出され、魯迅の作品群中の異色篇となっている。」

それに対して、「論『朝花夕拾』」（王瑶、一九八三・一〇・二八脱稿、『魯迅作品論集』、人民文学出版社、一九八四・八）は、『朝花夕拾』を、魯迅の一生の史実の第一次資料とする。

「歴史的文献として、当然まず魯迅が書いた事実は信用できると肯定しなければならない。」（一七二頁）

そのうえで、「論『朝花夕拾』」は、周作人の『知堂回想録』であげられた、事実と違う内容（虚構）を検討する。「論『朝花夕拾』」は、魯迅の次の言葉を引用する。『朝花夕拾』の内容は、「記憶の中から書きだしたもので、実際とはいささか異なるかもしれない、しかし私は今このようであると覚えているにすぎない。」（『朝花夕拾』小引」、一九二七・五・一）このことに基づき、「論『朝花夕拾』」は、「記憶の中から書きだしたもので」ある以上、想像や虚構を交えることはありえないとする。すなわち魯迅が意図的に虚構を交えたことはない、事実と違うとすれば、記憶の間違いに属する、とする。

しかしもし事実と違う場合、それが虚構か、それとも記憶の間違いかは、魯迅以外の他人には判断のしようがない。そして随筆という文章の性格から言えば、虚構の可能性を排除できない、と私には思われる。

李霽野は『魯迅先生与未名社』（湖南人民出版社、一九八〇・七）で次のように言う。

「この時期、私は数篇の短文を書いたにすぎない。書き終わるといつも先生に郵送して見てもらった。今では自分自身が題すらも思いだすことができない。しかし先生が英国の Essay を多く読むと良いようだ、と勧めてくれたのをまだ覚えている。というのも彼はその時ちょうど厨川白村の『象牙の塔を出て』を訳していたところであり、その中には英国のこの種の文体に論及する文章があったからである。魯迅先生の教えによって、私は比較的多くこの種の文章を読み、『象牙の塔を出て』の文章スタイルにも、新鮮さと瑞々しさを感じた。」（『魯迅先生与未名社』、湖南人民出版社、一九八〇・七、「一　魯迅先生対文芸嫩苗的愛護与培育」）

「私たちはまた魯迅先生と《象牙の塔を出て》の文章のスタイルのことを話したことがある。私たちは言った。先生の書いた『〃フェヤプレー〃はゆっくりとするべきことの論』等の雑文や、さらには『犬・猫・鼠』のような新境地を開いた回想の文章も、この本の影響をいささか受けているように見えます。しかし思想的意味の深さと広さ、革命の経験を総括する科学性や、粘り強い闘争を堅持する激情は、《象牙の塔を出て》が並ぶことのできるものではありません、と。先生も否定しなかった。」（前掲、「六　未名社出版的書籍和期刊」）

厨川白村は「象牙の塔を出て、(二) エッセイ」（『象牙の塔を出て』、福永書店、一九二〇・六・二二、底本は『厨川白村全集』全六巻、改造社、一九二九、『出了象牙之塔』、魯迅訳、北京未名社、一九二五・一二）で次のように述べる。

「冬ならば暖炉のそばの安楽椅子にでも凭れて、夏ならば浴衣がけに苦茗を啜りながら打寛いで、親しい友と心おきなう語り交わす言葉を其儘筆に写したようなのがエッセイである。興が向けば肩の凝らない程度の理屈も言おう、皮肉も警句も出るだろう。勝手な気焔も吐くだろう。ヒュウモアもあればペイソスもある。語る所の題目は天下国家の大事は申すまでもなく、市井の雑事でも書物の批評でも知人の噂でも、さてはまた自分の過去の追憶でも、思い浮かぶが儘を四方山の話にして即興の筆に託した文章である。」（一五頁〜一六頁）

魯迅は、基本的に過去の事実をたどりつつも、しかし稀には史実を離れている。これについて、厨川白村の随筆風の書き方が『朝花夕拾』の主たる方法となっていることに、その原因の一つがある、と私には思われる。

**註10**：『魯迅年譜』第二巻（人民文学出版社、一九八三・四）によれば、魯迅は一九二七年一月一七日、厦門から広州への途次、香港を通る。同年二月一七日、香港へ出かけ、講演をする。「無声之中国」（一九二七・二・一八、『三閑集』）、「老調子已経唱完」（一九二七・二・一九、『集外集拾遺』）は、そのときの講演である。

**註11**：魯迅は「灯下漫筆」（一九二五・四・二九、『墳』）で次のように言う。

「いわゆる中国の文明とは、実際には金持ちに食べさせるために手配りされた人肉の饗宴にすぎない。いわゆる中国とは、実際には人肉の饗宴を手配りする台所にすぎない。」

魯迅は一九二五年において、虐げ同時に虐げられる人間の縦の系列を指摘しつつ、圧迫者＝金持ち（苦しめる者・虐げる者）と被圧迫者＝貧乏人（苦しめられる者・虐げられる者）という関係において、中国社会を理解している。このことについて、「魯迅と『労働者セヴィリョフ』との出会い（試論）〈下〉」（『野草』第二四号、中国文芸研究会編、一九七九・一〇・一、のち『魯迅探索』〈汲古書院、二〇〇六・一〉の第二章として所収、この本の注一四）の注で述べたことがある。

**註12**：「阿長与山海経」（一九二六・三・一〇、『朝花夕拾』）には現実から一歩退いて、客観的に眺めようとする姿勢、あるがままの民衆を眺める姿勢がある。その結果として社会批評、文明批評も生じ、ユーモアも生みだすような姿勢が、窺われる。それ以前の「故郷」（一九二一・二、『吶喊』）における閏土は、純粋な子供の姿（素朴な民として）から、再会したときには、困難な生活に苦しむでくの坊のような農民になっていた。そして語り手とは越えがたい障壁に隔てられていた。そこには、失意の改革者魯迅の旧社会全体（「主犯なき無意識の殺人集団」〈「我之節烈観」、一九一八・八・一五発表、『墳』〉）に対する憤激が窺われる。「故郷」の楊二嫂は、こすからく立ち回り、わずかな利益を得ようとする。そこにも失意の改革者魯迅の憤激の心情を窺うことができる。愛姑（「離婚」、一九二五・一一・六）の反抗と闘争の失敗にも、旧社会全体に対する魯迅の憤激の心情の影がある。「社戯」（一九二二・一〇、『吶喊』）の中の農民六一公公は、閏土と同じく、素朴な民の一人として登場する。以上のような民衆像は、挫折を体験した改革者の憤激の心情から見る麻痺した目覚めぬ民衆（愚民）と、それにもかかわらず中国改革を忘れることができなかった改革者の視点から見る、当為として想定された素朴な民、という枠組みを構成するものであったと思われる。それらの民衆の姿は、「『人道主義』と『個人的無治主義』という二つの思想の起伏消長」（「『魯迅景宋通信集』二四」、一九二五・五・三、前掲）の過程を構成する一環としてあった。

**註13**：『反抗の原初形態』（ホブズボーム著、青木保編訳、中央公論社、一九七一・一・二五）

**註14**：「離婚」（一九二五・一一・六、『彷徨』）について、私は「魯迅『離婚』についてのノート——魯迅の民衆観等から見る」（『言語文化論集』第二九巻第二号、名古屋大学国際言語文化研究科、二〇〇八・三・三一）で自分なりの見解を述べたことがある。

**註15**：初期文学活動（一九〇三〜一九〇九）における魯迅の民衆観には、「精神界の戦士」（「摩羅詩力説」、第九章、一九〇八発表、『墳』）に対する「愚民」があり、誤った指導を与える「志士」（「破悪声論」、

一九〇八発表、『集外集拾遺補編』）に対する「素朴な民」（「破悪声論」、前掲）が存在した。例えば、誤った指導を与える「志士」に対する「素朴な民」と比較すれば、ここでは「正人君子」に対する「下等人」（故郷の民衆）が対比されており、それはいっそう当時の現実に近づいた姿をとっていることが分かる。

**註16**：例えば、「在酒楼上」（一九二四・二・一六、『彷徨』）の改革者呂緯甫は、辛亥革命の前後に人々の迷信に抗議するため廟の神像のひげを抜いた。そこには、活無常を含めて、民衆の迷信に対する抗議の意図があると思われる。また、「長明灯」（一九二五・二・二八、『彷徨』）の常夜灯の火を消そうとする改革者（村人から狂人としてあつかわれる）に対して、迷信を信ずる村人（民衆）が批判と攻撃をしたように。

**註17**：『魯迅全集』第三巻（人民文学出版社、二〇〇五・一一）の注によれば、包龍図は、包拯《ほうじょう》（九九九〜一〇六二）のことで、北宋の仁宗のときの名臣。民間には包龍図に関する伝説が多い。

**註18**：「革命時代的文学」（一九二七・四・八講演、『而已集』）では次のように言う。

「ただソビエト・ロシアにはすでにこの二種類（旧制度に対する挽歌、新制度に対する謳歌――中井注）の文学が生まれています。（中略）彼らはすでに怒り吼える時期を離れ、謳歌の時期に移っています。建設を賛美するのは革命が行われた後の影響です。さらにこれから進む情況がどのようなものか、今は知ることができません。しかし推測してみるとおそらく平民文学でしょう。なぜなら平民の世界は、革命の結果であるからです。」

この場合の「平民文学」は、一九一七年ロシア十月革命後の将来における労働者農民の文学（労働者農民の手になる文学）を予想していると思われる。「平民」を労働者農民、或いは労働者農民を中心とする庶民の意味で使用する例は、一九二七年以降にも見られる。「『新俄画選』小引」（一九三〇・二・二五、『集外集拾遺』）では、ロシア十月革命後の絵画に関して、「労働者農民大衆の平民」（原文、労農大衆的平民）と言及する。ここから、ソビエト・ロシアと関連して魯迅が「平民」を使用するとき、「平民」は上述の意味で使用されていると考える。

「プロレタリア文学について――昇曙夢氏の新著に序す」（ボリス・ピリニャーク、『無産階級文学の理論と実相』新ロシアパンフレット第七編、昇曙夢《のぼりしょむ》、新潮社、一九二六・七・六、魯迅入手年月日、一九二六・七・一九、引用において、旧仮名遣いは新仮名遣いに、旧字体は新字体に改め、送り仮名はそのままとした）は次のように、ソビエト・ロシア社会の上層に立つものは、労働者と農民であると言う。

「社会の各時代が文学の上に反映されるということ、また社会の中心を占め若くは国家の政権を掌握している階級がその理想を文学の上に反映するということは、間違いないことである。今日ロシア国政の枢機に参与し、ロシア社会の上層に立っているものは、言うまでもなく労働者と農民とである。随って現代のロシア作家が労農階級の気分とイデオロギイとを表現するのは当然のことであろう。」

また、「『文学と革命』序言」（『文学と革命』、トロツキー著、茂森唯士訳、改造社、一九二五・七・二〇、魯迅入手年月日、一九二五・八・二六）は次のように言う。

「革命はブルジュアジーを顛覆する。そしてこの決定的事実は、文学の中へも侵入するのである。ブルジョア的根軸によって結晶した文学は粉砕される。いくらか精神的労作、殊に文学の領域に於いて生活的色彩を留めるものは、新しい指標を発見せんと試みた。今も尚こころみつつある。それの根軸となっているものは、抽籤に振い落されて退位したブルジュアジーに代って現れたところの、『民衆（マイナス）ブルジュアジー』である。『民衆（マイナス）ブルジュアジー』とは一体何であるのか？　まず最初に農民階級を挙げなければならぬ。次に一部分は都市民衆の一団である。それから労働者である。」

しかし上記の労働者農民を指す以外に、一九二七年以前、以後を問わず、魯迅は「平民」を一般の庶民の意味で使用している例も少なくない。その場合、多くは特権者、皇帝、貴族、士君子、官僚に対して、被支配階層としての庶民（小市民階級〈小資産階級〉、労働者、農民を中心として、ときには資本家階級を含めた）を指していると思われる。

また、五四時期において周作人によって提唱された「平民文学」（一九一八・一二・二〇、『毎週評論』第五三号、一九一九・一・一九）における平民文学は、人類の普遍的精神を尊重し、真摯な思想と事実を語るものとされている。これは旧文学・旧派文学に対して新文学の理想を述べる性質のものであると思われ、性格の異なる「平民」であると思われる。

**註19**：「革命時代的文学」（一九二七・四・八講演、『而已集』）の当時、魯迅は基本的に有島武郎の「宣言一つ」（『壁下訳叢』〈上海北新書局、一九二九・四〉所収）と同じ考え方をとっていたと思われる。すなわち、自分は労働者階級に属するものではなく、また労働者階級になることもできない。ゆえに現在自分の行う役割は、矛を翻して自らの属する階級を批判・攻撃することである。私はこれを、労働者階級との自己限定的連帯と言った。この点について、「魯迅と『壁下訳叢』の一側面」（『大分大学経済論集』第三三巻第四号、一九八一・一二・二一、のち『魯迅探索』〈汲古書院、二〇〇六・一・一〇〉の第一〇章として所収）で論じたことがある。

また、魯迅は「中山先生逝世后一周年」（一九二六・三・一〇、『集外集拾遺』）で次のように言う。

「彼〔孫中山を指す――中井注〕は一人の全面的な、永遠の革命者である。行うところのどのことであれ、すべてみな革命である。後世の者がことさらにいかに彼の欠点を詮議だてし、冷ややかにおとしめようとも、彼はついにすべて革命である。なぜなのか。トロツキーは、何が革命芸術であるのか、かつて説明したことがある。たとえ主題においては革命を語らずとも、革命から生まれた新しいものによって裏付けられた意識に貫かれていること、これである。さもなくば、たとえ革命をテーマとしていても、革命芸術ではないのである。」

魯迅は孫文という優れた革命人を念頭に置きつつ、彼が「一人の全面的な、永遠の革命者」であるから、何を行おうと、それはすべて革命だ、と言う。この論理を平民文学に当てはめれば、平民文学（労働者農民の文学）とは、平民（労働者農民）であってこそ書くことができるもので、平民となることができない平民以外の者は、書くことができないものとなるであろう。

こうした考え方は、茅盾の「現成的希望」（『文学』週報第一六四期、一九二五・三・一六）にも見られる。茅盾は次のように言う。

「無産階級の生活を描く文学は、近代のロシアの諸作家――とりわけてはゴーリキーから――確立した。しかし英国のディケンズは、早くから無産階級の生活を描くたくさんの小説を書いていた。（中略）ディケンズの小説を読むと、作者は元もと無産階級の人ではなく、傍らに立って大声で、『見てみなさい、無産階級とはこう、こういうものですよ』と言っているにすぎないと思う。しかしゴーリキー等の作品を読むと、読者は貧民窟に入り、目の当たりに彼らの汚れたぼろを見、彼らの呻吟と怨みを聞くかのようだ。（中略）ゴーリキーは自らが無産階級であり、少なくともかつて無産階級の生活を経験したことがあるからである。」

**註20**：『魯迅景宋通信集』（湖南人民出版社、一九八四・六）の一九二六年、二七年の部分を読むかぎり、魯迅と労働者農民との直接的交流

はほとんど見られない。

**註21**：「魯迅と『壁下訳叢』の一側面」（『大分大学経済論集』第三三巻第四号、一九八一・一二・二一、のち『魯迅探索』〈汲古書院、二〇〇六・一・一〇〉の第一〇章として所収）で、この点について論じたことがある。

**註22**：「魯迅『孤独者』覚え書」（『名古屋大学中国語学文学論集』第三輯、名古屋大学文学部中国文学研究室、一九七九・二、後に『魯迅探索』〈汲古書院、二〇〇六・一・一〇〉の第六章として収める）

**註23**：「魯迅の印象」（増田渉、『魯迅の印象』、角川書店、一九七〇・一二・二〇）は次のように指摘する。

「たぶん私が彼に向かって、中国の文学を勉強するにはどんな本から読んだらいいかとでもきいたものだろうが、彼は自分の幼少年時代の思い出を書いた『朝花夕拾』という本をくれた。（中略）『朝花夕拾』は彼の幼少年時代（および日本に留学していたころ）の彼とその周囲を回憶したもので、なかんずく、中国の生活的風習と、その中に生長するものの幼い夢をふりかえったものである。他国から来た私に、そして中国のことを勉強しようとしている私に、まず何よりも先に中国の生活的風習とその雰囲気を知らせようとの用意からであったのだと思う。」

**註24**：魯迅は「『魯迅景宋通信集』一二」（一九二五・四・一四、『魯迅景宋通信集』、湖南人民出版社、一九八四・六）で次のように言う。「当時袁世凱と妥協して病根を植えつけましたが、実際はやはり党人の実力が充実していなかったからです。ですから前車の轍に鑑みて、こののち第一に重要な計画は、やはり実力の充実にあり、このほかの言動は、ただすこし補佐することができるだけです。」

**註25**：魯迅は、「中山先生逝世后一周年」（一九二六・三・一〇、『集外集』）で孫中山の革命の事業に劣らず、感動したこととして次のことをあげる。孫中山は、西洋医が手をつかねていたとき、ある人が漢方医の薬を服用することを勧めた。孫中山はそれに同意せず、中国の薬はもとより効果がある、しかし診断の知識が欠けている。診断できないのに、どのように薬を用いるのか、とした。人が死に瀕したときは、たいていは何でも試すであろう、しかし孫中山は自分の生命についても、明晰な理性と硬い意志があったとする。

「父親的病」（一九二六・一〇・七、『朝花夕拾』）で、語り手魯迅の父親は長患いの中で漢方医の治療を受け、死の淵にいたって、漢方医の勧める薬を断り、前世の因縁という話を拒絶している。前に引用する一文と比較すると、ここには父親の強い精神に対する語り手の敬意がこめられていると解釈できる。

**註26**：「第一次到魯迅先生的新屋作客」（兪芳、『我記憶中的魯迅先生』、浙江人民出版社、一九八一・一〇）は、一九二四年（六月八日、『魯迅日記』〈『魯迅全集』第一四巻、人民文学出版社、一九八一〉）、兪芳姉妹が魯迅の新居（西三条胡同）を訪れたときのことを次のように記す。

「私たちは先生の寝室に入った、それは〈虎の尾〉と称されているあの部屋である。ここで最も注意を引いたのは、窓の大きいこと、北側から光が入り、採光の良いことであった。私は、先生の机の前の壁に、見知らぬ人の写真がかけてあるのに気がついた。私は先生に、これは誰の写真ですかと尋ねた。以前私は見たことがなかった。先生は私たちに教えてくれた。これは彼が日本で勉強していたときの先生で、藤野先生である、と。彼は、藤野先生の人となり、教育の事業に熱心であったこと、とりわけ藤野先生の彼に対する配慮、彼のためにノートを添削し、ノートの文法の誤りさえも直してくれたこと、別れに臨んで写真を贈ってくれたこと等の経緯を私たちに話して聞かせた。その話しぶりの中に藤野先生に対する限りない尊敬の心情が表れていた。

そのとき『藤野先生』の文章は、まだ書かれていず、この文章についてずいぶん長く構想を温めていたことが分かる。」

**註27**：『仙台における魯迅の記録』（前掲、平凡社、一九七八・二・二四）「第三章 在学時代の周樹人」の「二 同級生の談話」に次のように藤野先生に関する鈴木逸太氏の談話が記録されている。

「『ええ、これはあの、今のノート事件で私が行った時に、ぼくは何もそういうことはないんだ。今、小にしては中国のため、またひとつは、やはり医学をその中国へ広げたいという考えから、ぼくはやってるんだ。そういうふうなことを話しましたな。』（中略）

『ええ、藤野先生の口からそういったのですから、私らに』

――ですからこういう藤野先生のお考えは魯迅も聞いていたと思うんですが。

『ええ、そうですね。ぼくはそういうつもりで、彼を一生懸命親切にしてやったんだと言っていました』」

また、同書「第四章 藤野先生」の「四 藤野先生と周樹人」では次のように指摘する。

「鈴木逸太氏が、試験問題漏洩の噂を先生に知らせた際、先生は、そのような噂を否定し、自分が周樹人を指導しているのは中国の為であり、学問の為であると言ったという（一七八頁）。それはちょうど『藤野先生』にある『小にしては、中国のためであり中国に新しい医学がもたらされることを希望し、大にしては、学術のためであり、新しい医学が中国に伝わることを希望した』という言葉と符合するものであった。」

**註28**：魯迅は、厦門を離れたあとの生活について、「『魯迅景宋通信集』九五」（一九二六・一一・二八、『魯迅景宋通信集』、湖南人民出版社、一九八四・六）で次のような決意を述べる。

「この地を離れたあと、必ず私の農奴生活を改めなければなりません。社会方面のために、私は教育にあたるほか、或いは依然として文芸運動を継続するか、或いはさらに良い仕事か、直接会ってから決めます。いまHM〔害馬のこと、許広平を指す――中井注〕の方が私よりずいぶん決断に富んでいると思います、私はこの地に来てから、全く空虚を感じて、もう何の意見ももたないかのようです。」

**註29**：「魯迅『藤野先生』の執筆意図について」（白井宏、『香川大学国文研究』第一五号、一九九〇・九・三〇）は次のように指摘する。

「問題は、『藤野先生』執筆の内的欲求が、何に起因するかである。筆者には、前に述べた、許広平や許寿裳宛の書簡から読み取れる、〈正人君子〉たちに対する憎悪の念のこの時期における急速な高まり以外にはない、と思われる。」

しかし私には、この作品の意図は魯迅が国民革命の高揚を背景として、厦門の「休養」状態から再び広州での奮闘の生活に入ろうとする自らを、藤野先生という知識人の生き方・たゆまぬ教えを回顧することによって、励ましたものと考える。そして軍閥と結託する〈正人君子〉とは、これからも対決し闘わなければならない典型の一つとしてここに登場していると理解する。

**註30**：魯迅の〈中間物〉という規定について、私は『魯迅探索』（汲古書院、二〇〇六・一・一〇）の第三章「魯迅の復讐観について」の注三二で、汪暉氏（「歴史的〝中間物〟与魯迅小説的精神特徴」、『文学評論』一九八六年第五期）の考えを取りあげ論じた。私の場合はむしろ、「魯迅の〝歴史的中間物意識〟について」（丸尾常喜、『学人』第一輯、江蘇文芸出版社、一九九一・一一）における、「自己肯定と自己否定とを共存させた冷静な認識」という解釈に賛成する。

**註31**：「『魯迅景宋通信集』一二四」（魯迅、一九二七・一・一一、『魯迅景宋通信集』、前掲）で次のように言う。

「彼ら〔高長虹等を指す――中井注〕はうわべは新思想であるかのよ

うですが、実際はみな暴君酷吏であり、探偵、小人です。もしも彼らに気兼ねするならば、彼らはさらにつけあがるでしょう。私は彼らを軽蔑するようになりました。私はときには自ら恥じて、あの人を愛する資格がないと心配しました。しかし彼らの言動思想を見てみると、私も決して悪い人間ではない、私は愛することができると思います。」

**註32**：これは文筆が作用しうる分野を明確に限界づけたものと言える。文筆は武力に直接に抗することには微力であるが、しかし武力を背景とした言論に抗することができる。この意味で、「革命時代的文学」（一九二七・四・八講演、『而已集』）における革命的武力の作用を正当に評価する発言につながると思われる。

**註33**：「魯迅と『壁下訳叢』の一側面」（『大分大学経済論集』第三三巻第四号、一九八一・一二・二一、のち『魯迅探索』〈汲古書院、二〇〇六・一・一〇〉の第一〇章として所収）で、この点について論じたことがある。

**註34**：魯迅は階級移行が可能であることについて、「現今的新文学的概観」（半月刊『未名』第二巻第八期、一九二九・四・二五、『三閑集』）で次のように言う。

「こちらの階級からあちらの階級に移るのは、もちろんありうることです。しかし最も良いのは、意識がどのようであるのか、一つ一つ率直に言って、大衆に見てもらい、敵であるか友であるか、はっきりさせることです。頭にたくさんの古い残滓を留めながら、わざと隠して、芝居のように自分の鼻を指して、『われだけが無産階級である』と言うことはあってはなりません。」

　馮雪峰は、『回憶魯迅』（人民文学出版社、一九五二・八、底本は、『魯迅巻』第八編〈中国現代文学社編〉で、一九二九年に魯迅が階級移行の可能なことを述べたことを次のように伝える。

「『……実際、将来は無産階級の天下であることを見きわめて、まったくの利害から考えて駆けつけるのも、どうしていけないことがあろうか。利害を説くことは、革命を汚すこととは言えない。小資産階級やたいへん高貴な文学者が、あらかじめ自身の利害から考えて、〈大衆を獲得〉しようとするのも、小資産階級と革命文学者を汚すことではない。真理のあるところを理解して、マルクスの言うように、階級を移行するのは、もちろん良いことだ。あるいは自分も圧迫を受けたために、反抗するために、あるいはただ良心のために、被抑圧者を助けたいと願うことはもちろん良いことだ。しかし自身の将来の利害からでも、いけないことは何もない。利害を喝破したのは、小資産階級の精神を暴いたこととは言えない。ただ、本当に自分が見きわめたと信じているのか、を問わなければならない。……それにさらに身近な利害を見てみなければならない。最後の勝利は必然であるが、しかしもしもまだ遙か遠くで、目下はむしろ生死存亡にかかわる闘争であるならば、——どうするのか。これこそ本当に小資産階級の精神を見なければならないことになる。……創造社の人たちは言う、小資産階級には二つの精神がある、と。私も確かだと思う。それで、暗黒の現状と闘争する勇気がなく、また良心を指して資産階級の汚れた説教だとし、利害はまた動機の純粋性を損なうところがあると言う。そこでただむなしく〈正しい階級意識〉を語るだけの結果となる……』」（二四頁）

**註35**：この点は、「魯迅と『壁下訳叢』の一側面」（『大分大学経済論集』第三三巻第四号、一九八一・一二・二一、のち『魯迅探索』〈汲古書院、二〇〇六・一・一〇〉の第一〇章として所収）で、この点について論じたことがある。魯迅は、青野季吉「知識階級に就いて」（一九二六・三、『壁下訳叢』所収）等を翻訳することをとおして、革命的知識人の独自な役割について認識を深めたと思われる。

**註36**：「魯迅と『蘇我的文芸論戦』に関するノート」（拙稿、『大分大

学経済論集』第三四巻第四・五・六合併号、一九八三・一・二〇、『魯迅探索』〈汲古書院、二〇〇六・一・一〇〉の第九章)、「魯迅と『壁下訳叢』の一側面」(拙稿、『大分大学経済論集』第三三巻第四号、一九八一・一二・二一、『魯迅探索』〈汲古書院、二〇〇六・一・一〇〉の第一〇章)でこの点について論じたことがある。

**註37**:魯迅は「通信」(一九二七・九・三、『而已集』)で次のようにふり返って述べる。

「私の中山大学に行った本当の気持ちは、もともと教師となることにすぎなかった。しかし幾人かの青年たちが盛大に歓迎会を開いてくれた。私は良くないと分かっていたので、最初の第一回目の演説で、自分は『戦士』とか『革命人』とかではないことを声明しました。もしもそうであるならば、北京や厦門で奮闘していなければならない。しかし私は『革命の後方』広州に身を隠しに来ている。これこそ全く『戦士』ではない証拠である、と。」

**註38**:「魯迅と『蘇我的文芸論戦』に関するノート」(拙稿、『大分大学経済論集』第三四巻第四・五・六合併号、一九八三・一・二〇、『魯迅探索』〈汲古書院、二〇〇六・一・一〇〉の第九章)、「魯迅と『壁下訳叢』の一側面」(拙稿、『大分大学経済論集』第三三巻第四号、一九八一・一二・二一、『魯迅探索』〈汲古書院、二〇〇六・一・一〇〉の第一〇章)でこの点について論じたことがある。

**註39**:「魯迅と『壁下訳叢』の一側面」(拙稿、『大分大学経済論集』第三三巻第四号、一九八一・一二・二一、『魯迅探索』〈汲古書院、二〇〇六・一・一〇〉の第一〇章)でこの点について論じたことがある。

**註40**:この間、魯迅はしばしばソビエト・ロシアの過渡期知識人の悲劇に言及する。ブロークは一九一七年のロシア革命の波に飛びこみ、呑みこまれた。

「人は多く『生命の川』の一滴であり、過去を受け継ぎつつ、未来に向かうのである。もしも尋常なものと異なるほどに真に傑出しているものでないのなら、すべて前に向かい後ろを振り返ることを、合わせもたざるをえない。詩『十二』には、このような心を見てとることができる。ブロークは前に向かった。それで革命に向かって突進した。しかし振り返った、そこで負傷した。」(「『十二個』后記」、一九二六・七・二一、『集外集拾遺』)

　エセーニン、ソーボリはロシア革命の進展の過程の中で、生きていけなくなり、自殺した。

「『最大の社会改革の時代において、文学者は傍観者であることができない。』

　しかしラデックの言葉は、エセーニンとソーボリの自殺のために発せられたものである。彼の『帰るべき家のない芸術家』一篇がある期刊に訳載されたとき、私をしばらく思索にふけらせた。このことから私は革命前の幻想あるいは理想をもったあらゆる革命的詩人は、自分が謳歌し希望した現実にぶつかって死ぬ運命をもつのであろうと知った。しかし現実の革命がもしもこの種の詩人の幻想あるいは理想を粉砕しないのなら、この革命も布告上の空談にすぎない。しかしエセーニンとソーボリはひどく非難するほどでもない、彼らは前後して自分のために挽歌を歌った、彼らには真実があった。彼らは自分の沈没によって、革命の前進を証明している。彼らは結局傍観者ではなかった。」

(「鐘楼上――夜記之二」、『語絲』第四巻第一期、一九二七・一二・一七、『三閑集』)

**註41**:「魯迅を語る――北支那の白話文学運動――」(山上正義、『新潮』第二五巻第三号、一九二八・三)で、山上正義は、魯迅が広州に到着した一九二七年一月から約一ヶ月ほど後の言葉を次のように紹介する。(旧字体を新字体に改め、旧仮名遣いを新仮名遣いに改めた。)

「『広東の学生も青年も革命を遊戯化しています。余りに甘やかされ過ぎています。真摯に見るべきものなく、真剣さの感ずべきものありません。むしろ常に圧迫され、虐げられつつある北方の学生、青年の中にこそ真剣さがあり、真面目さが見られます。

広東には絶叫、有頂天はあっても悲哀がありません。思索と悲哀のないところに文学はありません、……』斯んな調子だった。」

**註42**：魯迅は、(「鐘楼上――夜記之二」、『語絲』第四巻第一期、一九二七・一二・一七、『三閑集』)で次のように言う。

「私が初めて広州に着いた頃、時には確かに安定した気分を感じた。数年前北方では、いつも党人が圧迫されるのを目にし、青年が捕殺されるのを見たが、そこに行くとすべて目にすることがなくなった。のちになってこれは〈上からの命令を受けた革命〉の現象にすぎないことを悟った。」

**註43**：魯迅は「通信」(一九二八・四・一〇、『三閑集』)で次のように言う。

「以上は私がまだ北京にいたときのことである、すなわち成仿吾のいわゆる、〈真相を知らない立場におかれて〉小資産階級であったときのことである。しかしやはり文章を書くことに慎重でなかったため、ご飯の食いあげとなり、しかも逃げださなければならなくなった。そのため〈無煙火薬〉が爆発するのを待たずに、転々として〈革命の策源地〉に逃げこんだ。数ヶ月暮らして、私は驚いた、以前聞いたところはすべてデマであって、この所は、まさしく軍人と商人が支配する国であった。」

**註44**：魯迅は中国の社会・文明に対する批判の必要性について次のように言う。

「私は早くから、中国の青年が立ちあがり、中国の社会・文明に対していささかの忌憚もなく批評することを希望していた。そのために『莽原週刊』を編集印刷し、発言の場としたが、残念ながら話をする人は結局少なかった。ほかの刊行物は逆に、たいてい反抗者に対する攻撃であり、これは実に私があえて続けていくことを恐れさせるものであった。」(「『華蓋集』題記」、一九二五・一二・三一)

**註45**：陳源に対する言及は、晩年の「我的第一個師父」(一九三六・四・一、『且介亭雑文末編』)にも現れる。

**註46**：馮雪峰は、『回憶魯迅』(人民文学出版社、一九五二・八、二九頁、底本は『魯迅巻』第八編〈中国現代文学社編〉)において、一九二九年前半における魯迅の発言を次のように記す。

「『もしも、〈革命〉の広州でもあのような殺戮がありうることを予測できたか、と問う人がいるなら、私は率直に言う、まったく思いもよらなかった、と。私も〈美しい夢〉を抱いて広州に行ったことはしばらく言うまい。そこでは、まだ〈合作〉のときで、私はこの目でそうした顔つきを見たし、そうした誓いの言葉を聞いた。私が世故にたけていると言うのなら、あらゆる世故は役に立たないだろう。……まだあまりにもまじめで、〈芝居をする虚無党〉を信じすぎ、大きなペテンにかかってしまった……私はついに驚きのあまり呆然とした……血の代償によって、得た教訓はこのペテンを理解したことだけだ。』」

また、『魯迅選集』第七巻(岩波書店、一九五六・九・二二)「解説」(増田渉)は次のように魯迅の言葉を引く。

「『国民党は有為な青年を陥穽に落としこんだ。初めは、共産党は機関車で国民党は列車だ、革命は共産党が国民党を引っぱることによって成功するのだといった、あるいは革命の恩人だというのでボローヂン(当時、革命指導者としてソ連からきていた)の前で学生一同に最敬礼をさせたりした。だから青年は誰もが感激して共産党に入った。この点すると今度は突然、共産党なるが故に彼らを片端から殺した。この点は旧式の軍閥の方がまだ人がいい。彼らは最初から共産党を容れず最後までその主義を守った。彼らの主義が嫌なものはだから寄りつかないとか反抗するとかすればそれでいい。だが国民党のとったやり方はまるでペテンだ。その殺し方がまたひどかった。たとえば殺すにしても脳天へ一発の弾丸を打てばそれで目的は達せられるはずだのに、刻み斬りだとか生き埋めだとか、親兄弟までも殺したりした。僕はそれ以来、人をだまして虐殺の材料にするような国民党はどうしてもいやだ。憎しみがこびりついてしまった。僕の学生をたくさん殺した。』」

**註47**：広州に波及したのが、四月一五日であった。ここでは、「四・一二クーデター」を一連の事件の経過を意味するものとして使用する。

**註48**：魯迅のこの点についての考え方は、前掲の「魯迅を語る――北支那の白話文学運動――」（山上正義、『新潮』第二五巻第三号、一九二八・三）、「鐘楼上――夜記之二」（『語絲』第四巻第一期、一九二七・一二・一七、『三閑集』）、「通信」（一九二八・四・一〇、『三閑集』）に窺われる。

また魯迅は、「慶祝滬寧克復的那一辺」（一九二七・四・一〇、『集外集拾遺補編』）で次のように言う。国民革命の進展が順調である現在、革命をさらに進撃させなければならない。革命の進展を祝賀することは、革命とは関係がないとする。

「このような人〔革命を祝賀する人――中井注〕が多くなれば、革命の精神はかえって浮つき、希薄となることから、消失する結果になり、さらに続いて旧に復する。

広東は革命の策源地であるが、このために先に革命の後方ともなっている。それがゆえに上に述べた危機が真っ先に存在する。」（「慶祝滬寧克復的那一辺」、一九二七・四・一〇、『集外集拾遺補編』）

「革命時代的文学」（一九二七・四・八講演、『而已集』）では次のように言う。

「中国にはこの二種類の文学――旧制度に対する挽歌、新制度に対する謳歌――はありません。なぜなら中国革命はまだ成功していず、まさしく端境期であり、革命に忙しい時期であるからです。しかし旧文学は依然として多いです。新聞の文章はほとんどすべて旧式です。私が思いますに、これは中国革命が社会に対して大きな改変をしていない、守旧的な人に対して大きな影響を与えていない。だから旧い人がなお超然としていることができるのです。広東の新聞紙が語る文学はすべて旧いもので、新しいものは少ない。これも広東の社会が革命の影響を受けていないことを証明しています。新しいものに対する謳歌がなく、旧いものに対する挽歌もない。広東は依然として十年前の広東です。これはかりではなく、さらに苦痛を訴え、不平を鳴らすこともない。ただ労働組合がデモに参加するのを見ます、しかしこれは政府が許可したものであり、圧迫があるために反抗するのではなく、上からの命令を受けた革命にすぎません。中国社会は改まっていません、だから懐旧する哀詞がなく、斬新な行進曲もありません。ただソビエト・ロシアにはすでにこの二種類の文学が生まれています。」（「革命時代的文学」、一九二七・四・八講演、『而已集』）

**註49**：魯迅は「我們現在怎様做父親」（一九一九、『墳』）で次のように言う。

「私が今心にそのとおりと思う道理は、極めて簡単である。すなわち生物界の現象に基づいて、一、生命を保存しなければならない。二、この生命を継続しなければならない。三、この生命を発展させなければならない（すなわち進化である）。生物はすべてこのようにしているし、父親もこのようにするのである。」（「我們現在怎様做父親」、一九一九、『墳』）

「生命はどうして受け継いでいく必要があるのか。すなわち発展しなければならず、進化しなければならないからである。個体は死を免れることができず、進化もまたいささかも止まることがない、そのため継続し、この進化の道を歩くしかないのである。この道を歩くにはある種の内的努力がなければならない。例えば単細胞動物に内的努力があって、それを積み重ねて複雑になるだろう。無脊椎動物に内的努力があって、それを積み重ねて脊椎が発生する。だからあとから起こる生命は、必ずそれ以前のものよりいっそう意義があり、いっそう完全に近い。このためにさらに価値があり、さらに尊い。前者の生命は、後者の犠牲とされるべきである。」（同上）

生命の進化のための内的努力をとおして、生物が進化する。それゆえにあとから起こる生命は、それ以前のものよりいっそう意義があり、いっそう完全に近いとされる。

**註50**：私はこのことについて、「魯迅『祝福』についてのノート（二）——魯迅の民衆観から見る」（『南腔北調論集』、東方書店、二〇〇七・七・一）の注一一で述べたことがある。

**註51**：「『魯迅景宋通信集』九八」（一九二六・一二・二、前掲）で魯迅は次のように言う。

「私は現在、文章を書く青年に対して、実際少し失望しています。希望のある青年はたいてい戦争に出かけてしまったようだと思います。筆墨を弄するものにいたっては、幾分なりとも本当に社会のためというものを見ません。彼らは多くは新しい看板を掲げた利己主義者です。」

**註52**：「『三閑集』序言」（一九三二・四・二四、『三閑集』）で魯迅は次のように言う。

「私はこれまで進化論を信じていた。いつも、将来は必ず過去に勝り、青年は必ず老人に勝ると思っていた。青年に対しては、これをいつも尊重し、しばしば十太刀を受けても、私は一矢をお返ししたにすぎない。しかし後に私は間違っていたとわかった。これは唯物史観の理論或いは革命文芸の作品が私を惑わしたからではない。私が広東で、同じく青年でありながら両陣営に分かれ、或るいは投書して密告し、或るいは警察を助けて人を捕らえる事実を目撃したからである。私の考え方はこれによって音をたてて崩れ、後にいつも疑いの目で青年を見、二度と無条件の畏敬をもつことがなくなった。」

しかし魯迅は、広州の四・一五以降、行方不明になった左翼の青年畢磊に対して哀惜を述べているところに見られるように（「怎麼写——夜記之一」、半月刊『莽原』第一八・一九期合刊、一九二七・一〇・一〇、『三閑集』）、進化論についての魯迅の懐疑とは、あらゆる青年に対して無条件の畏敬をもたなくなったという事情であると思われる。

それは進化論を中国変革の過程に適用するという、魯迅がとった自己の考え方・生き方の一つの崩壊と言える。その無条件の信頼とは次のような内容である。

「後に続く生命は、必ずやそれ以前の牛命よりいっそう意義があり、さらに完全に近く、このためにいっそう価値があり、尊いものである。前者の生命は後者の犠牲とならなければならない。」（「我們現在怎様做」、一九一九・一〇、『墳』）

それゆえ私は、一九二七年四月以降、魯迅の進化論が理論として全面的に崩壊したとは考えない。崩壊したのは進化論を中国変革の過程に適用するという、魯迅の考え方・生き方の一つが、崩壊したと思われる。生物の進化の理論として魯迅の進化論は基本的に、マルクス主義の受容のための一つの基礎となったと考える。

**註53**：魯迅は、「怎麼写」（一九二七・九・一五、『莽原』半月刊第一八、一九期合刊、一九二七・一〇・一〇、『三閑集』）で中山大学の学生畢磊について次のように言う。

「『做什麼』が出版された後、かつて私に五冊送ってくれたことをまだ覚えている。私は、この団体が共産主義の青年の主宰するものだと思った。なぜならその中に〈堅如〉、〈三石〉等の署名があったからで、畢磊に違いない、通信場所も彼であったからである。彼はまた以前一〇数冊の『少年先鋒』を送ってくれた。この刊行物の中身は明らかに共産主義青年の作るものであった。はたして、畢磊君はおそらくきっと共産党だったのだろう。四月一八日、中山大学で逮捕された。私の推測によれば、彼は必ずやとっくにこの世にはいなくなっているであろう、見たところ痩せて小柄な、聡明で実行力のある湖南の青年であった。」

**註54**：「魯迅与進化論」（銭理群、『中国現代文学研究叢刊』一九八〇年第二期、底本は『魯迅其人』〈社会科学文献出版社、二〇〇二・三〉）は、一九二七年四・一二クーデターの影響を次のように指摘する。

「きびしい階級闘争の実践的検証は、魯迅に対してきびしい真理を啓示した。『生物学の一般概念が、もしも社会科学の領域にもちこまれるならば、空論に変わるであろう。』（《レーニン選集》第二巻三三六頁）魯迅が『答有恒先生』の中で、『自分も宴席をならべるのを手伝った』ことを責め、そして『今また八方平穏無事な〈子供を救え〉というような議論を行うとすれば、自分が聞いてさえ虚しいと感ずる』理由は、これは血の教訓によってついに彼に次のことを認識させたためである。『生物学の一般概念』を『社会科学の領域』にもちこんだこの思想は、客観的には支配階級を手伝うものにほかならない。これ以前において、魯迅はすでに進化論の消極的影響に対して清算をしていたけれども、しかし、この点については明らかに認識が不足していた。」（四四六頁）

**註55**：馮雪峰は、『回憶魯迅』（人民文学出版社、一九五二・八、三一頁、底本は『魯迅巻』第八編〈中国現代文学社編〉）において、一九二九年前半における魯迅の発言を次のように記す。

「『進化論は私にとってやはり役に立ち、結局のところ一筋の道を指し示してくれました。自然淘汰を理解し、生存競争を信じ、進歩を信じました。それは理解せず信じないことに比べれば、良かったのです。ただ人類には階級闘争があることを知らなかっただけです。……』」

**註56**：魯迅はいつ頃から階級闘争を理解するようになったのであろうか。馮雪峰は『回憶魯迅』（人民文学出版社、一九五二・八、三〇頁〜三一頁、底本は『魯迅巻』第八編〈中国現代文学社編〉）において、蒋介石による四・一二クーデターが階級闘争であったとする、一九二九年前半の魯迅の発言を次のように記す。

「『今回もやはり青年が私に教訓を与えました。……私は進化論を信じて、青年は必ず老人に勝り、世の中で青年を圧迫し殺害する者はたいてい老人である。老人が早く死ねば、だから将来はより良くなるであろう、と思っていたのです。しかしそうではなく、青年を殺害する者は青年であり、あるいは密告し、あるいは自ら捕縛しました。以前軍閥が青年を殺したとき、私は悲憤しました。今回はもう悲憤する時間もなく、驚いて呆然となってしまいました。私の進化論は完全に破産した。』

『階級闘争は、人が承認しなくても良い。事実の教訓は必ず理論の宣伝より有力です。』

『階級闘争は、確かに人を驚かせ寝食を不安にさせるでしょう。しかし誰がまず階級闘争を実行するのか。口先で宣伝する人ではなく、口には言わず、世の中に階級闘争があることを承認しない人です。革命者ではなくて、手に刀をもった反革命者です。』」

このように、一九二九年前半の段階において魯迅は、一九二七年の四・一二クーデターを階級闘争の実例と認識した。

四・一二クーデターを階級闘争であると魯迅が認識し確信できるようになった時期は、おそらく、革命文学論争において創造社等の魯迅批判が行われ、魯迅がマルクス主義の文献と本格的に接触するようになった、一九二八年以後のことと推測する。というのも、一九二七年四月一二日の蒋介石による四・一二クーデターの直後、魯迅は当初、そのクーデターを政治的に分析し理解することができなかったと思われる。

「私は一九二七年、血によって驚かされて呆然となり、広東を離れました。口ごもり、まっすぐに言う度胸のなかったそれらの言葉は、すべて『而已集』に載っています。」(「『三閑集』序言」、一九三二・四・二四)

当時の創造社の成員が、例えば郭沫若、郁達夫、成仿吾、王独清等が、当時の政局の動向をクーデター以前に明晰に政治的に把握していたことと比べれば、その差は歴然としている。ただ、「怎麼写」(一九二七・九・一五、『莽原』半月刊第一八、一九期合刊、一九二七・一〇・一〇、『三閑集』)で魯迅は、次のように言う。

「郁達夫氏には《洪水》の『在方向転換的途中』〔『洪水』第三巻第二九期、一九二七・三・一六、底本は『郁達夫全集』第七巻(浙江文芸出版社、一九九二・一二)――中井注〕一篇があり、このたびの革命は階級闘争の理論の発現であると言っているのに、記者の方は民族革命の理論の発現であると思っているのである。おそらく英雄主義は今日において適さない等の言葉もあったのであろう。そのため〈中傷〉とか〈挑発離間〉と考えられ、郁達夫氏は〈休みなさい〉でなければならなくなったのだろう。」

ここでは、国民革命(「このたびの革命」)が階級闘争と考える郁達夫の言葉を引いている。こうしたとらえ方を、理論として確認していくのが、一九二八年以降のことと私は考える。この点については、なお今後の課題として具体的に追究したい。

**註57**:「芸術について」(プレハーノフ、『芸術論』、外村史郎訳、叢文閣、一九二八・六・一八、底本は第七刷〈一九二九・一〇・三〉、『芸術論』、魯迅訳、一九二九・一〇・一二訳了、光華書局、一九三〇・七)は次のように言う(旧字体は新字体に、旧仮名遣いは新仮名遣いに改め、送り仮名はそのままとし、傍点を省略した)。

「一般的に言って、私によって擁護されつつある歴史観にダーウィニズムを対立させようとすることは、非常に奇異なことである。ダーウィンの領域は全く他にあった。彼は、動物種としての人間の起源を考察したのである。唯物史観の支持者はこの種の歴史的運命を説明せんと欲する。彼等の研究の領域は丁度ダーウィニストの研究の終わるところ、其処から始まる。彼等の研究はダーウィニストが吾々に与える所のものに、とって代ることは出来ない、それと全く同様にダーウィニストの最も輝かしい発見も、彼等の研究にとって代ることは出来ないが、ただ彼等の為めに地盤を準備することが出来るのみである。(中略)ダーウィンの学説は正に然るべき時に、生物学の発達における大なるまた必然的な進歩として現われた、当時この科学がその研究者達に提出しえた限りの要求中の、最も重要なるものを完全に満足させることによって。何等か同様のことを唯物史観についても言うことが出来るか? 彼は正に然るべき時に社会科学の発達における、大なるまた必然的な進歩として現われたと断言することが出来るか? そしてそれは、今やその一切の要求を満足せしむることが可能であるか? これに対して私は十分なる確信をもってこう答える、然り、――出来る! 然り……可能である!」(一九頁〜二〇頁)

**註58**:「魯迅与進化論」(銭理群、『中国現代文学研究叢刊』一九八〇年第二期、底本は『魯迅其人』〈社会科学文献出版社、二〇〇二・三〉)の論旨を受け継いだ、「進化論在魯迅后期思想中的位置――従翻訳普列漢諾夫的『芸術論』談起」(周展安、『中国現代文学研究叢刊』二〇一〇年第三期、総第一三四期)は、この転換の内容を次のように指摘する。

「第一に、進化論は魯迅後期思想において基本的に、自然科学的内容とされて把握された。そして第二に、自然科学としての進化論は、肯定的な在り方で魯迅の後期思想の中にずっと存在した。しかし第三に、進化論は主要な対象として魯迅に注目されたのではなく、後期魯迅の注目の重点となったのは、マルクス主義思想学説を主要な内容とする社会科学である。」

**註59**：魯迅は、韋素園宛て書簡（一九二八・七・二二）で次のように言う。

「史的唯物論によって文芸を批評する本は、私も以前すこし読みました。それは極めて単刀直入であり、多くの曖昧で難解な問題が、すべて説明できると思いました。しかし近頃創造社一派は、あらゆるものはこの史観によって著作しなければならないと主張し、自分ではまた分かっていず、収拾がつかなくなっています。」（韋素園宛て書簡、一九二八・七・二二）

**註60**：『労働者セヴィリョフ』に関するこの部分の論述は、「魯迅と『労働者セヴィリョフ』との出会い（試論）〈上〉」（『野草』第二三号、中国文芸研究会編、一九七九・三・三一、のち『魯迅探索』〈汲古書院、二〇〇六・一・一〇〉の第二章に所収）、「魯迅と『労働者セヴィリョフ』との出会い（試論）〈下〉」（『野草』第二四号、中国文芸研究会編、一九七九・一〇・一、のち『魯迅探索』〈汲古書院、二〇〇六・一・一〇〉の第二章に所収）に基づく。

**註61**：魯迅は「『華蓋集』題記」（一九二五・一二・三一、『華蓋集』）で次のように言う。

「このような短評を書いてはいけないと忠告する人もいる。その好意には、私は心を打たれるし、創作の尊ぶべきことも決して知らないのではない。しかしこのようなものを作らなければならないときには、恐らくまたこのようなものを作ろうとするだろう。私は、もしも芸術の宮に面倒なこうした禁則があるならば、むしろ入らない方がよい。やはり砂漠の上に立ち、飛ぶ砂走る石を見て、楽しければ大いに笑い、悲しければ大いに叫び、憤れば大いに罵るのである。たとえ砂礫に打たれて体中ざらざらとなり、頭から血を流し、いつも自分の固まった血をなでて、模様があるかのように感ずるとしても、中国の文士たちにならって、シェークスピアに付きそいバターつきのパンを食べるような楽しみに、必ずしも劣るものではない。」

魯迅は、雑感文によって現実の中で戦い、傷ついたその傷痕を大切に思うものであることを述べている。

馮雪峰は『回憶魯迅』（人民文学出版社、一九五二・八、底本は『魯迅巻』第八編〈中国現代文学社編〉）で次のように言う。

「もちろん、魯迅先生はなお別の方面に発展することができた、すなわち雑文の方向に発展した。

ここで、私もついでに二点言及したい。一つは、魯迅先生が雑文の方向に向かって発展したのは、私たちがすでに言ったことだが、雑文が彼にあってはいっそう鋭利な武器であり、彼の戦闘に適合していたことによる。しかし上に言った状況を見ると、後期において彼は、労農の闘争に関する小説を書きようがなかった。これも彼がもっぱら雑文の方向に発展した原因の一つである。」（九五頁）

また、馮雪峰は「関于魯迅在文学上的地位」（一九三六・七・二〇、『雪峰文集』第四巻、人民文学出版社、一九八五・七）の「附記」（一九三七・三・四）で次のような魯迅の言葉を紹介する。

「先生も、彼の雑感・散文が思想的意義のほかに、高い、しかも独創的芸術であるという評価に同意し、さらには慨嘆して言った。『こうした評価をしたのはただ何凝〔瞿秋白を指す――中井注〕が一人いるだけだ。同時に、私は章士釗や陳源のたぐいを攻撃したが、それは彼らを社会的な一種の典型であるとした点を見抜いたのも、何凝一人しかいない。私は実際いわゆる前進的批評家にあまり感心しない。彼らは目で社会を見ずに、魯迅は人をののしることが好きだと思っている。私が戦場で人と戦うとき、彼らは背後で冷笑する……』そこで、先生の雑感・散文を、先生の独創的なものであると見なし、すなわち西欧文学には稀であるとすること、そしてそれが中国の散文に深い淵源をもっていることに、先生も正しいと考えた。」

しかし一九二八年以降、魯迅は『故事新編』（上海文化生活出版社、一九三六・一）に収められた、「理水」（一九三五・一一・二九）、「採薇」（一九三五・一二）、「出関」（一九三五・一二）、「非攻」（一九三四・八）、「起死」（一九三五・一二）等の小説を書いている。また、ほかの小説を書く意思があったことも、『回憶魯迅』（馮雪峰、九四頁）から分かる。このように一九二八年以降、魯迅が小説を書かなかったわけではなく、また翻訳、版画等の活動も少なからぬ比重を占めていたことに注意したい。

しかし一九二八年以降、雑文（雑感・評論を含めて）が魯迅の文学活動の主流となったと思われる。

**註62**：魯迅は、「阿Q正伝的成因」（一九二六・一二・三、『華蓋集続編』）で、死刑執行をめぐる刑場と民衆の様子が、あたかも九〇〇年前の包龍図旦那の時代と変わらないことを述べていた。また、「鏟共大観」（一九二八・四・一〇、『三閑集』）で、共産党員処刑後の死体と首級を見物する民衆が紹介される。魯迅は、このような民衆の現実を受けとめ、そのうえで民衆を啓蒙する課題（内容・手段）を、考えなければならなかったと思われる。

こうした問題意識に基づき、魯迅は、片上伸の「文学の読者の問題」（一九二六・四、『文学評論』、新潮社、一九二六・一一・五、魯迅一九二七年一一月入手）から学ぶところがあり、読者という観点を導き入れることをつうじて、文学を社会現象の一つとして位置づける（「文芸与革命」、一九二八・四・四）ようになったと思われる（「ブローク・片上伸と一九二六年~二九年頃の魯迅についてのノート〈上〉〈下〉」、『大分大学経済論集』第三六巻第五号、第六号、一九八五・一・二〇、二・二〇、のちに『魯迅探索』〈汲古書院、二〇〇六・一・一〇〉の第一一章に所収）。すなわち民衆という読者（啓蒙の対象者）の文化的レベルを考慮して、啓蒙の内容・手段の模索が必要であった。

**註63**：「関于知識階級」（一九二七・一〇・二五講、『集外集拾遺補編』）で魯迅は次のように言う。

「要するに、思想が自由になると、〔集団としての――中井注〕能力が減少し、民族が立ちいかなくなり、彼自身も立ちいかなくなる。現在思想の自由と生存とには衝突がある、これは知識階層自身の欠点である。

しかし知識階層はどのようにするのだろうか。指揮刀のもとで命令に従い行動するのか、それとも民衆に傾く思想を発表するのだろうか。もし意見を発表するのなら、思ったことを言わなければならない。」

「彼ら〔知識階層――中井注〕は社会に対していつも満足することができない、感受するものはいつも苦痛である、目にするものはいつも欠点である。（中略）環境はやはり旧いままであり、絶えず人に堕落するようにさせる。もしもこの旧い社会と奮闘するのでなければ、やはり旧い道に戻るであろう。」

この「関于知識階級」の中で魯迅は基本的に、一九二七年一〇月当時の中国の政治状況、社会状況を念頭において、知識人の生き方を述べていると思われる。

**註64**：「片山智行氏に答える」（丸山昇、『未名』第二号、一九八二・九）は、「魯迅の各状況下での〈相〉を重視する」ことで、魯迅の精神・思想を明らかにする研究姿勢を述べる。「革命文学」（『民衆旬刊』第五期、一九二七・一〇・二一、『而已集』）における指揮刀の下の「革命文学」、「革命文学家」の主張に対する魯迅の言及は、当時の中国の

「各状況下での〈相〉」によって理解できる内容と思われる。

**註65**：『魯迅と革命文学』（丸山昇、紀伊國屋書店、一九七二・一・三一）に詳しい。

**註66**：一九二八年以前の一九二五年に、マルクス主義文芸理論との接触があり、そのことをどのように受けとめたかについては、「魯迅と『蘇俄的文芸論戦』に関するノート」（『大分大学経済論集』第三四巻第四・五・六合併号、一九八三・一・二〇、のちに『魯迅探索』〈汲古書院、二〇〇六・一・一〇〉の第九章に所収）で述べたことがある。『蘇俄的文芸論戦』（任国楨訳、北京北新書局、一九二五・八）では、プレハーノフの新旧文学の継承の問題、マルクス主義文芸理論の諸問題があつかわれていた。また、魯迅は一九二六年から二八年にかけて、『壁下訳叢』（上海北新書局、一九二九・四）の訳業をつうじて、旧文学からプロレタリア文学への批判的継承と発展を保障する、両者の接点としての文学の特質（文学が自己・個性・内部要求に基づくものであること）を確認し、またそこで、革命的知識人と民衆の連帯の問題について解明した。この点については、「魯迅と『壁下訳叢』の一側面」（『大分大学経済論集』第三三巻第四号、一九八一・一二・二一、のちに『魯迅探索』〈汲古書院、二〇〇六・一・一〇〉の第一〇章に所収）で述べたことがある。

魯迅がマルクス主義と本格的に接触し受容するのは、革命文学論争が始まる一九二八年以降と思われる。しかしそれ以前においても、魯迅は、マルクス主義文芸理論と接触があり、過渡的知識人として上記の問題について、一九二五年から二八年にかけて、さまざまの文芸上の問題、革命的知識人と民衆の連帯の問題等について解明に向けて努力していた。

**註67**：この点については、「魯迅と『壁下訳叢』の一側面」（『大分大学経済論集』第三三巻第四号、一九八一・一二・二一）の注で述べた。のちに『魯迅探索』〈汲古書院、二〇〇六・一・一〇〉の第一〇章の注二一にあたる。

**註68**：「文芸与政治的岐路」（一九二七・一二・二一講演、『集外集』）で述べられた考え方（文学と政治権力の関係について）について、その後も一貫するような魯迅の原理論的側面を見ようとするならば、その中のどのような考え方が原理論としてあり、それが一九三〇年代以降も一貫したのかを、その後の、一九三〇年代における魯迅の具体的活動の中で、検証することが必要であると思われる。「『魯迅評論選集』について」（山田敬三、東方書店、一九八一・一・二五）は次のように論ずる。

「魯迅の文芸に対する態度は、革命文学論争を経ることで、それ以前とは根本的に異なる別なそれに転化したというようなものではない。例えば『文芸与政治的岐途』という講演記録で表明された魯迅の文芸および政治に対する観点が、論争後に突如として一変したとはとうてい考えられないのである。」（四頁）

私は、「『魯迅評論選集』について」（山田敬三、前掲）の考え方を一つの重要な問題提起と受けとめる。私はこの点について具体的な検証が必要である、と考え、今後この問題を視野に入れて考えていきたい。

**註69**：この区別を用いて、「『魯迅　自覚なき実存』（山田敬三、大修館書店、二〇〇八・一一・一、四〇六頁）をめぐっての感想」（『季刊中国』第九九号、二〇〇九・一二・一）という拙文を書いたことがある。ここでも、自己・個性・内部要求を、精神の深部で動態的に働く精神構造に規定されて持続的に現れるもの、と理解する。

**註70**：過渡的知識人の生き方・選択の仕方には、それぞれの社会的状況、それ以前の思想的状況、気質等により、さまざまであった。例えば、郭沫若は、小資産階級としての自我（思想・社会意識）を切り捨

て、飛躍を試みようとした（「郭沫若『革命与文学』における『革命文学』提唱についてのノート」（上）（下）、『言語文化論集』第一二巻第二号、第一三巻第一号、名古屋大学総合言語センター、言語文化部、一九九一・三、一一、のちに『一九二〇年代中国文芸批評論』〈汲古書院、二〇〇五・一〇・五〉の第一章に所収）。

**註71**：例えば、「太平歌訣」（一九二八・四・一〇、『三閑集』）、「鏟共大観」（一九二八・四・一〇、『三閑集』）に表現される民衆像である。

**註72**：魯迅は後年、受け手の水準に応じた文芸の働きかけを行おうとする。「関于翻訳的通信」（一九三一・一二・二八、『二心集』）で魯迅は次のように言う。

「私が思いますに、私たちの翻訳書は、まだこんなに簡単にはいきません。まず大衆のうちのどのような読者のために翻訳するのか、を決めなければなりません。これらの大衆を大ざっぱに分けてみます。甲は教育をよく受けたもの、乙は少し字が理解できるもの、丙は知っている字がほとんどないものです。そのうちの丙は『読者』の範囲外であり、彼らを啓発するのは絵画・講演・演劇・映画の任務であって、ここで論じなくてもよいと思います。しかし甲乙の二類にあっても、同じ書物を使用するのは不可能です。各々に読書のために提供する相応の書物がなければなりません。乙に提供するのには、まだ翻訳書を用いることはできません。少なくとも改作、もっともよいのはやはり創作です。」

　魯迅はここで、中国社会の大衆のさまざまな教育水準、知的水準に応じた啓蒙活動を提起している。

**註73**：プレハーノフは『芸術論』（外村史郎訳、叢文閣、一九二八・六・一八、魯迅訳、光華書局、一九三〇・七、一九二九・一〇・一二訳了）において次のように言う。

「スタール夫人の意見によれば、国民性は歴史的条件の所産であるということを注意することだ。しかし国民性は、若しもそれが与えられた国民の精神的特質の中に現われたものとしての人間の本性でないとしたら、何であるのか？（中略）

　そして若しも所与の国民の本性がその歴史的発展によって創造されるならば、それがこの発展の第一動因であり得ないことは明らかである。がここからは文学——国民的精神的本性の反映——はこの本性がそれによって創造される歴史的条件そのものの所産であるということが出て来る。それは人間の本性ではなく、与えられた民族の性質ではなく、彼の歴史および彼の社会的構造が彼の文学を説明することを意味する。この観点からスタール夫人はフランスの文学を観察してもいるのである。彼女によって十七世紀のフランス文学に献げられた一章は、この文学の主たる性質を当時のフランスの社会・政治関係と、その帝王権に対する関係の中に観察されるフランスの貴族階級の心理とによって説明しようとした、極めて興味ある試みである。」（『芸術論』、外村史郎訳、六一頁）

　一九二八年以降マルクス主義を本格的に受容する中で、魯迅はプレハーノフの見解を学んだと思われる。それは、国民性が歴史的諸条件の所産であり、歴史的発展によって作りだされるものであるとする。国民性は、人間の本性ではなく、民族の性質ではなく、その歴史的諸条件と社会構造が生みだしたものとする。

　全中国が散沙のような状況にあることについて魯迅は、その歴史的諸条件と社会構造から説明する。

「魯迅提出改造〝国民性〟及其認識的発展」（胡炳光、『魯迅〝国民性思想〟討論集』、鮑晶編、天津人民出版社、一九八二・八）は、「沙」（一九三三・八・一五、『南腔北調集』）における、前期とは異なる史的唯物論の考え方を指摘している。

## 第五章「進化論から階級論へ」

註1：「『魯迅雑感選集』序言」（『魯迅雑感選集』、上海青光書局、一九三三・七、底本は上海文芸出版社〈一九八〇・二〉）で、瞿秋白はまた次のように言う。

「魯迅は言う、『私は一九二七年血によって驚いて茫然自失となり、広東を離れた。口ごもり、はっきりと言う度胸のなかった言葉は、《而已集》に掲載した。』たとえそれ以後の《三閑集》（一九二八〜二九）、《二心集》（一九三〇〜三一）であっても、泣くに泣けず笑うに笑えない『だけ〔原文は而已――中井注〕』のものではなかっただろうか。しかし、魯迅の思想はこの期間、まさしく蹂躙され侮辱され欺かれた一般の人々の彷徨と憤激を反映しており、彼はそこで進化論から最終的に階級論にいたり、個性の解放を追求する進取的な個性主義から、世界を改造する戦闘的な集団主義に進んだ。」

註2：魯迅の分期について、「早期、中期到后期的思想発展」（倪墨炎、『魯迅后期思想研究』、人民文学出版社、一九八四・八）は次のように言う。

「初期――〈五四〉以前、辛亥革命前後の時期。（中略）中期――〈五四〉以降、一九二七年第一次国内革命戦争の失敗まで。（中略）後期――一九二七年一〇月以降、すなわち〈上海の十年〉。」

　このような意見も参照し、私は本文のような分期をする。

註3：「摩羅詩力説」（『河南』第二、三号、一九〇八・二、三、『墳』）で次のように言う。

「我が中国の愛智の士は独り西洋とは異なり、心が注がれるのは、はるか遠い堯の唐、舜の虞の時代、或いは古代に入ったはじめ、人と獣が雑居した時代にある。その時代はあらゆる災いが起こらず、人は自然のままに安んじて、今の時代の汚濁して危険にみち、生活できないようではなかった、と言う。その説は、人類進化の史実に従えば、事実とまさに反対方向に向かうものである。」（六七頁）

　また、厳復は「天演論上　新反第十八　復案〔厳復注釈――中井注〕」（『天演論』、厳復訳述、光緒二四年〈一八九八年〉刊、底本は『天演論』、馮君豪注訳、中州古籍出版社、一九九八・五、二三七頁。原著は、ハックスレーの『進化と倫理』（"Evolution and Ethics"）、厳復はその中の二篇「プロレゴメナ」と「進化と倫理」を翻訳した）に次のように言う。

「世道必進、后勝于今而已〔世道必ず進み、後は今に勝る而已〕。」

　魯迅は「瑣記」（一九二六・一〇・八、『朝花夕拾』）において、一九〇一年ころ、南京の鉱務鉄路学堂で勉強していたころをふり返り、次のように言う。

「新しい書を読む気風は流行しはじめており、私も中国に『天演論』という本があることを知った。日曜日に城南に出かけて買ってきた。白い紙の石印本の厚い本で、値段は五〇〇文きっかりだった。開いて読むと、立派に書かれた文章で、最初に次のように言う。

『ハックスレーは独り部屋にいた。英国ロンドンの南、山を背に野に面し、窓外の光景は、ありありとまるで机下にあるようだった。二〇〇〇年前、ローマの将軍シーザーがまだやってこないとき、このところはどのような景色だったのか、と彼は想像していた。ただ自然のままの、未開状態であったのだろうか……』」

　ああ、世界にはハックスレーなどという人がいて、書斎でこのように考えていたのか、しかもこれほど新鮮な考え方で。一気に読み続け、

〈物競〈生存競争〉〉、〈天択〈自然淘汰〉〉も出てきた。」

註4：「進化論とニーチェ」（尾上兼英、『中国現代文学選集二 魯迅集』、平凡社、一九六三・一・五）にこの指摘がある。

註5：「魯迅与進化論」（銭理群、『中国現代文学研究叢刊』一九八〇年第二期、『魯迅其人』、社会科学文献出版社、二〇〇二・三）は、ハックスレーの『天演論』（厳復訳述）がダーウィンの「『物競〈生存競争〉』、『天択〈自然淘汰〉』」、「『適者生存』」の学説を紹介し、中国国民に警鐘を与えたが、しかしそればかりではなく、進化論は人々に希望も与えた、と次のように指摘する。

「他面、ハックスレーの『自然と勝ちを争う〈与天争勝〉』という学説はまた、人々に希望を与えた。人は『自然と争い、自然に勝つ〈争天而勝天〉』ことができる、発奮し励みさえすれば、『人の支配を日に新しいものに近づければ、そののち国家は永続し、種族はそれによって滅びることがない』（『天演論』呉汝綸序）。」（四二六頁）

註6：「人之歴史」（一九〇七、『墳』所収、『河南』第一号原載、一九〇七・一二、原題「人間之歴史」）は、進化論が真理として認められていく歴史的過程を、ギリシアの哲学者ターレス（Thales）から、リンネ（Linnê）、キュビェ（Cuvier）、ゲーテ（Goethe）、ラマルク（Lamarck）、ダーウィン（Darwin）、ヘッケル（Haeckel）の進化理論への跡をたどって紹介する。そしてヘッケルの種族発生学を高く評価し、解説する。これは自然科学の啓蒙的文章であると言える。

　また、一九〇三年の「『月界旅行』弁言」（一九〇三年一〇月発表、『訳文序跋集』）では、次のように言う。

「多少の知識を獲得させ、遺伝の迷信を打ち破り、思想を改良し、文明の補助をする。」

註7：「科学史教篇」（一九〇七、『河南』第五号、一九〇八・六、『墳』）は、科学（進化論）が中国変革とどのようにかかわるのかという観点から見ると、本文の第一の様相の進化論と第二の様相の場合を架橋する位置にある。「科学史教篇」（一九〇八発表、前掲）は次のように論ずる。

　科学はその知識によって自然現象を解明し、そのため改革が社会に及び、文明が進展し、人間の生活の幸福が増した。魯迅は、ギリシアの時代から一九世紀まで、科学の発見と発展を跡づける。一九世紀の物質文明は科学のもたらした実益であるが、しかし科学者は実益を求めたのではなく、真理を唯一の基準とした。科学と実益は、相互に支えあいながら進展してきた。目先の興業と強兵だけではなく、根本を求める「一二の士」がなければならない。一七八九年のフランス革命の時、フランスの窮地を救ったのは、科学者であった。そのとき、フランスに、科学と愛国が生まれた。しかしまた科学に偏してはならない。人間性を全面的に発達させるには、芸術も必要である。

「科学史教篇」（一九〇八発表、前掲）は、第一の様相の進化論、科学的知識と考え方を普及し啓蒙する目的をもって書かれた文章と、第二の様相の、民族革命（中国変革）と結びついて現れる進化論を架橋する性格のものと思われる。「科学史教篇」の民族革命（中国変革）とは、根本を求める「一二の士」に支えられ、人の自立によって達成されるものと言える。

註8：周作人は「関于魯迅之二」（一九三六・一一・七、『瓜豆集』、上海宇宙風社、一九三七・三）で次のように言う。

「豫才〈魯迅の字――中井注〉のその時の思想は、だいたい民族主義で包括できると思う。例えばその紹介する文学も被抑圧民族を主としていたし、ロシアの場合は圧制に反抗するものを採った。」

註9：「補論　厳復『天演論』」（北岡正子、『魯迅　救亡の夢のゆくえ』、関西大学出版社、二〇〇六・三・二〇）による。「補論　厳復『天演論』」（前掲）は次のように指摘する。

「《天演論》は、従って、〈民〉を教化する役割を担うに足る〈人〉を読者に想定して書かれたものである。読者が、社会改革、国家救亡の意志を固め能動的行動者としての〈人〉にならんことを期待して、厳復は《天演論》を書いたのである。」（一九二頁）

「多くの読者の心に彼〔厳復を指す――中井注〕の希求が届き、国家存亡の鍵を握る〈民〉の教化は〈人〉の創出から始まることが理解されたことは、想像に難くない。《天演論》が一世を風靡し、世に警鐘をならしたといわれる所以である。魯迅もまた、その熱烈な読者の一人であった。《天演論》の思想内容の検討を通じて理解出来るのは、〈人〉を〈天行〉の恣意に挑む者ととらえ、さらにまた、〈人〉の教化のもとに〈民〉を位置づけるという、厳復の救亡思想の骨幹が、『摩羅詩力説』の趣旨の主要な部分に反映されているということである。」（一九三頁）

「『摩羅詩力説』に於いて民は、往々にして教化を経ていない無知蒙昧の俗衆として登場している。

《天演論》における厳復の主張は、魯迅に〈天〉に闘いを挑む者こそ〈人〉なのだという認識を与え、これが魯迅の〈人〉概念のひとつの前提をなすに至ったのである。」（一九三頁）

**註10**：ここで〔 〕で中井が示す厳復の訳語は、「補論　厳復『天演論』」（北岡正子、前掲、二〇〇六・三・二〇）の指摘のように、訳語の概念がハックスレーと同じ内容ではない。ここでは、便宜上単に、厳復の訳語を示すものにすぎない。以下同じ。

**註11**：『天演論』（厳復訳、馮君豪注訳、中州古籍出版社、一九九八・五）と『進化と倫理』（トマス・ハクスリー原著、『進化と倫理――トマス・ハクスリーの進化思想』〈ジェームス・パラディス等著、小林傳司等訳、産業図書、一九九五・五・三〇〉の訳文）を参照した。

①「倫理過程〔治化――厳復の原文、以下同じ〕が浅ければ浅いほど、宇宙過程〔天行〕の威力はますます激しくなります。ただ倫理過程〔治化〕が進展してこそ、そののち宇宙過程〔天行〕の威力は弱まります。治平の極点においては、その効果は独特のものがあり、宇宙過程〔天行〕は支配を失います。このとき、生存に適した人が、宇宙過程〔天行〕の強大さと多様さに適しているところにはありません。徳賢、仁義の人の、生存が最善なのです。」（『天演論』、「下　群治第十六」、前掲、四三二頁）

「社会の進化に及ぼす宇宙過程の影響が強ければ強いほど、その社会の文明は幼稚なのです。社会の進歩とは、宇宙過程を一歩ごとに押さえつけ〈倫理過程〉とでも呼びうる別のものによって置き換えていくことなのです。そしてこの過程の目的は、とりあえず存在している諸条件の全体に関してたまたま最適者であるものを生き残らせるということではなく、倫理的に最良のものを生き残らせることなのです。」（『進化と倫理』〈トマス・ハクスリー原著、前掲、一五七頁〉）

②「いま治道の功あることを求めるものは、天と戦わなければ、もとよりできないのです。宇宙過程〔天行〕をまねるのはだめであり、宇宙過程〔天行〕を避けるのもだめです。」（『天演論』、「下　進化第十七」、前掲、四四一頁）

「社会の倫理的進歩は宇宙過程をまねすることにあるのではなく、ましてやそれから逃げることにあるのではなく、それと戦うことにあるのだということを何よりもはっきりと理解したいものです。」（『進化と倫理』〈トマス・ハクスリー原著、前掲、一五八頁〉）

③「数百万年の火のように烈しく、水のように深い生存競争をへて、天は万物を作り、陶冶し、熔鋳し、鍛磨して、現在のような状態にしたのです。天は理と気をもって推移し、人は善と悪によってその半ばに参与しましたが、その由来はこのように深く長いものです。

いま数百年のわずかな倫理過程〔人治〕によって、その当初にある状況を改変しようとするのは、一動一静の功を立てるのは素早いとしても、人の心身はついにこのように早く改変することはできず、こうした空想は実現しがたいのです。このことは智者を待たずとも明らかです。しかし人の道はこれによって必ず阻まれるでしょうか、それはできません。風に気配を感じて鳴く犬を見ないでしょうか。それは最初狼でした。いまそれは絨毯に横たわろうとしますが、必ず数回回りあちこち地面を踏んで、それからやっと落ち着きます。それは祖先が山を歩いた習慣によっているので、その習慣が残っています。しかし長年飼育をして、牧羊をさせ、溺れる者を助け、番犬をさせて、その勇ましさは義獣の中で最たるものです。民が教導に従いよく変化することは、犬よりもたやすいのです。もしも今後、その智力を用い、その意志を奮い、真実の道に用い、共同の力によって行動するならば、数千年をへずして、最もすばらしい治世に至ることも可能です。」（『天演論』、「下　進化第十七」、前掲、四四二頁）

「われわれとともに生まれ、われわれの生存に大いに必要な宇宙自然は、数百万年に及ぶきびしい試練の結果生まれたのであって、それを数世紀のうちに純粋に倫理的な目的に服従させることができるなどと想像するのは馬鹿げています。倫理的な自然は、この世界が続く限りこの粘り強く強力な敵と渡り合うことを覚悟しなければならないのです。しかし他方において、知性と意志が健全な研究の原理に導かれ、共同の努力をするように組織されれば、今日の歴史に記されている年月よりも長い期間にわたって、生存の条件を改めることができるでしょうし、その限度は際限がないと私には思えるのです。そして人間自身の自然を変えるためにも、多くのことができるでしょう。狼の兄弟を家畜の群れの忠実な番犬に変えた知性は、文明化した人間の中にある野蛮な本能を抑えるために相当のことができるはずなのです。」（『進化と倫理』〈トマス・ハクスリー原著、前掲、一六〇頁〉）

**註12**：「立人」の思想については、「『摩羅詩力説』覚え書き（一）」（北岡正子、『関西大学中国文学会紀要』第六号、一九七六・三）、「摩羅詩力説における『人』の形成とその意味——『摩羅詩力説』覚え書き（二）——」（北岡正子、『関西大学中国文学会紀要』第七号、一九七八・三）、「『摩羅詩力説』の構成」（北岡正子、『近代文学における中国と日本』、丸山昇等編、汲古書院、一九八六・一〇・二〇）に詳しい。

**註13**：弘文学院在学当時の魯迅について、許寿裳は次のように言及する。

「いつも私たちは三つの関連する問題について語っていた。（一）どのようであってこそ理想的人間性であるのか。（二）中国民族の中で最も欠けているものは何なのか。（三）その病根はどこにあるのか。」（『回憶魯迅』、『我所認識的魯迅』、人民文学出版社、一九五二・六）

「（二）の問題に対しての追究において、中国民族に最も欠けているものは誠実と愛である、と当時私たちは思った。言い換えれば、偽って恥を知らず、お互いに猜疑して損ないあうという欠点に深く犯されている。スローガンはいつも聞いて響きが良く、標語や宣言はいつも立派である。本にはひたすら堂々たることを述べ、飾りたててある。しかし実際から言うと、全く別のことである。」（同上）

「（三）の問題については、当然歴史に追究の手を伸ばさねばならない。原因は多いけれども、二度異民族に奴隷とされたことが、最大最深の病根であると考えた。奴隷となった人間に、誠実を説き愛を説きうるようないかなる余地があろうか。……唯一の救済方法は革命である。」（同上）

二人の議論によれば、「中国民族」の改革は、人間性という精神的内面的な問題として議論されていたことが分かる。

**註14**：「魯迅の『進化論』」（北岡正子、『近代中国の思想と文学』、大安、一九六七・七・一）は次のように指摘する。

「魯迅は、一貫して、民族が人間性を回復することが国家救亡の大前提であるという考えを捨てていない。問題をこの前提の外にもち出すことは彼にとって無意味なことであった。（中略）彼の『進化論』は『天演論』によって呼びさまされた危機感をその出発としているが、この民族滅亡の危機感は当時の有識者に共通のものであり、それを出発とした救亡論は魯迅ばかりのものではない。魯迅の『進化論』にあって独特なのは、救亡の方法を、価値の源泉の転倒によって新たに発見したことにある。魯迅はこの方法の発見によって人間性回復の契機をつかんだ。ここに人間変革を中心にすえた新しい革命論が誕生する。」（三六頁）

**註15**：「魯迅の『進化論』」（北岡正子、『近代中国の思想と文学』、大安、一九六七・七・一）

**註16**：魯迅は、「『吶喊』自序」（一九二二・一二・三）で、一九〇七年夏ころ雑誌『新生』の出版を計画し、それが挫折した経緯を述べ、次のように言う。

「私がこれまで経験したことのないやるせなさを感じたのは、これ以後のことである。私は当初その理由が分からなかった。あとで考えると、およそ人の主張は、賛成を得れば、前進を促すし、反対に会えば、その奮闘を促す。ただ見知らぬ人の中で叫んで、その人たちに反応がなく、賛成でもないし、反対もなく、身を果てしない荒野に置いたように、手をつかねてしまう、これは何という悲哀であろうか。私はそれで私の感じたものを寂寞とした。

この寂寞は日一日と大きくなり、大きな毒蛇のように、私の精神にまとわりついた。

しかし私は自ずから果てない悲哀があったけれども、決して憤懣には思わなかった。なぜならこの経験が私を反省させ、自分を見つめることになったからである。すなわち私は決して臂を振るえば応ずる者雲の如しという英雄ではなかった。」

この言及は、日本留学期の文学活動（「摩羅詩力説」〈一九〇八年発表〉等の諸論文や『域外小説集』上下冊〈一九〇九年出版〉）がほとんど反響を呼ばなかった以後において、魯迅に定着していった心情と思われる。ここには、バイロンのような「精神界の戦士」ではなかった魯迅自身の力量に対する失意がある。

またこの「寂寞」発生の回想には、魯迅帰国後の辛亥革命（一九一一年）の挫折の経過に対する心情も含まれている、と思われる。魯迅は「『自選集』自序」（一九三二・一二・一四、『南腔北調集』）で次のように言う。

「辛亥革命を見て、二次革命〔一九一三年〕を見、袁世凱の皇帝僭称〔一九一五年〕、張勛の復辟〔一九一七年〕を見、あれこれ見て、見るうちに懐疑しはじめた。そのため失望し、大変失意に陥った。」

**註17**：魯迅は「忽然想到（三）」（一九二五・二・一二、『華蓋集』）で次のように言う。

「私は、いわゆる中華民国がずいぶん長く存在しないように思う。

私は革命以前、奴隷だった。革命以後まもなく、奴隷に騙されて、彼らの奴隷に変わったと思う。」

**註18**：陳独秀は、「文学革命論」（『新青年』第二巻第六号、一九一七・二・一、底本は『陳独秀著作選』第一巻〈上海人民出版社、一九九三・四〉）で次のように言い、精神界に盤踞する倫理・道徳・文学・芸術の革命が必要なことを指摘する。すなわち中国の改革には思想革命が必要であるとされた。

「安逸をむさぼる懦弱な我が国民は、革命を蛇蝎のように恐れている。そのため政治界は三度革命をへたけれども、暗黒はなお減少していない。その原因の小さな部分は、三度の革命がすべて竜頭蛇尾であり、十分に鮮血によって旧悪を洗い清めなかったことがある。その原因の大きな部分は、我が国人の精神界に盤踞する根深い倫理・道徳・文学・芸術の諸点が、黒幕に覆われて、汚れが深くたまっており、こうした竜頭蛇尾の革命がまだないからである。これが政治革命だけでは、我が社会に何の変化も生ぜず、何の効果もない理由である。」

一九二五年の段階においても魯迅は、「通訊（一）」（一九二五・三・一二、『華蓋集』）で次のように言う。

「私は、現在の方法は最初にやはり何年か前《新青年》ですでに主張された『思想革命』を用いなければならないと思う。いまだにこの話であるとは悲しむべきことかも知れないが、しかしこれ以外にほかの方法はない、と私は思う。しかも『思想革命』の戦士を準備するのは、なお現在の社会とは関係がない。戦士が養成されるのを待って、そこでもう一度勝負を決するのです。」

**註19**：魯迅は「随感録　三三」（一九一八・九・一六、『新青年』第五巻第四号、一九一八・一〇・一五、『熱風』）で次のように科学による啓蒙が必要なことを説く。

「私から見れば、『ほとんど国破れ族滅びんとする』中国を救おうとするのなら、『孔聖人・張天師の伝言が山東から来る』方法は全く病状に対応していない。救済のためには、怪しげな話の仇敵である科学しかない、上面でない真の科学しか。」

**註20**：中期文学活動において、第一の様相の進化論は次のようなところに窺われる。

「私が思うに、人と猿の同源説は、おそらくいささかの疑いも無くなっていると言える。」（「随感録　四一」、『新青年』第六巻第一号、一九一九・一・一五、『熱風』）

「種族の延長は、すなわち生命の連続は、確かに生物界の一大部分であると思う。どうして延長しようとするのか。言うまでもなく、進化したいと考えるからである。」（「随感録　四九」、『新青年』第六巻第二号、一九一九・二・一五、『熱風』）

**註21**：魯迅は後に「『草鞋脚』小引」（一九三四・三・二三、『且介亭雑文』）で次のように言う。

「最初、文学革命者の要求は人間性の解放であり、彼らは旧い既定の法を一掃しさえすれば、残るのは本来の人間、すばらしい社会である、と考えた。」

**註22**：魯迅は「通訊（二）」（一九二五・三・二九、『華蓋集』）で次のように言う。

「私が思いますに、現在はどうしようもありませんので、知識人階級から一方で先行して方法を考えるより仕方がありません――実際中国にはロシアのいわゆる知識人階級はありません、このことは話はじめると長くなりますので、しばらく皆さんに従ってこのように言っておきます――民衆は将来を待って考えます。しかも彼らはまた区々たる文章で改革できるものではありません。歴史は私たちに教えたことがあります、清兵が入関し、纏足を禁じ、弁髪を垂らすように求めました。前者はただ告示を用いただけで、現在にいたるまでまだ棄てることができません。後者は別の方法を用いたので、現在にいたるまでまだ垂らしています。」

**註23**：魯迅は「無声的中国」（一九二七・二・一八、『三閑集』）で次のように言う。

「思想革新の結果は、社会の革新運動を発生させる。この運動が発生すれば、もちろん一方ですぐに反動を生みだし、そこで戦闘を醸成する……。」

**註24**：魯迅は「忽然想到（一〇）」（一九二五・六・一一、『華蓋集』）で次のように言う。

「いま覚醒している青年の平均年齢が二〇才であると仮定し、また中国人が老衰しやすいと言われるとおりに計算するとすれば、少なくともまだ共に三〇年反抗し、改革し、奮闘することができる。それで十分でなければ、さらに一代、二代と……。これらの数字は個人から見れば、恐るべきもののようだ。しかしもしもこの点を恐れれば、付ける薬はない。甘んじて滅亡するよりほかない。というのも民族の歴史においては、これは極めて短い時期にすぎないのであって、これ以外、さらに早い近道は実のところない。」

　一九二五年ころの魯迅は、一代二代……と継続する息の長い反抗・改革・奮闘の必要性を中国変革の道筋に予想していたと思われる。

**註25**：魯迅は「忽然想到（六）」（一九二五・四・一八、『華蓋集』）で次のように言う。

「私たちの現下における当面の急務は、次のようである。一、生存しなければならない。二、衣食が足りなければならない。三、発展しなければならない。いやしくもこの前途を阻害するものがいるならば、古であれ今であれ、人であれ鬼であれ、（中略）すべてそれを踏み倒すのである。」

　ここでは、進化論に基づきつつ、旧社会における人の生きるべき方法を述べている。

**註26**：魯迅は、一九二五年五月三〇日の書簡で、これまでの自己の人生をふり返り、自分の考え方の特徴を許広平に説明している。

「実際のところ、私の考えは元々すぐには分かりにくいのです。というのもその中にはもとから多くの矛盾があるからです。私をして言わしむれば、『人道主義』と『個人的無治主義』という二つの思想の起伏消長であるのかもしれません。ですから私は突然人々を愛し、突然人々を憎みます。仕事をする場合、時には確かに他人のためですが、時には自分のなぐさめのためで、時には生命をすみやかに消滅させることを願うが故に、わざと命をかけてやるのです。」（「『魯迅景宋通信集』二四」、一九二五・五・三〇、『魯迅景宋通信集』、湖南人民出版社、一九八四・六）

　ここでの、『人道主義』と『個人的無治主義』の起伏消長とは、社会変革に対する魯迅自身の生き方・考え方の振幅を指すと思われる。それに対して、魯迅の前期における第二の様相の進化論は、中国変革の筋道・方法と結びついて考えられていた。そしてその基礎には人道主義があった。

**註27**：「魯迅と『労働者セヴォリョフ』との出会い（試論）〈上〉」（『野草』第二三号、中国文芸研究会編、一九七九・三・三一、後に『魯迅探索』〈汲古書院、二〇〇六・一・一〇〉の第二章に所収）、「魯迅と『労働者セヴィリョフ』との出会い（試論）〈下〉」（『野草』第二四号、中国文芸研究会編、一九七九・一〇・一、後に『魯迅探索』〈汲古書院、二〇〇六・一・一〇〉の第二章に所収）

**註28**：魯迅は「『魯迅景宋通信集』七三」（一九二六・一〇・二八、前掲）で次のように言う。

「私はこの数年来いつも、他人のために力を尽くしたいと考え、そのため北京にいたとき、必死に仕事をし、ご飯を食べず、睡眠をとらず、薬を飲んで校正をし、文章を作りました。実を結んだものがすべて苦い果実であったとは、誰が予想したでしょうか。一群の人は私を広告とし自分の利益を計ったのは、言うまでもありません。小さな『莽原』でさえ私が去ると、けんかを始めました。」

**註29**：「魯迅と『労働者セヴォリョフ』との出会い（試論）〈上〉」（『野草』第二三号、一九七九・三・三一、前掲）、「魯迅と『労働者セヴィリョフ』との出会い（試論）〈下〉」（『野草』第二四号、一九七九・一〇・一、前掲）

**註30**：この点について、「魯迅の復讐観について」（『野草』第二六号、

中国文芸研究会編、一九八〇・一〇・三一、後に『魯迅探索』〈汲古書院、二〇〇六・一・一〇〉の第三章に所収）で述べたことがある。

**註31**：そのために、一九二六年後半の段階で魯迅は、北伐の進行を取りあげ歓迎する。

「この地では北伐が順調だとのニュースも大変多く、きわめて心を爽快にさせます。」(「『魯迅景宋通信集』四八」、一九二六・九・一四、前掲)

「今日当地の新聞のニュースは良いです。しかしもちろん信頼できるか分かりません。一、武昌はすでに攻略しました。二、九江はすでに獲得しました。三、陳儀（孫の師団長）等は電報を打ち和平を主張しています。四、樊鐘秀は開封を獲得し、呉は保定に逃げました（一説には鄭州です）。しかし要するに、たとえ割り引かなくてはならないとしても、情勢が良いというのは本当です。」(「『魯迅景宋通信集』」六四」、一九二六・一〇・一五、前掲)

　このほか、魯迅は北伐の進行を「同五七」(一九二六・九・三〇)、「同六七」(一九二六・一〇・二〇)、「同七一」(一九二六・一〇・二三)、「同七三」(一九二六・一〇・二八)、「同八〇」(一九二六・一一・八)、「同八二」(一九二六・一一・九)、「同九三」(一九二六・一一・二五)で取りあげ、国民革命の進展を歓迎する。

**註32**：三・一八以前、魯迅は中国変革の過程で、軍閥政府をどのようにとらえていたのだろうか。魯迅は「空談」(一九二六・四・二、『華蓋集続編』)で次のように言う。

「請願については、私はこれまで賛成しないものであった。しかしそれは決して三月一八日のような虐殺があることを恐れたためではない。あのような虐殺は、夢にも思わなかった、これまでいつも〈刀筆の吏〉の考えをもって我が中国人を探っていたのだけれども。彼ら〈軍閥政府指導者層を指す――中井注〉が麻痺しており、良心がなく、ともに語るに足りないことを知っていただけだ。まして請願であり、まして徒手であった。このような陰険悪辣さと凶暴残虐さがあろうとは予想しなかった。」

**註33**：魯迅は「空談」(一九二六・四・二、『華蓋集続編』)で次のように言う。

「現在のように多くの火器が発明された時代になると、交戦の場合つねに塹壕を使用して戦う。これは決して生命の出し惜しみをするからでなく、生命の空費を容認しないからである。なぜなら戦士の生命は貴重だから。戦士の少数のところでは、この生命はいっそう貴重である。（中略）血の洪水で一人の敵を溺れさせ、同胞の死体で一つの欠陥を埋めることは、すでに陳腐な話となった。（中略）

　今回の死者の後に残した功績は、多くのものの人間の姿を剥ぎとり、予想外の陰険な心を暴露し、引き続いて戦う者にほかの方法による戦闘を教えたことにある。」

**註34**：「一九二六年―二七年における魯迅の民衆像と知識人像についてのノート（上）――魯迅の民衆像・知識人像覚え書（二）」(『名古屋外国語大学外国語学部　紀要』第三九号、二〇一〇・八・一)

**註35**：このことについて、「『魯迅景宋通信集』一一六」(一九二六・一二・二九、前掲)、「『魯迅景宋通信集』六四」(一九二六・一〇・一五、前掲)等に窺われる。

**註36**：一九二六年以降、『朝花夕拾』において中国旧社会の現実の「素朴な民」の人生と運命が測り直され追究されると思われる。その一環として、旧社会における子供の人生に対する追究も、『朝花夕拾』において、例えば「『二十四孝図』」(一九二六・五・一〇、『朝花夕拾』)等で行われたと思われる。

**註37**：広州に波及したのが、四月一五日であった。ここでは、「四・一二クーデター」を一連の事件の経過を意味するものとして使用する。

註38：魯迅のこの点についての考え方は、「魯迅を語る――北支那の白話文学運動――」（山上正義、『新潮』第二五巻第三号、一九二八・三）、「鐘楼上――夜記之二」（『語絲』第四巻第一期、一九二七・一二・一七、『三閑集』）、「通信」（一九二八・四・一〇、『三閑集』）に窺われる。

また魯迅は、「慶祝滬寧克復的那一辺」（一九二七・四・一〇、『集外集拾遺補編』）で次のように言う。国民革命の進展が順調である現在、革命をさらに進撃させなければならない。革命の進展を祝賀することは、革命とは関係がない。

「このような人〔革命を祝賀する人――中井注〕が多くなれば、革命の精神はかえって浮つき、希薄となることから、消失する結果になり、さらに続いて旧に復する。

広東は革命の策源地であるが、このために先に革命の後方ともなっている。それがゆえに上に述べた危機が真っ先に存在する。」（「慶祝滬寧克復的那一辺」）

「革命時代的文学」（一九二七・四・八講演、『而已集』）では次のように言う。

「中国にはこの二種類の文学〔旧制度に対する挽歌、新制度に対する謳歌〕はありません。なぜなら中国革命はまだ成功していず、まさしく端境期であり、革命に忙しい時期であるからです。しかし旧文学は依然として多いです。新聞の文章はほとんどすべて旧式です。私が思いますに、これは中国革命が社会に対して大きな改変をしていない、守旧的な人に対して大きな影響を与えていない。だから旧い人がなお超然としていることができるのです。広東の新聞紙が語る文学はすべて旧いもので、新しいものは少ない。これも広東の社会が革命の影響を受けていないことを証明しています。新しいものに対する謳歌がなく、旧いものに対する挽歌もない。広東は依然として十年前の広東です。これればかりではなく、さらに苦痛を訴え、不平を鳴らすこともない。ただ労働組合がデモに参加するのを見ます、しかしこれは政府が許可したものであり、圧迫があるために反抗するのではなく、上からの命令を受けた革命にすぎません。中国社会は改まっていません、だから懐旧する哀詞がなく、斬新な行進曲もありません。ただソビエト・ロシアにはすでにこの二種類の文学が生まれています。」（「革命時代的文学」）

註39：「『魯迅景宋通信集』九八」（一九二六・一二・二、前掲）で魯迅は次のように言う。

「私は現在、文章を書く青年に対して、実際少し失望しています。希望のある青年はたいてい戦争に出かけてしまったようだと思います。筆墨を弄するものにいたっては、幾分なりとも本当に社会のためというものを見ません。彼らは多くは新しい看板を掲げた利己主義者です。」

これは筆墨を弄するものに対する失望であると思われる。また、魯迅は「導師」（一九二五・五・一一、『華蓋集』）で次のように言う。

「青年はどうして一概に論ずることができるだろうか。目覚めている者がおり、眠っている者がいて、ぼんやりしている者がおり、横たわっている者がいて、遊んでいる者がおり、このほかにも多い。しかし、もちろん前進しようとする者もいる。」

魯迅は一九二五年の段階で、青年の存在の多様性に言及しながら、なお青年に対する希望を語っていると考える。

註40：「『三閑集』序言」（一九三二・四・二四、『三閑集』）で魯迅は次のように言う。

「私はこれまで進化論を信じていた。いつも、将来は必ず過去に勝り、青年は必ず老人に勝ると思っていた。青年に対しては、これをいつも尊重し、しばしば十太刀を受けても、私は一矢をお返ししたにすぎない。しかし後に私は間違っていたとわかった。これは唯物史観の理論あるいは革命文芸の作品が私を惑わしたからではない。私が広東で、同じく青年でありながら両陣営に分かれ、あるいは投書して密告し、あるいは警察を助けて人を捕らえる事実を目撃したからである。私の考え方はこれによって音をたてて崩れ、後にいつも疑いの目で青年を見、二度と無条件の畏敬をもつことがなくなった。」

　しかし本文で後述するように、魯迅は広州の四・一五以降、行方不明になった左翼の青年畢磊に対して哀惜を述べている（「怎麼写――夜記之一」、半月刊『莽原』第一八・一九期合刊、一九二七・一〇・一〇、『三閑集』）。そこからすれば、進化論についての魯迅の懐疑とは、あらゆる青年に対して無条件の畏敬をもたなくなったという事情であると思われる。

　丸尾常喜氏の優れた論考、「頽れいく〈進化論〉――魯迅『死火』と『頽れおちる線の顫え』――」（丸尾常喜、『東洋文化研究所紀要』第一一七冊、一九九二・三）は、崩壊（ひび割れ）しつつあった魯迅の進化論について次のように指摘する。

「魯迅の〈進化論〉は、旧社会の伝統を否定する〈伝統否定〉、その伝統によって育てられ、侵蝕されている自己を否定する〈自己否定〉、まだ侵蝕されていない子供を救うために、すすんで自分の生をさし出す〈自己犠牲〉とから成り立っていた。」（五一二頁）

「一九二五年、献身にたいする裏切りは彼の〈進化論〉をひび割れさせ、つき崩す力となって彼を苦しめつつあったのである。寡婦の脳裏にいっさいの過去が映しだされ、彼女の心中に渦巻いた眷念と決絶、愛撫と復讐、養育と抹殺、祝福と呪詛……は、魯迅の内面における〈人道主義〉と〈個人主義〉の激しい葛藤を示している。その葛藤が呻き声となって彼女の口から漏れ、彼女の皮膚のすべてが起こす顫えが空中の顫えとぶつかりあって、空をおおう旋風となるイメージは、私たちにひび割れた〈進化論〉を溶解し、新しく鋳なおしていく大きなエネルギーを感じさせ、魯迅における新しい母性の復活を予想させるのである。」（五二六頁）

　しかし私は、魯迅の進化論に大きな崩壊が起こるのは、一九二七年四月以降のことと考える。そして一九二七年四月以降に起こった魯迅における進化論の崩壊とは、本文で述べたように青年にたいする無条件の信頼の崩壊を意味する。それは進化論を社会思想的に受けとることによって、中国変革の道筋・方法に進化論を適用した魯迅の採った考え方・生き方の一つの崩壊と言える。その無条件の信頼とは本文で述べたように、次のような内容である。

「後に続く生命は、必ずやそれ以前の生命よりいっそう意義があり、さらに完全に近く、このためにいっそう価値があり、尊いものである。前者の生命は後者の犠牲とならなければならない。」（「我們現在怎様做」、一九一九・一〇、『墳』）

　それゆえ私は、一九二七年四月以降、魯迅の進化論が理論として全面的に崩壊したとは考えない。崩壊したのは進化論を社会思想的に受けとろうとしたこと、すなわち中国変革の道筋・方法に進化論を適用する魯迅の第二の様相の進化論が、崩壊したと思われる。一九二八年以降、生物進化の理論としての魯迅の第一の様相の進化論は基本的に、マルクス主義の受容のための一つの基礎となったと考える。

**註41**：「早期、中期到后期的思想発展」（倪墨炎、『魯迅后期思想研究』、人民文学出版社、一九八四・八）は次のように言う。

「この尖鋭で激烈な階級闘争をへて（四・一二クーデターを指す――中井注）、魯迅がマルクス主義の著作を学ぶのはさらに自覚的になったし、このゆえに彼の『進化論思想』は徹底的に破綻した。」（五三頁）

　私は、魯迅の進化論が全般的に破綻したのではなく、第二の様相の進化論が破綻したと考える。

註42：魯迅は、「怎麼写」（一九二七・九・一五、前掲、『三閑集』）で中山大学の学生畢磊について次のように言う。
「『做什麼』が出版された後、かつて私に五冊送ってくれたことをまだ覚えている。私は、この団体が共産主義の青年の主宰するものだと思った。なぜならその中に〈堅如〉、〈三石〉等の署名があったからで、畢磊に違いない、通信場所も彼であったからである。彼はまた以前一〇数冊の『少年先鋒』を送ってくれた。この刊行物の中身は明らかに共産主義青年の作るものであった。はたして、畢磊君はおそらくきっと共産党だったのだろう。四月一八日、中山大学で逮捕された。私の推測によれば、彼は必ずやとっくにこの世にはいなくなっているであろう、見たところ痩せて小柄な、聡明で実行力のある湖南の青年であった。」

註43：「魯迅与進化論」（銭理群、『中国現代文学研究叢刊』一九八〇年第二期、底本は『魯迅其人』〈社会科学文献出版社、二〇〇二・三〉）は、一九二七年四・一二クーデターの影響を次のように指摘する。
「きびしい階級闘争の実践的検証は、魯迅に対してきびしい真理を啓示した。『生物学の一般概念が、もしも社会科学の領域にもちこまれるならば、空論に変わるであろう。』（《列寧選集〔レーニン選集〕》第二巻三三六頁）魯迅が『答有恒先生』の中で、『自分も宴席をならべるのを手伝った』ことを責め、そして『今また八方平穏無事な〈子供を救え〉というような議論を行うとすれば、自分が聞いてさえ虚しいと感ずる』理由は、これは血の教訓によってついに彼に次のことを認識させたためである。『生物学の一般概念』を『社会科学の領域』にもちこんだこの思想は、客観的には支配階級を手伝うものにほかならない。これ以前において、魯迅はすでに進化論の消極的影響に対して清算をしていたけれども、しかし、この点については明らかに認識が不足していた。」（四四六頁）

註44：「魯迅与進化論」（銭理群、『中国現代文学研究叢刊』一九八〇年第二期、前掲）は、魯迅の後期におけるダーウィンの進化論とマルクス主義の関係について、次のように指摘している。
「レーニンは言った、『マルクスの弁証法は最新の科学的進化論である』（『第二国際的破産〔第二インターナショナルの破産〕』）。マルクスも指摘した、『ダーウィンの著作は非常に意義がある、この本は私がそれを用いて、歴史上の階級闘争の自然科学的基礎と見なすことができる』（ラサール宛てマルクス書簡、一八六一・一・一六）。このゆえに、魯迅はマルクス主義者となって以後、さらに高い角度に立って、さらに科学的態度をもって進化論に対することができた。彼は『ただ進化論だけを信ずる偏り』（『《三閑》序言』）を正したが、しかし根本的に進化論を否定しなかった。逆に、彼はさらに自覚的に進化論が提供する自然科学の材料を用いて、現実の階級闘争のために奉仕した。」（四四六頁）
　銭理群氏の論旨に沿いながら、後期における魯迅の進化論の意味をさらに具体的に追究したのが、「進化論在魯迅后期思想中的位置——従翻訳普列漢諾夫的《芸術論》談起」（周展安、前掲）であると思われる。「進化論在魯迅后期思想中的位置」（周展安、前掲）は次のように該論文の概要を述べる。
「本論は、魯迅が翻訳したプレハーノフの《芸術論》と魯迅の後期における一連の雑文に対する研究をとおして、魯迅が言う、『自分が進化論だけを信ずるという偏りを補い正した』とは決して魯迅が完全に進化論を否定したことを意味せず、一方では後期において依然として一つの科学としての進化論に対して肯定的態度をもち、また他方では科学に対する理解を拡げて、マルクス主義思想を主たる内容とする社会科学を自己の思考の重点としたことを、論証する。」

註45：「『三閑集』序言」（一九三二・四・二四）で魯迅は次のように

言う。

「私には創造社に感謝しなければならないことがある。それは彼らが私に幾種かの科学的文芸論を読むように『強要し』、先の文学史家たちが山ほど説明して、なお混乱してすっきりしない疑問を理解するようにさせたことである。このことからさらにはプレハーノフの『芸術論』を翻訳することとなり、私の――私のためにさらに他人にまで及んだ――ただ進化論のみを信ずるという偏りを補い正してくれた。」

「魯迅先生両次回北京」（李霽野、一九五六・八・二五、『魯迅先生与未名社』、湖南人民出版社、一九八〇・七）は次のように、一九二九年五月北京に帰省したときの魯迅の言葉を伝える。

「或るとき私たちは、すでに組織に参加したのかどうか、彼に尋ねた。彼は次のように言った。別に参加していない、だがマルクス主義は最も明快な哲学だと考える。以前混乱してはっきりさせることができなかった多くの問題は、マルクス主義の観点から見ると、分かるようになった、と。」

**註46**：魯迅が一九二八年ころ以降に翻訳した、主なマルクス主義文芸理論の文献には次のものがある。訳了の日付順に、以下にならべる。

①『文芸政策』（魯迅訳、「蘇俄的文芸政策」、『奔流』第一巻第一期〈一九二八・六・二〇〉から『奔流』第二巻第五期〈一九二九・一二・二〇〉まで掲載、『露国共産党の文芸政策』、蔵原惟人・外村史郎訳、南宋書院、一九二七・一一、魯迅入手年月日、一九二八・二・二七、のちに『文芸政策』〈水沫書店、一九三〇・六、付録の内容を変えて、一九三〇・四・一二訳了〉）

②『現代新興文学的諸問題〔無産階級文学の諸問題――原文、中井注〕』（上海大江書舗、一九二九・四、一九二九・二訳了、『文学評論』〈片上伸、新潮社、一九二六・一一・五、魯迅入手年月日一九二七・一一・七〉所収）

③『壁下訳叢』（上海北新書局、一九二九・四・二〇、後半部分にマルクス主義文芸理論にかかわる論考が収められる）

④『芸術論』（盧那卡尓斯基、上海大江書舗、一九二九・六、一九二九・四・二二訳了、『マルクス主義芸術論』、ルナチャルスキー原著、昇曙夢訳、白揚社、一九二八、魯迅入手年月日、一九二八・九・三）

⑤「論文集《二十年間》第三版序」（蒲力汗諾夫、一九二九・六・一九訳、『芸術論』、光華書局、一九三〇・七、「論文集『二十年間』第三版序」、プレハーノフ原著、『階級社会の芸術』、蔵原惟人訳、叢文閣、一九二八・一〇・一、魯迅入手年月日、一九二八・一〇・一〇）

⑥『文芸与批評』（盧那卡尓斯基、上海水沫書店、一九二九・一〇、一九二九・八・一六訳了）

⑦『芸術論』（蒲力汗諾夫、魯迅訳、光華書局、一九三〇・七、一九二九・一〇・一二訳了、『芸術論』、プレハーノフ原著、外村史郎訳、叢文閣、一九二八・六・一八、魯迅入手年月日、一九二八・一一・七）

また、魯迅は、「『芸術論』訳本序」（一九三〇・五・八、『二心集』）で次のように論じ、プレハーノフを高く評価している。

「プレハーノフはまたマルクス主義芸術理論に基礎をすえた。彼の芸術論は厳然とした一つの体系をなしえていないけれども、方法と成果を含むその残された著作は、後人の研究の対象となるばかりではない。それはマルクス主義芸術理論、社会学的美学を打ちたてた古典的文献と称するに恥じない。」

「第一篇の『論芸術』はまず『芸術とは何か』という問題を提起し、トルストイの定義を補正して、芸術の特質を、感情と思想の具体的形象的表現であると断定する。そこで進んで芸術も社会現象であることを表明し、そのため観察するときにも、史的唯物論の立場を用いる必要があるとする。これとは相反する史的観念論（St.Simon, Comte, Hegel）に批判を加え、またこれらとは相対する、生物の美的趣味に関するダーウィンの唯物論的見解を紹介する。」

**註47**：魯迅翻訳の原本を引用する場合、旧字体は新字体に、旧仮名遣いは新仮名遣いに改め、送り仮名はそのままとし、傍点を省略した。以下同じ。

**註48**：進化論と史的唯物論に関するプレハーノフのこうした論について、「中国普羅米修斯的精神歴程——『摩羅詩力説』・『苦悶的象徴』・『芸術論』」（伍暁明、『魯迅研究動態』一九八八年第三期、一九八八・四・二〇）、「魯迅対馬克思主義批評伝統的選択」（『中国左翼文学思潮探源』、艾暁明、湖南文芸出版社、一九九一・七）が指摘している。

**註49**：国民性に対する史的唯物論によるプレハーノフの論について、「魯迅対馬克思主義批評伝統的選択」（『中国左翼文学思潮探源』、艾暁明、湖南文芸出版社、一九九一・七）が指摘している。

**註50**：魯迅は、「通訊（二）」（一九二五・三・二九、『華蓋集』）で次のように言う。

「先生のお手紙は言っております。惰性が現れる形式は一つではない。最も普通なのは、第一は命を天に任せること、第二は中庸である、と。私は、この二つの態度の根本は恐らく、惰性だけですますことはできないであろう、実は卑怯なのだと考えています。強者に出会えば反抗する勇気もなく、『中庸』ということで誤魔化し、わずかな慰めとする。それゆえ中国人がもしも権力をもち、他人が彼をどうしようもないと知り、あるいは『多数』が彼の護符となるときがあれば、多くは強暴残忍で、あたかも暴君であって、ことを決するのに決して『中庸』ではない。口を開けば『中庸』になってみると、それは勢力をすでに失い、とっくに『中庸』でなければいけなくなったときです。（中略）これらの現象は実際、中国人を廃滅させうるものです、外敵があろうと、なかろうと。もしもこれらを救い正そうとすれば、さまざまな劣った点を先行して暴露し、その立派な仮面を引き裂くよりしかたがない。」（「通訊（二）」、一九二五・三・二九、『華蓋集』）

ここで魯迅は、中国の民族滅亡をまぢかな危機として意識し、この危機を脱するために、伝統的国民性の悪の代表的な一つである奴隷根性を、そしてその背後にある卑怯な精神を改めなければならないことを説いている。この時期においては、伝統的国民性の悪が第一動因として論じられている。

**註51**：「鏟共大観」（一九二八・四・一〇、『三閑集』）、「太平歌訣」（一九二八・四・一〇、『三閑集』）等において国民性の問題が、第一動因ではないにしろ、旧社会に現存する問題として指摘されている。

**註52**：魯迅は、一九二六年三・一八惨案以前において、想定される中国変革の過程で武力の必要性を軽んじていたわけではない。「『魯迅景宋通信集』一〇」（一九二五・四・八、『魯迅景宋通信集』、前掲）で魯迅は次のように言う。

「改革が最も早いのは、やはり火と剣です。孫中山が一生奔走して、なお中国がこのようであるのは、その最大の原因は彼に党軍がなかったことにあり、このために武力をもつ他人と妥協せざるをえなかったのです。（中略）最大の病根〔国民性の——中井注〕は、目先にとらわれ、そのうえ〈卑怯〉と〈貪婪〉であることです。しかしこれは長い間に作られたもので、しばらく取り除くのが容易ではありません。」

魯迅は、辛亥革命挫折後、一九二六年三・一八惨案以前において、国民性の改革を最重要課題（第一動因）とし、軍閥支配体制の打倒はその進展とともに提起される課題として考えたと思われる。

**註53**：「進化論在魯迅后期思想中的位置——従翻訳普列漢諾夫的《芸術論》談起」（周展安、前掲）は、次のように指摘する。

「このため、《芸術論》の本文中であれ、魯迅の評論の中であれ、マルクス主義或いは史的唯物論或いは階級論と、ダーウィンの学説が相矛盾したものであり、そのため前者によって後者を克服したという意味は含まれていない。ダーウィンの学説は唯物史観の反面としてではなく、後者の『準備』として認識され把握された。」

このように、「進化論在魯迅后期思想中的位置」（周展安、前掲）は、魯迅後期におけるダーウィンの進化論の意味を、唯物史観の「準備」としてとらえている。

「強調する必要があるのは、『生物学から社会学へ』、自然科学から社会科学への転換は、決して自然科学に対する排斥と否定を意味していないことである。魯迅は後期の雑文の中でダーウィンと進化論に多く言及しており、ほとんどそれを自然科学として認識し、同時にまた正面からの肯定的方法で引用している。」（「進化論在魯迅后期思想中的位置」、周展安、前掲）

**註54**：革命時代において知識人のなすべきことについて、魯迅は「対于左翼作家連盟的意見」（一九三〇・三・二講演、『萌芽月刊』第一巻第四期、一九三〇・四・一、『二心集』）で次のように言う。

「言うまでもなく、知識人階層〔原文、知識階級——中井注〕にはやらなければならない知識人階層のことがあり、特に軽視すべきものではありません。しかし労働者階級には決して例外的に、特に詩人或いは文学者を優待する義務はありません。」

知識人階層の一人として、魯迅は民衆に対する啓蒙活動を考えていたと思われる。

**註55**：一九二六年の三・一八惨案以後、魯迅は中国変革の当面する緊急の課題が、中国人の国民性の改革にあるのではなく、現実に国民性の悪を体現する軍閥政府の打倒、すなわち権力構造の変革にあると認識するようになった。また、軍閥政府と結託する知識人に対する警戒を強めた。この経験は、一九二七年の四・一二クーデターの体験によっていっそう強められた可能性がある。

現実の反動的権力とそれに結託する知識人に対する警戒について、マルクス主義文芸理論を受容した後に、魯迅は「上海文芸之一瞥」（一九三一・七・二〇講演、『文芸新聞』第二〇期、二一期、一九三一・七・二七、八・三、『二心集』）で、次のように言う。

「惜しむらくは現在の作家は、革命的な作家や批評家でさえも、しばしば現実の社会を正視し、その仔細を知り、とりわけ敵の仔細を認識することができない、あるいはそうする勇気がないのです。ついでに例を一つあげましょう、以前の『列寧青年〔レーニン青年の意——中井注〕』に中国文学界を評論する文章があり、それを三派に分けていました。第一に創造社で、無産階級文学派として最も長く論じ、その次は語絲派で、小資産階級文学として短く述べてあります。第三は新月派で、資産階級文学派として、さらに短く述べ、一頁にもなりません。これは次のことを示します。この青年批評家は敵であると認識するものであればあるほど、ますます言うべきこともなく、すなわち仔細に見ていないのです。（中略）もしも戦う者であるならば、革命と敵を理解するうえでは、むしろ当面の敵をより多く解剖しなければなりません。文学作品を書こうとするときも同じです。革命の実際を知らなければならないだけではなく、深く敵の状況、現在の各方面の状況を知り、それから革命の前途を判断しなければなりません。」

**註56**：前述のように、一九二八年以降マルクス主義を本格的に受容する中で、魯迅はプレハーノフの国民性に関する見解を学んだと思われる。

「魯迅提出改造〝国民性〟及其認識的発展」（胡炳光、『魯迅〝国民性思想〟討論集』、鮑晶編、天津人民出版社、一九八二・八）は、「沙」（一九三三・八・一五、『南腔北調集』）における、前期とは異なる史的唯物論の考え方を指摘している。

「習慣与改革」（『萌芽月刊』第一巻第三期、一九三〇・三・一、『二心集』）で魯迅は、「真の革命者」レーニンの言葉を引用して、改革を阻む風俗・習慣の巨大な力を指摘する。魯迅は、中国改革のために民衆の中に入って、風俗・習慣を研究する必要のあることを言う。風俗・習慣は、歴史的社会的に民衆の中に形成されたという意味で、史的唯物論の理解であると思われる。

**註57**：魯迅は「『二心集』序言」（一九三二・四・三〇）で次のように言う。

「ただもともとはこの熟知した階級を憎悪し、いささかもその滅亡を惜しまないだけであった。のちにまた事実の教訓によって、ただ新興の無産者にだけ将来があると考えるようになったのは、確かである。」

本文の変革主体とは「新興の無産者」よりも広い範囲の労働者、農民、勤労市民を含めて想定して、ここでは使用している。

**註58**：馮雪峰は、『回憶魯迅』（人民文学出版社、一九五二・八、底本は、『魯迅巻』第八編〈中国現代文学社編〉）で、一九二九年に魯迅が階級の存在について、一九二七年四月一二日の反共クーデターをふり返りながら、次のように述べたことを伝える。

「『階級闘争は、人が承認しなくても良い。事実の教訓は必ず理論の宣伝より有力です。』

『階級闘争は、確かに人を驚かせ寝食を不安にさせるでしょう。しかし誰がまず階級闘争を実行するのか。口先で宣伝する人ではなく、口には言わず、世の中に階級闘争があることを承認しない人です。革命者ではなくて、手に刀をもった反革命者です。』」

## 第六章「蘇俄的文芸政策」について

**註1**：この小論を書くにあたって参照した雑誌『奔流』は、『奔流』（影印本、全六冊、出版者不明）である。また、「雑誌『奔流』」（魯迅・郁達夫編集、第一巻一期〜第二巻五期、一九二八年六月〜一九二九年一二月）目録補」（拙稿、『大分大学経済論集』第三六巻第四号、一九八五・一）を参照した。

**註2**：『奔流』に掲載された「蘇俄的文芸政策」と『文芸政策』（水沫書店、一九三〇・六）との内容の異動は次の点にある。『文芸政策』（前掲、一九三〇・六）には、「蘇俄的文芸政策附録」の「蘇維埃国家与芸術」が掲載されず、それに代わる附録として「以理論為中心的俄国無産階級文学発達史」（岡沢秀虎著、馮雪峰訳、「理論を中心とするロシア・プロレタリア文学発達史」、『プロレタリア芸術教程』第二輯〈世界社、一九二九・一一・二二〉所収）、「后記」（一九三〇・四・一二）が掲載された。

小論では、「蘇俄的文芸政策」に主として言及する。「蘇俄的文芸政策」の範囲は、『奔流』誌上の「蘇俄的文芸政策附録」を除いた部分とする。また必要に応じて、『文芸政策』（水沫書店、一九三〇・六）に言及する。なお、私の使用した「蘇俄的文芸政策」の底本は、前述の『奔流』（影印本、全六冊、出版者不明）であり、また『魯迅訳文全集』第五巻（北京魯迅博物館編、福建教育出版社、二〇〇八・三）を参照した。

**註3**：一九一七年、十月社会主義革命によりソビエト政府が発足し、

一九二二年、ソビエト社会主義共和国連邦が成立する。一九一七年以降の時期を含めて、小論では便宜上、ソビエト連邦或いはソ連と称する。

**註4**：「理論を中心とするロシア・プロレタリア文学発達史」（岡沢秀虎著、『プロレタリア芸術教程』第二輯〈世界社、一九二九・一一・二一〉所収、「以理論為中心的俄国無産階級文学発達史」〈馮雪峰訳、『文芸政策』、水沫書店、一九三〇・六所収〉）に主として依拠する。これは、『文芸政策』（水沫書店、一九三〇・六）に収められ、年月も近いことによる。

「『文芸政策』后記」（一九三〇・四・二〇、『訳文序跋集』〈『魯迅全集』第一〇巻、一九八一〉）で魯迅は次のように言う

「これを初稿と比較すると、欠点が少なくなったと信ずる。第一に、雪峰は編集校訂するとき、原訳本と対照し、いくつかの間違いを訂正してくれた。第二に、彼はまた、翻訳した岡沢秀虎の『理論を中心とするロシア・プロレタリア文学発達史』を巻末につけ、いくつかの字句を私の訳例に従って改め、総覧したあとに、《文芸政策》の来源と今後の道筋をよりはっきりと理解できるようにさせた。」

**註5**：トロツキーは、「L.Trotsky（託羅茲基）」（『奔流』第一巻第三期、一九二八・八・二〇、底本は『露国共産党の文芸政策』〈南宋書院、一九二七・一一・二五、前掲〉）で次のように発言する。

「我々が文学上乃至また政治上、〈ポプートチック〔『同伴者』のこと、南宋書院本では『随伴者』と訳す——中井注〕〉と呼んでいるのは、我々が諸君と共に遙かに先へと歩んでいるその同じ道を、或る地点まで、跛を曳きよろよろしながらも、歩いて来る者を指すのである。」（八四頁）

私が使用する日本語の底本から引用する場合、仮名遣いは現代仮名遣いに、旧字体は新字体に、それぞれ改め、送り仮名はそのままとし、ルビ・傍点は省略する。以下同じ。

**註6**：一九一八年、「ロシア社会民主労働党（ボリシェビキ）」は「ロシア共産党（ボリシェビキ）」に党名を変え、一九二五年、「全連邦共産党（ボリシェビキ）」に変更し、一九五二年、「ソビエト連邦共産党」に変更した。小論では便宜上、「ロシア共産党」の呼称を使用する。

**註7**：「ヴォロンスキーと『赤い処女地』——生誕百周年によせて——」（藤井一行、『富山大学人文学部紀要』第九号、一九八五・一二・二八）によれば、トロツキーは過渡期におけるプロレタリア文化の建設の可能性を、その時間的関係において否定した。しかし、過渡期における階級的文学の必要性を否定したわけではなかった。

また、ヴォロンスキーは、トロツキーのプロレタリア文化不成立の意見に賛成であったが、しかしそのプロレタリア文化の「文化」の概念は広大な内容であった。また、ヴォロンスキーも、過渡期における労働者作家や党員作家が成長し芸術的寄与を行うことについて、トロツキーと同様に重視していた。ヴォロンスキーは「ア・ウオロンスキーの報告演説」（「A.Voronsky（瓦浪斯基）的報告演説」、『奔流』第一巻第一期、一九二八・六・二〇、底本は『露国共産党の文芸政策』〈南宋書院、一九二七・一一・二五、前掲〉）で次のように言う。

「次にプロレタリヤ作家に就いて。私は、我国に於いては、労働者農民の最下層から、労働者及びその他種々なる組織の中から、大位《ママ》から、赤軍から、新しい作家の出て来ることを、固く信ずるものである。何処かの僻地から、田舎から、作家が出て来る、——この作家こそはその血とその生活とによって、労働者及び農民と——尤も今の所はより多く農民とであるが——結びつけられているのだ。これ等の作家が必ず主要なる地置《ママ》を占めるであろうと云うこと、我々が彼等に依拠し彼等を援助しなければならないと云うこと、——このことに於いては我々とプロレタリヤ作家との間には如何なる意見の相違もあり得な

い。」（一四頁）

**註8**：「蘇俄的文芸政策」（『奔流』第一巻第一期、一九二八・六・二〇）では「関于文芸政策的評議会」とする。以下、「文芸政策討議会」と表記する。

**註9**：『集英社　世界文学大事典』第五巻（集英社、一九九七・一〇・二五）のラップの項によれば次のようである。

「一九二〇年代後半のソ連の文学団体。正式名称はロシア・プロレタリア作家協会（中略）。前身となる全ロシア・プロレタリア作家協会（ワップ〈中略〉）は一九二〇年の第一回全ロシア・プロレタリア作家大会において組織された。（中略）一九二八年、ワップを含めた全国のプロレタリア作家協会がヴォアップ（中略）（全ソ・プロレタリア作家協会）に統合されると、その指導部がラップとなり、ワップの活動を引き継いだ。（中略）党が文学統制を強めるようになるとラップはザミャーチン、ピリニャーク等の同伴者作家だけではなく、マヤコフスキーやゴーリキーらの非プロレタリア系作家、そして〈ペレワール〉の作家達を攻撃した。（中略）三二年には党中央委員会決議により解散させられた。」

**註10**：『ロシア文学史』（川端香男里編、東京大学出版会、一九八六・三・二五、三一〇頁〜三一一頁、ルビを省略する）は次のように指摘する。

「一九二〇年代の特徴が、複数の流派や主義の共存・競合の中で自由な文学的実験を許容する雰囲気だったとすれば、一九三〇年代とは、スターリンの独裁政権の確立にともなって、創作の自由が圧殺されてゆく過程であったと言える。こういった転換の背景としては、ネップ（新経済政策）に代わって第一次五カ年計画が始まり（一九二八）、ソ連の工業化が精力的に押し進められるとともに、農村の強制的な集団化や、いわゆる富農の撲滅が開始される、などという歴史の流れが挙げられよう。〈上からの〉イデオロギー的な統制が厳しくなってゆくソヴィエト社会にあって、文学はこのような歴史の流れから自由であることを許されないどころか、そこに積極的に参加することを強制されるようになるのである。」（三一〇頁）

「創作の自由や複数意見の共存を圧迫する傾向は、すでに一九二〇年代末に強まっていた。一九二五年に結成された文学団体〈ＲＡＰＰ〉〈ロシア・プロレタリア作家連盟〉は、一九二八年以降文壇で猛威をふるうようになり、文学におけるプロレタリア階級の代表者として、非プロレタリア作家やいわゆる同伴者作家を激しく攻撃した。」（三一〇頁）

「共産党の文学政策を代行すると自任するラップの過激さは、党にとっても目に余るほどのものとなり、ついに一九三二年四月、共産党中央委員会はラップを初めとするあらゆる文学団体を解散させ、そのかわりに単一のソヴィエト作家同盟を党の統制の下に結成することを決めた。この決定を受けて、ゴーリキイを中心とする準備委員会が発足し、一九三四年には第一回の全ソヴィエト作家大会が開かれ、〈社会主義リアリズム〉がソヴィエト文学の基本的な方法として確認された。以後、現在に至るまで、ソヴィエト作家同盟は唯一の全国規模の公認作家団体として、一枚岩のソヴィエト文学形成のために機能してきた。」（三一〇頁〜三一一頁）

**註11**：『ロシア文学史』（川端香男里編、東京大学出版会、一九八六・三・二五、三一三頁）は次のように指摘する。

「ソヴィエト作家同盟の結成は、ラップという過激派の解散を前提としたので、逆説的なことだが、一時的に文学の状況が緩和したような印象を与えた。しかし一九三四年一二月のキーロフ暗殺事件によって幕を開けたスターリンによる〈大粛清〉は、多くのすぐれた作家たちにも次々と波及し、ソヴィエト文学はかつてない暗黒時代に突入する。」

註12：魯迅のこの点についての考え方は、「鐘楼上——夜記之二」（『語絲』第四巻第一期、一九二七・一二・一七、『三閑集』）、「通信」（一九二八・四・一〇、『三閑集』）、「魯迅を語る——北支那の白話文学運動——」（山上正義、『新潮』第二五巻第三号、一九二八・三）に窺われる。

註13：「『三閑集』序言」（一九三二・四・二四）で魯迅は次のように言う。

「私には創造社に感謝しなければならないことがある。それは彼らが私に幾種かの科学的文芸論を読むように『強要し』、先の文学史家たちが山ほど説明して、なお混乱してすっきりしない疑問を理解するようにさせたことである。このことからさらにはプレハーノフの『芸術論』を翻訳することとなり、私の——私のためにさらに他人にまで及んだ——ただ進化論のみを信ずるという偏りを補い正してくれた。」

「魯迅先生両次回北京」（李霽野、一九五六・八・二五、『魯迅先生与未名社』、湖南人民出版社、一九八〇・七）は次のように、一九二九年五月北京に帰省したときの魯迅の言葉を伝える。

「或るとき私たちは、すでに組織に参加したのかどうか、彼に尋ねた。彼は次のように言った。別に参加していない、だがマルクス主義は最も明快な哲学だと考える。以前混乱してはっきりさせることができなかった多くの問題は、マルクス主義の観点から見ると、分かるようになった、と。」

註14：『近二十年中国文芸思潮論　一九一七－一九三七』（李何林編著、陝西人民出版社、一九八一・四）を参考とする。

註15：「評駁甘人的『拉雑一篇』」（克興、『創造月刊』第二巻第二期、一九二八・九・一〇）。

また、「怎様地建設革命文学」（李初梨、一九二八・一・一七、『文化批判』第二号、一九二八・二・一五）は、階級移行を認めたうえで、その動機が問題だとした。

註16：「中国真文芸的将来与其自己的認識」（甘人、『北新』半月刊第二巻第一期、一九二七・一二、底本は『〈革命文学〉論争資料選編』上下冊〈人民文学出版社、一九八一・　〉）

註17：「革命時代的文学」（一九二七・四・八講演、『而已集』）

註18：「評駁甘人的『拉雑一篇』」（克興、『創造月刊』第二巻第二期、一九二八・九・一〇）

註19：「評『従文学革命到革命文学』」（侍桁、一九二八・四・一一、『語絲』週刊第四巻第一九、二〇期、一九二八・五・七、一四）

註20：「拉雑一篇答李初梨君」（甘人、『北新』半月刊第二巻第一三期、一九二八・五・六、底本は『〈革命文学〉論争資料選編』上下冊〈前掲〉）

註21：「芸術家当面的任務」（谷蓙、一九二八・六・一、『畸形』半月刊第二号、一九二八・六・一五）

註22：「中国真文芸的将来与其自己的認識」（甘人、『北新』半月刊第二巻第一期、一九二七・一二、前掲）。魯迅は、それまで甘人と同じように、文学と宣伝を二律背反の関係としてとらえていたが、しかしその後、文学を一つの社会現象と考えることにより、文学における宣伝の作用を認めるようになった。創造社はむしろ、狭義の宣伝の解釈に陥り、文芸の特質（文芸は自己〈個性・内部要求〉に基づくという面を含めて、形象による文芸の認識的価値等）を軽視することになった。

註23：「評駁甘人的『拉雑一篇』」（克興、『創造月刊』第二巻第二期、一九二八・九・一〇）

註24：「認識生活的芸術与今代」（瓦浪司基〔ヴォロンスキー〕、『蘇俄的文芸論戦』〈任国楨訳、北京北新書局、一九二五・八〉）でヴォロンスキーはゴーゴリの『死せる魂』を例にあげて次のように言う。

「もしも旧文芸が受動的観賞的無意識的であるものなら、その旧芸術は人に行為や奮闘を呼び起こすことはありえない。しかし、帝政の専制と奮闘し、暗黒の腐敗のロシアと奮闘することにおいて、旧芸術には人を敬服させる堂々たる偉大な功績がある。」

また、プレハーノフの見解を引用しながら次のように言う。

「プレハーノフは、新文学が旧文学に反対するのは自然のことであり、不可避なことである、と理解していた。これは事実からもそうなのである。しかし反対には限度が必要であり、決して極端ではない。慎重に境界線を引き、何を採用すべきで、何を排斥すべきか、を知らなければならない。前代の文学から新生した文学は、その必要条件（自己の将来における発達のための）を採り、新文学はその無用なしかも有害な旧い遺産を排斥しなければならない。」

**註25**：『露国共産党の文芸政策』（蔵原惟人・外村史郎訳、南宋書院、一九二七・一一）による。

**註26**：トロツキーに対する政治的批判は、一九二四年末に始まった。それより以前のこの時点（一九二四年五月九日の「ロシア共産党の文芸政策討議会」）では、その影響は顕著には現れていないと思われる。むしろトロツキーはロシア十月革命を指導した重鎮の一人として存在している。それは例えばトロツキーの発言の圧倒的に多い分量に見られる。これは、必ずしもトロツキーの雄弁と博学のためばかりではない、と私には思われる。（ちなみに、一九二四年末から政治的批判が始まり、一九二五年一月、軍事人民委員を解任される。一九二六年一〇月、政治局から追放される。一九二七年一一月、党を除名される。一九二九年二月、トロツキーは国外追放される。）

「蘇俄的文芸政策」における各発言者および決議のページ数は以下のとおりである（『露国共産党の文芸政策』〈蔵原惟人・外村史郎訳、南宋書院、一九二七・一一〉のページ数による）。⑬のトロツキーの発言がいかに群を抜いていたかが分かる。（なお、①から㉕の番号は中井が便宜的につけたものである。〔〕内の標題は、『資料世界プロレタリア文学運動』第二巻〈栗原幸夫等編、三一書房、一九七三・一・三一〉による。『露国共産党の文芸政策』の内容に該当する部分は江川卓訳。）

①「ア・ウオロンスキイの報告演説」（三頁～一九頁、全一七頁）〔A・ヴォロンスキーの報告〕、『奔流』第一巻第一期、一九二八・六・二〇

②「ワルヂンの報告演説」（二〇頁～三九頁、全二〇頁）〔ワルジンの報告〕、『奔流』第一巻第一期、一九二八・六・二〇

③「エス・オシンスキイ」（四〇頁～四三頁、全四頁弱）〔N・オシンスキー〕、『奔流』第一巻第一期、一九二八・六・二〇

④「エフ・ラスコーリンコフ」（四三頁～四七頁、全五頁弱）〔F・ラスコーリニコフ〕、『奔流』第一巻第一期、一九二八・六・二〇

⑤「ウヤチ・ポロンスキイ」（四八頁～五三頁、全六頁弱）〔V・ポロンスキー〕、『奔流』第一巻第一期、一九二八・六・二〇

⑥「ゲ・レレーウィッチ」（五三頁～五七頁、全五頁弱）〔G・レレーヴィチ〕、『奔流』第一巻第一期、一九二八・六・二〇

⑦「エム・ブハーリン」（五八頁～六五頁、全八頁弱）〔N・ブハーリン〕、『奔流』第一巻第一期、一九二八・六・二〇

⑧「エル・アウエルバッフ」（六五頁～六九頁、全四頁弱）〔L・アヴェルバッハ〕、『奔流』第一巻第二期、一九二八・七・二〇

⑨「ゲ・ヤクボフスキイ」（六九頁～七一頁、全三頁弱）〔G・ヤクボフスキー〕、『奔流』第一巻第二期、一九二八・七・二〇

⑩「ヤー・ヤコヴレフ」（七二頁～七五頁、全四頁弱）〔Y・ヤコヴレフ〕、『奔流』第一巻第二期、一九二八・七・二〇

⑪「カー・ラデック」（七五頁～七八頁、三頁）〔K・ラデック〕、『奔流』第一巻第二期、一九二八・七・二〇～第一巻第三期、一九二八・

八・二〇

⑫「ウエ・プレットニヨーフ」（七八頁〜八二頁、全五頁弱）〔V・プレトニョフ〕、『奔流』第一巻第三期、一九二八・八・二〇

⑬「エル・トローツキイ」（八二頁〜一一八頁、全三七頁弱）〔L・トロツキー〕、『奔流』第一巻第三期、一九二八・八・二〇

⑭「エス・ロードフ」（一一八頁〜一二六頁、全九頁弱）〔S・ロードフ〕、『奔流』第一巻第三期、一九二八・八・二〇

⑮「ア・ルナチヤールスキイ」（一二六頁〜一三六頁、全一一頁弱）〔A・ルナチャルスキー〕、『奔流』第一巻第三期、一九二八・八・二〇

⑯「ア・ベズイミヨンスキイ」（一三六頁〜一三九頁、全四頁弱）〔A・ベズイメンスキー〕、『奔流』第一巻第四期、一九二八・九・二〇

⑰「エヌ・メシチエリヤコフ」（一三九頁〜一四一頁、全三頁）〔N・メシチェリヤコフ〕、『奔流』第一巻第四期、一九二八・九・二〇〜第一巻第五期、一九二八・一〇・三〇

⑱「イ・ケルジエンツエフ」（一四二頁〜一四五頁、全四頁弱）〔P・ケルジェンツェフ〕、『奔流』第一巻第五期、一九二八・一〇・三〇

⑲「デ・リヤザノフ」（一四五頁〜一五一頁、全七頁弱）〔D・リヤザノフ〕、『奔流』第一巻第五期、一九二八・一〇・三〇

⑳「デミヤン・ベードヌイ」（一五一頁〜一五六頁、全六頁弱）〔デミヤン・ベードヌイ〕、『奔流』第一巻第五期、一九二八・一〇・三〇

㉑「イ・ワルヂンの結語」（一五六頁〜一六七頁、全一二頁弱）〔I・ワルジンの結語〕、『奔流』第一巻第五期、一九二八・一〇・三〇

㉒「ア・ウオロンスキイの結語」（一六八頁〜一七四頁、全七頁弱）〔A・ヴォロンスキーの結語〕、『奔流』第一巻第五期、一九二八・一〇・三〇

㉓「ヤー・ヤコヴレフの結語」（一七四頁〜一七七頁、全四頁弱）〔Y・ヤコヴレフの結語〕、『奔流』第一巻第五期、一九二八・一〇・三〇

㉔「イデオロギー戦線と文学」（一七八頁〜一九二頁、全一五頁弱）〔イデオロギー戦線と文学〕、『奔流』第一巻第七期、一九二八・一二・三〇

㉕「文芸の領域に於ける党の政策に就いて」（一九三頁〜二〇三頁、全一一頁）〔文芸の領域における党の政策について〕、『奔流』第一巻第一〇期、一九二九・四・二〇

**註27**：『奔流』の翻訳には、底本に基づき、第一回全連邦プロレタリア作家大会での『ナ・ポストウ』派のワルジンの報告に基づく決議「イデオロギー戦線と文学」を掲載する。それは『ナ・ポストウ』派の考え方を明瞭に示すものである。

**註28**：『奔流』には、「蘇俄的文芸政策附録　蘇維埃国家与芸術　A. Lunacharski 作――〝芸術与革命〟（一九二四年墨斯科発行）所載」（『奔流』第二巻第一期、一九二九・五・二〇、同第二巻第五期、一九二九・一二・二〇）が、底本にはない附録として訳載されている。「蘇維埃国家与芸術〔ソウェート国家と芸術〕」（A. Lunacharski,『芸術与革命』〈一九二四年モスクワ発行〉所載〔『新芸術論』、ルナチャルスキー著、茂森唯士訳、至上社、一九二五・一二・一八〕）は、労農文教委員長として革命的国家と芸術の関係を広く深く論じている。ロシア共産党の文芸政策にかかわる論点の方向は、「政策討議会」におけるルナチャルスキーの発言内容とほぼ同じで、それを確認する内容となっている。ここにも、過渡期におけるトロツキーのプロレタリア芸術不成立論に対する詳細な反論が行われている。

**註29**：「解説」（藤井一行、『芸術表現の自由と革命』、ルナチャールスキー著、藤井一行編訳、大月書店、一九七五・五・二八）は次のように指摘する。

「この中央委員会決議の作成にはルナチャールスキー自身が重要な役割を果たしている。彼は党の政治局が選任した決議作成委員会の責任

者をつとめたのである（なお、決議の草案とみられるルナチャールスキーの手になる文書も残っている）。」

註30：魯迅は、「『奔流』編校后記（一）」（一九二八・六・五、『奔流』第一巻第一期、『集外集』）で次のように言う。

「文芸に関するロシアの論争には、かつてそれを紹介した『蘇俄的文芸論戦』があった。ここの『蘇俄的文芸政策』は実際、その続編と見なすことができる。もしも前書を読んだことがあるのなら、これを読むといっそう明瞭となる。」

一九二八年以前の一九二五年に、魯迅には『蘇俄的文芸論戦』においてマルクス主義文芸理論との接触があり、そのことをどのように受けとめたかについて、私は「魯迅と『蘇俄的文芸論戦』に関するノート」（『大分大学経済論集』第三四巻第四・五・六合併号、一九八三・一・二〇、のちに『魯迅探索』〈汲古書院、二〇〇六・一・一〇〉の第九章に所収）で述べたことがある。

註31：『壁下訳叢』については、「魯迅と『壁下訳叢』の一側面」（『大分大学経済論集』第三三巻第四号、一九八一・一二・二一、のちに『魯迅探索』〈汲古書院、二〇〇六・一・一〇〉の第一〇章に所収）で、旧来の文学とプロレタリア文学の間で、魯迅が解決しようとした課題が何であったか等について、述べたことがある。

註32：『現代新興文学的諸問題』（上海大江書舗、一九二九・四、「無産階級文学の諸問題」〈片上伸、一九二六・一、『文学評論』、新潮社、一九二六・一一・五、魯迅入手年月日、一九二七・一一〉）の翻訳の意図と内容について、私は「ブローク・片上伸と一九二六年〜二九年頃の魯迅についてのノート」（上）（下）（『大分大学経済論集』第三六巻第五、六号、一九八五・一・二〇、二・二〇、のちに『魯迅探索』〈汲古書院、二〇〇六・一・一〇〉の第一一章に所収）で述べたことがある。

魯迅は「『現代新興文学的諸問題』小引」（一九二九・二・一四、『訳文序跋集』、『魯迅全集』第一〇巻、人民文学出版社、一九八一）で次のように言う。

「この一篇は一九二六年一月に書かれたもので、のちに《文学評論》に収められた。その主旨は、最後に述べているように、読者が現今の新興文学の『諸問題の性質と方向、および時代との交渉等を解釈するのに、裨益するところがある』ことを願ったにすぎない。」

「これを翻訳した意図については、きわめて簡単なことである。新思潮の中国に入るや、いつも幾つかの名詞があるのみである。これで主張する者はこれで敵を呪い殺せると思いこみ、敵対者も呪い殺されるだろうと思いこんで、半年一年わめき立てて、結局煙火のように消え失せる。例えばロマン主義やら自然主義、表現主義、未来主義は……みな過ぎさったかのようであるが、実際のところ出現したと言えるであろうか。いまこの一篇を借りて、理論と事実とを見て、必然の勢いの実現することは平常のことであって、空騒ぎや禁圧はともに役に立たないことが分かれば、まず外国の新興文学をして必ずや中国における『符牒』の風から脱却せしめるだろう。それでこそ後に続く中国の文学には新興の希望がある。――このようなことにすぎない。」

註33：魯迅が一九二八年ころ以降に翻訳した、そのほかの主なマルクス主義文芸理論の文献には次のものがある。訳了の日付順に、以下にならべる。

①『芸術論』（盧那卡尔斯基、上海大江書舗、一九二九・六、一九二九・四・二二訳了、『マルクス主義芸術論』、ルナチャルスキー原著、昇曙夢訳、白揚社、一九二八、魯迅入手年月日、一九二八・九・三）

②「論文集《二十年間》第三版序」（蒲力汗諾夫、一九二九・六・一九訳了、『芸術論』、光華書局、一九三〇・七、「論文集『二十年間』第三版序」、プレハーノフ原著、『階級社会の芸術』、蔵原惟人訳、

叢文閣、一九二八・一〇・一、魯迅入手年月日、一九二八・一〇・一〇）
③『文芸与批評』（盧那卡尔斯基、上海水沫書店、一九二九・一〇、一九二九・八・一六訳了）
④『芸術論』（蒲力汗諾夫、魯迅訳、光華書局、一九三〇・七、一九二九・一〇・一二訳了、『芸術論』、プレハーノフ原著、外村史郎訳、叢文閣、一九二八・六・一八、魯迅入手年月日、一九二八・一一・七）

この中で、プレハーノフ、ルナチャルスキーの諸著作は、一九二九年に、ほとんどが一九二九年以降に訳了したものである。すなわち一九二九年以降の段階は、さらに深化した、文芸固有の領域におけるマルクス主義文献の翻訳を主として行った段階である（認識論、創作理論、批評理論の分野）と言える。

**註34**：例えば、①の過渡期における無産階級文学が成立可能かどうかについて、トロツキーは成立不可能とした。過渡期は短期と考えられ、また階級闘争が激烈に行われるため、無産階級が自己独自の文学を作りだす時間がないとした。しかしトロツキーは同時に、過渡期の階級的文学を重視した。それに対して、マイスキーは成立可能とした。過渡期は短期とは言えないとし、明治維新後の日本を例としてあげ、半世紀の年月は、一つの時代の文学を作ることができる。その過渡期に生みだされる文学が、無産階級の階級闘争の意志の表現であって、無産階級文学にほかならないとする。④における継承の問題について、形式面の継承について重点を置いて紹介する。

**註35**：魯迅は、文学を社会現象の一つととらえることにより、社会における文学の作用を広く認め、文芸と宣伝の関係が二律背反であるとする従来の自らの見解を乗りこえることができた（「文学与革命」、一九二八・四・四、『三閑集』）。

**註36**：プレハーノフは、「論文集『二十年間』第三版の序文」（『階級社会の芸術』、蔵原惟人訳、叢文閣、一九二八・一〇・一、「論文集『二十年間』第三版序」、魯迅訳、『春潮』第一巻第七期、一九二九・七・一五）で次のように言う。

「批評家の第一の任務は与えられた芸術作品の思想を芸術の言葉から社会学の言葉に翻訳し、以て与えられたる、文学現象の社会学的等価とも云うべきものを発見するにある」。

また、「社会学的等価」について、ヴォロンスキーは「生活認識としての芸術と現代」（一九二三、小泉猛訳、『資料世界プロレタリア文学運動』第一巻、三一書房、一九七二・九・三〇）で次のように言う。

「そのプレハーノフはマルクス主義批評の基本的課題のひとつは作品の社会学的等価物を見い出すことであるとしている。このような規定こそ必要欠くべからざるものであって、われわれはそうした分析によって、ある作品が階級心理のいかなる特質の上に成熟したのかを知ることができるのであり、また、この心理、感情、思想、気分が、問題の対象とされている歴史的時期における最も進歩的で最も生活能力に富んだ階級の中に集約的に示される全社会の利害と、どの程度まで一致しているかを明らかにすることができるのである。このような方法によって、われわれはある芸術作品の内容が、進行しつつある社会闘争の中で占める位置や役割を知り、その比重を明らかにすることができる。」（一二三頁）

**註37**：「前記」の諸点の特徴について、私は「魯迅と『蘇俄的文芸論戦』に関するノート」（『大分大学経済論集』第三四巻第四・五・六合併号、一九八三・一・二〇、のちに『魯迅探索』〈汲古書院、二〇〇六・一・一〇〉の第九章に所収）で述べたことがある。

**註38**：『奔流』（一九二八・六〜一九二九・一二、魯迅・郁達夫主編）に掲載される「凡例五則」の第四則は、第一巻第一期から同第一〇期

（一九二八年）まで次のようである。
「四．本刊はまた寄せられた原稿を選択掲載する。およそ心中の構想から生まれて、明清の八股文のように命令を承けて筆をとるものでなければ、ご投稿を切に希望する。原稿は北新書局により受け付け転送される。」

しかし第二巻第一期から同第五期（一九二九年）では次のように変更されている。
「四．本刊はまた寄せられた原稿を選択掲載する。しかしページ数に限りのあることから、しばらくの間長篇を入れない。また人手の少ないため、掲載するか否かにかかわらず、寄せられた原稿はすべてお返ししない。原稿は北新書局により受け付け転送される。」

一九二七年の段階で、魯迅は次のように述べていた。
「自分の意見を発表して、その結果いささか宣伝の風を帯びることになったイプセン等の作品は、私は読んでも、決していらだったり、いやだと思うことはない。しかし先ず『宣伝』という二つの大文字の題目があって、その後に議論をはじめる文芸作品については、どうしても抵抗感がある。」（「怎麼写——夜記之一」、一九二七・九、『三閑集』）
「題目をかかげて文章を作るのは、私の最も不得意とするところです。（中略）しかしやむを得ない、起承転結を考え、登壇していくらか話します。（中略）しかし心の中ではやはり不愉快で、その事前事後に、私は往々知人にため息をついて言うのです。『革命の策源地』まで来て、西洋式八股文を作ろうとは思いもよらなかった、と。」（「通信」、一九二七・九・三、『而已集』）

一九二八年の『奔流』創刊のころにおいて、魯迅は宣伝の文学を西洋式八股文と揶揄し、それを避けようとしていたことが分かる。しかし一九二九年にはそれを「凡例五則」から下ろしている（「雑誌『奔流』〈魯迅・郁達夫編、第一巻一期～第二巻五期〉目録補」〈『大分大学経済論集』第三六巻四号、一九八五・一〉）。

また、一九二八年四月の「文芸与革命」（一九二八・四・四、『三閑集』）では、自然と心の中からありのまま現れた文学であっても、社会現象の一つとしての文学であり、広い意味で宣伝の意義をもつとした。
「私は文芸の天地を旋回させる力を信じていないものだ。しかしもしも別の方面でそれを応用しようとする人がいれば、私はできるとも思っている。例えば『宣伝』がそれである。
アメリカのシンクレアーは言っている、あらゆる文芸は宣伝である。（中略）私——やはり浅薄な——はシンクレアーの言葉を信じている。あらゆる文芸は、宣伝である、人に少しでも見せさえすれば。たとえ個人主義的作品であれ、少しでも書きだせば、宣伝の可能性をもつ、文を書かず口を開かないのでないかぎり。そこで、革命に用いて道具とするのも、もちろん可能である。」

また「我的態度気量和年紀」（一九二八・四・二〇、『三閑集』）では、現在の社会制度の中では、文学は利害関係を含まざるをえないとする。

一九二八年は、上述のように、文学に対する魯迅の認識の変化・深化が窺われる過渡的時期に属すると言える。

**註39**：労働者階級ではない魯迅自身は、才を翻して、自らの階級を批判・攻撃することによって、革命を補佐するとした（「写在『墳』后面」、一九二六・一一・一一、『墳』）。また、孫文のような優れた革命人が文学を書けば、それが革命文学となるとした（「中山先生逝世后一周年」、一九二六・三・一〇、『集外集拾遺』）。その後、階級移行を認める一九二九年の魯迅の発言は、馮雪峰の「回憶魯迅」（人民文学出版社、一九五二・八）によって紹介された。

ただ、革命人に関する論理（「中山先生逝世后一周年」、前掲）は、一九三二年の「関于小説題材的通信」（一九三二・一二・二五、『二心集』）でも「戦う無産者」として継続している。

**註40**：「人は多く『生命の川』の一滴であり、過去を受け継ぎつつ、未来に向かうのである。もしも尋常なものと異なるほどに真に傑出しているものでないのなら、すべて前に向かい後をふり返ることを、合わせもたざるをえない。詩『十二』には、このような心を見てとることができる。ブロークは前に向かった。それで革命に向かって突進した。しかしふり返った、そこで負傷した。」（「『十二個』后記」、一九二六・七・二一、『集外集拾遺』）

**註41**：孫文について革命人としての高い評価は、例えば「中山先生逝世后一周年」（一九二六・三・一〇、『集外集拾遺』）に窺われる。

「彼〔孫文を指す――中井注〕は一人の全面的な、永遠の革命者である。行うところのどのことであれ、すべてみな革命である。後世の者がいかにことさら彼の欠点を詮議だてし、冷ややかにおとしめようとも、彼はついにすべてみな革命である。なぜなのか。トロツキーは何が革命芸術であるのか、かつて説明したことがある。主題においては革命を語らずとも、革命から生まれた新しいものによって裏付けられた意識に貫かれていること、これである。さもなくば、たとえ革命をテーマとしていても、革命芸術ではないのである。」

「慶祝滬寧克復的那一辺」（一九二七・四・一〇、『集外集拾遺補編』）で、魯迅はレーニンの言葉を引用し、レーニンを「革命的老手〔革命の老練な人〕」とし、「これまでの革命の成功失敗の原因を深く知り、自分でも多くの経験を積んでいなければ、言うことのできないことである。」としている。

また、魯迅は一九二六年、トロツキーについて次のように言う。

「中国人の印象では、恐らくトロツキーは叱咤激励する革命家、武人であると思っているであろうが、しかし彼のこの文章を読むと、彼は文芸を深く理解する批評者でもあることがわかる。」（「『十二個』后記」、一九二六・七・二一、『集外集拾遺』）

トロツキーは革命人でもあり、文芸を深く理解する批評者でもあった。トロツキーの文学論に関して、一九二八年から三〇年にかけて魯迅は肯定的に評価し論じている。

「トロツキーはすでに『没落』したけれども、彼は、利害関係を含まない文章は将来別の制度の社会でなければならぬ、と言ったことがある。私は、彼のこの話はむしろ今でも正しいものと思っている。」（「我的態度気量和年紀」、一九二八・四・二〇、『三閑集』）

魯迅とトロツキーに関して、『魯迅とトロツキー』（長堀祐造、平凡社、二〇一一・九・一七）が詳細に論ずる。私は、トロツキーその人およびその文学理論・文学評論に対する魯迅の評価と、一九三六年ころの中国「トロツキスト」派に対する魯迅の評価は、三者を区別して考えなければならないと考える。「魯迅筆下的托洛斯基只是文評家」（王観泉、『魯迅研究』一九八四年第三期、一九八四）はこの点に関連して次のように指摘する。

「もしもトロツキーの文芸理論に対する魯迅のことを論ずるとするならば、全体的に言うとやはり賛成し、認めているものである。それをタブーとしてはならないし、する必要がない、なぜなら魯迅の筆下のトロツキーは文芸評論家にすぎず、これはトロツキーの政治上の反ソ連共産党と必然的な関係がなく、中国のトロツキー陳独秀派とはさらに何らの関係もないからである。」（二六頁～二七頁）

また、魯迅はトロツキーの『文学と革命』におけるすべての観点に賛成したのではないと思われる。例えば、魯迅は、トロツキーの過渡期におけるプロレタリア文化不成立論の考え方について、むしろその成立を肯定するルナチャルスキーを支持したと私には思われる。また、一九二八年以降の魯迅の文芸理論の発展・変化自体の中で、トロツキーの文芸観の影響のさまざまな重みは変化していると思われる。こうした点については、今後の課題とする。

註42：魯迅は「現今的新文学的概観」（半月刊『未名』第二巻第八期、一九二九・四・二五、『三閑集』）で次のように革命文学派を批判して言う。

「この階級からあの階級に行くのは、もちろんありうることです。しかしもっとも良いのは、意識がどのようであるのか、一つ一つ率直に言って、大衆に見てもらうことで、敵であるか友であるか、はっきりと分かります。頭の中にたくさんの旧い残滓を残しておきながら、わざと隠して、芝居のように自分の鼻を指し、『自分だけが無産階級である！』と言ってはなりません。」

魯迅は「〈硬訳〉与〈文学的階級性〉」（『萌芽月刊』第一巻第三期、一九三〇・三、『二心集』）で次のように言う。

「中国の作者は、いま実際のところ鋤や斧の柄を手放したばかりのものはいない。大多数は学校に入ったことのある知識人で、或るものたちはとっくに有名な文人である。彼らは自分の小資産階級意識を克服したあと、以前の文学的技量さえもそれとともに無くしてしまったのだろうか。ありえない。（中略）中国の、スローガンがあってそれに伴う実証がないのは、私が思うに、その病根は『文芸を階級闘争の武器とする』ことにあるのではなく、『階級闘争を借りて文芸の武器とする』ことにあり、『無産者文学』の旗のもとに、急激にトンボがえりをした少なからぬ人が集まったことにある。試みに去年の新書の広告を見ると、ほとんど革命文学でないものはないし、批評家はまた弁護を『清算』とした。すなわち『階級闘争』の援護のもとに文学を坐らせたので、文学自身はむしろ必ずしも力をつける必要がなく、そこで文学と闘争の二つの面において関係が薄れた。」

註43：のちに魯迅は、「上海文芸之一瞥」（一九三一・七・二〇講演、『文芸新聞』第二〇、二一期、一九三一・七・二七、八・三、『二心集』）で次のように言う。

「広東から北伐が始まったとき、一般の積極的青年はすべて実際の仕事に駆けつけ、そのときにはまだはっきりとした何らかの革命文学運動はなかった。政治環境が突然に変わり、革命が挫折して、階級分化が非常に鮮明となり、国民党が『清党』の名によって、共産党や革命大衆を大量に殺戮して、生き残った青年たちが再び被抑圧の境遇に陥り、そのため革命文学は上海で激烈な活動をおこなうことになった。だからこの革命文学が盛んとなったのは、表面的には他国と異なり、革命の高揚のためではなくして、革命の挫折のためである。（中略）実際に社会的基礎があったために新人の中には、きわめて堅実で正しい人が存在した。しかしそのときの革命文学運動は、私の意見によれば、しっかりとした計画がなく、間違ったところもあった。例えば、第一に、彼らは中国社会に対して綿密な分析を加えたことがなく、ソビエト政権のもとで行うことができる方法を、機械的に運用しようとした。さらに彼らは、とりわけ成仿吾先生であるが、一般の人に革命を非常に恐るべきこととして理解させた。極左的な凶悪な顔つきを示して、革命が来れば、あらゆる非革命者はすべて死なねばならないかのようで、革命に対してただ恐怖を抱かせた。実際には革命は人を死なせるものではなくて、人を生かすものである。」

註44：また魯迅は前述のように、次のように指摘する。

「そのときの革命文学運動は、私の意見によれば、しっかりとした計画がなく、間違ったところもあった。例えば、第一に、彼らは中国社会に対して綿密な分析を加えたことがなく、ソビエト政権のもとで行うことができる方法を、機械的に運用しようとした。」（「上海文芸之一瞥」、一九三一・七・二〇講演、前掲『二心集』）

中国革命文学派の主張は、ソビエト政権のもとで実行できるような方法を運用しようとした、と魯迅は指摘する。

ロシア共産党が政権を掌握したソ連において、一九二四年、同伴者作家を排斥しようとする『ナ・ポストゥ』派の主張は激しい論争を呼んでいた。トロッキーは、「蘇俄的文芸政策」の発言の中で、ロシア十月革命以前のマルクス主義者はときにデカタン派を同伴者とし、また同伴者に対して広い場所を与えてきたことを指摘した。

一九二八年、中国共産党が弾圧されている中国において、中国革命文学派が新文学を推進した魯迅・茅盾・周作人等を排斥することは、彼らが中国旧社会に対して綿密な分析を加えることができなかったことを示している、と思われる。たとえ中国革命文学派の状況認識には、『魯迅と革命文学』（丸山昇、紀伊國屋書店、一九七二・一・三一）が指摘する、国民革命の挫折による統一戦線に対する失望（民族ブルジョアジー、小ブルジョアジーに対する失望）と労働者階級に対する期待があったにせよ。

**註45**：「『奔流』編校后記（一）」（一九二八・六・五、『奔流』第一巻第一期、『集外集』）で魯迅は次のように言う。

「この記録の中から、労働者階級文学の大本営ロシアの文学の理論と実際を見ることができる。それは現在の中国において、おそらく無益なことではないだろう。」

のちに、「現今的新文学的概観」（一九二九・四・二五発表、半月刊『未名』第二巻第八期、『三閑集』）で魯迅は次のように言う。

「もしもはっきりと理解しようとするなら、私の旧い言葉、『より多く外国書を読』んで、この包囲網を打破するほかありません。（中略）他国の理論と作品をより多く読んだあと、それから中国の新文芸を評価すれば、ずいぶんとはっきりさせることができます。」

**註46**：『ナ・ポストゥ』派は、「文学与芸術」（アヴェルバッハ等、『蘇俄的文芸論戦』、前掲）で次のように言う。

「ソビエト・ロシアの現代文学の派別は錯綜しており、時期は過渡期であり、あれこれの派が関連しあっているのだが、しかしこれらの文学を三大派別に分けることができる。（一）資産階級の文学、この派は特別な階級的見地で世界を観察する。（二）中間社会的小資産階級の文学。（三）無産階級の文学、この派は読者の心理を共産主義の方向に導く。」

『ナ・ポストゥ』派は、基本的に上述の階級丸裸の立場から、文学を評価する姿勢をとり、資産階級の文学と小資産階級の文学に厳しい批判を加えた。

「革命与文学」（郭沫若、『創造月刊』第一巻第三期、一九二六・五・一六）は次のように言う。

「現在、文芸に対する私の見解もすっかり変わった。一切の技術上の主義は問題となり得ない。問題としうる点は、ただ、昨日の文芸・今日の文芸・明日の文芸ということのみである、と考える。今日の文芸とは、生活の優先権を無自覚に占有している貴族のひまつぶしの聖なる品である。例えばタゴールの詩・トルストイの小説のように、たとえ彼らが仁を語り愛を説くとしても、私は、彼らが餓鬼に布施をほどこしているように思うだけだ。今日の文芸とは、私たちが現在革命の途上を歩いている文芸であり、私たち被抑圧者の呼びかけであり、生命にせきたてられた叫びであり、闘志の呪文であり、革命の予期する歓喜である。この今日の文芸が革命の文芸であるということは、私は、過渡的現象であるが、しかし不可避の現象であると考える。明日の文芸とはどんなものなのか。（中略）これは社会主義が実現した後で、始めて実現できる。」

郭沫若は、昨日・今日・明日というそれぞれの時期における階級支配のおおまかな在り方に基づいて、その時期の文芸の性質・役割を判別し評価する。

また、「怎様地建設革命文学」（李初梨、『文化批判』第二号、一九

二八・二・一五）、「芸術与社会生活」（馮乃超、『文化批判』創刊号、一九二八・一・一五）は、階級的立場に立って小資産階級の作家（魯迅、周作人、茅盾等）に対して激しい批判を加えた。

『ナ・ポストウ』派と中国革命文学派（李初梨等）はともに、文学の階級的意味を指摘する。このことは非常に重要であるとはいえ、しかし両者はそのほかの、文学における認識としての価値、芸術としての価値を無視する。また、プロレタリア文学以外の文学がもつ、社会を進歩の方向に推し進める作用を軽視する。こうした点において両者は共通点をもつ。

**註47**：『ナ・ポストウ』派のワルジンの報告に基づいた、「イデオロギー戦線と文学　第一回プロレタリヤ作家全連邦大会（一九二五年一月）の決議」は、次のように言う。

「ソウエート連邦のプロレタリヤ文学は、唯一の目的――世界プロレタリアートの勝利の事に奉仕し、プロレタリヤ××のあらゆる敵と用捨なく戦うこと、を自己の前に立てている。プロレタリヤ文学はブルジョア文学を克服するであろう、何となればプロレタリヤ××は必然に資本主義を絶滅するであろうから。」（底本は『露国共産党の文芸政策』、南宋書院、一九二七・一二・二五、前掲、一九二頁）

ここでは、プロレタリヤ文学はあらゆる敵と戦い、ブルジョア文学を克服するであろう、とする。そこには、ブルジョア文学からの批判的継承と発展の課題よりも、闘争と克服が目標として立てられた。

「芸術与社会生活」（馮乃超、『文化批判』創刊号、一九二八・一・一五）は次のように言う。

「以上五人の作家〔葉聖陶、魯迅、郁達夫、郭沫若、張資平――中井注〕を挙げたが、当然彼ら五人は教養のある五種類の知識人階級を代表することができる。彼らは敏感な感受性と円熟した技巧によって中国の悲哀を深く描いた。しかし小資産階級 Petit Bourgeois の特性は、保守に傾くこともできるし、革命に傾くこともできるものである。時代は慌ただしく流動転換し、地球は絶えず回転して、彼らは没落するものは没落し、革命するものは革命にいくことになる。

（中略）このような暗雲が垂れこめた〝中国の悲哀〟は、当然文学作品に反映した。だから中国の芸術家は多く小資産階級の層から出たのは当然の事実である――中国にはなお壮健な資産階級がなく、この社会の層の中から偉大な芸術家が生まれえない、これも事実である。それら小資産階級の文学者が真の革命的認識をもたないとき、彼らは自分の属する階級の代言人にすぎない。それで、彼らの歴史的任務は、憂鬱なピエロ（Pierotte）にほかならない。」

ここでは、小資産階級の文学からの批判的継承と発展が述べられるのではなく、そこからの転換・脱却が必要であることが指摘される。

**註48**：ロシア共産党中央委員会の決議「文芸の領域における党の政策について」の翻訳は『奔流』第一巻一〇期（一九二九・四・二〇）に掲載されたが、しかしそれ以前に魯迅はすでにそれを読了し、内容を把握していたと考える。

**註49**：「L.Trotsky（託羅茲基）」、『奔流』第一巻第三期、一九二八・八・二〇、底本は『露国共産党の文芸政策』、南宋書院、一九二七・一一・二五、前掲）において、トロツキーは次のように発言する。

「その後マルクス主義雑誌は〔半マルクス主義のそれについては言う必要はない〕、『プロスエシチエーニエ』に至るまで、如何なる『単元的』文芸欄をも有せず、『ポプートチキ』〔同伴者作家を指す――中井注〕に対して広い場所を与えて来たのである。この点に関してはより厳格であるか若しくはその反対により寛大であるかが出来た、しかしながら芸術の領域に於て『単元的』政策を行うことは、その為めに必要な芸術的要素を欠いでいたことによって、不可能であったのである。」（八九頁）

この発言が訳載された『奔流』第一巻第三期の「『奔流』編校后記（三）」（一九二八・八・一一、『集外集』）で、魯迅はこの言葉を借用している。「『ナ・ポストウ』派は主義が変質するのを恐れて、厳格にすることを重視し、トロツキーは文芸が独りで活きることができないことから、寛容にすることを重視する、という問題である。」（「『奔流』編校后記（三）」、前掲）

ロシア左翼勢力の雑誌は、十月ロシア革命前において、同伴者作家に広い場所を与え、厳格であるか、寛大であるかの区別はあるにしろ、「単元的」政策（同伴者作家を排除する一元的政策）を採ることがなかった。

**註50**：「請看我們中国的 Don Quixote 的乱舞」（李初梨、一九二八・四、『中国文芸論戦』、李何林編、一九三〇、東亜書店、一九三二・一、四版、底本は、『中国文芸論戦』〈上海書店、一九八四・九〉）

**註51**：『魯迅と革命文学』（丸山昇、紀伊國屋書店、一九七二・一、九六頁〜九七頁）は次のように指摘する。

「従来の中国革命は、民族ブルジョアジー、小ブルジョアジーをも含んだ統一戦線のものでありえた。しかし、今やそれでは革命は前進しないことは明らかとなった。民族ブルジョア、小ブルジョアは、決定的段階に至ると、必ず革命から脱落し、革命を裏切る。今や中国革命はプロレタリアートによって担われる以外には前途は持たぬ。そして小ブル・インテリゲンチアは、それが小ブルである限り、必ず反革命の役割を果す。彼らが真に革命の側に立ち、〈革命的インテリゲンチア〉であろうとする限り、小ブルジョア性を克服し、プロレタリアートの階級意識を持たねばならぬ。かいつまんでいえば、これがおそらく当時の〈革命文学〉提唱の基礎となっていた現状認識であった。」

**註52**：郭沫若は「文学革命之回顧」（一九三〇・一・二六、『文芸講座』第一冊、上海神州出版社、一九三〇）で次のように言う。

「すでに攻め倒された旧文学は彼らがさらに攻撃する必要はなく、彼らの攻撃対象はむしろいわゆる新陣営内の投機分子と投機的な粗製濫造にあった。」

郭沫若はここで、一九二〇年代の創造社の活動について回顧し、当時の旧文学を「すでに攻め倒された旧文学」としている。

**註53**：こうした中国革命文学派の考え方については、「郭沫若『革命与文学』における『革命文学』提唱についてのノート（下）」（名古屋大学言語文化部『言語文化論集』第一三巻第一号、一九九一・一一、後に『一九二〇年代中国文芸批評論』〈汲古書院、二〇〇五・一〇・五〉の第二章に所収）で述べた。

**註54**：前述のように、魯迅は後に、「そのときの革命文学運動は、（中略）例えば、第一に、彼らは中国社会に対して綿密な分析を加えたことがなく」（「上海文芸之一瞥」、一九三一・七・二〇講演、前掲、『二心集』）、と指摘した。

また、「対于左翼作家連盟的意見」（一九三〇・三・二講演、『萌芽月刊』第一巻第四期、一九三〇・四・一、『二心集』）では、「第一に、旧社会と旧勢力にたいする闘争は、必ず断固として、間断なく持久するもので、さらに実力を重視しなければなりません。」と指摘し、左翼作家連盟が旧社会・旧勢力・旧文学との闘争を重視する重要性を述べた。

**註55**：福本主義との関係を論じたものに、「李初梨における福本イズムの影響」（齋藤敏康、『野草』第一七号、中国文芸研究会編、一九七五・六・一）、「創造社前后期転変与日本福本主義」（艾暁明、『中国左翼文学思潮探源』、湖南文芸出版社、一九九一・七）がある。

**註56**：「『新時代的預感』訳者附記」（一九二九・四・二五、『訳文序跋集』）で魯迅は次のように言う。

「またこのことから、超現実的唯美主義はロシアの文壇においてその根がもともとこれほど深いものであり、そのため実際に革命的批評家ルナチャルスキーなども全力で排撃しなければならなかったのだ、と分かる。またこのことから、中国の創造社の類が以前には『芸術のための芸術』を鼓吹し、現在は革命文学を談論しているが、それはどういうわけかいつも現実を見つめることができず、それ自体も理想のない空騒ぎである、と分かる。」

註57：「Tolstoi与Marx」（魯迅訳、『奔流』第一巻第七、八期、一九二八・一二・三〇、一九二九・一・三〇）で、ルナチャルスキーは言う。トルストイの空想的理想を現実化できるのが、マルクス主義である。「トルストイ主義」者の目を現実に見開かせることが大切だ。身を汚さない人道主義者よりも、現実の泥沼の中で苦闘するものこそ価値がある。しかしソ連の労働者階級にとって、知識人層（「トルストイ主義」者）の協力は不可欠であり、彼らを必要とする、と。こうしたところに、ルナチャルスキーの現実に根づいた思考方法をうかがうことができる。

「芸術与社会」（馮乃超、『文化批判』創刊号、一九二八・一・一五）がレーニンの「ロシア革命の鏡としてのレフ・トルストイ」を引用しながら、トルストイを全否定したことと比較すると、ルナチャルスキーの現実に根づいた思考がより分かる。「芸術与社会」（馮乃超、前掲）はまた魯迅について次のように批判する。

「結局彼〔魯迅を指す――中井注〕が反映するのは社会変革期の落伍者の悲哀であり、その弟とともにやるせなく人道主義の美しい言葉を語るにすぎない。隠遁主義だ！　幸いなことに、彼はL.Tolstoyをまねて卑しい説教者に変わってはいない。」

また魯迅には、同伴者作家に対するルナチャルスキーの理解、文学者と文学の特殊性に対するルナチャルスキーの次のような理解にも共鳴するところがあったと思われる。

「忘れてならないことは芸術家は人間の特別なタイプであると云うことだ。我々は決して、芸術家の多数が同時に政治家であるように望むことは出来ない。芸術家には多くの場合、正に思考に対する極度の敏感性或は特定なる意志的行動に対する傾向を有しない人々があるのである。マルクスはこれを理解していて、ゲーテ、ハイネの如き文学的現象に対しては並々ならぬ注意深さと優しさとをもって近づいて行くことが出来た。

繰返して云う、芸術家が指導的政治理論を有していることは稀である。彼はその材料を、これとは異った方法で組織化するのである。我々が我々自身の間から出て来た芸術家に対する場合に於いてさえ、我々は彼の芸術的作品の中に狭隘な党の、綱領の目的を課してはいけない。彼が芸術家として行動する限りに於いて彼は、政論家の仕事が為される所のそれとは異った法則に従って自己の経験を組織してゆくのである。」（「A.Lunacharsky」（盧那卡尓斯基）」、『奔流』第一巻第三期、一九二八・八・二〇、「ア・ルナチヤールスキイ」、『露国共産党の文芸政策』、外村史郎、蔵原惟人訳、南宋書院、一九二七・一一・二五、一三〇頁）

註58：魯迅は、プレハーノフ（『芸術と社会生活』、馮雪峰訳、水沫書店、一九二九・八）による、芸術のための芸術派（唯美派）と人生のための芸術派（人生派）に対する史的唯物論の立場からの理解を学んだ。プレハーノフは、いわゆる「人生派」と「唯美派」がどのような社会的条件のもとにあるかによって、また彼らと社会的環境がどのような関係においてあるかによって、それぞれの傾向が強められることを言う。

註59：革命文学論争に対する魯迅の理論的理解は、本文で述べたとおりと推測する。しかしこの論争の収束には、一九二九年秋、創造社、太陽社の共産党員に対する中国共産党の指導があった。それは、陽翰

筆（「中国左翼作家連盟成立的経過」、『風雨五十年』、人民文学出版社、一九八六・一〇）と夏衍（「革命文学論戦」、『懶尋旧夢録』、生活・読書・新知三聯書店、一九八五・七）の回憶で言及されている。

## 第七章　一九二六年から三〇年前後のマルクス主義文芸理論の受容

**註1**：『ソヴェート・ロシヤ文学理論』（岡沢秀虎、神谷書店、一九三〇・二・一）の「第二章第四節　トロツキイの文学論」は次のように述べる。

「一九二三年に出版されたトロツキイの文芸評論集《文学と革命》は、ルナチャールスキイの評語を借りれば、『驚嘆すべき』著作である。それは、その内容から云えば、文学に関する豊富な卓越した知識を持って居り、その外形的成功から見れば、ロシヤ批評文学に於ける最も注目すべき現象の一つである。殊に文学へのマルキシズムの展開として、本書の役割は大きかった。ロシヤには最近十年間に於てこの書程深い印象を残した文学書は他にない。この書の中で、彼が各作家、各グループに与えたそれらの特質解剖は、今日にまで生ける意義を失っていない。」（二九四頁）（傍点は省略。私が日本語の底本から引用する場合、仮名遣いは現代仮名遣いに、旧字体は新字体に、それぞれ改め、送り仮名はそのままとし、ルビ・傍点は省略する。以下同じ。）

　ルナチャルスキーは「トロツキーの文化論」（ア・ヴェ・ルナチャルスキー、中島章利・志田昇訳、『トロツキー研究』第八号、一九九三・九・一五〈この翻訳には底本とルナチャルスキーの発表年月日が記されていない〉）で、トロツキーの『文学と革命』を詳細に論評する。そこでは、過渡期におけるプロレタリア文化不成立論を批判しつつも、当時の文学論としての価値を高く評価している。

**註2**：小論は、参考として文献の中にあげた、『魯迅とトロツキー――中国における《文学と革命》』（長堀祐造、平凡社、二〇一一・九・二五）に大きな裨益を受けている。同時に、マルクス主義文芸理論家トロツキーと魯迅の関係について、本文で述べるように、私なりの見解を提出し、大方のご批判を仰ぐことにする。

**註3**：魯迅は、『文学と革命』（トロツキー著、茂森唯士訳、改造社、一九二五・七・二〇、魯迅入手年月日、一九二五・八・二六〈さらに、一九二八・二・二三〉）の「第三章　アレクサンドル・ブロック」を翻訳し、胡斅《こがく》訳本『十二』（北京北新書局、一九二六・八）の本文の前に、無署名でつけた。（また、「訳者より」〈『文学と革命』、茂森唯士訳、改造社、前掲〉は『文学と革命』について次のように言う。「本書は一九二三年秋モスクワ『赤い処女地』社発行の露原書『文学と革命』〈Literatura i Revolutzia〉中、革命後のロシア文学を評論した『現代文学』と名づくる同書の前半全八章を訳出したものである。」）魯迅にとっておそらく、『文学と革命』（前掲、改造社、一九二五・七・二〇）を入手した時点、一九二五年八月二六日が、トロツキーの文学論と初めて出会ったときであると推測する。

　魯迅がトロツキーに初めて言及するのは、「中山先生逝世后一周年」（一九二六・三・一〇、『集外集拾遺』）である。

　その後また、魯迅は、『露国共産党の文芸政策』（蔵原惟人・外村史郎訳、南宋書院、一九二七・一一、入手年月日は、一九二八・二・二七）を底本として、「蘇俄的文芸政策」として雑誌『奔流』に訳載した。そこには、「序言」（蔵原惟人、一九二七・一〇、『奔流』第一巻第一期、一九二八・六・二〇）、「関于対文芸的党的政策　関于文芸政策的評議会的議事速記録（一九二四年五月九日）」（『奔流』第一巻第一期から第一巻第五期〈一九二八・一〇・三〇〉）が掲載され、『奔流』第一巻第七期（一九二八・一二・三〇）に「観念形態戦線和文芸　第一回無産階級作家全聯邦大会的決議（一九二五年一月）」が、同誌第一巻第一〇期（一九二九・四・二〇）に「関于文芸領域上的党的政策　俄国××党中央委員会的決議（一九二五年七月一日、〝Pravda〟所載）」が掲載される。また、同誌第二巻第一期（一九二九・五・二〇）と同誌第二巻第五期（一九二九・一二・二〇）に「蘇俄的文芸政策附録　蘇維埃国家与芸術　A.Lunacharski 作――〝芸術与革命〟（一九二四年墨斯科発行）所載」が掲載された。のちに、附録の部分を変更して、『文芸政策』（水沫書店、一九三〇・六）として出版した。この「関于対文芸的党的政策　関于文芸政策的評議会的議事速記録（一九二四年五月九日）」にもトロッキーの発言が掲載されている。

　また、韋素園、李霽野が『莽原』誌上で『文学与革命』を訳載しはじめるのは、「無産階級的文化与無産階級的芸術」（半月刊『莽原』第二巻第六期、一九二七・三・二五）からである。

**註4**：この点について私なりの考えは、「厨川白村と一九二四年における魯迅」（『野草』第二七号、中国文芸研究会編、一九八一・四・二〇、のちに『魯迅探索』〈汲古書院、二〇〇六・一・一〇〉の第八章に所収）で述べたことがある。

**註5**：厨川白村は次のように言う。

「現実生活の深い根柢の上に建てられた近代の文芸は、その一面に於て純然たる文明批評であり社会批評である。嘗てそういう傾向の第一人者であったイプセンによって起された、所謂問題劇は言うまでもなく、また傾向小説、社会小説などの名目によって呼ばれる多くの作品も、みな直接に或は間接に近代生活の難問題を捉えて題材とした。」（「労働問題を描ける文学、（一）問題文芸」、『象牙の塔を出て』〈『厨川白村全集』第三巻、改造社、一九二九・五・二〇〉、一三一頁）

　魯迅は次のように言う。

「直接に『文学革命』に対する熱情でなかったからには、なぜ筆を取りあげたのか。思い起こせば、大半はむしろ熱情をたぎらせる人々に対する共感のためであった。これらの戦士は寂寞のうちにあるけれども、考えは間違っていない、大声を上げて応援しよう、と思った。先ずは、このためであった。もちろんこの中にはまた、旧社会の病根を暴露して、人々に注意を促し、方法を講じて治療する希望を交えていたのに違いはない。」（「『自選集』自序」、一九三二・一二・一四、『南腔北調集』）

「もちろん、小説を作り始めると、どうしても自分で考えをもつようになります。例えば、『なぜ』小説を書くのかと言えば、私は依然として十数年前の『啓蒙主義』を抱いて、必ず『人生のため』でなければならない、しかもこの人生を改良しなくてはならない、と思っています。かつて小説を『閑書』と称したのを深く憎み、また『芸術のための芸術』を、『暇つぶし』の新式の別号にすぎないと見なしています。そのため私の題材は、多くは病態社会の不幸な人々の中から採りました。その意図は病苦を明らかにして、治療のための注意を引き起こそうとすることにありました。」（「我怎麼做起小説来」、一九三三・三・五、『南腔北調集』）

**註6**：厨川白村は次のように言う。

「芸術というものは真の個性を表現し、自然人生のすがたを捉えて、それを作品の上に活かして写して行くということになる。芸術が他の一切の人間の活動と違って居る点は、芸術は純然たる個人的活動である。（中略）芸術ばかりは極度の個人的活動です。つまり其人自身の生命即ち個性を其物に賦与する。そこで他人の模倣をしたり人の拵えたような型に嵌ったりすると、生命というものを打ち壊してしまうから、そういう作品は芸術として物にならない。何よりも先ず自己を本

位として自分というものを偽らないでその儘に出す。」（「芸術の表現」、『象牙の塔を出て』〈前掲〉、一二〇頁～一二一頁）

魯迅は次のように言う。

「ノラは結局出ていきました。家を出てからどうなったのか。イプセンは答えていません。しかも彼はすでに死にました。たとえ死んでいなくとも、答える責任はありません。なぜならイプセンは詩を作ったので、社会のために問題を出し、しかも代わって答えるものではありません。ちょうど鶯のように、彼は自ら歌いたいために歌うのであって、歌って人々のためになり、楽しませようとするのではありません。イプセンは全く世故に通じていない人でした。伝えられるところでは、たくさんの女性がともに彼を招待した宴席で、代表が立ち上がって《人形の家》を作り女性の自覚、解放ということに、新しい啓示を人々に与えてくれた、と謝辞を述べたとき、彼は答えました。

『私がそれを書いたのは決してそのような意味ではありません、私は詩を作ったのにすぎません。』」（「娜拉走后怎様」、一九二三・一二・二六、『墳』）

「このような短評を書いてはいけないと忠告する人もいる。その好意には、私は心を打たれるし、創作の尊ぶべきことも決して知らないのではない。しかしこのようなものを作らなければならないときには、恐らくまたこのようなものを作ろうとするだろう。私は、もしも芸術の宮に面倒なこうした禁則があるならば、むしろ入らない方がよい。やはり砂漠の上に立ち、飛ぶ砂走る石を見て、楽しければ大いに笑い、悲しければ大いに叫び、憤れば大いに罵るのである。たとえ砂礫に打たれて体中ざらざらとなり、頭から血を流し、いつも自分の固まった血をなでて、模様があるかのように感ずるとしても、中国の文士たちにならって、シェークスピアに付きそいバターつきのパンを食べるような楽しみに、必ずしも劣るものではない。」（「『華蓋集』題記」、一九二五・一二・三一）

**註7**：厨川白村は次のように言う。

「潜在意識の海の底の深い深いところに伏在している苦悶、即ち心的傷害が象徴化せられたものでなければ、大芸術ではない。浅い上つらの描写は、如何にそれが巧妙な技巧に秀でていても真の生命の芸術のように人を動かさないのだ。突込んだ描写とは風俗壊乱の事象なぞを、事も細かにただ外面的に精写するの謂ではない。作家が自己の胸奥を深く、またより深く掘り下げて行って、自己の内容の底の底にある苦悶に達して、そこから芸術を生み出すと云う意味である。自己を探ること深ければ深いほど、その作はより高く、より大に、より強くあらねばならぬ。描かれたる客観的事象の底まで突込んで書いていると見えるのは、実は何ぞ知らん、それは作家が自己そのものの心胸を深くえぐり深く探っているに他ならない。」（「創作論、（六）苦悶の象徴」、『苦悶の象徴』〈『厨川白村全集』第二巻、改造社、一九二九・五・八、一六八頁～一六九頁〉）

「作家の胸裡の無意識心理の底から湧き出たものが、更に想像作用によって或心像となり、それが感覚や理知の構成作用を経て、象徴の外形を具えて表現せられたものが文学作品である。」（「鑑賞論、（六）共鳴的創作」、『苦悶の象徴』〈前掲〉）

**註8**：厨川白村は次のように言う。

「一切の文芸は創造創作であるが故に、自己表現である。詳しく言えば作者が内から迫る要求のために自己を表現したものであって、自己以外の世人とか、政治運動とか社会運動とかの道具として利用すべく筆を執るべきものではない。広告用でもなく宣伝用でもない。創造と自己表現それ自らに意義があるのだ。（中略）若し飽くまでも『人生のための芸術』という事を功利実利のための文芸と解釈し、実際当面の社会人心のための宣伝式文芸なりというが如き浅薄卑近の見解を許すとするならば、問題劇、社会劇の本家本元であるイブセンが婦人に向って答えたあの言葉の如きは何と解すべきだろうか。私は繰返し言う、イブセンは真に詩人であり芸術家であって、眼中に宣伝だの広告だのということがなかったために、あの偉大な作品を世界文化に寄与する事が出来たのだ。（中略）教育家は月給を貰う。しかし最初から月給のために教育に従事するような教育家に立派な教育は出来はしない。またよい教育家は高い月給を貰う結果になるかも知れない。しかしそれが目的であってはならない。作家の創作は宣伝となるかも知れない。否な作品が偉大なれば偉大なるほど、より多く宣伝となる事は月給の多いのも同じだろう。しかしそれが作家の目的であってはならないことは、教育者が月給のために仕事をしてはならないのと同様だ。たとい思想の宣伝ではなくとも、芸術家には別に芸術家としてのとうとい使命もあれば任務もある事を考えねばならぬ。」（「宣伝と創作」、『近代の恋愛観』〈『厨川白村全集』第五巻、改造社、一九二九・四・三、二四五頁〜二四九頁〉）

**註9**：有島武郎は「芸術を生む胎」（一九一七、『壁下訳叢』〈上海北新書局、一九二九・四〉所収、底本は『有島武郎全集』第七巻〈筑摩書房、一九八〇・四〉）で次のように言う。

「芸術を生む力は主観的でなければならぬ。この主観のみから真の客観は生れ出る。（中略）畢竟自己の問題だ、愛の問題だ。」（一六四頁）

「芸術家が社会を対象として創造を成就したと外面的に見える例はある。（中略）然し綿密に考察するならば、その創造が価値ある創造である以上は、その対象は芸術家の自己と交渉を没却した対象である場合は絶対にない事を私は断言する。その芸術家は必ず自己の中に摂取された環境を再現しているのだ。則ち自己を明らかに表現しているのだ。題材が社界の事であれ、自己の事であれ、客観的であれ、主観的であれ、真の芸術作品は畢竟芸術家自身の自己表現の外であり得ない。」（一六二頁）

**註10**：有島武郎は「旅」（一九二一・一〇、『有島武郎全集』第八巻、筑摩書房、一九八〇・一〇）において、関西ソビエット主催によるロシア飢饉救済の資金調達のために講演会に講師として参加した模様が述べられたように、あくまで自己（内部要求、個性）に基づき、あくまで「私の実情から出発」（「広津氏に答ふ」、一九二二・一、『有島武郎全集』第七巻、新潮社、一九二九・六）して、社会・現実と深くかかわろうとしていたと思われる。

**註11**：週刊『語絲』は、一九二四年一一月一七日に創刊された。「我和『語絲』的始終」（一九二九・一二・二二、『三閑集』）で魯迅は次のように言う。

「意図せぬ中にも或る特色を表した。それは、意のままに話して憚るところがなく、また新しいものの誕生を促そうとし、新しいものにとって有害な旧物に対しては、力の限り排撃を加えるものである。――しかしどのような『新しいもの』を生みだすべきか、ははっきりとした言明がない。またいささか危険を感ずると、やはりわざと言葉を濁した。」

**註12**：魯迅は、「『華蓋集』題記」（一九二五・一二・三一、『華蓋集』）で次のように言う。

「私は早くから、中国の青年が立ちあがって、中国の社会、文明に対して、いささかの忌憚もなく批評をしてくれることを希望していた。そのため『莽原』を編集印刷し、発言の場としたが、残念なことに話をする人は少なかった。」

**註13**：「『魯迅景宋通信集』八〇」（一九二六・一一・七、『魯迅景宋通信集』、湖南人民出版社、一九八四・六）で魯迅は次のように言う。

「実際私もまだすこし野心をもっており、広州に行った後、研究系に対して打撃を加えたいとも思います。たかだかきっと北京に行くことができなくなるくらいで、別にかまいません。第二は創造社と連絡をとり、戦線を作って、さらに旧社会に進攻します。私はもう一度力を尽くして文章を書くのも、厭いません。」

**註14**：『魯迅景宋通信集』一二」(一九二五・四・一四、前掲)で魯迅は次のように言う。

「当時袁世凱と妥協して病根を植えつけましたが、実際はやはり党人の実力が充実していなかったからです。ですから前車の轍に鑑みて、このの ち第一に重要な計画は、やはり実力の充実にあり、このほかの言動は、ただすこし補佐することができるだけです。」

**註15**：「魯迅先生的笑話」(Z.M.、一九二五・三・八、『集外集拾遺補編』)で、魯迅は次のように言う。

「話をしたり文章を書くのは、失敗者の象徴であるようです。いま運命と悪戦している人は、こうしたものにかまっていられません。本当に実力のある勝利者も多くは声をたてません。たとえば鷹が兎を捕らえるとすると、泣き叫ぶのは兎であって、鷹ではありません。」

また、「革命時代的文学」(一九二七・四・八講演、『而已集』)で魯迅は次のように言う。

「それにこの数年、自分が北京でえた経験は、これまで知る前人が語った文学の議論に対して、だんだんと疑いはじめました。それは〔軍閥政府が――中井注〕発砲して学生を撃ち殺したころのことで、文章に対する禁則も厳しくなりました。私は思いました。文学文学、それは最も役立たずの、力のないものが語るものだ。実力のある者は別に口を開かずに人を殺す。抑圧される者は少しく語り、少しく書いて、殺されるだろう。たとえ幸いに殺されないとしても、ただ毎日吶喊し、苦しみを述べ、不平を鳴らすだけで、実力のある者は依然として抑圧し、虐待し、殺戮して、彼らに対処する方法がありません。こうした文学が人々にどんな役に立つのでしょうか。」

**註16**：「革命時代的文学」(一九二七・四・八講演、『而已集』)で魯迅は次のように言う。

「中国の現在の社会状況は、ただ実地の革命戦争があるだけです。一首の詩は孫伝芳を驚かせ逃走させることができませんが、一発の砲撃は孫伝芳を駆逐することができます。もちろん或る人は文学が革命に対して大きな力があると思っています。しかし私個人は懐疑をもち、文学は余裕の産物であって、民族の文化を表すことができるというのが、むしろ本当だと考えます。」

**註17**：魯迅は、「我還不能〈帯住〉」(一九二六・二・三、『華蓋集続編』)で次のように言う。

「私自身も、中国で私の筆は比較的切っ先の鋭いものであるとしなければならないし、話もときには容赦のないものである、と分かっている。しかし私はまた、人々がいかに公理と正義の美名、正人君子の徽章、温良敦厚の仮面、流言や公論の武器と、口ごもりこみいった文章を用いて、私利私欲をとげ、刀もなく筆もない弱者を息つくこともできなくさせたか、を知っている。もしも私にこの筆がなかったならば、欺かれ軽蔑され、訴えるところもない一人であった。私はだから常にそれを用い、とりわけ麒麟の皮の下から馬脚を現すのに用いなければならない、と自覚した。万一それらの虚偽の者たちが痛みを感じ、いささか覚り、技量にも限界があることを知って、仮の面目を装うのを少なくするならば、陳源教授の言葉を借りれば、すなわち一つの『教訓』である。」

**註18**：「宣言一つ」(有島武郎、一九二二、『改造』第四巻一号、一九二二年一月号、底本は『有島武郎全集』第九巻〈筑摩書房、一九八一・四・三〇〉、『壁下訳叢』〈上海北新書局、一九二九・四〉所収)

**註19**：有島武郎は「宣言一つ」(一九二二、『改造』第四巻一号、一九二二年一月号、『壁下訳叢』〈前掲〉所収)で次のように言う。

「私は第四階級〔労働者階級のこと――中井注〕以外の階級に生れ、育ち、教育を受けた。だから私は第四階級に対しては無縁の衆生の一人である。私は新興階級者になることが絶対に出来ないから、ならして貰おうとも思わない。第四階級の為めに弁解し、立論し、運動する、そんな馬鹿げ切った虚偽も出来ない。今後私の生活が如何様に変ろうとも、私は結局在来の支配階級者の所産であるに相違ないことは、黒人種がいくら石鹼で洗い立てられても、黒人種たるを失わないのと同様であるだろう。従って私の仕事は第四階級者以外の人々に訴える仕事として始終する外はあるまい。」

**註20**：「写在『墳』后面」（一九二六・一一・一一、『墳』）で魯迅は次のように言う。

「大半は怠けているせいであろう、しばしば自分で寛容に解釈し、あらゆる事物は転変の中にあり、多かれ少なかれ中間物的なものがあると考える。動植物の間、無脊椎動物と脊椎動物の間には、中間物がある。或はいっそのこと、進化の連鎖においては、すべてが中間物だと言うことができよう。最初文章を改革するときには、どっちつかずの作者が二三人いることは当然であって、こうであるより仕方がなく、こうである必要がある。その任務は、機敏に事態を悟った後で、新声を叫ぶことにある。また古い陣営から出てきたために、情勢がはっきりと見え、矛を翻して一撃すれば、強敵の死命を制することが容易である。しかしやはり光陰とともに去り、やがては消滅すべきであって、たかだか橋梁の一木一石にすぎない。決して何らかの前途の目標、模範ではない。」

**註21**：この点について、「魯迅と『壁下訳叢』の一側面」（『大分大学経済論集』第三三巻第四号、一九八一・一二・二一、のちに『魯迅探索』〈汲古書院、二〇〇六・一・一〇〉の第一〇章に所収）で述べたことがある。

**註22**：「文学与社会――在上海光華大学的講演（一九二七年一一月一六日）」（『魯迅佚文全集』下、群言出版社、二〇〇一・九、七七八頁）で魯迅は次のように言う。

「多くの文学者は、文学が社会を改造すると言います。文学は現実を描写するばかりではなく、また現実を改造します、と。だが私から見ると、実際には社会が文学を変え、社会が変わって、文学も変わります。社会がなぜ変わるのか。私はやはりパンの問題であり、パンの問題が解決し、社会環境が変わって、文学の様式は初めて出現することができます。多くの人は、私の話が文学者を大変侮辱すると思うでしょうが、実は実際の問題は確かにこのようなのです。

文学者のペンは帝国主義の銃砲を食い止めることができません。社会革命が先にあり、文学革命は後にあります。それでは、或る人は尋ねるでしょう、詩人はなぜ予言することができるのか。私は反問することができます、なぜ彼の予言は数年さらには数十年後になってから実現するのだろうか。あっさり言いますと、詩人の感覚が少し鋭いのにすぎません。社会の改革は、たとえ詩人がいなくても必ず起きるでしょうし、詩人が詩を作らず、社会革命を考えないとしても起きるでしょう。」

また、「関于革命文学――在上海復旦大学的講演（一九二七年一一月二日）」（『魯迅佚文全集』下、前掲、七七一頁）で魯迅は次のように言う。

「或る人は言います、文学者は社会と密接な関係があり、社会の変動は大半、文学者の言論によってそうなるのです、と。これは実際は世の中の情勢を知らない話しです。例えば去年の孫伝芳ですが、彼が江蘇省を放棄したのは、決して我々が数篇の文章を発表したため、彼が逃げだしたのではなく、実に砲火が人にかなわず、江蘇省を放棄し、その命の安全を保ったのです。ですから文学は社会と全く関係がなく、新しい社会が作りだされて、古い文学は新しい文学に変わります。」
　こうした講演記録は、魯迅による点検が行われていない。しかし引用した内容とほぼ同様の内容が、本文に引用した「革命時代的文学」（一九二七年四月八日講演、『而已集』）で述べられている。
**註23**：宣伝と文学の二律背反の考え方の克服について、私は、「魯迅と『壁下訳叢』の一側面」（前掲、一九八一・一二）と「魯迅と『蘇俄的文芸論戦』に関するノート」（『大分大学経済論集』第三四巻第四・五・六合併号、一九八三・一・二〇、のちに『魯迅探索』〈汲古書院、二〇〇六・一・一〇〉の第九章に所収）で述べたことがある。
**註24**：例えば、李初梨（「怎様地建設革命文学」、一九二八・一・一七、『文化批判』第二号、一九二八・二）によって「革命文学」の嚆矢とされる「革命与文学」（郭沫若、一九二六・四・一三、『創造月刊』第一巻第三期、一九二六・五・一六）がある。
**註25**：魯迅は「通信」（一九二七・九・三、『而已集』）で次のように言う。
「私の中山大学に行った本当の気持ちは、もともと教師になることにすぎなかった。しかし幾人かの青年たちが盛大に歓迎会を開いてくれた。私は良くないと分かっていたので、最初の第一回目の演説で、自分は『戦士』とか『革命人』とかではないことを声明しました。もしもそうであるならば、北京や厦門で奮闘していなければならない。しかし私は『革命の後方』広州に身を隠しに来ている。これこそまったく『戦士』ではない証拠である、と。」
**註26**：片上伸は「北欧文学の原理」（『露西亜文学研究』、第一書房、一九二八・四・二五、魯迅入手年月日、一九二八・五・一一、『壁下訳叢』〈上海北新書局、一九二九・四〉に所収）で次のように論ずる。
ブロークは『十二』において、赤衛軍兵士が種々の破壊的行為をしながらも、新たな真の世界を作ろうとしていることを表現した。すなわちブロークは、その意味で、北欧文学（トルストイ、イプセン）の良き伝統を引き継ぎ、目前のものにとらわれず、究極の真理を求めた。ブロークにとっての価値は、革命の目前の否定的現象にもかかわらず、革命がその究極の真理を導くところに存在した。ゆえにキリストは究極の真理のために奮闘する十二人の赤衛軍兵士の行動を、その破壊的行動も含めて（なぜならそれは建設的行動と不可分であるから）、嘉し、先頭に立った。
　このことについて、「ブローク・片上伸と一九二六年～二九年頃の魯迅についてのノート（上）附：魯迅訳『亜歴山大・勃洛克』」（『大分大学経済論集』第三六巻第五号、一九八五・一・二〇、のちに『魯迅探索』〈汲古書院、二〇〇六・一・一〇〉の第一一章に所収）、「ブローク・片上伸と一九二六年～二九年頃の魯迅についてのノート（下）」（『大分大学経済論集』第三六巻第六号、一九八五・二・二〇、のちに『魯迅探索』〈汲古書院、二〇〇六・一・一〇〉の第一一章に所収）で述べたことがある。
**註27**：ラデック（Radek、一八八五～一九三九）、国際的に活躍したソ連の革命家。訳者は「訳者志」として次のように記す。
「ラデック（Karl Radek）はかつてソビエト政府および党の幾多の要職につく。現在、モスクワ中山大学学長。この文章は今年〔一九二六年――中井注〕六月一六日のロシア『プフウダ』に発表された。もっぱら二人の青年文学者の自死のためにつくられたものである。」（『中国青年』第六巻第二〇、二一期〈第一四五、一四六期〉合刊、一九二六・一二）
**註28**：一九二八年以前魯迅には、『蘇俄的文芸論戦』（任国楨訳、北京北新書局、一九二五・八、「前記」、魯迅、一九二五・四・一二、『集外集拾遺』所収。この本については、「魯迅と『蘇俄的文芸論戦』に関するノート」〈『大分大学経済論集』第二四巻第四・五・六合併号、

一九八三・一・二〇、のちに『魯迅探索』〈汲古書院、二〇〇六・一・一〇〉の第九章に所収〉で述べたことがある)、『文学と革命』(トロツキー著、茂森唯士訳、改造社、一九二五・七・二〇、魯迅入手年月日、一九二五・八・二六〈さらに、一九二八・一一・二三〉)との接触があった。しかしそれはマルクス主義文芸理論との本格的接触と、それをつうじての受容と言えるものではないと思われる。例えば、史的唯物論についての魯迅の言及は、一九二八年以降に初めて現れる。

韋素園宛て書簡(一九二八・七・二二)で魯迅は次のように言う。

「史的唯物論によって文芸を批評する本は、私も以前すこし読みました。それは極めて単刀直入であり、多くの曖昧で難解な問題が、すべて説明できると思いました。しかし近頃創造社一派は、あらゆるものはこの史観によって著作しなければならないと主張し、自分ではまた分かっていず、収拾がつかなくなっています。」

「『三閑集』序言」(一九三二・四・二四)で革命文学論争(一九二八〜一九二九)について魯迅は次のように言う。

「私には創造社に感謝しなければならないことがある。それは彼らが私に幾種かの科学的文芸論を読むように『強要し』、先の文学史家たちが山ほど説明して、なお混乱してすっきりしない疑問を理解するようにさせたことである。このことからさらにはプレハーノフの『芸術論』を翻訳することとなり、私の――私のためにさらに他人にまで及んだ――ただ進化論のみを信ずるという偏りを補い正してくれた。」

**註29**:「蘇俄的文芸政策」について私は、「魯迅翻訳の『蘇俄的文芸政策』に関するノート(上)(下)」(『名古屋外国語大学紀要』第四四号、第四五号、二〇一三・二、八)で述べたことがある。

**註30**:『壁下訳叢』(上海北新書局、一九二九・四)については、「魯迅と『壁下訳叢』の一側面」(『大分大学経済論集』第三三巻第四号、一九八一・一二・二一、のちに『魯迅探索』〈汲古書院、二〇〇六・一・一〇〉の第一〇章に所収)で述べたことがある。「芸術について思ふこと〈関于芸術的感想〉」(有島武郎、一九二一、『芸術と生活』、叢文閣、一九二二・九、魯迅入手年月日、一九二六・五・二二)、「宣言一つ〈宣言一篇〉」(有島武郎、一九二二、『改造』第四巻一号、一九二二年一月号)、「階級芸術の問題〈階級芸術的問題〉」(片上伸、一九二二・二、『文学評論』〈新潮社、一九二六・一一・五、魯迅入手年月日、一九二七・一一・七〉所収)、「『否定』の文学〈〝否定〟的文学〉」(片上伸、一九二三・五、『文学評論』〈前掲〉所収)、「芸術の革命と革命の芸術〈芸術的革命与革命的芸術〉」(青野季吉、一九二三・三、『転換期の文学』〈春秋社、一九二七・二・一五、魯迅入手年月日、一九二七・一一・一二〉所収)、「現代文学の十大欠陥〈現代文学的十大欠陥〉」(青野季吉、一九二六・五、『転換期の文学』〈前掲〉所収)、「最近のゴーリキイ〈最近的戈理基〉」(昇曙夢、『改造』第一〇巻第六号、一九二八・六、魯迅入手年月日は、一九二八年七月以前)等は、すべて『壁下訳叢』が一九二九年四月に出版されたとき、初めて掲載されたものと思われる。魯迅の入手年月日から見て、一九二七年一一月以降に翻訳したものと思われる。

**註31**:魯迅は、「〈硬訳〉与〈文学的階級性〉」(一九三〇・三発表、『二心集』)で次のように言う。

「私たちが見る無産文学理論の中では、(中略)次のように言っているのに過ぎない。文学には階級性があり、階級社会の中では、文学者は自分では〈自由〉と思っていて、自分では階級を超えていると思っているけれども、結局は無意識的に自己の階級の階級意識に支配され、その創作は、ほかの階級の文化ではない、と。」

また、魯迅は、「関于小説題材的通信」(一九三一・一二・二五、『二心集』)で次のように言う。

「ほかの階級の文芸作品は、たいてい今戦っている無産者とは関係がありません。小資産階級がもしも実際に無産階級と一脈相通ずるところがなければ、その階級を憎悪し或いは諷刺することは、無産階級から見れば、ちょうど聡明で才能のある坊ちゃんが家の見こみのない子弟を憎むのと同じであって、或る家の中のことで、かかわりあう必要のないことです、まして損得を言うことはできません。例えばフランスのゴーチェは、資産階級を心底憎みましたが、彼自身は生粋の資産階級の作家でした。もしも下層の人物を描くとしたら（彼らが『その時代の大潮流のなかで圏外へとぶつかった』のではないだろうと思います）、いわゆる客観とは実は建物の上から見る冷眼であり、いわゆる同情も空虚な布施にすぎず、無産者には補助となるところはありません。しかもその後のことも可能性は言いがたいです。また例えばフランスのボードレールですが、パリ・コンミューンが起きたとき、彼は感激して支持しました。勢力が強大になると、自分の生活に障害があると考え、反動に変わりました。しかし現在の中国について言えば、私は上にあげた二つの題材〔小資産階級の作家が同じ階級を批判的に描くこと、そして小資産階級の作家が無産階級を描くこと――中井注〕は、むしろ存在する意義があると思います。例えば第一の類は、異なる階級は深く知ることができませんし、攻撃し、その仮面をはぎとることは、中の情況を熟知しないものに比べていっそう有力なはずです。例えば第二の類は、生活状況が、時代とともに変化しますので、後の作者は見ることがなく、その時とともに記載しておけば、少なくともその時代の記録となることができます。ですから現在および将来にとって、ともに意義があります。」

当時なお、小資産階級の立場にあった青年文学者に対して、中国における小資産階級の階級的立場に立つ文学の意義を上のように説いている。

この問題と関連した事実として、次の点を参考としてあげておく。

この後、一九三三年四月、『現代』第二巻第六期（一九三三・四・一）に、瞿秋白訳の「馬克思・恩格斯和文学上的現実主義」（塞列爾原著、静華〈瞿秋白〉訳）が載る。（「左連期文芸理論の諸問題（一）――一九三一～一九三三年」〈平井博、『人文学報』第二一三号、東京都立大学人文学部、一九九〇・三・三一〉によれば、原載は、『文学遺産』第二号〈コム・アカデミー文学・言語・芸術研究所、一九三二・四〉、著者はF・シルレルである。）原著者エフ・シルレルは、バルザックのリアリズムをいかに理解するかを論じ、この中でマーガレット・ハークネス宛てエンゲルス書簡の内容が、論稿に引用される形で紹介されている（エンゲルスの典型論について、またバルザックにおけるリアリズムの勝利について）。これは中国で初めての紹介である。同時にエフ・シルレルはまた、この文中で、創作方法における「弁証法的唯物論の方法」を主張している。

**註32**：「芸術を生む胎」（有島武郎、一九一七、『惜しみなく愛は奪う』〈叢文閣、一九二〇・六、魯迅入手年月日、一九二六・四・一七〉所収、「生芸術的胎」〈半月刊『莽原』第九期、一九二六・五・一〇〉、『壁下訳叢』所収）で有島武郎は次のように言う。

「芸術を生む力は主観的でなければならぬ。この主観のみから真の客観は生れ出る。（中略）

畢竟自己の問題だ、愛の問題だ。芸術家の愛がどれ程の深さに愛し、どれ程の広さに略奪し、どれ程の高さに向上し、どれ程の熱さに燃焼しているか、夫れが問題だ。」

魯迅は「葉永蓁作『小小十年』小引」（一九二九・七・二八、『三閑集』）で次のように言う。

「文学者は少なくとも自分の見解を率直に述べる誠意と勇気をもっていなければならない。もしも本心を吐露しようとしないならば、意識とやらは問題にならない。」

また、魯迅は「又論〝第三種人〟」（一九三三・六・四、『南腔北調集』）で次のように言う。

「〈自己の芸術に忠実な作者〉については、一律に見ることはしない。どの階級の作家であれ、みな〈自己〉をもっている。この〈自己〉は、彼の本来の階級の一分子であり、彼の自己の芸術に忠実な人も、彼の本来の階級に忠実な作者である。資産階級においてもこのようであり、無産階級においてもそうである。これはきわめて明白な見やすい事実であり、左翼理論家も分からないはずがない。しかしこの方――戴先生は〈自己の芸術に忠実な〉でもって、「芸術のための芸術」とこっそりすり替えてしまい、まことに左翼理論家の〈愚〉の骨頂を示すのである。」

**註33**：「文学者の一生」（武者小路実篤、一九一七・八、『文学を志す人に』〈改造社、一九二六・五〉所収、『壁下訳叢』所収）で武者小路実篤は次のように言う。

「文学は実際云うと読者の要求で生れたものではなく、作家の要求で生れたものだ。娯楽とちがう処も其処にある。公衆に媚びるのが娯楽だが、文学は他の芸術と同じく、作家が自分の要求でかく。（中略）だから文学者と云うものは我儘ものが多い。そして自分を生かすと云うことが一番大事なことになる。」

**註34**：「芸術の革命と革命の芸術」（青野季吉、一九二三・三、『転換期の文学』〈前掲〉所収、『壁下訳叢』所収）で次のように言う。

「芸術は、言うまでもなく、個人の所産である。個人の性情や直接の経験が、そこに個人の数だけの色彩を造り出すことは、勿論である。プロレタリヤの芸術と言っても、芸術家各人の先験後験の準備によって、そこに幾多のバライティの生ず可きは勿論である。特にプロレタリヤの芸術運動は、一イズムの運動でなく、一階級としての運動であるから、猶更そうである。」（四〇七頁）

「現代文学の十大欠陥」（青野季吉、一九二六・五、『転換期の文学』〈前掲〉所収、『壁下訳叢』所収）で次のように言う。

「個人の心境の描写もとより可なりである。個人の経験、個人の印象もとより結構である。いな、すべての認識と、すべての考察とがそこから出発するものであることは、説明するまでもなく明らかなことである。しかしそこにとどまって居り、そこに耽っていたのでは、ただの個人の印象であり、個人の心境であるというに過ぎない。そこに何ほどの価値があろう。個人の印象から出発し、個人の心境を拡大して始めて、他に訴える力が生ずるのである。」（七〇頁）

**註35**：「第二章　革命の文学的同伴者」（『文学と革命』、前掲）でトロツキーは個性について次のように言い、個性の中の共通普遍的なものを指摘する。

「もしも個性が繰返し得ないものであるならば、それはその個性が解剖し得ないものであるということを全然意味しないのである。個性とは血統的なもの、国民的なもの、階級的なもの、時間的なもの、生活的なものの結合である。即ち結合の独自性のうちに、精神の化学的混合の割合のうちに、個性は表現されるのである。批評の最も重大な問題の一つは、芸術家の個性（即ちその芸術）を構成要素に解剖し、それらの相互関係を発見することである。これに依って批評は芸術家を読者に近づける。」（六四頁～六五頁）

「読者にも亦、兎に角自分の『繰り返し得ない魂』があるではないか、ただ芸術的には表現されて居らず、『選まれて』いないが、しかし詩人の魂と同じような種族的血統的な諸要素の結合を再現している『繰り返し得ない魂』があるではないか。そこに、魂から魂への橋渡しとなっているものは繰り返し得ないものではなくて、共通普遍的なものであることが証明される。共通普遍的なものを通して始めて、繰り返し得ないものも認められるのである。共通普遍的なものは一個人の許にあって、その『魂』を形成しているところの、遙かに深い抗すべからざる諸条件――教育、生存、勤労、交際などの社会的諸条件によって決定されるのである。社会的諸条件は、歴史的人間社会に於ては、それは何よりも先ず階級的属性の諸条件である。観念学のあらゆる範囲に亙る階級的規準が、就中芸術に於て、特に芸術に於てさえ、あれほど豊富である理由は此処にあるのである。何となればそれは屢々遙かに深い、隠された社会的暗示を現わすからである。云うまでもなく、社会的規準は形式的批評、つまり、そうはいうものの個人的のものが普遍的な単位を証拠立てているところの、芸術の技術的規準を除外しない。それどころかそれと提携してゆくものである。何となれば個人的なものが普遍的なものに近づきになることなしには、人と人との間の交際もなかったであろうし、又思索も詩歌もなかったであろうから。」(六五頁～六六頁)

**註36**：魯迅は、「関于小説題材的通信」(一九三一・一二・二五、『二心集』)で次のように言う。

「〔作者が――中井注〕戦闘的無産者である場合、書くものが芸術作品となりうるものでさえあれば、そのときには彼の描写するものがどのような事柄であれ、用いるものがどのような材料であれ、現代および将来にとって必ずや貢献する意義をもっています。なぜなのか。作者自身が一人の戦闘者であるからです。」

**註37**：「魯迅先生両次回北京」(李霽野、一九五六・八・二五、『魯迅先生与未名社』、湖南人民出版社、一九八〇・七)は次のように、一九二九年五月北京に帰省したときの魯迅の言葉を伝える。

「或るとき私たちは、すでに組織〔中国共産党を指す――中井注〕に参加したのかどうか、彼に尋ねた。彼は次のように言った。別に参加していない、だがマルクス主義は最も明快な哲学だと考える。以前混乱してはっきりさせることができなかった多くの問題は、マルクス主義の観点から見ると、分かるようになった、と。」

トロツキーは、マルクス主義(史的唯物論はその基礎的思想の一つ)が文学について果たすこれまでになかった役割について、次のように指摘する。

「マルクス主義は詩人の表現した思想なり感情なりを、そのままとって以て詩人に『責任』を持たせようとは決してしない。が一層深い意義を有つ問題として取扱うことはある。即ち芸術的作品の与えられたる形式は、その一切の特異なる点において如何なる規矩に当嵌まるべきものであるか。これらの思想及び感情を、社会的に条件付けたるものは何であるか。社会、階級の歴史的発達の過程において、それらは如何なる位置をもっているか。そして猶進んでは、新らしき形式を産むに至った文学的遺伝の分子は何であるか。如何なる歴史的刺戟に影響されて、思想及び感情の新らしき合成が詩的意識の環境から、それらを隔離した殻を打破ったか。その研究は複雑となり、微細に入り、個性化するであろう。だがその基礎的中軸となるものこそは、社会的過程において芸術の奉仕的役割であろう」。(「第五章　詩の形式派とマルクス主義」、『文学と革命』、トロツキー、茂森唯士訳、改造社、一九二五・七・二〇、二二五頁)

「芸術上の要求は、非経済的条件によって発生するものであるという説は、無論なことである。しかし食慾も非経済的条件によって生じる。反対に、衣食に対する要求が経済の条件を創造する。マルクス主義の原律によってのみ芸術的創作を批判し、或は反対し、或は賛成することの不当なることは全然同感である。芸術品は第一にその固有の法則、即ち芸術の法則によって批判されなければならぬ。しかしマルクス主義ばかりが最もよく、なぜに、また、何処から、与えられたる時代に、与えられたる傾向が発生したか、即ち誰が、そして何故に他の芸術的形式を求めず斯様な形式を欲求するに至ったのであるかを説明するの

に適している。」（「第五章　詩の形式派とマルクス主義」、前掲、二三八頁〜二三九頁）

**註38**：厨川白村は、『苦悶の象徴』（『厨川白村全集』第二巻、改造社、一九二九・五・八）で次のように言う。

「以上の如き意味に於て、『芸術の為の芸術』l'art pour l'art という主張は正当なものである。芸術が芸術それ自らのために存在して、自由な個人の創造を営み得るという点にこそ、芸術が真に『人生の為の芸術』たるの意義も存するわけだ。若しも芸術を人生の他の何等かの目的に隷属せしめようとするならば、その刹那、既に芸術の絶対自由な創造性が、たとい一部分でも、否定せられ毀損せられたのである。従ってそれでは『芸術の為の芸術』でないと同時に、また『人生の為の芸術』にも成らないのである。」（「文芸の根本問題に関する考察」「（六）酒と女と歌」、二二九頁）

また、厨川白村は、註8のように、『近代の恋愛観』（『厨川白村全集』第五巻、改造社、一九二九・四・三）で、創作と宣伝の関係について、作者において両者が相容れないものとした。しかし結果として作品の宣伝の効果についての可能性を示唆している。

**註39**：中国革命文学派は、文学は宣伝であるとして、一九二八年以降、「標語スローガン文学」という、文学の特質を見失った「革命文学」を出現させた。魯迅は「『壁下訳叢』小引」（一九二九・四・二〇、『魯迅全集』第一〇巻、一九八一）で次のように言う。

「配列について言うと、前の三分の二――西洋の文芸思潮を紹介している文章はその中に入れないで――がおよそ主張している考え方は、すべてやや古い論拠に依っているのであって、『新時代と文芸』という新しい題さえも、やはりこの流れに属している。最近一年来中国での『革命文学』という呼び声に応えてでた多くの論文は、まだこの古い殻をつつき破っていないし、ひどい場合には『文学は宣伝である』というはしごを登って、観念論の砦の中に這いこんでしまっている。これらの諸篇は大いにそこを鑑みて参考とすることができる。」

魯迅はここで、武者小路実篤の考え方、すなわち文学は自己（内部要求、個性）――無規定な――に基づくという考え方が、「やや古い論拠」に依っているとしている。一九二九年の段階で、魯迅は無規定な自己ではなく、歴史的社会的に規定される自己、社会的関係の総和としての自己を考えたと思われる。魯迅はそうした歴史的社会的に規定される自己に基づく文学の在りようを想定し、そしてその点に接点をもち、また継承関係をもつ新旧文学の継承を想定した。しかし一九二八年以降、中国革命文学派は当時の社会的現状の要請にのみ基づき、新旧文学の継承を断ちきって「文学は宣伝である」とし、革命文学は標語スローガン文学に傾斜した。革命文学は、作家の自己（内部要求、個性）に基づくことが少なく、自己をとおして現実を忠実に反映することが少ないような、標語スローガンに基づく文学に傾斜した。それはむしろ観念論に属するものであったと思われる。

**註40**：この本の「序」（一九二六・一〇・二二）で、片上伸は次のように言う。

「この書物は、言うまでもなく、最初から系統を立てて書かれたものではない。しかし、この中の諸論文を、執筆の年次に従って読み直して見ると、その間に自のずから一つの脈絡が見出される。それは、文学を社会現象として観る興味が中心となっていて、それが次第に明らかに濃くなって来ていることである。

社会現象として観なくては、文学を十分に会得することが出来ないという考えは、いつの間にか私を支配して来た。」

**註41**：この点について、「ブローク・片上伸と一九二六年〜二九年頃の魯迅についてのノート（下）」（『大分大学経済論集』第三六巻第六号、一九八五・二・二〇、のちに『魯迅探索』〈汲古書院、二〇〇六・一・

一〇〉の第一一章に所収〉で述べたことがある。

**註42**：茅盾は「従牯嶺到東京」（一九二八・七・一六、『小説月報』第一九巻第一〇号、一九二八・一〇・一〇）で中国革命文学派の「標語スローガン文学」について次のように言う。

「私は敢えて厳しく言うのだが、現在の〈新作品〉に対して首を横にふる多くの人々は、実際心から革命文芸に賛成しているものである。彼らは決してあなた方が想像する小資産階級の惰性或いはかたくなさをもっていない。彼らは最初それらの〈新作品〉に対して熱い期待を抱いていた。しかし彼らがとうとう首を横にふったのは、〈新作品〉が結局、〈標語スローガン文学〉という束縛から脱却できていないことを自己暴露したからである。」

**註43**：「第二章　魯迅革命文学論とトロツキー著『文学と革命』」（長堀祐造、『魯迅とトロツキー――中国における《文学と革命》』、平凡社、二〇一一・九・二五、五七頁、初出は、「魯迅革命文学論に於けるトロツキー文芸理論」〈『日本中国学会報』第四〇集、一九八八・一〇〉）は、厨川白村とトロツキーの両者に、「文芸の独自性を強調する点で共通するこの両者の文芸論」（五七頁）としている。

また、この両者に近接する論点をあげて、次のように論ずる。

「魯迅は、一九二八年四月執筆の『私の態度、度量そして年齢（我的態度気量和年紀）』（『三閑集』）で、

『トロツキーは既に〈没落〉してしまったが、利害を含まぬ文章は将来の制度の異なる社会でないと実現しない、という彼のこの言葉は、やはり正しいと私は思う。』

と、利害を顧みぬ文学という考えをトロツキーと結びつけているのである。

こうした発想はまた『功利思想に煩わされ善悪の批判に心を奪われる時、真の文芸は絶滅する』とした、魯迅が一九二四年ころ盛んに翻訳紹介した厨川白村の文芸論と明らかに近接する。」（長堀祐造、『魯迅とトロツキー――中国における《文学と革命》』、平凡社、二〇一一・九・二五、五七頁、初出は、「魯迅革命文学論に於けるトロツキー文芸理論」〈『日本中国学会報』第四〇集、一九八八・一〇〉）

トロツキーは、「利害を含まぬ文章」が現在の階級社会においては不可能である、と言っている。言い換えれば、現在の階級社会において、文学は利害にとらわれざるをえない、と事実判断をする。他方、厨川白村は、文学が利害にとらわれてはならない、と価値判断をする。この両者が近接しているとは、私には思えない。

**註44**：厨川白村の文学の独自性とは、基本的に作家個人の内面に基づくものであったと言える。「創作論　（五）人間苦と文芸」（『苦悶の象徴』、改造社、一九二四・二・四、『苦悶的象徴』、一九二四・一〇・一〇訳了、北京新潮社、一九二四・一二）で厨川白村は次のように言う。

「すでにこの生命力、この創造性を肯定する以上、わたくしどもは、この力がそれと反対の方向に働こうとする機械的法則、因襲道徳、法律的拘束、社会的生活難、その他色々の力との間に生ずる衝突を以て人間苦の根柢なりと見做さざるを得ない。（中略）生きているということは即ちこの戦の苦悩を繰返しているということに他ならぬ。われわれの生活が上辷りでなく深ければ深いほど、生命の力が籠っていればいるほど、この苦しみこの悩みは益々烈しからざるを得ない。胸奥の深きに潜める内的生活即ち『無意識』心理の底には、極めて痛烈にして深刻な多くの傷害が蓄積せられる。そういう苦悶を経験しつつ、多くの悲惨な戦を戦いつつ人生の行路を進み行くとき、われわれは或は呻き或は叫び、怨嗟し号泣すると共に、時にまた戦勝の光栄を歌う歓楽と賛美とに自ら酔うことさえ稀ではない。その放つ声こそ即ち文芸である。痛手を負い血みどろになって、悶えつつも、また悲しみつ

つも、諦めんとして諦め得ず、思い止まろうとしても止まることの出来ないほどに強い愛慕執着を人生に対して持つときに、人間が放つ呪詛、憤激、讃嘆、憧憬、歓呼の声が即ち文芸ではないか。」(一五八頁〜一五九頁)

**註45**：トロツキーは、ブルジョア文学に対して状況によっては弾圧を辞さない、ロシア革命に責任を負う指導者の一人としての厳しい態度をもっていた。

「然しこう云ったからとて、斯様な合致が個々のすべての場合にあて嵌めてよいと云うのではない。もしも革命が必要に応じて橋梁や芸術的記念物を破壊する機能を持っているとしたら、尚更らそれは、革命的社会に内訌を起さしめ、革命の内的勢力——プロレタリアート、農民、智識階級等の——を相互に反噬せしむる虞れを持つところの芸術的潮流に対しては、何等の躊躇するところなくそれを破壊し去るであろう。我々の規準は——明らかに政治的であり、命令的であり、敢行的である。然しそれなればこそ尚更自らの実行の限界を明かにしていなければならない。このことをより明瞭に言い表わすために一言しよう。熱狂した革命的検閲に際して——芸術の領域内では、団体的悪感情などの混らない、広大で柔軟性に富んだ政策が飽くまで必要である。」(「第七章　芸術に対する政党の政策」、前掲、二九八頁〜二九九頁)

また、トロツキーは同伴者作家に対して、『ナ・ポストウ』派のような排撃はしなかったけれども、少しも幻想を抱かない厳しい評価をもっていた。しかし同時にトロツキーは、当時のソ連の文学界の状況が同伴者作家を必要としている、と考えた。

「この沈思をこととする智識階級が——一方は、たとえ曲ったなりにも——革命の完成者であるプロレタリアートよりも、より多く革命の芸術的分野に於て寄与し、現に寄与しつつあるということは、奇妙である。我々は文学的同伴者の成り立ちとその不確実さと、期待に値しないことをよく知っている。しかしながら、その著『裸の年』と共にピリニャークを棄てて、又フセワロード・イワーノフを、チホーノフを、ポロンスカヤを、そしてセラピオン一派を排斥し、更にマヤコフスキイ、エセーニンを棄ててしまったとする——その時には一たい何が残るだろう、未来のプロレタリア文学を償うにはとても足りない不渡小切手位ではないか？」(「第七章　芸術に対する政党の政策」、前掲、二九四頁〜二九五頁)

**註46**：『二〇世紀文学の黎明期——《種蒔く人》前後』(祖父江昭二、新日本出版社、一九九三・二・二五)の「はじめに」は、日本のプロレタリア文学について次のように指摘する。

「二〇年代以降の〈プロレタリア文学〉は、近代あるいは現代の日本文学の歴史にかけがえのない寄与をした。と同時に、歴史的な制約もあり、未熟な面、弱点もあった。自民族ひいては人類の遺産を継承する点で弱かったことも、それが背負ったマイナス面の一つ、しかも軽視できないマイナス面の一つであった。だが、この弱点は、文学・芸術を非社会的・超階級的な所産と見る伝統的・支配的な文学観・芸術観に抗し、文学・芸術を歴史的・社会的な所産ととらえ、それゆえ階級社会の文学・芸術の〈階級性〉を主張するといった画期的で革命的な文学観・芸術観自体が、当時やや簡略に受容された、いわゆる〈史的唯物論〉の入門的な理解に導かれていたために、かえって逆に生じた弱点だった。〈史的唯物論〉によって過去の遺産の〈階級性〉、その敵対性・限界性が指摘され、むしろそれらを否定するところに〈プロレタリア文学〉が成立するという論理に支えられていた。つまり、マルクス主義による〈社会〉の発見、史的唯物論による〈階級〉の発見という、日本の歴史の上で革命的な意義を持つ思想・理論上の積極的な寄与が、〈生成期〉に不可避の未熟さのゆえに、遺産の拒否というマイナス面と不可分に結びついていったのである。」

自己（内部要求、個性）に基づく魯迅の文学観においても、史的唯物論に基づいて、文学と「社会」、「階級」の関係を明確に発見したことは、画期的なことであったと思われる。ゆえに私は魯迅の文学観上における、厨川白村とトロッキーの基本的関係を批判的継承と発展、そして克服の関係と見る。

**註47**：先に引用した『二〇世紀文学の黎明期——《種蒔く人》前後』（祖父江昭二、新日本出版社、一九九三・二・二五）の「はじめに」は、一九二〇年代日本プロレタリア文学の寄与とマイナス面について指摘する。この寄与の面についていえば、魯迅が史的唯物論を受容したときにも、同じような意義をもったと考えられる。

**註48**：「三　芸術と階級」（『芸術論』、ルナチャルスキー著、一九二六年出版、魯迅訳、一九二九・四・二二訳了、上海大江書舗、一九二九・六、翻訳の底本は、『マルクス主義芸術論』〈昇曙夢訳、白楊社、一九二八・七・三〇〉）による。

**註49**：「第一章　文学及び芸術の意義」（『チェルヌイシェフスキイ——その哲学・歴史及び文学観』「第三篇　チェルヌイシェフスキイの文学観」、プレハーノフ著、蔵原惟人訳、叢文閣、一九二九・六・一三、魯迅訳、季刊『文芸研究』第一巻第一期、一九三〇・二・一五、底本は『魯迅訳文全集』第八巻〈福建教育出版社、二〇〇八・三〉）で、プレハーノフは次のようにチェルヌイシェフスキーの原文を引用する。

「『良き生活、かくあらねばならない生活は、単純な民衆にあっては、飽食し、良い小屋に住み、満足に眠ることから成立っている、しかしこれと共に農夫にあっては、〈生活〉なる概念は常に仕事の概念の中に包含されている、——仕事なくして生活することは出来ない、それは退屈であるだろう。満足な生活の結果として、力の疲労にまで達しない大きい仕事の時には、若い農夫或は農村の娘には、極めて新鮮な顔色と頬全体には紅の色が現われるであろう——これこそは単純な民衆の解釈による美の第一条件である。多く仕事し、従って丈夫な体格を持つ事によって、農村の娘は満足の食物が与えられる限り、十分に肉附きがいい、——これまた農村の美人の必要なる条件である。上流の〈空気の様に軽やかな美人〉は農夫に取っては決定的に〈不恰好〉なものであり、彼等に不愉快な印象すら与える、何となれば彼等は〈痩せ〉を病気か〈傷ましい運命〉の結果であると考えることに慣れているから。しかし仕事は肥満することを許さぬ、で若しも農村の娘が肥えているならば、それは病気の一種であり、〈病弱な〉体格のしるしであり、民衆は大きい肥満を欠点と見ている。』」（三三五頁〜三三六頁）

魯迅は、一九三〇年三月一九日の講演以前に、プレハーノフの引用するチェルヌイシェフスキーのもとの言葉を知っていた。ただ最初にその内容を知ったのは、ルナチャルスキーの紹介をつうじてであったと思われる。

**註50**：「魯迅先生的演講」（鄭伯奇、一九三六・一〇、『憶魯迅』、人民文学出版社、一九五六・一〇、底本は一九八一・八湖北第三次印刷）による。

**註51**：講演の日時と場所は、『魯迅講演考』（馬蹄疾、黒竜江人民出版社、一九八一・九）による。

**註52**：「文学的階級性」（一九二八・八・一〇、『語絲』第四巻第三四期、一九二八・八・二〇、『三閑集』）で魯迅は次のように言う。

「来信の『食べたり眠ること』という比喩は、笑い話にすぎませんが、しかしトロッキーはかつて『死の恐怖』について古今の人に共有されていることによって、文学の中に階級性を帯びない分子があることを説明しました。その方法は実際のところ大体同じです。」

**註53**：ここでは、魯迅のリアリズムに対する考え方が、関連して論じなければならない課題として出現する。しかしこの課題は、ここで論

ずるにはあまりにも大きく、重い。稿を改めて、論ずることを期したい。

**註54**：一九二九年ころ、馮雪峰（『回憶魯迅』、人民文学出版社、一九五二・八）によれば、魯迅は創造社との論争をしばしば話題とし、次のように言ったという。

「『真理のあるところを理解してマルクスの言うように、階級を移るのはもちろん良い。或る者は自分自身も圧迫を受けて反抗するためである。或る者はただ良心のために、被圧迫者を助けたいと願うので、もちろんみな良いことだ。だが自身の将来の利害のためからでも、いけないことは何もない。』」

**註55**：「無産階級文学の諸問題」（片上伸、『文学評論』、前掲、一九二九・四）は次のように指摘する。

「やがて亡び行く階級の中のすぐれた代表者でありながら、自分の生れて来た境地との関係を断って、決然として新らしい社会的勢力の味方になってしまうような人人の力を、新らしく起こる階級が、自分に必要な文化の創造のために利用するということは、いくらもある事実である。（中略）サモヴィトニクによると、無産階級文学者は必ずしも彼が労働者の間から出たからそうなのではない、彼は別の階級から出たものであってもよい。彼が無産階級文学者であるのは、彼が無産階級の見地に立っているからであると（レレーイッチの引用による）。」（五四頁～五五頁）

「たとえば一五二五年のドイツに於ける農民運動とか宗教改革とかいうような事実を題材として小説を書くとする。それでもその作者の見地が無産階級的である場合に於いて、その作品は無産階級文学であり、その作者は無産階級文学の作者であるといえる。かようにして、作者個人の素性とその取り扱うところの題材とは、必ずしもその作品と作者との階級所属を決定する標準とはならない。それはひとえにその作品の性質によるのである。」（五六頁）

**註56**：「革命時代的文学」（一九二七・四・八講演、『而已集』）において、魯迅は次のように言う。

「現在、或る人が平民――労働者農民――を材料として、小説を書き詩を作りますと、私たちはこれも平民文学だと言っていますが、しかし実はこれは平民文学ではありません。というのも平民はまだ口を開いていないからです。これは、ほかの人が傍らから平民の生活を見、平民の口ぶりを借りて語ったものです。（中略）現在中国の小説と詩は実際他国と比べものになりません。しかたなく、これを文学と称するほかありません。革命時代の文学とは言えませんし、平民文学とはなおさら言えません。現在の文学者はみな読書人です。もしも労働者農民が解放されないならば、労働者農民の思想は依然として読書人の思想です。労働者農民が真の解放を獲得して、そののちにこそ真の平民文学が存在します。」

「平民文学」は、平民（労働者農民）が解放されたあと、平民の手によって作られるものである、と魯迅は一九二七年四月の段階で考えている。ここには茅盾の「現成的希望」（『文学』週報第一六四期、一九二五・三・一六）の発言と共通する考え方がある。

「無産階級の生活を描く文学は、近代のロシアの諸作家――とりわけてはゴーリキーから――確立した。しかし英国のディケンズは、早くから無産階級の生活を描くたくさんの小説を書いていた。（中略）ディケンズの小説を読むと、作者は元もと無産階級の人ではなく、傍らに立って大声で、『見てみなさい、無産階級とはこう、こういうものですよ』と言っているにすぎないと思う。しかしゴーリキー等の作品を読むと、読者は貧民窟に入り、目の当たりに彼らの汚れたぼろを見、彼らの呻吟と怨みを聞くかのようだ。（中略）ゴーリキーは自らが無産階級であり、少なくともかつて無産階級生活を経験したことがあるからである。」（同じような主旨の茅盾の発言は、「俄国近代文学雑譚〈上〉」〈『小説月報』第一一巻第一号、一九二〇・一〉にも見られる。）

一九二七年四月の段階で、魯迅が「平民文学」として理解しているものが、茅盾と同様の、上のような担い手の区別によっていると推測される。

以下の点について、私は、「第二章　魯迅革命文学論とトロツキー著『文学と革命』」（長堀祐造『魯迅とトロツキー――中国における《文学と革命》』、平凡社、二〇一一・九・二五）における「平民文学」をめぐる論に疑問を呈する。
①トロツキーはむしろ、次のように指摘し、無産階級文学が必ずしも無産階級によって書かれるものではないことを言う。
「革命芸術が労働者のみによって創られると云うのは嘘である。というのは、労働者革命は――芸術のためには少しばかりの力を解放したに過ぎないからである。その理由は前述したから繰り返さない――仏蘭西革命の時、直接に或は間接に、革命を反映せる大作を創ったのは、仏蘭西の芸術家ではなくて、独逸及び英国その他の国の芸術家であった。直接大改革を完成した仏蘭西の国民的ブルジュアジーは、未だその力が少かったためそれを芸術化し、再印象に上すことが出来なかった。このことはプロレタリアートにとってはより以上適切で、――プロレタリアートは政治的教養は持っていても、芸術的教養は極めて僅しか持ち合わせないのである。」（「第七章　芸術に対する政党の政策」、『文学と革命』、前掲、二九三頁～二九四頁）
トロツキーは、革命芸術が必ずしも労働者農民によって創られるものではないとする。この点で、トロツキーと一九二七年当時の魯迅の考え方は異なると思われる。
②トロツキーは、過渡期におけるプロレタリア文化・芸術の成立の可能性を否定した。それは、プロレタリアの主たる力量が来たるべき市民戦に集中し、やがてプロレタリアが勝利し、その力量が発揮できるときになると、その文化・芸術は全人類的性格をもつようになるとする。それはそもそも「プロレタリア芸術」ではなく、すなわち「革命に遅刻してくる革命芸術のさらに後に展望される」（長堀祐造、『魯迅とトロツキー』、六二頁）「プロレタリア芸術」ではなく、全人類的な性格をもつものとしている。
③『魯迅とトロツキー』（前掲）は、魯迅が、「一九二〇年代、まさに戦争と革命の時代にあってなお、素材や作家の所属階級を基準とする〈プロレタリア文学〉という短絡的発想に与せず、階級全体の真の解放＝階級文化の確立、という地平でそれを展望していたことはやはり特筆に値しよう。」（長堀祐造、『魯迅とトロツキー』、六三頁）とする。しかし「革命時代的文学」（一九二七・四・八講演、『而已集』）において、魯迅は作家の所属階級を、担い手の階級を、「平民文学」と認めるかどうかの基準としている。そこにこそ、一九二七年四月の段階における魯迅の認識の特徴があった、と私は考える。
**註57**：魯迅は「関于小説題材的通信」（一九三一・一二・二五、『二心集』）で次のように言う。
「〔作者が――中井注〕戦闘的無産者である場合、書くものが芸術作品となりうるものでさえあれば、その時には彼の描写するものがどのような事柄であれ、用いるものがどのような材料であれ、現代および将来にとって必ずや貢献する意義をもっています。なぜなのか。作者自身が一人の戦闘者であるからです。」
**註58**：こうした点について、「魯迅と『壁下訳叢』の一側面」（『大分大学経済論集』第三三巻第四号、一九八一・一二・二一、のちに『魯迅探索』〈汲古書院、二〇〇六・一・一〇〉の第一〇章に所収）で述べたことがある。

註59：魯迅は、「『一天的工作』前記」（一九三二・九・一八、『訳文序跋集』）で次のように言う。

「一九二七年ころにおいて、ソ連の〈同伴者作家〉はすでに現実の薫陶を受けたために、革命を理解したし、革命者の方は努力と教養の習得によって、文学を獲得した。しかしわずかこの数年の洗練によっては、実際その痕跡を消すことができない。私たちが作品を読むと、前者は革命或は建設を書くけれども、いつも傍観的表情を表すし、後者が筆を下ろすと、自分がその中におり、全て自分たちのことでないものはない、と感ずる。」

ここで魯迅は、作家がどのような意識をもつか、どのような立場に立つか、によって、作品に現れる精神的態度の違いを言う。これは、トロツキーの考え方に対する魯迅の深化した理解を示すと思われる。

註60：精神構造と思想について、私は書評「山田敬三著『魯迅　自覚なき実存』をめぐっての感想」（『季刊中国』第九九号、二〇〇九・一二・一）で述べたことがある。

註61：例えば、魯迅は一九三〇年三月、左翼作家連盟の成立後、左連の活動の中心的存在となった。これは、コペルニクス的に転回した自己（内部要求、個性）による新しい認識と思想に基づくものであったと思われる。

また、一九三一年、柔石等が捕らえられ処刑されたとき、魯迅は次のように言った。

「私たちの数人のこれら同志たちはすでに暗殺されてしまった。これはむろん無産階級革命文学の若干の損失であり、私たちの多大な悲痛である。しかし無産階級革命文学の方は相変わらず成育している。というのもこれが革命的な広大な勤労大衆に属するものであって、大衆が一日存在し、一日壮大になれば、無産階級革命文学もそれだけ成育するからである。私たちの同志の血は、無産階級革命文学が革命的な勤労大衆と、同じ圧迫、同じ惨殺を受けつつあり、同じ戦闘をし、同じ運命をもつものであって、革命的な勤労大衆の文学であることをすでに証明したのである。」（「中国無産階級革命文学和前駆的血」、一九三一、『二心集』）

このように悲壮にも、いささか強引にも、革命的勤労大衆と、革命的知識人の連帯を根拠づけようとしている。魯迅は、無産階級革命文学前駆者の犠牲の血による、両者の連帯を認識したと言える。

註62：「現今的新文学的概観」（一九二九・四発表、『三閑集』）で魯迅は次のように言う。

「ロシアの例はとりわけはっきりしている。十月革命の当初にも、非常に驚喜して、この暴風雨の襲来を歓迎し、風雷の試練を受けたい、と思った革命文学者が多くいた。しかし後には、詩人エセーニン、小説家ソーボリは自死してしまい、最近では有名な小説家エレンブルクもいくらか反動化しているという。これはどういうわけなのか。それは、四方から襲来するのが決して暴風雨ではなく、試練としてくるものも決して風雷ではない、むしろ面白味のないまじめな『革命』だからである。空想が打ち砕かれては、人は生きていけない。」

註63：「対于左翼作家連盟的意見」（一九三〇・三・二講演、『萌芽月刊』第一巻第四期、一九三〇・四・一、『二心集』）で魯迅は次のように言う。

「我々の辛亥革命のときにも同様の例があります。そのとき多くの文人は、例えば〈南社〉に属した人々は、はじめたいていは大変革命的でした。しかし彼らは幻想を抱いており、満州人を追い払いさえすれば、すべては〈漢官の威儀〉を回復し、人々は袖の大きな服を着、高い冠と広い帯をつけ、悠々と通りを歩くと思いました。あろうことか、満清の皇帝を追いだしたあと、民国が成立し、状況は全く変わり、そのため彼らは失望して、その後或る者たちは新しい運動の反対者とさえなりました。」

註64：『魯迅の印象』（増田渉、角川書店、一九七〇・一二・二〇、角川選書三八、六一頁～六二頁）によれば、魯迅は一九三二年ころ、増田渉氏に対して自らを同伴者作家であると言っていたという。

「彼はあるとき私に言った、付近の農民たちを共産党が殺しているという噂がある、単なる噂かも知れないが、農民を殺すのはたといどんなことからであろうとよくないから、我々は人をやって調査し、もし本当なら共産党に殺しちゃいけないと忠告することを決心したと。彼は中国共産党に加入してはいなかったが、しかしシンパではあったと思う、自ら同伴者作家といっていたから。しかしやはり人を殺すということを耳にしては、彼にはいかなる理由によっても黙視することはできなかった、調査の上、もし本当なら忠告すると決然とした態度で語ったが、私はそのときヒューマニストといわれる彼の真面目を見たように思った。」

一九三一年の段階において魯迅が自らを同伴者作家と位置づけたのは、或る程度納得ができる。すなわち魯迅が一九二八年から本格的にマルクス主義を受容し始め、一九三〇年の左連結成から一年後である一九三一年の段階において、彼が自らを同伴者作家と位置づけ、そのように言ったということは理解できることであると思われる。その後晩年において魯迅は、同伴者作家の枠を超えた活動をなしたと思われる。

註65：「蘇俄的文芸政策」の発言において、トロツキー、ヴォロンスキーの側も、プロレタリア文学を育成するために当時のロシア共産党がプロレタリア文学の側を支持し援助することに、決して反対ではなかった。

「次にプロレタリヤ作家に就いて。私は、我国に於いては、労働者農民の最下層から、労働者及びその他種々なる組織の中から、大位〔「A・ヴォロンスキーの報告」（江川卓訳、『資料世界プロレタリア文学運動』第二巻、一九七三・一・三一）では「大学」とする〕から、赤軍から、新しい作家の出て来ることを、固く信ずるものである。何処かの僻地から、田舎から、作家が出て来る、――この作家こそはその血とその生活とによって、労働者及び農民と――尤も今の所はより多く農民とではあるが――結びつけられているのだ。これ等の作家が必ず主要なる地置《ママ》を占めるであろうと云うこと、我々が彼等に依拠し彼等を援助しなければならないと云うこと、――このことに於いては我々とプロレタリヤ作家との間には如何なる意見の相違もあり得ない。」（「関于対文芸的党的政策　関于文芸政策的評議会的議事速記録（一九二四年五月九日）」、『奔流』第一巻第一期、一九二八・六・二〇、「ア・ウォロンスキイの報告演説」、『露国共産党の文芸政策』、外村史郎、蔵原惟人訳、南宋書院、一九二七・一一・二五、一四頁）

註66：「魯迅与托洛茨基」（遅玉彬、『魯迅研究』第一〇輯、中国社会科学出版社、一九八七・四）は「『奔流』編校后記（三）」（一九二八・一一、『奔流』第一巻第三期、前掲）を引用して次のように指摘する。

「トロツキーに対する魯迅のもともとの印象は、まだ消えていないようで、依然として彼の『博学』を称賛した。しかし彼の『雄弁』な『演説』が『泡を飛ばす激流の勢いである』とは、けなす意味がないことはない。魯迅がトロツキーの『結末の予想』（無産階級文学は基本的に存在しえない）を受け容れたことはないけれども、しかしトロツキーのこの観点に対する魯迅の公の懐疑と否定としては、これが初めてであり、そのために、注目される。」

註67：「解説」（藤井一行、『芸術表現の自由と革命』、ルナチャールスキー著、藤井一行編訳、大月書店、一九七五・五・二八）は次のように指摘する。

「この中央委員会決議の作成にはルナチャールスキー自身が重要な役割を果たしている。彼は党の政治局が選任した決議作成委員会の責任者をつとめたのである（なお、決議の草案とみられるルナチャールスキーの手になる文書も残っている）。」（二二八頁）

**註68**：魯迅が当時、ルナチャールスキーの所論からどのように、何を、学んだのか、については、今後の課題とする。二〇一四年一月、私は拙稿「魯迅訳盧那卡尓斯基作品札記――関于人道主義」（『国際魯迅研究』輯三、黎活仁編、秀威資訊科技股份有限公司、未刊。『現代の日本における魯迅研究』〈『言語文化叢書二二』、秋吉收編、九州大学大学院言語文化研究院、二〇一六・三・三一〉所収。また本書第八章「ルナチャルスキーの人道主義」として所収）において、人道主義の問題をめぐって両者の関係を若干論じた。

**註69**：魯迅は、『奔流』で『文芸政策』を翻訳したとき、その附録について次のように言う。

「最後の二篇は本巻の数冊前において未完の訳文の続稿である。最後の一篇の後半は、すでに《文芸与批評》に印刷し、本来再び印刷する必要はなかった。しかし読者に対して、ここで結末をつけなければならないので、元どおり附けた。《文芸政策》の附録はもともと四篇と決め、その中の二篇は同じ作者の『蘇維埃国家与芸術』と『関于科学底文芸批評之任務的提要』であり、すでに《文芸与批評》の中に訳載した。最後の一篇はMaiskyの『文化、文学和党』であり、現在このたぐいの理論的書籍は、訳本がすでに五、六種類ある。その理由を推測してみれば、おおかた推量することは難しくない。だからふたたびは訳さないつもりであり、たとえ再度訳するとしても、独立の一篇となるであろう。この《文芸政策》の附録は、これで完結とみなす。」（「『奔流』編校后記（一二）」、一九二九・一一・二〇、『奔流』第二巻第五期、『集外集』）

おそらく魯迅が附録として収める予定であったものは、以下の四篇である。

①『蘇維埃国家与芸術』一項～四項（ルナチャルスキー著、「第四章　ソウエート国家と芸術」第一項から第四項まで〈『新芸術論』、茂森唯士訳、至上社、一九二五・一二・一八〉、『奔流』第二巻第一期、一九二九・五・二〇、『文芸与批評』〈水沫書店、一九二九・一〇〉所収）

②『蘇維埃国家与芸術』五項（ルナチャルスキー著、「第四章　ソウエート国家と芸術」第五項〈『新芸術論』、茂森唯士訳、至上社、一九二五・一二・一八〉、『奔流』第二巻第五期、一九二九・一二・二〇、『文芸与批評』〈水沫書店、一九二九・一〇〉所収）

魯迅はこの上の二つを二篇と数えたと思われる。

③『関于科学底文芸批評之任務的提要〈マルクス主義文芸批評の任務に関するテーゼ〉』（ルナチャルスキー著、蔵原惟人訳、『戦旗』一九二八年九月号、『ソヴェート・ロシア文学理論』〈岡沢秀虎、神谷書店、一九三〇・二・一〉に転載、『文芸与批評』〈水沫書店、一九二九・一〇〉所収）

④『文化、文学和党』（Maisky）については、『現代新興文学的諸問題』（片上伸著、一九二九・二・一四訳了、大江書舗、一九二九・四）において詳しく紹介されている。後のことになるが、『ソヴェート・ロシア文学理論』（岡沢秀虎、神谷書店、一九三〇・二・一）の二二四頁から、「文化と文学と共産党に就いて」という論文名をあげて、詳しく内容が紹介されている。

①②は附録として『奔流』に訳載され、③は、のちに『文芸与批評』（水沫書店、一九二九・一〇）に収録され、④は訳されなかった。

①の第三項が、トロツキーのプロレタリア文化・芸術の不成立論に対するルナチャルスキーの反論であり、④は、同じくプロレタリア文

学・芸術の不成立論に対するマイスキーの反論であった。
**註70**：ルナチャルスキーに対する魯迅の共感は次のようなところにも読むことができる。ルナチャルスキーは「Tolstoi 与 Marx」（魯迅訳、『奔流』第一巻第七、八期、一九二八・一二・三〇、一九二九・一・三〇）で大略次のように論ずる。トルストイの空想的理想を現実化できるのが、マルクス主義である。「トルストイ主義」者の目を現実に見開かせることが大切だ。身を汚さない人道主義者よりも、現実の泥沼の中で苦闘するものこそ価値がある。しかしソ連の労働者階級にとって、知識人層（「トルストイ主義」者）の協力は不可欠であり、彼らを必要とする、と。

「芸術与社会」（馮乃超、『文化批判』創刊号、一九二八・一・一五）がトルストイを「卑しい説教者」として全否定したことと比較すれば、ルナチャルスキーの現実に根づいた思考が良く分かる。

　また魯迅には、同伴者作家に対するルナチャルスキーの理解、文学者と文学の特殊性に対するルナチャルスキーの次のような理解にも共鳴するところがあったと思われる。

「忘れてならないことは芸術家は人間の特別なタイプであると云うことだ。我々は決して、芸術家の多数が同時に政治家であるように望むことは出来ない。芸術家には多くの場合、正に思考に対する極度の敏感性或は特定なる意志的行動に対する傾向を有しない人々があるのである。マルクスはこれを理解していて、ゲーテ、ハイネの如き文学的現象に対しては並々ならぬ注意深さと優しさとをもって近づいて行くことが出来た。

　繰返して云う、芸術家が指導的政治理論を有していることは稀である。彼はその材料を、これとは異った方法で組織化するのである。我々が我々自身の間から出て来た芸術家に対する場合に於いてさえ、我々は彼の芸術的作品の中に狭隘な党の、綱領の目的を課してはいけない。彼が芸術家として行動する限りに於いて彼は、政論家の仕事が為される所のそれとは異った法則に従って自己の経験を組織してゆくのである。」（「A.Lunacharsky（盧那卡尓斯基）」、『奔流』第一巻第三期、一九二八・八・二〇、「ア・ルナチヤールスキイ」、『露国共産党の文芸政策』、外村史郎、蔵原惟人訳、南宋書院、一九二七・一一・二五、一三〇頁）
**註71**：「魯迅論文学和革命的関係」（『魯迅文芸思想概述』、閔開徳、呉同瑞、北京大学出版社、一九八六・四、一三七頁）はルナチャルスキーの「蘇維埃国家与芸術」の一文と、『現代新興文学的諸問題』（片上伸著、一九二九・二・一四訳了、大江書舗、一九二九・四）を引用して、魯迅がプロレタリア文化・芸術の不成立というトロツキーの見解に与しなかったことを説明する。

## 第八章　ルナチャルスキーの人道主義

**註1**：『ロシア・ソ連を知る事典』（川端香男里等監修、平凡社、一九九四・四、初版第五刷〈増補版〉）等による。
**註2**：魯迅が翻訳したルナチャルスキーの作品、彼にかかわる作品の翻訳には、そのほか以下のものがある。
①「被解放的堂・吉訶徳」（第一場、ルナチャルスキー原著、魯迅訳、『北斗』第一巻第三期、一九三一・一一・二〇）
②「『浮士徳与城』作者小伝」（尾瀬敬止著、『浮士徳与城』〈柔石訳、上海神州国光社、一九三〇・九〉の巻末に付載。「アナトリー・ルナチャルスキー　小伝」〈尾瀬敬止著〉からの節訳。この「小伝」

は『芸術戦線』〈ウラヂーミル・リーヂン編、尾瀬敬止訳、事業之日本社出版部、一九二六〉に所収。「『芸術戦線』序」〈一九二六・三〉によれば、このルナチャルスキーの「小伝」は翻訳ではなく、尾瀬敬止の執筆による。）

また、「蘇俄的文芸政策」（初出は、『奔流』第一巻第一期〈一九二八・六・二〇〉から第二巻第五期〈一九二九・一二・二〇〉まで断続的に掲載された。後に『文芸政策』〈水沫書店、一九三〇・六〉として出版される）において、ルナチャルスキーの発言の中には、彼の文芸観、文芸政策に関する考え方がうかがわれる。私は以前、「魯迅翻訳の『蘇俄的文芸政策』に関するノート」（上）（下）（『名古屋外国語大学外国語学部紀要』第四四号、第四五号、二〇一三・二・一、八・一）で「蘇俄的文芸政策」について触れたことがある。

この章においては、上記の諸作品について必要なかぎりで言及することにする。

**註3**：『文芸与批評』の内容は以下のとおりである。

①「為批評家的盧那卡尓斯基」（「批評家としてのルナチャルスキー」、『革命ロシアの芸術』、尾瀬敬止、事業之日本社出版部、一九二五・九・二五）

②「芸術是怎様地発生的」（『トルストイとマルクス』の附録、金田常三郎訳、原始社、一九二七・六・二〇）

③「托尓斯泰之死与少年欧羅巴」（前掲）

④「托尓斯泰与馬克思」（前掲）

⑤「今日的芸術与明日的芸術」（『新芸術論』、ルナチャルスキー著、茂森唯士訳、至上社、一九二五・一二・一八）

⑥「蘇維埃国家与芸術」（前掲）

⑦「関于馬克思主義文芸批評之任務的提要」（『戦旗』第一巻第五号、一九二八・九）

⑧「訳者附記」

**註4**：魯迅は、「『芸術論』小序」（一九二九・四・二二、上海大江書舗、一九二九・六、前掲）で次のように言う。

「彼〔ルナチャルスキー〕は革命者であり、芸術家、批評家でもある。」

**註5**：①「人道主義」を広義の意味で解釈し、それは人間愛、人間に対する尊厳を根本とし、人間性を束縛し抑圧するものからの人間の解放を目指すものとする。②「トルストイの人道主義」と③「トルストイ主義者の人道主義」は、広義の人道主義の中のそれぞれ一類型と考える。トルストイは人道主義を主張し、その立場からロシアの専制政治に反抗し、戦争に反対し、また無抵抗主義を主張した。トルストイの思想を奉ずる「トルストイ主義者の人道主義」は、原始キリスト教的な隣人愛を説き、素朴な農民生活を理想とし、悪に対する無抵抗主義をとった。一九一〇年のトルストイの死後、トルストイ主義者はソ連でなお影響力をもっていた。

**註6**：魯迅の文学活動を前期と後期に区分する場合、私は一九〇三年から一九二七年を前期とし、一九二八年から一九三六年を後期とする。また前期を区分けする場合、一九〇三年から一九一七年までを初期とし、一九一八年から一九二七年を中期とする。

**註7**：「魯迅対馬克斯主義批評伝統的選択」（蘇暁明、『中国左翼文学思潮探源』、湖南文芸出版社、一九九一・七）の第三節「魯迅与盧那卡尓斯基」、第四節「這一選択的意義及其歴史波折」は、早い時期に魯迅とルナチャルスキーの関係を深く追究した論考と言える。

私は、魯迅とルナチャルスキーの関係について、その後の諸先行論文を検討しながら、具体的な問題を若干取りあげて論ずることにする。

**註8**：もう一方の「個人的無治主義」の解釈について、私は「魯迅の〈個人的無治主義〉に関する一見解——附江坂哲也訳《『革命物語』序》（アンドレ・ビラート著）」（『言語文化論集』第一〇巻第一号、名古屋

大学総合言語センター、一九八八・一〇・三〇、後に『魯迅探索』〈汲古書院、二〇〇六・一・一〇〉の第五章として所収）で述べたことがある。

**註9**：魯迅は「破悪声論」（一九〇八年発表、『集外集拾遺補編』）で次のように言う。

「もしも自国の樹立がすでに堅固であり、余力があるならば、ポーランドの武士ベムがハンガリーを助け、イギリスの詩人バイロンがギリシアを援けたように、自由のために活力を奮って圧制を覆し、世界からこれを除き去らねばならない。およそ危機の国があれば、皆ともに助け合って、まず友国を立たせ、次にそのほかに推しおよぼし、現代の世界に自由を充ちわたらせ、虎視眈々たる白色人種からその臣僕を失わせなければならない。」

こうした自由・人道についての魯迅の言及の主たる目標は、民族あるいは民族国家のレベルでの自由であり、人道にあると思われる。

**註10**：魯迅は「破悪声論」（一九〇八年発表、『集外集拾遺補編』）で次のように言う。

「中国とはどのような国なのだろうか。民は農耕を楽しみ、故郷を去ることを軽蔑し、上にある者が功をたてることを好めば、在野のものはこれを恨んだ。およそ自ら誇るところは、文明の光輝盛大なこと、暴力によることなく四夷に抜きんで、世界に稀なほど平和を熱愛したことである。ただ安楽さが長期にわたり、防衛の力が次第にゆるんだところへ、虎狼が突然やってきたため、民は塗炭の苦しみに陥った。しかしこれはわが民の罪ではない。流血を憎み、殺人を憎み、別離に耐えず、労働に喜んで従事する。中国人の性格はこのようであった。」

魯迅はこのように、中国の「素朴な民」（「破悪声論」、一九〇八年発表）のこと、その「心が純白な」（「破悪声論」）ことを語る。この素朴な民の姿は書物的ではあるけれども、留学時代の魯迅の人道主義を支えるものであった。

**註11**：魯迅は「文化偏至論」（一九〇八年発表、『墳』）で次のように言う。

「ニーチェのごときは、この個性主義の最もすぐれた勇ましい人であった。希望を託したのは、ただ大人物・天才だけに限られ、愚民本意などは蛇蝎のごとく憎んだ。その考えによると、多数に統治をまかせれば、社会の根源的力は一朝にして壊されるやもしれない。愚民を犠牲にしてでも、一、二の天才の出現に期待したほうがよい。天才が次第に出現してくるようになれば、社会活動も活発化する、と言う。」

**註12**：日本留学時代の魯迅の意図するところについて、後掲の北岡正子氏の諸論文を参照されたい。

**註13**：魯迅は、「我們現在怎様做父親」（一九一九・一〇、前掲、『墳』）で次のように言う。

「自然界の摂理にも、欠点のあることは免れないけれども、老若を結合する方法には決して誤りはない。それは『恩』を採らずに、生物に一種の天性をあたえた。私たちはそれを『愛』と呼ぶ。（中略）人類も例外ではなく、欧米の家庭はたいてい幼者弱者を基準としている。（中略）中国では『聖人の徒』の踏みつけをまだ経験したことのない、考え方に汚れなく純粋な人は、やはり自然にこの天性を発露することができる。例えば村の女が嬰児に乳をあたえているとき、決して自分が恩を施しているとは考えつかない。」

**註14**：魯迅は、「我之節烈観」（一九一八・七・二〇、前掲、『墳』）で次のように言う。

「多数の古人があいまいに伝来してきた社会の道理は、実際重んずべき理由はない。しかしその歴史と数量の力によって、気に入らない人を圧殺できる。主犯なき無意識のこの殺人集団の中で、古来どれだけの人物が死んだか知れない。節烈の女性も、この中で死んだものである。（中略）不節烈の人のほうは生前においてさえ、いかなる人の嘲罵も、主犯なき虐待をも、なされるままに受けなければならなかった。」

**註15**：魯迅は、「我之節烈観」（一九一八・七・二〇、前掲、『墳』）で次のように言う。

「私たちは過去の人を追悼したら、さらに願を掛けたい。人生にとっていささかの意義もない苦痛を除き去りたい、他人の苦痛を作りだし鑑賞する混迷と暴虐を除き去りたい、と。

私たちはさらに願を掛けたい。人類すべてが正当な幸福を享受するものでありたい、と。」

**註16**：『魯迅景宋通信集』二四」（一九二五・五・三〇、『魯迅景宋通信集《両地書》的原信』、湖南人民出版社、一九八四・六）

**註17**：「魯迅の〈個人的無治主義〉に関する一見解――附江坂哲也訳〈『革命物語』序〉（アンドレ・ビラート著）」（『言語文化論集』第一〇巻第一号、名古屋大学総合言語センター、一九八八・一〇・三〇、後に『魯迅探索』〈汲古書院、二〇〇六・一・一〇〉の第五章として所収）で、このことについて言及したことがある。

魯迅の人道主義は、それ自体の深化とともに、魯迅の「個性主義」、「無治的個人主義」との切り離しえない関係も見なければならないと思われる。たとえば、日本留学時代の「立人」の思想は、「従〝主人〟到〝為了将来的無階級社会〟――魯迅的人道主義思想」（邵伯周、『人道主義与中国現代文学』〈上海遠東出版社、一九九三・一二〉所収）の論ずるように、これを人道主義の現れとのみ見ることができるだろうか。私はそこに、魯迅の当時の個性主義が深く関与しており、個性主義から見る民衆の在りようが窺われると考える。

**註18**：中国旧社会の中で、庶民の人間らしい人間性を魯迅が体験したことが、「無題」（一九二二・四・一二、『熱風』）や「一件小事」（一九一九・一二・一発表、『吶喊』）で語られた。

**註19**：魯迅は「『医生』訳者附記」（一九二一・四・二八、『訳文序跋集』〈『魯迅全集』第一〇巻、一九八一〉）で次のように言う。

「一九〇五年から〇六年ころにかけて、ロシアの破綻はすでに気づかれていた。権力や地位のある人は国民の意向を移そうとし、彼らがユダヤ人或いはほかの民族を攻撃するように煽動した、世はこれをポグロムと称した。Pogromというこの言葉は、Po（だんだん）とGromit（破壊する）が合わさったもので、ユダヤ人虐殺とも訳す。こうした暴虐はその当時各地でよく行われ、非常に残酷であり、全く〈非人間〉的なことであった。（中略）

そうしたときの煽動は実際非常に強力であり、官僚ができるだけ人々の獣性を喚起し、その現出に多くの助長を行った。無教育のロシア人の中には、ユダヤ人を殲滅することを一生の抱負となすものが多い。この原因はかなり複雑であるけれども、その主因はただ、彼らが異民族であるためにすぎない。」

**註20**：魯迅は、「論〈費厄潑頼〉応該緩行」（一九二五・一二・二九、前掲、『墳』）で次のように言う。

「革命はとうとう起こった。一群のつまらぬ見栄を張っていた紳士たちは、たちどころに喪家の狗のようにびくびくし、弁髪を頭の上に巻きつけた。革命党も新しい気風――紳士たちが先には徹底的に深く憎悪した新しい気風――を打ちだすと、大変『文明』的であった。『みなともに維れ新たなり』となったのであるから、我々は水に落ちた犬を打たないものであって、彼らに這いあがってくるのに任せればよい、というのであった。そこで彼らは這いあがってきた。民国の二年の後半まで雌伏し、第二次革命のとき突然出てきて、袁世凱を助けつつ、多くの革命家を噛み殺してしまった。中国は再び一日一日と暗黒の中に沈んでいき、ずっと今日にいたっている。遺老は言うまでもなく、遺少すらなお多い。先の烈士たちの好意、鬼畜に対する慈悲が、彼らを繁殖させた。そのゆえに、この後の青年が暗黒に反抗するためには、さらにさらに多くの気力と生命とを費やさなければならない。」

**註21**：「無治的個人主義」には二側面が存在した。他の側面は、サーニン的な虚無的享楽的個性主義と言いうるものであり、魯迅にはその変形としての虚無的個性主義があった。このことについて、私は「魯迅の〈個人的無治主義〉に関する一見解——附江坂哲也訳〈『革命物語』序〉（アンドレ・ビラート著）」（『言語文化論集』第一〇巻第一号、名古屋大学総合言語センター、一九八八・一〇・三〇、後に『魯迅探索』〈汲古書院、二〇〇六・一・一〇〉の第五章として所収）で述べたことがある。

**註22**：魯迅は「『魯迅景宋通信集』二四」（一九二五・五・三〇、前掲）で次のように言う。

「私の言う話は、いつも考えているところと違います。なぜこのようであるかについては、『吶喊』の序で述べたことがあります。自分の思想を他人に伝染させることを願っていないからです。なぜ願わないのか。私の思想が暗すぎるからですし、自分でも結局のところそれが正しいのかどうかを確認できないからです。〈なお反抗しようとする〉ことについては、本当です。あなたの反抗は、光明の到来を希望するためでしょう？（私は、きっとそうだと思います。）しかし私の反抗は、むしろことさら暗黒ともみあうことにすぎません。」

**註23**：魯迅は「『魯迅景宋通信集』四」（一九二五・三・一八、前掲）で次のように言う。

「私の作品は暗黒にすぎます。というのも私は『暗黒と虚無』が『実有』だとのみ思うのですが、しかしことさらこれらに対して絶望的抗戦をしているからです。そのため矯激な声が多いのです。実はこれは年齢と経歴のためであるかもしれませんし、必ずしも確かなことではないかもしれません。というのも私は、暗黒と虚無だけが実有である、と結局のところ証明できないからです。」

　また魯迅は趙其文宛て一九二五年四月一一日付け書信で次のように言う。

「『過客』の意味は来信に言われているように、前途が墓であることをはっきりと知りながら、それでも行こうとすることです。すなわち絶望に反抗することです、なぜなら絶望して反抗することは難しいし、希望があるために戦うことに比べていっそう勇猛で、いっそう悲壮だ、と私は思うからです。」

**註24**：魯迅は「通信〈一〉」（一九二五・三・一二、前掲）で次のように言う。

「私は、現在の方法は最初にやはり何年か前『新青年』ですでに主張された『思想革命』を用いなければならないと思う。いまだにこの話であるとは悲しむべきことかも知れないが、しかしこれ以外にほかの方法はない、と私は思う。しかも『思想革命』の戦士を準備するのは、なお現在の社会とは関係がない。戦士が養成されるのを待って、そこでもう一度勝負を決するのです。」

**註25**：魯迅の人道主義に対する態度は武者小路実篤とは異なり、むしろ有島武郎に近いところがあったと思われる。

　有島武郎は「武者小路兄へ」（『中央公論』、大正七〈一九一八〉年七月号、底本は『有島武郎全集』第七巻、筑摩書房、一九八〇・四・二〇）で当時の日本の資本主義制度を批判し、またそのもとでの武者小路実篤等の「新らしき村」の計画について、次のように言う（底本から引用する場合、仮名遣いは現代仮名遣いに、旧字体は新字体にそれぞれ改め、送り仮名はそのままとする。以下同じ）。

「それなら次の時代に資本制度に取って代るべきものは何んでありましょう。夫れは如何なる形式を取るにせよ、広い意味に於て人間が金に支配されず、金を支配する制度であるべき事だけは明らかです。今の制度の下では資本主も労働者も共に金に支配されている点に変りはありません。資本主は金を集める為めにその力量の全部を集注し、労働者は力量の全部を提供して、生活を支えるだけの金を得ようとしています。人類全体がこういう風に金の締め木にかけられて、藻掻き苦しまねばならぬという事は悲惨極る事です。人類の尊厳が何処に認められましょう。人類の本統の自由が何処に発見されましょう。」（二〇八頁）

「然し率直に云わして下さい。私はあなたの企てが如何に綿密に思慮され実行されても失敗に終ると思うものです。（中略）あなたがこの企ての緒にも就いてもおられない時、こんな事を云うのは幸先きの悪い事のようですが、私は思う所を云うより外はないのです。あなたの社界を周囲から取かこむ資本主義の社界は何んといってもまだ十分死物狂いの暴威を振うでしょうから、ドハボールの移民達が外界から被ったような圧迫を受けられるでしょう。あなたの社界の内部の人も、縦令覚悟は出来ていても、今まで訓練を経ていない境遇に這入っては色々の蹉跎を牽起すでしょう。

けれども失敗が失敗ではありません。今までかかる企ては凡て失敗に終っています。然しそれを普通の意味の失敗とは云えません。若し今の世の中でかかる企てが成功したように見えたら、それは却て怪しむべき事であらねばなりません。そこに人は屹度妥協の臭味を探し出す事が出来るでしょうから。

要するに失敗にせよ成功にせよあなた方の企ては成功です。それが来るべき新しい時代の礎になる事に於ては同じです。日本に始めて行われようとするこの企てが、目的に外れた成功をするよりも、何処までも趣意に徹底して失敗せん事を祈ります。

未来を御約束するのは無稽かも知れませんが、私もある機会の到来と共に、あなたの企てられた所を何等かの形に於て企てようと思っています。而して存分に失敗しようと思っています。」（二〇九頁）

有島武郎は武者小路実篤の「新らしき村」の計画について、上のように論評した。人間が人間を搾取することのない、愛に基づいた「新らしき村」について、当時の資本主義社会の猛威の中で失敗の運命をまぬがれないことを言い、それにもかかわらず、自分も機会がくれば、同じことを別の形で実行し、存分に失敗しよう、と言う。

有島武郎は当時の日本の資本主義社会という条件の中で、自分たちの人道主義がどういう作用を果たすかについて、自分なりの洞察をもっていたことが分かる。しかし実際の資本主義社会における武者小路実篤の人道主義の社会的実行は失敗に終わるしかないが、その失敗が失敗でないとする。

こういう点から考えると、有島武郎は、人道主義の理想が当時の資本主義社会の中で、将来どのように実現されるのかについて、明確な見通しをもちえないでいたと思われる。また或る歴史的社会的条件の中での人道主義の役割について、有島武郎は決して楽観的ではなかった。

これらの点について、前期の魯迅も共通点があったと思われる。

**註26**：「随感録四六」（『新青年』第六巻第二号、一九一九・二・一五、『熱風』）、「再論雷峰塔的倒掉」（一九二五・二・六、『墳』）で言及されるトルストイは、むしろ旧軌道の破壊者としての、改革を促進する個性主義者の側面である。バイロン・ニーチェ・イプセン・トルストイ等の影響の濃い個性主義は、日本留学時代の諸作品から一九二七年ころまでさまざまな支流を含めて脈々と流れていたと思われる。また、本文で出てきた「個人的無治主義」とは、日本留学時代の文学活動の失敗、辛亥革命の挫折をへて魯迅に生じた思想と考える。このことについては、「魯迅の〈個人的無治人主義〉に関する一見解――附江坂哲也訳〈『革命物語』序〉（アンドレ・ビラート著）」（『言語文化論集』

第一〇巻第一号、名古屋大学総合言語センター、一九八八・一〇・三〇、のちに『魯迅探索』〈汲古書院、二〇〇六・一・一〇〉の第五章として所収）で述べたことがある。

**註27**：「文学与政治的岐路」（一九二七・一二・二一講演、『集外集』）で魯迅は次のように言う。

「生活の困窮から出てくる人は、金をもつようになると、二つの状況に変化しやすいです。一つは理想世界で、同じ境遇にいる人のために考え、人道主義者となります。一つは何でも自分が稼ぎだしたもので、以前の境遇はすべてが冷酷であったと考えさせ、個人主義者に流れていきます。私たち中国は大抵、個人主義者に変わるものが多いです。（中略）ロシアの文学者トルストイは人道主義を語り、戦争に反対し、三冊の分厚い小説——あの『戦争と平和』を書きました。彼自身は貴族ですが、戦場の生活をへて、戦争がどんなにか悲惨であるかということを感じました。（中略）戦争の結果は、また二つの態度に変化しえます。一つは英雄です（中略）。一つは戦争に反対へと変わり、世界では二度と戦ってはならないことを望みます。トルストイは後者のほうで、無抵抗主義によって戦争を消滅することを主張しました。彼は次のように主張するのです。政府はもちろん彼を嫌いました。戦争に反対することは、ロシア皇帝の侵略の野望と衝突します。無抵抗主義を主張し、兵士に皇帝のために戦争しないようにと言い、警察に皇帝のために法を執行しないように、裁判官に皇帝のために裁判しないように、みんなが皇帝をもちあげないようにと言いました。皇帝は人に担つがせることが必要です、担ぐ人がいなければ、何か皇帝になったり、政治と衝突したりするでしょうか。こうした文学者が出て、社会の現状に対して不満を抱き、あれこれ批判すると、社会でそれぞれの人が自覚するようになり、すべて不穏となりますので、殺さなければなりません。」

一九二七年の一二月の段階で、魯迅はトルストイの無抵抗主義的な手段によるロシア皇帝に対する抵抗を否定的に紹介していない。この場合、トルストイは実際上、抗議し、抵抗している。

無抵抗主義を明確に否定するのは、「TOLSTOI与MARX」（盧那卡尔斯基、一九二四年の演説、『奔流』第一巻第七、八期、一九二八・一二・三〇、一九二九・一・三〇、のちに『文芸与批評』に所収、『トルストイとマルクス』、金田常三郎訳、原始社、一九二七・六・二〇）の演説である。

「彼等は言う『さあ、打て、征服せよ、そしてわれわれを奴隷にしろ、われわれは反抗しないだろう、勝負はもう終わったじゃないか』と。

この思想の余りにもユトピヤ的なことは何人にも直ぐわかる。そしてそこに何か内的な、根本的な誤謬、根本的な矛盾がひそんでいることが全く明瞭になる、このことについては後になお話すであろう。誤謬とは、人間の中にも貪慾のものあり、吝嗇なものがある、従って吝嗇を戒める説教や、無抵抗主義の説教は貪らんな人間にとって却って都合のいい説教となるからである。イワンの馬鹿の国に侵略に来た他国人は非常に喜んで言うであろう——

『よろしい、俺は貴様達の頸ッ玉に乗っかって馬の代りに歩かせてやろう、そして貴様も貴様の子供だちも搾取してやろう』」（四八頁〜四九頁）

ルナチャルスキーによる、トルストイの無抵抗主義に対する批判である。ルナチャルスキーは、無抵抗主義に根本的な矛盾があるとする、なぜなら人間の中には、無抵抗な者を容赦なく踏みにじる貪婪なそして吝嗇な者がいるからである、とする。

**註28**：馮乃超が何に基づいて、レーニンの論文「ロシア革命の鏡としてのレフ・トルストイ」を引用しているのか、未詳である。

「ロシア革命の鏡としてのレフ・トルストイ」の論文は、『マルクス主義者の見たトルストイ』（国際文化研究会訳、叢文閣、一九二八・一二・三）に外村史郎訳で巻頭に収められている。魯迅はこの本から、「トルストイの死と若きヨーロッパ」（ルナチャルスキー著、杉本良吉訳、前掲）を訳しており、おそらく巻頭の「ロシア革命の鏡としてのレフ・トルストイ」にも目をとおしたと思われる。

**註29**：前述のように、馮乃超が何に基づいて引用しているか未詳である。しかし引用の最後の文章は、「ロシア革命の鏡としてのレフ・トルストイ」（前掲、一九〇八・九・一一、底本は『レーニン　文化・文学・芸術論（上）』〈前掲〉）によれば次のようである。

「――この志向こそわが革命における農民の歴史的な歩みの一歩一歩を赤い糸となって貫いており、そして疑いもなく、トルストイの書いたものの思想的内容は、彼の見解の『体系』がしばしばそう評価されているような、抽象的な、『キリスト教的無政府主義』よりも、はるかにこの農民的志向に合致しているのである。」（二六〇頁）

この訳と馮乃超の訳には、最後の部分の意味において齟齬がある。

**註30**：「ロシア革命の鏡としてのレフ・トルストイ」（前掲、一九〇八・九・一一、底本は『レーニン　文化・文学・芸術論（上）』〈前掲〉）におけるレーニンの見解は、馮乃超の解釈とは異なると思われる。レーニンは、次のように言う。

「トルストイが労働者運動をも、社会主義のための闘争におけるその役割をも、またロシア革命をも絶対に理解できなかったということ、そのことは自明である。しかし、トルストイの見解と教えにおける矛盾は偶然ではなくて、十九世紀の最後の三分の一のロシアの生活がおかれていた矛盾にみちた諸条件の表現である。（中略）トルストイの見解における矛盾の評価も、現代の労働者運動と現代の社会主義との見地からではなく（このような評価はいうまでもなく必要であるが、それだけでは不十分である）、せまりくる資本主義、大衆の零落と土地喪失にたいする抗議、家父長制的なロシアの農村によって生みだされざるをえなかったその抗議の見地からおこなわなければならない。」（二五九頁）

「トルストイは、ロシアにおけるブルジョア革命の開始期に幾百千万のロシア農民のあいだに形づくられた思想と気分の表現者としては偉大である。トルストイは独創的である。なぜなら、全体としてみた彼の見解の総体が、農民的ブルジョア革命としてのわが革命の特殊性をそのまま表現しているからである。トルストイの見解にある矛盾は、この見地からすれば、わが革命における農民の歴史的活動がそのもとにおかれていた矛盾にみちた諸条件の真の鏡である。」（二五九頁～二六〇頁）

トルストイの見解における矛盾を評価する場合、レーニンは、現代の労働運動と現代の社会主義の見地からだけ評価するのではなく、一九世紀末の迫りくる資本主義、大衆の零落と土地喪失にたいする抗議、家父長制的なロシアの農村によって生みだされざるをえなかったその抗議の見地から行わなければならない、とする。また、トルストイの見解における矛盾は、ロシア革命における農民の歴史的活動がおかれていた矛盾にみちた諸条件の真の鏡であるとする。

馮乃超の「芸術与社会生活」（一九二七・一二・一八、前掲）は、トルストイの思想を、一九世紀末当時の歴史的進行の観点からしても、また現代の労働運動と現代の社会主義の見地からしても、反動的であるとした。

**註31**：私は、『蘇俄的文芸論戦』（前掲）について、「魯迅と『蘇俄的文芸論戦』に関するノート」（『大分大学経済論集』第三四巻第四・五・六合併号、一九八三・一、後に『魯迅探索』〈汲古書院、二〇〇六・一・一〇〉の第九章として所収）で述べたことがある。また、「蘇俄的文芸政策」について「魯迅翻訳の『蘇俄的文芸政策』に関するノート（上）

（下）」（『名古屋外国語大学外国語学部　紀要』第四四、四五号、二〇一三・二・一、八・一）で述べたことがある。

**註32**：「解説」（藤井一行、『芸術表現の自由と革命』、ルナチャールスキー著、藤井一行編訳、大月書店、一九七五・五・二八）は次のように指摘する。

「この中央委員会決議の作成にはルナチャールスキー自身が重要な役割を果たしている。彼は党の政治局が選任した決議作成委員会の責任者をつとめたのである（なお、決議の草案とみられるルナチャールスキーの手になる文書も残っている）。」

**註33**：「托尓斯泰之死与少年欧羅巴」（盧那卡尓斯基、一九二九・一・二〇訳、『春潮』第一巻第三期、一九二九・二・一五、のちに『文芸与批評』に所収、「トルストイの死と若きヨーロッパ」、杉本良吉訳、『マルクス主義者の見たトルストイ』、国際文化研究会訳、叢文閣、一九二八・一二・三）で、ルナチャルスキーが述べたことは（『ノーワヤ・ジーズニー』、一九一一年二月発表）、旧ロシアにおけるそして世界における、トルストイ（一八二八～一九一〇）の果たした役割である。一九二四年、ソ連におけるトルストイ主義者の果たした役割とは違うので、区別しなければならない。

**註34**：『回憶魯迅』（馮雪峰、人民文学出版社、一九五二・八、底本は、『魯迅巻』第八編〈中国現代文学社編〉）は、次のような魯迅の言葉を紹介する。

「『……人道主義も確かに役に立ちません。人道主義を実行しようとするならば、人道主義者の主張する方法では達成できません。手に刀をもたないかぎり、しかしそのようであれば、彼らの主義に大いにもとって、階級闘争を実行していることにならないでしょうか。そこで、逆に〈トルストイアン〉（Tolstoyan、トルストイ主義者あるいはトルストイの信徒の意）のように、むしろただ革命者に対して人道主義を要求しようとします。トルストイはやはり得がたいものです、あえて権力をもつ反動支配階級に対して抗争します。〈トルストイアン〉はまったく賢くありません、一代一代と悪くなる。』」（三二頁）

**註35**：「レフ・トルストイ」（マイスキー著、アンドレーエフ訳、『マルクス主義者の見たトルストイ』、叢文閣、一九二八・一二・三。またこの文章は、「LEOV TOLSTOI」〈一九二八年九月一五日在東京托爾斯泰記念会　駐日蘇聯大使館参賛 M.AISKI 講　俄国 ANDREIEV 日訳　魯迅重訳〉として『奔流』第一巻第七期〈一九二八・一二・三〇〉に掲載される。この第七期は、「莱夫・N・托爾斯泰誕生百年記念増刊」と記され、「託爾斯泰誕生後百年的記念」〈「編校后記」、一九二八・一二・二三〉とされる。「LEOV TOLSTOI」の文末には、「訳自『日露芸術』第二二輯」とある）は、次のように指摘する。

「之と同時にソウエート・ロシヤではこのトルストイの百年祭に当りトルストイが屢々自己の哲学に反対して行われた専制政治の暴圧に対する激怒と反感に動かさ《ママ》て屢々自己の言論と著述を以て大衆の革新運動に力強い援助を与えていた事に対する感謝と追憶のためである。此の大衆運動は、当時無力で消極的であった急進的貴族に代って結局ロシヤの反動的制度を全滅に帰せしめたものである。ソウエート・ロシヤは此の見地からして文豪トルストイを親愛し尊敬し追憶するのである。」（一〇七頁）

「最後の特徴は現在のソウエート・ロシヤに取って特に理解され易い、そして尊重される点で、それは全べての圧迫、偽善、搾取等に対する彼の深い反抗の精神である。しかしロシヤ貴族の急進的分子を代表した文豪トルストイは、精神的根拠を何百万の虐げられつつあった当時のロシヤの農民大衆の中に新しい道を発見した。そのためにトルストイの抗議は全く無力なものとなって仕舞った。当時の農民は政治的には勿論、社会的にも全然無力なものであったからである。」（一一

〇頁）

**註36**：魯迅は、「『酔眼』中的朦朧」（一九二八・二・二三、『語絲』第四巻第一一期、一九二八・三・一二）で次のように言う。

「革命者は決して自己を批判することを恐れない、彼ははっきりと知り、明言する勇気がある。ただ中国は特別であって、人に付いてトルストイが『うす汚い説教者』であると言うことは知っているが、中国の『現在の情況』に対しては、ただ『事実上、社会の各方面もまさしく暗雲垂れこめた勢力の支配を受けている』と考えるだけで、トルストイが『政府の暴力、裁判行政の喜劇の仮面をはぎとった』勇気の数分の一さえもない。人道主義の不徹底を知っているが、しかし『人を殺すこと草のごとくして声を聞かず』というとき、人道主義式の抗争さえもない。」

『回憶魯迅』（馮雪峰、前掲、一九五二・八）は次のような魯迅の言葉を紹介する。

「『みんなは今また人道主義を悪く言っています。しかし私が思いますに、反革命者が革命者を大殺戮しているときに、もしも真の人道主義者が現れて抗議するならば、これは革命に対してどうして損失になるでしょうか。……私は人道主義者が身を挺して現れるのを見たことがありません。しかし人道主義を悪く言う人たちもなぜ驚いて一言もあえて言わないのでしょうか。あるいはほかの良い方法を考えなかったのでしょうか。……私が思いますに、中国にはおそらく真の人道主義者はいません、ほかの良い方法も考えつかなかったようです、はっきりとした直接的な闘争以外には。もしも一方で人道主義を悪く言い、他方ではまた闘争しないとしたら、これはどういう主義であるのか、分かりません。』」（三一頁）

**註37**：一九二八年の『日記』「書帳」（『魯迅全集』第一四巻、一九八一）に次の記載がある。

「社会文芸叢書二本　一・八〇　四月九日」（一九二八年の『日記』「書帳」、七四二頁）

「社会文芸叢書二本」の中の一冊が、『解放されたドン・キホーテ』（前掲）であったと思われる。というのも、「社会文芸叢書」入手年月日の翌日の、「通信」（一九二八・四・一〇、『三閑集』）で魯迅は次のように言及しているからである。

「第一に、生計の道を謀らなくてはいけません。生計の道は、手段を選びません。しばし待たれよ、現在分別のないものたちは、『目的を問うて、手段を問わない』のは共産党の合い言葉だと思いこんでいるが、これは大まちがいです。人々でこのようであることは多い、しかし彼らは口に出そうとしません。ソビエト・ロシアの学芸教育人民委員ルナチャルスキーの作った『解放されたドン・キホーテ』の中で、この手段を或る公爵に使わせています、これが貴族のもので、堂々たるものであることがわかります。」（一〇〇頁）

**註38**：魯迅が第一場のみを訳したことについては、「『解放了的董吉訶徳』后記」（一九三三・一〇・二八、前掲、『集外集拾遺』）で次のように言う。

「一九二五年のドイツは現在といささか異なり、この演劇はかつて国民劇場で上演され、ゴッツ（I.Gotz）の訳本を刊行した。まもなく日本語訳本も現れ、〈社会文芸叢書〉に収められた。聞くところによれば、東京でも開演された。三年前、私は二つの訳本に基づいて、一幕を訳し、雑誌『北斗』に載せた。靖華兄〔曹靖華のこと――中井注〕は私がこの本を訳していることを知り、きれいな原本を一冊郵送してくれた。私は原文を読めないけれども、しかし対照したあと、ドイツ語訳本は省略しているところがあるものだと分かった。数句数行は言うまでもなく、第四場でキホーテが長い時間の詩を吟じているが、それも跡形もなく削られている。これは或いは上演のために、やっかいであることを嫌ったためかも知れない。日本語の方も同じで、ドイツ語から訳している。こういうわけで、この訳本に対して疑問を抱くようになり、ついに投げ出して訳さないこととなった。」

　また、魯迅がここで基づいた「二つの訳本」とは、「《文芸連叢》之二——《解放了的董・吉訶徳》」（『柘園草』、胡従経、前掲、一九八二・七）の指摘のように、ドイツ語訳本と日本語訳本を指すと思われる。

**註39**：『集外集拾遺』（『魯迅全集』第七巻、一九八一）では、「『解放了的堂・吉訶徳』后記」とする。しかし瞿秋白の訳本は、『解放了的董吉訶徳』（上海聯華書局、一九三四・四、上海図書館所蔵本）としており、これに従って、「『解放了的董吉訶徳』后記」とすべきものと思われる。

　また、「《文芸連叢》之二——《解放了的董・吉訶徳》」（『柘園草』、胡従経、前掲、一九八二・七）がつとに次のように指摘している。『解放了的董吉訶徳』（上海聯華書局、前掲）には、戯曲の本文の前に、「作者伝略」（尾瀬敬止著、「魯迅従〝芸術戦線〟（一九二六年版）節訳」）が掲載されている。これは、「『浮士徳与城』作者小伝」（尾瀬敬止著、「従《芸術戦線》〈一九二六年版〉節訳」、『浮士徳与城』〈柔石訳、上海神州国光社、一九三〇・九〉の巻末に附せられた）と内容を同じくする。

**註40**：ムルチオ伯の台詞の訳は、『解放されたドン・キホーテ』（ルナチャルスキー作、千田是也、辻恒彦共訳、金星堂、一九二六・一一・二五、社会文芸叢書第三編）による。

**註41**：ドリゴの台詞は、『解放されたドン・キホーテ』（ルナチャルスキー作、千田是也、辻恒彦共訳、金星堂、一九二六・一一・二五、社会文芸叢書第三編）による。

**註42**：蕭軍、蕭紅宛て一九三五年一一月一六日付けの書簡で、魯迅は次のように言う。

「家がなくなって、しばらく漂流するのでしょうが、将来はこのことを忘れてはなりません。二四年前に〔辛亥革命の時期——中井注〕、あまりにも寛大で、いわゆる『文明』という二字に騙されました。将来になって、報復に反対する人道主義者がいることでしょうが、私は彼らを憎みます。」

**註43**：魯迅は、「『解放了的董吉訶徳』后記」（一九三三・一〇・二八、前掲、『集外集拾遺』）で次のように言う。

「キホーテを嘲笑する傍観者も、ときにはその嘲笑が当を得ていない。彼らは、キホーテが元もと英雄ではないのに、英雄をもって自任し、ときの情勢を知らず、結局難儀して苦しむことになることを笑う。この嘲笑によって、自らを〈非英雄〉の上に置き、優越感をうる。しかし社会の不平に対して、さらに良い戦法もなく、ひどい場合には不平すら感じたことがない。慈善者や人道主義者に対しても、或る人はつとに彼らが同情や或は財力でもって心の平安を買いとるにすぎないと喝破する。これはもちろん正しい。しかしもしも戦士でなく、ただこの理由をかすめとって自分の冷酷さを隠すだけならば、それは髪の毛一本抜かずに、心の平安を買いとることになり、彼は元手を使わぬ商売人なのである。」（三九八頁）

**註44**：魯迅は、「『解放了的董吉訶徳』后記」（一九三三・一〇・二八、前掲、『集外集拾遺』）で次のように言う。

「原書は一九二二年に印刷発行され、それはまさしく十月革命後六年で、世界では反対者のさまざまな流言が飛びかい、できるだけ中傷をたくらむときだった。精神を重んずるもの、自由を愛するもの、人道を重視するものは、たいてい党人の専横に不満で、革命は人間の社会を復興できないばかりか、かえって地獄になったと考えた。この戯曲はこうした論者たちに与えた全体的答案である。キホーテは十月革命を非難する多くの論者、文学者によって合成されている。その中にはもちろんメレシコフスキー（Merezhkovsky）、トルストイ派がいる。またロマン・ロラン、アインシュタイン（Einstein）もいる。私はゴーリキーさえもその中にいると疑っている。その当時彼はまさにさまざまな人たちのために奔走し、彼らを出国させ、彼らが身を寄せるのを手伝い、聞くところによればこのために当局者と衝突さえしたそうだ。
　しかしこうした弁解〔旧支配者に対する抑圧――中井注〕と予測〔旧支配者による報復――中井注〕は、人々は必ずしも信じない。なぜならば人々は、一党独裁のとき、必ずや暴政のための弁解の文章があって、それがたとえどのように巧妙に作られ人の胸を打つとしても、血の跡を隠すのにすぎない、と考えるからである。しかしゴーリキーに救われた数人の文人は、この予測の真実性を証明した。彼らはひとたび出国すると、ゴーリキーを痛罵した。それはまさしく復活後のムルチオ伯爵のようであった。」

**註45**：魯迅は「我們不再受騙了」（一九三二・五・六、『南腔北調集』）で次のように言う。
「帝国主義と我々は、その奴隷的手先を除いて、どういう利害が私たちと正反対でないだろうか。私たちの悪性の腫れ物は彼らの宝である。それでは、彼らの敵は、当然私たちの友人である。（中略）
『ソ連は無産階級の執権であるので、知識階級は餓死しなければならないだろう。』――ある有名な記者はかつてこのように私に警告した。そうだ、これは私をいささか眠ることができなくさせるだろう。しかし無産階級の執権は、将来の無階級社会のためではないか。人がそれを妨害し陥れようとしないのであれば、自然と成功は早くなり、階級の消滅も早くなる。そのとき誰も『餓死』するはずはなくなる。」

**註46**：魯迅は、「小品文的危機」（一九三三・八・二七、『南腔北調集』）で次のように言う。
「小品文はこのように危機にたどりついた。しかし私のいわゆる危機とは、医学のいわゆる〈とうげ〉（Krisis）のようなもので、生死の分岐であり、まっすぐ死亡にいたりうるし、ここから回復に向かうこともありうる。麻酔的な作品は、麻酔をするものと麻酔をされるものが同じく滅びる。生存する小品文は、匕首であり、投げやりでなければならず、読者とともに生存の血路を切りひらくことができるものでなければならない。しかしもちろん、それは人に愉快と休息を与えることができる、しかしこれは決して〈小さな飾り物〉ではなく、さらには慰めや麻痺ではない。それが人に与える愉快さや休息は休養であり、労働と戦闘の前の準備である。」

**註47**：魯迅は、「中国無産階級革命文学和前駆的血」（一九三一、『二心集』）で次のように言う。
「私たちの数人のこれら同志たちは〔柔石等を指す――中井注〕すでに暗殺されてしまった。これはむろん無産階級革命文学の若干の損失であり、私たちの多大な悲痛である。しかし無産階級革命文学の方は相変わらず成育している。というのもこれが革命的な広大な勤労大衆に属するものであって、大衆が一日存在し、一日壮大になれば、無産階級革命文学もそれだけ成育するからである。私たちの同志の血は、無産階級革命文学が革命的な勤労大衆と、同じ圧迫、同じ惨殺を受けつつあり、同じ戦闘をし、同じ運命をもつものであって、革命的な勤労大衆の文学であることをすでに証明したのである。」

**註48**：魯迅は、「中国人失掉自信力了嗎」（一九三四・九・二五、『且介亭雑文』）で次のように言う。
「私たちには古来から、没頭して行う人がおり、一生懸命あくまで行う人がおり、民のために援助を求めた人がいて、身を捨てて真理を求めた人がいた。帝王や将軍宰相の家譜に等しいいわゆる〈正史〉であっても、しばしば彼らの輝きを覆うことができなかった。これこそ中国の背骨である。

こうした人たちは、たとえ現在でも少なくなったことがあろうか。彼らには確信があり、自らを欺かない。彼らは前のものが倒れたら後ろのものが続いて戦っている。ただ彼らはいつも損なわれ、抹殺され、暗黒のなかに消えているので、みんなに知られることができないだけである。(中略)

中国人を論じるなら、自らも人も欺く表面的な白粉に騙されずに、その筋骨と背骨を見なければならない。」

**註49**:魯迅は、「『解放了的董吉訶徳』后記」(一九三三・一〇・二八、前掲、『集外集拾遺』)で次のように言う。

「この戯曲が十年前に予測した真実を証明したのは、今年のドイツである。中国では、ヒトラーの経歴と功績を述べる数冊の本があるが、その国内の状況については、紹介するものが少ない。今、パリの『時事週報』〝Vu〟の記載(素琴訳、『大陸雑誌』一〇月号に見える)の数段を下に写す。」(四〇一頁)

魯迅は、一九三三年ドイツのヒトラー政権下における、市民に対する弾圧と左翼政党員に対する拷問と酷刑を紹介し、次のように言う。

「これもこの本の透徹した解釈であり、極めて適切な実証であり、ロマン・ロランやアインシュタインの転向に比べて、はるかに精通したものだ。そして反革命の凶暴ぶりに対する作者の描写が、実際決して誇大ではなく、むしろなお徹底的で詳細ではないことを示している。そうだ、反革命者の野獣ぶりは、革命者が推測しがたいものである。」(四〇二頁)

## 第九章　ソ連の同伴者作家の文学とプロレタリア文学

**註1**:ロシア十月革命を自己流に受け入れた旧知識人系の作家、すなわちロシア十月革命に反対しない、小資産階級・資産階級の作家、ピリニャーク等を指す。トロツキー(『文学と革命』)の命名に由来する。魯迅は、「『竪琴』前記」(一九三二・九・九、『竪琴』、良友図書公司、一九三三・一)で次のように言う。

「〈同伴者作家〉とは、革命に含まれる英雄主義のために革命を受けいれ、ともに前進する。しかし徹底して革命のために闘争し、たとえ死んでも惜しくないという信念はもっていない。たんにしばらくのあいだ道を同じくする道連れにすぎない。この名称は、そのときからずっと現在まで使われている。」

**註2**:「蘇俄的文芸政策」は『奔流』第一巻第一期(一九二八・六・二〇)から同第二巻第五期(一九二九・一二・二〇)まで断続的に翻訳された。後に『文芸政策』(水沫書店、一九三〇・六)として出版された。

**註3**:「魯迅翻訳の『蘇俄的文芸政策』に関するノート(上)」(拙稿、『名古屋外国語大学外国語学部　紀要』第四四号、二〇一三・二・一)、「魯迅翻訳の『蘇俄的文芸政策』に関するノート(下)」(拙稿、『名古屋外国語大学外国語学部　紀要』第四五号、二〇一三・八・一)で「蘇俄的文芸政策」に触れた。

そのほかの問題について言えば、トロツキー、ヴォロンスキーが、ソ連の過渡期において、プロレタリア文化・芸術の不成立論を唱えたことに対して、ルナチャルスキーはこの論に反対している。

**註4**：「革命後のロシヤ文学概観」（岡沢秀虎、『ソヴェート・ロシヤ文学理論』、神谷書店、一九三〇・二・一）によれば、『ナ・ポストウ』派の散文の代表を次のように指摘する。

「散文の方面にも、〈同伴者〉に劣らぬ人材が現れて来た。彼等は同じく革命の現実を描いても、前衛の目から見たそれである。そこには絶対的な優勢があった。この方面では、セラフィーモイッチの『鉄の流れ』リベディンスキイの『一週間』『コムミサール』グラトコフの『セメント』フルマーノフの『チャパーエフ』マラーシキンの『ダニールの没落』ファデーエフの『壊滅』等が注目すべき作品である。」（一五頁）

**註5**：『萌芽月刊』（『左連機関刊物四種』全八冊、国家図書館出版社、二〇一一・一）、『魯迅著訳系年目録』（上海文芸出版社、一九八一・八）によれば、『潰滅』（第一部、第二部）は『潰滅』の題名で、『萌芽月刊』第一巻第一～五期（一九三〇・一・一～五・一）、『新地月刊』（一九三〇・六・一、すなわち『萌芽月刊』第六期）に掲載された。出版禁止にあい、第二部までが発刊される。私の使用した底本は、『魯迅訳文全集』第五巻（福建教育出版社、二〇〇八・三）に所収される『毀滅』（第一部、第二部、第三部）である。これは三閑書屋版（一九三一・一〇、再版）の『毀滅』を底本とする。「漫話魯迅的『毀滅』訳本」（張小鼎、『魯迅著作版本叢談』、書目文献出版社、一九八三・八）は次のように説明する。大江書舗版『毀滅』（一九三一・九、初版）は、当局の圧迫を避けるために、「作者自伝」、「関于『毀滅』」、「代序」、「訳者后記」を取り除き、本文だけを印刷して、訳者名も「隋洛文」とした。それでもこれは発禁処分となった。そのため魯迅は、三閑書屋版でそれらをすべてを復活させ、訳者名を「魯迅」として、自費出版した。その初版、再版のときの書名が『毀滅』である。本書では、『毀滅』の書名を用いる。『萌芽月刊』に掲載された題名は、『潰滅』を用いる。

**註6**：私は、ソ連の一九二〇年代ころの文学史について、「ロシア・ソヴェト文学」（『増補改訂　新潮世界文学辞典』、新潮社、一九九〇・四・二〇）の記述を参考とする。

「〔ソヴェト時代〕十月革命（一九一七）と共に旧文学者の一部は海外に亡命し、あるいは沈黙して、ソヴェト文学は最初から特定の政治的色彩をもった文学として出発した。作家の出身によってプロレタリア作家と旧知識人系の〈同伴者作家〉を区別する習慣も三〇年代初めまで続」く。「だが、こうした政治的空気の中でも、二〇年代の文学はかなり自律的な道を歩んだ。（中略）文学団体も大幅に認められ、〈立哨中〉やラップ（ロシア・プロレタリア作家協会）の側からの政治的攻撃にもかかわらず、非政治主義の〈セラピオン兄弟〉（中略）などが独自の主張をかかげた。共産党も二五年の中央委員会決議では『文学における自由競争』の原則を打出している。（中略）三〇年前後になると、（中略）〈同伴者作家〉も、社会主義建設をテーマにリアリズム的作品を書くようになり、（中略）プロレタリア文学系作家と方法的に接近する。この状況に基づいて、三二年に文学団体の解散が決定され、つづいてゴーリキーらの指導下に三四年のソ連作家同盟設立、基本的創作方法としての社会主義リアリズムの承認へと文学界の再編成が進む。しかし三〇年代後半に入ると、作家同盟は官僚機構化し、粛清の恐怖のもとで文学、芸術への露骨な干渉が行われ、社会主義リアリズムはドクマと化する。」（江川卓著、一四六二頁～一四六三頁）

**註7**：「解説」（藤井一行、『芸術表現の自由と革命』、ルナチャールスキー著、藤井一行編訳、大月書店、一九七五・五・二八）は次のように指摘する。

「この中央委員会決議の作成にはルナチャールスキー自身が重要な役割を果たしている。彼は党の政治局が選任した決議作成委員会の責任者をつとめたのである（なお、決議の草案とみられるルナチャールスキーの手になる文書も残っている)。」

**註8**：私は、「人道主義」と「トルストイの人道主義」、「トルストイ主義者の人道主義」の三者を区別する。①「人道主義」を広義の意味で解釈し、それは人間愛、人間に対する尊厳を根本とし、人間性を束縛し抑圧するものからの人間の解放を目指すものとする。②「トルストイの人道主義」と③「トルストイ主義者の人道主義」は、広義の人道主義の中のそれぞれ一類型と考える。

**註9**：この点に関して、「魯迅訳盧那卡尓斯基作品札記——関于人道主義」(『国際魯迅研究』第三輯、黎活仁編、二〇一四年一月投稿、未刊行。『現代の日本における魯迅研究』〈『言語文化叢書二二』、秋吉收編、九州大学大学院言語文化研究院、二〇一六・三・三一〉)で述べたことがある。

**註10**：魯迅は「文学的階級性」(一九二八・八・一〇、『三閑集』)で次のように言う。

「私は、世界ですでに定評のある唯物史観に関する数冊の本——少なくとも、簡単で平明な一冊、精確緻密な二冊——をすすんで翻訳しようという堅実な人のいることを、希望しているにすぎません。それから一、二冊の反対する著作も欲しい。そうなれば、論争が起こっても、たくさんの話を省略することができます。」

**註11**：翻訳がどのように進行したのかを、『魯迅著訳系年目録』(上海文芸出版社、一九八一・八)に主として従い、次頁からの図表「翻訳の進行」で示す(関連する文献の一部も掲載している)。

**註12**：「ブローク・片上伸と一九二六年~二九年頃の魯迅についてのノート(上)(下)」(『大分大学経済論集』第三六巻第五、六号、一九八五・一・二〇、二・二〇。後に、『魯迅探索』〈汲古書院、二〇〇六・一・一〇〉の第一一章として収録)で触れたことがある。

**註13**：「在鐘楼上——夜記之二」(一九二七・一二・一七、『三閑集』)で魯迅は次のように言う。

「私は、およそ革命以前に幻想或いは理想をもっていた革命詩人は、自分の謳歌希望した現実にぶつかり、死ぬ運命を確かにもつものだ、ということを知った。しかし現実の革命がもしもこの種の詩人の幻想或いは理想を破砕してしまわないのなら、この革命はまだ布告上の空談である。しかしエセーニンとソーボリはきつく非難できない。彼らは前後して自分のための挽歌を歌ったので、彼らには真実があった。彼らは自己の沈没によって、革命の前進も証明していた。」

**註14**：魯迅は、後述のように、「『竪琴』前記」(一九三二・九・九、『竪琴』、良友図書公司、一九三三・一、『南腔北調集』)で、ロシア文学の主たる性格として、「人生のための文学」を指摘している。同伴者作家たちは「人生のための文学」の潮流に属し、十月革命に突入し、十月革命によって巨大な打撃と影響を受けたとする。

**註15**：そのほか、前述の『文学と革命』(トロツキー著、茂森唯士訳、改造社、一九二五・七・二〇、魯迅入手年月日、一九二五・八・二六)は参考とされたであろう。また、『革命ロシヤの芸術』(尾瀬敬止、事業之日本社出版部、一九二五・九・二五)も参考にされたと思われる。魯迅は、「馬上日記之二」(一九二六・七・七、『華蓋集続編』)で次のように言う。

「『イワン・ダ・マリヤ』(『芸術戦線』〈前掲〉所載——中井注)の訳者尾瀬敬止氏によれば、作者(ピリニャークを指す——中井注)の考えは、『リンゴの花は、旧い屋敷にも咲く、大地の存続するかぎり、やはり咲くのだ』というのである。それでは、彼は懐旧の念を忘れなかったのである。しかし彼は、革命をまのあたりにし、身をもって経験し、ここには破壊があり、流血があり、矛盾がある、しかし決して創造がないのではないことを知った。そのため彼は決して絶望の心を抱かなかった。これはまさしく革命時代に生きている人の心である。

図表「翻訳の進行」

| | プロレタリア文学<br>（無産階級革命文学） | 同伴者作家の小説 | 人生のための文学<br>（ロシア十月革命以前の<br>批判的リアリズムの文学） |
|---|---|---|---|
| 1928年 | | 「貴家婦女」、淑雪兼珂（ゾシチェンコ、1895 － 1958）、『大衆文芸』第1巻第1期、1928・9・20<br>「農夫」、1928・10・27訳、雅各武莱夫（ヤコブレフ、1886 － 1953）、『大衆文芸』第1巻第3期、1928・11・20、『訳叢補』<br>「『農夫』訳者附記」、1928・10・27、雅各武莱夫、『大衆文芸』第1巻第3期、1928・11・20、『訳叢補』<br>「在沙漠上」、1928・11・8前訳、倫支（ルンツ、1901 － 1924）、半月刊『北新』第3巻第1期、1929・1・1、『竪琴』<br>「『在沙漠上』訳者附記」、1928・11・8前訳、半月刊『北新』第3巻第1期、1929・1・1<br>「竪琴」、1928・11・15訳、理定（リージン、1894 － 1979）、『小説月報』第20巻第1期、1929・1・10、『竪琴』<br>「『竪琴』訳后附記」、1928・11・15、理定、『小説月報』第20巻第1期、1929・1・10、『竪琴』、『訳文序跋集』<br>「果樹園」、1928・11・20訳了、斐定（フェージン、1892 － 1977）、『大衆文芸』第1巻第4期、1928・12・20、『竪琴』<br>「『果樹園』訳后附記」、1928・11・20、斐定、『大衆文芸』第1巻第4期、1928・12・20、『竪琴』 | |
| 1929年 | | 『十月』（第1節 － 第3節）、1929・1・2訳、雅各武莱夫。第1節－第2節、『大衆文芸』第1巻第5期、1929・1・20。第3節、『大衆文芸』第1巻第6期、1929・2・20<br>全書、1930・8・30訳了<br>「『十月』訳后附記」、1929・1・2、『大衆文芸』第1巻第5期、1929・1・20、『訳文序跋集』<br>「波蘭姑娘」、淑雪兼珂、『近代世界短篇小説集』（1）『奇剣及其他』（朝花社、1929・4） | 〔「『一篇很短的伝奇』訳后附記（二）」、『近代世界短篇小説集』（1）『奇剣及其他』（朝花社、1929・4）、『訳文序跋集』〕<br>「悪魔」、1929・12・3訳了、高尔基（ゴーリキー、1868 － 1936）、半月刊『北新』第4巻第1、2期合刊、1930・1<br>「『悪魔』訳后附記」、1929・12・3、半月刊『北新』第4巻第1、2期合刊、1930・1 |

| | | | |
|---|---|---|---|
| 1929年 | | 「青湖紀游」、確木努易（拉扎列夫、1863－1910）、1929・9・27訳、『訳叢補』<br>「苦蓬」、1929・10・2訳了、畢力涅克（ピリニャーク、1894－1941）、『東方雑誌』第27巻第3号、1930・2・10、『一天的工作』<br>「『苦蓬』訳訖記」、1929・10・2、『東方雑誌』第27巻第3号、1930・2・10、『訳文序跋集』<br>「Vl・G・理定自伝」、1929・11・18訳、『奔流』第2巻第5本、『訳叢補』<br>「『Vl・G・理定自伝』訳語附識」、1929・11・18、『奔流』第2巻第5本、『訳文序跋集』 | 〔「契珂夫与新文芸」、Lvov-Rogachevski、『奔流』第2巻第5本、1929・12・20、『訳叢補』〕 |
| 1930年 | 「潰滅」（第1部－第2部）、法捷耶夫（ファジェーエフ、1901－1956）、『萌芽月刊』第1巻第1期－第5期、1930・1・1－5・1、『新地月刊』（『萌芽月刊』第6期のこと）、1930・6・1<br>「『潰滅』第二部一至第三章訳后附記」、1930・2・8、『萌芽月刊』第1巻第4期、1930・4・1、『訳文序跋集』<br>「『静静的頓河』后記」、1930・9・16、『静静的頓河』（唆羅訶夫〈ショーロホフ、1905－1984〉）、神州国光社、1931・10、『集外集拾遺』<br>「『静静的頓河』作者小伝」、1930・9・16訳、『静静的頓河』、神州国光社、1931・10、『訳叢補』<br>「毀滅」（第三部）、法捷耶夫、1930・12・26訳了 | 『十月』（第4－28節）、雅各武莱夫、1930・8・30<br>「『十月』作者自伝」、雅各武莱夫、1930・8・30訳了、未発表、『十月』、神州国光社、1933・2<br>「『十月』后記」、1930・8・30、未発表、『十月』、神州国光社、1933・2、『訳文序跋集』<br>「洞窟」、1930・11・29訳（『魯迅日記』）、札弥亜丁（ザミャーチン、1884－1937）、『東方雑誌』第28巻第1号、1931・1・10、『竪琴』<br>「『洞窟』訳訖記」、1930・11・29（『魯迅日記』）、札弥亜丁、『東方雑誌』第28巻第1号、1931・1・10、『訳文序跋集』<br>「『鉄甲列車Nr.14－69』訳本后記」、1930・12・30、『集外集拾遺補編』、伊凡諾夫（イワノフ、1895－1936） | |
| 1931年 | 「中国無産階級革命文学和前駆的血」、『前哨』第1巻第1期、1931・4・25<br>「『毀滅』后記」、1931・1・17、『毀滅』、三閑書屋再版、1931・10、『訳文序跋集』<br>「『鉄流』編校后記」、1931・10・10、『集外集拾遺』、『鉄流』（綏拉菲摩維支〈セラフィモヴィチ、1863－1949〉、三閑書屋、1931・11） | 「肥料」、1931・8・9訳、綏甫林娜（セイフーリナ、1889－1954）、『北斗』創刊号、第1巻第2期、1931・9・20、10・20、『一天的工作』<br>「『肥料』訳后附記」、1931・8・12、『北斗』第1巻第2期、1931・10・20、『訳文序跋集』<br>「亜克与人性」、1931・11・4訳、E.左祝黎（ゾズリャ、1891－1941）、未発表、『竪琴』 | |

| | | | |
|---|---|---|---|
| 1931年 | 「『士敏土』代序」（蘇聯、戈庚〈コーガン、1872 － 1932〉作）、1931・10・21 訳、『士敏土』、革拉特珂夫（グラトコフ、1883 － 1958）、董紹明等訳、新生命書局、1932・7<br>「父親」、1931・11・15 訳、M. 唆羅訶夫、未発表、『一天的工作』<br>「『毀滅』和『鉄流』的出版預告」、『文芸新聞』第 37 号、1931・11・23、『集外集拾遺補編』<br>「《『鉄流』図》特価告白」、1931・12・8、『集外集拾遺補編』 | | |
| 1932年 | 「林克多『蘇聯聞見録』序」、1932・4・20、『文学月報』創刊号、1932・6・10、『南腔北調集』<br>「革命的英雄」、1932・5・30 訳、D. 孚尔瑪諾夫（フールマノフ、1891 － 1926）、未発表、『一天的工作』<br>「『一天的工作』前記」、1932・9・18、『一天的工作』<br>「枯煤，人們和耐火磚」、F. 班菲洛夫（パンフョーロフ、1896 － 1960）、V. 伊連珂夫（イリエンコフ、1897 － 1967）、1932・9・18 訳了、未発表、『一天的工作』<br>「我要活」、A. 聶維洛夫（ネヴェーロフ、1886 － 1923）、1932・9・19 前訳了、『文学月報』第 1 巻第 3 期、『一天的工作』<br>「鉄的静寂」、N. 略悉珂（リャシコ、1884 － 1953）、1932・9・19 前訳了、未発表、『一天的工作』<br>「工人」、瑪拉式庚（マラーシキン、1888 － 1988）、1932・9・19 前訳了、未発表、『一天的工作』<br>「『一天的工作』后記」、1932・9・19、『一天的工作』、良友図書公司、1933・3 | 「『豎琴』前記」、1932・9・9、『豎琴』、良友図書公司、1933・1、『南腔北調集』<br>「『豎琴』后記」、1932・9・10、『豎琴』、良友図書公司、1933・1<br>「窮苦的人們」、雅各武莱夫、1932・9・13 前訳了、『東方雑誌』第 30 巻第 1 期、1933・1・1、『豎琴』<br>「拉拉的利益」、V. 英培尓（インベル、1890 － 1972）、1932・9・13 前訳了、未発表、『豎琴』 | |

詩人ブローク（Alexander Block）もこのようであった。」

**註16**：『魯迅日記』（『魯迅全集』第一四巻、一九八一）の一九三〇年「書帳」の五月三〇日の日付の項に「ソ・ロ文学の展望一本　二・〇〇」とある。

**註17**：この本の邦訳には、もう一種ある。『ソヴェート文学の十年』（コーガン著、山内封介訳、白揚社、一九三〇・一二・一五、魯迅入手年月日、一九三一・一・一八〈『魯迅日記』一九三一年の書帳による〉）である。この二種類の本について、『魯迅目睹書目　日本書之部』（中島長文編刊、一九八六・三・二五）に詳しい。

コーガン教授について、またコーガン教授の魯迅に対する影響については、今後の課題とする。

**註18**：魯迅は、「『十月』后記」（一九三〇・八・三〇、『訳文序跋集』）で次のように言う。

「ヤコブレフについては、その芸術的基調が、すべて博愛と良心にあり、しかも大変宗教的で、ときにはまったく教会を尊崇しているほどである。彼は農民を人類の正義と良心の最高の保持者と考え、彼らだけが全世界を友愛の精神に結びつけることができるとする。この見解を具体化したのが、短篇小説『農民』であって、その中には〈人類の良心〉の勝利が描かれている。」

**註19**：『新興文学全集』第二四巻露西亜篇Ⅲ（平凡社、一九二八・八・五）に、「百姓」（ヤーコヴレフ、岡沢秀虎訳）が収められている。

**註20**：魯迅は「『農夫』訳者附記」（一九二八・一〇・二七作、前掲）で次のように言う。

「この『農夫』にいたっては、もちろんさらにはなはだしい。革命の気風がないばかりか、濃い宗教的気配、トルストイ的気配を帯びている。私の〈落伍〉した目から見ても、ソビエト政権下で、このような作者をなお留めておくことは奇異である。しかし私たちはこの短い一篇から、ソ連が人道主義を排斥しようという理由を悟ることができる。なぜならこのように温厚であることは、革命においてであれ、反革命においてであれ、必ず失敗することは疑いないからである。他人は決してこのように温厚ではなく、人が熟睡しているときに、銃剣の一撃をお見舞いしないであろうか。だから〈非人道主義〉の高唱が起こるのは、必然の勢いである。」

**註21**：魯迅は「『竪琴』后記」（一九三二・九・一〇）で次のように言う。

「彼の本質は、純粋に農民的、宗教的である。彼の芸術の基調は、博愛と良心である。彼は農民が人類の正義と良心の保持者であると考え、かつただ農民だけが、ほんとうに全世界を友愛の精神に繋げるものであると思っている。この『貧しき人たち』は、《近代短篇小説集》の八住利雄の訳本から重訳したもので、展開するところは自ずから人々が互いに助け合い慈しむ精神である。すなわち作者が信仰する〈人間性〉であるが、しかし想像の産物である。」

**註22**：「対于左翼作家連盟的意見」（一九三〇・三・二講演、『萌芽月刊』第一巻第四期、一九三〇・四・一、『二心集』）で魯迅は次のように言う。

「もしも革命の実際の状況を分かっていなければ、容易に〈右翼〉に変わります。革命は苦痛なもので、その中には必ず汚穢や血が混じっており、決して詩人が想像するようなおもしろい、完璧なものではありません。革命はとりわけ現実のことであり、卑賤で面倒なさまざまな仕事が必要で、決して詩人が想像するようなロマンチックなものではありません。革命は当然破壊がありますが、さらに建設が必要です。破壊は痛快ですが、しかし建設は面倒なことです。ですから革命にロマンチックな幻想を抱いている人は、いったん革命に近づき、革命が進行することになると、失望しやすいのです。聞くところによると、ロシアの詩人エセーニンも、当初非常に十月革命を歓迎し、当時彼は、『万歳、天と地の革命よ！』と言い、『私はボリシェヴィキになった！』とも言いました。しかし革命後になると、実際上の状況は、彼の想像することではまったくなく、ついに失望し、退廃しました。」

「事実、労働者大衆は梁実秋の言う〈見こみのある〉ものでありさえすれば、決して知識人階級を特別重視するはずがありません。例えば私が訳した『毀滅』の中のメーチック（知識人階級出身）は、かえっていつも炭鉱労働者に嘲笑されます。言うまでもなく、知識人階級にはやらなければならない知識人階級のことがあって、特に軽視すべきではありません。しかし労働者階級には決して、特に例外的に詩人或いは文学者を優遇する義務はないのです。」

**註23**：「魯迅与蘇聯〝同路人〟作家関係研究（二）」（李春林、『魯迅研究月刊』二〇〇三年第二期）は、一九三二年の「面目がまったく似ていない」点を、プロレタリア作家の革命像に対する魯迅の批判であるとし、ルンツの革命像に肯定的評価を与えているとする。

「簡単に言えば、魯迅から見て、〈芸術のための芸術〉を主張するルンツは、真実に革命を描きだすことによって、革命を真実に描きだせない〈政治のための芸術〉の〈プロレタリア作家〉の作品に比べて、いっそう価値と意義があった。」（四五頁）

　しかし私にはそのように読めない。

**註24**：「『星花』一九四三年版后記」（一九三九・四・一三、一九四二・一二増補、『曹靖華訳著文集』第一〇巻、河南教育出版社等、一九九二・一二）で曹靖華は次のように言う。

「作者〔ラヴレニョフを指す――中井注〕はソ連の文学において、〈左翼同伴者作家〉の一派に属する。『七人集』〝附録〟で言う。『貴族や資産階級の出身で、現在政権を取るロシア無産階級・農民階級と血筋上の関係がない作家たち――同伴者作家、彼らは決然と革命に同情し、革命を描写し、その世界を震撼させる時代を描き、その社会主義建設の日々を描く。』」

**註25**：魯迅は、「『竪琴』訳者附記」（一九二八・一一・一五、『小説月報』第二〇巻第一号、一九二九・一・一〇）で、リージンの『竪琴』の梗概を次のように紹介する。

「彼〔リージン――中井注〕の作品の正式な出版は、去年までにおおよそ全部で一二種類ある。大学卒業生であるので、知識人階級作家であり、〈同伴者作家〉でもある。しかし読者はかなり多く、比較的傑出した作者と言える。この篇は短篇小説集『過去の物語』の中の一篇であり、日本の村田春海の翻訳から重訳したものである。時は十月革命後の翌年の三月、約半年のことである。事情は或るユダヤ人が故郷における迫害と虐殺に耐えられないため、セスクワへ行って正義を探そうとする。しかし饑餓があるだけであり、戻ってきたときには、故郷の家はすでに公用に当てられ、自分も獄につながれてしまう。この人物を中心にして、簡潔で含蓄のある文章で、革命ロシアの周囲の生活を描きだしている。」

「なおいくつかの聞きづらいことを言わなければならない。この一篇の中での混乱や暗黒の描写は、かなり徹底していると言える。多くの諧謔で覆い隠してはいるが、表現は克明であり、おそらく我が中国の〈プロレタリアート　クリティクル（無産階級文化提唱者――一九八一年版『魯迅全集』第一〇巻注釈）〉から見ても、〈反革命〉として斥けられるだろう。もちろん、ロシアの作家であることから、やはり〈記念〉に値することは、アルツィバーシェフと同じ扱いかもしれない。しかし彼の本国において、なぜ〈没落〉しないのか。私の思うに、これは、血があり汚穢があるけれども、革命もあるためである。革命があるがために、血や汚穢――すでに過ぎ去ったものであれ、まだ過ぎ去ってないものであれ――を描写した作品に対しても、恐れることがなかった。これこそいわゆる〈新たな誕生〉である。」

ロシアの現実において、革命が存在し、社会革命が進行していることから、人々は、そして作家は、革命の中の血や汚穢が事実として存在すること、暗黒の事実が存在すること、そしてそれを描くことを恐れないとする。同伴者作家の優れた点の一つは、彼らが見た、その真実を描くことにあった。

**註26**：魯迅が一九二八年ころ以降に翻訳した、プレハーノフとルナチャルスキーの主なマルクス主義文芸理論の文献には次のものがある。訳了の日付順に、以下にならべる。

①『芸術論』（盧那卡尓斯基、上海大江書舗、一九二九・六、一九二九・四・二二訳了、『マルクス主義芸術論』、ルナチャルスキー原著、昇曙夢訳、白揚社、一九二八、魯迅入手年月日、一九二八・九・三）

②「論文集《二十年間》第三版序」（蒲力汗諾夫、一九二九・六・一九訳了、『芸術論』、光華書局、一九三〇・七、「論文集『二十年間』第三版序」、プレハーノフ原著、『階級社会の芸術』、蔵原惟人訳、叢文閣、一九二八・一〇・一、魯迅入手年月日、一九二八・一〇・一〇）

③『文芸与批評』（盧那卡尓斯基、上海水沫書店、一九二九・一〇、一九二九・八・一六訳了）

④『芸術論』（蒲力汗諾夫、魯迅訳、光華書局、一九三〇・七、一九二九・一〇・一二訳了、『芸術論』、プレハーノフ原著、外村史郎訳、叢文閣、一九二八・六・一八、魯迅入手年月日、一九二八・一一・七）

プレハーノフ、ルナチャルスキーの諸著作は、一九二九年に、ほとんどが一九二九年以降に訳了したものである。ここでは、プレハーノフとルナチャルスキーの二人の著作のみを取りあげた。私は、これらの翻訳が魯迅のマルクス主義文芸理論理解の深化を側面から裏付けるものと考える。

魯迅は、韋素園宛て書簡（一九二八・七・二二）で次のように言う。

「史的唯物論によって文芸を批評する本は、私も以前すこし読みました。それは極めて単刀直入であり、多くの曖昧で難解な問題が、すべて説明できると思いました。しかし近頃創造社一派は、あらゆるものはこの史観によって著作しなければならないと主張し、自分ではまた分かっていず、収拾がつかなくなっています。」

また、「魯迅先生両次回北京」（李霽野、一九五六・八・二五、『魯迅先生与未名社』、湖南人民出版社、一九八〇・七）は次のように、一九二九年五月北京に帰省したときの魯迅の言葉を伝える。

「或るとき私たちは、すでに組織に参加したのかどうか、彼に尋ねた。彼は次のように言った。別に参加していない、だがマルクス主義はもっとも明快な哲学だと考える。以前混乱してはっきりさせることができなかった多くの問題は、マルクス主義の観点から見ると、分かるようになった、と。」

馮雪峰は、『回憶魯迅』（人民文学出版社、一九五二・八、底本は、『魯迅巻』第八編〈中国現代文学社編〉）で、一九二九年に魯迅が階級の存在について、一九二七年四月一二日の反共クーデターをふり返りながら、次のように述べたことを伝える。

「『階級闘争は、人が承認しなくても良い。事実の教訓は必ず理論の宣伝より有力です。』

『階級闘争は、確かに人を驚かせ寝食を不安にさせるでしょう。しかし誰がまず階級闘争を実行するのか。口先で宣伝する人ではなく、口には言わず、世の中に階級闘争があることを承認しない人です。革命者ではなくて、手に刀をもった反革命者です。』」

以上のようなマルクス主義（またマルクス主義文芸理論）に対する受容の深まり、理解の深化が、十月革命とその後のソ連の過渡期に対する同伴者作家の態度について魯迅の疑問を強め、同時にプロレタリア作家の小説への共感の後押し、吸引力となっていったことと思われる。

**註27**：後述のように、ソ連社会の当時の実際の状況を、胡愈之の『莫斯科印象記』（新生命書局、一九三〇・八・二〇）、林克多の『蘇聯聞見録』（上海光華書局、一九三二・一一、「『蘇聯聞見録』序」、魯迅、一九三二・四・二〇）をとおして知ったことが、その理由の一つとしてあげられる。

**註28**：魯迅は「『十月』后記」（一九三〇・八・三〇）で次のように言い、同伴者作家たちは一九一七年から二七年にかけての偉大な十年の中で、必ずしも変化や発展がなかったのではないことを指摘する。

「しかし、すべての〈同伴者作家〉も、同じように若干の道を歩いた後、そこから永遠にすべて半ば空中に飛翔したのではなく、必ずや離合変化を生じたのであろうことは、コーガンが『偉大なる十年の文学』で次のように言っている。

『所謂〈同伴者〉たちの文学は、これ（プロレタリア文学）とは別な道を成し遂げたのである。彼等は文学から生活へと行ったのであり、自立的な価値のある技術からはじめたのであった。革命を彼等は、先づ第一に芸術作品のための題材として見た。彼等は明らさまに自己を、あらゆる傾向性の敵として宣言した、そしてその傾向の如何とは無関係な作家たちの自由な共和国を自分に想定した。事実、これらの〈純粋〉な文学主義者たちも——それが大多数若い人々であったが故に尚更——結局に於いては、あらゆる戦線の上で沸騰していた闘争の中に引き込まれないではいられなかったのであって、遂にその闘争に参加したのであった。最初の十年の終り頃になって、革命的実生活から文学へと来たプロレタリア作家たちと、文学から革命的実生活へと来た〈同伴者〉たちが合流して、十年の終りは、その中にあらゆるグループがお互いに並んで加入し得るところのソヴェート作家連盟の形成の雄大な企図によって記念せられたと云う事は、何も驚くべき事ではないのである。』」（「『十月』后記」、一九三〇・八・三〇、コーガン教授の引用文は、『ソヴェート・ロシヤ文学の展望』（黒田辰男訳、叢文閣、一九三〇・五・二五）による）

魯迅は、偉大な十年の期間の最後に、同伴者作家の文学とプロレタリアの文学が合流する勢いにあることについて、コーガン教授の言葉を引用する。

**註29**：「『一天的工作』后記」（一九三二・九・一九）で、魯迅は同伴者作家セイフーリナ（一八八九〜一九五四）について次のように言う。

「『堆肥〔中国語訳は、肥料——中井注〕』」は《新興文学全集》第二三巻の富士辰馬の翻訳から訳したもので、おそらく一九二三年の作であろう。書かれているのは、十月革命のとき農村の貧農と富農の闘争であり、結局前者が失敗する。このような事件は、革命時代には常にあるもので、おそらくたんにソ連だけがそうなのではない。しかし作者は活き活きと描き、地主の陰険さ、田舎の革命家の荒っぽさとまじめさ、老農の決然さが、すべてありありと目に浮かぶようである。しかも一般の〈同伴者作家〉の革命に対する冷淡な様子が少しも見られず、彼女の作品が今にいたるもなお読書界で敬愛されているのは、実に怪しむにたりない。」

セイフーリナの「堆肥」には、「同伴者作家」の革命に対する冷淡な様子が少しも見られないことを、魯迅は指摘する。

**註30**：ピリニャークについて、魯迅は「『一天的工作』后記」（一九三二・九・一九）で次のように指摘し、同伴者作家にとっての十月革命の内容を述べる。

「〈セラピオン兄弟〉の成立後、彼はその中の一員となり、一九二二年小説『裸の年』を発表して、大きな文名を得た。これは彼が内戦時代に体験した辛酸で、残酷、醜悪、無聊な事件と場面を、随筆あるいは雑感の形式で描写したものである。その中には主人公はいない、もしも主人公を捜すとすれば、それは〈革命〉である。ピリニャークが描く革命は、実際のところ暴動であり、反乱であり、原始的自然力の跳梁にすぎず、革命後の農村も、嫌悪と絶望があるだけだった。」

**註31**：『労農露西亜短篇集』（中国語原文）は、『コンミューン戦士のパイプ　労農ロシヤ短篇集』（蔵原惟人訳、南宋書院、一九二八・二・三〇、世界社会主義文学叢書二）を指す。

**註32**：『魯迅目睹書目　日本書之部』（中島長文編刊、一九八六・三・二五）は、「一七一四四　コムミューン戦士のパイプ　蔵原惟人訳　昭三（一九二八）南宋書院　世界社会主義文学叢書二　労農ロシヤ短篇集　且二：〈題未定草二〉訳序：〈〝一天的工作〟后記〉（八〇頁）の項で、次のように注をつけている。「魯迅は上の二篇で〈鉄の静寂〉をともに外村史郎訳としているが、これは蔵原訳の思いちがいであろう。」しかし、『コンミューン戦士のパイプ　労農ロシア短篇集』（蔵原惟人訳、南宋書院、一九二八・二・三〇、前掲）の「序」（蔵原惟人、一九二七・一二）は次のように言う。「以上の中、リャシコの『鉄の静寂』は外村史郎氏の訳、セイフーリナの『レーニン物語』は能勢登羅氏の訳であることをここにことわって置く。」

**註33**：「我怎麼写『鉄流』的」（綏拉菲摩維奇〔セラフィモヴィチ――中井注〕、曹靖華訳、一九三一・八・一五、『曹靖華訳著文集』第一巻、北京大学出版社、一九八九・五）で、セラフィモヴィチは次のように言う。

「私はいつも次のように考える。主要な、唯一無二の原動力としての、組織的革命の力は無産階級である。しかし十月革命はそれが一手によって完成したものではない――それはかつて広大な農民大衆が闘争に参加するように押し動かした。（中略）十月革命では、農民が無産階級を手助けし、それゆえに十月革命は勝利を得た。」（二二五頁）

　セラフィモヴィチによれば、十月革命は労働者階級が主要な原動力、組織的革命の力となった。しかし労働者階級だけで革命を行ったのではなく、広大な農民大衆の闘争への参加が必要であった。労農同盟にロシア革命の成否がかかっていたとしている。

**註34**：『衝撃隊』（ソヴェート事情研究会訳、叢文閣、一九三一・一一・二五）

**註35**：魯迅は、「『鉄流』編校后記」（一九三一・一〇・一〇、『集外集拾遺』、底本は『曹靖華訳著集』第一巻、北京大学出版社等、一九八九・五）で次のように言う。

「私たちのこの本は、私たちの能力があまりにも小さいため、当然『定本』を称することができない。しかしドイツ語訳本より確かにまさっており、序跋や注解、地図、挿絵の周到さは日本語訳本のおよぶところではない。しかし、寄せ集めてできるときになって、上海の出版界の情勢はとっくに以前とは異なっていた。印刷を進んで引き受ける書店は一つもなかった。このような岩石のような重圧のもとで、私たちは曲がりくねらざるを得なかったが、しかし読者の眼前にその鮮やかで鉄のような新しい花を咲かせた。」（二一四頁）

「これはもちろん何らかの〈艱難〉とは言えないし、些事にすぎない。しかし現在その些事をことさら言ったのは、実際読者に知ってもらいたかった。現状のもとで、比較的良い本を出すのは容易ではなく、この本はたかが翻訳小説ではあるけれども、三人の微力を尽くしてできあがったものであること、を。――訳す者は訳し、補う者は補い、校正する者は校正して、これによって消閑をしたり、これに乗じて読者をだます考えはなかったのである。」（二一四頁）

　曹靖華（本文の翻訳）、瞿秋白（「序言」の翻訳）、魯迅（校正）の三人の協力によって、この本ができあがったことを言う。

**註36**：「三閑書屋校印書籍」（『鉄流』〈三閑書屋版、一九三一・一一〉の奥付の頁、『集外集拾遺補編』）で『毀滅』について次のように宣伝する。

「描かれている農民や炭鉱労働者、知識階級は、すべて躍如としており、また名言も多く、汲めどもつきない。これは実に新文学の中の大きなたいまつである。」

**註37**：ドリゴの台詞は、『解放されたドン・キホーテ』（ルナチャルスキー作、千田是也、辻恒彦共訳、金星堂、一九二六・一一・二五、社会文芸叢書第三編）による。

**註38**：「革命文学論戦」（夏衍、『懶尋旧夢録』、生活・読書・新知三聯書店、一九八五・七）と「中国左翼作家聯盟成立的経過」（陽翰笙、『風雨五十年』、人民文学出版社、一九八六・一〇）による。

**註39**：魯迅は、「答国際文学社問」（『国際文学』一九三四年第三、四期合刊、『且介亭雑文』）で次のように言う。

「十月革命後になって、私は〈新しい〉社会の創造者が無産階級であることを知りました。しかし資本主義各国の反宣伝のために、十月革命にはなおいささか冷淡であり、しかも懐疑をもっていました」

　魯迅自身も一九一七年の十月革命後のある期間、十月革命とその後のソ連の過渡期について「いささか冷淡であり、しかも懐疑をもって」いたことが分かる。それは、ソ連の同伴者作家ピリニャーク、ザミャーチン等と共通する点であった。

**註40**：魯迅は、「関于翻訳的通信」（一九三一・一二・二八、『二心集』）で『毀滅』と『鉄流』の翻訳について、次のように言う。

「今年やっとのことでこの記念碑的小説〔『毀滅』を指す――中井注〕をここの読者の前に送りました。訳すときと印刷するときには、少なからぬ困難をへましたが、今はむしろ記憶の圏外に退きました。しかし私はあなたの来信が言うように、実の息子のようにそれ〔『毀滅』を指す――中井注〕を愛しています、そしてそれによって息子の息子のことを思います。また『鉄流』も私は大変好きです。この二篇の小説は、粗製ではありますけれども、決して濫造ではありません。鉄の人物と血の戦闘は、感傷的な才子と美しい佳人を描くいわゆる〈美文〉を、その前で影のないに等しいほど薄めてしまうでしょう。」

**註41**：魯迅は、「関于翻訳的通信」（一九三一・一二・二八、『二心集』）で読者対象による必要性の区分について、次のように言う。

「私が思いますに、私たちの翻訳書は、まだこんなに簡単にはいきません。まず大衆のうちのどのような読者のために翻訳するのか、を決めなければなりません。これらの大衆を大ざっぱに分けてみます。甲は教育をよく受けたもの、乙は少し字が理解できるもの、丙は知っている字がほとんどないものです。そのうちの丙は、『読者』の範囲外であり、彼らを啓発するのは絵画・講演・演劇・映画の任務であって、ここで論じなくてもよいと思います。しかし甲乙の二類にあっても、同じ書物を使用するのは不可能です。各々に読書のために提供する相応の書物がなければなりません。乙に提供するのには、まだ翻訳書を用いることはできません。少なくとも改作、もっともよいのはやはり創作です。」

**註42**：魯迅は一九三二年に、「論〝第三種人〟」（一九三二・一〇・一〇、『南腔北調集』）で次のように言う。

「左翼作家は天から降りてくる神兵、或いは国外から攻めはいる仇敵ではありません。彼はともに数歩歩く〈同伴者作家〉を必要としているばかりでなく、路傍で立って見ている観客もともに前進するように引きこまなければなりません。」

　これは、一九三二年当時の中国の状況における、左翼作家にとっての〈同伴者作家〉の必要性を指摘していると思われる。（十月革命後の、ソ連の過渡期における同伴者作家に関する、直接の言及ではない。）

## 第一〇章『蘇聯聞見録』について

**註1**：『文学月報』第一巻第一号（一九三二・六・一〇、底本は古佚小説会影印〈一九九五・一・二〉）の本文中の標題は、「蘇聯聞見録序」である。『蘇聯聞見録』（林克多著、上海光華書局、一九三二・一一）の標題も、「蘇聯聞見録序」である。いま、『南腔北調集』（『魯迅全集』第四巻、人民文学出版社、二〇〇五・一一）の「林克多『蘇聯聞見録』序」に従う。

「我們不再受騙了」の初出は、『北斗』第二巻第二期（一九三二・五・二〇、底本は『《左聯》機関刊物四種』〈国家図書館出版社、二〇一一・一〉）である。

**註2**：一九一八年、「ロシア社会民主労働党（ボリシェビキ）」は「ロシア共産党（ボリシェビキ）」に党名を変え、一九二五年、「全連邦共産党（ボリシェビキ）」に変更し、一九五二年、「ソビエト連邦共産党」に変更した。本書では便宜上、「ロシア共産党」の呼称を使用する。

**註3**：この本の奥付には、「〇〇〇一―二〇〇〇」とあり、初版が二〇〇〇部印刷されたことが分かる。上海図書館所蔵の『蘇聯聞見録』によれば、この本はさらに、第二版が光華書局から一九三四年九月に出版されている。また、第三版は、大光書局から一九三六年九月に出版された。

**註4**：『莫斯科印象記』（胡愈之著、一九三一・八・二〇、前掲）を補助的にあつかうのは、この本が胡愈之のモスクワ滞在の一九三一年一月の一週間の記録であることによる。期間の長さの点から、『莫斯科印象記』（胡愈之著、一九三一・八・二〇、前掲）は『蘇聯聞見録』（林克多著、一九三二・一一、前掲）と比較して内容が限られている。また、魯迅は「序」という性格から、当然のことながら『莫斯科印象記』の文章を直接には引用していない。

胡愈之は「『莫斯科印象記』序」（一九三一・七・二八）で次のように言う。

「私はまったく偶然にモスクワに一週間滞在しただけである。首都を除けば、全世界の陸地の六分の一を占めるゾビエト連邦には、私はすべて行ったことがない。この浅い経験によってソ連およびその空前の革命事業の実績を明確にしようとするのは、まるで夢想である。（ソ連の内情に関心をもつ読者を過分に失望させないようにするため、私は、本年天津《大公報》所載の『蘇聯特約通信』を彼らに紹介したい。この通信員の観点は私とは同じではないけれども、しかし私は、ソ連に関する国内の新らしい出版物の中で、これは稀にしかない、比較的忠実な一つである、と信ずる。）」（七頁～八頁）

胡愈之の指摘する「蘇聯特約通信」は、天津『大公報』に一九三一年七月から掲載された、「遊俄印象記（一）谷冰」（七月一〇日）等の曹谷冰による一連の記事を指すと思われる。これが、後に『蘇俄視察記』（曹谷冰、大公報出版部、一九三一・九・一、私が見た底本は『蘇我視察記』〈曹谷冰、湖南人民出版社、一九八四・一〇〉）として出版された。魯迅がこれを見た可能性は、私には現在不明である。

**註5**：熊融は、陳夢熊の筆名。この文章は、その後、補訂と削減をへて、『《魯迅全集》中的人和事』（陳夢熊、上海社会科学院出版社、二〇〇四・八）に「《蘇聯聞見錄》著者林克多的真實經歷」として収録された。収録の際、多くの箇所が補訂と削減をへているが、しかし次の点はなお、疑問として残る。「一九三〇年四月、他在上海与同志們発起組織無産階級文芸倶楽部。」（二三五頁）とある。一九三〇年四月

に李文益が上海にいたことはないと思われ、李文益がソ連に渡航した日時が分からなくなっている。以下において、上の補訂された文章は、『《魯迅全集》中的人和事』（陳夢熊、前掲、二〇〇四・八）に収録されているものとして示してある。

**註6**：『莫斯科印象記』（胡愈之、前掲、一九三一・八・二〇）の「少年先駆大会」の章では次のように言う。

「八歳から一七歳までは〈少年先駆〉（Pioniro）に入る。一七歳以上は〈共産主義青年団〉に入る。」（七八頁）

**註7**：『魯迅大全集』第六巻（長江文芸出版社、二〇一一・九）の「林克多『蘇聯聞見録』序」（一九三二・四・二〇、『南腔北調集』）の注によれば、次のようである。

「林克多（一九〇二〜一九四九）：本名は李鏡東、筆名は林克多、浙江省黄岩の人。一九二七年、ソ連に留学する。『蘇聯見聞《ママ》録』は彼が帰国後に書いたもので、上海光華書局が一九三二年に出版した。」（三二頁）

この記述は、二〇〇五年版の記述と比べると、ほぼそれを簡略化したものと言える。

**註8**：李文益は、後述のように、五年間、ソ連に滞在し、一九三一年に帰国したとする。それゆえに、出国の時期は、一番早い時期、一九二七年と判断した。

**註9**：『《魯迅全集》中的人和事』（陳夢熊、前掲、二〇〇四・八）収録の文章では、「当时中苏邦交尚（未）恢复」（二三二頁）とする。

**註10**：この一文について、（一）「『蘇聯聞見録』著者林克多的真実経歴——一九八一年版『魯迅全集』補注」（熊融、『魯迅研究（双月刊）』一九八三年第六期）の原文は以下のとおりである。

「我留苏五年，关于苏联革命的经过与当时人民对社会主义建设的热情，与回国后那些亲友们质问我〝苏联是怎样的国家〟，完全和事实不符。」（一八〇頁、傍線は中井による。以下同じ）

（二）「浪迹天涯求真理　奮起抗争勇献身——李文益烈士伝略」（葛増生、『橘郷英烈』、中共黄岩県委党史弁公室編、内部発行、一九八八・一二）所収によれば次のとおりである。

「我留苏五年，关于苏联革命的经过与当时人民对社会主义建设的热情，与回国后那些亲友的质问（因受国民党反宣传的影响，说了些贬低斥责苏联的话—编者注）我〝苏联是怎样的国家〟，完全和事实不符。」（九〇頁）

（三）『《魯迅全集》中的人和事』（陳夢熊、前掲、二〇〇四・八）収録の文章によれば次のとおりである。

「我留苏五年，关于苏联革命的经过与当时人民对社会主义建设的热情，与回国后那些亲友的质问我〝苏联是怎样的国家〟，完全和事实不符。」（二三三頁）

（四）「李文益与『蘇聯聞見録』」（楼亦斗、『浙江檔案』二〇〇八年第一〇期）によれば次のとおりである。

「我留苏五年，关于苏联革命的经过与当时人民对社会主义建设的热情□□□□回国后那些亲友来质问我：〝苏联是怎样的国家〟完全和事实不符。」

引用文中の□は、手写のため不明である漢字一字分（あるいは二字分）と空白部分（漢字四字分或いは三字分）を示すと思われる。

いま、私にはこの一文の文意が十分には理解できないけれども、《魯迅全集》中的人和事』（陳夢熊、前掲、二〇〇四・八）収録のものに従うことにする。

**註11**：『《魯迅全集》中的人和事』（陳夢熊、前掲、二〇〇四・八）収録の文章では、「没有将苏联的一切，都记载（在）小册子内」（二三三頁）とする。

**註12**：この一句について、「『蘇聯聞見録』著者林克多的真実経歴——

一九八一年版『魯迅全集』補注」（熊融、『魯迅研究（双月刊）』一九八三年第六期）は、「手头错误」とする。しかし「浪迹天涯求真理 奮起抗争勇献身——李文益烈士伝略」（葛増生、『橘郷英烈』、中共黄岩県委党史弁公室編、内部発行、一九八八・一二）、『《魯迅全集》中的人和事』（陳夢熊、前掲、二〇〇四・八）、「李文益与『蘇聯聞見録』」（楼亦斗、『浙江檔案』二〇〇八年第一〇期、台州市檔案局）の文章によれば、「手民错误」としている。いま、後の三者に従う。

**註13**：日付の書き方は、『《魯迅全集》中的人和事』（陳夢熊、前掲、二〇〇四・八）収録のものに従う。

**註14**：魯迅はまた、「我們不再受騙了」（一九三二・五・六、前掲）でソ連の現状について次のように言う。

「私たちは帝国主義とその侍従たちに長い間だまされてきた。十月革命のあと、彼らはソ連がいかに貧困になっていくか、いかに凶悪であるか、いかに文化を破壊するかを言った。しかし現在の事実はどうであるのか。小麦と石油の輸出は、世界を驚かせたのではないか。正面の敵の実業党の首領は、一〇年の拘禁の判決を受けただけではないか。レニングラード、モスクワの図書館と博物館は、爆破されなかったではないか。文学者は、たとえばセラフィモヴィチ、ファジェーエフ、グラトコフ、セイフーリナ、ショーロホフ等は、西欧東アジアで彼らの作品を賛美しないものはないのではないか。芸術に関することはよく知らないが、しかしウマンスキー（K.Umansky）の言うことによれば、一九一九年、モスクワの展覧会だけでも二〇回あり、レニングラードは二回あった（《Neue Kunst in Russland》）ので、現在の盛んなことは、推して知るべしである。」（四三九頁）

　魯迅はまた、ソ連の人々の購入する物品が不足していることを、「我們不再受騙了」（一九三二・五・六、前掲、四三九頁）で言う。この点については、本文で後述する。

**註15**：魯迅は、「我們不再受騙了」（一九三二・五・六、前掲）でソ連とそれを批判する言論、帝国主義に関して次のように言う。

「『ソ連は無産階級が執権する、知識階級は餓死するであろう。』——或る有名な記者がかつてこのように私に警告した。（中略）しかし無産階級の執権は、将来の無階級社会のためではないのか。もしそれを妨害しなければ、当然その成功は早く、階級の消滅も早くなり、そのときには誰も餓死するはずがない。」（四四〇頁～四四一頁）

「帝国主義と私たちは、その奴隷をのぞいて、その利害は私たちと正反対である。私たちの悪性の腫れ物は、彼らの宝である。それなら、彼らの敵は、当然私たちの友である。」（四四〇頁）

「私たち人民と彼ら（帝国主義の奴隷を指す——中井注）は利害が完全に逆である。私たちはソ連を侵攻することに反対する。（中略）これこそが私たち自身の活路でもある。」（四四一頁）

**註16**：「『莫斯科印象記』序」（一九三一・七・二八、『莫斯科印象記』、一九三一・八・二〇初版）で胡愈之は次のように言う。

「日本のエスペランチスト秋田雨雀氏は十月革命十周年記念に参加し、ロシアを旅行して帰国したあと、『若きソウェート・ロシヤ』を書き、そこで次のように言う。

『ソウェート・ロシヤの未来を知るということは全人類の未来を知ること。』」（前掲、一九三一・七・二八、五頁）

　秋田雨雀は、『若きソウエート・ロシヤ』（叢文閣、一九二九・一〇・一〇、魯迅入手年月日、一九二九・一〇・一七）の「ソウエート・ロシヤの概観」で次のように言う。

「ソウエート・ロシヤの未来を知るということは全人類の未来を知ることだと私には思われる。」（一二頁）

　秋田雨雀は、一九二七年の革命十周年紀年祝祭に参加した。一九二七年一〇月一三日にモスクワに着き、一九二八年五月五日に東京に帰る。全部で七ヶ月滞在した。前掲のように、魯迅は秋田雨雀の本を、一九二九年一〇月一七日に入手している。秋田雨雀は、また次のように言う。

「私は不幸にして〈十月〉の偉大なる事業を目撃することが出来なかったが、今建設の途上にある文化革命のプログラム及びその成果によって偉大なる〈十月〉の如何なるものであったかを極めて謙遜な心持ちで理解することが出来た。」(「『若きソウエート・ロシヤ』序」、秋田雨雀、一九二九・八・五)

魯迅は、秋田雨雀と同様に、十月革命以後の苦闘を大切なものと考えていたと思われる。このことが一つの原因としてあって、魯迅はソ連の十月革命後を如実に映しだす、同伴者作家の小説、無産階級文学者の小説を、たとえば『十月』(一九三〇・八・三〇訳了、上海神州国光社、一九三三・二)、『竪琴』(良友図書公司、一九三三・一)、『一天的工作』(良友図書公司、一九三三・三)、『毀滅』(上海大江書舗、一九三一・九)等に収められた諸作品を、一九二八年以降に精力的に翻訳してきたと思われる。

**註17**:「林克多『蘇聯聞見録』序」(一九三二・四・二〇、二〇〇五年版)の中で、引用符がつくが、出典が不詳のものは次の三種類である。

①「『不平常的事』」(四三六頁)

②「『宗教、家庭、財産、祖国、礼教……一切神圣不可侵犯』」(四三六頁)

③「『匪徒』」(四三六頁に二ヶ所)

②については、『莫斯科印象記』(前掲、一九三一・八・二〇)に次の記述があり、若干似ていると言える。

「男女関係が解放され自由になった。しかしいわゆる〈家〉というものは、これによってむしろ瓦解し消滅する。宗教と家庭、すなわち前時代において人類の文化生活の最も堅固な礎石とみなされていたものは、しかし現在、十月革命の急流によって打ち壊された。」(「無産文芸者的『家』」、六八頁)

**註18**:グロズニーの石油工業の規模の大きさは以下の記述からもうかがわれる。

「グロズニー(猲洛慈納、Grozny)石油精製工場は、ソ連最大の石油精製工場の一つである。原料は、バクーの油田から運び、パイプを通って、直接当工場に輸送される。精製された石油は、各都市に運ばれ、或いは国外に輸出される。運送費を節約するために、パイプラインを作り、全長約一一二三キロメートル、直接ウクライナに達し、その農業地区に供給する。」(『蘇聯聞見録』、「猲洛慈納煤油提煉廠」、二七六頁)

小麦の輸出については、『莫斯科印象記』(前掲、一九三一・八・二〇)に次の記述がある。一九二一年、ソ連政府は新経済政策を採用し、一九二八年に農業生産が大戦前の水準にまで回復した。その結果、「都市糧食の供給が再び恐慌に陥ることがなくなったばかりか、しかも余剰の小麦で国外に輸出できた。」(『莫斯科印象記』、「穀麦托辣斯」、九八頁)

**註19**:帝政ロシア時代の女性の境遇と、十月革命後の女性の地位の改善について、別のところで、林克多は次のように言う。

「帝政ロシア時代の女性が、さまざまの不平等と非人道的虐待を受けたことは、我が国と比較して差がない。工場で働く女性は、労働時間が一三、四時間にまで延び、賃金は毎月わずか二〇ルーブルほどで、しかも常に職工長や職員の強姦や悪ふざけ等を受けた。社会的地位について言えば、当然男性と平等であることはできず、国家機関に勤めることはさらに少なかった。十月革命以後、ソ連の女性は、社会上の地位が男性と完全に平等で、政治、経済、法律、教育上であれ、受ける権利義務はすべて男性と同じ待遇である。いかなる高級な党政機関

も、女性は選挙権と被選挙権を有する。」(『蘇聯聞見録』、「蘇聯之婦女」、六三頁)

**註20**:帝政時代のバクー(巴古)の労働者の生活と、一九三一年当時の労働者の生活が、「天国と地獄」の差があったことを言う。

「もっともおもしろいのは、ロシア皇帝時代に当所の労働者が住んでいた家である。高さ約八、九尺、泥で築かれ、きわめて汚れて不潔であり、周囲に窓がなく、わずか一、二尺の幅の狭い門から、人が出入りする。なお一つこの小屋を労働者宿舎の側に留めて、社会主義時代の労働者の住む家とロシア皇帝時代の労働者が住む小屋とに、〈天国と地獄〉の差があることを示し、これによって資本主義制度と社会主義制度の下の、労働者が生活を享受する差の大きいことを、幼い児童にも理解させることができる。」(『蘇聯聞見録』、「巴古参観記」、二八二頁)

『莫斯科印象記』(前掲、一九三一・八・二〇)で、労働者の住宅について次のような記述がある。

「彼の家はモスクワの南近郊の場所にあった。私たちは約四五分電車に乗り、下車して約一〇分歩いて、やっと彼に家に着いた。この一帯はすべて新築の労働者住宅であった。どの住宅も大体六六アールくらいを占め、みな七階或いは八階建ての鉄筋コンクリート建築である。聞くところによると、アメリカ式の住宅建築を模倣したということだ。外側は灰色であり、周囲は草地で、すべて雪に蔽われていた。室内の設備は質素であったが、エレベーター、水道、ガスコンロ、スチーム、電灯、電話が、各階にすべて設置されていた。」(『莫斯科印象記』、「標準工人住宅」、六二頁)

「新式の労働者住宅は、建築の外面がまったく同じであるばかりでなく、室内の配置設備も大体同じ様式である。どの労働者家庭もたいてい一〇平方尺の部屋一間があり、窓は広場に向かって開き、日光と空気は郊外で足らない心配はなかった。この一間は寝室と食堂、休憩室にあてられた。そのほかに二つの小部屋があり、一つは浴室兼トイレで、もう一つは台所である。ご飯をつくるにはガスコンロを用い、屋内にはスチームがあり、だから清潔であった。電話は住宅内で各戸が公共で用いるものであった。ラジオはどの家にも一台あった。」(『莫斯科印象記』、「標準工人住宅」、六三頁)

この労働者の住宅の間取りは、『蘇聯聞見録』と『莫斯科印象記』で紹介された内容とほぼ同じである。『蘇聯聞見録』と『莫斯科印象記』の二つの記述が、ほぼ一致すれば、魯迅はそれを事実として受けとることができたと思われる。

**註21**:『莫斯科印象記』(前掲、一九三一・八・二〇)に次のような記述がある。

「労働者の労働時間は、二種類に分かれる。熟練労働者は、毎日七時間働く、間に三〇分の休息時間を含む。未熟練労働者は、毎日七時間半働く、三〇分の休息時間を除いて、実際の仕事は七時間あるだけである。この工場はすでに二四時間連続操業制を採用しており、機械がいつも動いており、労働者は昼夜三班に分かれ順番に仕事をする。四日間働いて、班に分かれて一日休息する。」(『莫斯科印象記』、「紡織工廠」、九一頁)

『莫斯科印象記』の Trehgornaja 紡織工場の労働者の労働時間が、一日ほぼ七時間であることは、『蘇聯聞見録』と大体一致する。

**註22**:アンドレ・ジイドは一九三六年六月ソ連を訪れた。そのときの紀行文を、『ソヴェト旅行記』(アンドレ・ジイド、小松清訳、岩波書店、一九三七・九・一、底本は一九九二・四・二四第八刷)として出版した。ジイドはその中で次のように言う。

「若し斯くの如くならば、革命とか反革命とか云ったような言葉の上だけの詮索をよしてしまって、革命的精神(より簡単に云うと批判精神）はソヴェトでは最早必要でない、とあからさまに云ってのけた方がいいのではなかろうか？　今日ソヴェトで要求されているものは、すべてを受諾する精神であり、順応主義である。そして人々に強要されているものは、ソヴェトでなされているすべてのものにたいする賛同である。（中略）

　また他方、ほんの僅かな抗議や批判さえも最悪の懲罰をうけているし、それに、直ぐに窒息させられているのである。」（八五頁）

　一九三六年当時の、変質したソ連の精神的雰囲気を良く表していると思われる。また次のようにも言う。

「人々は《プロレタリアの独裁》を約束した。しかし、約束の勘定はあまりに桁違いでなかろうか。いかにも独裁はある。だが、それは唯だ一人の人間の独裁であって、結合したプロレタリア、すなわちソヴェトのそれではない。われわれは幻想に囚われていてはならぬ。嫌が応でも、すべてをはっきり見分けねばならぬ。――人々が希ったのは、あんなものではなかった。もう一歩向こうにいくと、こんなことも云えるだろう。人々が希わなかったものは、正しくこれだったと。」（九八頁）

**註23**：五カ年計画について、『ロシア・ソ連を知る事典』（平凡社、一九八九・八・二五初版、底本は、一九九四・四・二五初版第五刷〈増補版〉）は次のように説明する。

「ソ連では一九二〇年代半ばから計画化への模索が始まっていた。その中心となったのはゴスプラン（国家計画委員会）および最高国民経済会議である。二〇年代末には、いわゆる〈右派〉が失脚し、スターリン派主導下で工業化が加速されるという政治的情勢の中で、二九年春に第一次五カ年計画が採択された（前年一〇月にさかのぼって実施）。これは総投資額六四六億ルーブル（その前の五年間における総投資は二六五億ルーブル）を予定するという、きわめて野心的なものであったが、計画採択後、工業成長目標も農業集団化目標もさらに引き上げられた。途中で経済年度制が変更されたこともあって、第一次五カ年計画は当初予定の三三年九月ではなく三二年末に完了したとされた。その結果は、重工業生産は目標を上回って二・六倍の伸びを示したが、軽工業生産は目標を下回って一・九倍の伸びにとどまった。工業の質的指標改善も失敗し、農業生産とくに畜産は停滞した。」（二〇一頁）

**註24**：参観した中で、一ヶ所の旧式工場を紹介している。一九三一年九月一七日午前、林克多の参観団体は、イワノボ・ボスニェチェンスク（衣凡諾夫・伏斯聶沉斯克）の或る機械工場を参観する。この工場は小規模な機械工場（原文は〝五金廠〟）で、労働者はわずかに六〇〇人あまり、生産品は大体が紡織機で、省区の各紡績工場に供給している。そこの機械は、新しいものが少なく、たいていは数十年前の製品で、労働条件もあまり良くない。使用している旋盤、平削盤は、すべて最も旧式のもので、いくつかのものは人力で動かしているとする。工場長は、工場の生産計画が八五％しか達成できていず、多くの共産党員と共産主義青年団員が模範隊の仕事に参加していない現状を報告する。それに対して、参観団の労働者から手厳しい批判があったことが、『蘇聯聞見録』（二四九頁）に記される。

**註25**：『蘇聯聞見録』（前掲、一九三二・一一）には、魯迅を「単調と感じないわけにはいかない」（「『蘇聯聞見録』序」）と思わせた、五カ年計画等に関する豊富な統計資料が使用されている。

**註26**：ジイドは『ソヴェト旅行記』（ジイド、小松清訳、岩波書店、一九三七・九・一、前掲）で、一九三六年に行列について次のように言う。

「あの商店のまえに群れている人々は、一体何をしているのだろう？　彼らは長く列をつくっている。列は尾をひいて次の通りにまで続いて

いる。二、三百人もいようか、みな至っておとなしく辛抱づよく待っている。（中略）

人の話によると、何かある商品の大量の入荷が、新聞紙上で伝えられたからだという（あの日はたしかクッションの入荷があったのだったと記憶するが）。しかし四、五百点の商品にたいして需要者の数はいつも八百とか千、千五百にまでのぼるのだそうだ。だから日が暮れるころには、品物はとっくになくなっている有様である。需要は非常に多く、また購買者も数も大変なので、これからもまだ当分の間、需要の方が遙かに供給を超過した状態がつづくことだろうと思われる。」（四四頁～四五頁）

一九三六年当時も、ソ連では日常品の供給が少なく、それを買うために、人々が長蛇の列をつくっていたことが分かる。

**註27**：『蘇聯聞見録』（前掲、一九三二・一一）に、ソ連の工場の雰囲気の一面が伝わる記述がある。このことは一九三二年当時、魯迅と直接の関係はないと思われる。

「別のドイツの労働者も、私と同じ職場で働いていた。五カ年経済計画四年完成の公債を購買するとき、公債の取り次ぎ販売をする労働者が、彼に買うようにと言った。彼は帳簿に、五カペイカと書いた。当時この取次人は、彼に言った。『私たちが今度の公債を買うについては、労働者たちはみな自主的に少なくとも半月の賃金分を買うし、或るものは二ヶ月の賃金分を買う。あなたは労働者であって、まさか無産階級の祖国――ソ連を擁護しないわけではあるまい。』結果は増やすことなく、家庭の経済が困難だと言った。取り次ぎ人も彼の言うとおりにするほかなかった。しかし数分後には、全職場の労働者がこのことを知って、彼らは異口同音にこのドイツ人労働者は〈ファシスト〉だと言った。私はまた数人の労働者が言うのを聞いた。『彼はいつも、食堂内でおかずがまずい、食えないと言っている。畜生め、いま我々の工場で一月四〇〇ルーブルを取り、良い家に住み、うまい飯を食って、まだあれが悪い、これが悪いと言うんだ。ドイツで失業したときには、くそすら食えなかったと思うよ。まったくろくでなし、ファシストだ！　資産階級の召使いだ！』これ以後、全職場のソ連の労働者は、彼を相手にせず、工場長に彼を工場から追いだし、モスクワの職業紹介所に通知して、彼をドイツに送り返すように要求した。」（『蘇聯聞見録』、「莫斯科電機製造廠」、二九八頁）

「モスクワ電機製造工場」の職場に、ソ連政府の方針に十分協力しないものを排除しようという雰囲気があることが分かる。このドイツ人労働者の主張に対して、ソ連労働者とは異なる態度をとる者に対して、寛容に対処することが、当時の、ソ連の労働者にはなかったことが分かる。ここには異分子の排除の雰囲気がある。

また、「ゴーリキー邸滞在記（一九三五年六月――七月の日記〈抄〉）」（『ロマン・ロラン全集　第三一巻　日記Ⅵ』、みすず書房、一九八二・六・二〇）には次のような記述がある。

「七月五日、金曜日――　Mが午後にゴーリキーとおもしろい話をした。私は朝、可哀そうな少年から手紙を受けとったが、その少年は商人の息子だが、その生まれのために、すべての大学や工場から締め出されているという。それは多くの罪もない少年を絶望や死に追いやる、認めがたい制度である。Mはその残酷さにいきり立った。ゴーリキーはすこぶる困り、苦しんだ。そして生まれの疑わしい人たちの場合に考えられる危険性について、けんめいに説明しようとつとめた。（中略）親の身分によって子を判断するというやりかたは、不自然で不合理なものがあるということを、彼女〔前出のMを指すと思われる――中井注〕は指摘した。」（五八四頁）

ここでは、一九三五年当時のソ連社会の不合理な制度を、ロマン・ロランが書きとめている。

註28：エロシェンコ（一八九〇〜一九五二）は、『増補改訂新潮世界文学辞典』（新潮社、一九九〇・四・二〇）等によれば、一九一四年来日し、東京盲学校特別研究生となる。秋田雨雀、神近市子、相馬黒光等と交遊があり、一九二一年、暁民会での演説、メーデーのデモ参加を理由に、国外追放令を受ける。上海に赴き、胡愈之の世話で上海世界語学校講師となる。一九二二年、北京大学に招かれ、魯迅と周作人の家に同居する。魯迅は、『愛羅先珂童話集』（胡愈之等との共訳、上海商務印書館、一九二二・七）、『桃色的雲』（北京新潮社、一九二三・七、秋田雨雀の「読了童話劇『桃色的雲』」を掲載する）を翻訳した。

註29：『莫斯科印象記』の「阿摩汽車工廠」で胡愈之は次のように触れている。

「Ｊ同志はエスペラント運動初期の伝播者の一人である。彼自身の言うところによれば、盲目詩人エロシェンコのエスペラントは彼が教えた。」（『莫斯科印象記』、「阿摩汽車工廠」、一一四頁）

『若きソウエート・ロシヤ』（叢文閣、一九二九・一〇・一〇、魯迅入手年月日、一九二九・一〇・一七）の「十週年紀年祭前後」によると、秋田雨雀は、一九二七年のソ連訪問のとき、註30に触れるように、「エロさん」（エロシェンコのことと思われる）に新聞記事を読んでもらっている。『若きソウエート・ロシヤ』の出版が一九二九年一〇月一〇日であり、胡愈之がこの本の一節を引用していることから、胡愈之は帰国後の一九三一年、『莫斯科印象記』の執筆時にこの本を初めて目睹したものと思われる。

註30：秋田雨雀の『若きソウエート・ロシヤ』（叢文閣、一九二九・一〇・一〇、魯迅入手年月日、一九二九・一〇・一七）の「十週年紀年祭前後」によれば、秋田雨雀は一九二七年ちょうどトロツキーがロシア共産党から除名された当時、モスクワにいた。その当時の不穏な状況を次のように伝える。

「その時に私たち外国の客に対して只一つの淋しい影を与えたものがある。それはトロツキイ一派のオポジッツァ（反幹部派）の策動であった。——私の友達のエロさん〔エロシェンコのことであろう——中井注〕が毎朝新聞を買い集めてはスターリンとトロツキイとの論争を読んでくれた。窓の外に響く『プラウダ』『イズウイスチヤ』の売子の声の中に非常に盛な響きと同時に、何処かに不安なものがひそんで居るように私に感じられた。レーニンの遺書について彼等は論争して居た。」（二五頁）

「或る時、モスクワの町を秘密な噂が走って行った。それはトロツキイがモスクワの郊外の学校を占領して、ルンペン・プロレタリアートの群を煽動して居るとのことであった。私たちは大きな明るい祭りの光が近づいて来る前にこういう一つの影に脅かされて暮した。」（二六頁）

「此の夜私は夕食が胃の腑に落ちつかないうちに大劇場に催されるソウエート・サイウズの大会の招待に行った。（中略）大ホールの中にあふれた聴衆は床から天井まで一杯になって、あらゆる組織された機能の代表者が舞台に送られた。苦悩の中に立って勇敢に戦いつつあるスターリンの簡素なそして英雄的な姿が聴衆の前に立った時には、大劇場全体に割れるような拍手が起った。」（二九頁）

秋田雨雀の目には、当時の政治闘争は上のように映っていた。

註31：『一天的工作』（良友図書公司、一九三三・三）には、社会主義競争が行われる工場建設の現場を描く報告文学（「枯煤、人們和耐火磚〔コークス、人々、耐火煉瓦〕」、Ｆ・班菲洛夫、Ｖ・伊連珂夫、『一天的工作』）がある。

註32：そのほか、『蘇聯聞見録』（前掲）の中には、ソ連共産党について次のような記述がある。これは林克多が項目を立てて叙述した内容の一部である。

「ソ連共産党は、コミンテルンのもっとも強固な支部の一つで、ソ連の無産階級の政党である。ソ連の無産階級はその指導の下に、三度の革命（すなわち一九〇五年革命、一九一七年の二月革命、一九一七年の十月革命）をへて、全世界で第一番目の社会主義共和国を作り、労働者階級と農民の密接な同盟を打ち立てた。」（『蘇聯聞見録』、「蘇聯共産党」、一六八頁）

「同党は一九世紀末に創立し、ロシア労働者階級の最初の政党であり、はじめロシア社会民主労働党といったが、一九一八年第七回代表大会のとき、ロシア共産党多数派と改め、一九二五年第一四回代表大会以後、ソ連邦共産党多数派と改称した。」（『蘇聯聞見録』、「蘇聯共産党」、一六九頁）

「十月革命以後、ボリシェヴィキ内部で多くの激烈な闘争が起こった。たとえば一九一八年、ブレスト（Brect）でドイツと講和を結ぶとき、〈左派共産党人〉の闘争が起こった。一九二一年、職工会問題を討議して、〈労働者反対派〉の闘争があった。一九二三年から一九二四年、党内民主主義問題、十月革命教訓問題を討議して、トロツキー派の闘争があった。一九二五年から一九二七年、党内に、トロツキーとジノヴィエフ（Zinoveiv）、カーメネフ（Kamineiv）等を頭とする〈反対派同盟〉の闘争が起こった。一九二九年には、ブハーリン、リコフ、トムスキー等の右派闘争があった、その目的は五カ年経済計画と富農問題を討議することであった。一九三〇年、ルナチャルスキー等の〈両面派〉の闘争があった。現在すべての派閥は、すべて打倒され、ソ連には統一したボリシェヴィキだけがある。」（『蘇聯聞見録』、「蘇聯共産党」、一七五頁）

　林克多は、さらに上のように、十月革命以来の党内の論争・闘争を手短に紹介する。

「スターリンは現在ソ連共産党総書記であり、近年来、ソ連共産党内で、〈左〉のトロツキー派と右のブハーリン派を打倒して以後、さらには五カ年経済計画の順調な進行によって、全ソ連の人民はみなスターリンの政策が正しいと考え、彼の名声は、往年レーニンの在世時とほとんど変わらない。」（『蘇聯聞見録』、「施大林」、一七七頁）

　林克多は、共産党内の政策をめぐる党内闘争を紹介し、現在、ソ連の人民はスターリンの政策が正しいと考えているとする。

**註33**：『一天的工作』の中の、マラーシキン（Sergei Malashkin、一八八八～一九八八）の「工人」に、レーニンとスターリンが登場する。そのことについて、魯迅は「『一天的工作』后記」（一九三二・九・一九、『魯迅訳文全集』第六巻、福建教育出版社、二〇〇八・三）で次のように言及する。

「ここでの『工人』は、日本の訳本から訳出したもので、性に関する作品ではなく、なんら傑作でもない。ただ、レーニンを描いている数カ所は、妙手のスケッチのようで、かなり活き活きとしている。さらにあまりロシア語を話せない男は、恐らくスターリンということになる、なぜなら彼は元もとジョージア（Georgia〔喬其亜――原文、中井注〕）生まれであるからである――『鉄流』の中で言うグルジア〔克魯怎――中井注〕である。」（三二八頁）

　この「『一天的工作』后記」（前掲）は、一九三二年九月一九日の日付の文章である。すなわち「林克多『蘇聯聞見録』序」（一九三二・四・二〇、『南腔北調集』）を書いたあとの文章ということになる。

# あとがき

ここ十年間（二〇〇七～二〇一六）ほどの魯迅に関する自分の論究を、まとめておくことにした。ただ、魯迅研究に関して、あまりにも多くの優れた先人の研究、内外の価値ある膨大な先行研究があるため、本書はそれを十分に汲みとることができなかった。それゆえに自分のこなすことができる範囲で、当面の論究の関係する狭い範囲で、先人の蓄積、先行研究を検討したことを、まず慚愧とともにお断りしなければならない。その範囲は、「主な参考文献」にあげた。

また、現在私は、魯迅の後期の、とりわけ一九三三年以降の諸著作に対して十分な準備と検討ができていない。そして、マルクス主義文芸理論そのものについて、私自身の探究と知識が不足している。こうした事情により、ひとまずここで本書の区切りとした。ただ私はこれからも、この分野の勉強を継続し、魯迅の晩年の活動と苦闘を明らかにしたいと切望している。健康の許すかぎり、できれば魯迅の逝去の一九三六年まで、研究を継続し延長できれば、と夢想している。このように勉強することが、社会の何らかの役に立てば良い、と心から希望する。

本書は、前著の『魯迅探索』（汲古書院、二〇〇六・一・一〇）、『一九二〇年代中国文芸批評論』（汲古書院、二〇〇五・一〇・五）と同様に、以前書いた文章を集めたものであり、内容の一部に繰り返しが多く、読みづらいものとなったことを、改めて心苦しく思う。

初出は以下のとおりである。【 】内は、中国語訳の出版である。

**第一章 「祝福」について**

＊「魯迅『祝福』についてのノート（1）――魯迅の民衆観から見る」、『南腔北調論集』、山田敬三先生古稀記念論集刊行会編、東方書店、二〇〇七・七

＊「魯迅『祝福』についてのノート（2）」、『野草』第七九号、中国文芸研究会編、二〇〇七・二・一

**第二章　「離婚」について**

＊「魯迅『離婚』についてのノート――魯迅の民衆観等から見る」、『言語文化論集』第二九巻第二号、名古屋大学国際言語文化研究科、二〇〇八・三・三一

【「論魯迅《離婚》的民衆観」、寇振鋒訳、『日本研究』二〇一二年第一期（総第一四〇期）、『日本研究』雑誌社】

**第三章　「阿金」について**

＊「魯迅『阿金』覚え書　魯迅の民衆像・知識人覚え書（4）」、『名古屋大学中国語学文学論集』第二三輯（今鷹真先生喜寿記念号）、名古屋大学中国語学文学会、二〇一一・一二

【「関于魯迅《阿金》的札記」、陳玲玲訳、『中山大学学報　社会科学版』二〇一五年第三期】

**第四章　一九二六年―二七年の民衆観**

＊「一九二六年―二七年における魯迅の民衆像と知識人像についてのノート（上）――魯迅の民衆像・知識人像覚え書（1）」、『名古屋外国語大学外国語学部　紀要』第三九号、二〇一〇・八・一

＊「一九二六年―二七年における魯迅の民衆像と知識人像についてのノート（中）――魯迅の民衆像・知識人像覚え書（2）」、『名古屋外国語大学外国語学部　紀要』第四〇号、二〇一一・二・一

＊「一九二六年―二七年における魯迅の民衆像と知識人像についてのノート（下）――魯迅の民衆像・知識人像覚え書（3）」、『名古屋外国語大学外国語学部　紀要』第四一号、二〇一一・八・一

**第五章　「進化論から階級論へ」**

＊「魯迅の『進化論から階級論へ』についての覚え書(上)」、『名古屋外国語大学外国語学部　紀要』第四二号、二〇一二・二・一

＊「魯迅の『進化論から階級論へ』についての覚え書(下)」、『名古屋外国語大学外国語学部　紀要』第四三号、二〇一二・八・一

**第六章　「蘇俄的文芸政策」について**

＊「魯迅翻訳の『蘇俄的文芸政策』に関するノート（上）」、『名古屋外国語大学外国語学部　紀要』第四四号、二〇一三・二・一

＊「魯迅翻訳の『蘇俄的文芸政策』に関するノート（下）」、『名古屋外国語大学外国語学部　紀要』第四五号、二〇一三・八・一

## 第七章　一九二六年から三〇年前後のマルクス主義文芸理論の受容

＊「一九二六年から一九三〇年前後の魯迅におけるマルクス主義文芸理論に関する覚え書――トロツキー等のマルクス主義文芸理論との関係（上）」、『名古屋外国語大学外国語学部　紀要』第四六号、二〇一四・二・一

【「一九二六年至一九三〇年的魯迅与馬克思主義文芸理論――以托洛茨基等人的馬克思主義文芸理論為中心（上）」、潘世聖・徐瑤訳、『上海魯迅研究二〇一五・春』、上海魯迅紀念館編、二〇一五・六】

＊「一九二六年から一九三〇年前後の魯迅におけるマルクス主義文芸理論に関する覚え書――トロツキー等のマルクス主義文芸理論との関係（中）」、『名古屋外国語大学外国語学部　紀要』第四八号、二〇一五・二・一

【「従一九二八年〝革命文学論争〟至一九三〇年的前後――一九二六年～一九三〇年間的魯迅与馬克思主義文芸理論（中）」、潘世聖訳、『上海魯迅研究二〇一五・夏』、上海魯迅紀念館編、二〇一五・八】

＊「一九二六年から一九三〇年前後の魯迅におけるマルクス主義文芸理論に関する覚え書――トロツキー等のマルクス主義文芸理論との関係（下）」、『名古屋外国語大学外国語学部　紀要』第四九号、二〇一五・八・一

【「一九二六年～一九三〇年間的魯迅与馬克思主義文芸理論――以托洛茨基等人的馬克思主義文芸理論為中心（下）」、潘世聖訳、『上海魯迅研究二〇一五・冬』、上海魯迅紀念館編、二〇一六・三】

## 第八章　ルナチャルスキーの人道主義

＊「魯迅翻訳のルナチャルスキー諸著作に関する覚え書――人道主義について」、『現代の日本における魯迅研究』、秋吉收編、九州大学大学院言語文化研究院、二〇一六・三・三一

【「魯迅訳盧那卡尓斯基作品札記――関于人道主義」、呂雷寧校閲、『現代の日本における魯迅研究』、秋吉收編、九州大学大学院言語文化研究院、二〇一六・三・三一】

## 第九章　ソ連の同伴者作家の文学とプロレタリア文学

＊「一九二八年中頃から一九三二年における魯迅翻訳のソ連文学覚え書（上）」、『名古屋外国語大学外国語学部　紀要』第五〇号、二〇一六・二・一

＊上記以外の部分は、未発表

**第一〇章　『蘇聯聞見録』について**

＊未発表

上記の初出一覧にあるとおり、多くの文章は『名古屋外国語大学外国語学部　紀要』に発表された。引用文の多い、冗長な文章を掲載していただき、感謝にたえない。

名古屋大学に学んだときの恩師の先生方、故入矢義高先生、故水谷真成先生、今鷹真先生のご指導に心からの感謝を捧げる。私の私淑した故丸山昇先生、故丸尾常喜先生、北岡正子先生、秋吉久紀夫先生の学恩に心からの感謝を申し上げる。私の研究生活の中で、共同研究を提案してくださった工藤貴正先生、秋吉收先生に心からの感謝を申し上げる。有言無言のうちに激励をくださった先輩、友人、同僚、研究者の方々に深謝する。また、大きな負担を受けもって支えてくれた家族に深謝する。

本書中のいくつかの論文は、中国語に翻訳された。翻訳（あるいは校閲）の労をとってくださった中国の先生方、寇振鋒先生（遼寧大学）、陳玲玲先生（上海交通大学）、呂雷寧先生（上海財経大学）、潘世聖先生（華東師範大学）、徐瑶氏（華東師範大学大学院生）に心よりお礼を申し上げる。

本書を出版できることになったことについて、名古屋外国語大学出版会会長の亀山郁夫先生、編集長諫早勇一先生に、また出版会に推薦をしてくださった船越達志先生にまず感謝を申し上げる。そして同出版会の川端博氏にさまざまな細心のご配慮をいただき、大変にお世話をいただいた。ここに記して深く感謝申し上げる。また、同出版会の戸田都氏、元・同出版会の山田麻紀子氏にもお世話をいただいたことを感謝する。最期に、本書の校正の労をとってくださった校閲者の方に感謝申し上げます。

二〇一六年八月　　中井政喜

| 魯迅略年譜 | | |
|---|---|---|
| | 事項 | 作品 |
| 1881 | 9月、浙江省紹興に生まれる | |
| 1892 | 13歳 三味書屋で学習 | |
| 1902 | 21歳 4月日本に留学 | |
| 1904 | 23歳 9月仙台医学専門学校に入学 | |
| 1906 | 25歳 3月同退学、東京で文学を研究 | |
| 1908 | | 「摩羅詩力説」、「文化偏至論」 |
| 1909 | 28歳 夏、帰国、浙江両級師範学堂の教員となる | |
| 1911 | 30歳 辛亥革命 | |
| 1912 | 31歳 教育部部員となる | |
| 1913 | | |
| 1914 | | |
| 1915 | 34歳『青年雑誌』の発刊 | |
| 1918 | 37歳 | 4月「狂人日記」を書く |
| 1919 | 38歳 5月五四運動 | 「我們現在怎様做父親」 |
| 1920 | 39歳 | 『工人綏恵略夫』(翻訳) |
| 1921 | 40歳 | 小説「故郷」<br>小説「阿Q正伝」 |
| 1922 | 41歳 | 「『吶喊』自序」 |
| 1923 | 42歳 | 「娜拉走后怎様」 |
| 1924 | 43歳 1月国民党第一次全国代表大会、国共合作 | 小説「祝福」<br>『苦悶的象徴』(翻訳) |
| 1925 | 44歳 3月孫文逝去、女師大事件<br>五・三〇事件<br>7月広東国民政府の成立、北伐の宣言 | 小説「孤独者」<br>小説「傷逝」<br>『出了象牙之塔』(翻訳)<br>「『蘇俄的文芸論戦』前記」<br>小説「離婚」 |
| 1926 | 45歳 8月、北京を去って、厦門大学に行く<br>10月武昌落ちる<br>11月南昌落ちる | 「『十二個』后記」 |

| | | | |
|---|---|---|---|
| | | 12月福州落ちる | |
| 1927 | 46歳 | 1月広州に行き、中山大学に勤める<br>3月上海の武装蜂起。<br>4月12日蒋介石の反共クーデター、南京国民政府の樹立<br>7月武漢国民政府の崩壊<br>10月上海に行く（許広平との共同生活がはじまる）。 | 「革命時代的文学」（講演）<br>「答有恒先生」 |
| 1928 | 47歳 | 「革命文学」論争起こる | 「北欧文学的原理」（翻訳） |
| 1929 | 48歳 | | 『壁下訳叢』（翻訳）<br>「現代新興文学的諸問題」（翻訳）<br>『十月』（翻訳） |
| 1930 | 49歳 | 3月「左翼作家連盟」の成立 | 『文芸政策』（翻訳） |
| 1931 | 50歳 | 9月満州事変 | |
| 1932 | 51歳 | 1月上海事変 | 「林克多『蘇聯聞見録』序」 |
| 1933 | 52歳 | | 『毀滅』（翻訳）<br>『竪琴』（翻訳）<br>『一天的工作』（翻訳） |
| 1934 | 53歳 | | 「鼻」（翻訳）<br>「阿金」 |
| 1935 | 54歳 | | 「死魂霊」（第1部、翻訳） |
| 1936 | 55歳 | 10月永眠 | |
| 1937 | | 7月盧溝橋事件、日中全面戦争 | |

この略年譜は、『魯迅年譜』全4冊（人民文学出版社、魯迅博物館編、1981・9）、『魯迅著訳系年目録』（上海文芸出版社、上海魯迅記念館編、1981・8）に基づく。

# 主な参考文献

## Ⅰ　全般にかかわるもの（あるいは各章に現れない文献）

〔中国語文献〕

＊『回憶魯迅』、馮雪峰、人民文学出版社、一九五二・八、底本は、『魯迅巻』第八編（中国現代文学社編）

＊『魯迅手稿全集　書信』第一冊、魯迅手稿全集編輯委員会、文物出版社、一九七八・一〇

＊『魯迅致許広平書簡』、北京魯迅博物館魯迅研究室編、河北人民出版社、一九八〇・一

＊『中国近代現代叢書目録』、上海図書館編、商務印書館香港分館版、一九八〇・二

＊『魯迅著訳系年目録』、上海魯迅紀念館編、上海文芸出版社、一九八一・八

＊『魯迅景宋通信集　《両地書》的原信』、湖南人民出版社、一九八四・六

＊『二十世紀俄羅斯文学詞典』、趙立程等編、北方文芸出版社、一九九九・一二

＊『魯迅年譜（増訂本）』全四巻、魯迅博物館等編、人民文学出版社、二〇〇〇・九（北京第一版、一九八一〜一九八四・九）

〔日本語文献〕

＊『魯迅』、竹内好、未来社、一九六一

＊『魯迅――その文学と革命』、丸山昇、平凡社、一九六五・七・一〇

＊『魯迅の印象』、増田渉、角川書店、一九七〇・一二・二〇

＊『魯迅と革命文学』、丸山昇、紀伊國屋書店、一九七二・一・三一

＊『魯迅の世界』、山田敬三、大修館書店、一九七七・五・二〇

＊『仙台における魯迅の記録』、仙台における魯迅の記録を調べる会、平凡社、一九七八・二・二四

＊『中国左翼文芸理論における翻訳・引用文献目録（一九二八〜一九三三）』、東洋学文献センター叢刊第一九集、芦田肇編、一九七八・三・三〇

＊『魯迅と日本人――アジアの近代と〈個〉の思想』、伊藤虎丸、朝日新聞社、一九八三・四・二〇

＊『魯迅――花のため腐草となる』、丸尾常喜、集英社、一九八五・五・二二

＊『魯迅目睹書目　日本書之部』、中島長文編刊、一九八六・三・二五

＊『魯迅――《故郷》の風景――』、藤井省三、平凡社、一九八六・一〇・一五

＊『エロシェンコの都市物語』、藤井省三、みすず書房、一九八九・四・二八

＊『魯迅〈人〉〈鬼〉の葛藤』、丸尾常喜、岩波書店、一九九三・一二・二二

＊『ロシア・ソ連を知る事典』、川端香男里等監修、平凡社、一九八九・八・二五初版、底本は、一九九四・四・二五初版第五刷（増補版）

＊『魯迅《野草》の研究』、丸尾常喜、東大東洋文化研究所紀要別冊、一九九七・三・二八

＊『魯迅の仙台時代――魯迅の日本留学研究――』、阿部兼也、東北大学出版会、一九九九・一一・三〇

＊「魯迅『野草』における芥川龍之介」、秋吉收、『日本中国学会報』

第五二集、二〇〇〇・一〇・七

*『魯迅　日本という異文化のなかで』、北岡正子、関西大学出版部、二〇〇一・三・三一

*『魯迅・文学・歴史』、丸山昇、汲古書院、二〇〇四・一〇・一九

*『魯迅　救亡の夢のゆくえ』、北岡正子、関西大学出版社、二〇〇六・三・二〇

*『魯迅と西洋近代文芸思潮』、工藤貴正、汲古書院、二〇〇八・九・二五

*『魯迅　自覚なき実存』、山田敬三、大修館書店、二〇〇八・一一・一

*『丸山昇遺文集』全三巻、汲古書院、二〇〇九・七・七、一二・二八、二〇一〇・一二・二七

*『中国語圏における厨川白村現象』、工藤貴正、思文閣出版、二〇一〇・一二・二八

*『一九三〇年代中国人日本留学生文学・芸術活動史』、小谷一郎、汲古書院、二〇一〇・一一・二〇

*『魯迅とトロツキー』、長堀祐造、平凡社、二〇一一・九・二五

*『一九三〇年代後期中国人日本留学生文学・芸術活動史』、小谷一郎、汲古書院、二〇一一・一二・二六

*『創造社研究――創造社と日本』、小谷一郎、汲古書院、二〇一三・一二・二六

*「中国から世界へ――もう一つの魯迅像〈マルチチュード〉の時代に向けて」、湯山トミ子、『アジアからの世界史像の構築――新しいアイデンティティを求めて』、二〇一四・六・三〇

*『魯迅文学の淵源を探る　『摩羅詩力説』材源考』、北岡正子、汲古書院、二〇一五・六・三〇

## Ⅱ　各章にかかわるもの

### 第一章　「祝福」について

〔中国語文献〕

*「『祝福』研究」、徐中玉、『魯迅生平思想及其代表作研究』、自由出版社、一九五四・一

*「祝福」、許欽文、『彷徨分析』、中国青年出版社、一九五八・六、底本は『魯迅巻』第一四篇、中国現代文学社編

*「関于『祝福』的幾個問題」、馮光廉、朱徳発、『魯迅研究文叢』第一輯、湖南人民出版社、一九八〇・二

*「中国反封建思想革命的鏡子――論『吶喊』『彷徨』的思想意義」、王富仁、『中国現代文学研究叢刊』一九八三年第一輯、北京出版社、一九八三・三

*「『祝福』中的〈我〉」、張葆成、『求是学刊』一九八四年第五期、総四二期、一九八四・一〇・一五

*「論『祝福』及其在中国現代小説史上的意義」、林非、『魯迅研究』第九輯、中国社会科学出版社、一九八五・八

*「逃、撞、捐、問――対悲劇命運徒労的掙脱――論『祝福』」、范伯群、曽華鵬、『魯迅小説新論』、人民文学出版社、一九八六・一〇

*「『祝福』的主題思想異議」、李永寿、『魯迅研究資料』第一八輯、中国文聯出版公司、一九八七・一〇

*「論『祝福』思想的深刻性和芸術的独創性」、林志浩、『魯迅研究〈下〉』、中国人民大学出版社、一九八八・六

*「〈反抗絶望〉的人生哲学与魯迅小説的精神特徴」、汪暉、『反抗絶望』、上海人民出版社、一九九一・八、第五章、初出は『魯迅研究動態』

一九八八年第九期、第一〇期
＊「『祝福』：儒道釈〈吃人〉的寓言」、高遠東、『魯迅研究動態』一九八九年第二期
＊「『祝福』中〈我〉的故事」、銭理群、『走進当代的魯迅』、北京大学出版社、一九九九・一一
＊「第二章　魯迅小説叙事模式分析」、譚君強、『叙述的力量：魯迅小説叙事研究』、雲南大学出版社、二〇〇四・四
＊「魯迅小説的叙事芸術（下）」、王富仁、『中国現代文学研究叢刊』二〇〇〇年第四期、二〇〇〇・一〇

〔日本語文献〕

＊「祝福と救済――魯迅における『鬼』」、丸尾常喜、『文学』第五五号、一九八七・八
＊「『祝福』論」、野村邦近、『二松学舎創立百十周年記念論文集』、一九八七・一〇・一〇
＊「魯迅『祝福』」、丸尾常喜、『中国語』一九九一年八月～一一月、内山書店
＊「祝福と救済――祥林嫂の死」、丸尾常喜、『魯迅　〈人〉〈鬼〉の葛藤』、岩波書店、一九九三・一二・二二
＊「叙法から見た魯迅の一人称小説」、平井博、『人文学報』第二七三号、東京都立大学人文学部、一九九六・三・三一
＊『中国伝統小説と近代小説』、李国棟、白帝社、一九九九・四・五、「第二章　伝統の『枕中記』と近代の『黄梁夢』」、五五頁
＊「『祝福』試論――〈語る〉ことの意味」、今泉秀人、『野草』第七〇号、二〇〇二・六・一
＊「魯迅の『祝福』（一九二六年）」、『女性と中国のモダニティ』、レイ・チョウ著、田村加代子訳、みすず書房、二〇〇三・八・二五、「第三章　モダニティと語り」
＊「おばあさんの繰り言」、代田智明、『魯迅を読み解く』、東京大学出版会、二〇〇六・一〇・一〇

## 第二章「離婚」について

〔中国語文献〕

＊「辛亥的女児――一九二五年的『離婚』」、須旅、『魯迅研究叢刊』第一輯、魯迅文化出版社、一九四一・一、『魯迅研究学術論著資料匯編一九一三～一九八三』第三巻、中国文聯出版公司、一九八七・三
＊「『離婚』」、許傑、『魯迅小説講話』、泥土社、一九五一、『魯迅巻第六編』、中国現代文学社
＊「中国反封建思想革命的鏡子――論『吶喊』『彷徨』的思想意義」、王富仁、『中国現代文学研究叢刊』一九八三年第一輯、一九八三・三
＊「『離婚』与『小公務員的死』的比較分析」、林興宅、『魯迅研究』（双月刊）一九八三年第三期、中国科学出版社、一九八三・六・一五
＊「説『離婚』」、呉組緗、『中国現代文学研究叢刊』一九八五年第一期、一九八五・一
＊「刻劃深切、技巧円熟之作――論《肥皂》《離婚》」、范伯群、曽華鵬、『魯迅小説新論』、人民文学出版社、一九八六・一〇
＊「論『離婚』――兼談伝統与〝拿来〟」、孫昌熙、韓日新、『文史哲』一九八七年第六期、山東人民出版社
＊「論魯迅小説創作的無意識趨向」、藍棣之、『魯迅研究動態』一九八七年第八期、北京魯迅博物館

* 「為愛姑一辯」、葛中義、『魯迅研究動態』一九八八年第二期、北京魯迅博物館、一九八八・二・二〇
* 「論『離婚』在魯迅小説創作中的意義」、林志浩、『魯迅研究』（下）、中国人民大学出版社、一九八八・六
* 「第七章　客観的描述的主観浸透」、汪暉、『反抗絶望——魯迅的精神結構与《吶喊》《彷徨》研究』、上海人民出版社、一九九一・八
* 「重読魯迅『離婚』」、秦林芳、『中国現代文学研究叢刊』一九九四年第四期、作家出版社、一九九四・一〇
* 「第一四章　『離婚』芸術技巧的得失」、林非、『中国現代小説史上的魯迅』、陝西人民教育出版社、一九九六・九
* 「『離婚』的叙事分析及其文化意蘊」、袁盛勇、張桂芬、『魯迅研究月刊』二〇〇三年第五期、二〇〇三・五・三〇

〈日本語文献〉

* 『反抗の原初形態』、ホブズボーム著、青木保編訳、中央公論社、一九七一・一・二五
* 「『カインの末裔』論」、上杉省和、『有島武郎——人とその小説世界——』、明治書院、一九八五・四・二五
* 「魯迅作品『離婚』論」、永井英美、『日本中国学会報』第五七集、二〇〇五・一〇・八
* 「『カインの末裔』と『阿Q正伝』」（康鴻音、『近代の闇を拓いた日中文学——有島武郎と魯迅を視座として——』、日本僑報社、二〇〇五・一二・二八）
* 「女の描き方——『離婚』を中心として」、代田智明、『魯迅を読み解く』、東京大学出版会、二〇〇六・一〇・一〇

## 第三章　「阿金」について

〈中国語文献〉

* 「談『阿金』像——魯迅作品研究外篇」、孟超、一九四一・九・一八、『野草』第三巻第二期、一九四一・一〇・一五、底本は、『魯迅研究学術論著資料匯篇』第三巻（中国文聯出版公司、一九八七・三）
* 「読『阿金』」、鄭朝宗、一九七九・八・八、『福建文芸』一九七九年一〇期
* 「用歴史比照他們現実的醜態」、李希凡、一九八〇・七・一三、『《故事新編》研究資料』、孟広来等編、山東文芸出版社、一九八四・一
* 「『采薇』初探」、韓日新、『魯迅研究資料（9）』、天津人民出版社、一九八二・一
* 「魯迅〝改造国民性〟思想的評価問題」、竹潜民、一九八二・二、『魯迅晩年思想的当代解読』、当代中国出版社、二〇〇一・七
* 「談『阿金』」、黄楣、『中国現代文学研究叢刊』一九八二年第三輯、一九八二・九
* 「魯迅前期思想中的個性主義、進化論及〝国民性〟問題」、魏競江、『魯迅研究文叢』第四輯、湖南人民出版社、一九八三・七
* 「従一部書看魯迅研究——読『魯迅〝国民性思想〟討論集』」、竹潜民、一九八三・一一、『魯迅晩年思想的当代解読』、当代中国出版社、二〇〇一・七
* 「阿Q和阿金——病態人格的両面鏡子」、黄楽琴、『上海魯迅研究（4）』、一九九一・六
* 「病態社会的毒瘤——読『阿金』」、趙燕濱、『魯迅名篇分類鑑賞辞典』、中国婦女出版社、一九九一・一〇

＊「関于魯迅的『阿金』」、倪墨炎、一九九二・一一・一九、『真仮魯迅辨』、上海人民出版社、二〇一〇・九
＊「阿Q和阿金」、何満子、『上海灘』一九九六年第二期
＊「『故事新編』漫談」、銭理群、二〇〇三年講演、『銭理群講学録』、広西師範大学出版社、二〇〇七・五
＊「魯迅和北京、上海的故事」、銭理群、二〇〇六・三・八定稿、『銭理群講学録』、広西師範大学出版社、二〇〇七・五
＊「『阿金』」、陳鳴樹、『魯迅論集』、復旦大学出版社、二〇一一・四

なお、日本で見ることができなかった文献について、虞萍氏（名古屋大学〈非〉）、陳玲玲氏（上海交通大学）のお手を煩わしました。
ここに記して感謝の意を表します。

〔日本語文献〕

＊「阿金考」、竹内実、『魯迅と現代』、勁草書房、一九六八・七・二五
＊「中国の一九三〇年代と魯迅　時代に即して」、竹内実、『魯迅遠景』、田畑書店、一九七八・一・三一
＊「出版と検閲――一九三〇年代を主として――」、今村与志雄、『魯迅と一九三〇年代』、研文出版、一九八二・五・二五
＊『上海史――巨大都市の形成と人々の営み』、高橋孝助等編、東方書店、一九九五・五・二〇
＊『言語都市・上海　一八四〇～一九四五』、和田博文等編、藤原書店、一九九九・九・三〇
＊「義士を殺したのは女か――魯迅『采薇』を読む――」、星野幸代、『神話・象徴・文化』、楽浪書院、二〇〇五・八
＊「魯迅はどのように〈阿金〉を『見た』のか?」、李冬木、『吉田富夫先生退休記念中国学論集』、汲古書院、二〇〇八・三・一

## 第四章　一九二六年二七年の民衆観

〔中国語文献〕

＊『回憶魯迅』、馮雪峰、人民文学出版社、一九五二・八、底本は『魯迅巻』第八編（中国現代文学社編）
＊『〈朝花夕拾〉浅析』、紹興魯迅紀念館等編、福建人民出版社、一九七八・六
＊「略論魯迅思想的発展」、李沢厚、『魯迅研究集刊』第一輯、上海文芸出版社、一九七九・四
＊「論魯迅馬列主義世界観的確立」、厳家炎等、『魯迅研究集刊』第一輯、上海文芸出版社、一九七九・四
＊「魯迅改造国民性思想問題的考察」、孫玉石、『魯迅研究集刊』第一輯、上海文芸出版社、一九七九・四
＊「魯迅与進化論」、銭理群、『中国現代文学研究叢刊』一九八〇年第二期、底本は『魯迅其人』（社会科学文献出版社、二〇〇二・三）
＊「第一次到魯迅先生的新屋作客」、兪芳、『我記憶中的魯迅先生』、浙江人民出版社、一九八一・一〇
＊「魯迅提出改造〝国民性〟及其認識的発展」、胡炳光、『魯迅〝国民性思想〟討論集』、鮑晶編、天津人民出版社、一九八二・八
＊「論『朝花夕拾』」、王瑶、一九八三・一〇・二八脱稿、『魯迅作品論集』、人民文学出版社、一九八四・八
＊「関于魯迅的思想発展問題」、陳涌、『魯迅論』、人民文学出版社、一九八四・五
＊「雍容・幽黙・簡単味――『朝花夕拾』風格論」、温儒敏、『魯迅研究月刊』一九八九年第一二期、底本は、『魯迅其書』（張傑等編、社会科学文献出版社、二〇〇二・三）

＊「文化・文献・審美――『朝花夕拾』価値論」、李辰坤、『魯迅研究月刊』一九九八年第八期、底本は、『魯迅其書』（張傑等編、社会科学文献出版社、二〇〇二・三）
＊『与魯迅遭遇』、銭理群、生活・読書・新知三聯書店、二〇〇三・八
＊「第二講　魯迅筆下的両個鬼――読『無常』、『女吊』及其他」、銭理群、『魯迅作品十五講』、北京大学出版社、二〇〇三・九
＊「二一世紀魯迅『朝花夕拾』研究新趨勢」、叢琳、『回顧与反思――魯迅研究的前沿与趨勢』、上海三聯書店、二〇一〇・四
＊「進化論在魯迅后期思想中的位置――従翻訳普列漢諾夫的『芸術論』談起」、周展安、『中国現代文学研究叢刊』二〇一〇年第三期、総第一三四期

〔日本語文献〕

＊「『藤野先生』」、竹内好、『近代文学』第九号、一九四七年二・三月合併号、一九四七・三、底本は、『竹内好全集』第一巻（筑摩書房、一九八〇・九・二〇）
＊「解説」、竹内好、『魯迅選集』第二巻、岩波書店、一九五六・七・二二
＊「解説」、増田渉、『魯迅選集』第七巻、岩波書店、一九五六・九・二二
＊『魯迅と革命文学』、丸山昇、紀伊國屋書店、一九七二・一・三一
＊「『朝花夕拾』の世界――その連続性について」、永末嘉孝、『九州中国学会報』第二〇巻、一九七五・五・二四
＊「『魯迅評論選集』について」、山田敬三、東方書店、一九八一・一・二五
＊「『藤野先生』と日暮里――慙光景之誠信兮身幽隠而備之――」（上）、谷行博、『大阪経大論集』第一五八号、一九八四・三・三〇
＊「魯迅『藤野先生』の執筆意図について」、白井宏、『香川大学国文研究』第一五号、一九九〇・九・三〇
＊「頽れいく〈進化論〉――魯迅『死火』と『頽れおちる線の顫え』――」、丸尾常喜、『東洋文化研究所紀要』第一一七冊、一九九二・三
＊『ある中国特派員――山上正義と魯迅』、丸山昇、田畑書店、一九九七・六・一五
＊『魯迅の仙台時代――魯迅の日本留学研究――』、阿部兼也、東北大学出版会、一九九九・一一・三〇
＊『魯迅　日本という異文化のなかで』、北岡正子、関西大学出版部、二〇〇一・三・三一
＊『ふくろうの声　魯迅の近代』、中島長文、平凡社、二〇〇一・六・二五
＊「魯迅の仙台時代」、渡辺襄、『魯迅と仙台』、東北大学出版会、二〇〇五・八・三〇、改訂版
＊「医学から文学へ」、阿部兼也、『魯迅と仙台』、東北大学出版会、二〇〇五・八・三〇、改訂版
＊「『魯迅と仙台』の研究略述」、黄喬生、『魯迅と仙台』、東北大学出版会、二〇〇五・八・三〇、改訂版
＊「魯迅の解剖学ノートについて」、浦山きか、『魯迅と仙台』、東北大学出版会、二〇〇五・八・三〇、改訂版
＊「『小にしては中国のため、…大にしては学術のため…』は藤野先生の言葉」、大村泉、『魯迅と仙台』、東北大学出版会、二〇〇五・八・三〇、改訂版
＊「魯迅『藤野先生』について――『藤野先生』（一九二六年）は「回想記的散文」（史実）かそれとも作品（小説）か?」、大村泉、『季刊中国』第八六号、二〇〇六・九・一
＊「魯迅医学筆記から読み解く小説『藤野先生』」、坂井建雄、『季刊

中国』第八八号、二〇〇七・三・一

*「魯迅の解剖学ノート——藤野先生から指摘された『美術的』解剖図について」、刈田啓史郎、『季刊中国』第八八号、二〇〇七・三・一

*「魯迅の『解剖学ノート』に対する藤野教授の添削について」、阿部兼也、『藤野先生と魯迅——惜別百年——』、東北大学出版会、二〇〇七・三・二三

*「魯迅と藤野先生の一九ヵ月（1）——仙台医学専門学校入学の前後」、坂井建雄、『季刊中国』第九〇号、二〇〇七・九・一

*「魯迅『藤野先生』と〈虚構論〉」、福田誠、『季刊中国』第九〇号、二〇〇七・九・一

*「魯迅と藤野先生の一九ヵ月（2）——藤野先生の添削が始まる、一年次の一学期」、坂井建雄、『季刊中国』第九一号、二〇〇七・一二・一

*「魯迅と藤野先生の一九ヵ月（3）——解剖図の添削をめぐって〈一年次の二学期と三学期〉」、坂井建雄、『季刊中国』第九二号、二〇〇八・三・一

*「魯迅と藤野先生の一九ヵ月（4）——二年次の一学期と二学期、退学に至るまで」、坂井建雄、『季刊中国』第九三号、二〇〇八・六・一

*「魯迅が仙台医学専門学校を退学した事情について——授業ノートからの検討——」、坂井建雄、『野草』第八七号、二〇一一・二・一

## 第五章「進化論から階級論へ」

〔中国語文献〕

*「関于魯迅之二」、周作人、一九三六・一一・七、『瓜豆集』、上海宇宙風社、一九三七・三

*「回憶魯迅」、許寿裳、『我所認識的魯迅』、人民文学出版社、一九五二・六

*「魯迅与進化論」、銭理群、『中国現代文学研究叢刊』一九八〇年第二期、底本は、『魯迅其人』（社会科学文献出版社、二〇〇二・三）

*「魯迅思想的飛躍与〝妄想的破滅〟——読《答有恒先生》及其他」、呉宏聡、『魯迅研究』3、一九八一・六

*「魯迅〝改造国民性〟思想的評価問題」、竹潜民、一九八二・二、『魯迅晩年思想的当代解読』、当代中国出版社、二〇〇一・七

*「魯迅提出改造〝国民性〟及其認識的発展」、胡炳光、『魯迅〝国民性思想〟討論集』、鮑晶編、天津人民出版社、一九八二・八

*「魯迅前期思想中的個性主義、進化論及〝国民性〟問題」、魏競江、『魯迅研究文叢』第四輯、湖南人民出版社、一九八三・七

*「従一部書看魯迅研究——読『魯迅〝国民性思想〟討論集』」、竹潜民、一九八三・一一、『魯迅晩年思想的当代解読』、当代中国出版社、二〇〇一・七

*「早期、中期到后期的思想発展」、倪墨炎、『魯迅后期思想研究』、人民文学出版社、一九八四・八

*「中国普羅米修斯的精神歴程——『摩羅詩力説』・『苦悶的象徴』・『芸術論』」、伍暁明、『魯迅研究動態』一九八八年第三期、一九八八・四・二〇

*「魯迅対馬克思主義批評伝統的選択」、艾暁明、『中国左翼文学思潮

採源』、湖南文芸出版社、一九九一・七
＊「魯迅与赫胥黎的道徳起源論、善悪論」、劉福勤、『上海魯迅研究（4）』、一九九一・六、上海魯迅紀念館編
＊「進化論在魯迅后期思想中的位置――従翻訳普列漢諾夫的《芸術論》談起」、周展安、『中国現代文学研究叢刊』二〇一〇年第三期、総一三四期

〔日本語文献〕

＊『露国共産党の文芸政策』、蔵原惟人・外村史郎訳、南宋書院、一九二七・一一、底本は、『ロシア共産党の文芸政策』（マルクス書房、一九二八・五・二〇、一九三〇・六・一五第三版〈初版は一九二八・五・二〇〉）
＊「魯迅を語る――北支那の白話文学運動――」、山上正義、『新潮』第二五巻第三号、一九二八・三
＊『芸術論』、プレハーノフ著、外村史郎訳、叢文閣、一九二八・六・一八、底本は一九二九・一〇・三第七刷
＊『階級社会の芸術』、プレハーノフ著、蔵原惟人訳、叢文閣、一九二八・一〇・一、底本は一九二八・一〇・二〇再版
＊「『天演論』ノート――中国における進化論の受容――」、野村浩一、『立教法学』第三号、一九六一・六・二〇
＊「進化論とニーチェ」、尾上兼英、『中国現代文学選集二 魯迅集』、平凡社、一九六三・一・五
＊『芸術と社会生活』、プレハーノフ著、蔵原惟人・江川卓訳、岩波書店、一九六五・六・一六、底本は一九六七・一〇・二〇第三刷
＊「魯迅の『進化論』」、北岡正子、『近代中国の思想と文学』、大安、一九六七・七・一
＊「『摩羅詩力説』覚え書き（1）」、北岡正子、『関西大学中国文学会紀要』第六号、一九七六・三
＊「摩羅詩力説における『人』の形成とその意味――『摩羅詩力説』覚え書き（2）――」、北岡正子、『関西大学中国文学会紀要』第七号、一九七八・三、後に『魯迅 救亡の夢のゆくえ』（関西大学出版社、二〇〇六・三・二〇）第三章として所収
＊「藍本『人間の歴史』」（上）、中島長文、『滋賀大国文』第一六号、一九七八・一二・二〇
＊「藍本『人間の歴史』」（下）、中島長文、『滋賀大国文』第一七号、一九七九・一二・二〇
＊「『狂人日記』の〈私〉像」、北岡正子、『中国文学会紀要』第九号、関西大学中国文学会、一九八五・三
＊「魯迅の仙台時代――〈退化〉の危機意識からの脱却」、阿部兼也、『季刊中国』一九八五年夏季創刊号、一九八五・六・一
＊「馮雪峰における『同伴者』論の受容と形成」、芦田肇、『東洋文化研究所紀要』第九八号、一九八五・一〇・一五
＊「魯迅、仙台時代の模索――思想化されなかった〈退化〉意識の払拭」、阿部兼也、『東北大学教養部紀要』第四三号、一九八五・一二
＊「『摩羅詩力説』の構成」、北岡正子、『近代文学における中国と日本』、丸山昇等編、汲古書院、一九八六・一〇・二〇
＊「頽れいく〈進化論〉――魯迅『死火』と『頽れおちる線の顫え』――」、丸尾常喜、『東洋文化研究所紀要』第一一七冊、一九九二・三
＊「魯迅・馮雪峰のマルクス主義文芸論受容（1）――水沫版・光華版『科学的芸術論叢書』の書誌的考察――」、芦田肇、『魯迅研究の現在』、汲古書院、一九九二・九
＊『進化と倫理――トマス・ハクスリーの進化思想』、ジェームス・パラディス等著、小林傳司等訳、産業図書、一九九五・五・三〇
＊『魯迅の仙台時代――魯迅の日本留学研究――』、阿部兼也、東北大学出版会、一九九九・一一・三〇

＊『魯迅　日本という異文化のなかで』、北岡正子、関西大学出版部、二〇〇一・三・三一
＊「補論　厳復『天演論』」、北岡正子、『魯迅　救亡の夢のゆくえ』、関西大学出版社、二〇〇六・三・二〇

## 第六章　「蘇俄的文芸政策」について

〈中国語文献〉
＊「魯迅筆下的托洛斯基只是文評家」、王観泉、『魯迅研究』一九八四年第三期、一九八四
＊「馬克思主義美学和蘇聯文学」、李欧梵、『鉄屋中的吶喊――魯迅研究』、三聯書店（香港）、一九九一・三
＊「蘇俄文芸論戦与中国〝革命文学〟」、艾暁明、『中国左翼文学思潮探源』、湖南文芸出版社、一九九一・七
＊「創造社前后期転変与日本福本主義」、艾暁明、『中国左翼文学思潮探源』、湖南文芸出版社、一九九一・七
＊「魯迅対馬克思主義批評伝統的選択」、艾暁明、『中国左翼文学思潮探源』、湖南文芸出版社、一九九一・七
＊「蘇共文芸政策、理論的訳介及其対中国左翼文学運動的影響」、李今、『中国現代文学研究叢刊』二〇〇二年第一期
＊「蘇共文芸政策和理論的翻訳」、李今、『三四十年代蘇俄漢訳文学論』、人民文学出版社、二〇〇六・六
＊「魯迅后期的翻訳」、顧鈞、『魯迅翻訳研究』、福建教育出版社、二〇〇九・四

〈日本語文献〉
＊「魯迅を語る――北支那の白話文学運動――」、山上正義、『新潮』第二五巻第三号、一九二八・三
＊「銭杏邨における〈新写実主義〉」、芦田肇、『東洋文化』第五二号、一九七二・三
＊「革命文学論争と太陽社」、佐治俊彦、『東洋文化』第五二号、一九七二・三
＊『資料世界プロレタリア文学運動』第一巻、栗原幸夫等編、三一書房、一九七二・九・三〇
＊『資料世界プロレタリア文学運動』第二巻、栗原幸夫等編、三一書房、一九七三・一・三一
＊「解説」、藤井一行、『芸術表現の自由と革命』、ルナチャールスキー著、藤井一行編訳、大月書店、一九七五・五・二八
＊「李初梨における福本イズムの影響」、齋藤敏康、『野草』第一七号、一九七五・六・一
＊『ロシア・ソヴェート文学史』、昇曙夢、恒文社、一九七六・二・二〇
＊「社会主義における知的自由の問題――初期ソヴェト政権の文化政策の理論と実際」、藤井一行、『社会主義と自由』、青木書店、一九七六・二・一
＊「〝党派性〟と知的自由」、藤井一行、『社会主義と自由』、青木書店、一九七六・二・一
＊『ロシア革命』、E・H・カー著、塩川伸明訳、岩波書店、一九七九・三・二二
＊「ヴォロンスキーと『赤い処女地』――生誕百周年によせて――」、藤井一行、『富山大学人文学部紀要』第九号、一九八五・二・二八
＊「馮雪峰における『同伴者』論の受容と形成――その《革命与知識

階級》——」、芦田肇、『東洋文化研究所紀要』第九八冊、一九八五・一〇・一五
＊『ロシア文学史』、川端香男里編、東京大学出版会、一九八六・三・二五
＊「魯迅、馮雪峰のマルクス主義文芸論受容（1）——水沫版・光華版『科学的芸術論叢書』の書誌的考察——」、芦田肇、『魯迅研究の現在』、汲古書院、一九九二・九
＊『集英社　世界文学大事典』第五巻、集英社、一九九七・一〇・二五
＊『ロシア革命史』全五冊、トロツキー著、藤井一行訳、岩波書店、二〇〇〇〜二〇〇一
＊『わが生涯』上下、トロツキー著、森田成也訳、岩波書店、二〇〇〇〜二〇〇一
＊『魯迅とトロツキー』、長堀祐造、平凡社、二〇一一・九・二五

## 第七章　一九二六年から三〇年前後のマルクス主義文芸理論の受容

〔中国語文献〕

＊「魯迅著作中的托洛茨基」、陳早春、『魯迅研究百題』、湖南人民出版社、一九八一・一一
＊「魯迅筆下的托洛斯基只是文評家」、王観泉、『魯迅研究』一九八四年第三期、一九八四
＊「魯迅与托洛茨基」、遅玉彬、『魯迅研究』第一〇輯、中国社会科学出版社、一九八七・四
＊「馬克思主義美学和蘇聯文学」、李欧梵、『鉄屋中的吶喊——魯迅研究』、三聯書店（香港）、一九九一・三
＊「蘇俄文芸論戦与中国〝革命文学〟」、艾暁明、『中国左翼文学思潮探源』、湖南文芸出版社、一九九一・七
＊「創造社前后期転変与日本福本主義」、艾暁明、『中国左翼文学思潮探源』、湖南文芸出版社、一九九一・七
＊「魯迅対馬克思主義批評伝統的選択」、艾暁明、『中国左翼文学思潮探源』、湖南文芸出版社、一九九一・七
＊「魯迅蔵書中的托洛茨基著作及其影響」、姚錫佩、『上海魯迅研究（5）』、一九九一・九
＊「擁抱両極——魯迅与托洛茨基、〝拉普〟文芸思想」、張直心、『魯迅研究月刊』一九九四年第七期（総第一四七期）、一九九四
＊「蘇共文芸政策、理論的訳介及其対中国左翼文学運動的影響」、李今、『中国現代文学研究叢刊』二〇〇二年第一期
＊「蘇共文芸政策和理論的翻訳」、李今、『三四十年代蘇俄漢訳文学論』、人民文学出版社、二〇〇六・六
＊「〝転〟而未〝変〟——関于魯迅〝向左転〟的深層分析」、張寧、『左翼文学研究』、文史哲編輯部編、商務印書館、二〇一五、原載は『文史哲』二〇〇七年第二期
＊「魯迅后期的翻訳」、顧鈞、『魯迅翻訳研究』、福建教育出版社、二〇〇九・四
＊「托洛茨基的『文学与革命』」、王中忱、『魯迅研究月刊』二〇一三年第三期、二〇一三・四

〔日本語文献〕

＊『魯迅と革命文学』、丸山昇、紀伊國屋書店、一九七二・一・三一
＊「解説」、藤井一行、『芸術表現の自由と革命』、ルナチャールスキー著、藤井一行編訳、大月書店、一九七五・五・二八
＊「魯迅〈革命人〉の成立」、長堀祐造、『魯迅とトロツキー——中国

における《文学と革命》」、平凡社、二〇一一・九・二五、初出は「魯迅〈革命人〉の成立――魯迅におけるトロツキー文芸理論の受容その二」(『猫頭鷹』第六号、一九八七・九)
＊「魯迅革命文学論とトロツキー著『文学と革命』」、長堀祐造、『魯迅とトロツキー――中国における《文学と革命》』、平凡社、二〇一一・九・二五、初出は、「魯迅革命文学論に於けるトロツキー文芸理論」(『日本中国学会報』第四〇集、一九八八・一〇)
＊「左連期の文学論　立場論からリアリズム論へ――マルクス主義文学理論の展開」、近藤龍哉、『中国の文学論』、伊藤虎丸等編、一九八七・九
＊「魯迅におけるトロツキー文芸理論の意義――同伴者魯迅」、長堀祐造、『魯迅とトロツキー――中国における《文学と革命》』、平凡社、二〇一一・九・二五、初出は、「魯迅革命文学論に於けるトロツキー文芸理論」(『日本中国学会報』第四〇集、一九八八・一〇)
＊「韋素園・李霽野訳　トロツキー『文学与革命』出版までとその諸問題　付李霽野著『《文学与革命》後記』」、長堀祐造、『中国文学論叢』第一七号、一九九二・三・三一
＊「魯迅の『多疑』思惟様式についての試論」、尾崎文昭、『魯迅研究の現在』、汲古書院、一九九二・九
＊「はじめに」、祖父江昭二、『二〇世紀文学の黎明期――《種蒔く人》前後』、新日本出版社、一九九三・二・二五)
＊「トロツキーの文化論」、ア・ヴェ・ルナチャルスキー、中島章利・志田昇訳、『トロツキー研究』第八号、一九九三・九・一五
＊「一九二八～一九三二年期の魯迅のトロツキー観と革命文学論」、長堀祐造、『魯迅とトロツキー――中国における《文学と革命》』、平凡社、二〇一一・九・二五、初出は、「一九二八～三二年における魯迅のトロツキイ観と革命文学論」(慶應義塾大学日吉紀要『言語・文化・コミュニケーション』第一五号、一九九五・六)
＊『中国語圏における厨川白村現象――隆盛・衰退・回帰と継続――』、工藤貴正、思文閣出版、二〇一〇・二・二八
＊「魯迅とトロツキー――中国における《文学と革命》」、長堀祐造、平凡社、二〇一一・九・二五

## 第八章　ルナチャルスキーの人道主義

〔中国語文献〕
＊「魯迅対中国現代文学批評史的貢献以及他為馬克思主義統一戦線而進行的闘争」、馬里安・蓋力克、『国外魯迅研究論集(一九六〇～一九八一)』、楽黛雲編、北京大学出版社、一九八一・一〇
＊「魯迅是怎様看待人道主義的?」、陳早春、『魯迅研究百題』、湖南人民出版社、一九八一・一一
＊「《文芸連叢》之一――《解放了的董・吉訶徳》」、『柘園草』、胡従経、湖南人民出版社、一九八二・七
＊「魯迅関于人道主義的論述」、『魯迅研究』編輯部編、『魯迅研究』第一〇輯、中国社会科学出版社、一九八七・四
＊「関于魯迅与人道主義的部分論述(一九二一～一九五六)」、『魯迅研究』編輯部編、『魯迅研究』第一〇輯、中国社会科学出版社、一九八七・四
＊「魯迅対馬克斯主義批評伝統的選択」、艾暁明、『中国左翼文学思潮探源』、湖南文芸出版社、一九九一・七
＊「従〝主人〟到〝為了将来的無階級社会〟――魯迅的人道主義思想」、邵伯周、『人道主義与中国現代文学』(上海遠東出版社、一九九三・

一二）所収
＊「魯迅与西方人道主義」、程致中、『魯迅研究月刊』一九九七年第三期
＊「角色同一与角色分裂——魯迅与盧那察尓斯基」、李春林、『魯迅研究月刊』二〇一一年第一期（総第三四五期）、二〇一一・一・二五、後に『魯迅与〈左連〉』（湖南師範大学出版社、二〇一一・一二）に所収
＊「〝革命文学〟論争時期：〝従新估価〟与新的批評模式」、蘇暢、『俄蘇翻訳文学与中国現代文学的生成』「第二章　托尓斯泰与中国現代文学」、社会科学文献出版社、二〇一三・九


〔日本語文献〕

＊「解説」、藤井一行、『芸術表現の自由と革命』、ルナチャールスキー著、藤井一行編訳、大月書店、一九七五・五・二八
＊「『摩羅詩力説』覚え書き（1）」、北岡正子、『関西大学中国文学会紀要』第六号、一九七六・三
＊「『摩羅詩力説』における『人』の形成とその意味——『摩羅詩力説』覚え書き（2）——」、北岡正子、『関西大学中国文学会紀要』第七号、一九七八・三、後に『魯迅　救亡の夢のゆくえ』（関西大学出版社、二〇〇六・三・二〇）第三章として所収
＊「『摩羅詩力説』の構成」、北岡正子、『近代文学における中国と日本』、丸山昇等編、汲古書院、一九八六・一〇・二〇、後に『魯迅　救亡の夢のゆくえ』（関西大学出版社、二〇〇六・三・二〇）第二章として所収
＊「一九二八〜三二年における魯迅のトロツキイ観と革命文学論」、長堀祐造、慶應義塾大学日吉紀要『言語・文化・コミュニケーション』第一五号、一九九五・六・三〇、後に『魯迅とトロツキー』（長堀祐造、平凡社、二〇一一・九・二五）第四章として所収
＊「補論　厳復『天演論』」、北岡正子、『魯迅　救亡の夢のゆくえ』、関西大学出版社、二〇〇六・三・二〇


## 第九章　ソ連の同伴者作家の文学とプロレタリア文学

〔中国語文献〕

＊「魯迅論蘇聯〝同路人〟及其文学」、沈棲、『魯迅研究（双月刊）』、一九八三年第四期
＊「漫話魯迅的『毀滅』訳本」、張小鼎、『魯迅著作版本叢談』、書目文献出版社、一九八三・八
＊「魯迅対〝同路人〟文学的訳介及其与中国革命文学的関係」、黎舟、『魯迅与中外文学遺産論稿』、海峡文芸出版社、一九八五・一〇
＊「魯迅論『毀滅』」、黎舟、『魯迅与中外文学遺産論稿』、海峡文芸出版社、一九八五・一〇
＊「盗取〝天火〟。托尓斯泰和人道主義。〝同路人〟。『奔流』的誕生」、林賢治、『人間魯迅』下、花城出版社、一九九八・三
＊「『上海文芸之一瞥』与『創造十年』。才子加流氓論。『十月』：『毀滅』：『鉄流』」、林賢治、『人間魯迅』下、花城出版社、一九九八・三
＊「蘇聯早期文学思想与中国無産階級文学運動」、陳建華、『二十世紀中俄文学関係』、学術出版社、一九九八・四
＊「理智審視同感情擁抱的合与離——対魯迅与前蘇聯文学関係的理解」、李春林、『社会科学輯刊』二〇〇一年第五期、二〇〇一・九
＊「魯迅与蘇聯〝同路人〟作家関係研究（一）（二）（三）」、李春林、『魯迅研究月刊』二〇〇三年第二期、第三期、第四期
＊「第二章　魯迅与前蘇聯〝同路人〟作家」、李春林、『魯迅与外国文

学関係研究』、王吉鵬、李春林主編、吉林人民出版社、二〇〇三・一〇

＊「魯迅、曹靖華与蘇聯文学」、李今、『三四十年代蘇俄漢訳文学論』、人民文学出版社、二〇〇六・六

＊「二〇世紀三〇年代：魯迅、紀徳与蘇聯和共産主義――紀念魯迅誕辰一二五週年、逝世七〇週年」、李春林、高翔、『魯迅研究月刊』二〇〇六年第一一期

＊「〝同路人〟文学」、顧鈞、『魯迅翻訳研究』、福建教育出版社、二〇〇九・四

＊「作為革命〝同路人〟的魯迅」、趙歌東、『啓蒙与革命　魯迅与二〇世紀中国文学的現代性』、中国社会科学出版社、二〇一一・一〇

〔日本語文献〕

＊「〝同伴者作家〟と魯迅」、丸山昇、『現代中国』第三七号、一九六二・二、底本は『丸山昇遺文集』（第一巻、汲古書院、二〇〇九・七・七）

## 第一〇章　『蘇聯聞見録』について

〔中国語文献〕

＊『蘇俄視察記』、曹谷冰、大公報館出版部、一九三一・九・一、底本は湖南人民出版社版（一九八四・一〇）による

＊「『蘇聯聞見録』著者林克多的真実経歴――一九八一年版『魯迅全集』補注」、熊融、『魯迅研究（双月刊）』一九八三年第六期

＊「浪迹天涯求真理　奮起抗争勇献身――李文益烈士伝略」、葛増生、『橘郷英烈』、中共黄岩県委党史弁公室編、内部発行、一九八八・一二

＊「白紙黒字有時也不足為据」、姜徳明、『新文学版本』、江蘇古籍出版社、二〇〇二・一二

＊「李文益与『蘇聯聞見録』」、楼亦斗、『浙江檔案』二〇〇八年第一〇期、台州市檔案局

＊「〝両個蘇聯〟――二〇世紀三〇年代旅蘇游記中的蘇聯形象」、陳暁蘭、『文学評論』二〇〇九年第三期

＊「柔川長流悼英魂――記黄岩籍革命知識分子李文益烈士」、鄭欽南、『今日黄巌』、二〇一一・七・二二

〔日本語文献〕

＊『若きソウェート・ロシヤ』、秋田雨雀、叢文閣、一九二九・一〇・一〇、魯迅入手年月日、一九二九・一〇・一七

＊『ソヴェト旅行記』、ジイド、小松清訳、岩波書店、一九三七・九・一、底本は一九九二・四・二四第八刷

＊「ゴーリキー邸滞在記（一九三五年六月〜七月の日記〈抄〉）」、『ロマン・ロラン全集　第三一巻　日記Ⅵ』、みすず書房、一九八二・六・二〇

＊『スターリン　政治的伝記』、アイザック・ドイッチャー著、上原和夫訳、みすず書房、一九六三・七・一〇、底本は一九八九・一二・二〇新装第四刷

＊『武力なき予言者・トロツキー一九二一〜一九二九』、アイザック・ドイッチャー著、田中西二郎・橋本福夫・山西英一訳、新評論、一九九二・二・二九、初版は、新潮社、一九六四

# 魯迅後期試探

2016年10月20日　第1刷発行

著者　中《なか》井《い》政《まさ》喜《き》

発行者　亀山郁夫
発行所　名古屋外国語大学出版会
470-0197　愛知県日進市岩崎町竹ノ山57番地
電話 0561-74-1111
http://www.nufs.ac.jp/
発売所　丸善雄松堂株式会社
105-0022　東京都港区海岸1-9-18

組版　株式会社フレア
印刷・製本　丸善雄松堂株式会社
ブックデザイン　大竹左紀斗

ISBN978-4-908523-04-5

## 著者略歴


**中井　政喜**（なかい　まさき）

1946 年、愛知県常滑市に生まれる。名古屋大学大学院文学研究科博士課程単位取得後満期退学。大分大学助教授、名古屋大学教授、名古屋外国語大学教授等を務める。2004 年、博士（文学、名古屋大学）。名古屋大学名誉教授、名古屋外国語大学名誉教授。


## 主要著書・論文

著書に『二十世紀中国文学図志』（台湾業強出版社、1995、共著）、『一九二〇年代中国文芸批評論』（汲古書院、2005、単著）、『魯迅探索』（汲古書院、2006、単著）、『二十世紀中国文学図志』（学術出版会、2009 年、共著・共訳）、そのほかに「雑誌『奔流』（魯迅・郁達夫編輯、第 1 巻 1 期～第 2 巻 5 期、1928 年 6 月～ 1929 年 12 月）目録補」（『大分大学経済論集』第 36 巻第 4 号、1985）等がある。

# 索　引

項目の漢字は基本的に漢音により配列する

## 書名・作品名・論文名索引

### アルファベット



### あ行



### か行

## さ行

## た行

## な行



## は行



## ま行



## や行

## ら行



## わ

# 人名索引

## アルファベット



## あ行



## か行



## さ行

## た行



## な行



## は行



## ま行



## や行



## ら行

## わ